同济这十年

——《同济报》同济大学2007—2016年新闻作品选

同济大学党委宣传部　编

同济大学出版社
TONGJI UNIVERSITY PRESS

图书在版编目（CIP）数据

同济这十年：《同济报》同济大学 2007—2016 年新闻作品选 / 同济大学党委宣传部编 . -- 上海：同济大学出版社，2017.5

ISBN 978-7-5608-6961-2

Ⅰ . ①同… Ⅱ . ①同… Ⅲ . ①新闻—作品集—中国—当代 Ⅳ . ① I253

中国版本图书馆 CIP 数据核字 (2017) 第 095391 号

同济这十年

——《同济报》同济大学 2007—2016 年新闻作品选

同济大学党委宣传部 编

责任编辑 卢元姗
责任校对 徐春莲
封面设计 唐思雯

出版发行 同济大学出版社 www.tongjipress.com.cn
（地址：上海四平路 1239 号 邮编：200092 电话：021 - 65985622）
经　　销 全国各地新华书店
印　　刷 江苏凤凰数码印务有限公司
开　　本 787mm × 1092mm 1/16
印　　张 32.75
字　　数 655 000
版　　次 2018 年 1 月第 1 版　2018 年 1 月第 1 次印刷
书　　号 ISBN 978-7-5608-6961-2
定　　价 128.00 元

对同济大学的祝愿

温家宝

（本文是2007年5月14日温家宝总理在同济大学建筑与城市规划学院钟庭报告厅的讲话，发表时作者作了一点修改）

没有讲稿，同老师和同学们谈谈心。

我刚下飞机就来同济大学，这是我这次在上海考察的第一个地点。之所以这样安排，有两个考虑。第一，再过几天就是同济大学100周年校庆，我是来给老师们、同学们祝贺的。

百年沧桑，同济走过了一条光辉的道路，培养了数十万工作在祖国各条战线的人才，你们经常提到的知名院士有贝时璋、李国豪、裘法祖、吴孟超，其实不止这几位。长江后浪推前浪，一代新人胜旧人。同济还将会出现更多的杰出人才。我祝愿同济大学百尺竿头，更进一步。第二，大学在经济社会发展中具有十分重要的作用。考察历史，许多国家的发展、民族的振兴，是从办教育开始的。中国什么时候有大学，历史学家有考证。我知道起码在西汉时期或者还早，在孔子的时代就有，那时称太学，也可以叫大学。“大学之道，在明明德，在亲民，在止于至善。”《礼记》这段话，就是在讲大学的生命在于它的日新之德。如果我们看看西方发展的历史，意大利最早的博洛尼亚大学有近千年的历史，法国的巴黎大学、美国的哈佛大学、英国的牛津大学，这些大学在培养和造就国家栋梁人才中都起过重大作用。

我认为，一个国家要发展必须靠三个方面：一是靠人、人才、人的智慧和心灵。二是靠能够调动和发挥人的积极性和创造活力的政治体制和经济体制。三是靠科学技术和创新能力。而这三者都离不开人、人才，离不开现代大学的培养。

在纪念同济大学一百周年的时候，我想提几点祝愿。

第一，要树立为社会服务的办学理念。同济，就是同舟共济。在古籍中最早见于《孙子兵法》。《孙子兵法》讲：“夫吴人与越人相恶也。当其同舟而济，遇风，其相救也如左右手。”许多事情非常巧合。《孙子兵法》讲的吴越之间，就在你们这里，北边是吴，南边是越，中间是震泽或者叫太湖。“同舟共济”

告诉我们一个什么哲理呢？就是要把学校的命运、每一个老师和同学的命运同国家和民族的命运紧紧联系在一起。无论在困难的时候，还是在顺利的时候，都要与国家和民族同舟共济，都要为国家和民族学习和工作。

第二，要把学校办出特色。我们对学校的要求绝不是千人一面，而应该是各具特点。我坐在飞机上想，同济有什么特点？除了她的精神以外，就是她的综合性与专业性的结合，就是她的学科与社会的结合。我概括得不准确，但是我提出了一个题目，这篇文章你们可以继续做。无论什么样的大学，都要有综合性。有一位教育界的前辈说得好，没有一流的文科，就没有一流的理科；没有一流的理科，就没有一流的工科。这就是说，我们培养的人，应该是全面的、具有综合素质的人。爱因斯坦曾经讲过这样一句话，大学出来的人，应该是全面发展的人，而不仅仅是某个方面的专门人才。我又给他加了一句话，大学出来的人，应该是关心国家命运的人，而不是自私自利的人。学习理工科的，也要学习人文科学，学习文学和艺术。同样，学习人文科学和文学艺术的，也要学习自然科学。这就是大批杰出人才成长所走过的道路。钱学森是这样的，李四光也是这样的。钱学森能画很好的画，李四光谱写了我国第一部小提琴协奏曲。无论什么样的大学，都要有专业性，特别是要有自己杰出的专业、杰出的老师和杰出的人才，学术上有自己的一席之地。

第三，要培养全面发展的人才。在这里，我特别强调学生的独立思考和老师的启发式教育。我常引用孔子的话，叫“不愤不启，不悱不发”。这是对老师讲的，也是对学生讲的，学生尤其要重视独立思考。每个学生都有自己的头脑、自己的智慧、自己的创造能力，要使他们充分发挥独立思考的能力。学生在学习期间，知识要广博，但是必须善于独立思考和创新思维。这样，你才会有真知灼见，有与众不同的见解。一位哲人说，发现一个问题比解决一个问题更重要，就是告诉我们，要善于发现问题、追求真理、追求真知。我今天看了同济大学生科技成果展，觉得同学们很有创造潜力。我们这个民族确实需要一大批人才。有一句哲言：一个民族有一些关注天空的人，他们才有希望；一个民族只是关心脚下的事情，那是没有未来的。我们的民族是大有希望的民族！我希望同学经常地仰望天空，学会做人，学会思考，学会知识和技能，做一个关心世界和国家命运的人。

第四，要开放办学。一个民族只有开放才能进步，只有开放才能够海纳百川，吸收世界先进的文化、知识和技术。我们一方面要继承前人，继承我们民族的文化传统；另一方面又要眼睛盯着世界的变化，盯着世界每一项新的发明成果和新的进步，这样的学校胸怀是广阔的，这样的老师和学生胸怀也是广阔的。同济因为历史的原因与世界上许多国家和学校有着密切的联系，比如德国、意大利、法国，当然和德国的渊源更深。我希望你们与这些国家的一些优秀大学加强交流、相互学习、共同进步。

第五，要勤俭办学。一所好的大学，不在于高楼大厦，不在于权威的讲坛，也不在于那些张扬的东西，而在于有自己独特的灵魂，这就是独立的思考、自由的表达。要通过讨论与交流，师生共进，教学相长，形成一种独具特色的学术氛围，并不断完善和发扬，影响越来越多的人。这样，真正的大学就形成了，就会有一批有智慧的杰出人才出现，整个国家就有了希望。

这就是大学的精神，也是同济的精神。有人告诉我，有一千年历史的博洛尼亚大学，现在的墙壁四周还是断壁残垣，有的地方不得不用一根水泥柱顶起来，防止它倒掉。当然，它一方面保护了千年的古迹和文化，但我以为更重要的是保护了一种精神、一种美德。我希望我们的同学要认真地做人，刻苦地做学问，要长真本事，不图虚名，不骛虚声，来不得半点的虚伪和骄傲、半点的弄虚作假。真理，包括一切文化和科学成果，都需要经得住考验，最终的判断是实践。我希望同济借百年校庆，发扬你们光荣的历史传统，规划你们美好的未来，大步向前走！

同济的未来是美好的！

（刊 2007 年 6 月 18 日，一版）

前 言

一转眼，距离温家宝总理来同济送上祝愿已经过去10年了，时间过得真快！

百年校庆之际，温家宝同志在同济语重心长地要求我们秉持“大学精神”“同济精神”，十年里我们做到了吗？其实答案就在校报里。翻阅十年来的《同济报》，我们在人才培养、科学研究、社会服务、文化传承与创新和国际交流合作方面的工作开展得有声有色，取得的成绩也是可圈可点，很有繁花渐欲迷人眼的光景。

人才培养，同济走出了一条特色鲜明的道路。无论是我们的本科教育、研究生教育，还是同济这些年摸索总结出的导师制、人才培养特区、国际化办学路径，我们的“卓越人才培养”的做法取得了不错的成绩；大学生的创新创业教育也结出了不错的果实。现在，本科生进入教授实验室、接受双导师指导，参加挑战杯、各种竞赛，然后获得好成绩都已是家常便饭；同济大学生的创业故事也越来越多，既有做包子、种菜的，也有为房屋做体检，为水更清、天更蓝而拼搏的，这些故事在校报上经常刊发。

细细数来，最近十年是我们国家大发展、大变革的十年，北京奥运会、汶川地震、上海世博会，这是大事件；还有，上海中心、港珠澳大桥、京沪高铁等等，这些是世界超级工程，它们都有同济人活跃的身影。我们设计了北京奥运会乒乓球馆，我们主导了上海世博会的规划和多个重要场馆的设计；我们为上海中心的建设落地提供支持，为港珠澳大桥、崇明桥隧、苏通大桥等等重要桥梁的建造解决疑难杂症，提供建设支撑。

“当纸上所有的智慧、灵感、争论都变成了眼前的现实，当阳光照射在长长的世博轴上，眼前的一切凝重而热烈、轻盈而优雅，如梦、如童话、如仙境……我们被震撼了！这是人类的艺术杰作！这是2010年上海世博会奉献给世界的视觉盛宴！一年前，眼前所有的情景大都还是一张草图、一份文案，甚至一场争论；两年前，所有这些都还是一个想法、一份标书，甚至一个念头……可是，今天它成为了眼前真真切切、空灵清逸的‘云彩’、浪漫的长廊、厚重的中国巨鼎：设计把人类的建造思想挥洒得如此灵动而热血沸腾！这就是2010年上海世博会。”这是2009年国庆节当地媒体上关于上海世博园的一段话，这段话我至今读起来依然心潮澎湃，我们仿佛又回到了同济人当年的拼搏岁月中。

还有汶川地震，那是一场自然的大灾难，但更是一场中华民族万众一心、众志成城的胜利高歌。地震发生后，同济教授们虽然正在为世博会拼搏着，但有人立刻第一时间发帖：谁跟我去震区？接着，结构专家去了、规划专家去了，学生们更是纷纷前去，“国家有灾、同胞有难，我们得去”，于是在汶川、在都江堰，在震区的每一个角落几乎都能看到同济人的身影，而今汶川早已面貌一新，无论是古建保护、居民新区，还是道路桥梁，都留下了同济人的智慧，我们的桥梁抗震成果因此也获得国家科学技术进步一等奖。

十年里，我们的基础科学研究取得了长足的进步。以医学、海洋科学研究为标志的同济基础科学研究局面喜人。仅以2016年为例，这一年，同济获批国家自然科学基金项目443项，经费超2.4亿元，列全国高校第九；同期还获批创新研究群体1项、杰出青年基金4项、优秀青年基金7项、重点项目8项，创学校历史最好成绩。另外，我校教师牵头主持“十三五”国家重点研发计划重点专项项目11项，作为课题负责人承担课题35项，总经费列全国高校前十。这一年，科研成果产出成绩喜人。学校主持项目获得国家科技成果奖5项，参与获得国家奖3项，获奖数列全国高校第四位。其中，一项获得自然科学二等奖，一项获得科技进步一等奖。与此同时，“大跨度桥梁结构和行车抗风安全的气动控制技术”获第18届中国国际工业博览会金奖。

这些成绩的取得都是因为我们持之以恒地推进深化改革，坚定不移地扎根中国大地，建设世界一流大学，这一切都在校报上得到了详实的报道。将之凝成一本册子，作为见太阳之“滴水”，更多的同济人就可以重温峥嵘岁月，汲取前进的动力。善莫大焉！

编　者

2017年校庆时节

目　录

2009 年

2010 年

2011 年

2012 年

2013 年

2014 年

2015 年

2016 年

2007 年

“杨浦环同济知识经济圈”启动

本报讯 在同济校园周边业已形成的“建筑设计产业带”基础上，同济大学与杨浦区将共同推进“杨浦环同济知识经济圈”的建设。“杨浦环同济知识经济圈”建设启动仪式，6 月 16 日在我校四平路校区教学科研综合楼举行。我校与杨浦区签署共建知识经济圈合作协议，《知识经济圈总体规划纲要》同时发布。

科技部部长万钢，国务院参事石定寰，上海市副市长杨定华，科技部政策体制与改革发展司副司长李普，上海市委副秘书长、市科委主任李逸平，市发改委主任蒋应时，科教党委副书记俞国生，外经贸委副主任张伊兴，经委副主任付新华，教委副主任张民选，知识产权局局长陈志兴，工商局副局长陈学军，房地资源局副局长陈华文，规划局副局长伍江，市政府发展研究中心副主任孙福庆，科委秘书长徐美华，科教党委副秘书长朱克勤，我校党委书记周家伦，常务副校长李永盛，常务副书记、副校长周祖翼，副校长陈小龙，杨浦区人大常委会主任、区委书记陈安杰，区委副书记、区长宗明，区政协主席李文连，区委副书记魏伟明，区委常委、副区长柴尧迅、庄少勤，副区长唐海东等出席仪式。万钢、杨定华为新落成的同济杨浦新技术创新基地揭牌，周家伦、陈安杰分别致辞，周祖翼主持仪式，李永盛、宗明代表双方签约，陈小龙介绍杨浦环同济知识经济圈总体规划，柴尧迅介绍杨浦知识创新区发展情况。

据悉，在四平路、国康路、密云路、赤峰路这四条环绕同济大学的马路上，现已集聚起了以同济建筑设计研究院、同济城市规划设计研究院、上海市政工程设计研究院、上海邮电设计院以及正在建设中的上海国际设计中心为主体的设计产业集群，形成了具有一定规模和影响的“环同济建筑设计产业带”，年产值达 30 亿元。依托同济大学优势学科群、学科链，为进一步发挥高校知识技术外溢、辐射效应，促进三区融合、联动发展，区校决定联手推进“产业带”

升级为“知识经济圈”。

据介绍，这一知识经济圈由“一核心圈、一扩展区、四个辐射点”组成。核心圈由密云路、中山北二路、江浦路、控江路、大连路围合而成，面积约 2.6 平方公里。扩展区以曲阳路、大连西路—大连路、周家嘴路、黄兴路、邯郸路围合，面积约 10 平方公里。四个辐射点分别为新江湾城、共青森林公园、滨江和黄兴公园区域。

在这一知识经济圈中，将重点发展创意设计产业，国际工程咨询服务业，新能源、新材料和环保科技产业等三大产业集群。预计到 2015 年，知识经济圈将实现年总产值超过 300 亿元。为了实现这一目标，在优化现有产业载体的基础上，计划在 2007 年至 2015 年，分三个阶段分批建设同济新技术基地、环保广场、节能与新能源科技城、创意设计产业园、新材料科学园、工程设计软件园等十大新的产业载体。

启动仪式上，“杨浦环同济知识经济圈管理委员会”成立，将负责政府、大学、科技园、社区之间的沟通和协调工作。周家伦、陈安杰、宗明任名誉主任，李永盛、柴尧迅任主任，杨东援、陈小龙、庄少勤、唐海东任副主任。

据了解，我校与杨浦区于 2005 年底共同提出了建设“杨浦环同济知识经济圈”的战略构想，随后成立了由我校专家组成的知识经济圈总体规划研究课题组，将这一项目列为同济百年校庆重大专项，在杨浦区发改委和同济国家大学科技园予以立项。经过一年多广泛深入的调研和研讨，并多次征求区校双方领导及专家意见、建议，课题组最终形成了《杨浦环同济知识经济圈总体规划研究报告》，该课题不久前通过了专家评审。

（吴为民、黄艾娇，2007 年 6 月 20 日，第 1 版）

中科院院士裴钢任同济大学校长

本报讯　8 月 16 日上午，同济大学举行全校干部、教师代表大会，宣布中共中央、国务院关于同济大学校长的任免决定，由裴钢任同济大学校长，万钢因工作需要，不再担任同济大学校长职务。此前在 4 月 27 日召开的全国人大常委会上，万钢被任命为科技部部长。中共中央组织部副部长李智勇宣布中共中央、国务院决定，教育部部长周济、上海市委副书记殷一璀、科技部部长万钢先后讲话。上海市委常委、组织部部长沈红光出席。同济大学党委书记周家伦主持会议。

周济在讲话中说，教育部党组完全拥护中央的决定，并代表教育部党组对万钢为同济大学、为中国高等教育事业付出心血、智慧和做出的贡献表示衷心感谢和崇高敬意。他指出，同济大学历史悠久、文化底蕴丰厚，在刚刚过去的100年发展历程中，在人才培养、科学研究和社会服务等方面为国家和社会做出了贡献，形成了自己的特色。他希望裴钢校长与党委书记周家伦一道，团结和带领学校领导班子全体成员，依靠全校师生员工，为实现同济大学综合性、研究型、国际知名高水平大学目标作出贡献。

殷一璀在讲话中指出，上海市委、市政府坚决拥护中共中央、国务院的任免决定，相信同济大学一定能够在第二个百年的新起点上取得新的、更快更好的发展。她表示，今年5月，同济大学举办了庆祝建校100周年系列活动，中共中央、国务院都非常关心同济大学，胡锦涛总书记专门发来贺信，温家宝总理在校庆期间专程来到同济园，向师生送上校庆祝愿。上海市委、市政府对同济大学的发展也非常关心和重视。市委书记习近平在同济大学百年校庆期间，先后5次带领市委、市政府一班人来到同济大学。她指出，目前是同济大学历史上最好的发展时期之一，她代表市委、市政府提出了三点希望：一是要坚持社会主义办学方向，努力培养合格的建设者和可靠的接班人；二是要围绕办好有特色一流现代大学的目标和要求，进一步抓好科研和教学工作；三是要在主动服务国家和区域社会经济上花大力气，进一步发展壮大同济。

万钢在讲话中说，他1981年在同济大学毕业之后留校工作，此后赴德国留学、工作，2000年底回到母校同济大学工作。今年4月27日经全国人大常委会表决决定，出任科技部部长。他表示，在同济大学工作的7年，是令他终身难忘的7年。在讲话中，他在表示衷心拥护中共中央、国务院的任命的同时，表达了一些感受。他首先感谢教育部、科技部、上海市委、市政府对清洁能源汽车研发进展的关注和重视，长期来对同济大学的关心和支持，以及在他担任校长期间，同济大学党政领导班子全体同志、全校教职员工对他理解和支持。他对裴钢担任同济大学校长和同济大学迎来了新一任校长表示祝贺，最后他对同济大学在第二个百年的起步阶段能够取得更好、更快发展表示衷心祝愿。

同济大学新任校长裴钢在讲话中表示，100年前，同济大学在上海创立之初，开创了中国医学和生命科学的先河。如今同济大学形成了医工结合、文理交融的办学特色，在国际和国内均享有很高的声誉。担任这样一所大学的校长，自己既感到亲切，同时也感到肩上的责任重大。

周家伦在讲话中指出，万钢同志在同济工作的几年，是同济历史上发展最快的时期之一，他为学校的发展付出了坚持不懈、卓有成效的努力，出任科技部部长更是同济的光荣和骄傲，他离开同济我们也依依不舍。他表示我们感谢万钢同志为同济、为国家教育事业作出的贡献。作为科技部部长，我们期待着他一如既往地关心、支持同济的发展，并衷心祝愿他为国家科技事业的发展做出更大贡献。

周家伦指出，中共中央、国务院决定任命裴钢同志接替万钢同志担任同济大学校长，这充分考虑了同济大学在中国高等教育中的重要作用和学校领导班子建设的实际，体现了党中央、国务院对同济新的百年发展的关心、支持和寄予的厚望。

周家伦表示，裴钢同志不仅在医学生命科学领域有很深的造诣，具有与德国、美国的研究机构长期合作的经历，国际交往广泛，而且长期担任中科院上海生命科学院院长，具有丰富的管理经验。他担任同济大学校长，有利于进一步凝聚一流人才，形成教学科研高地；有利于加强学科建设，促进学科交融；有利于加强学校与中科院系统的合作，推进产、学、研结合，积极服务地方；也有利于进一步巩固和加强与德国等欧盟国家的交流，不断拓展新的国际合作空间。他最后表示，每所大学都有自己的文化、传统。同舟共济，继往开来是同济人的共识。校长是学校的一面旗帜和形象。学校所有的干部和师生员工将会全力支持、配合和协助裴钢同志的工作，实现同济大学在新时期更快、更好的发展。

（吴为民，2007 年 9 月 5 日，第 1 版）

裴钢简历

裴钢，男，1953 年 12 月生于辽宁省沈阳市，中共党员，1970 年参加工作。

裴钢同志 1978 年初进入沈阳药科大学学习，1982 年获学士学位，1984 年获硕士学位。1987 年进入美国北卡大学学习，1991 年获生物化学和生物物理学博士学位。1992 年至 1995 年 2 月在美国杜克大学进行博士后研究。1995 年 3 月回国，应聘担任德国马普学会和中科院共同支持的青年科学家小组组长、研究员。2000 年 5 月起任中科院上海生命科学研究院院长。2006 年 6 月受聘为同济大学名誉教授。2007年8月起任同济大学校长。

裴钢同志1999年当选中国科学院院士，2006年起任中国科学院生命科学和医学部副主任，2001年当选第三世界科学院院士。现为中国细胞生物学会理事长、亚太细胞生物学组织主席、中药全球化联盟副主席、*Cell Research* 主编和国际多种学术刊物编委，并担任国务院学位委员会学科评议组成员、中国科学院研究生院学位委员会副主任、国家重点基础研究发展计划（973计划）第四届专家顾问组成员、“发育与生殖研究”重大科学研究计划专家组组长、国家重大基础平台建设专家组成员。

裴钢同志长期从事细胞信号转导研究，在国际学术刊物发表研究论文100多篇。1996年获国家杰出青年科学基金，1997年获求是科技基金会“杰出青年学者奖”，1999年获何梁何利科技进步奖，2002年获国家自然科学二等奖，2006年获上海市自然科学一等奖。

同济中标上海世博会主题馆

作为上海世博会“一轴四馆”之一，主题馆预计总投资约8亿元，设计总面积12万平方米，也是2010年上海世博会单体面积最大的展览建筑。

本报讯 近日，记者从同济大学建筑设计研究院获悉，该院曾群、陈剑秋牵头的设计团队提交的方案被选为2010上海世博会主题馆建设方案。作为上海世博会“一轴四馆”之一，主题馆预计总投资约8亿元，设计总面积12万平方米，也是2010年上海世博会单体面积最大的展览建筑。

上海世博会主题馆位于上海世博会规划围栏区B片区世博轴西侧，设计控制范围北起北环路、南至南环路、西起园二路、东至园三路，用地面积约172亩。作为2010年上海世博会为数不多的永久保留建筑之一——地上建筑面积8万平方米、地下建筑面积4万平方米的主题馆，世博会期间将主要反映当今世界快速城市化和城市人口加速增长背景下的地球、城市、人三者之间的关联和互动，揭示“城市让生活更美好”这一主题。

主题馆设计吸引了境内外诸多实力强劲的设计单位参与竞标。“同济方案设计构思源于对上海城市生活的记忆空间——里弄片段的解读和提炼；屋顶形式表现了上海特有的城市肌理。”该院设计一所所长曾群说，“我们的设计主要试图表现大型展览建筑特有的韵律感和空间感。”在方案中我们看到，三角形窗户式屋顶层层叠叠滑过去，犹如风过水面，涟漪片片，其实它是由8个36m×63m的体量组合而成的大空间。没有了单调与沉闷，有的则是其与周边建筑的和谐交织、协调共生。曾群介绍，主题馆南面形成入口空间，成为大量人流等候、交流的室内外过渡空间；北立面屋面则延伸为墙面；而东西侧立面突出表现钢桁架的逻辑结构，其上敷生大量绿色植物，以突出生态节能理念。“采用这种单元式布局，世博会期间主题馆由二楼的天桥可以与世博人行天桥方便连接。”

“节能是我们设计中始终贯穿的一个极为重要的理念。”设计二所副所长陈剑秋说。世博主题馆主立面正南北朝向，南立面的大尺度挑檐，能很好地遮挡夏季阳光的直射；场馆屋顶的巨大三角形天窗可以很好地采集阳光、形成风道；而东西立面山墙上运用的立体绿化，可以有效地减少太阳直射对室内环境的影响。

对于大天窗带来的雨水排泄问题，陈剑秋解释，“我们将屋面划分成中等尺度的汇水面积，每一个向下弯折的屋面形成坡屋顶，弯折的下部安置多斗制排水天沟。”这些收集来的雨水不会白流掉，通过过滤、沉淀等处理，可以作为中水用来灌溉等。

据悉，主题馆将于近期开工建设。建成后，将与半开敞式世博轴、中国馆、世博中心、演艺中心等共同组成上海世博会园区的主要集聚场所。而世博会后，主题馆将变成标准展览场馆，与周边的中国馆等共同组成集展览、会议、活动和住宿为主的现代服务业聚集区。

曾群、陈剑秋均是同济大学建筑设计研究院的设计精英，钓鱼台芳菲苑、中国银联上海信息处理中心、上海汽车会展中心等均出自他们之手。

（程国政，2007年9月20日，第2版）

燃料电池汽车项目又获重要进展

第一座加氢站落户安亭即将投入使用

本报讯 记者从日前举行的国家863电动汽车重大专项“燃料电池汽车高压氢气加气站及供氢技术研发”项目验收会上获悉，由我校汽车学院氢能技术研究所所长马建新牵头的课题组联合上海舜华新能源系统有限公司及上海航天能源有限公司共同研发并建设的上海第一座示范加氢站——上海安亭加氢站即将投入使用。

众所周知，以科技部部长万钢牵头的燃料电池汽车是以氢气为燃料的，因此燃料电池汽车的发展离不开氢能基础设施的支撑。2003年10月，科技部将燃料电池汽车高压氢气加气站及供氢技术研发作为“十五”国家“863”项目交给我校汽车学院马建新课题组。马建新团队迅速与上海亚联瑞兴气体技术有限公司和上海焦化股份公司联手开发，于2005年5月建成投产了国内第一套具有自主知识产权、利用膜分离和变压吸附技术相结合、适合多种富氢气源、产氢能力为120Nm3/h的工业副产氢气提纯示范装置，其各项性能指标均达到或超过了合同规定的各项要求。尤值一提的是，由于设计思路强调控制氢气中对燃料电池有害的杂质含量，而不追求氢气的高纯度，从而使提纯氢气的成本大幅下降。一系列的试验表明：氢气杂质含量满足或优于合同任务书中的指标要求，提纯氢气对单电池的稳定性没有影响，完全可作为燃料电池汽车的合格氢燃料。

针对国内实际，课题组又研制出移动加氢车。2004年10月，国内第一辆移动加氢车首次亮相上海2004必比登挑战赛。据了解，目前该移动加氢车已无故障安全运行3年，为同济大学开发的燃料电池轿车加注高压氢气累计2000余辆次。2007年，在第一代移动加氢车的基础上，同济大学又研发成功第二代移动加氢车。与第一代相比较，第二代移动加氢车储氢量更大，总体积减小，布置更紧凑；增压能力更大，并设计与固定加氢站加注对接接口，共享增压能力；自主开发加注程序和加气机，成本大幅下降近一半。业内专家评价说，非电驱动增压的移动加氢车的研发成功，开创了氢气的非电驱动增压技术，填补了国内移动加氢车的空白，有力地保障和促进了燃料电池汽车的研发。移动加氢车技术的发展，将会带动和促进国内移动加氢车用相关关键设备和部件产业的形成与发展，同时也会促成移动加氢车设计、制造及使用的国家规范和标准的编制和颁布。

2006 年 9 月，马建新课题组在实验室成果的基础上，联合合作单位开始在安亭建设加氢站。该站以课题组开发的副产氢气提纯装置生产的提纯氢气为氢源，将管束运氢车设计为站储氢容器的一部分，采用双压缩机增压系统，有利提高站内氢气储存及加注能力的操作弹性，降低运行成本。此外安亭加氢站还开发了数据采集和信息管理系统，有助于提高加氢站的智能化管理水平。2007 年 7 月投入试运营的安亭加氢站内氢气总储量最高可达 800 千克，最高加注压力为 35MPa。一次可连续加注 20 辆燃料电池轿车和 6 辆燃料电池公交车。

以科技部节能与新能源汽车专家总体组组长、清华大学欧阳明高教授为组长的专家组在听取了课题组长马建新的汇报后，现场考察了安亭加氢站等，一致认为课题在以下几方面取得重要进展：

一是研发出膜分离和变压吸附相结合的氢气提纯新工艺及建成 120Nm^3/h 的示范装置，氢气回收率达 85% 以上。提纯装置充分利用上海丰富的工业副产氢气资源，可为燃料电池汽车提供廉价的氢燃料；

二是在国际上首次创新性地开发出非电驱动增压移动加氢车，可为燃料电池汽车加注 35MPa 的高压氢气。填补了国内移动加氢车的空白，为燃料电池轿车的研发提供了有力的保障；

三是建成的上海第一座智能化加氢站，其设计、建设和运营经验对我国加氢站标准和法规的形成具有重要参考、借鉴作用；

四是开发、研制出钢内胆的加氢站用复合材料缠绕瓶，对打破外国公司对高压储氢容器的技术垄断、降低加氢站建设成本意义重大。

专家组一致认为，在世界上现有的 140 多个加氢站中，上海安亭加氢站的规模和技术水平居世界前列。专家组同意该课题通过验收，并建议：结合燃料电池汽车的示范运行，积累更多加氢站的安全、操作、维护和管理经验，形成有中国特色的加氢站运营规范。

据悉，安亭加氢站将于 11 月中旬正式投入运营。

（程国政，2007 年 11 月 5 日，第 2 版）

国际合作办学：同济的“世界”很精彩

——同济大学本科办学工作特色巡礼

至今年年底，中德工程学院已经走过了3年的历程，其办学效果如何？教育部评议委员会专家组认为：中德工程学院的定位恰当，特色鲜明，它对我国高等学校吸收德国在工程教育方面的有益经验、探索一套培养具有实践经验工程师模式具有示范意义。

近年来，我校依托政府间合作项目，不断拓宽包括联合课程设计、联合海外认证、对等联合培养及对等交换学生等形式在内的诸多国际合作办学模式，国际化办学路子越走越宽。

政府间合作项目精彩纷呈

1907年，德国医生宝隆创办德文医学堂。从德文医学堂到同济医工学堂，再到国立同济大学，国际化一直与同济大学的发展壮大紧密相伴。1978年，时任校长李国豪领着同济人开始恢复对德交流，随后，以国际合作办学为重要特色的同济本科教育渐渐步入快车道。

作为中国高等教育传统的对德联系窗口，改革开放以来同济与德国政府间办学项目如雨后春笋：成立于1994年的中德职业技术教育学院按中德双方共同培养计划，如今已经开设了电子信息工程、机械设计制造及其自动化、土木工程和工商管理4个四年制本科专业，着力培养职教师资；1998年建立的中德学院，由中德两国企业共同设立基金教席，聘请中德两国高级专家学者，联合培养经济与管理、电子与信息工程、机械与车辆工程等专业领域研究生；2004年建立的中德工程学院则开设机械电子工程、汽车服务工程和建筑设施智能技术等3个四年制本科专业，采取3＋1模式培养，毕业获中德双方合作高校颁发的双学士学位证书。可喜的是，中德职业技术教育学院和中德工程学院毕业生还可以保送或报考中德学院研究生，“初步形成了一个中德国际合作办学体系”，教务处有关负责人说。

近年来，以德国为基础的政府间合作办学迅速扩展到法国、意大利及联合国有关机构。成立于1999年、由同济大学和法国最具名望的11所理工科高校组成的法国高科技大学校集团联合创办的中法工程和管理学院目前已开展上海国际工商管理硕士、智能交通系统、环境工程、信息技术、城市规划、复杂材料、物质、波与仪器和工业风险管理等8个管理和理工类专业硕士项目。据了解，目前我校还参加了中法工程师学院和中法博士生院的建设工作。

成立于2005年的中意学院由我校与意大利米兰理工大学、都灵理工大学联合培养机械工程和信息技术工程两个专业的本科生。毕业生获中意双学士学位，而即将推出的硕士研究生联合培养计划也将形成从本科到硕士生培养的完整系列。

2002年，联合国环境规划署与同济大学联合成立的环境与可持续发展学院目前已成为该机构在亚太地区教育、咨询、研究与信息交流中心之一。2004年开始举办亚太地区环境与可持续发展未来领导人研修班，培训本地区各国负责环境与可持续发展事务的官员和专家；2006年，该学院开始面向亚太地区招收硕士研究生。今年开始，学院拿出10门英文课程与本科生共享。

多样化办学模式花团簇锦

10月12日，维也纳应用艺术大学与我校签署合作协议，我校建筑城规学院艺术设计系与该校将互派师生进入对方学习、工作。“应该说，建筑城规学院包括暑期国际设计周在内的各类教学形式已成为一个大磁场，吸引着世界各地越来越多的建筑类学子。”城规学院院长吴志强说。据了解，经过近年来的摸索，同济已经建立起包括联合课程设计、联合海外认证、对等联合培养、对等交换学生等方式在内的诸多国际合作办学模式，强势学科走出去、各科纷纷加入国际教学大循环的势头日益强劲。

2003年，城规学院各专业开始对四年级课程设计进行国际化改革，分别进行了中德澳和中日联合对等课程联合设计，54名中国学生和等额的德、澳、日学生参加联合设计。随后的日子里，课程设计参加方、人数不断扩大，德国、美国、意大利、法国等国的教授、学子纷纷自愿来同济参加包括“暑期设计班”在内的各种形式的学习，学院从联合课程设计环节入手的国际合作培养之路越走越宽。

联合海外认证方式是土木工程、建筑学等强势学科国际化发展进程的普遍做法。1998年，在建设部支持下，同济大学等我国数所大学土木工程专业本科学历同时获得了英国土木工程师学会和结构工程师学会承认。

1997年6月，同济大学与法国汉斯管理学院签署互换学生、联合培养协议，培养既精通管理又兼通中法文化的工商管理专业本科毕业生。每年双方各招收20名学生，采取“2＋3”对等联合培养方式，合格后获得两校学士学位。据悉，这种对等联合培养方式是我国教育部最早批准的国际合作教育项目之一。

而对等交换学生如今已成为学校各院系普遍采取的国际化培养方式。软件学院与瑞典乌普萨拉大学、丹麦哥本哈根大学，传播与艺术学院与德国奥芬巴赫艺术学院、意大利都灵艺术学院、香港城市大学等纷纷采取这种方式培养学生。针对这种办学方式的英语要求，目前软件学院已有70%专业课程使用英语教学；经济管理学院针对中外学生的国际班用英语开设的专业课程已达18门；传播与艺术学院每学期都有来自日本、德国、美国等地媒体或影视专家给本科生授课。

“我们在这里自由飞翔”

“几年来的学习让我坚信，在这里我们的理想可以自由飞翔。”中德工程学院机械电子工程专业田佩同学说。副校长李国强表示，中德双方精诚合作是中德工程学院健康发展的保证。

国际化办学正快速向澳洲、美洲等地进发。2004年新年伊始，我校便与悉尼大学签定数个合作协议，决定在学生互换、教师互访、联合科研等领域开展多层面的合作。根据协议，我校每年选派15名左右的硕士生赴悉尼大学工程学院留学一年，合格后回校完成硕士学位论文，毕业时可同时获同济和悉尼大学工学课程硕士学位。近年来中美合作更是进展神速，EMBA项目、汽车工程硕士项目，工业工程双硕士项目……我校还在2005年10月成为中国—美国加州大学系统“10+10”联盟成员之一。截至2006年12月，我校校际合作交流从以德国和德语区国家为重点拓展到全欧盟、美洲、亚洲、大洋洲诸多国家和地区，已与海外200多所大学签署校际合作交流协议。

越来越多的本科生从国际化教学中获益。2004年美国计算机协会举办的“ACM国际大学生程序设计大赛”和美国苹果公司举办的“D.W.C. 2005全球大赛”上，我校软件学院学生分别夺得2项金奖；2004年举办的“国际大学生土木工程邀请赛”上，我校土木工程学院3名学生获得冠军；2005年美国微软公司举办的“微软创新杯逻辑算法竞赛”上，我校5人入围全球200名。2004年至2006年我校学生参加各类竞赛45个，累计获奖人次为482人，其中相当数量为国际顶级奖项。

（程国政，2007年11月15日，第2版）

同济大学大学生创业园揭牌

本报讯 在11月8日在逸夫楼举行的“大学生节能与环保创业”主题论坛上，同济大学大学生创业园揭牌成立。科技部高技术研究发展中心副主任陈志敏与我校党委副书记马锦明共同为创业园揭牌。

据介绍，同济大学大学生创业园将成为大学生创业企业的孵化器。它紧紧依托同济大学国家大学科技园和国家高新技术服务中心、科技部科技型中小企业创新基金大学生科技创业企业服务机构等企业孵化平台，为大学生创业提供包括工商注册、财务代理、法律咨询、专利代理等全方位的服务。同时将协助大学生创业企业办理各种证照，落实有关财税优惠政策，为创业大学生提供专业的指导和帮助。同济大学大学生创业园的成立是同济大学大学生创业教育和创业人才培养的重要举措。

据悉，我校非常重视大学生创新创业能力的培养。学校把大学生创业作为大学教育功能的延伸，把创业教育作为一种新的人才培养模式，纳入整个大学教育体系中。从创新基地建设、创业课程、创业大赛、创业组织、创业实践及创新创业资金资助等方面为大学生搭建创业平台。他们把创业技能和创业精神作为教育的基本目标，加强创业教育，培养创业人才，使同济大学的毕业生不仅成为求职者，而且成为岗位的创造者，逐步探索出一条具有同济办学特点的创业教育体系。

据介绍，我校有包括创业者协会、研究生创业者俱乐部在内的学生创新创业组织100多个，聚集了数千名核心成员。2006年9月，为推动大学生科技创业工作，同济大学成立了上海市大学生科技创业基金会同济大学分基金。分基金成立的短短一年内，已有70多个创业团队、近300名大学生和研究生提交创业申请，首批12支创业团队获得资助，资助金额近200万元。近日又已受理第二批30多个项目的申报。

（产业办，2007年11月15日，第2版）

坚持基础研究与应用研究并举　聚焦国家战略和重大产业需求

海洋学院5个月签1.3亿元科研合同

本报讯　11月21日，由我校海洋与地球科学学院（简称“海洋学院”）马在田院士领衔承担的“南方海相碳酸盐岩油气区地震勘探关键技术与地震地质一体化研究”项目在北京中国石油化工集团公司正式签约，合同科研经费4800万元。至此，今年7月至今不到5个月时间里，海洋学院已经正式签约和获得批准4个重大项目的研究任务，包括1个973项目、1个863重点项目、2个中石化委托项目。单一项目合同经费2600万元以上，合计科研经费超过1.3亿元人民币。

另外3个项目是：翦知湣教授任首席科学家的973项目“大洋碳循环与气候演变的热带驱动”；彭晓彤副教授负责的国家863重点项目“海底长期观测网络试验节点关键技术”；周祖翼教授主持、同为中石化重大攻关项目的“下扬子中古生代海相盆地演化与油气资源潜力”。

“坚持基础研究和应用研究‘两条腿走路’，是学院多年来坚持的发展路线。”海洋学院院长许惠平告诉记者，5个月签约4个重大项目，时间上是一种巧合，却也是学院全体教师长期努力的必然结果。4个项目中，2个是国家资助项目，2个是企业资助项目，但它们都切合国家战略需求，强调基础理论与实际应用的结合。

学界有一种共识，地球科学在19世纪的突破在于“进化论”，20世纪在于“板块理论”，而21世纪最大可能的突破点在于气候环境系统演变的理论。错过了前两次突破的我国科学家正在为不再错过新世纪的地学革命而不懈努力。

在全球气候环境演变的背景下，认识热带海洋气候变化的过程和机制，已经成为我国经济和社会发展的重大需求。翦知湣教授任首席科学家的973项目，将利用国际合作的优势和我国大洋专项等大型研究计划的有利条件，从地球系统科学角度进行气候演变机理研究。项目拟解决的关键科学问题，是要检验和论证大洋碳储库长周期变化机制的假说，揭示不同时间尺度上低纬过程在全球气候环境演变中的作用。这一学术假设一旦成立，将是认识轨道周期气候变化的重要理论贡献。

开展海洋研究，离不开海洋观测。国际上主要通过三种平台对海洋进行观测，一是通过科学考察船，二是采用卫星遥感技术，三是建立海底网络，对海洋进行实时原位的观测，随时接收海底的信息。目前，美国、欧洲、日本等国家和地区在海底观测网的建设方面已经先行一步，取得了可喜进展。在同济大学汪品先院士等一批科学家的呼吁和建议之下，我国也有了建设属于自己的海底观测网的设想，并在上海市科委和科技部的支持下，展开初步工作。

在真正实施海底观测网铺设之前，一些关键问题、关键技术有待去解决和攻克。彭晓彤副教授负责的“海底长期观测网络试验节点关键技术”项目，瞄准目前国际海底观测技术发展的方向，紧密配合我国对深海长期探测的迫切需要，开展海底长期观测网络试验节点组网关键技术研究，为我国深海海底观测网络的大规模建设奠定扎实基础。

在重视基础研究的同时，海洋学院还注重与产业发展实际的结合。多年来，与中石化、中海油等国家特大型企业建立了形式多样的长期合作关系，有着深厚的研究积累和队伍储备。

当前，国家出于能源需求的考虑，提出了中国石油天然气工业“第二次创业”的战略，以中石化为代表的国有特大型企业纷纷加大了对石油等战略资源勘探开发的研发投入。马在田院士和周祖翼教授同时中标承担来自中石化的重大科研项目，既表明海洋学院凭藉前期已有的积累，很好地抓住了机会，同时也是学院相关研究人员注意发挥高校特长，扬长避短，变被动接受零星的、缺乏有机联系的小项目为主动争取大项目、承接关键任务的结果。

马在田院士负责的项目，将结合近几年开始大规模进行的川东北油气区的勘探和开发，探寻能够真实反映地下构造、储层乃至油气分布的规律，进行开展系统而有重点的地震关键技术研究和地震地质一体化研究，为最终建立石油地震地质学的学科体系奠定扎实基础。

周祖翼教授负责的项目，由学院近 20 位来自地质、地球物理、地球化学、地学信息等学科的教授参与，目标在于通过多学科综合研究，揭示下扬子区域油气成藏机理及富集规律，建立相应的油气资源评价体系，提出战略选区，为推进下扬子区域的油气勘探进程提供新的研究成果。

记者了解到，中石化项目虽然来自国企，但按照 973 项目方式组织课题和研究力量，强调研究的基础性和前瞻性，在项目执行过程中特别强调产、学、研结合。此外，这些项目都是建立在多学科交叉基础上的综合研究，在完成项目研究任务的同时，可以进一步凝练学术方向，锻炼研究队伍，进而培养新的研究力量，催生新的学科生长点。

（本报记者，2007 年 12 月 15 日，第 2 版）

拿项目　出成果　育人才

我校服务西部交通科研硕果累累

本报讯　“近几年来，同济大学在承担西部交通重大项目过程中，抓的大都是关键项目，以项目产生的成果促进学科发展、人才培养，与地方的合作也卓有成效。”这是交通部西部项目中心刘家镇主任日前来我校考察 4 项在研的西部交通课题时的评价。据悉，得力于学校的严密组织、科技处等相关部门的有效管理，2001 年至 2006 年，我校相继承担了基于寿命期与性能的大跨径桥梁抗震设计理论，桥梁索缆结构安全性、耐久性评价体系与维护技术等交通部西部重点科技项目 11 项，获得交通部资助经费 2460 万元。

随着西部开发的大幕拉开，学校迅速将西部开发中的交通等关键问题与学科建设结合起来，确立了包括西部交通等项目纳入学校重大项目管理范畴，人力、物力和基本装备条件等充分保障，加倍计算科技业绩等政策。不仅如此，旨在更为有效地争取交通部西部项目，学校还专门成立了西部科技项目协调工作小组，整合土木学院、交通学院、材料学院等 10 多个相关系所；设立“科技大使”，定向联系云南、贵州等省份。“专门和相关会议上，我们得到的信息非常丰富，我们的想法很快就变成了拳头。”交通学院、桥梁系负责人纷纷表示。

“传统材料更多的是考虑材料本身的强度，很少想到路面的使用性能。‘路基路面强度控制参数的研究’课题力图根据不同地区的气候状况（主要考虑温度），针对土质、水文、交通和筑路材料等具体情况建立合理的路基路面强度控制标准。”交通学院院长孙立军介绍，这项交通基础课题，通过现场调查和试验，最终将道路损坏归纳为 8 种类型和 4 种模式，得出了包括路面温度场的实用预测方法、路面弯沉修正公式等在内的一系列成果，这些成果在上海 F1 赛道、广东渝湛高速公路、云浮高速公路、江西昌九高速公路改建工程、深圳—香港西部通道路面工程等重大工程上得到广泛应用，被业内专家称之为“既可以讲授、又可以实际应用”的优秀成果，“开拓了视野，展示了真正的路面科学”。

交通学院凌建明的“新老路基结合部处治技术”项目得出的结论及方法在重庆、陕西、上海等地成功应用后形成了《新老路基结合部处治设计施工技术指南》，成果获2005年度中国公路学会颁发的科学技术奖一等奖等奖项；桥梁系孙利民承担的“桥梁索缆结构安全性、耐久性评价体系与维护技术”项目，在安全性耐久性评价体系、可检测拉索及锚固体系、减振技术等研究方面获得突破性的创新，目前已申请专利9项；范立础院士承担的“基于寿命期与性能的大跨径桥梁抗震设计理论”虽然在研时间不长，但已在针对大型桥梁的地震易损性等方面，创造了采用不同概率地震设防水准和相应的性能指标的抗震设计新方法。这一抗震设计方法目前已在国内很多大型桥梁抗震设计中得到应用。不仅拿项目，我校学科带头人郭忠印、凌建明、陈艾荣、朱合华等教授还积极出任交通部西部项目咨询专家委员会成员，建言献策，与当地交通等相关部门协同努力，潜心攻关。科研、咨询两翼齐飞，我校与云南、贵州等省市的科技管理部门、建设工程界很快建立了密切而良好的关系。随之而来的是，2002年以来，仅云南、贵州两省，我校便承担了云南小麻高速公路建设指挥部、贵州省高速公路开发总公司等单位下达的工程建设类项目41项，项目总经费2213万元；学校还与当地相关部门签订了科技合作、人才培养的全面协议。

通过大量承担西部交通重大项目，我校相关学科建设如虎添翼。先进的实验仪器、优良的工作条件……科研人员的思路纷纷向工程技术领域中最前沿的未解问题集中。“同济大学交通学科进步如此神速，与近年来大量参与西部重大工程项目研究关系密切，研究越深入，积累就越多，学科的核心竞争力自然就强劲了。”交通部一位专家对记者说。据了解，仅2006、2007两年间863计划项目，我校交通、土木便争取到20个项目，获资助1812万元。而今年教育部批准同济大学的3个国家重点一级学科中，交通运输工程与土木工程都与交通部西部科技有关。

八年来，我校交通部西部项目研究既出成果，又出人才。一大批优秀的硕士生与博士生，在西部艰苦的环境中锻造成为高素质人才。据统计，我校承担和参加的交通部西部项目研究中，共培养了硕士生85名和博士生96名。

（程国政，2007年12月15日，第2版）

2008年

建设可持续发展校园宣言

二〇〇八年一月三十一日同济大学

编者按：2008年1月30日至31日，教育部在同济大学主持召开有32所部属重点高校代表参加的“建设可持续发展校园”研讨会，会议发表“建设可持续发展校园宣言”（同济宣言）。3月29日，《中国教育报》刊登了“同济宣言”全文。本报特予转载。

我们来自全国32所教育部直属重点高校的代表，于2008年1月30日至31日，参加了由教育部在同济大学召开的“建设可持续发展校园研讨会”。我们深入讨论了高校以党的十七大精神和科学发展观为指导，在建设资源节约型、环境友好型社会，推进经济、社会可持续发展中应尽的责任，并发表如下宣言：

一、我们对全球环境的持续恶化深表关注。近百年来，人类在享受高科技带来的物质文明的同时，也承受着科技发展所带来的环境污染和生态破坏，全球面临经济发展、社会进步与环境保护、资源短缺的激烈冲突，全球范围的环境恶化和资源紧缺已经对人类社会的可持续发展提出了严峻的挑战。

二、我们充分认识到改革开放三十年来，我国在经济社会发展取得举世瞩目成就的同时，资源过度消耗和环境恶化的代价也相当巨大。未来若干年，要实现我国新型工业化和城镇化的宏伟目标，仍然需要巨大的资源来支撑，环境和资源问题的挑战异常严峻。按照既有的发展模式和生活方式，必然造成资源难以为继、环境难以承受、人民的生活质量难以提升，全面建设小康社会的目标难以实现。

三、我们也欣喜地看到全球节约资源和保护环境的意识在不断增强。我国政府从生态文明的高度，提出加强能源资源节约和生态环境保护，增强可持续发展能力。建设资源节约型、环境友好型社会，实现全面协调可持续发展已经成为全社会的广泛共识。

四、我们意识到高水平大学是社会进步的“思想库”，是创新理念的发源地，是高新技术的试验场，肩负着培养人才、科学研究和社会服务、文化引领等多重功能，在建设资源节约型、环境友好型社会进程中，具有义不容辞的责任，理应成为引领社会的风向标。高等学校有信心将可持续发展的先进理念、节约节能的发明创造、应用研究的核心技术、国际合作的最新成果，集成在校园、推广到社会、造福于人类。

五、我们倡议在大学的校园里将可持续发展的理念贯穿于人才培养的全过程。加强教育与宣传，建设节约文化，倡导节约文明，使青年学生牢固树立可持续发展的理念，成为节约思想和可持续发展理念坚定的实践者和传播者，进而影响和带动整个社会的可持续发展。

六、我们倡议在大学的校园里将可持续发展的理念与科学研究紧密结合。将节约和可持续发展的理念贯穿于师生教学科研，加强节能环保等技术的研究和应用，源源不断地提供支撑经济社会可持续发展的科技成果。

七、我们倡议在大学的校园里将可持续发展的理念渗透到校园建设管理的每一个领域。将节约和可持续发展的理念贯穿于学生学习生活、学校行政与后勤服务等各个领域，建立长效机制，提高资源利用效率，广泛开展节能、节地、节水、节材和减少碳排放活动，积极推广应用保护环境的新技术、新工艺，把大学校园建设成资源节约、环境优美、生态良性循环的模范社区，引领和促进社会的可持续发展。

八、我们向社会郑重承诺，实施可持续发展战略，建设资源节约型、环境友好型社会，高等学校将勇于承担起应尽职责，进一步更新观念，健全制度、统筹规划，加强国际、国内高校间的相互合作与交流，全力构建可持续发展校园，促进社会主义现代化建设，为全面建设小康社会，为人类的文明进步作出更大贡献。

（2008 年 4 月 8 日，第 1 版）

传统建筑的守望人

——路秉杰教授小记

近日，上海市建筑学会 2007 年度第二届建筑创作奖评奖结果公布，路秉杰的天宁宝塔获得二等奖。得知信息，路先生淡淡一笑：“当时正出差在外地，至今未及领奖品，得奖总是好事嘛。”

今年已逾古稀的路秉杰1955年考入上海同济大学建筑系，旋即在1956年4月加入中国共产党，大学未及毕业即在校任教。1963年师从陈从周攻读研究生，论文拟做的是“浙江之塔”。和同龄人一样，文革让他的学术生涯也未终止，下放农场修水利、种水稻、盖猪棚，还直接指挥建造了拖拉机站、大礼堂。

1978年，一篇叫做《聊城光岳楼》的论文在文物出版社编辑出版的《文物资料丛刊》上发表了，署名“陈从周、路秉杰”。路秉杰说，在陈先生还处管制时，一日找到他问：“看能有点什么事情给我做吧？”于是有了师徒二人这第一声“春雷”。1980年，路秉杰以访问学者身份由国家派往日本东京大学，从事日本近代建筑研究。回国后，路秉杰甩开膀子教书、科研，一路干到退休。研究中国建筑史及日本、伊斯兰等国古建筑、古园林建筑史的他获得过上海市优秀教学成果一等奖、全国二等奖；独著、合著的书有《中国民居》《天安门》《中国厅堂》《中国伊斯兰教建筑艺术》《上海里弄》等，译著有《日本历史文化城镇保护》《苏州园林》《扬州园林》……先生笑称，干得最大的官是小组长。

知塔、设计塔的路秉杰最钟情的当然是塔。没有成为杭州雷锋塔重建的设计人，常以参与投标而自豪，好在常州天宁寺为他提供了施展才华的舞台。但他却常说没有雷峰塔的参与经验也不会有天宁塔的成果。领着我们仔仔细细看遍直插云端的天宁宝塔后，路先生说：“平生所学尽在此塔矣！”醇厚悠扬的钟声、清脆悦耳的风铃声、八方云聚的高僧大德……2007年4月30日，号称“东南第一丛林”的常州天宁寺天宁宝塔举行盛大的开光大典。历经6年建造，这座高153.79米、面积27000平方米、8角13层的唐代楼阁式宝塔“规模堪称佛教传入中国以来所未有，属目前我国最高最大的佛塔”。其得奖自然在情理之中了。多年来，路秉杰还先后设计了海宁镇海塔、绍兴应天塔、江苏涟水能仁寺妙通塔复原设计、湖州寿圣宝塔，尤以后两者甚为得意。一为劲朴，一为别致。

由塔而寺庙，武夷山止止庵、奉化万寿寺、安亭菩提寺、峨眉山大佛禅院规划……作品大都是路秉杰近10年来创作的。重建于浙江奉化溪口的万寿禅寺用地面积60亩，总建筑面积为13476平方米，主体建筑有牌楼、放生池、天王殿、大雄宝殿、弥勒殿、藏经楼，钟楼、鼓楼，两厢配殿包括方丈殿、伽蓝殿、祖师殿、观音殿、地藏殿、延寿堂、往生堂、客堂等。其建筑风格拟将明清寺院建筑和江南园林建筑融为一体。“整座寺院贯穿‘外古内新’的思路，流丽、古朴、庄严，力争成为别具一格的特色寺院典范。”路秉杰说：“我赶上了盛世。”据了解，万寿寺建成后可供200多名女尼住寺修行，为江南最大的女众道场。

由寺庙而园林，路秉杰越来越忙。水绘园是路秉杰与其师念念不忘的园子。“如皋水绘园，天下名园也。是货真价实的宝贝，绝无假冒伪劣之嫌。”这是他在水绘园的总结中说的话，但他也只打75分。他学得了陈从周常引用的诗：“换却竹篱改石栏，改园更比改诗难”，往往是一年建成，三年改成。1991年9月28日，奉师命，路秉杰第一次赴如皋为水绘园的恢复设计而踏勘。“既然是恢复水绘园，就必须查清它的现状和历史。最好是恢复成水绘园兴盛时的景象。”他说，水绘园的重建最低也应具备如皋地方特色。拿方案，定亭阁，造廊桥，筑驳岸……“尤其令人高兴的是，在驳岸挖土时，挖掘出大巢湖石一块，透、庋、漏、皱，颇具姿态，且与嘉庆年间所绘水绘园地貌图上的巢湖石一致，是水绘园唯一的一块遗物。难得的宝贝，确定把它置于主花亭前，用花坛供起来。”路先生如数家珍、津津乐道，仿佛这一切都是昨天发生的事。2003年，他应当地政府“复原扩建水绘园为首的周边风景区”请求，提交园子的补充完善方案。上海静安寺、峨眉山金顶、上海仁恒观海园、云南安宁楠园……乃至山东武训纪念地扩建规划，路秉杰近年来完成的大大小小关涉园、院、塔、阁作品20余件。

查资料，出图纸，跑工地……忙碌的路秉杰并没有忘记他生活的城市、国家，甚至世界。他说，产生于上海人的危难之中的里弄建筑，据不完全统计占整个居住建筑的65%，达9000多处，以住宅单元计算约20万幢以上，其中具有200幢以上者达150余处，“但目前正在消失”。2003年3月20日，布什下令打击伊拉克。路先生随即在同济大学演讲：萨迈拉大螺旋塔的命运如何？摩苏尔的斜塔怎么样了？人类历史上第一个城邦国家乌尔的文化遗产会不会遭受灭顶之灾？撰写过《中国伊斯兰教建筑艺术》的路秉杰忧心如焚！他说：“中国人和伊斯兰打了一千三百年的交道，创造了一个新民族——回族，产生了一个新文化即中国的回族文化，和平交流，相互包容，共同繁荣，共同发展，这才是应走的大道。“传统建筑需要有人守望。”路秉杰说。

（程国政，2008年4月5日，第2版）

地面交通工具风洞6月建成

将创下项目周期短、建设成本低、综合技术指标高等多个第一

本报讯 我校目前在建的最大项目——位于嘉定校区的上海地面交通工具风洞中心建设已进入设备安装与调试阶段，预计6月份可以全面建成。建成后，该项目将在国内乃至国际上创下项目周期短、建设成本低、综合技术指标高等多个第一。

据项目建设负责人、留美归国的空气动力学专家、长江特聘教授杨志刚介绍，风洞中心占地面积约213亩，总建筑面积35137平方米，建设内容包括三大块：汽车风洞试验室、汽车风洞测试中心和管理中心、风洞中心研究大楼。其中，汽车风洞试验室包括气动—声学整车风洞和热环境整车风洞，二者分别为国内首座同类汽车整车风洞。

杨志刚告诉记者，风洞中心建成后，主要面向国内汽车和轨道交通企业整车及零部件研发市场，同时参与国际市场竞争。作为全国汽车整车和零部件企业以及轨道交通产业的一个非盈利、中立性公共服务平台和支撑相关企业自主开发的重要基础设施，风洞中心可以为车辆产品设计提供较为完备的风洞试验服务。同时，作为国际汽车风洞网络成员和具有中立性的国际参考汽车风洞，风洞中心也将是我国汽车和轨道车辆产业的国际技术交流和高端人才培训的重要基地。

“依托上海国际汽车城，立足上海、服务全国、面向世界，成为与国际汽车城相配套的技术市场服务、科研开发、教育培训和学术交流的中心，是风洞中心的目标定位。”杨志刚说。建成启用后，风洞中心不仅能够进行轿车、客车、SUV、卡车等各类汽车的整车和零部件以及轨道车辆模型等系列试验，还可以为我国大飞机的自主研发提供必要实验条件。

通过风洞试验，可以为车辆设计过程中的优化造型、降低油耗，提高车辆行驶安全性和操纵稳定性，控制车辆内外空气动力噪声，以及优化发动机冷却系统及空调系统等提供第一手的数据，从而在较短时间内完成车型开发、改性设计以及热力学性能测评等内容。通过风洞测试，还可以提供大飞机起飞着陆时的空气动力性能等关键技术参数。

杨志刚告诉记者，风洞中心可以满足2~3家不同客户同时进行或准备试验的安全性和技术保密性要求，为每个用户提供隔离操作区和人员流线，保护客

户的知识产权。

对于气动—声学风洞和热环境风洞的功能，杨志刚介绍说，前者主要用于车辆气动力性能测试、气动声学测试和低噪声优化设计。风洞喷口面积达到 27 平方米，试验风速可达每小时 250 公里，而测试段背景噪声在风速时速 140 公里时，仅为 65 分贝，是目前国际上同等大小汽车风洞中最安静的之一。热环境风洞主要用车辆热力学测试和热环境性能评估，设有 7~14 平方米可变大小喷口，对应试验最大风速每小时 200~100 公里，模拟温度 −20℃ ~+55℃，相对湿度 5%~95%，并设有可变强度和角度的全光谱阳光模拟装置以及双轴驱动转鼓系统，能模拟各种气候条件和车辆行驶工况。

据介绍，上海地面交通工具风洞中心于 2005 年底开始建设，是上海市首批启动的“科教兴市”重大产业科技攻关项目中唯一由高校为主体实施的项目，同时得到国家发展和改革委员会基础平台和国家教育部“985 工程”二期的支持，总投资 4.9 亿元。

（姜锡祥，2008 年 4 月 15 日，第 1 版）

“同济策划”将会贯穿始终

——唐子来教授谈世博会城市最佳实践区案例遴选及未来建设

唐子来教授在欧洲进行招展洽谈

经过近一年的全球征集和遴选，中国 2010 年上海世博会“城市最佳实践区”的参展案例日前揭晓，这标志着上海世博会这一令人瞩目的创新项目第一阶段工作基本完成，即将进入参展谈判和工程建设阶段。

2010 年世博会城市最佳实践区总策划师、我校世博会研究中心副主任、建筑城规学院唐子来教授告诉记者：“案例征集与遴选基本符合预期，世界各国给予了积极响应。”他同时表示：“我们在第一阶段的主要工作是编制规划和提出案例遴选标准，更多是在‘出概念和出思路’，工作性质相对较为单一。接下来的主要工作将围绕把‘城市最佳实践区’真正做成为精品展区而进行大量的工作，包括参与参展服务、设计协调和建设进度等，因此更具挑战性和复杂性。”

唐子来团队提出的遴选建议方案得到高度肯定

据唐子来介绍，作为上海世博会的一大创新，设立城市最佳实践区的主要目的是更好演绎上海世博会“城市，让生活更美好”的主题，集中展示全球范围内具有公认性、创新性和示范性的城市最佳实践，并为世界各地提供一个交流城市发展、管理和建设经验的平台。

为了汇集全球范围内的城市最佳实践案例，2007年初，成立了专门的国际遴选委员会，成员单位包括国际展览局、联合国的相关机构、世界银行、经济合作与发展组织、亚洲开发银行、世界城市联盟、我国的科技部和建设部、世博局作为世博会的组织者等。

国际遴选委员会成立至今，先后举行了三次全体会议。在2007年4月举行的第一次会议上，讨论并通过了案例遴选原则和规程，会后向全球发布招展公告。2007年9月举行了第二次会议，听取招展情况的通报。2008年1月31日案例申报工作截止以后，3月20日举行了第三次会议，按照早先确定的一系列原则和规程，对所有的有效申报案例进行遴选，最终确定参展案例。

这个遴选标准和规程最初就是由唐子来带领他的同济团队提出建议方案的。虽然从接受委托承担该项工作到形成初步方案的时间非常紧迫，但他们卓有成效的工作得到了国际遴选委员会的高度赞扬和肯定。

2010年世博会城市最佳实践区的参展案例主要分为实物建设和展馆展示两大类型。目前，经国际遴选委员会一致同意，上海世博会组织者拟增设第三种展示方式。对于不适合实物建设和展馆展示的案例，将以报告、研讨、表演、活动等方式予以灵活展示，让更多的优秀自荐案例能够参与城市最佳实践区的展示中。

59个案例来自全球五大洲

据唐子来介绍，自2007年5月征集工作启动以后，无论是发达国家还是发展中国家的城市，都对上海世博会的城市最佳实践区表现出浓厚兴趣。到今年1月31日征集截止日，上海世博会组织者共收到来自全球87个城市和地区的106个有效申报案例，并且覆盖世界五大洲。

在106个申报案例中，15个是实物案例，91个是展馆案例。按照城市最佳实践区的总体规划，需要15个实物案例构成北部模拟街区。因此，国际遴选委员会通过协商方式确认了15个实物参展案例。而展馆案例，按照总体规划，目标案例数量原先确定为40个。

如何从91个申报案例中选择其中40个作为最后参展案例？国际遴选委员会遵循“价值原则”“平衡原则”和“精彩原则”，通过记名投票，按照各个申报案例的实际得票多少进行遴选。其中，“价值原则”主要考量案例本身的公认性、创新性和示范性；“平衡原则”主要考虑地域平衡（世界五大洲都应有案例入选）、发展程度平衡（兼顾发达国家和发展中国家）、展示领域平衡、展示方式平衡以及中外案例平衡等；“精彩原则”则主要考虑案例的展示性，即对公众的吸引力和案例本身的独特性。

由于一些展馆展示案例的得票相同，按照国际展览局的建议，得票相同的案例全部入选。这样，最终确定的参展案例共有59个，包括15个实物建设案例和44个展馆展示案例。

15个实物建设案例分为居住建筑、办公建筑、休闲建筑、公共空间和环境设施等类型，将会组成一个模拟街区。其中有马德里公共廉租屋的创新试验、伦敦的零能耗生态住宅、汉堡的可持续性建筑、巴黎的植物墙建筑、麦加的帐篷城、欧登塞的自行车复活以及成都的活水公园等。

44个展馆展示案例更是五彩缤纷，其中包括布里斯班的亚热带气候环境中的可持续城市实践、天津的华明示范小城镇、费城的微软“未来学校”、杭州以西湖为核心的治水实践、不来梅的交通解决方案、开罗的历史老城复兴、利物浦的世界遗产保护与再利用等。欧洲案例最多，有23个；亚洲次之，有11个；另有一个欧亚两个城市联合申报的案例。美洲、非洲和大洋洲则分别有6个、2个和1个。中国共有10个案例入选；3个为实物案例，上海、成都和澳门各1个；7个展馆案例包括台北2个，香港、天津、杭州、广州、苏州各1个。美国虽然不是国际展览局的成员国，此次也有3个城市申报了4个案例，并有芝加哥和费城两个城市的案例入选。

谈判和工程建设阶段的任务更加艰巨

唐子来告诉记者，案例遴选结束以后，接下来的主要工作包括三个方面，即参展服务、设计协调和建设推进。

对唐子来与他的同济团队来说，最大的挑战和压力来自15个实物案例。由于这些实物案例来自世界上的不同大洲和国家，作为设计协调的一项重要内容，需要与每一个实物案例进行全面沟通，特别是实物案例的“适应性设计修改”涉及5个方面的内容。一是气候适应性，这些实物案例要充分考虑上海的气候条件，包括日照、主导风向和风力、气温、湿度等，使原先的生态建筑落户上海以后同样也应是生态建筑；二是一些实物案例的建造时间较早，以发展的眼光来看，技术和设备就有必要进行更新或升级，使之能够反映最新进展；三是要确保实物案例的形态和体量与模拟街区的总体规划相协调，因此不仅实物案例的形态格局都需要进行调整，而且有些实物案例可能不是原物的全部，而是其中最能够体现其风貌特征的精华部分；四是要符合作为展品的要求，即在保持建筑特色和技术原理等基本要素不改变的前提下，还需充分考虑世博会期间作为“展品”的特殊要求，通过暴露和剖面等方式，对关键的技术节点进行“开放式”展示，同时还要兼顾到后续利用，预留再次改造的可能性；五是要符合中国的建筑设计规范和标准，特别是消防和抗震等方面，为此国外的原设计师将与中国的建筑设计机构合作，共同完成案例建筑的施工图。

如何按照既定的时间节点，确保城市最佳实践区的实物案例的参展谈判、适应性设计修改和工程建设能够有序推进，是唐子来倍感压力的艰巨任务，因为这是城市最佳实践区能够成为2010年世博会的一大亮点项目的基础。据他介绍，城市最佳实践区位于世博园区的浦西部分，占地面积约15.08公顷，建筑面积约10万平方米，工程已于今年3月20日奠基。城市最佳实践区分为东、中、西三个片区，各项建设工程最迟要在2009年10月底完工。

（吴为民，2008年4月15日，第1版）

杭州湾大桥的“驯风师”

——我校桥梁系杭州湾大桥灾害性天气对策课题组

5月19日，奥运火炬境内传递将在新开通的杭州湾大桥上举行。赤橙黄绿青蓝紫……防撞护栏上的透明风障条就是我校桥梁系陈艾荣教授课题组的成果。“看似不起眼的椭圆形障条却能够把11级以上的狂风‘驯’得服服帖帖，威风全无。”杭州湾大桥副总工程师方明山评价。

风障布设没有多少经验可借

钱塘潮的威力世人皆知，而杭州湾跨海大桥横跨在钱塘江的大喇叭口上。东风或东南风刮起时，喇叭口便形成了“窄管”效应——风力迅速被放大。同时，大桥南北航道桥高度近 60 米，海上风力随着高度的增加也将增大。兼之杭州湾跨海大桥所跨越水域气象条件复杂，台风、龙卷风、雷暴及突发性小范围灾害性天气时有发生。杭州湾跨海大桥的通行采取路桥一致的原则，即只要高速公路能通车，大桥就能通车，要做到这一条，必须要解决风对行车安全的影响。

目前，国内没有此类风障，而国外也只有法国米约、英国赛文二桥等少数桥梁设了风障。“可借鉴的经验不多，一切必须从头做起。”陈艾荣说。

课题组一干就是六年

如何设置风障？采用什么样的材料？全桥遍设还是局部设置……2002 年，课题组第一次接触杭州湾大桥开始，便着了魔似地一干就是 6 年。“虽然不是天天盯着它，但这些年‘杭州湾’几个字就像‘紧箍咒’——那是沉甸甸的责任。”陈艾荣告诉记者。

杭州湾的风究竟有哪些特点？在大桥上将是怎样的走向？课题组一遍又一遍地实地勘察，一遍又一遍地风洞试验，一遍又一遍地仿真模拟。“上了多少次桥记不清了。”课题组王达磊博士说。我们最初的研究结论是“减风措施只需针对上游车道；3 米高风障就能够明显减弱桥面风速，70% 透风率风障减风效率约 35%，50% 透风率风障减风效率接近 60%”。

经过反复论证，课题组提出了透明椭圆弧板、带有弧线型的钢制扁桶、风障与防撞栏杆结合等 3 种风障结构，总高 3 米，透风率在 65% 左右。“可以与高速公路匹配，满足海上行车要求。但根据斜拉索走向，风障只能设置在防撞栏杆上。”陈艾荣说。就等着风来“验收”了。

法国米约大桥采用的是雅克力材料。雅克力材料表面硬度如同铝合金，质轻、色彩艳丽，可是加工难度很大。米约大桥采用这种材料加工还是在奥地利完成的，杭州湾大桥是不可能有这样的费用保证的。

课题组开始寻找合适的材料厂家……2007 年 2 月，大桥全线合龙，美国 GE、德国拜尔、以色列帕拉姆等国际品牌企业，还有浙江海盐华帅特塑料电器公司先后都进入课题组的视野，他们都为一个事情而来——杭州湾大桥风障材料PC耐力板。这年8月9日，华帅特拿着在同济测试合格的风障样品，再次走进了跨海大桥工程指挥部，将抗风力达16级的样品及招标计划书呈交指挥部负责人。

全桥采用加高至1.5米护栏+主桥与高墩区加高护栏上另加设弧形风障，北航道桥北引桥高墩区起点的区域再加设弧形风障。“风障桥面总长约6公里。”王达磊介绍，指挥部最后采用的是我们建议的方案五，“这个方案性价比较高，行车安全风险较低”。据了解，风障布设好后，当地气象部门选择了一个大风天，开着“追风车”上桥测试，结果，南侧没装风障部分风力10级时，南北主航道桥面风力只有8级左右。

“这毕竟不是实际的行车环境，但相信我们的风障能够经受杭州湾大风的考验。”王达磊说。

（程国政，2008年5月10日，第2版）

只争朝夕　迎头赶上

——记上海地面交通工具风洞中心（筹）常务副主任、
我校汽车学院教授杨志刚

“依托上海汽车城，立足上海，服务全国，面向世界，成为与国际汽车城配套的技术市场服务、科研开发、教育培训和学术交流的中心。”这是今年风洞建成前夕接受媒体采访的话语……杨志刚为风洞而归国，“只有以只争朝夕的紧迫感和历史使命感迎头赶上，我们才能成为真正的汽车强国。”现在，他忙得不可开交。

像很多负笈海外的学子一样，上世纪八十年代，杨志刚在美国完成学业后便留在当地工作，NASA（美国国家航空航天局）和通用汽车公司先后是他的“东家”。在通用研究院和通用整车技术中心，他干到高级分析师和主任工程师。受到万钢作为首席科学家的国字号汽车项目的吸引，杨志刚2005年初来到同济，担任车身与空气动力学专业方向责任教授。

杨志刚来同济的一项重要工作就是具体负责上海地面交通工具风洞中心的建设。“风洞是汽车开发中必不可少的大型基础设施，可我国没有。汽车企业不得不花高额成本将产品运往国外做试验，产品开发周期延长了不说，新产品的保密性也大打折扣。”杨志刚告诉记者，风洞的建设会“为中国汽车工业真正实现自主开发扫除最后一道障碍”。

但是，风洞建设同样面临着许多技术难题。两年来，杨志刚联合各方力量组成攻关团队，现已完成汽车风洞中心的气动声学、汽车风洞中大功率低噪声轴流风机系统、汽车风洞中心的空气动力学、汽车风洞中热力学等课题。目前正在开展流场标定空气动力试验技术和实验程序、热环境风洞实验技术及实验流程研究等项目研究。得益于不断取得的科研成果，风洞设计方案、关键设备选型、工程质量及成本等都得到了不断的优化；与此同时，团队还获得了一系列汽车整车风洞关键技术领域的自主知识产权。据了解，一系列工作的直接效应就是建设同样水平的汽车风洞，国外需要 7 亿至 8 亿元资金，杨志刚他们只花了国家 4.9 亿元。

杨志刚介绍，中心建成后，将与上海嘉定国际汽车城、上海汽车质量检测中心、汽车试验场等共同组成具有国际一流水准的汽车研发平台。在风洞能够进行包括轿车、客车、SUV、卡车在内的各类汽车整车和零部件、轨道车辆模型等系列试验，可在较短的时间内完成车型开发、改型设计以及空气动力、气动噪声、热力学性能测评等内容。此外，风洞也为我国新一代高速列车（时速 250 公里或以上）和大飞机的自主研发提供国内目前尚空白的关键技术支撑。

“我的本职是教师。”杨志刚说。回国伊始，杨志刚立刻承担起汽车学院本科生“流体力学”“汽车空气动力学”两门主干课程，多媒体、双语都是他授课的必备“武器”。“风洞就是一个大课堂。”杨志刚的研究生们纷纷表示，做杨老师的学生很苦但也很幸运：雷打不动的每周数次见面，定期举行的讨论会，“不务实不行，不盯紧细节不行，逃不过杨老师的眼睛”。据了解，目前汽车学院已有 10 名博士及 8 名硕士研究生参与风洞项目的工作，计算流体力学和风洞实验的训练是每个人的“必选题”。

同济大学汽车协会是全校乃至全国知名度都相当高的学生科技社团，最近几年来在各类比赛中屡创佳绩。2006 年，还挤进了向来参赛者都是宾利、保时捷、法拉利、兰博基尼、沃尔沃、克莱斯勒等一流公司参与的“极限重力车赛”，成为第一支也是目前唯一一支亚洲高校参赛队。同济参赛队的指导教师就是杨志刚，他指导学生进行了大量赛道分析和空气动力学分析，并利用 CFD 软件进行电脑仿真模拟，在设计中还融入了中国传统文化元素——太极和书法。由于同济汽车学院设计制作的赛车具有良好的外型、制动性和优越的储能机构，广受竞赛举办方及媒体的青睐。除此之外，“教育推进伙伴计划（PACE）”项目落户同济、首届中国大学生汽车创意设计大赛等重要活动中，都有杨志刚的身影。

（程国政，2008年5月10日，第2版）

“危楼”评估为灾民“找家”

我校6人专家组地震灾区两天评估房屋144栋，认定部分可以入住

本报讯 “太好了！你们来是给我们壮胆了！”5月18日早上9点多，当我校土木工程学院6位教师组成的建设部“房屋应急评估专家组”一出现在地震重灾区之一的广元市青川县，该县建设局局长杜久泉顿时感到吃下了一颗定心丸。

杜久泉介绍说，由于一直没有房屋评估专家到达该县，该县没有能力判断哪些房屋可以继续住人，所以灾民全部被安置在大街上。另外，在搜救工作结束后，当地政府一直谨慎处理对危房的拆除。很多灾民想回家拿财物，但如果危房再次倒塌，后果将不堪设想；而强制拆除又害怕灾民难以理解。所以他希望同济大学专家能够给出权威的房屋评估结论。

由土木工程防灾国家重点实验室副主任、结构工程与防灾研究所所长吕西林教授带队的我校6位专家心里明白，当务之急是要早点为那些露宿街头的灾民找到可以安身的“家”！同时他们也非常清楚肩负的责任：必须对每一份结论书高度负责。因为这直接关系到灾民的财产安全甚至生命安全。

评估工作立即展开。6人分成了两个小组：一组由吕西林和刘威两人组成，主要为立即入住房屋进行评估；另一组由桥梁系副主任、桥梁抗震研究室主任李建中教授带队，包括唐益群、任晓崧和李翔，共4人，主要为拆除房屋进行评估。他们不顾个人安危，进入随时可能再次垮塌的房屋。他们甚至没有向当地提出要一顶安全帽。地震过后，青川县建设局内的确也已经找不到完好的6顶安全帽了。

吕西林的小组首先来到青川粮食中心第三单元楼。吕西林第一个钻了进去。这栋楼并没有倒塌，但已是摇摇欲坠，整个楼体上布满密密麻麻的裂缝，有的裂缝甚至有10厘米长，而楼门口上的前沿已经一半耷拉下来，随时有滑落的危险。

踏在散落着墙皮、砖块的楼道上，楼梯已经裂开了足有 2 指宽的裂缝。吕西林一个人先上了二楼，然后回头喊：“一个一个上，不要两个人一起走，损坏的楼梯只能承重一个人。”看完二楼，吕西林等又爬上了三楼直到六楼的顶楼。最后作出结论：此房屋已不能居住，但灾民可以一个一个进入拿出小件财物。

就这样，我校专家一栋楼一栋楼地爬着、评估着，甚至要拿着手电筒深入裂缝里去看房屋的结构。经过 4 个小时马不停蹄地进进出出，吕西林小组先后评估了 23 栋楼，部分房屋完全可以入住。李建中和刘威小组当天在别处评估了 35 栋楼，其中 28 栋需要立即拆除。

应广元市建设局有关领导强烈要求，18 日晚些时候，吕西林回到了广元，李建中小组则继续留在青川。

19 日，青川小组评估了 75 栋楼，面积约 15 万平方米，其中 36 栋须立即拆除，其余待查。广元小组评估了 11 栋楼，面积约 6.2 万平方米，其中完好 3 栋，基本完好 4 栋，其余待查。广元小组评估楼中有 6 栋为医院用房。

吕西林 20 日清晨通过手机短信中告诉记者：“我们评估得非常仔细。因为这些建筑对于救灾和人民生活至关重要。我们有责任做出正确评估。”

截稿之前，记者收到来自前方的最新信息，我校 6 位专家 20 日继续在青川和广元分别勘测评估之后，下午分头出发，晚上在苍溪县城汇集，21 日开始对苍溪县城的房屋进行勘测和评估。

（吴为民，2008 年 5 月 20 日，第 1 版）

首届“浦江创新论坛”举行

探讨“创新型国家之路”，关注抗震救灾

本报讯 聚焦推进自主创新战略中的理论重点和政策难点，为走中国特色的创新型国家之路提供有力的思想支撑。以“创新型国家之路”为主题的首届“浦江创新论坛”于 5 月 18 日至 19 日在浦东举行。“浦江创新论坛”由科技部和上海市人民政府共同主办，同济大学和上海张江集团联合承办。既是致力于创新战略与政策研究的高层国际论坛，也是同济大学 101 周年校庆重要学术活动之一。

全国政协副主席、科技部部长万钢，上海市委副书记、市长韩正，全国政协教科文卫体委员会主任、论坛主席徐冠华，全国政协外事委员会主任赵启正，著名理论物理学家、诺贝尔物理学奖获得者杨振宁，日本众议院议员、前财政大臣尾身幸次等出席并作大会讲演。科技部党组成员张景安、上海市委副书记殷一璀、上海市委常委、浦东新区区委书记徐麟等出席开幕式。上海市副市长沈晓明主持开幕式。

我校党委书记周家伦，校长裴钢，中国工程院院士沈祖炎，副校长杨东援、陈小龙、郑惠强等出席论坛。裴钢主持了第一个主题论坛“创新的趋势与理念”。

万钢指出，建设创新型国家是我国实现创新驱动发展的必由之路，而创新型人才是建设创新型国家的核心要素，在提高自主创新能力当中发挥着不可替代的关键作用。我们迫切需要培养和造就一支创新科技人才的队伍，特别是学术带头人和创新创业带头人，以形成“一个群英荟萃、百舸争流、千军万马汇流的社会”。

韩正表示，上海要实现建设创新型城市的目标，既需要进一步加强重点领域的聚焦突破，需要加快建设技术创新体系，也需要全力营造鼓励创新、促进创新的良好环境。

徐冠华说，中国拥有充沛的人才资源、巨大的市场需求和较强的科技实力，这为中国建设创新型国家奠定了重要基础，创造了良好条件，我们要满怀信心，并为之全力以赴。

本届论坛为期两天，在开幕式暨大会报告之外，设立了8个主题论坛，分别为：创新的趋势与理念，企业自主创新的途径，自主创新与国民经济又好又快发展，自主创新与扩大内需，自主创新与公共政策，自主创新与国际合作，自主创新中的政府、企业、高校与科研院所责任，自主创新与区域竞争力提升。我校校长助理、汽车学院院长余卓平和我校中国科技管理研究院副院长尤建新分别在两个主题论坛中发表演讲。

论坛召开之际，正是“5·12”汶川地震抗震救灾的关键时刻。因此，地震灾情无时不刻牵动着所有与会者的心。大会为此专门发出倡议，要充分发挥科技在抗震救灾中的重要作用，运用已经有的科学技术储备，为抗震救灾服务，为救灾减灾、灾后重建提供技术、产品和资金支持，为战胜这场特大地震灾害做出应有贡献。振华港机、神州数码、张江集团等与会企业还向大会秘书处捐了款。

据了解，论坛举办期间，共有56位来自国内外的政府官员、著名专家、知名企业家发表演讲，与会者超过400人。

（黄艾娇，2008年5月20日，第1版）

一所学校与一座大桥的不解之缘

——同济大学参与苏通大桥建设记

5月26日，历经8年论证、建设的苏通大桥随着奥运火炬的桥上传递通车试运营。消息传来，同济大学桥梁系教授、苏通大桥设计副总负责人陈艾荣抑制不住内心的激动：“同济大学与这座桥的缘分太深了！”

苏通大桥创下了很多第一：斜拉桥主孔跨度1088米，列世界第一；主塔高度300.4米，列世界第一；最长一根斜拉索长度577米，列世界第一；群桩基础平面尺寸113.75米×48.1米，列世界第一；该桥是我国建桥史上工程规模最大、综合建设条件最复杂的特大型桥梁工程……众多第一背后是数不清的工程难题苏通大桥位于江苏省东部的南通市和苏州（常熟）市之间，是交通部规划的黑龙江嘉荫至福建南平国家重点干线公路跨越长江的重要通道。大桥工程路线全长32.4公里，其中跨江大桥工程总长8206米，主桥为1088米双塔双索钢箱梁斜拉桥，专用航道桥为548米的T形钢构梁桥，大桥工程总投资约64.5亿元，计划建设工期为6年。

可是，闻所未闻的巨大数字背后却是大桥建设面临的无数难题：

一年中江面风力6级以上的天数179天，年平均降雨天数超过120天，雾天31天，还面临着台风、季风、龙卷风的威胁，气象条件极差。

江面宽6公里，主桥墩位处水深30多米，无风时浪高1~3米；每天两潮，潮差2~4米；桥位处水流速度常年在2.0米/秒以上，最大流速为4.47米/秒，水文条件极为复杂。

因为泥沙覆盖层厚、土性软弱、河床极易受到水流冲刷而变形，基岩深度在300米以下。

施工区域航运密度高，船舶吨位大。据估算，该区域平均日通过船只2300多艘；高峰时，日通过船只接近5000艘，航运与施工的安全矛盾尤为突出。

这还只是初步评估时的难题，工程一旦开工，如团如麻的问题还会接踵而至，怎么办？找同济大学桥梁、土木、交通专家去。

同济专家全面参与大会战早在2000年，苏通大桥还处在工程可行性研究阶段，时任同济大学桥梁工程系主任的陈艾荣教授就协调和组织学校相关科研力量开始参与由中交公路规划设计院牵头的“苏通长江公路大桥工程可行性研究”，并兼任苏通大桥工程可行性研究副总负责人。2001年，课题组提交了最终研究报告，相关成果获得2002年全国优秀工程咨询成果一等奖。

同济大学在苏通大桥工程可行性研究阶段的积极参与和努力，奠定了大桥方案竞赛联合体中标的基础。2001年7月至11月，在江苏省交通厅组织的苏通大桥设计方案招标中，中交公路规划设计院、江苏省交通规划设计院与同济大学建筑设计研究总院桥梁设计分院组成的联合体中标，陈艾荣担任苏通大桥设计副总负责人，同济大学开始全面、深入地参与苏通大桥工程设计和科学研究。

2002年初，同济大学桥梁工程系牵头，组织相关院系全面开始了苏通大桥科研立项的前期准备工作，成立了专门的苏通大桥科研工作组，项海帆和范立础两位中国工程院院士坐镇把关，系主任陈艾荣挂帅，各院系学术带头人担纲，学校科技处等行政部门积极组织、协调和运作。技术上的充分准备、科研上的强强联合，组织上的有力保障，让同济大学在苏通大桥科研项目立项过程中捷报频传，先后获得了阶段科研立项54项，研究经费达1672.6万元人民币。一场全方位服务苏通大桥科技工作的攻坚战役拉开大幕。

据不完全统计，同济大学直接参与苏通大桥科研工作的在职科研人员包括中国工程院院士4人、正高级职称65人、副高级职称76人、中级职称54人、博士和硕士研究生逾两百人。用“史无前例”来形容同济大学参与苏通大桥科研工作一点也不夸张，常务副校长李永盛介绍，苏通大桥是同济大学参与国内外同一工程建设投入人力、物力、财力最多，系统最庞大，组织协调最完善的一次。

强大的科研保证了大桥建设的顺利推进无疑，苏通大桥科研的主力军是同济大学桥梁系。项海帆、范立础等老一辈桥梁人的求真务实、开拓创新精神滋养着的新一代桥梁人锐意进取、顽强拼搏，使得我校苏通大桥科研捷报频频传来。

苏通大桥面临数不清的技术难题，难题首推千米级斜拉桥。同济大学桥梁系多个学科组参与的“苏通大桥建设关键技术研究”课题很快被科技部确立为“十一五”国家科技支撑计划重大研究专项。2003年开始，学科组针对千米级斜拉桥的设计标准与方法、集成施工技术、安全与减灾技术、施工与运营控制技术等进行深入的攻关，逐步形成了具有自主知识产权的千米级斜拉桥建设核心技术群，这些核心技术的取得让我国参与国际重大桥梁工程项目竞争的能力得到很大提升。

“苏通大桥是一个特大型桥梁工程，进行正确的抗震研究，确保其抗震安全性具有非常重要的意义。”这是“苏通大桥抗震性能研究”课题牵头人叶爱君在项目简介中说的话，课题组对斜拉桥工程场地的多点地震动输入参数、千米级斜拉桥的地震反应特性、地震易损性、抗震概念设计、减震机理和方法进行了大量测算、试验、分析，得出了多项开创性成果；“索塔结构、群桩基础与土体共同作用的数值模拟分析”课题组通过地层模型的构建及力学参数的取值、索塔结构群桩基础与土体共同作用的三维力学建模分析、共同作用受力体系的模拟分析以及特殊情况下共同作用体系的模拟分析后认为，桩基采用“哑铃型”方案最为合理；“风环境对行车安全的影响和对策研究”课题组针对强风多发区桥梁风致行车安全这一热点问题，以行车安全临界风速和桥面风环境研究为重点，获得了确保行车安全条件细分下的风速标准、静动力状态下不同车辆、路面和车速综合作用下确保行车安全的临界风速、桥面风致行车安全概率评估方法等一系列原创性成果；徐伟主持的“苏通大桥主 4#、5# 钢吊箱结构复核”“苏通大桥建设关键技术研究”提出了临时结构的荷载取值标准，得到了特大型钢吊箱结构的施工力学变化规律，解决了大型钢吊箱在急流强潮条件下安装的高精度定位难题，自流平混凝土技术成功实现大面积水下封底混凝土浇筑……苏通大桥长达 6 年的建设中取得了包括“千米级斜拉桥结构体系”等 13 项世界级核心技术，其中 1 项获省部级科技进步特等奖、6 项获得科技进步奖；申报了 10 多项专利。科技人员还完成了 23 项工法编制，其中 6 项被颁布为国家工法、9 项为省级工法……“没有同济大学专家们的深入参与，这些都是不可能完成的任务。”大桥指挥部评价。

“拼搏，我们有了灿烂的笑容”

规模空前的大会战没有高度的协调性是不可想象的。

“高起点，高标准，高效率”，这是大桥指挥部负责人对同济大学科研团队的评价。“两个月一次的苏通大桥科研工作研讨会雷打不动，我们一直坚持到大桥科研任务全部完成。”研讨会协调人陈艾荣介绍，会上，各课题负责人将向院士顾问及其它课题主要参研人员汇报工作，并听取意见，“有时，意见是很尖锐的，但大家都明白‘良药苦口’的道理”，于是研究思路和步骤总能得到及时的调整，下一阶段的研究工作重点和难点总能很快清晰。更为重要的是，得益于各课题负责人间的沟通紧密性增强，不同课题组研究生之间的学术交流和讨论氛围也很快浓厚起来，“效果超出我们的预期”。

不仅如此，苏通大桥还为同济大学科研交流的升级提供了难得的机遇。业主、设计单位、建设单位、咨询审查单位……同济大学紧密地与大桥建设指挥部、中交公路规划设计院和江苏省交通规划设计院，甚至还涉及到了丹麦COWI公司，积极的沟通和配合，按时通报研究工作进展，邀请相关专家指导检查工作，多次到设计现场开展科研工作，积极配合初步设计阶段的方案比选和优化工作……这一切都极大地提高了大桥设计和科研工作的效率。“大家风范相当迷人。”参与大桥建设的专家们、管理人员纷纷对同济专家竖起大拇指。

2006年底，经过四年多的奋力拼搏，所有的课题都已按工作大纲的要求，按时、按项、高质量地完成研究工作，全部课题都顺利地通过了专家严格的评审，其中一些重大课题的专家鉴定结论为“总体达到国际先进水平，部分达到国际领先”。

记者问，同济在苏通大桥建设中承担了多少课题，参与科研的王达磊说，太多，目前正在统计中……

（程国政，2008年5月30日，第2版）

我校承担世博工程建设总体项目管理

项目负责人为经济与管理学院乐云教授

本报讯 我校参与2010年上海世博会建设又添重任。继吴志强教授担任世博园区总规划师、郑时龄院士作为世博会总策划师之一、唐子来教授担纲城市最佳实践区总策划师，同济大学作为世博交通研究总牵头单位之一、世博村总体规划单位、主题馆方案设计单位等之后，我校正式成为2010年上海世博会工程建设总体项目管理单位。该项目正式合同不久前签署，合同总金额998万元人民币。项目负责人为经济与管理学院乐云教授。

乐云告诉记者，在项目实施过程中，我校工程管理专业团队将参与指挥部各项管理工作，研究和分析世博会建设过程中的各项管理问题，为最高决策和指挥提供咨询建议。具体内容主要包括如下6个方面：

一是分析影响项目推进的关键问题，确定世博会工程建设总原则、总方针，研究项目总进度节点控制目标、主要工程的质量目标、投资控制目标和安全管理总目标，对世博会工程建设的关键技术和管理问题进行总体部署策划与实施支持。

二是进行子项目的分解及项目群归集优化，界定不同项目的管理深度和管理内容，制订指挥部各职能部门和项目部的具体分工和工作界面，明确各指令路径，提出各部门各单位之间的信息关系，对指挥部办公室的组织建设进行策划支持。

三是编制世博会项目建设大纲，形成世博会建设项目系列管理手册，并制定各项管理制度和办法，对相关管理文件和制度进行总体策划支持，促进管理工作规范化、科学化，以提高管理效率，提升管理水平。

四是定期编制月度总体项目管理工作报告，对项目实施过程中出现的管理问题进行分析和研究，提出对策，并解决突发事件或特殊事项，供指挥部决策参考。

五是派员到指挥部现场，与指挥部办公室各处室对接，直接参与各项工作，全面支撑各部门各岗位管理工作。

六是对世博会工程建设中遇到的重大管理问题进行专题研究。

据乐云介绍，得益于该项目的实施，我校工程管理专业的学术水平必将同时得到极大提升。为更好服务于工程建设，许多新课题需要他们去深入研究，诸如“大型群体项目的多维复杂性特征研究”“大型群体复杂项目的项目组织研究”“大型群体复杂项目的工程建设界面管理研究”“大型群体复杂项目工程管理信息化研究”“参展商协调与自建馆控制模式研究”以及“国际项目管理的沟通与协调模式研究”等，有望形成系列研究成果。

事实上，从 2006 年 12 月开始，乐云与他的团队已经参与到世博会有关项目的建设管理。2007 年 11 月开始，他们则提前投入到世博会总体项目管理工作，目前已有 20 多人参与指挥部日常工作，《中国 2010 年上海世博会项目建设大纲》等文件已编制完成并正式颁布。“其间，学校和学院有关领导对项目的承接、管理团队的组建等，均给予了高度重视和大力支持。”乐云说。

另据了解，该项合同是世博会指挥部自成立以来项目管理类最大的委托合同，同时也是我国高校同类专业服务于社会所获得的最大委托管理合同。从一个侧面体现了社会对我校工程管理专业实践水平的认同。

（吴为民，2008 年 6 月 15 日，第 1 版）

擎天一柱出同济

——记我校苏通大桥索塔桩基课题组

站在苏通大桥高高的索塔下，只见巨大的塔座安静地“站”在浩瀚的江面，长长的缆索一根接一根“撒”出去……“长发”垂髫，长1088米、5万吨的桥面就这样被优雅地挽起。“这两座巨塔从江底‘长’出来，同济大学的专家们功不可没。”苏通大桥建设现场总指挥游庆仲说。

苏州常熟至南通的长江江面宽6公里，每天两潮，潮差2~4米；主桥墩位处水深30多米，浪高1~3米；基岩埋藏深度达300米，覆盖层软土厚且易受水流冲刷……与此相对应，苏通大桥主墩桩基由131根长约120米、直径2.5米/2.8米的钻孔灌注桩组成，托起长114米、宽48米、厚约9米、大小如足球场的巨大承台，其上竖起高300.4米高塔……“也就是说，南北桥墩的262根桩将支撑起主桥承台、索塔、上部结构共约50万吨的重量。”游庆仲告诉记者，同济的专家是我们的“主心骨”。

“群桩效应十分明显，属于超规范的设计难题。”“苏通大桥之索塔结构、群桩基础与土体共同作用的数值模拟分析”课题组牵头人、常务副校长李永盛教授毫不掩饰对这一世界性难题的担心，大直径、超长度以及土层扰动等情况，桩基础设计肯定会遇到很多前所未遇的坎儿。为此，课题组分别针对南北塔，将索塔结构、群桩基础、土层等看作三维共同作用体，将课题分为地层模型的构建以及力学参数的取值、索塔结构、群桩基础与土体共同作用的三维力学建模分析、共同作用受力体系的模拟分析、特殊情况下共同作用体系的模拟分析等数个子项，开展地层条件、土性特点、水文条件、桩土接触等研究，深入分析了群桩效应、侧摩阻力、索塔稳定性及群桩基础不均匀轴力分布规律等，建立起群桩基础受力体系力学模型，上部结构、群桩基础及地基土体共同作用三维受力及边界模型，冲刷条件下的桩基力学模型等。

在深入研究的基础上，课题组认为，南北索塔桩基采用哑铃型方案，其沉降和受力状态较为理想。课题组建议，采取适当的桩底注浆加固措施，以使群桩基础受力均匀，提高承载力，发挥群桩承载效率；稍微减小角桩或增加内部桩的桩长，以减小群桩的不均匀沉降和弯矩，使群桩的受力分布趋于均匀；适当加强桩基的防撞能力；施工与设计相配合，充分考虑施工工序对群桩基础的影响。

苏通大桥现场总指挥游庆仲介绍，大桥主桥基础采用高桩承台加钻孔灌注桩的形式。主塔桩基的131根变直径钻孔灌注桩，采用的是梅花形布置。按照同济专家们的建议，摩擦桩长度分别为114米和117米。主塔基础施工的主要步骤有：对主塔基础河床进行冲刷防护施工；下沉钢护筒，架设钢结构钻孔施工平台；钻孔施工，下钢筋笼，浇注混凝土。“施工与设计人员全程密切配合，方案在进行中不断得到优化。”游庆仲说。

“主塔基础承台也采取了专家们建议的哑铃型方案。”游庆仲滔滔不绝，施工中采用双壁钢套箱围堰，其施工的主要步骤有：分三次安装、下沉钢吊箱，封底，大体积混凝土分层分块浇筑。各墩基础的承台四周均设置防撞消能装置。“有了这些世界一流的专家们撑腰，我们要做的就是严格按照准则、遵循工序进行作业。”

那些年，常务副校长李永盛教授日常工作极为繁重，可是坚持去苏通大桥工地却是他雷打不动的安排。“到工地看看，大家一丝不苟的作业态度、创造性劳动的主人翁精神不止一次地感动着我们，也让大家先前的种种担心烟消云散。”李永盛还清楚地记得，按照设计方案，2003年7月二航局试着打下12根、每根14吨的钢管桩，一夜之间就被江涛拦腰折断，冲得无影无踪，汛期的长江狂暴无比。“运用钻孔平台打桩，采用钻孔桩钢护筒支撑的办法搭建施工平台。”会诊后，专家们一致同意二航局采取这一方法。随后的施工果然进展神速。

“应该说，苏通大桥的建设者们创造性地运用了我们的研究成果。”李永盛介绍，262根灌注桩施工，水下基础施工看不见摸不着，国际上通常允许钻孔桩有2%的缺陷率，而我们是零缺陷率，因为建设者们提出的理念是“N−1＝0”。“有这样一群高水平的建设者，我们心里非常踏实。”他说。

擎天一柱，稳若磐石，为其贡献了智慧的我校学者分别是：李永盛、黄宏伟、张子新、谢雄耀、赖允瑾。

（程国政，2008年6月15日，第2版）

北京奥运的“同济印迹”

——同济大学参与北京奥运会工程扫描

7月7日，由我校新能源汽车工程中心等研制的20辆燃料电池轿车交付北京奥运会；配合奥运足球上海赛区比赛，作为训练场地之一的同济体育场已完成改造；同济大学至今参与的奥运场馆等工程项目包括北京大学的乒乓馆、秦皇岛奥体中心体育场的独立设计，国家体育场——“鸟巢”的钢结构承重能力测试……北京奥运会留下鲜明的“同济印迹”。

乒乓馆挺起“中国脊”

“中国脊”托起的北京奥运乒乓馆，这是普通人在北京大学看到的奥运史上第一座专门的乒乓球馆；双层门管住馆内风流动，为树让道的同时还在古树与建筑之间的地下敷设防水隔层……这是业内专家眼里的乒乓馆。我校建筑与成规学院副院长钱锋带领的设计团队为乒乓馆用足了心思。

根据国际奥委会的要求，奥运乒乓馆——北京大学体育馆建筑面积约27000平方米，馆内比赛期间拥有8000个座位，赛后改为6000座。在奥运乒乓球比赛时，场地可放置8张标准的乒乓球台，赛后可举办乒乓球、手球、篮球等比赛，也可供专业运动员训练及大学生上体育课，举办大型学生集会和文化表演。

按照这一要求，钱锋团队在70个日日夜夜里朝思暮想、不懈求索、不断碰撞，最后凝成“中国脊”。建筑城规学院副院长钱锋说，“中国脊”利用金属屋盖与两条螺旋展开的曲线屋脊，体现象征百折不挠的民族之脊，象征中国现代教育脊梁的北大之脊，象征中国体育运动脊梁的国球之脊，象征传统建筑灵魂的建筑之脊。

用隐含中国传统建筑元素的大屋脊与代表现代建筑的奥运会体育馆大空间的巧妙结合，这是“中国脊”的一大创新。钱锋解释，屋盖中央的玻璃球体象征乒乓球，不仅解决白天的自然采光，而且两条屋脊旋转所形成的曲面，很好地诠释了乒乓球运动速度、力量、旋转的真谛；主馆与裙房室内游泳馆均采用太阳能屋顶等，集中体现了环保、节能的理念。

乒乓球馆西侧紧邻着一组四合院保护建筑——始建于清嘉庆年间的“治贝子园”，园里有6株古树，包括马尾松、白皮松、侧柏、国槐，最老的一棵白皮松已经100多岁了。“为了古建筑和这6株古树，我们选址设计时整体布局向东退让，避开了文物及古树，后来为了古树的生长空间，整体建筑再次比原来规划的往南移了3米。怕古树根部的水分流失，我们在施工时还特别在古树与建筑之间的地下设计修建了防水隔层。”钱锋说。

“乒乓球比赛对灯光有着特殊的要求。”钱锋介绍，比赛时运动员的眼光全神贯注在一点上，视线一点都不可被干扰。打灯时，光线聚集在赛场中央，观众席的灯光要尽可能昏暗下来，配合灰色金属漆的背景颜色，这样的暗色调背景就不会分散运动员的注意力。

还有一个难点是，灯光设置要随着“8–4–2”的球台数量变化而调整照明方案。最开始，中央场地可布置8张乒乓球台，随着比赛进程逐渐减少球台数量，到决赛时，场地中只剩下两张球台。灯光设置要跟着球台的减少而变化。比如8张台子时，开多少灯，开哪些灯，什么角度最好。4张台子时又是什么灯光方案。到决赛时剩两张台子，事先搭建好的临时看台会安装到赛场，智能照明系统会将临时看台处的灯光调暗，最终整个场馆的焦点要集中在决赛球台上。“经过测试，目前我们的灯光设置已经达到了预期效果。”钱锋说。

最先建成的奥运场馆秦皇岛奥体中心体育场

秦皇岛奥体中心体育场是2008年奥运会建成的第一座比赛场馆。乳白色的船帆、高高矗立的桅杆，站在看台的最高处，大海立刻就涌入你的眼帘……见多识广的国际足联副主席郑梦准都赞叹不已：“这里成了全世界最美丽的球场。”

参与奥体中心体育场设计竞争者众多，我校建筑设计研究院车学娅团队提供的方案，因为很好地体现了秦皇岛海港气质，适合奥运会使用且具有长期使用价值，最终从北京、上海等多家方案中脱颖而出，成为施工方案。

“海港开发区生机勃勃，取意新生和海港两个概念，最能体现秦皇岛走向蔚蓝大海的理念。”车学娅说，大家在反复的讨论后凝练成了“扬帆”这个设计主题：体育场顶部安排乳白色的膜结构顶棚，布设24根混凝土柱上立钢柱与悬索钢木衍架组合成为船帆和桅杆撑起“白帆”。

远远望去，新落成的体育中心就像一支整装出发的船队，正带领古老而又年轻的秦皇岛向辽阔的海洋进发。侧视，整个体育场白色顶棚似张张白帆鼓荡于蓝色海洋之中；俯视，巨大的体育中心如一块如玉的扇贝静静卧在海岸边……体育场已经成为秦皇岛一道靓丽的风景线。

据介绍，已经投入使用的秦皇岛奥体中心球场占地16.87万平方米，建筑面积4.18万平方米，拥有国际标准的长104米、宽68米的人工草皮足球场和400米环形跑道田径场地，看台共设有3.3万个坐席。

球场内的草皮和灯光让到此比赛的人们赞不绝口。2004年投入使用以来至今，秦皇岛奥体中心球场草皮等不断在实战中接受检验及完善，至目前，球员、教练，以及国际奥委会的官员，凡来过这里的人无一不对优质的草皮竖起大拇指。

一问到灯光，中国女足队员韩端立刻笑逐颜开：“球从空中过来，接起来非常容易，眼不晃。很舒服，很亮堂！”

同济技术验证鸟巢“骨骼”很硬朗

4.5 万吨的自重，国家体育场——“鸟巢”会不会被自身压垮？这是国人非常关心的问题，必须要有科学的解释。

国家体育场是北京奥运会的主会场，是一项国家级重点工程。“鸟巢”主体由一系列辐射式钢架围绕碗状坐席区旋转而成。“鸟巢”顶面呈鞍形，长轴为 332.3 米，短轴为 296.4 米。大跨度屋盖支撑在 24 根桁架柱之上，主桁架围绕屋盖中间的开口放射形布置，有 22 榀主桁架直通或接近直通，少量主桁架在内环附近截断。主场地建筑面积 25.8 万平方米，能容纳观众 9.1 万人，其中固定坐席 8 万座，临时坐席 1.1 万座。

如此巨大的无支撑钢结构能否健康而持久站立？中标方案公布之日起，各种怀疑的声音就没有停止过，焦点之一就是钢梁承重问题。2005 年初，中国建筑设计研究院将正在设计的国家体育场“钢结构节点系列试验研究”项目交给同济大学建筑工程系陈以一、童乐为、赵宪忠课题组。

“对钢结构体系而言，节点的安全性至关重要。”赵宪忠介绍，同济大学的试验主要集中在检验预期的内力传递路径；通过破坏试验发现主要破坏形式并检查设计中是否考虑了必要和充分的对策。

试验中，根据国家体育场的特点采取了直接加载、间接加载和组合加载三种形式。据了解，直接加载采用的是千斤顶直接施加荷载，或按静定要求设置约束；间接加载是将试验部位组合进一个便于控制加载的试验结构系统中，通过对该系统的加载实现对其子结构——试验部位加载。“国家体育场结构复杂，节点周围杆件一般同时受到 6 个内力分量的作用。”面对这样的结构，课题组确立了“施荷以杆件轴力为主、应力效应考虑弯矩作用”的试验方针，使试验节点的荷载状态最大程度接近设计院提出的最不利的工况。

经过研究者们半年多的节点荷载试验和分析，课题组得出结论：主桁梁节点过渡性表现出良好的延伸性能，设计方案给定的承载力可行；主桁梁空间双弦杆节点整体极限承载力达到设计荷载的 3 倍；外柱节点极限承受力达到设计荷载的2.8倍；桁架内柱空间节点极限承载力达到设计荷载的2倍。

“试验表明，国家体育场的节点能够保证钢架的承重。”赵宪忠说。2006年9月17日，支撑国家体育场“鸟巢”的支架全部拆卸完毕，可容纳9万人的巨大“鸟巢”完全凭借自己的力量“站”了起来。

（程国政，2008年7月8日，第1版）

刘延东来同济视察

俞正声、万钢、周济、韩正等一同来校，周家伦、裴钢陪同

本报讯 中共中央政治局委员、国务委员刘延东7月20日下午专程来校视察，参观、了解我校学科发展和节约型校园建设有关情况。中共中央政治局委员、上海市委书记俞正声，全国政协副主席、科技部部长万钢，教育部部长周济，上海市市长韩正等一同来校。校党委书记周家伦、校长裴钢陪同。

在校期间，刘延东一行参观了校史馆，听取了学校发展、服务社会情况，特别是参与世博会筹建、承担奥运场馆设计、参与国家大跨度桥梁建设以及环同济知识经济圈建设等方面情况的介绍，观看了“同济大学创建节约型校园”和“同济师生积极参与抗震救灾和灾后重建”两个方面的图片展，并实地察看了氢能源汽车和大礼堂等节约型校园建设项目。

视察过程中，刘延东认真听取介绍，仔细浏览展板，察看项目，并不时询问，深入了解有关情况。刘延东一行对同济大学的发展建设和节约型校园建设表示赞赏，并给予了“百年育人、创新建国”的积极评价，在参观氢能源汽车时，她高兴地与研发人员合影留念。

国家需要是同济发展的动力。近年来，学校坚持以国家战略和社会需求为指针，积极为国家和地方经济服务，取得了一系列重要成果。在世博会筹建过程中，我校教授担任了世博会园区建设总规划师、主题演绎总策划师、城市最佳实践区总策划师等要职，并被遴选为世博会工程建设总体项目管理单位；在北京奥运会比赛场馆建设中，我校教师完成了乒乓球馆和秦皇岛奥体中心等的设计任务，承担了国家体育场“鸟巢”钢结构相关的设计和科研任务；在我国目前已建、在建的400米以上大跨度桥梁中，同济人直接参与70%以上；我校科研团队还先后主持研发了四代氢能源汽车，其中20辆氢能源汽车7月初从同

济园出发开往北京，直接服务于奥运会场……5·12汶川地震灾害发生后，广大同济师生更是与国家同命运、共呼吸。除了在第一时间内积极捐款，医疗志愿者积极投入灾区救死扶伤外，还积极发挥学科优势、人才优势，突出科研、智力服务，组织了横跨12个学科、专业的抗震救灾和灾后重建专业技术志愿服务队，先后有300多人次奔赴灾区，在灾害评估、房屋检测、安置规划、重建规划、污水处理、建筑废弃物利用、救治伤员、援建学校、心理辅导等方面贡献心智。

创建节约型校园是近年来同济大学发展建设的重要组成部分。自2003年起同济大学在全国率先开展节约型校园创建工作，先后建立了大礼堂、学生浴室、湿地、文远楼等十多个节能项目，建起了科技节能、管理节能和宣传节能三位一体的节约型校园建设体系，在社会上起到了相当大的引领和示范作用。

陪同视察的校领导还有常务副校长李永盛，校党委常务副书记、副校长周祖翼以及杨东援、李国强、陈小龙、陆敏恂、马锦明、姜富明、郑惠强等。

（周宏武，2008年9月10日，第1版）

学至深时品自高

——第四届全国高校教学名师郑时龄的“育人经”

第四届全国高校教学名师名单刚刚公布，中科院院士、我校建筑与城市规划学院教授郑时龄名列其中。消息传来，郑院士淡淡一笑：“授业传道，我能做的很有限。‘名师’称号既崇且高，不敢当。”

郑院士有很多耀眼的头衔，国务院学位委员会委员、法国科学院院士、美国建筑师学会资深会员、意大利罗马大学名誉博士、上海市规划委员会历史文化风貌区与优秀历史建筑保护专家委员会主任、2010年上海世博会主题演绎顾问……但他最看重的还是同济大学教授这一个。

“要想授好业，解众惑，自己必须切问之，博学之。”郑院士说，对自己生活的城市必须给予持久而深入的关注，“因为它是‘本’。”郑院士的言辞中流露出他对这座城市深深的热爱。

上海是一座历史文化名城，这座有着4000多年历史的城市不但凝聚了中国传统文化的精华，同时又汲取了世界的优秀文化遗产，成为东西方文化以及中国广泛的地域文化交融的场所。她展现的几乎就是一部活生生的世界城市建设史，既有老城厢的中国传统的团城，又有按照欧洲的模式并顺应政治因素而建立的租界，也有中国建筑师按照欧洲的古典城示范型并结合中国传统理念而规划的新城；既有20世纪50年代和60年代流行的卫星城，也有按照现代信息社会的要求规划与建设的商务区。“上海是中国城市化的典范”，郑时龄说，上海城市建设有许多成功的例子，像南京路步行街历史内涵的挖掘，优秀近代建筑的保护，建设与管理的人性化理念；多伦路文化名人街的设计，走在那条路上，我们立刻就会想起郭沫若、鲁迅、叶圣陶、冰心……一座城市的过去、现在都在他的心中。

针对持续有年的“高层高密度”居住型社区建设，郑时龄指出：“我觉得是‘多层高密度’住宅较适合百姓居住。”随着生活水平的提高，多层、小高层都可以有电梯，既不拥挤又方便舒适。而且随着空调、采暖等解决后，住房不一定全部都要朝南。“这样，房子在建造时就可以做围合空间，街道有了连续感，城市化的人性空间就又会回来。”郑院士的思路敏捷而清晰，“百姓房屋装修也应该以营造一种氛围，一种温馨的感觉为主”。记者深知：关注如此入微，是因为爱。

深深爱着这座城市的郑院士疾呼：城市规划务必想了再做。他说，现在，我们土地的城市化大大超前于人口的城市化，基础设施的硬件建设重于软件建设，后者的最直接例子就是我们总是在说的交通拥挤、堵塞，造成这种局面就是由于“我们设计了道路，却没有设计交通”。上海有500幢以上的建筑的高度的超过100米，很多建筑都建在软土上，地面沉降的问题是个隐患。“上海城市规划的‘再城市化’，关键是交通和环境等‘软件’的现代化。”

近年来，中国正成为国际建筑设计、甚至奇特思想的试验场，中国建筑正面临边缘化。有鉴于此，郑时龄在2006年便大声疾呼：中国建筑师应是上海世博会建筑的主导。中国馆、主题馆、演艺中心、会议中心、世界博览馆等主体建筑应当由中国建筑师设计，所有的附属建筑、附属设施、园区景观等，也应当由中国建筑师设计建造。“这次世博会将会有足够的场所让外国建筑师发挥才能，190个国家馆将让各国建筑师有着充分发挥才能的机会，参与创造世博会的建筑。”他强调，“不然的话，世博会即使办得很成功也是外国人的成就。”

《世界大都市——上海》《建筑批评学》《上海近代建筑风格》《建筑理性论——建筑的价值体系与符号体系》《上海人居中心研究》《世博会规划设

计研究》《世博园及世博场馆建筑与规划设计研究》《和谐城市的探索》……十余年间的十数本专著、70余篇论文部分较为集中地反映了郑时龄建筑评论观点。“《建筑理性论》和《建筑批评学》建立了‘建筑的价值体系与符号体系’理论框架，奠定了这门综合学科的理论基础，填补了该领域的空白。”业内专家评价。

“处理好与城市、传统建筑、地形、广场、城隍阁的关系是设计构思的核心环节。”《杭州中国财税博物馆设计说明》如是说。这件由郑时龄牵头的建筑设计作品获得上海市建筑学会“第二届建筑创作佳作奖”。“圆方者，天地之形。方属地，圆属天。天圆地方。”“博物馆的造型既要表现中国传统建筑的精髓，又要表现当代建筑的风貌，呼应前面的吴山广场、‘身后’的城隍阁。”……最后，设计者采取了战国时期的“大型耸肩尖足空首布”的形状，“博物馆主楼东西两翼各有三片略微起翘的屋面与吴山城隍阁的重檐在视觉上形成呼应”，甚至还在“中庭西墙布置了一片隐喻滚滚财源的涌泉瀑布”。

郑时龄把自己数十年来思考的印迹都刻在了上海南浦大桥建筑设计（1988—1991）、上海南京路步行街城市设计（1998—1999）、上海复兴高级中学（1996—1998）、浙江海宁钱君匋艺术研究馆（1998）、上海朱屺瞻艺术馆（1995，2004）、上海格致中学（1995，2004）、嘉兴广电中心（2000）、嘉兴市行政中心（2000—2002）等作品上。其中不少作品获得各类奖励。

长期致力于将设计与建筑理论相结合的郑时龄教授站在讲台上，授课风格自成一体。更为重要的是，学生常常还被吸收到他主持的工作中来，这些工作包括研究性课题、撰写理论论著、翻译和实际设计项目。得益于郑老师的悉心指导和行为熏陶，包括建筑与成规学院最年轻的博士生导师陈易在内的年轻人正在迅速成长。他的“建筑评论”课也在2007年被评为“国家精品课程”。

（本报记者，2008年9月20日，第2版）

地下建筑与工程系建系五十周年

《百龄问清》文集出版

本报讯　50年风雨兼程硕果累累。9月26日下午，地下建筑与工程系建系50周年庆祝大会在一·二九礼堂举行。中国科学院院士孙钧、校党委副书记陆敏恂致词，中国工程院院士郑颖人以及地下系师生代表、退休老教师、校友等300余人出席大会。

地下系创建于1958年，是我国最早从事岩土工程和地下结构研究及教学的单位之一。经历了几代师生的艰苦奋斗和不懈努力，目前已发展成为与国际复杂条件下岩土及地下工程研究前沿接轨的、培养高层次人才、开展高水平科学研究和学术交流的国家级基地和国际性中心。

50年中，地下系为国家输送了6000多名高级科研与工程技术人才；形成了孙钧、卢耀祖院士领衔、一批中青年优秀专家担纲的高水平人才队伍；凝练了以1个国家级重点学科、2个上海市重点学科等构成的土木工程优势学科，成为同济大学历史悠久、综合实力强、专业特色鲜明的学科之一；设有“岩土及地下工程教育部重点实验室”和“教育部城市环境与可持续发展联合研究中心”，承担了教育部、建设部“土木工程专业结构工程系列课程教学课程体系改革的研究与实践”以及“土木工程专业实践网络教学系统”等项重大教改课题。近五年来，获得了多项上海市教学成果奖、上海市精品课程和国家精品课程。

2005年以来，地下系共承担了国家自然科学基金项目、国家863项目等纵向课题43项，同时承担并完成了多项国家级重大工程科研项目，包括上海长江隧桥工程（崇明越江通道）、厦门东通道跨海隧道、洋山深水港、苏通大桥和江阴大桥基础与锚锭、上海世博园区地下空间、上海地铁、三峡水利工程等重大工程的相关科研工作，先后获得30余项省部级以上科技进步奖。

地下系注重国际交流和合作，近年内主办了第六届国际软土地下过程学术大会等国际性学术会议十余次，先后有多名学者赴国外和我国香港地区从事博士后研究或合作科研，并经常邀请国际知名专家前来访问讲学，在国际相关领域增强了“话语权”。

会上，地下系主任黄茂松回顾了地下系50年发展历程，并展望了未来发展方向。日本大阪地域环境研究所所长桥本正、老教师代表朱百里、学生代表等分别送上真诚祝福，祝愿地下系百尺竿头、更进一步。

（周宏武）

又讯 在地下建筑与工程系建系50周年前夕，作为重要庆祝活动之一，《百龄问清》文集出版，9月21日举行首发仪式暨座谈会。历任老校长、老领导江景波、高廷耀、赵振寰、黄鼎业、陈成澍、贾岗，常务副校长李永盛等出席座谈会。

百龄教授张问清先生是地下建筑与工程系的第一任系主任。50年前，正是他带领来自校内相关系科的教师团队，创建了水工系——是为地下建筑与工程系的前身。

李永盛在讲话中对张老先生的为人处世作了高度概括：张老是一位历经百年风雨而依然挺立的不老松，是一位值得我们学习、值得我们景仰的百岁老人。

出差在外刚下飞机的孙钧院士也直接赶到会场，问候恩师和引路人，送上深深的祝福："今年，张老是世纪老人了，在此祝愿青春永驻，宝刀不老！您的大爱和高风亮节将惠泽后人，永远是我辈的楷模。"

出席座谈会的许多同志已年逾古稀，他们都曾聆听过张老先生当年的授课和谆谆教诲。12位发言的老师都有这样的感受：翻开《百龄问清》这本书，仿佛又一次触摸到张老先生的人生轨迹，似乎又一次走进了当年的学术殿堂，再一次瞻仰了张老先生当年的熠熠风采。

（王静枫，2008年9月30日，第1版）

中德学院庆祝创立十周年

本报讯 作为中德两国政府在教育领域的第一个大型合作项目——同济大学中德学院，在历经十年成功探索了中德研究生合作培养机制的基础上，未来将建立博士生院，标志着这一堪称教育领域中外合作典范的大型项目将踏上更高层次的发展轨道。

10月10日，学校举行中德学院成立十周年庆典。全国政协副主席、科技部部长万钢发来贺词，德国外交部部长施泰因迈尔和德国教育与科研部部长莎万也分别发来贺函。全国人大常委、原教育部副部长吴启迪，德意志学术交流中心秘书长博德，德国科学联合会秘书长德多蕾，我校党委书记、校务委员会主任周家伦，校长裴钢，常务副校长李永盛，中德学院咨询委员会成员以及出席第三届中德大学校长会议的中外嘉宾等出席。

庆典仪式上，在周家伦主持下，博德和裴钢分别代表合作双方签署了《中德学院第三期合作协议》，继续支持学院在未来又一个五年的新发展。博德博士在会上还被授予同济大学荣誉教授称号。

在庆典后举行的庆祝晚宴上，吴启迪、德国驻沪总领事海盾、教育部国际合作与交流司司长张秀琴等分别致辞。

万钢在贺信中这样评价："中德学院作为中德两国在教育和科研领域的一个杰出项目，十年来已经发展成为了一个连接中德两国教育、科研与经济的重要交流平台，形成了鲜明的办学特色。"

裴钢在讲话中说，中德学院是将中德两方优势进行融合，创造出来的一种全新的合作培养人才模式。中德学院致力于培养既具备过硬的专业本领，又有社会责任感和人文关怀精神的骨干型人才。在走过十年历程之际，举行活动既是庆祝，也是为了总结，同济大学将全力支持中德学院未来的建设与发展。

中德学院成立于1998年，教学计划借鉴德国模式，引入国际一流的教育资源，建立国际化的教授团队，与十多所德国一流大学合作设立联合课程，中德双方共同制定教学大纲，施行双语教学。教学计划面向实践，贴近企业需求。

截至2007年底，已有38名德国著名教授因连续多年在中德学院授课被授予"中德学院教授"称号。学院与慕尼黑工业大学、波鸿鲁尔大学等德国著名高校的双学位项目成果累累。目前已有600多名优秀硕士生学成毕业，其中近100人获得了中德两国双学位。

值得一提的是，中德学院与企业的合作开辟了产学研结合的教育合作模式。拥有众多国际知名企业资助的"基金教席"是中德学院的一大特色。每个教席都有一个知名企业作为其资助方。截至目前，中德学院已经建立30多个基金教席，资助方包括西门子、拜耳公司、大众汽车等全球知名企业，教席的重点研究方向与时俱进，并符合中德两国经济合作的新需求，如物流、法律、知识产权保护等领域。

在派遣中国学生出国留学的同时，学院正在吸引越来越多的外国学生前来学习。如今在中德学院的大楼里、教室中、实验室中到处能见到外国学生的身影。曾有德国慕尼黑工大等多所大学学生在学院联合实验室完成他们的学位论文。

中德学院和德国的科研交流同样卓有成效，在新能源汽车、汽车电子、机械制造、地面交通工具风洞等领域的合作取得了显著成果。中外学者通过咨询、培训、国际研讨会等活动积极为企业和社会服务，众多来自著名企业的高级管理人员来学院讲学，为同学们带来了崭新的科技进步信息，传授了他们丰富的创新实践和管理经验。

学院通过两国师生的合作与交流，有力地推动了两国教育、科技、文化的交流：德国总统来访并在学院设立了总统奖学金，学院还多次接待了政府部长、社会名人、诺贝尔奖获得者等众多社会、科技、文化、经济界人士的来访和讲学，为两国的友好发展做出了积极贡献。

（吴为民、黄艾娇，2008年10月16日，第1版）

“只要有机会，我会走得更远”

——海洋学院硕士生孙烨忱北极科考归来话感受

本报讯 10月9日晚，我校四平路校区土木大楼一楼报告厅内灯火辉煌，座无虚席。一场“走进北极”的精彩报告会正在这里举行。

主讲人孙烨忱，是我校海洋与地球科学学院07级海洋地质专业研究生。在2008年7月11日到9月24日的75天里，他作为上海高校唯一在校硕士生，与中外一百多名科考队员一起，参与了中国科考队第三次北极考察。

作为研一的学生，这是孙烨忱第一次出海。他们的雪龙号从长江口锚地出发，经过了日本海、鄂霍次克海、白令海，进入北冰洋，到达了北纬85度25分，直升机到达了北纬87度。沿途的美丽景色给他留下了极为深刻的印象。勘察加半岛的活火山冒烟、白令海峡的鲸鱼、进入极圈后的海冰和可爱的北极熊……这些平日里只能在电视中看到的风光真实地映入他的眼帘，都将成为他日后珍贵的记忆。

说到本次出海最特殊的经历，当属队员们用自己的方式的庆祝北京奥运会的开幕了。船上时间8月7日下午1点半，也就是北京时间8月8日早上9点半，队员们用身体排成了一个五环的形状，将奥运的精神留在了北极的天空下。大气组的队员们放飞了探测气球，船上举办了科考队员对阵船员的拔河比赛，雪龙号还向祖国发去了来自北极的问候，那热烈欢乐的气氛感染着每一个热爱奥运、热爱和平的人的心。

“能获得这次难能可贵的机会，我十分感谢自己的导师王汝建教授。”在报告中，孙烨忱动情地说。王汝建教授长期从事新生代以来北极高纬度海域的微体古生物学、古气候和古海洋学的研究。这次极地考察，他将同济大学的推荐名额给了孙烨忱，希望他走出实验室，走进极地的真实天地，开阔视野，感受科学的力量。孙烨忱没有让教授失望。这次考察的一百二十名中外科考队员被分为九个组，孙烨忱所在的海洋地质与地球物理组主要负责深海沉积物样品的采集和实验分析，以探究古海洋环境的状况。这项工作任务繁杂且体力消耗大，同时对细致和安全的要求极高，组员们忙起来可能只有两三个小时的睡眠时间。就是在这样的高强度、高标准的要求下，该组七名组员齐心协力，互相鼓励，出色地完成了每一次的任务，受到了队里的好评。

这次人生非凡的体验让孙烨忱收获了许多。以前，做实验对于他而言是一项枯燥的任务。而这次亲身体验了采集样品的工作之后，他开始了解样品的获取是一段多么辛苦而艰难的过程，很多采集工作甚至是队员们冒着生命的危险进行的。对这来之不易的实验品，他开始懂得珍惜的意义。同时，七十五天来，他逐渐适应了海上的生活，也初步尝试了由一个学生到一名科考队员的转变。船上老师们给予的专业指导，都将是他日后工作的宝贵经验。对于未来，他有了更加明晰的规划。“我还想参加第四次北极科考呢！”孙烨忱满怀憧憬地说：“只要还有机会，我希望能在这条路上走得更远。”

（学生记者吴瑛，2008 年 10 月 16 日，第 3 版）

上海世博会城市最佳实践区究竟啥样？

——总策划师唐子来首次面向公众详解“秘密”

本报讯 第五届中国城市规划学科发展论坛刚刚落下帷幕，而唐子来第一次面向大众详解 2010 世博会城市最佳实践区“秘密”无疑成为会议的一大亮点。

“上海世博会后永久保留的有两块地区，一是核心区的一轴四馆，那是原定保留的；一是城市最佳实践区，那是我们争取来的，”唐子来很是激动，“人类智慧多少年的精华汇于一炉，就这样半年之后被撤了，太奢侈了！”

“城市最佳实践区”位于世博会围栏区的浦西 E 片区，占地面积超过 15 公顷，由北至北将形成模拟街区、展馆展示和其他展示方式等 3 个功能区域，分别展示宜居家园、可持续的城市化、历史遗产保护与利用和建成环境的科技创新，以凸显世博会主题内容结构的城市人、城市、地球、足迹、梦想 5 个概念领域。

“实践区展示及场馆建设、改造涉及内容广泛。”唐子来介绍说，北部模拟街区展示的内容包括居住建筑、办公建筑、休闲建筑以及公共空间等，现在已经确定了马德里公共廉租屋的创新试验（其中的空气树在公共空间展示）、马尔默的“魔术盒”生态住宅、上海的沪上生态家、伦敦的零能耗生态住宅发展项目（Bedzed）、米兰“24小时太阳报”总部（可持续生态建筑范例）、汉堡的无水厕所、巴黎的植物墙建筑、阿尔萨斯的水幕太阳能墙面、巴西库里迪巴综合公交系统、麦加的朝圣路上的帐篷城以及奥登赛自行车的复活等，类型涉及宜居家园、可持续的城市化、历史遗产保护与利用、建成环境的科技创新……“模拟社区跨一条街道，我们以天桥相连。”唐子来说，总建筑面积约为30000平方米。

“由于这些案例大都建成多年，到此参展必须进行气候、实践区街区规划、技术、消防及抗震规范、功能等方面的适应性修改。”唐子来举例说，植物墙建筑到了上海，适应性植物的选择、潮湿天气的考虑等一个都不能少。

“对于区内大面积的工业遗产，我们采取功能化、时尚化、生态化和节能化改造原则，这些建筑约占实践区总建筑面积的2/3。”唐子来介绍，南市发电厂的烟囱将成为观光塔，仅在其上就有10项科技创新，“世博后，它将成为一个新的‘正大广场’。”唐子来说，类似像集太阳能发电、雨水收集于一体的屋顶、仿生化屋顶等在旧厂房改造中比比皆是。改造后，这里将成为展馆区，集中展示包括宜居家园、可持续的城市化、历史遗产保护与利用在内的40个案例，“旧厂房就在我们的改造中焕发青春。”唐子来说。

据了解，最佳实践区内的环境设计也有诸多亮点。江水源空调系统根据水温冬暖夏凉的特点抽取黄浦江的水，用于实践区内降温供暖。据统计，使用这一系统将节能30%~40%。从上海政府有关网站上，我们看到这项名为“上海世博会城市最佳实践区项目能源中心工程”项目已获批准。“最佳实践区将成为法国Led照明技术最集中的展示区。”唐子来对听众说，除此以外，遮阳降温设施、渗水地面……最佳实践区的环境设计就像模拟街区一样，集中了当今世界最为先进的理念、技术。

至于这些案例遵循怎样的原则进入实践区，唐子来介绍说，首先张罗成立国际遴选委员会，来自国际展览局、联合国教科文组织人居署等国际组织的专家遵循公认度、创新度、示范度的价值原则，地区、国家、类别等的平衡原则，技术创新、能否吸引各类群体的精彩原则遴选案例，最后确定19个建设案例、40个展馆案例进入这个实践区。

“城市最佳实践区本身是展区，也是展品。”唐子来说，充分利用已有建筑以广场为核心形成一核四片、一轴三区，“在其中汇聚人类智慧的精华”。

据悉，目前，实践区正在加紧建设。

（程国政，2008年11月5日，第2版）

五十年铸就“同济设计”品牌

——建筑设计研究院庆祝建院50周年及集团公司成立

在走过半世纪历程之际，同济大学建筑设计研究院又迈出新步伐。11月6日，设计院建院50周年庆典，在设计院成立当年就主持设计的著名建筑——大礼堂举行，同济大学建筑设计研究院（集团）有限公司揭幕成立，这标志着同济建筑设计将以全新的组织架构来实现新时期更好更快的发展。

我校党委常务副书记、副校长周祖翼，副校长陈小龙，校长助理、设计院院长丁洁民，戴复东、范立础、沈祖炎三位院士，设计院老领导、老顾问，学校部分职能部处、部分学院的负责人，设计院全体员工出席了庆典活动。

回首半世纪发展道路，一批老领导、老建筑师为设计院各个历史时期的建设发展，贡献了无尽心血和智慧。庆典大会上，王吉螽、唐云祥、黄鼎业、刘佐鸿、姚大镒、高晖鸣、顾国维、吴庐生、毛乾楣等九位前辈，荣获设计院“突出贡献奖”。陈小龙为他们颁奖。

一批同济设计人数十年如一日，执著耕耘，将最美好的年华奉献给设计院。会上，34名院龄超过25年的员工获得荣誉证书。

周祖翼在讲话中说，同济设计已成为一个优良品牌。一方面，设计院的壮大发展，离不开同济大学土木、建筑等强势学科的有力支撑；另一方面，设计院也成为同济大学开展产学研有机结合的一个重要基地。希望设计院以集团的成立为新的契机，发扬同济精神，实现新的跨越。

设计院前身是始建于1953年的设计处，是为适应全国高校院系调整后基本建设急剧增加的需要；1958年，根据中央“教育要与生产劳动相结合”的精神，同济率先成立全国第一所高校设计院；1993年，设计院归入同济科技股份有限公司，成为其全资子公司；2001年，设计院与上海同济规划设计研究总院合并，同济大学和同济科技股份有限公司持股。

经过50年持续成长，如今设计院年设计产值近10亿元，在职员工逾千名，拥有4个建筑设计综合所、8个建筑设计分院和6个市政类设计分院，具有建筑、市政、桥梁、公路、岩土、地质、风景园林等多项设计资质，是目前国内设计门类最全、设计资质涵盖面最广、专业综合设计能力最强的设计单位之一，迄今已有数百件设计作品获奖。

近年来，由同济设计院担纲设计的重大项目层出不穷。不久前，设计院与美国 Gensler 公司签约，联合设计中国第一高楼——632 米高的上海中心大厦；已承担世博国际村、主题馆、未来馆、和谐塔、城市最佳实践区、企业联合馆、文明馆等上海世博重要项目，建筑面积近 70 万平方米；设计的世界最大跨径斜拉桥——苏通长江大桥，今年 6 月建成通车；为北京奥运设计乒乓球馆、秦皇岛奥体中心体育场；设计中国援非重要项目“非盟会议中心”……

丁洁民说，回顾设计院 50 年历史，既感今天这一切来之不易，是一代代同济设计人共同奋斗的结晶；更感责任重大，同济设计人将志存高远，与大学同步前行，继续书写同济设计的精彩篇章。

（吴为民、黄艾娇，2008 年 11 月 15 日，第 1 版）

同济启动中医大师传承人才培养

华润集团捐赠 600 万元设专项基金，首批 10 名学员将在 6 位国内著名中医大师带教下，进行为期三年的半脱产学习

本报讯 中医，国之瑰宝。同济大学将在中医大师传承人才的培养方面写下厚重一笔。11 月 24 日，以培养中医学术技术带头人为目标的“中医大师传承人才培养计划”首批 10 名学员在我校开班。项目采取半脱产学习方式，为期三年。

开班典礼在中法中心报告厅举行，国家中医药管理局副局长于文明，上海市卫生局副局长李卫平，为这一项目提供资金支持的华润（集团）有限公司董事长、总经理宋林，我校校长裴钢、中医研究所所长颜德馨等出席并致辞，应邀加盟的多位已届耄耋之年的著名老中医也亲临典礼现场。

据介绍，随着中医西化倾向越来越严重，既具有扎实的中医理论、又拥有丰富的临床经验和诊疗技术的高层次中医人才日益匮乏，是中医药事业发展中面临的重大挑战之一。为确保中医药事业后继有人，在以颜德馨教授为首的一批著名中医专家呼吁和倡导下，以继承并弘扬中医名家学术思想、临床经验、

诊疗技能为主旨的“中医大师传承人才培养计划”于一年前启动筹备工作，裴钢校长出任领导小组组长，特邀邓铁涛、路志正、张琪、周仲瑛、朱良春等多位当今中医界公认的老名医组成核心导师团队。该计划被国家中医药管理局批准为中医传承培养工作试点项目，由我校中医研究所具体负责实施。

于文明在开班典礼上致辞，老中医的学术经验和技术专长是中医理论与实战的结晶，同济大学采用师承学习与院校教育相结合的方式，来培养一批中医高级人才，是中医人才培养模式的创新举措。

裴钢在讲话中指出，作为以医起家的同济大学，启动中医大师传承人才培养项目，将中医药这一中华民族宝贵遗产真正“原汁原味”继承下来，既是大学对社会应承担的责任，也是出于大学培养人才的责任感。在着力培养中医人才的同时，同济大学还将在现代中医的临床检验方面加强研究。

据了解，该项目今年9月发布招收学员通知，在有关医务人员中反响强烈，报名踊跃。经过初选、笔面试等多项严格选拔，最终从全国20多个省市160余位报名者中遴选确定了首批10名学员。这些学员均为既具有扎实理论功底和丰富临床经验，又热爱中医药事业的中青年优秀中医师，其中8人拥有博士学位，2人已完成其他名医传承项目。6位中医专家每人将重点带教1至2名学员。

这些学员享受“国内高级访问学者”待遇，不交学费，传统跟师与强化集训相结合，学习期间由项目支付差旅费津贴。在系统传承导师学术专长的同时，学员们还将加强中医经典原著研读以及中国传统文化的学习，强化以中医为主体的临床治疗思想，全面提高中医临床诊察、诊治能力。计划每月集中学习三天。

典礼上，华润集团董事、副总经理乔世波，我校校长助理董琦分别代表双方签署捐赠协议，华润公司捐赠600万元人民币设立“同济—华润中医大师传承人才培养基金”，支持本项目及相关项目的运作。

（黄艾娇，2008年11月28日，第1版）

“同济学生汽车节能做得最棒！”

——节能竞技大赛上我校学生车队包揽一、三、四名奖项

本报讯 日前，从“本田宗一郎杯”第二届中国节能竞技大赛上传来捷报，我校汽车学院荣安志远车队参赛的3辆赛车分别以每升油行驶966公里、766公

里、649公里的优异成绩荣获本次大赛大学组的第1名、第3名、第4名，并以966公里/升的成绩打破中国赛会记录。

“本田宗一郎杯”中国节能竞技大赛是由本田技研株式会社主办的全国性燃油耗费比赛，旨在通过活动推动环保技术的发展，提高人们的环保意识。节能油耗竞技大赛，就是使用1L燃油能够行驶多长距离的竞技比赛。参加比赛的车辆搭载Honda开发的低油耗4冲程125cc发动机，车身和底盘等靠团队自己设计，展现创意。

“比赛竞争十分激烈，大学组共有来自全国如清华大学、吉林大学、上海交通大学、北京理工大学等各著名高校的56支队伍参加。我们学校有3支队伍参赛，都取得了优异的成绩！这是对我们团队一年来辛勤付出的最好回报，给了我们很大的信心，也证明了我们同济学生汽车节能做得最棒！”朱俊，这位汽车学院车辆工程专业大五的学生，是此次参赛车队的队长，语气中充满了自豪。去年12月份，在学院的安排下，朱俊和其他30多名同学被选拔出来，积极投入到节能比赛的准备工作中。经过将近一年的艰苦奋战，他们最终赢得了辉煌的成绩。谈起此次比赛，朱俊有兴奋，但也掩饰不住一丝疲倦，“我们遇到了不少的困难，最主要的是时间不够用，精力不够分配，车得做好，但学习也不能落下！每次从实验室出来时，队员们都已经非常疲劳，只能靠意志再坚持下去。制车需要加工零部件，有些部件需要代工，队员们只能一趟趟往返于学校与工厂之间，有时候遇到突发情况，我们得通宵达旦地加班。但是，有付出，便有收获，得奖的那一刻，我们拥抱在一起，非常得开心！”

谈起此次车队的指导老师楼狄明教授，朱俊充满了感激之情，“楼老师对项目组给予了大力的帮助，他自从2006年带队以来，志远车队参赛成绩便有了大幅度的提高，团队建设及车队的社会影响力也取得了质的飞跃。每周楼老师都会与我们项目组主要成员进行讨论，在技术方面，他凭借其几十年内燃机研究方面的专业知识给我们做了详细的指导。同时，楼老师在团队组织，规划工作进度方面也做了大量的工作。”

此次参加比赛的30多名队员都是汽车学院创新实践基地的同学，也是荣安志远车队的成员。荣安志远车队组建于2000年，是汽车学院响当当的一个学生品牌团队。车队每年都会吸收一批富有创新精神、懂得团队合作并且对汽车设计饱含热情的同学加入，鼓励他们在汽车设计科研创新的领域里大展身手。朱俊说：“车队的同学都是学院创新实践基地的成员，这次我们取得的成绩与基地的培养也是分不开的。在基地里，我们学会了怎么做项目实践，怎么做设计研发，怎么做加工装配，怎么做试验测试，我们甚至还懂得如何打包车辆运出国，真正做到了将书本上学到的知识‘活学活用’！基地的培养让我们受益匪浅！”

（本报记者，2008 年 11 月 28 日，第 3 版）

“十年一步，三十年三大步”

——新兴学科强势化：同济海洋地质 30 年告诉我们什么……

“汪先生，最近您关于在上海建设深海科技基地的建议，得到市领导的重视，听说市政府正在探讨实施方案……”面对熟络的中科院院士、海洋学院汪品先教授，记者直奔主题。

“对。我们建议以海底观测为抓手，建设深海科技基地，这项计划的实施，必须整合上海市有关院所力量，而其中的关键是机制创新。国际上，深海观测刚刚起步，方兴未艾，我们必须抓紧啊！”紧迫感写在汪院士的脸上。

海洋学科在同济大学是个小学科，教师人数和招生规模都较少；海洋最近数十年所做的工作却是篇“大文章”，所出的成果都是世界级的……马在田、汪品先两位院士带领的同济海洋科研团队三十多年来，就是这样眼光盯紧下一步，脚步匆匆为中国的海洋研究“赶路”。

三十年三大步，鼓点落在“国际”上

同济海洋地质学科诞生于上世纪七十年代初，但在国际上崭露头角却是在改革开放以后了。

1978 年，中国石油部组织的石油地质代表团访问美国、法国，临时通知同济大学派一名海洋地质工作者随团访问，汪品先就被这张幸运的通知“砸”中了。“没想到美国所有的大石油公司和名牌大学都在研究海洋，勘探海洋！”汪院士介绍，在李国豪校长为首的校部支持下，同济海洋研究确定了“瞄准国家需求、追求高标准、‘少而精’的学科建设方针”。八十年代起，同济开始在国际海洋研究的舞台上学步：从长江三角洲到海洋微体化石的研究论文一篇接一篇地在国内外期刊上发表。“中国觉醒了。”法国一家刊物述评的第一句话开宗明义，海外十数家媒体竞相介绍汪品先等用国际眼光勾画出的我国陆架浅海微体化石

分布图画。

与此相应，1984年同济大学有了中国高校的第一个海洋地质博士点。

1985年后的10年，是同济海洋学科建设“进入角色”的十年，地球物理领域的地震数据处理、海洋地质的古海洋学，都走到了学科的前列：1993年海洋地质教育部开放实验室成立。地球物理的科研成绩是10年中的亮点。而这10年的末尾，同济的海洋地质通过国际合作，开始走上深海研究的道路。

1995年以来的10年，同济海洋研究正式加入国际竞争，学科建设取得重大进展。1995年底，汪品先等向国际大洋钻探学术委员会提交了“东亚季风在南海的记录及其全球气候意义”的建议书。1996年底经修改后，在1997年度国际大洋钻探的全球建议书评审中获第一名，正式列为国际大洋钻探航次。1998年春，我国成为大洋钻探计划的第一个“参与成员国”。1999年2月12日，钻探船驶向中国南海，汪品先被邀请担任这个命名为184航次的首席科学家。接下来的研究成果可谓琳琅满目……海洋地质成为上海乃至国家的重点学科，海洋地质国家重点实验室亦落户我校。

“没有国力的强大，这一切都是不可能做到的。”汪院士说。国家在1998年春以50万美元/年的会费成为大洋钻探计划的第一个“参与成员国”。“深海研究在国内很少被人注意的时候，我们苦心经营、默默积累；一旦国家有了实力、有了需求的时候，我们便须速拿下南海航次，进入国际前沿。”汪院士告诉记者。

西太平洋暖池是气候变化“发动机”

“我们的研究是从配合国家找油开始的，到1999年大洋钻探中国航次的第一筒岩心升至海面，我们整整用了30年。”汪院士介绍，这次钻探，钻井17口、取芯5000米，实现了中国海深海科学钻探零的突破，首次取得了2300万年气候旋回的深海连续记录。随后，汪品先等对这些珍贵的岩芯进行了细致而深入的研究，取得了包括西太平洋暖池是气候变化的“引擎”在内的一系列新认识。

地球的“冰期”现象已经成为常识，但为什么会出现？欧美科学家认为根源在于北大西洋：全球气候变化是因为全球温盐环流有可能在北大西洋被切断，切断之后将产生电影《后天》里描述的气候灾难。

但汪品先和国际一部分同行认为，“温盐环流”理论只是找到了全球气候变化的“开关”，气候变化的“发动机”并不在北大西洋，而在热带海洋。南海大洋钻探岩芯的分析，说明热带区域有着自己的气候变化机制，并非只是追随北大西洋。尽管汪品先院士近年来不断获得各种奖励，其中包括最近首次颁发的亚洲海洋地质奖，而他认为“这些奖励都是预支的，因为我们最终的成果还没有出来”。“这个月底，我们举办的全球季风国际会议，就是继续推进这项研究，进一步介绍我们的观点。”汪院士告诉记者。

科学研究、人才培养、学科发展三位一体、相互促进

地质界有个无人不知的“马氏方法”，那是马在田教授在上个世纪八十年代发展起来的一套基于波动理论的地震成像技术。这种方法至今仍在广泛应用中，在国内外产生的影响广泛而深刻；而 1999 年春成功实施的第一次由中国人设计和主持的深海科学钻探——ODP184 航次，实现了中国海域大洋钻探零的突破。与此相生相随：两位中国科学院院士，一个上海市“重中之重”学科，一个国家重点学科，一个国家重点实验室，一个国家自然科学基金创新研究群体……海洋学院目前已成为我校“新兴学科强势化”的典范。

“应该说同济海洋科学在 30 多年内从默默无闻，到一级学科博士点；科学研究从用搪瓷碗淘沙到成为海洋地质国家重点实验室，汪品先和马在田院士等带头人贡献至巨，科学研究、人才培养、学科发展在海洋学院是三位一体、相互促进、不可分割的。”海洋学院院长许惠平教授开门见山。

稍知海洋学院发展历史的同济人都知道，学院前 30 多年的古海洋、海陆交互及油气资源等方面研究，都是在创业打基础。这期间，他们借助国际先进的技术手段和研究力量，参与、主持了包括国际大洋钻探在内的一系列科学研究，翦知湣、郑洪波等一批年轻人就是这样一个一个被选进研究队伍，到一线、担任务，现在，他们都是学院里的顶梁柱了。

随着海洋项目的深入，同济的海洋研究已经进入到国际前沿。“这要归功于汪院士等的眼光和胸怀，现在国际古海洋研究的会议、国际大洋钻探下一步计划等，许多国际海洋研究的顶尖学者前来同济共同策划、商讨、征求意见与合作研究。”许院长告诉记者，眼光、胆识、胸怀，老一辈高瞻远瞩，气度不凡；项目、人才、学科，大家齐心协力、拼搏奉献，才有今天学院欣欣向荣的局面。

在三十周年院庆仪式上，汪院士正式提出建设海底观测基地的设想。“用 30 年的时间，我们站到了国际前沿；要继续领先，我们就必须在技术手段与现场观测等方面提升自己，走科学与技术结合的道路。再借别人的设备、技术条

件搞研究已经不能满足要求了。”许院长告诉记者。

“像看电视直播那样观看海底火山爆发”

许院长的介绍在汪品先院士这里得到进一步验证。

“应该说，同济的海洋地质本无基础，‘文革’期间一群下放马陆公社的青年教师，在劳动之余议到上海要上‘627’工程在东海找油，自发上书领导，要求将筹而未建的海洋地质专业办起来，1970年开始招生。等1972年国家要在上海设该专业时发现已经有且招生了，因此才有海洋地质迁到同济的一幕。同济的深海研究，也是在国内很少有人注意的时候，根据国际走向提出来的。许多年的默默无闻、默默积累之后，在中国加入‘大洋钻探计划’的第二年，我们便拿下南海航次，一跃进入国际前沿。”汪院士说，“从国家需求和学科发展出发，看准方向、不落窠臼走自己的研究之路，三十年我们就是这样一路走过来。”

“‘三十年河东，三十年河西’，今后三十年，我们还能像过去那样发展吗？”汪院士经常问同事们这个问题：我们有没有勇气争取成为西太平洋海洋地质的一个国际基地？

这个问题现在已有了初步答案。

落户在上海南汇的海底观测基地正在紧锣密鼓建设中。“这是世界海洋科学的新方向，预计将来，我们将会像看电视直播那样观看海底火山爆发了。”汪院士比喻说。进入21世纪以来，海底观测系统的国际竞争渐趋激烈，海洋科学界正着手建设海底观测系统网络，以探测和理解大洋系统的物理、化学、生物和地质过程。“这是继地面/洋面和空间之后观测地球的第三个平台，海底热液与冷泉、海底下的海洋与深部生物圈……许许多多深海之谜必将真相大白，人类开发海洋也必将从海面推进到海底。”

据了解，在东海大小洋山附近，海面以下三四十米深的地方将建起我国第一个海底联网观测试点平台。观测站将装备各种先进设备，首先开展海底地质、水文、气象等方面的综合实时监测，也为建立海底地震与海啸的预警系统打下基础。东海浅海的海底观测站运行以后，还将逐步开展深海海底的资源探测和生物研究等工作。“深海新一轮的国际竞争刚刚开始，我们必须迎头赶上。”汪院士说。

国际海洋研究刚刚起步，同济任重道远

同济海洋学科下一步如何走？一是南汇观测实验平台，还有一项就是我国海洋科研的大集合性研究。

“相对陆地和太空，海洋远未被人类认识清楚。”谈起海洋学科发展，负责观测实验平台建设的许惠平院长兴致极浓，“中国海洋研究刚刚起步，同济任重道远。”

许院长一边讲述，一边拿着沉甸甸的一截海底复合光缆比划着。“这是我国第一根海底综合观测用复合光缆，日后可能要送到博物馆。”他说。南汇基地建设至少涉及到土木、机械、计算机、环境等，学校相关学科都可以到这个开放式的基地一展身手，共同推动相关学科的发展；一旦建成，连续观测的海量数据将源源不断的传输到实验室内，海啸、风暴潮来袭时海底泥沙、微生物的响应等都将逐步解密。海底过程与观测、深海生物地球化学等作为海洋学院新兴方向，我们将面向世界邀请英才加盟。

据悉，南汇一期正在紧锣密鼓的进行，投资将超过亿元。“海底‘水深火热’‘暗无天日’，极端环境下的生物照样生机勃勃，这个现象悖逆我们的常识。可是一旦弄清楚了，对于揭开生命的演化等重大问题具有重要意义，也许我们今后到地外星球就变得容易了。”许院长说，类似大量的奇特现象都等着我们去揭晓。

许惠平介绍，汪院士现在正在谋划更大的科研计划。“这是基础性、国家层面、原创性强的计划，可以称得上是我国海洋研究‘总动员’性质的重大项目，目前计划正在紧锣密鼓的筹划中。这些工作的成功实施，同济海洋研究将会在目前的水平上再上一个更高的台阶。”

（程国政，2008 年 12 月 10 日，第 1 版）

他从“科技特区”起步

——附属同济医院心脏内科主任陈义汉的科研之路

在同济大学附属同济医院，教育部长江学者特聘教授陈义汉博士团队承担着众多的科学研究项目，所有这些项目都指着同一个方向：心脏。“让心脏能够为人类健康工作 100 年是我们的梦想！”陈义汉对记者说。

心房颤动研究点亮了同济医学深邃的天空

相对于众多强势学科，医科在同济是一门开山发轫但又被斩截的学科。2000年以后，医科才又星星点点慢慢“复燃”。2006年初，陈义汉领衔的“心房颤动分子遗传学和细胞电生理学研究”荣获2005年度国家自然科学奖二等奖，同济医科在强手如林的医学领域又有了一席之地。

人心房颤动是心房快速的无序激动和无效收缩，它是临床上最常见的心律失常。中国存在1000万以上心房颤动患者，全世界则有数千万计的心房颤动患者。心房颤动可以导致心力衰竭，引起中风等血栓和栓塞事件。人群中15%的中风的直接原因是心房颤动附壁血栓的脱落，更为严重的是，老年人口中三分之一的中风起源于心房颤动。

2003年，*Science* 杂志发表同期评论和新闻。*Nature* 杂志以“新丝绸之路”为题介绍了陈义汉团队的工作。国际心脏病学权威在 *JACC* 杂志发表述评，认为陈义汉教授等的工作是2003年国际心脏电生理学研究领域的突破性进展。2006年国际心脏病学权威 Roberts 总结了心房颤动遗传学研究领域的发现，显示到当时为止国际上累计发现了四个人类心房颤动致病基因，中国研究人员陈义汉等则报道了其中的三个。Roberts 在 *Nature Clinical Practice* 杂志较大篇幅地介绍了陈义汉等的相关研究成果。国际同行特别是心律失常国际权威 Brugada 等则强调陈义汉等识别出的三个心房颤动致病基因是重要的医学科学发现，指出了该发现在分子诊断中的潜在价值，多次提到这些致病基因和细胞电生理的变化在药物研制和治疗靶向中的重要意义。

“中国心脏病学研究，必将改变世界”

因为在心律失常研究领域的成就，陈义汉获得了众多荣誉。2004年，成为国家杰出青年科学基金项目获得者；2005年，成为教育部长江学者特聘教授；2006年，他的团队被评为教育部“长江学者和创新团队发展计划”创新团队；2007年，他成为上海市第一批领军人才；2007年，他带领的附属同济医院心脏内科进入上海市重点学科行列。

更因为在研究过程中集聚起来的团队，使得同济在心脏内科的某些研究方向上后来居上，不断获得新的话语权。2007年，国际心律失常领域权威学者 Zipes 教授曾经邀请他代表中国，向国际上介绍中国心律失常的临床实践和基础研究现状。陈义汉的演讲充满了自信：中国的心脏病学研究，不但会惠泽本国，而且注定会改变世界。在不远的将来，中国将在心脏电生理学研究领域迅速崛起。

面对记者，陈义汉的话透出的是任重道远："在心律失常研究方向上，虽然我们团队取得了一些发现，但是前方的路还很漫长。为了让心脏能够为人类健康地工作，需要几代人的不懈努力。"

"学校最初的支持最让人感激"

"没有学校的鼎立支持，没有大家默默的关怀，我们根本起不了步。"忆起多年前初涉科研的"海"，陈义汉感慨不已。他说自己赶上了好时代，学校有决心也有财力，能够出政策、出钱支持。"虽然现手头的科研经费十分充裕，但学校最初支持的50万元和200万元，是此后一切工作的基石，是雪中送炭！"陈义汉的眼神充满感激，"没有远见卓识和勇担责任的胆略，不可能做出这样的决定。"其中的50万元来自学校2001年开始实施的"科技特区"基金。"在当时，这是一笔不小的投入。"陈义汉念念地说，"附属同济医院的养育之恩同样没齿难忘。"

陈义汉告诉记者，有了资金，接下来就是投入、投入、忘我地投入。当时他和他的团队近乎"痴迷"、夜以继日地干。

陈义汉说，只要获得一滴血，提取其中一个白细胞，便可得到人类的全套基因。但是，在当时的条件下从这全套基因中识别心房颤动致病基因则是一项浩繁无比的工程。众里寻他千百度，沙里淘金无数回，还不一定能够找到这个基因。"最困难的时候，一大堆数据放在那里，根本看不到希望，大家都沮丧极了！但是，问题已经发现，只是没有找到答案。"解决问题的策略是第一位的！"陈义汉和队友们清晨怀揣希望兴兴而来，傍晚或者凌晨却又总是失望而归；新的一天来到的时候，他们又像执着的农夫辛勤劳作……如此循环往复，也不知道又过了多少日夜，终于找到了4个人类心律失常致病基因。

记者了解到，最近陈义汉团队又标测到新的心律失常致病基因座位；建立了一种严重的心律失常遗传模型；部分揭示了心房颤动细胞电生理学共性机制；阐释了部分基础病因导致心房颤动的分子细胞电生理学途径；发现了肺静脉前庭和腔静脉肌袖的新的分子细胞电生理学特征；确立了通道蛋白在电流形成和心脏传导中的作用；揭示了左心房后壁源性心房颤动的潜在的组织学基础……

凝练团队，促进学科更好更快发展

“现在，裴钢校长等学校、学部、学院和医院领导给了我们以新的支持，我们的平台将发生根本性的改变。”陈义汉向记者介绍了正在申报的心律失常分子遗传学教育部重点实验室。他介绍，裴钢校长对他们提出了新的要求，实验室将依托学校，有机联合校内医学和生命科学学科的相关力量，以国家目标为导向，瞄准世界前沿和国家重大需求，开展心律失常分子遗传学研究，努力实现心律失常分子遗传学研究领域的重大突破，使得我们国家的心律失常分子遗传学研究早日跻身于世界强手之林。

据介绍，在不久的将来，团队等将在心律失常分子遗传学研究领域逐渐形成拥有 8—10 个课题组、200 人左右规模的高素质的有机联合的研究队伍。

陈义汉说，同济百年，始于医科。同济这片土地曾经诞生了裘法祖、武忠弼和吴孟超等医学大家。那个远去的年代里就流传着“南同济，北协和”之说。现在我们再次在同济医科看到了自由探索、奋发有为、充满朝气、充盈关爱的良好氛围，虽然我们同济医科还有很多的困难，但是，“学科联合，交叉发展，同济医科一定会重振雄风”。自信写在陈义汉的脸上。

（本报记者，2008 年 12 月 20 日，第 2 版）

2009 年

北川国家地震遗址博物馆策划与整体方案设计完成

该项目由我校专家主持，全面展现了对生命的思考

本报讯 以我校建筑与城市规划学院吴长福教授为项目负责人的“北川国家地震遗址博物馆策划与整体方案设计”项目成果，2 月底正式上报上海市政府并送交绵阳市当地政府。这标志着历经近 6 个月的上海市支援北川国家地震遗址博物馆策划规划工作基本完成，转入审批、实施阶段。

去年 5 月 22 日，温家宝总理再次来到北川，提出将老县城作为地震遗址予以保留，修建地震博物馆。上海较早关注北川，北川获得的第一批板房就是上海援建的；虽然上海后来对口援建的是都江堰，但绵阳市还是找到上海要求支援北川博物馆策划规划工作，上海委、市政府对此高度重视，韩正市长亲自召集我校周家伦书记和上海市规划局、上海现代建筑设计集团负责人等部署工作，并确定由同济大学主持进行。学校迅速成立了以常务副校长李永盛牵头的领导小组和吴长福教授为组长的专家组以及项目工作团队。学校多专业方向协同工作的综合学科优势在项目推进中得到了充分的显示。

没有震害资料，没有水文、地质、地形资料，关于北川县城的资料一无所有。10 月 10 日，吴长福等率领由规划、建筑、结构、地质、交通、环境、景观及建筑保护等专家组成的团队进入北川县城，二话不说，各路专家一头扎进遍地瓦砾的大街小巷，一进去就是十几个小时。专家们带着图板、仪器，在没有任何现成资料的情况下，一幢楼、一幢楼、一个街道又一个街道拍照、记录、测绘……“看到你们这样工作，我的心里有底了。”北川羌族自治县县长经大忠对专家们说。短短的几个月时间内，大家先后 4 次进入县城勘察。

“北川国家地震遗址博物馆实际上应该叫地震展示综合体。”吴长福告诉记者，北川县城遗址呈现出地震破坏强烈、灾害类型多样、工程破坏类型全、抗震救灾事迹集中等 4 个基础特征，“这些特征可以作为人文教育、地震灾害、地震次生灾害、建筑结构抗震的研究及地震知识的科普教育提供丰富翔实的现

场实例”。因此，概念策划上，我们重点考虑遗址博物馆建设目标：留存大灾难的记忆、展示人类爱的力量、人对自然的再认识。按照这些思路，地震综合体将按遗址、博物馆、次生灾害展示地等 3 个功能区。

按照功能要求，地震博物馆建筑主体将以对灾难、事迹、大爱和知识的记忆为核心内容，全方位展示自然灾害在自然、人文和科学各方面与人类文明的关系，以实物、模型、多媒体等互动展示方式，使参观者亲身体会到地震的威力和影响；遗址保护区部分将分为老城遗址保护区、中心祭奠公园、新城遗址保护区、龙尾山自然保护区、县城北部综合服务区等 5 大区域，设计原则遵循：祭奠与参观相结合、原真保护与恢复相结合、现状与新建相结合、自然修复与人工介入相结合；次生灾害展示与自然恢复区部分位于北川与唐家山堰塞湖之间，以次生灾害、自然地貌、地域文化为保护和展示的主要内容，突出震害对水文、地质等自然生态系统的影响。

吴长福介绍，遗址博物馆建设主要集中在 178.04 公顷的核心区内。地震中，北川县城 80% 以上房屋毁损、面积达 122.72 万平方米。遗址博物馆规划中，对县城内毁损建筑提出全面加固及保护处理建议，以整体保持地震遗址的现场原貌，新建建筑总量将严格控制。针对当地政府提出的以北川地震遗址为主体申报“世界文化与自然混合遗产”设想，吴长福告诉记者，“方案中给出了遗址保护的原真性、完整性要求以及羌族文化等两条申报路径”。申遗方案一，地震遗址申遗。遗址包括滑坡灾害区、崩塌灾害区、泥石流灾害区、河流堰塞区、城市废墟区，还可以联合本次地震震中汶川、工业镇汉旺、虹口龙门山共同以“强烈地震”申报；另一方案突出羌村镇的价值申报。

“北川在地震中损失惨重，亡灵不应被打扰，生命应该受到尊重。”吴长福的话语低沉。据了解，105 国道、302 省道原来在北川县城交叉从中心通过，但在整体方案中过境道路通过穿越遂道绕过了伤痕累累的北川县城，使县城遗址保持应有的氛围。

方案中，北川县城的入口处、中央区域、南面及北面，设了四座守望塔，“逝去的亲人已经安息，受伤的心灵需要抚慰，废墟中让我们坚强地守望北川。”设计书上写道；塔下植树，树池基座取义方舟：“绿色方舟”以绿色承载追忆、感悟，用生命纪念生命、诠释生命。

据悉，项目成果初稿形成后，已向当地各级政府和国家及四川省相关职能部门进行了汇报，受到了广泛好评。“看了你们的方案，我们觉得对得起死去的亲人了。”2008“感动中国”年度人物经大忠说。

（程国政，2009 年 2 月 25 日，第 2 版）

为世博会提供全方位科技支撑

6 年来，我校共承担近 130 个项目，经费 1.3 亿多元

本报讯 记者日前从学校科技处了解到，2003 年 2 月在校登记第一个项目至 2008 年 12 月底，我校共承担各类世博会相关科研项目 127 项，经费总额 1.3 亿多元，其中百万以上项目 34 项；项目涉及土木、建筑、交通、环境、管理、电子、机械、汽车、材料、传播与艺术、知识产权等近 20 个学科领域。数量多、范围广、资助力度大、参与度深是这些项目呈现的总体特点。

2002 年 12 月 3 日，经国际展览局大会投票表决，中国获得 2010 年世博会举办权。几乎与此同时，我校诸大建教授便获得上海市政府发展研究中心的《2010 上海世博会对城市生活质量的影响》课题。诸大建率领的课题组从世博会对上海经济发展、社会发展、城市建设、长三角、政府管理等 5 方面的影响进行了深入的研究，成果汇集为《世博会对上海的影响和对策》一书，由同济大学出版社 2004 年初出版。

紧接着，世博会对地区经济发展的影响机理和运作模式、世博园水资源综合利用与城市雨水调蓄、世博会知识产权保护、世博会规划设计导则、南京路外滩段近代建筑研究、世界博览会的国际比较、上海世博会综合交通规划设计方案征集、上海世博会地下空间综合开发利用……我校获取有关上海世博会项目的频率越来越密集；教育部、科技部、上海市各相关部门、世博事务管理局，乃至申通公司、上海地铁运营公司、华东电力设计院、上海市政工程公司等各大公司，项目获取源头十分广泛；触角甚至伸到意大利环境土地与海洋资源部、外国国家馆设计等……项目获取渠道向海外广泛延伸。

大项目研究都关乎中国上海世博会的“命脉”。世博会期间，如果黄浦江、苏州河的水被污染了？大量产生的包装废弃物如何处理？高强度客流如何疏导、化解？大规模建设过程如何控制、管理……我校充分发挥学科分布全面、集群优势明显的特点，争取到包括“黄浦江、苏州河受污染水体生态修复关键技术研究”“绿色全降解包装材料的关键技术及产业化”“世博高强度客流集

散的交通战略与关键技术研究”“世博展馆大空间结构安全保障关键技术”“世博轴超长地下结构关键技术研究”“世博园区零排放微型场馆车研究与示范应用”“世博园区景观水体生态修复技术研究与示范应用”……这些项目少则百万元，多则近千万元，既解决世博会所面临的重大实际，更着眼中国的长远发展。

科技处有关负责人介绍，近一百三十项世博课题分布在学校近20个院所。其中建筑城规学院28项、交通运输学院22项、土木学院21项、环境学院19项、经管学院8项、电子与信息学院7项、汽车学院5项、机械学院4项、材料学院2项、传播与艺术学院2项、建筑设计研究院2项、城市规划研究院等5家单位各获得一项。而建筑设计研究院承担的主题馆、世博村、最佳实践区、南市发电厂、临时场馆等数十个规划、设计项目还未统计在内。

大项目推动学科的集群建设意义重大。经管学院乐云教授牵头的项目获得经费998万元、微型场馆车项目获得658万元、水体生物生态修复项目694万元、世博优先的协调管理系统研发项目700万元、世博会最佳实践区半导体照明技术集成应用400万元……“每一个百万以上的项目，仅靠几个人或一个学科单打独斗都是不可能优质高效地完成的。这些大项目必将极大地加快我校学科建设、特别是学科链集群化发展的步伐。”科技处负责人说。

据了解，在接下来的一段时间内，我校还将继续积极争取世博项目。

（程国政，2009年3月20日，第2版）

中共中央政治局委员、上海市委书记俞正声来校调研

本报讯 3月30日上午，中共中央政治局委员、上海市委书记俞正声来到嘉定校区调研，参观汽车风洞中心和新能源汽车工程中心，实地考察、了解新能源汽车的最新研发进展。上海市经济和信息化委员会副主任尚玉英，我校副校长陈小龙、校长助理余卓平等陪同。

上午9点半，俞正声一行首先来到汽车风洞中心，参观了气动声学整车风洞、热环境风洞以及测试周转大厅等，并观看了轿车现场测试，陈小龙一一作了介绍。风洞中心作为全国汽车整车和零部件企业的公共服务平台，俞正声关心地询问其总投入情况，并询问“目前企业前来汽车测试多不多”。当听到该中心仍在

作最后调试、今年五月才正式投入运营，而目前已有不少企业预约时，他频频点头。

随后，俞正声一行来到新能源汽车工程中心，察看了我校研制的新能源汽车以及移动加氢站，其中有服务北京奥运的氢燃料电池轿车、四轮驱动燃料电池样车以及为2010年上海世博会研制的观光车等，俞正声仔细询问了各辆车的性能和技术指标，并表示在世博会上应该多演示、多使用、多宣传，让广大市民多接触、多了解、多体验。俞正声还察看了部分拥有自主知识产权的关键零部件，听取了有关技术人员的介绍。

实地考察参观之后，在11点15分召开的座谈会上，俞正声认真听取了余卓平、章桐等教授关于新能源汽车研发的建议。他表示，上海市一直重视和支持新能源汽车的研发，市政府也将其列为上海市高新技术产业化重大项目，并强调指出，要加强与汽车企业的联系，激发整车企业的积极性，共同推进新能源汽车产业化进程。

（周宏武，2009年3月31日，第1版）

同济学报社科版入选中文核心期刊

原发学术期刊的转载率名列全国综合性期刊第十名

本报讯 近日，记者从学校相关部门获悉，《同济大学学报（社会科学版）》顺利入选全国中文核心期刊，转载率在全国综合性期刊中排名第十。

去年底，北京大学图书馆《中文核心期刊要目总览》2008年版编委会研究人员依据文献计量学的原理和方法，对相关文献进行检索、计算和分析，并聘请学科专家评审，结果显示：《同济大学学报（社科版）》入编《中文核心期刊要目总览》2008年版综合性人文、社会科学类核心期刊。据了解，此次评选统计的文献数量共计32400篇次，涉及期刊12400余种；参加核心期刊评审的学科专家5500多位。经过定量筛选和专家定性评审，编委会从我国正在出版的中文期刊中共选出1980余种核心期刊。

日前，中国人民大学书报资料中心公布2008年度“复印报刊资料”对国内公开出版的4000余种期刊和报纸转载量（率）排名。在综合性期刊排名中，按原发学术期刊的转载率统计排序，《同济大学学报（社科版）》在全国综合性期刊中排名第十。此次排名已在《光明日报》发布，并在中国人民大学书报资料中心网站陆续登出。

“我们的目标就是要把本刊办成一个具有鲜明同济特色、面向学术界的期刊。”2005年新上任的主编孙周兴教授便在当年第一期《同济大学学报》(社科版)上宣布。按照这一思路组成了新一届编委会，校党委书记周家伦教授出任编委会主任。新一届编委会对办刊方针进行了重大调整，确立了以学术性、开放性和特色化为基本定位的办刊方针，“只认质量不认人”成为社科版学报的基本办刊原则。

与此同时，新一届编委会对学报栏目进行了大幅度调整。德法哲学、德语诗学与文化研究、建筑文化、城市研究等4个特色栏目较好地体现了我校文科的特点和发展方向，加上政治哲学与法理学、比较思想与比较文化、艺术学与审美文化、文学现代性研究、图像与媒体研究、语言学与语言教育、政治学与行政学、国际问题研究、法学论坛、社会学研究、管理科学、经济理论与实践等12个重点栏目的设置，使学报具有了鲜明的同济特色。

持续不懈的努力，新一届编委会“每期知名专家学者的文章不得少于1/3”的硬规定收到显著效果。2005年以来，《同济大学学报》(社科版)2005年转载率不断提升，包括《新华文摘》《人大报刊复印资料》《中国社会科学文摘》《高校文科学报文摘》等纷纷转载我校文科学报论文，相应的学术影响因子也得以持续提升。继顺利进入“全国百强社科学报”、中文社会科学引文索引(CSSCI)后，此次又成功入选全国中文核心期刊，表明我校文科学报已经成为一家具有鲜明特色和重要影响力的学术期刊。

(学报，2009年4月14日，第2版)

2010年，您从浦东5号沟出发30分钟就到崇明，那是因为上海又增添了一座世界级隧桥工程；设想一下，当你驾车穿越全长8.9公里的隧道是什么感觉？当你在长江入海处驾车穿越“人”字桥面时，你可曾想到，为了这天下第一隧桥，同济的专家——

历暑履寒深度参与崇明越江隧桥工程

寒暑数易，长江之水依旧滔滔；春秋更迭，巨龙之舌又添新景。隧道通了，桥面合龙了，好消息一个接一个传来，同济李永盛等专家们的心里甜得…… “同济的科研人员从本世纪初介入崇明越江隧桥研究，多年来，大家齐心协力攻克了一个又一个难题。而大桥的顺利推进是对我们工作的最大褒奖。”常务副校长、崇明越江隧桥主要负责人李永盛的眼里填满了欣慰。

第一隧桥有太多的难题

众所周知，大江大河的入海口通常都是泥沙淤积极厚的地区，土壤松软的冲击型沙洲为其上面的一切工程制造了数不清的难题。

崇明隧桥的南隧就是在这样的地质条件下打洞。洞的特点，专家们简洁地归纳为“长、大、深”，即长江隧道工程采用的是世界上最大的直径达15.43米的盾构，一次性顶进距离长达7.5公里，为世界之最，隧道最深处为55米，成为世界最深隧道之一；北桥，其主跨一跨730米，位居世界第五；在国内仅次于苏通大桥和香港昂船洲大桥，排行第三。其主塔呈“人”字型，更美观了，但在建造工艺上也“前无古人”了，难度成为世界级。

不仅如此，隧桥上还贴附着一条轨道交通线：9号线。隧道的下层中部空间被轨道交通线路占据，上层是过江车道，这对隧道轴线偏差的要求更高。大桥上，公路和轨道交通线在同一平面并驾齐驱，更属绝无仅有。轨道交通的钢轨同桥面的伸缩、变形特点大不一样，如何使它们节奏合拍，“相濡以沫”？还有，轨道列车疾驰在50米高的桥面上，“侧风”问题如何解决？

为什么要选择南隧北桥？

世界级工程遇上世界级难题，为什么还要选择隧桥？

1993年开始，上海市相关部门就开始了课题的研究。2001年上海市在国际范围内征集崇明越江隧桥设计方案，同济大学与上海市政工程设计研究院成立联合体参加方案征集竞赛。其中同济大学负责方案中的隧道部分设计及专题研究，市政院负责方案中的桥梁设计。学校迅速成立了以李永盛牵头的设计团队，杨林德、陶履彬、汪炳鑑、贾坚、朱合华各管一摊，具体协调。联合体紧密协作，很快提出了南隧北桥、规划线全隧、规划线全桥、比较线全桥等 4 套方案供比对选择。“所谓规划线全桥即是南港主航道布置采用 680m+2300m+680m 的悬索桥方案；而比较线全桥则是南港主航道布置采用 600m+1200m+600m 的斜拉桥，北港桥梁设一处主通航孔。主通航孔采用跨径为 100m+120m+630m+120m+100m 的双塔斜拉桥等方案。”李永盛告诉我们。

他说，越江通道工程需要通过长江南支的南港、北港水域，其中南港是长江主航道，通航要求很高。如果采用全桥方案，其 2300 米的主跨径工程难度很大，而且修建在水中的构造物也必将对河流走势及航运产生较大影响，因此，我们认为此方案并不可行；北港目前为自然水深航道，通航要求相对较低，桥梁方案技术成熟，而且工程造价低。“团队对桥梁、隧道多方案慎重比选之后，综合地质、水文、河势、通航等建设条件，最后确定了南隧北桥方案。”

桥隧开建，同济依旧“护航”不止

桥型方案确定后，受上海市崇明越江通道工程工作组的委托，同济课题组又针对越江通道工程的桥梁、隧道方案展开风险研究，在定量确定工程方案的抗风险能力后，提出执行风险管理计划的实施措施。

2004 年 12 月 28 日，上海长江隧桥工程建设正式启动。同济大学依托获得国家 863 计划资助的项目“超大特长越江盾构隧道关键技术研究”，采用理论研究、实验室试验与工程结构原型试验、检验相结合的策略，对长大越江跨海盾构隧道的衬砌结构理论、科学试验、结构优化设计、先进施工技术、质量控制、以人为本综合防灾体系与风险控制等进行研究。“总体实施方案主要集中在基本理论与方法研究、平台建设、工程应用、技术标准和指南编制等四方面。”李永盛介绍。

越江隧道位处长江江底 30 米以下，一来一去两条，共需铺设衬砌圆环 7400 个。2005 年起由同济大学结构试验室鲁亮负责设计实施的试验包括 1：1 原型 15m 管片衬砌结构整环加载破坏试验和 1：1 室内接头试验，成功实现了对大断面盾构隧道衬砌结构的物理模拟，获得了包括衬砌结构设计参数确定技术、隧道纵向稳定性和整体性优化设计方法、抗震与减振技术及装置、咸淡水交替环境下隧道混凝土与金属材料抗腐蚀技术在内的一系列成果。据了解，截至目前，课题组已获国家发明专利 9 项、实用新型专利 4 项、计算机软件著作权 6 项，申请受理发明专利 4 项，编制国家级工法与施工指南 7 项，发表国际有影响的论文 50 余篇，其中 SCI、EI 检索论文 32 篇，培养出 8 名硕博研究生。“这项研究，对我国将要建设的渤海湾跨海工程、青—黄海底隧道工程、台湾海峡连线工程、港—珠—澳跨海工程和琼州海峡通道工程等意义重大。”李永盛的眼光又对准了“下一个”。

大桥有哪些看点?

江面波浪滔滔，江底车轮滚滚，李永盛告诉我们，隧道内设三来三去六车道，设计时速达到每小时 80 公里，还有一条轨道列车穿梭往来，从上海到启东不到一小时，快！不仅如此，天苍苍、水微黄的长江入海口，单跨 730 米的“人”字形主跨，平直的桥面从腰际穿过，“长江门户第一桥”秀丽、大气。

上海已在黄浦江上建起了数座斜拉桥，如今在长江入海口建大桥，有什么不同？采访得知，上海长江大桥所在位置，受到海潮和长江水流的共同作用，容易引起河床条件的变化，加上上海软土地基的作用，对设计和施工都是极大的考验。长约 10.3 公里的上海长江大桥除了主跨 730 米的主通航孔桥以外，还有副通航孔桥、深水区引桥、浅水区引桥、浅滩区引桥等。针对这些特殊环境，设计人员还对防腐、抗风、潮汐等问题作了专题研究。

“扎实的研究是工程顺利进行的保证。”李永盛最后说。

据了解，上海长江隧桥现已全面贯通，进入路面铺装、附属工程及装饰阶段，预计 2010 年 3 月通车运营。

（程国政，2009 年 4 月 20 日，第 2 版）

竖起同济设计新地标

——原巴士一汽地块功能定位与规划设计访谈

划归我校的原巴士一汽停车场地块改造工程 4 月 18 日正式开工。其功能如何定位？怎样对它进行合理开发建设？其工程设计有何特点？记者近日分别对陈小龙副校长及项目规划及设计负责人进行了专访。

定位：设计学科产业主导，建设同济东校区

“学校已经明确，将把巴士一汽地块建设成为一个以设计学科、设计产业为主，集教育、培训、产业等多种功能于一体的开放式的校区，即同济大学的东校区。”陈小龙副校长阐明项目的总体定位，“利用它的地域优势，做成一个开放式的校园，让学科与产业可以直接相连、对接，相信对进一步形成‘环同济知识经济圈’有明显作用。”

“保留原有的巴士一汽停车场，是项目规划建设中的最大亮点。”他说，这样既能留住原有库房建筑的文化，又可避免推倒4万多平方米巨型建筑所产生出来的大量瓦砾。据测算，这一措施保留了1.8万立方米的混凝土，相当于避免了大约8640吨二氧化碳的排放。

他告诉记者，在这一项目进展过程中，得到了上海市委市政府、市教委申教公司、杨浦区委区政府的大力支持，学校的资产处、基建处、能源中心、后勤集团、保卫处等单位不辞辛劳、全力投入，建筑城规学院、建筑设计院担当起规划、设计重任。

他表示，随着第一期工程如期动工，学校今后会逐步分期继续推进东校区的建设。

规划：设计研发培训，各功能区域合理布局

如何高效地在近7公顷的土地上进行空间布局、功能组织，是项目规划要着力解决的问题。“这个地块集设计产业、教育培训、科技研发、信息咨询、会议展示等多种功能于一体，我们力求空间布局特色鲜明，并把握好各功能区的要求。”主持项目规划的建筑城规学院常务副院长吴长福教授说。

根据规划设计，停车场将改建成设计学科、产业用房；沿四平路新建两层建筑，主营信息咨询服务；地块东、南面设置会议、教育、培训等功能空间，与信息咨询服务带共同构成一个“U”形的公共平台；公共平台上均匀分布多栋单色小高层建筑，用于高科技研发。所有这些建筑都沿地块周边布置，围何地块中央的一个大型生态庭园。

他表示，在这一地块以设计学科和产业为主体进行开发，很有价值。其与赤峰路、国康路的设计产业，四平路上的同济联合广场共同组成了一个巨大空间。“‘设计产业的核是学校’。”吴长福说。

“学校希望今后相关设计产业、相关设计品牌都能在这里集聚。”吴长福特别指出，不光是建筑设计，还要吸纳工业设计、艺术设计等多种类型的设计产业，在立足同济品牌的同时，还要吸引国内外知名设计品牌进驻。

设计：总体保留原貌，引入生态环保绿色设计

巴士一汽停车场如何改造?

“总体上来说，尊重老建筑的特点，最大程度地保留老建筑的原貌，再通过多种设计手段，实现建筑新的使用功能。”项目主设计师、设计院一所所长曾群一边指点着桌面上的一叠设计图纸，一边做着介绍。

停车场原为3层建筑，改造中将在上面加建2层，约2万多平方米面积。新建部分采用轻型钢结构，既轻盈又富有现代感，与厚重沉稳的老建筑相得益彰。原屋面停车功能部分继续得以保留，这也弥补了原建筑无地下停车的缺憾。改造后的建筑仍呈现出原停车场的基本形态，坡道、车库等建筑元素清晰可见。

“设置内庭院，也是我们的一个重要设计手法。”曾群说，老建筑体量大、进深长，为了让大开间楼房自然地通风采光，设计中通过拆除部分楼板“镂”成内庭院。此外，还将安置采光井以更多利用日光。

改造方案中，节能、生态、环保的绿色设计比比皆是：利用大面积屋面，在屋顶安装太阳能集热板，用于车库、走廊的照明；收集屋面雨水，用来洗车、冲厕、绿化灌溉；屋顶花园、坡道绿化带、立面爬藤，多层次立体式绿化景观赏心悦目……

（黄艾娇，2009年4月25日，第2版）

数十位专家数年间近十个重大项目攻关提供的

同济方案编织成高效世博交通网

本报讯　近日，记者从校科技处获悉，我校杨东援、陈小鸿、孙立军等数年时间内从国家科技部、上海各相关部门先后获得包括中国2010年上海世博会综合交通规划、2010年上海世博会智能公共交通系统研究、上海世博会园区专业规划、面向世博的紧急交通事件动态处理关键技术、世博会高强客流集散的交通战略与关键技术、“世博优先”的道路交通协调管理系统研发及工程示范、世博园区典型设施仿真研究等在内的多个重大课题。目前，各项研究都已完成，成为世博会的重要参考依据。

“世博交通规划是改善上海交通状况的一次良好机遇。”负责世博会交通综合规划的杨东援教授告诉记者，按照规划，世博交通被分为四区、三链及面向“异、常”两态。所谓四区即面向世博园区的绿色交通区、以世博园区交通最佳状态为目标的交通控制与衔接管理的缓冲交通区、以世博交通与市内交通最佳衔接为目标的魅力交通区及面向长江三角洲、全国乃至世界的家园交通区；而三链则指各类访客从出发点（家）到达上海及世博园的出行链，事件链则指世博园区及关联区域事件的前兆、发生、演变、救援、后处理这一动态演进过程，决策链是面向行政管理部门与技术部门，建立基于事件链的有机决策机制。“不论交通运行正常与否，我们的规划都要全力保证世博展会的正常有序。”杨东援说。

怎样保证交通规划的目标顺利实现？孙立军教授牵头的“上海世博智能交通技术综合集成系统”从关键技术研发工程示范、世博智能交通应用等3个方面，依托33项子课题研发了相应各类技术，其中包括研发出世博综合交通信息平台、网络路由优化诱导控制技术、交通走廊协调控制技术、世博交通紧急事件检测与管理技术等……“有了这些技术，我们就有了千里眼、顺风耳。”上海世博有关负责人说。

上海世博会将吸引7000万游客，如果出现高强度客流如何应对？陈小鸿教授主持的“世博会高强客流集散”课题，构建了世博交通模型，对世博客流的活动、方式与时空叠加等特征进行深入分析，构建了方式选择的多个模型，设计了“转换门”、错时错休等一系列具有创新性的技术手段。令人欣喜的是，课题的部分研究成果已经得到成功的应用。

出现紧急情况怎么办？没关系，同济大学的专家已经完成了“面向世博的紧急交通事件动态处理关键技术”的研究，课题组在充分调研的基础上，提出了世博会紧急交通事件的等级划分及预警级别，开发出城市道路交通紧急事件处理决策支持系统软件，不仅能够较好地解决世博交通问题，还能有效提高上海市交通信息化发展水平，提升上海综合竞争力，评审专家如是说。

除此之外，世博园区客流步行流线、强度与时空分布，世博园区周边主要集散道路交通需求道路容量，中心城重要干道的容量与运行水平，中心城越江通道容量及上海市主要出入公路等在“上海世博会交通设施规划研究”中有详尽的分析；世博园区内路网、闸机、停车场等微观设施的仿真研究，专家组给予了高度评价，认为有重要的应用价值；世博会管控区交通管理模式与交通组织方案针对三林地区世博交通配套工程施工提出了详细的交通组织与疏导方案；“2010年上海世博会智能公交系统研究”更是吸引了意大利Thetis公司及罗马ATAC公司参与研究，课题着眼于上海城市的可持续发展，以减少车辆排放和空气污染为主要的研究方向。据了解，该项目受到意大利政府的资助。

（程国政，2009年4月25日，第2版）

包括“世博轴超大跨度索膜及单层复杂壳体结构专项技术研究”在内——

张其林：六大项目保证世博轴体魄强健

本报讯 世博会最大单体结构建筑是什么？就是今年4月15日露出雏形的世博轴。世博轴的屋顶设计目前在世界上独一无二。屋顶设计为总长约840米、最大跨度约97米，总面积约64000平方米，膜结构由31根外桅杆和19个内桅杆下拉点以及18个与阳光谷连接点、通过拉索张拉与支撑阳光谷及索膜结构顶棚连结，形成屋顶结构系统。而6个阳光谷前后有69块巨型轻型索膜连成了一个长廊，游人在10米平台上行走仿佛穿梭于空中长廊，不用担心日晒雨淋了。

如此巨大的结构如何构筑？其安全性如何？

今年2月4日，我校土木学院副院长张其林教授牵头的课题组向上海市科委组织的专家组汇报“世博轴超大跨度索膜及单层复杂壳体结构专项技术研究”阶段性成果。张教授主持的这项研究分为阳光谷钢结构计算、超大跨索膜结构计算理论与分析方法、局部破坏下索膜结构的安全性、超大跨索膜结构的风洞试验（顾明教授负责）、世博轴结构安全检测、建筑物三维实体模型与建造管理系统等十数项分课题，随着工程的进展，课题的研究相应展开，全部完成时间已经排到今年12月。

除此以外，张其林还从世博土控公司、华东建筑设计研究院等获得世博轴膜结构屋面1∶40模型实验研究、世博轴屋面钢与索膜结构的设计复合计算、世博轴阳光谷钢结构节点形式实验研究、世博轴阳光谷钢结构与索膜结构施工和使用阶段的安全性监测等5项课题。目前，课题组的模型试验证明，在局部断索情况下，世博轴的膜结构屋面整体不会发生连续倒塌，其结构体系的安全性是可行的。

阳光谷跨度巨大，外方设计单位提出了主要采用螺栓连接节点的方案，土控公司放心不下，将这一方案交给张其林进行验证。试验结果表明：外方方案将会带来节点受力不能满足承载能力和正常使用的要求。最后，阳光谷采取全焊接节点技术进行施工。

尤值一提的是，张其林课题组自主研制的特殊设计软件在阳光谷结构深化设计中大显神威。阳光谷设计制作原是由外方提供的，但费用高达5000万元，远远超出建设预算，中方单位华东建筑设计研究院找到了张其林他们。课题组提出采用自主研制的3D3S软件深化设计模块进行阳光谷钢结构的深化设计，得到了相关各方的大力支持，在极短的时间内课题组配合设计单位——华东建筑设计研究院完成了全部深化设计工作，软件自动生成深化设计图纸7万余张。“按照设计模块施工起来非常顺手。”阳光谷工程项目经理张宗早告诉记者。据了解，3D3S软件深化设计模块用于世博阳光谷的正确率为100%，而设计费用甚至连外方价格的10%都不到。

随着课题研究的深入，张其林越来越觉得阳光谷钢结构与索膜结构施工和使用阶段的安全性必须实时监测。知无不言，课题组一方面建言，一方面迅速研制针对性监测设备。如今，包括膜面应力检测仪器、拉索索力的无线定时监测系统等在内的设备已经投入使用，而膜面风速和风振的监测则是国内外首次实施的。据了解，膜面风速及风振监测技术在空间结构领域将产生较大影响。

相关链接: 世博轴阳光谷世博轴位于上海世博园核心区的世博轴，是通向主题馆、中国馆、世博中心、演艺中心和轨道交通8号线车站的“大动脉”。作为上海世博会园区内最大的单体工程，世博轴总占地面积约13万平方米，总建筑面积约25万平方米，其中地下空间建筑面积约18万平方米，地上建筑面积约7万平方米。工程总投资约35亿元人民币。世博轴还是上海循环经济的一块“试验田”，世博轴项目常务经理徐军介绍说，在世博轴的下面铺设了250公里长的管道，形成地源热泵，引入黄浦江水，使这个巨大的公共通道运用自然资源实现冬暖夏凉。

世博轴在世博会后，将变成集商业服务、餐饮、娱乐、交通换乘、会展服务于一体的多功能、特大型的交通商业综合体。

阳光谷被称为“中国第一的索膜结构建筑”。6个巨型“阳光谷”，由13根大桅杆、数十根缆索和巨大的幕布巧妙织成。其中最大的直径97米，下部直径20米，使位于地下的千米世博轴人行步道巧借自然光。阳光谷用的索膜结构世界罕见，巨大白色膜布总面积达7万多平方米，最大的一块有1700平方米；由于涂了1毫米厚的“特氟隆”涂层，它有“自洁”功能，能在雨水冲刷下自行清洁；缆索重达700吨，最粗的一根直径155毫米；玻璃幕墙用了3万多片超白片玻璃，总面积达3.15万平方米；钢结构总重量超过4500吨，焊缝就长达34公里。索膜建筑最为特殊之处就是柔性，白色膜布的最大风摆幅可以达到上下3米，大风吹来，膜布能随风翩翩起舞。

（程国政，2009年4月30日，第2版）

中法学院成立十周年

“中法校长论坛”举行，中法学院校友会成立

本报讯　携手法国著名高校巴黎高科技大学校集团，联合创立于1999年的“同济大学中法工程和管理学院”（“中法学院”），5月17日迎来了成立十周年庆典。

全国政协副主席、科技部部长万钢，全国人大常委、原教育部副部长吴启迪，教育部副部长郝平，中国驻法国大使孔泉，法国驻华大使苏和，法国总统高等教育与科研顾问等发来贺信。

庆祝大会当晚在一·二九礼堂举行。吴启迪、苏和及我校校长裴钢、合作方法国巴黎高科技大学校集团主席等出席并致辞。上海市委组织部副部长、我校原党委常务副书记、副校长、中法学院前院长周祖翼被聘为中法学院首席顾问。

万钢在贺信中说：“同济大学中法学院整合中法两国高校和企业的特点、优势和资源，培养出了高水平、国际化的工程和管理领域的青年人才，为中法两国的教育和科技交流做出了突出贡献，是中法高等教育合作的成功典范。”

合作方法国巴黎高科技大学校集团是欧洲精英学校联盟成员，拥有12所最具声望的精英学校，其中包括在法国排名前三位的工程师学校和排名第一的商学院。中外双方长期携手，致力于培养富有国际竞争力的工程和管理

领域高层次人才，通过建立“理工类双硕士”“上海国际工商管理硕士”（SIMBA）两个项目，形成了两种主要合作培养模式。迄今已培养出近千名优秀青年人才。

上述两个项目各具特色。“理工类双硕士项目”开创了我国工程教育与国际接轨的先河，现已拓展到8个特色专业。“SIMBA项目”主要面向业界精英招收在职学员，教授中的三分之二来自全球顶尖商学院，并实行“中外一对一双教席制”。

中法两国著名企业直接参与学院人才培养，为中法学院合作办学提供了重要支撑。法国航空、道达尔、法国电力、米其林，建行上海市分行、建工集团、申通地铁、张江集团等近20家两国大型企业担任学院董事，为学院建设发展给予资金支持，部分企业还为同学们提供奖学金及实习、就业机会。

创新培养模式，中法合作不断走向深入。不久前，我校与巴黎高科的核心成员国立桥路大学校，共同签署“同济硕士文凭＋法国工程师文凭”新模式的合作协议，这也是桥路大学校首次在中国颁发认可度极高的工程师文凭。该项目还将实现中法双方学生等额互派。两校还将启动博士生层次的联合培养，并以此进一步推动中法高校在科研领域的合作交流。

作为庆典活动的重要内容，当天，来自中法两国近30所著名高校的校长齐聚“中法校长论坛”，共话中法未来合作前景。此外，中法学院校友会宣告成立，中法学院十年成就回顾展、SIMBA项目教学成果展同时揭幕。常务副校长李永盛、副校长董琦分别主持了“中法校长论坛”和庆祝大会。

（黄艾娇，2009年5月20日，第1版）

遗址纪念　抗震示范　温馨宜居

——我校城市规划设计院西南所《映秀镇重建规划》解读

随着5·12大地震纪念大会在映秀漩口中学的举行，映秀作为大地震的震中再次成为世人关注的焦点。一年过去了，映秀重建进行得如何？映秀按照什么样的蓝图重建？我校城市规划设计研究院常务副院长夏南凯教授、西南所所长肖达的回答很干脆：规划方案很温馨、映秀小镇很宜居。“这里将成为抗震建筑示范区。”

作为5·12大地震的震中，映秀镇损失惨重

这次重建，震中纪念馆将作为一个重要的遗址纪念物，邀请何镜堂院士领衔设计。总体设计方案中包括震中纪念地、百花大桥断桥、漩口中学遗址、地震纪念馆在内的13个地震纪念点，建筑大师贝聿铭将负责映秀河口广场的设计。

不仅贝聿铭，吴良镛、何镜堂、彭一刚、保罗·安德鲁等都积极参与了映秀重建的规划设计，面积0.74平方公里的映秀新镇成为大师们作品汇集场。“同济等高校的设计团队也在此承担了部分项目”，负责映秀镇重建规划的肖达告诉记者，新映秀将成为建筑设计界观摩大师作品、研习地震建筑的绝佳去处，贝聿明的河口纪念广场、何镜堂的震中遗址公园等，保罗·安德鲁的抗震减灾国际学术中心、吴良镛的映秀中学、周锡元的抗震结构示范、周福霖的避震体系示范……纪念体、居民楼、公共建筑、公共环境、步行街，各种形态的构筑体应有尽有。

“新技术、新材料、新设备、新工艺将会得到广泛的应用。”肖达说。建筑隔震橡胶支座、耗能减震等抗震新技术，抗震砖混及框架结构等结构抗震技术，钢结构、轻质墙体与楼盖等新材料……通过“四新”的广泛应用，降低建筑物的自重，最直接减轻地震对建筑物的破坏；有效吸收大量的地震能量，减少结构变形，实现对主体结构的有效保护。

除此之外，包括综合指挥中心、应急指挥中心、防灾据点在内的三级防灾指挥点，公路生命线、空中生命线在内的两条生命线工程，中滩堡片区、73车队片区、渔子溪上坪片区、渔子溪下坪片区、岷江东片区和枫香树片区的6个防灾分区及分区防灾据点、紧急避难场地、避难和救援信道、隔离缓冲带4类紧急避难和集散工程等，防震减灾示范区内居民步行3分钟可避难。

“这里将是个温馨小镇”

映秀规划负责人夏南凯教授介绍，同济的规划目的就是要让映秀百姓忘掉伤痛，打造恢复重建的样板工程。

据悉，同济提交的新映秀镇规划方案涉及范围168.5公顷、涉及人口5700人。根据规划，小镇将被建设成为抗震建筑示范区，示范区内，归口援建、重建模式、纪念体系、建筑风貌、产业持续、生态宜居、安全体系等分目标都能找到对应物；规划的主题被设置为抗震教育纪念园地、安居乐业宜人家园、山水风光温情小镇。

在这些思想指导下，映秀的规划具体落实为：两轴、一带、四组团。两轴即岷江城镇生活发展轴、渔子溪城镇生活发展轴，一带即地震纪念带，四组团包括镇区中心组团、渔子溪纪念组团、枫香树发展备用组团、岷江东教育组团。

肖达对着电脑中的一张张图片，指着说着，新映秀会构筑一条条绿廊，连接山脊绿带、山谷绿带、滨河绿带，把小镇外围的自然森林引入镇区，把小镇“带进”青山绿水。镇区内不会过多出现地震留下的伤痕伤疤，伤痛过的人们需要宁静的生活。“镇区的民居以二三层的小楼为主，将彰显羌藏汉融合的特色，川西民居、藏式建筑和羌楼都会在人们眼前一一呈现。”

旅游将使小镇很宜居

新映秀如何走向未来？同济规划专家给出的方案是：旅游。同济版《映秀旅游专项规划》提出把新映秀建设成为："一城"（国际性抗震旅游城镇）、"二镇"（活力小镇、震中小镇）、“三区”（地震纪念区、抗震示范区、民俗风情区），一句话“把映秀打造成国内外知名的抗震旅游示范点”。

方案指出，映秀地处成都平原西部边缘，是阿坝州重要的交通枢纽和门户重镇，是通往卧龙、九寨、黄龙、四姑娘山等景区的必经之路。“作为‘汶川大地震’震中纪念地，通过差异化发展地震遗址纪念和抗震示范基地，打造地震遗址文化旅游品牌，映秀镇有着巨大的潜力。”规划书中写道，参观地震遗迹，领略自然风光；品学大师佳作，研修抗震科技；徜徉民俗街区，体验藏羌风情……观光、修学、旅游，规划预计，几年后，映秀的游客年接待量将突破200万，保持日均5000人的规模。

届时，以地震震中遗址、百花大桥断桥遗址、牛眠沟震源广场在内的“震之源”，老虎嘴山河改道遗址、地震主题雕塑墙、周边山体崩塌滑坡遗址在内的“地之殇”，渔子溪特色民居、映秀小学遗址震后保留建筑在内的“爱之力”，主题雕塑广场、抗震减灾国际学术中心、羌族特色风情商业街、特色民居等在内的“城之兴”，构成以映秀镇的历史、生态和文化资源特色为中心的城市景观核心；并形成沿岷江和渔子溪所构成的滨水生态廊道“两轴”，天崩石广场、老镇区遗址、高速公路映秀入口和枫香树村等构成映秀镇的门户“四节点”。

“在这里，游人漫步在柔性的步行街，徜徉在纪念广场、驻足在渔子溪边，观察着当地的山山水水、老老少少，你会体验很多很多，思考很多很多。”肖达最后说。

（程国政，2009 年 5 月 31 日，第 2 版）

设计创意学院挂牌

同济设计创智中心同日揭牌

本报讯 致力于培养创意产业急需的高层次设计师、设计教育、设计研究及设计管理类紧缺人才，以原建筑与城市规划学院艺术设计系为班底，同济大学设计创意学院 5 月 26 日揭牌成立。作为学院产学研一体化的重要基地，由我校与瑞安集团合作共建的“同济设计创智中心”同日挂牌，这也是沪上首个由设计院校与企业联手共建的高端艺术创意中心。

全国人大常委、教育部原副部长吴启迪，我校党委书记周家伦，校长裴钢，常务副校长李永盛，副校长陈小龙、伍江、董琦，杨浦区委书记陈安杰，区长宗明，瑞安集团主席罗康瑞，我校董事会董事陈经纬、张松，以及十多所国内外知名设计院校负责人等出席学院成立仪式。周家伦宣布“同济大学设计创意学院成立”。

吴启迪在致辞中说，同济大学是最早成立设计专业的理工类高校之一，设计学科有着深厚基础。设计创意学院成立，将为进一步发展同济设计学科、不断增强同济艺术人文氛围发挥积极作用。

裴钢表示，创意设计产业已成为全球发展的热点，成立设计创意学院，是同济大学传统设计学科在新形势下积极寻求新发展的重要举措，其目的是为上海、为国家发展创意产业提供重要的多类型多层次专业人才支撑和学术支撑。

陈安杰在致辞中，感谢同济设计学科为杨浦设计产业做出的重要贡献。他表示，同济大学设计创意学院的成立，对进一步推动杨浦建设国家科技创新型示范城区有着重要意义。

据介绍，突破专业、行业及国界的限制，跨学科、国际化合作、产学研紧密结合，将成为设计创意学院重要办学特色。依托同济大学综合性多学科背景和强大的工科资源，设计学院将与校内其他学科实行融合、交叉，以跨学科方式开展有同济特色的设计教学与科研。发挥学校国际交往优势，学院将加强与一批国际知名设计院校的密切合作，国际艺术设计联盟、国际工业设计协会等国际性的学科平台资源，同样可以为学院办学提供支撑。同时，为实现设计教育与设计产业的对接，学院将建立产、学、研、创互动体制。“同济设计创智中心”正是基于这一理念诞生的首个产物。

“同济设计创智中心”位于五角场大学路，毗邻创智天地广场。学院将在此为全球招募到的著名设计专家建立设计工作室，学生亦可在此开展设计实践。由学院师生开发的品牌设计产品，还将在创智中心展示、销售。

此外，欧特克、伊莱克斯、赫曼米勒、美国礼品、中国电信、银线联盟等国内外知名企业已加入学院的顾问企业联盟。学院还将设立企业教席，聘请优秀设计师授课。

据介绍，我校设计专业成立于1985年，原艺术设计系已连续两次入选美国《商业周刊》“全球60所最佳艺术设计学院”。

（黄艾娇，2009年6月10日，第1版）

“晚上睡十四个人一点问题也没有”

——感受建筑城规学院建造节

“我们这房子才花了450元钱的材料费。你看这结构多简洁、里面多宽敞！”在我校建筑与城市规划学院第三届建造节现场，记者每到一处房子边，立刻就被同学们围起来，引着看外形、看结构、看室内空间……5月30日，C楼到文远楼近300米宽的楼前走道成了热火朝天的房屋营造大工地。“为了激发学生的创造性潜能，培养富于想象力和创新精神的设计人才，我们在2008—2009学年第二学期‘建筑设计基础’课程中设置了‘纸板建筑设计与建造’章节。”“2009年同济大学建筑与城市规划学院建造节暨‘DOW陶氏杯’纸板建筑设计建造竞赛”写道。这次设计竞赛，要求同学们要按照自行设计的图纸造出房子，并且要求参加竞赛的学生晚上要在自己造的房子里睡一晚。

按照要求，学院组织建筑与城市规划学院2008级全部专业的一年级学生以及我校土木学院结构专业2个代表队、上海大学建筑学专业2个代表队参加建造竞赛。据了解，来自建筑学、历史建筑保护工程、城市规划、景观学、工业设计、艺术设计等6个专业、12个班级约350名学生被分成24个参赛队，加上兄弟院校 4 支参赛队伍，在学院称为“ABC 广场”上建造 29 栋纸板房屋。

《建造竞赛》中说：“运用建筑结构力学和建筑构造一般原理，建造一栋纸板建筑。”通过实践，学生须关注材料的视觉与触觉效果、物理性质、加工方法、表皮肌理等性能；结构稳定性、构造功能性、节点表现性等结构构造特性；关注防雨、防潮、通风、自然光照等建筑物理因素；关注集体活动时的聚合、寝卧体验时的睡卧尺寸等使用功能要求。同时还要满足交流时段比小组成员人数多 2 人的聚会时站、坐尺度要求，寝卧时的小组成员躺、卧尺度要求，即“人均建筑面积 1 平方米”。

下午，记者再次来到现场，更忙了！一手拿尺、一手捉笔划纸板的，套住螺母拧螺丝钉的，往临时插电葫芦上插插头的，举着刷子朝房子上刷油漆的，三四个人抬着“构件”往纸板墙上送的，顺着连接缝贴透明胶带的，“咕咚咕咚”大口喝水的，手上缠着创可贴仍在“穿针引线”的……“像五角星？折纸鹤？圣斗士的秘门暗器？你说像什么就像什么，总之很酷的。”个子小小的女生一点也不怯，“呱呱呱”地站在作品前介绍个不停，“关键是里面空间也很大，近似圆的 6 个边围合起来，晚上睡 14 个人一点问题也没有！”她的脸红扑扑的，神采飞扬。

一路看过去，有的房屋像菠萝横卧在地上，有的像玛雅人的金字塔，有的如出挑的大屋檐优雅地伸出去，有的像两条咬合在一起的麻花，有的犹如夸张的王冠，有的则是标准的麦加帐篷……房屋一律没有名字，你只管说“像……”。“老师，您推推。”一名女生邀请记者上前使劲推房子，果然纹丝不动。“怎么样！看我们中间的衬子，凸出；两头的衬子，直立……我们的房子外观很简洁，结构很简单，里面面积很大，稳定性很好。”小同学把我引到房屋告示栏前：原来，他们14人至少从5月15日就开始筹划营造了。“加方柱，接缝处加艺术性的变化；顶的问题”“改变外形，吸引别人；做一些艺术加工在必经之路上”“黏合处做梁、防水槽；防雨：仅小雨，大雨用防水薄膜”“制定签到表；到场地勘测、踩点、测风向、占场地”……告示栏上一张写得密密麻麻的纸上，记者发现，设计创意、人员分工、材料准备、装饰装点，所有印迹都清清楚楚地记在这张《会议记录》中。建造这处“板房”的同学是：赵鑫（结构，后勤）、吴嘉仪（财务）、汤骋嘉（结构）、白坤（公关，3D 效果图）、韦惠兰（会议记录）、张蕾（采购）、陈叙（主题，采购）、林堃（主题，采购）、张晨曦（主题）、毛唯一（T 恤设计）、项红滢（白皮书）、张子春（T 恤，数据）、徐子倚、汤挺……分工明确，责任分明。最后两人你们猜是干什么的？一人是“老板”，还有一人是“007（密探）”，知道了吧。正因为如此，他们的板房早早地就竣工了。

第二天一早，记者再次来到现场，场地已不像昨天那般如火如荼、凌乱无章了。工具、纸板、电线、水瓶、书包、桌子……都不见了，一栋栋房屋在朝阳下拖着长长的影子，偶尔还能见到房子里酣睡的同学，手脚全露在外面，一副旁若无人的样子。更多的是在热烈地讨论，或逢人就宣传他们的房子。“虽然要求6点前完工，但那家‘大屋顶’到晚上八点多，屋顶还是顶上不去。没人号召，其它组的队员都来了，抬的抬、拧的拧、递的递，大家齐心协力，顺着搭得高高的桌子往上爬，场面非常感人。”此次建造节的策划赵巍岩老师动情地告诉记者，从这个意义上说，“活动已经超出建造本身，团结协作精神强、集体荣誉感强的人才走出校门，我们的教育就成功了。”

5月31日晨，经过建筑城规学院莫天伟、常青、刘滨谊、蔡永洁、范圣玺、陈保胜教授，柏林工大 Peter Berten 教授，上海大学王海松教授等组成的专家组评议，因为结构更为合理、建造简单、外观简洁美观，08级景观学2班2组的“风琴”、土木学院二组的“新生代蒙古包”等12件作品分获一、二、三等奖和优秀奖。

（程国政，2009年6月10日，第2版）

国内首个地面交通工具风洞落成

运行结果显示，由同济大学承建的这一风洞，关键指标均达到世界领先水平

2004年12月批准立项并奠基，2005年12月打下第一根桩基，2008年12月土建完工，2009年4月15日设备安装完毕进入全面调试，2009年7月1日投入试运营。经过4年建设以后，由我校承建的国内第一个“汽车风洞”——上海地面交通工具风洞中心，9月19日在嘉定校区正式落成。作为公共汽车和轨道车辆技术平台，它将为我国汽车和轨道车辆工业的自主研发提供重要的基础性服务。

全国政协副主席、科技部部长万钢，上海市副市长沈晓明，教育部部长助理林蕙青，上海市原政协主席蒋以任，全国人大常委、教育部原副部长吴启迪，铁道部运输局局长、副总工程师张曙光，中国商用飞机有限公司副总经理、大

型客机总设计师吴光辉，我校党委书记周家伦、校长裴钢等出席仪式，并观看了风洞试验的现场演示。

科技部、教育部、铁道部等有关部委领导，上海市统战部、发改委、经济与信息委、科委、教委、嘉定区、闵行区、铁路局等上海市有关部门领导，以及来自全国和上海市的行业、企业、高校负责人代表等300多人出席当天的活动。

万钢在讲话中指出，这一具有国际领先水平的国内首个地面交通工具风洞建成并投入运行，将为提升我国现代装备制造业的自主创新能力发挥重大作用。这一项目集国家战略、地方发展、人才建设与企业研发等多方面的需求于一体，开创了以大学为主体，政府、企业投入的公共科技服务运营新模式，为今后类似科研设施的建设提供了有益借鉴。希望风洞中心积极服务国家战略，支持自主创新，发挥好作为公共服务平台的支撑作用，并以此带动相关学科建设和人才培养。

沈晓明在致辞中说，上海地面交通工具风洞中心的建设，填补了国内汽车行业的空白，为企业实现自主创新提供了重要支撑。这反映了同济大学发挥高校学科优势，主动服务国家科技发展战略，为经济社会发展作出贡献。

林蕙青在致辞中表示，上海地面交通工具风洞中心在新中国60华诞之际落成，是献给国庆60周年的贺礼。同济大学始终面向国家经济社会发展需求，建设公共性基础设施平台，在服务社会的同时也促进了学科发展。

周家伦表示，风洞中心等多个重大科研平台的建设，为同济大学更好地服务社会打下了良好基础。同济大学将继续发挥现代交通装备制造学科链、学科群的综合优势，为我国现代装备制造业的自主创新提供支撑。

作为上海市重大产业科技攻关项目，风洞中心的建设同时得到了国家发改委、科技部、财政部、教育部的大力支持。总建筑面积21095平方米，总投资4.9亿元人民币。风洞项目包括国内首座汽车气动声学整车风洞、国内首座热环境整车风洞和一个集汽车造型、加工、设备维护、科研和管理于一体的多功能中心。它与上海嘉定国际汽车城先期建设完成的同济大学新能源汽车工程中心、上海汽车质量检测中心、汽车试验场共同组成了国际一流、配套齐全的地面交通工具测试研究基地。

风洞作为重大基础设施，为汽车和轨道交通车辆自主研发所不可或缺，也是我国汽车工业从“制造”走向“设计”的标志性装备平台。建成后的风洞能够进行包括轿车、客车、SUV、卡车在内的各类汽车整车和零部件、轨道车辆模型等系列试验。其中，气动声学整车风洞主要用于车辆气动力性能测试、气动声学测试和低噪声优化设计，以达到优化造型，提高车辆行驶安全性和操纵稳定性、控制车辆内外空气动力噪声等的目的；通过降低空气动力阻力，以最经济的方式降低油耗，从而达到车辆节能减排的目的。热环境整车风洞主要用于车辆热力学测试和热环境性能评估，能模拟各种气候条件和车辆行驶工况，以实现发动机冷却系统及空调系统等的优化。通过风洞试验，可以设计出既满足中国消费者审美需求又具有良好安全、节能、环保性能的车辆。

除支持汽车企业外，上海地面交通工具风洞中心也将为我国高速列车自主研发和大飞机项目提供不可缺少的关键技术支撑平台。

前期运行结果表明，上海地面交通工具风洞中心在噪音控制、地面模拟、空气动力测量精度、环境模拟等关键技术指标上均达到世界领先的水平，并拥有全部自主知识产权。在速度为160公里/小时情况下，同济风洞的背景噪音为61分贝，而此前相同尺寸的国际先进水平为65分贝；再以低频颤振为例，同济风洞的振幅为1.0%，此前国际先进水平为1.4%；由于采取了新型边界层抽吸系统，同济风洞的零压力梯度范围达到了9米，此前相同尺寸和形式风洞的国际先进水平为7米；此外，同济风洞的环境模拟范围，可控温度为-40℃至55℃，可控湿度5%到95%，也是目前世界上最先进的。

另据了解，上海地面交通工具风洞中心作为国际一流公共技术服务平台，今后将担负起技术服务和学科发展的双重任务，主要功能包括五个方面：一是作为全国汽车整车和零部件企业以及轨道交通产业的一个非盈利、中立性公共服务平台，也作为支撑相关企业自主开发的重要基础设施；二是面向市场，为相关企业提供技术咨询服务和技术储备；三是作为我国高速列车自主研发和大飞机项目的关键技术支撑平台；四是为汽车、轨道交通等相关学科的基础研究和学科建设提供实验平台和前沿技术；五是作为中国汽车和轨道车辆产业的国际技术交流中心及高端人才培训的基地。

（吴纪，2009年9月19日，第1版）

突 破

——同济大学上海地面交通工具风洞中心建设纪实

2009年4月15日，历时三年多的建设之后，坐落于同济大学嘉定校区的国内第一个地面交通工具风洞中心，在这一天首次进行真实状态下的调试运行。

当巨大的天平载重着轿车缓缓转动，一组组数据不断传输到操控台的计算机上，在场的每一个人无不欢欣鼓舞。

陈小龙（同济大学副校长、上海地面交通工具风洞中心建设总指挥）：同济大学上海地面交通工具风洞，是上海市科教兴市重大产业科技攻关的项目之一，在首批启动的项目中，也是最大的一个。通过这个项目建设，同济大学锻炼了一支队伍，也显示了同济大学的实力。

杨志刚（上海地面交通工具风洞中心主任）：汽车风洞建设在国内没有先例。在风洞建设过程中，每前进一步，项目组都需要付出很大的艰辛和努力。但为了使风洞中心早日建成，再大的挑战，我们也愿意面对；再苦再累，我们也愿意去承担。

首次调试运行成功，意味着同济大学上海地面交通工具风洞中心正式投入运营为期不远，标志着中国汽车工业自主研发的基础平台建设，取得了历史性突破。当它最终建成并正式投入运营，对于同济大学汽车学科的发展和服务社会理念的拓展，对于中国汽车业从“中国制造”向“中国设计”的角色转换，更是意义深远的重大突破。酝酿为了几代中国汽车人的梦想中国汽车产业要真正拥有开发能力，首先要搭建起一整套中国自己的汽车研发基础平台，也就是常说的“四大件”，包括整车风洞、碰撞线、电磁兼容实验室和试车场。在嘉定校区开建汽车风洞之前，其他三件在国内都已条件初俱，唯有技术难度最大的整车风洞仍是空白。

汽车风洞是一个复杂的系统，如果用最简单的一句话来描述，就是模拟各种行车环境，给设计中的汽车寻找最省油、最安全和最美观的外形，为零部件求得最安全、最耐久的性能。

对汽车公司而言，这可能是世界上最贵的一种风：“滴答”吹一秒，就要1欧元。一辆高档轿车从概念车到完成整车设计，需要“吹”上几百个小时，由于国内没有自己的风洞实验室，我国企业不得不每年花费数以千万计的外汇，到国外做“风洞”实验。原因之一，建设一个汽车风洞造价昂贵，更何况其技术难度之高，并非轻易能够攻克。

上海地面交通工具风洞中心从立项到建设，离不开一个人，万钢，前任同济大学校长，国家 863 电动汽车重大专项首席科学家、风洞项目总体组组长，现任全国政协副主席、科技部部长。

万钢（全国政协副主席、科技部部长、同济大学原校长）：建设风洞的设想，起源于 2001 年。进入 21 世纪，我们国家的汽车工业得到了井喷式的发展，世界各国的主要品牌都进入了中国市场。正是在这样的条件下，上海在建设国际汽车城，市委、市政府确定同济大学要把学科链与国际汽车城的产业链对接，要为我们国家汽车工业的自主创新起到支撑和引领的作用。也正是在这样的构思下面，我们提出了建设中国自己的汽车风洞这个理念。

有了建设国内第一个汽车风洞的设想，外部条件也逐渐成熟，但是，建设用地怎样解决？建设资金哪里来？是委托他人还是自己摸索着建设？如果自己建，建设人才又如何物色？这是一揽子的决策，万钢与他的团队开始了具体而细致的谋划与努力。

万钢：实际上当时我们国家并没有这样一个建在学校的公共平台，为什么要提出由学校来建设？因为学校肩负着培育人才和发展科技的两大作用，而培育人才、发展科技又离不开为社会服务，所以学校就要联合企业一起来行动。

建设用地很快得以明确。同济大学嘉定校区位于上海国际汽车城内，在其周边当时已建、将建的研发基地、研发机构，包括了国家级的机动车检测中心、上汽技术中心、上海大众技术中心、菲亚特动力技术中心等。紧邻同济大学嘉定校区原有地块，专门划拨土地用于风洞中心建设，无疑将极大增强整个区域汽车研发的科技含量。

资金来源也逐渐清晰，主要由三部分构成：政府投入一部分；学校“985 工程”二期平台建设资金划拨一部分；未来可能的合作企业出资一部分，到建成实际使用时，以服务费的形式返还。

项目正式立项时，先后有上海大众、上海通用、奇瑞等近 10 家汽车制造企业表达了合作意向，签订了协议。

对于谁来建的问题，万钢一开始的态度就很明确，要建就自己建！因此在资金和场地之外，一个更加重要的问题，如何集聚合适的人才？

万钢：汽车风洞的建设还有一个很重要的作用，就是培养和锻炼人才。在汽车风洞建设当中，我们引进了一大批在海外、在国内、在各方面有造诣的学科领头人物，包括工程师、设计师和技术人员，有了他们，我们才能建设和维护这样一个汽车洞。

杨志刚，这位曾在美国航空航天总署和通用汽车总公司工作近 20 年的空气动力学专家，就是在万钢的感召之下，怀揣建设国内第一个汽车风洞的理想，2004 年底毅然决定回国，加盟同济汽车学科团队，担当风洞中心建设技术总负责的重任。

杨志刚：记得是 2004 年年中的时候，万部长，当时是同济大学校长，找到我说同济大学有在校园里建设上海地面交通工具风洞中心的计划。我原本也一直希望有机会能够回国来工作，所以听到这一消息以后，就很快做出了决定。其实这样一项任务对我来说，既是很好的机会，也是很大的挑战。

当前期准备工作形态初具之后，2004 年 12 月 29 日，作为上海市科教兴市重大产业公关第一批启动的 29 个项目之一，上海地面交通工具风洞中心在同济大学嘉定校区奠基。建设瞄准国际一流目标，群策群力奠基仪式之后，实质性的土建施工并没有马上开始，包括科研团队、建筑设计团队、施工设计团队等在内的相关各方，针对建设过程每一个环节，开始了更加深入、系统地研究和设计。

杨志刚：每一个风洞的建设，都具有独特性和唯一性。也就是说，到现在为止并没有一些通用的方法能够对所有的风洞，或者说对某一类风洞进行一般性的一个设计。因此，为了做好这个工作，我们组织了科研团队，建设了模型风洞，然后对风洞相应的问题进行研究，比如说流道设计、移动地面系统设计、收集口设计等等。

丁洁民（校长助理、同济大学建筑设计研究院院长）：由于本项目建筑设计要服务于风洞中心使用功能，因此如何妥善协调建筑设计与风洞技术设计关系，达到技术设计目标是关键所在。在考察全球主要汽车厂商及大学汽车风洞后，我们确定了本风洞中心的主要技术参数，以此希望该风洞中心不仅能满足国内汽车工业快速发展的需要，并使其综合技术水准达到国际一流水平。以此为出发点，设计院抽调精兵强将，组成了专门的设计团队。

经过了一年左右时间的规划、设计和前期科研，2005 年 12 月 28 日下午 4 点，同济大学上海地面交通工具风洞中心按照计划，打下了第一根桩。

杨志刚：同济大学是举全校之力来完成风洞中心的建设任务。从学院层面来说，除了汽车学院以外，还有机械学院、电信学院和航空航天学院等兄弟学院的老师参与到风洞中心的项目组来。同时也得到了学校有关职能部处领导和老师的参与，包括设计院、基建处、设备处、审计处、财务处、科技处等，都直接参与到项目组当中来。

如此庞大的工程，如果没有一个强有力的协调机制，没有建设相关各方的精诚团结、通力合作，建设过程中每往前迈进一步，都将困难重重。

陈小龙：这些困难的克服，得靠我们每个同志的积极性、专业精神，同时我们需要一个完美的组织体系。当然在这个过程中间，我们学校领导，特别是成立了以校党委书记周家伦为首的领导小组，集合全校的力量，通力合作，协同攻关。我们一开始就规定，每两周，所有的工程管理和技术人员要召开一次例会。当然不是仅限于两周的例会，平时我们还有很多现场会议。每两周一次的例会，确实解决了一些重大的问题，包括技术问题、管理问题、与各个施工单位的协调问题，甚至包括与供应商的材料供应问题等。

高欣（同济大学基建处处长）：为了把一些关键问题协调好，我们花费了很多的精力。我们体会到，要把这个项目做好，首先要考虑项目的整体利益，放弃各部门、各单位的利益。万部长和陈校长，曾经好几次来参加我们的工程例会，对我们整个工程建设给予指导。所以说，整个项目能够顺利实施，离不开学校领导的正确领导，也离不开研究人员和工程技术人员提出的正确的技术方案。

为了建成世界上最好的风洞，全体相关人员为此付出了常人难以想象的艰辛和努力。低频颤振是他们在建设过程中解决的核心难题之一。

杨志刚：我们这个风洞的形式叫开口式风洞。开口式风洞普遍有一个被称为低频颤振的现象。这个现象的存在，使风洞实验段的流场变得不稳定，而在风洞实验时，却是要求有一个比较稳定的实验环境。

王毅刚（同济大学汽车学院副研究员）：为了解决低频颤振这个问题，我们特别组织了一个科研小组，包括空气动力学、声学的专家学者。经过三年多的潜心研究，我们已经在低频颤振形成机理及其控制方法方面形成了多项研究成果，目前已经申请到的专利有3项，还有3项专利在申请中。

在许多国外的风洞里面，风道开裂的现象比较常见。对于风洞这样体量庞大的混凝土流道，裂缝几乎不可避免。为此，技术人员、建筑师和施工人员一起，齐心协力，多方探讨，最后提出了清水混凝土的方案，圆满解决了业界久攻不克的这一难题。

在高低温交变的热环境风洞里，传统的保温板黏合形式也受到了挑战，防水性差，也不经久耐用，但这也难不倒同济的建设者们。

赵兰萍（同济大学机械学院副教授）：如果说板与板之间能够采用整体焊接的方法，这些问题就可以避免。后来我们做了一系列的调研，找到一家有经验的供应商，它们的板是专门考虑了焊接的要求，所以我们这个仓体，包括顶板、墙板和地板，全部是不锈钢整体焊接。

风洞用电也曾经令建设者们倍感困惑。因为按照最初的计算，所需电流量大大超过了校园供电的负荷。

杨志刚：为了克服这个问题，我们对风洞流道进行了优化设计，把最后用电量的需求从原来的 5600 千瓦，降到了 4400 千瓦，而同样可以达到我们最大风速的要求。

建设过程中围绕实际需求，建设团队实时的研发攻关，同时注重业界最新技术的引用，使上海地面交通工具风洞中心在建设过程中，每一个关键环节，都始终处于世界领先的水准。

王振亚（同济大学汽车学院副教授）：在热环境风洞当中，为了能够拓展风洞的使用领域，比较特殊的是采用了一个“边界层抽吸”的系统。举个例子说，假如说不做汽车热环境实验的话，我们这个风洞也可以用来做汽车的模型实验。这样的考虑，在国内外的热环境风洞当中是唯一的一个。

刘晓晖（上海地面交通工具风洞中心运营部主任）：我们这个转鼓是一个两轴的转鼓，目前这个转鼓在国内是最大的。它有这么几个特点：一个它的荷载比较大，最大可以承受 50 吨的汽车；还有就是轴距调节范围比较大，最大轴距可以调到 5.4 米，意味着在这个转鼓上可以测试卡车、大客车等大型车辆。

作为国内第一个自己建设的风洞，建设过程中，建设团队特别注重关键设备和技术的国产化。由此也使得围绕风洞建设而产生的积累更加全面、完善。

庞加斌（上海地面交通工具风洞中心副主任）：对于“测控系统”的考虑，是直接采用国外的，还是自己研发，开始大家还是有争论的。最终，我们把这个项目留在了学校内部，由汽车学院与电信学院的有关教师和科研人员成立了一个科研小组，对“风洞测控系统”进行攻关研究。我们现在实际使用的系统，就是这个小组的研究成果。

2008 年 12 月 26 日，风洞中心大楼土建部分基本完工并正式交付使用。以此为节点，同济大学上海地面交通工具风洞中心建设，不仅沉淀了一段中国科技工作者勇于接受挑战、不懈攻关的佳话，也绽放了国内建筑界的又一朵奇葩。

运营努力发挥风洞中心的最大效用作为首批启动的上海市科教兴市重大产业科技攻关项目，同济大学上海市地面交通工具风洞中心从建设立项伊始，便承载着为中国汽车工业自主创新提供了关键支撑，服务创新型国家建设的重任。建设过程中，始终得到了学校及上级有关部门和领导的关心与支持。同时也为刚刚踏进新百年、谋求新跨越的同济大学，增添了具有标志意义的浓重一笔。

然而，风洞中心建设完成，只是万里长征迈出的第一步。未来的挑战更加现实，征途也更加漫长。

裴钢（同济大学校长、中国科学院院士）：汽车风洞建设是同济大学实现学科链和产业链对接的一个重要举措，学校倡导的人才、学术、质量三方面重要因素，在建设过程中得到了充分体现。我希望风洞中心建成启用以后，在积极培养高层次人才、促进高学术水平成果、更好地促进产学研用的结合、服务国家战略方面发挥更大作用。

周家伦（同济大学党委书记）：风洞建成并将投入使用，值得庆贺。尤其是在学校深入学习实践科学发展观活动的日子里，更有特殊的意义。同舟共济、科学发展，一个重要的内涵，就是要求我们更好地发挥大学服务社会功能。我希望风洞中心正式开始运营以后，为国家自主创新战略、为学校做好服务社会经济工作，做出更大的贡献。

万钢：实现汽车工业的快速发展，是中国几代汽车人共同的愿望和理想。在实现跨越的过程当中，风洞将为汽车自主开发贡献重大力量。我希望，我们的汽车风洞能够在产业服务过程当中，不断加强学科建设，不断加强科技研发能力，不断培养新的人才，不断为我们的汽车发展作出贡献。

期望和嘱托，是挑战也是动力。如何更好地发挥其使用功能，为中国汽车工业真正走上自主研发、自主设计之路贡献力量？如何以此为引领，提升同济大学汽车学科的整体水平，增强国际竞争力？如何与创新型人才培养这一高水平大学的根本任务相结合，与同济大学长期秉持的服务社会理念相融合，是摆在同济大学上海地面交通工具风洞中心运营者、管理者面前的重大课题。

余卓平（汽车学院院长）：有了风洞这样一个研发工具以后，我相信我们学校的汽车学科，在汽车基础理论研究方面，特别是如何运用技术理论研究指导工程技术开发方面起到非常重要的作用。同时，通过汽车风洞这样的工具，我们在新能源汽车的后续研发过程中，能够把新能源汽车的热力学、空气动力学等问题解决得更好。

我们的汽车学科在未来的发展中，一定会很好地利用这个平台，努力实现学科整体水平更上一个新台阶。

杨志刚：风洞中心有四项任务。这四个任务也是学校领导对我们提出的要求，我们决心做好这四方面的工作，不辜负校领导的期望，也不辜负这个时代赋予我们的机遇。

（吴为民、冯如、马宁，2009 年 9 月 19 日，第 1 版）

"上海环同济设计创意产业集聚区"揭牌

开创了市、区、校三方合作共建创意产业集聚区的先河

本报讯 上海市首个市、区、校三方共建的创意产业集聚区——"上海环同济设计创意产业集聚区" 9 月 12 日揭牌。

揭牌暨签约仪式在我校中法中心举行。市经济信息化委副主任邵志清、巡视员贺寿昌，杨浦区委书记陈安杰、区长宗明，副区长柴尧迅、唐海东，我校党委书记周家伦、校长裴钢、常务副校长李永盛、副校长陈小龙等出席。

当天上午，上海市经济和信息化委员会、杨浦区人民政府与我校共同签署《关于进一步加强合作，联手推进上海环同济设计创意产业集聚区的合作意向书》，进一步发挥大学知识溢出效应和政府政策扶持效应，加快推进区域内设计创意产业集群式发展，建设成为上海乃至全国一个以设计为特色，学科链、技术链和产业链紧密结合的重要创意设计基地。

"上海环同济设计创意产业集聚区"位于同济大学周边 2.6 平方公里核心区域内，如今已吸引近 1200 家设计类企业集聚，从业人员近 3 万，形成了以现代设计为主体的典型的设计创意产业集群，2008 年总产值已达 102 亿元。今年上半年，在国际金融危机背景下，仍呈现逆势飞扬势头，总产出 59 亿元，同比增长 19.3%。

据介绍，"环同济设计创意产业集聚区"以研发设计创意、建筑设计创意、文化传媒创意、咨询策划创意等为主要内容，集聚区内包括将由原"公交汽车一场"地块改建而成的上海国际设计一场、同济联合广场、交大昂立创意设计园、赤峰路 63 号建筑设计创意工场等重点项目，以及同济大学建筑设计研究院、上

海市政工程设计研究院、上海邮电设计院等一批骨干企业。

（黄艾娇，2009年9月30日，第1版）

继项海帆院士担任八年国际桥协副主席后——

葛耀君当选新一届国际桥协副主席

本报讯　在刚刚结束的2009年国际桥协（IABSE）曼谷会议上，第75次常务委员会会议选举同济大学葛耀君教授为国际桥协副主席。这是继项海帆院士担任该职务8年之后，又一中国代表出任这一国际组织的要职。

国际桥协成立于1929年，是桥梁与结构工程领域的最高国际组织。1979年为纪念协会成立50周年在瑞士苏黎世召开大会，已故李国豪校长出席了会议。他时任中国桥梁及结构工程学会理事长，决定成立国际桥协的中国团组，并担任团组主席及国际桥协的常务委员和中国代表。

1987年，李国豪教授荣获国际桥协的结构工程大奖，是第十三位获奖者。1988年起，项海帆教授作为中国第二位代表进入常委会，参加了每年在各国轮流召开的年会和学术会议，并于2001年当选国际桥协副主席。

1990年起，范立础教授接替李国豪院士出任中国土木工程学会下属桥梁及结构工程分会理事长，直至2002年由项海帆院士接任至今。1999年，李国豪院士推荐范立础院士接任他的国际桥协中国团组主席一职。

2000年，桥梁及结构工程分会决定申办2004年国际桥协上海年会，在2001年的马耳他国际桥协年会上得到执委会批准。同时，葛耀君教授、吕西林教授和张其林教授分别进入国际桥协技术委员会下属的第1、2、3工作委员会工作，进一步加强了同济大学在协会中的影响力。

2004年，国际桥协的上海会议取得巨大成功，得到国际同行的一致赞赏，孙利民教授和陈艾荣教授分别进入第5和第8工作委员会。徐栋教授进入国际桥协主办的*SEI*杂志担任通讯员，并于2008年进入杂志编委会。项海帆院士又获得连任新一届副主席至2009年。

同济大学在国际桥协的长期积极活动确立了其作为中国桥梁与结构工程界的领军者地位。今年5月在上海举行的国际桥协“当代大桥”研讨会和会后的“中国桥梁之旅”也取得了极大的成功，来自26个国家或地区的230多位代表参加了会议，其中国外代表110多位。国际桥协主席康伯特先生和专职秘书长布鲁纳先生都给予了高度的评价，称赞其“为今后的研讨会和技术参观设定了新的高度”。这是年轻一代团队在葛耀君教授带领下取得的成绩。桥梁与结构工程学科是同济大学的重要支柱，新一代的团队将会继续努力在国际舞台上为国争光、为同济争光，以不辜负已故李国豪校长开创的事业和对我们的殷切希望。

（桥梁系，2009年9月30日，第2版）

对研究生培养实施全过程有效监控，确保培养高质量

“研究生教育质量保证体系”全面实施

本报讯 对研究生培养实施全过程有效监控，确保培养高质量。经过一年试点之后，我校“研究生教育质量保证体系”正式在全校推广实施。推广启动大会9月29日上午在逸夫楼报告厅举行。校长裴钢、副校长陈以一等出席会议。

质量保证体系课题组组长、中国工程院院士沈祖炎教授在会上对质量保证体系的主要内容作了介绍。他说：“研究生教育质量形成于教学的全过程中，实施质量保证体系的目的，就是要将影响研究生教育质量的关键因素和培养过程中的关键环节始终置于受控状态。”沈院士指出，关键因素和关键环节不只是包括“教育过程管理”，还应涵盖“教育质量目标和管理职责”“教育资源管理”以及“教育质量监控、分析和改进”等四个方面。这四个方面又可细分为22个一级项目、52个二级项目、139个质量要求和43个监督项目。

记者从现场演示的PPT上看到，多张框图一一标明了实施监控的主要内容、要求和质量控制点，以及监控结果的反馈途径；对每一个一级项目和二级项目也明确了执行责任人和监督负责人。这一质量保证体系的日常运行及监督工作，由学校教学质量管理办公室具体负责。

裴钢表示，研究生的培养有着不同于本科阶段的特殊性。学校全面推广这一质量保证体系，对研究生培养实行全过程监控和动态管理，对于提高研究生培养质量有重要作用。这一新质保体系与已于2005年9月全面启动的同济大学本科教学质量保证体系并行实施，也有助于促进学校本科生和研究生培养一

体化。

据介绍，自2006年起，我校研究生院开始牵头建设“研究生教育质量保证体系”。在完成了对国内外高校调研的基础上，成立了由学校近20位资深教授组成的质量保证体系课题组，形成并通过了相关“纲要文件”和“主要工作流程”。2008年9月，研究生教育质量保证体系在医学、经管、土木工程、建筑城规等四所学院进行试点。今年6月，试点工作通过验收。

会上，四所试点学院的有关负责人分别对一年来质量保证体系的试点工作进行了交流发言。

（黄艾娇，2009年10月15日，第1版）

上海世博主题场馆竣工

由我校设计，创下世界最大太阳能屋面、最大面积生态绿墙、亚洲最大跨度无柱空间等三项纪录

本报讯 由我校建筑设计研究院曾群领衔设计的“世博会主题馆”9月28日竣工并交付布展。这也是中国2010年上海世博会永久建筑——一轴四馆中率先竣工的展馆。

主题馆是世博会的“心脏”，历届世博会的主题都要通过这个平台向世人展示和传播。据了解，上海世博会主题馆位于浦东世博园区B区内，占地面积约11.5公顷，总建筑面积达14.3万平方米，展览面积8万平方米。世博会期间，城市人馆、城市生命馆、地球馆等3个主题展馆将着重反映在当今世界快速城市化和城市人口加速增长的背景下，地球、城市、人3个有机系统之间的关联和互动，揭示创造更美好的城市、更美好的生活的关键所在。3个展馆预计日均共接待参观者约12万人次。

据曾群介绍，世博会主题馆是由我国自行设计和建造的具有完全自主知识产权的国际一流标准场馆，其设计建设中创造了3项世界及地区之最：2.8兆瓦太阳能屋面世界最大、4000多平方米生态绿墙世界最大、西展厅双向大跨度亚洲最大。

记者了解到，主题馆屋面太阳能板面积达2.6万多平方米，是目前世界最大单体面积太阳能屋面，年发电量可达280万度，相当于上海4000多居民一年的总用电量，每年可减少二氧化碳排放量约2500吨，相当于每年节约标准煤

1000 多吨；二是主题馆东西立面 4000 多平方米的垂直生态绿墙为世界最大生态墙。绿化隔热外墙在夏季将有效阻隔辐射，使外墙表面附近的空气温度降低。冬天则会形成保温层，降低风速，从而延长外墙的使用寿命。

主题馆西展厅南北跨 180 米，东西跨 126 米，形成一个矩形超大跨度无柱空间，相当于 2 个标准足球场，亚洲最大。

（程国政，2009 年 10 月 15 日，第 1 版）

新竣工的主题馆创新有几多？

——主创设计师曾群为你一一详解

9 月 28 日，2010 年上海世博会主题馆在一轴四馆中率先竣工，并开始移交布展。上海世博会主题馆总建筑面积达 14.3 万平方米，展览面积 8 万平方米。

众所周知，主题馆是历届世博会参观者最难忘的场馆之一，更是一个国家“世界观”的“眼睛”，上海主题馆亦不例外。

20 只“大雁”筑成世界最大发电屋顶在我校建筑设计研究院曾群团队提交的上海世博会主题馆创意设计书中，记者发现了红瓦白墙的成片房屋，在高楼大厦中显得是那样的低矮和局促。主创设计师曾群介绍说，那是上一辈上海市民关于的“家”的温暖记忆，这些里弄屋顶一律呈现出均匀而有节奏的三角形，是上海最令人陶醉的城市意象。

于是，团队就把这一意象引进 2010 年上海世博主题馆设计方案中：屋面总面积 6 万平方米；为利于大屋面排水，屋面设计为折线型；屋顶设置水平支撑，将太阳能发电板与屋面结构集成为一个整体。黄浦江上空，往西，斜斜地俯瞰，5 排、每排 6 只“大雁”排成的方阵就组成了总面积约 8 万平方米的巨大展馆。

28 日的竣工典礼举行的地点是主题馆“大屋檐”下，久违的阳光分外明亮。曾群告诉记者，借鉴中国古建“出檐深远”的特点，主题馆在南北方向设计出大挑檐，出挑的屋面高度达 27 米，出挑 18 米。这样一来，南北两边在主题馆出入口处和等待区的游客便可免受夏日阳光的蒸炙了。

据了解，设计者对雨水排泄问题也给出了很好的解决方案。每一个向下弯折的屋面形成坡屋顶，弯折的下部安置排水天沟，利导水流。这些收集来的雨水不会白流掉，通过过滤、沉淀等处理，便是园区花草树木的灌溉用水了。

生态绿墙“漂游”在你身边主题馆创下的三项世界之最，其中一项就是面积4000余平方米的生态墙。主题馆东西两侧外墙设置垂直生态绿化墙面，是目前世界最大的生态墙。在现场，记者看到生态墙上的绿色夹在墙里，已经看不出树木竹草的种类区别。但在团队的设计书中，绿草红花被排列成烟火绽放的形状，由下往上呈伞形，下面翠绿的草，上面或火红、或粉白、或淡紫、或湛蓝……各色花儿竞相绽放，一直向上攀爬着，“漂游”在你的眼前。“到了明年春天，这里的花儿开得会很热闹。”曾群告诉记者，有绿墙保护，炎炎夏日展馆内的温度要低外面5度左右。

节能是设计者十分重要的考虑。屋顶的太阳能电池呈菱形，每块面积约1.3平方米，共13000多块，组成总量30块巨大的集热屋面，设想一下，太阳下巨大屋顶那晶莹、瓦蓝的壮观场景吧！太阳能屋面的年发电总量为200万度以上，每年减少二氧化碳排放量2500吨。它是目前国内外最大的单体面积太阳能屋面。

主题馆展厅，世界最大无柱大空间之一你想知道世博会史上这最大展馆之一内部究竟多大？一号展厅长180米、宽106米，面积约2万平方米；二号展厅与三号展厅隔而不断，长180米、宽度126米、梁底净高14米，面积24000多平方米。

想象不出来多大？告诉你，二、三号展厅可以放进4架大型客机，两个标准足球场放进去绰绰有余。它是目前国内最大的无柱大空间。

这么大的面积，采用的钢结构总重达1.7万吨，还没有柱子支撑，如何施工？据了解，展馆的钢管桁架安装采用机器人滑移安装技术。此项技术是具有完全自主知识产权并拥有国家专利，滑行最大距离达180米，达到国际先进水平。

据了解，主题馆作为上海世博会为数不多的永久性场馆之一，会后将保留下来作为标准展馆，以弥补上海大面积展馆的不足。

（程国政，2009年10月15日，第2版）

同济设计研究院集结精兵强将挥师上海世博

深度参与设计十座外国国家馆

本报讯　“外面很怪，里面很方正”“像只大海螺”“在国家馆中，它最漂亮”……金秋十月，阳光灿烂，记者来到我校负责监理的西班牙馆建设工地，工友们毫不吝啬地形容着正在热火朝天建设的西班牙馆，这座由我校建筑设计研究院细化设计、校监理公司负责现场监理的上海世博会西班牙国家馆赢得了各方交口称赞。

据悉，类似这样参与细化设计外国国家馆有英国、法国、荷兰、卢森堡、奥地利、丹麦、瑞士、加拿大等 10 座，加上非洲联合馆、加共体馆、欧洲联合馆、中南美洲馆、日本产业馆等设计在内。“参与情况、程度究竟如何，恐怕只有等到尘埃落定后才能一一确认。”设计研究院有关负责人告诉记者。

按照学校的统一部署，世博园区规划确定之后，一轴四馆、外国国家馆、世博村、辅助设施……只要是设计项目，包括设计研究院在内的校内各单位当仁不让地参与竞争。“世博会在中国举办，百年一遇，此时不争更待何时？”这是记者不止一次听到的话语。同济设计研究院除了成功拿到主题馆、世博村、未来馆、城市最佳实践区等永久性建筑项目外，外国国家馆这种由参与国设计师设计的项目，同样态度积极。“我校参与细化设计的外国国家馆在参与上海世博外国国家自建馆中占 25% 左右。”设计院的这位负责人说。

“瑞士馆如同漂来的‘国度’，里面曲折的轮廓可以被想象成蜿蜒的国界线……沿屋面边缘垂挂下 16 米高红色帷幕……金属表面附着大量植物树脂蛋白材料的光电媒质，芯片、存储片、LED 照明系统都被浇筑在这层半透明的材料之中，如琥珀剔透可见……”这是设计三所陈泓方案中的文字。大家都知道，英国馆被称作“礼物”，是一座可以随着黄浦江吹来的微风徐徐摆动的“活”的建筑，亚克力、包装纸、种子……是这座国家馆的关键词。“入口、展厅内部、电、水……细化设计的任务非常繁杂，但与英国设计师的合作很愉快。”参与该馆设计的顾英表示。

外国国家馆个个漂亮。荷兰馆的空中街道，悬挂 26 座空中小屋，一条螺旋上升的小道邀您感受风情荷兰；法国馆的“感性城市”外观简洁明了，“漂浮”着送来法式庭院风采、水韵之美；卢森堡国家馆的设计理念贯彻“欧洲绿色心脏”的身份，设计整体表现为独块雕刻般的巨石模样，体现中文“卢森堡”的“森林和堡垒”含义，展馆就是一个周围绿树环绕的开放式森林意象；瑞士馆是要挥去现实世界的负荷，触摸“未来世界的轮廓”，在这里你可以看到大豆纤维制成的红色帷幕，它能发电、能自然降解，还能乘坐小缆车；加拿大馆，自然与枫叶不可分离，墙体上覆盖一种特殊的温室绿叶植物，原木凳子、桌子……美丽的风光和丰富的资源让加拿大人对“可持续发展”尤为重视；丹麦馆展现的是北欧梦幻般的城市，展馆两条环形轨道形成室内和室外部分，参观的人们可以骑着自行车游览整个丹麦馆，丹麦人甚至请来了“小美人鱼”雕塑。

“除了有意无意地阐释与中国的交往、关联，最让人着迷的就是这些国家的可持续发展理念，节能、环境、宜居都用大象无形的方式融入设计之中。”设计院的参与者们纷纷表示，这些先进的手法对我们的启发意义重大。

（程国政，2009年10月25日，第2版）

历经四年建设的上海崇明桥隧竣工通车

全程全方位汇聚“同济版”科研成果

本报讯 上海也有长江大桥了！10月31日，艳阳高照、江风猎猎，上海崇明市区一侧彩旗飘扬，上海长江桥隧通车了，参加通车仪式的同济专家脸上露出了欣慰的笑容。

作为国家重点公路建设规划中的上海至西安高速公路重要组成部分——上海长江隧桥全长约25.5公里，以隧道方式穿越长江南港隧道，长约8.9公里，以桥梁方式跨越长江北港水域，长约10.3公里，长兴岛和崇明岛接线道路长约6.3公里。

长江隧桥论长度、高度，都不算块头最大的，但在水文地质极为复杂长江口兴建，难题随之而来，数也数不清，比如深厚的泥沙淤积、松软的地质条件，风大浪急、急流险滩……上海崇明桥隧是集公路、轻轨、地铁为一体的复合型交通通道，通行标准要求高：两权相较，对技术要求空前未有。

工程巨大、难题众多，上海市很早就开始了可行性研究。在“上海市崇明越江通道工程地质调查”“工程预可行性研究报告”等研究基础上，2003年6月，我校完成了工程建设期风险分析。与此同时，2001年5月开始上海市在全球范围内征集设计方案，同济大学与上海市政工程设计研究院成立联合体参加竞赛，结果两单位联合中标。其中同济大学负责隧道部分设计及研究，市政院负责方案中的桥梁设计。那年秋天，同济组成了李永盛总负责的桥隧工程团队，杨林德，陶履彬，汪炳鑑，贾坚，朱合华等各司其职；廖少明负责盾构隧道，陆浩亮、陶履彬担纲沉管隧道，陈祖奇负责给排水，贾坚等负责通风……开展研究的课题包括河势演变风险评估、地震对越江工程的风险评估、越江工程对长江口生态环境影响风险评估在内的20余项。

长江隧桥工程为何采用同济等单位建议的“南隧北桥”建设方案？李永盛介绍，越江通道工程需要通过长江南支的南港、北港水域，其中南港是长江主航道，通航要求很高。如果采用全桥方案，其2300米的主跨径工程难度很大，而且修建在水中的构造物也必将对河流走势及航运产生较大影响；北港目前为自然水深航道，通航要求相对较低，桥梁方案技术成熟，而且工程造价低，因此最后确定了南隧北桥方案。

一条隧道要装进上下两层通道，要行驶公交及轨交两种交通方式，直径需在15米以上，而位置则在长江水面40米以下。有把握吗？2006年初，由同济牵头的上海长江隧道衬砌整环试验开始，“经过4个月、10多个工况的试验，最后还进行了破坏试验工况”，负责试验的鲁亮介绍，试验证明隧道方案可行，同时解决了衬砌结构设计参数确定等技术难题。

除了衬砌整环试验，同济专家还开展了包括抗风抗震、桥梁结构、长大越江跨海盾构隧道的先进施工技术、质量控制，长大越江跨海盾构隧道的以人为本的综合防灾体系与风险控制在内的多项研究，在基本理论与方法、平台建设、工程应用、技术标准和指南编制等方面取得了一系列开创性成果，形成了国家发明专利9项、实用新型专利4项、计算机软件著作权6项，申请受理发明专利4项，编制国家级工法与施工指南7项，发表国际有影响的论文50余篇，其中SCI、EI检索论文32篇，在国内公开发表核心类期刊24篇，硕博学位论文8本。

（程国政，2009年11月5日，第1版）

同济14名学生赴哥本哈根出席联合国气候变化大会

本报讯 记者从联合国环境规划署、同济大学环境与可持续发展学院获悉，我校将有14名学生近日将飞赴丹麦首都哥本哈根，出席本月7日开幕的联合国气候变化大会。其中，6人将以观察员身份列席大会，8人将在李风亭教授带领下，作为唯一应邀出席的中国大学代表队，参加作为大会分论坛之一的“可持续发展校园”高校学子论坛。

6名观察团成员全部为女生，4人为经济与管理学院的法国交换生，其余2人为环境学院大三学生黄静水和研二学生李敏霞。学生代表团中的8人分别来自环境、机械、经济与管理、海洋等学院，包括1名本科生、4名硕士生、3名博士生。

记者获悉，观察团将于8日晚飞赴哥本哈根，21日返沪。成员之一、环境学院李敏霞同学说：“作为一名中国青年学生，能作为观察员亲眼见证这一全球注目的盛会，深感荣幸。”大会期间，她们将参与多种形式的交流、讨论，以中国青年学生的视角表达对气候变化的观点和看法，并聆听来自世界各个不同国家的声音。

另一支8人学生代表队是应耶鲁大学和哥本哈根大学联合邀请出席的，他们将在12月13日、14日举行的“可持续发展校园”学子论坛上，以海报和现场交流等形式展示我校节约型校园的建设成就和最新成果，并汲取世界其他高校在可持续发展校园建设方面的成功经验。

（黄艾娇，2009年12月5日，第1版）

我校设计的中南美洲馆竣工

总建筑面积23054平方米的上钢三厂变身好客大展厅

本报讯 日前，由我校建筑设计研究院综合设计二所陈剑秋主持设计的中南美洲馆竣工。

中、南美洲馆前身为上钢三厂厚板车间，位于上海浦东世博会规划区域C08街坊。原厂房总建筑面积23054平方米、高度28.6平方米，为单层大空间展馆，钢结构框架。

按照计划，上钢三厂厚板车间改造后 2010 年将容纳中、南美洲数十个没有自建馆或未入驻租赁馆的国家和地区。“这是我们陈老师最操心、用功最多的场馆。”带着我们参观的郑鸿志不止一次地说。

据了解，2007 年 3 月，同济大学建筑设计研究院受邀参与上海世博会浦东临时场馆和配套设施的研究，重点便包括上钢三厂在内的工业区。“结构尺度巨大，极具大工业的特色。”考察专家、同济大学建筑与城市规划学院莫天伟教授告诉我们，1989 年建成的厚板车间并不能归类为历史建筑，但它的前身是久远的和兴化铁厂，代表的是中国钢铁业的一段辉煌历史。考察得知，原厂房外围护材料压型金属板材，经过十几年的风吹雨打，大量板材已经锈蚀、腐坏，多处破损；原厂房平静的外表下还有大面积地下室，为厂房主电室地下室，保存完好。莫天伟等提出了保护历史，改造工作中新增的建筑元素尽可能明显地与历史元素相区分的设想，以保护历史记忆的清晰；支撑世博：改造利用的场馆不但要与世博区域其他产业建筑共同形成世博会产业遗产特色观展线路，而且容纳大量服务设施、辅助设施，形成世博会的特色服务系统，改造后的厂区要成为世博园区内产业历史遗迹的亮点；后续发展：厚板车间世博会后通过简单改造，应迅速容纳新的功能，率先建立起服务整个地区 15~20 年的社区服务体系，以带动周边地区的会后开发。

改造上钢三厂的任务落在陈剑秋团队肩上。“普通人看这种尺度超常的工业建筑，就像是看到了功能性的怪物，但同时也会强烈体会到巨大的工业建筑绽放出的特殊美感。”这是中南美洲馆设计文字中的一段，说的是“上钢三厂”中的厚板生产车间。经过深入的踏勘与研究，团队把“怪物”的底层大部分面积布置为中、南美洲联合馆，向北侧园区开放，结合北侧广场形成联合馆主入口；二层布置大面积餐厅，向园区开放成半室内餐饮广场。尽可能利用原有结构，尽可能形成丰富的内部空间，同时着意将新老建筑穿插融合在一起……融合了莫天伟教授研究成果、广泛采用合适的生态节能技术措施，团队的设计方案受到多方好评。

上钢三厂有着三排巨大的钢构立柱，其高其大令人惊心。团队就在这三排巨大的柱子中搭盖出光滑而又细腻的两层（局部三层）展厅，“最难的就是新结构碰上老梁柱，如何穿插关联才不至于漏水、跑气、漏天光，陈所、王玉姝、孟良、孙倩等老师没少费心思”。小郑告诉记者。

建筑师们在设计中充分运用了“保存”“改建”“新建”策略进行老建筑

的再生设计。

设计保留了原厚板车间的主体结构和部分屋顶。三排巨大的绿色钢柱中间穿插着新盖的巨大展馆。陈剑秋介绍，我们的设计就是要凸显原有建筑主体结构，通过原厂房的巨型结构“讲述”产业遗产的独特景观和地域文脉；局部新建建筑突出于老建筑之外，形成历史、现在与未来的对话场景，通过建筑改造记录地域历史的进程。

仔细观察，高大的梁柱、钢构的宽大台阶与新加的彩钢板、玻璃窗一刚一柔，一粗犷、一细腻，对比尤为强烈，柱子映在玻璃里，重组的空间丰富而开敞。不仅如此，设计还在形体细部的优化、降低综合能耗、改善室内外微环境、人性化设计等方面用功尤多。

（程国政，2009 年 12 月 5 日，第 2 版）

城市最佳实践区建设热火朝天进入冲刺阶段

中部四组展馆全部烙上“同济印”

本报讯 近日，记者踏上正在紧锣密鼓建设的 2010 年上海世博会城市最佳实践区，发现中部展区的四组展馆已经初露端倪，散发出迷人的风采。

众所周知，上海世博会的主题是“城市让生活更美好”。遵循这一主题，组委会寻思着，可否在园区内用案例演绎可持续发展理念？可否将案例展示区变成“人、人与人、人与自然”和谐互动的“生态圈”？于是，“城市最佳实践区”便在人类 158 年世博历史上第一次“现身”。“城市最佳实践区”位于浦西世博园区的 E 区，占地面积约为 15 公顷。分为北部、中部和南部 3 个部分，分别展示人类城市实践的智慧与科技。中部街区 4.5 万平方米，利用老厂房改造而来的 4 组形态、色彩各异的展馆，展示 40 余个案例，表现宜居家园、可持续的城市化、历史遗产保护与利用、建成环境的科技创新等主题。

实践区中部展馆所在地大多是老厂房旧址，如南市发电厂。“工业建筑具有大跨空间特征，较为适合改造成为展览建筑。完整地保存街区历史脉络和有效地利用既有资源也是可持续发展理念的重要体现。在城市最佳实践区中，保留的工业建筑将占总建筑面积的 60% 以上，基于工业建筑的主体结构和基本形体，进行功能化、时尚化、生态化、节能化的改造，不仅成为世博会的各种展馆，而且是工业建筑再生的创新实践。”城市最佳实践区总策划师唐子来教授告诉记者，在方案面向全球征集的基础上，组委会邀请国内外多个设计团队分别担纲各组工业建筑的改造设计，形成各具特色的时尚风格。

我校建筑设计研究院担纲B-1展馆的设计。B-1展馆由3栋老厂房改造而成，方案“从仿生衣的概念出发，对老厂房的外围结构进行改造和加工”，设计团队研究蜂窝结构的无限衍生性和单一性，同时参考了蝴蝶翅膀等昆虫结构的趣味性，抽象幻化形成建筑外部结构肌理。阳光下，面对处处不同、不断变幻的屋面结构，我们深深地被感动着：蜂窝蝉翼般的形状、建筑材料的循环利用、处处不重样的外立面……设计师费了怎样的心力！

不仅如此，由意大利MOA设计事务所设计的B-2展馆、意大利Archea建筑设计咨询有限公司设计的B-3、日本HMA设计事务所的B-4展馆都留下了同济设计的印记。喜庆的意大利特产红红的、镂空面砖是B-2展馆给我们的第一印象，展馆改造设计遵循的是“展出空间、周边地区及开放区域构成统一的空间，且各区域相互渗透”的原则，“里面装饰效果的识别性、审美性”也是追求的目标之一，进进出出反复观赏，我们认为做到了。B-3展馆首先要保留的是桁架结构，“那是工业历史的场所记忆”，当然也是“重塑园区的空间脉络”，主要参与者之一、我校设计院建筑师顾英说。于是我们就在现场看到了红、蓝、黄三色聚氨酯碳酸板材构成的盒子，设计师告诉我们，待到灯光妆点烘托之后，两个璀璨梦幻的“飞盒”便夜夜在黄浦江边振翅欲飞；而B-4展馆的魅力就是那看似老旧而单调的红红小砖，阳光下，越看越耐看，越看越有魅力，是老上海的弄堂，还是旧旧的石库门？阳光静静地把老屋的影子拖得长而又长，旧砖的魅力竟是那样的看不厌！据了解，这3组展馆全部由同济建筑设计院与外方合作设计。

在现场，记者看到，四组建筑的主体施工均已结束，工程已进入扫尾阶段。总策划师唐子来告诉我们，即将交付布展的中部4组展馆将分别展示全球挑选出的40个展示案例。布里斯班展示亚热带气候环境中的可持续城市实践，布拉格带来简单易制的移动型抗洪堤坝，费城微软“未来学校”、杭州以西湖为核心的治水实践、不来梅的交通解决方案、开罗的历史老城复兴、利物浦的历史遗产保护与再利用、台北的无线宽带和资源全回收垃圾零掩埋……都将展现给世人。

记者获悉，除了一轴四馆外，城市最佳实践区也被永久保留下来。“城市最佳实践区作为街区改造范例将是长期的实践过程，更要关注世博会以后的发展模式，使之成为上海城市发展的有机组成部分，显示出经济、社会和环境的持续效应。”唐子来说。

（本报记者，2009年12月15日，第2版）

2010 年

30 年坚持不懈探索，解决了我国桥梁抗震设计关键技术难题

范立础团队捧回国家科技进步一等奖

国家科技奖励大会举行，我校共获 6 项国家奖

本报讯 30 多年矢志不渝潜心研究，解决了我国重大桥梁的抗震设计关键技术难题，取得了重大的社会和经济效应。1 月 11 日在北京人民大会堂举行的 2009 年度国家科技奖励大会上，我校由范立础院士担纲完成的“大跨、高墩桥梁抗震设计关键技术”荣获国家科技进步一等奖，实现了同济大学荣获国家奖的历史性突破，也是上海市高校首次获得国家科技进步一等奖。

范立础院士告诉记者，1976 年唐山大地震发生以后，当时还是助教的他去灾区调研发现，主要是因为房屋构件根本不防震，才导致了如此重大的损失，极少数的钢筋混凝土建筑并未完全倒塌。此后，在他的恩师、时任校长李国豪院士的引导之下，他开始了桥梁抗震研究的征程。因为他们深刻意识到：随着我国经济社会发展，建筑物防震，尤其大型桥梁、公路的防震将越来越重要。

30 多年坚持，30 多年的积累，从理论到实践。桥梁抗震研究团队已经从最初只有 2 个人发展到今天拥有 11 位专职研究员的规模，先后培养博士、硕士 100 余人，还为社会培训了 300 多名高级技术管理人员。记者在有关申报材料上看到，围绕“桥梁抗震设计关键技术”，课题组完成的主要创新成果就包括了 5 个方面：一是基于寿命期与性能的大跨度桥梁抗震设计方法；二是大跨桥梁高桩承台基础抗震设计技术；三是大跨度桥梁合理抗震体系和减震技术；四是高墩和非规则桥梁抗震设计技术；五是大吨位双曲面全钢减隔震支座的研制。这些成果均由课题组首次提出或开发研制。

“大地震持续时间短，破坏力强，要做到大桥毫发无损就要在经济上付出极其高昂的代价，因此国际上的共识是：‘不倒’‘可修’最重要——只要大桥不倒，就能为后续救援提供许多便利。”范立础说，正是在这一理念指引下，

课题组发展出了一套“以柔克刚”的减、隔震技术：他们发明了一系列双曲面全钢减震支座，就像为大桥桥墩装上了一个可以360度滑动的关节，当地震波冲击大桥时，这个关节就会滑动，卸掉大部分冲击力，避免大桥因“硬碰硬”而粉身碎骨；他们又将阻尼器安上了大桥，相当于给大桥垫了个软垫子，“这就像打太极拳，硬挡容易受伤，但只要稍稍避让，就能保护自己”。

课题相关研究成果已被国家行业标准《公路桥梁抗震设计细则》采用，并已应用于世界最大跨度拱桥——上海卢浦大桥、世界最大跨度斜拉桥——苏通长江大桥、国内第一座跨海大桥——东海大桥、世界最大跨度双层斜拉桥——武汉天兴洲公铁两用大桥等30余座国家重大桥梁工程中。我国正在建设的400米以上的23座大跨度桥梁中，16座直接应用了这一成果，其余不采用该技术的大部分位于非强震区。

汶川地震中，四川雅泸路高速公路上30余座桥梁完好无损，这得益于这些桥梁在建设过程中，采用了课题组研发的成本低廉的弹塑性抗震挡块。从而间接验证了该项目的相关理论和方法。

同时，项目开发研制出的大吨位双曲面全钢减隔震支座，最大竖向承载能力达8000吨，突破了我国大型桥梁减隔震技术的应用瓶颈。2008年6月通车的苏通长江大桥其5公里的引桥因为采用了这一技术，直接节约工程造价约3.9亿元。

据了解，今年的国家科技奖励大会上，除“大跨、高墩桥梁抗震设计关键技术”之外，我校另有5个主持或参与项目荣获国家科技奖：交通运输工程学院孙立军教授领衔完成的“重交通沥青路面设计的理论体系、关键技术与工程应用”获科技进步二等奖；4个参与完成的项目获国家科技进步一等奖1项、二等奖3项。

（吴为民，2010年1月20日，第1版）

在保驾护航中强身健体

——记我校虹桥枢纽工程课题组

3月16日，上海市虹桥枢纽交通工程投入运营，其中包括虹桥机场2号航站楼、地铁2号线、市政道路、高架道路、公交等相关配套设施的同步投入使用。此举标志着同济大学建设管理与房地产系进度课题组的工程科研和服务任务也取得了阶段性成果。“我们的工作还在继续”，课题组贾广社博士告诉记者。

超大型交通枢纽工程难题前所未有

虹桥综合交通枢纽集高速铁路、磁浮、城际铁路、高速公路客运、城市轨道交通、公共交通、民用航空等多种运输方式于一身，集散客流量计划为110万人次/日。枢纽规划范围东起外环线（环西一大道），西至现状铁路外环线，北起北翟路、北青公路，南至沪青高速公路，总用地约26.26平方公里。

作为世界上最大的交通枢纽之一，虹桥机场扩建工程2006年底开工，世博会前投入使用。工程主要包括新建1座36.26万平方米的2号航站楼，1条长3300米、宽60米的平行跑道，以及站坪、货运站、业务用房、能源中心、市政道路等相关配套设施，与虹桥机场扩建工程同步启用的还有虹桥枢纽东交通中心，其间设有地铁2号线车站、公交巴士车站、停车场、商业餐饮等服务设施。

项目规模大、投资多、多交通方式丛集、投资管理主体众多，功能整体性和子项目关联性紧密，工程项目蕴含不确定性繁多，核心工程的建筑体量大。“工程开工实际是2007年4月，竣工日期没有弹性，工期不足三年，施工进度控制、管理难度可想而知。”说起这些，贾广社博士眉头紧蹙。

“三年里，项目总控理论显身手”

虹桥枢纽指挥部作为此项巨型复杂工程的最高指挥机构，需要统筹协调枢纽范围内五个项目群（46个项目），12家投资主体，10家建设管理单位，面对的信息可谓浩如烟海。如何有效处理、挖掘信息以供决策，以保证在4年不到的时间里完成这一世界级的枢纽工程?

决策者早早地就找到了我校建设管理与房地产系贾广社等。“接受委托时心里忐忑不安，这么巨大、复杂的工程谁都没有经历过，能行吗？”但“大家都没经验，不正是历史性机遇吗？”贾广社介绍，工程迫切需要一个科研团队，集合起来研究巨型复杂工程信息集成方式，这样才能更有效地支持指挥部的进度控制决策。

2006年8月，以同济大学建设工程管理系的科研力量为班底，成立了虹桥枢纽进度课题组，开展工程建设及运营准备工作的进度与风险管理等科研、咨询服务。

研究紧贴工程实际，紧跟工程进展，着眼将来实际是课题组的几大特点：如建设前期准备阶段，进度课题组进行了大型建设工程开工决策模型研究，着重分析大型工程目标与环境的关系，统筹平衡开工前各项前期和准备工作；针对工程建设中实际进度与计划进度之间的偏差，课题组针对各工程进度进行专题讲评，全面跟进梳理虹桥综合交通枢纽工程总体及具体工作进展状况和进度节点完成情况，未雨绸缪地系统分析了未来工程进度要点、难点，并提供了加强预控工作和提高管理水平的建议……这些研究涉及巨型复杂工程界面与里程碑耦合关系、基于成熟度理论的大型工程评论方法、项目进度总控理论与方法、大型建设工程进度风险模型、大型城市基础设施多主体运营条件下的集成模型、大型城市基础设施建设移交及运营接管共轭适配模型、大型城市基础设施运营准备阶段风险评估模型等8个领域。

“紧贴工程实际是强身健体的利器”

据不完全统计，基于8个课题的开展，课题组目前已为枢纽项目编制各类计划35项，参加进度相关会议千余次，形成会议纪要上千份，进行进度汇报、风险评估50余次，编制月报71期。进度课题组在指挥部及各方工程管理人员的通力合作下，建立了以《总进度纲要（81节点）》和《综合工作计划》为龙头的进度计划体系，并通过收集进度信息、跟踪进度执行情况、汇报工程进度、提交进度管理建议等方式，为指挥部的工程建设和运营管理提供决策支持。

“这些研究成果全都直接产生了管理效应。”贾广社称，仅工程进度风险模型研究一项，课题组就在项目进展中识别风险因素132个，并提出了策略建议，这些建议都写在定期更新的《工程进度风险清单》里，化作《工程风险管理报告》。据了解，在课题组制定的总进度纲要为核心的进度计划体系指导下，虹桥机场扩建工程围绕36个控制节点，实施动态跟踪管理，短短32个月便顺利投入使用，被指挥部誉为“创造了奇迹。”

奇迹的创造离不开进度课题组的工作，以至于“有事先找进度组”渐渐成为指挥部的“流行语”。成效显著的工作获得了服务单位的认可，进度课题组已连续2年荣获上海市重大工程立功竞赛虹桥综合交通枢纽工程赛区优秀集体称号，贾广社荣获2009年度赛区先进个人。

随荣誉而来的，工程管理专业拥有“工程施工组织与管理”等2门国家级精品课程和1门上海市市级精品课程；与此同时，在课题组搭建的良好平台上，研究生们在参与虹桥综合交通枢纽工程进度管理工作实践的同时，在大型建设工程项目的进度管理、工程建设与运营资金平衡问题、大型建设工程组织的项目管理成熟度机理、我国政府投资公共建设项目前期策划等方面开展了广泛而深入的研究，目前已经完成相关硕士论文5篇，相关博士论文2篇，在国内外学术期刊发表论文15篇。

（程国政，2010年4月10日，第2版）

“我们已经准备好了”

——学校举行世博会志愿者誓师出征仪式，首批425人21日进驻园区

本报讯 “同舟共济！不辱使命！”“全力以赴！为国争光！”“以我火红青春，奉献精彩世博！”4月20日下午，在上海世博会倒计时十天之际，我校世博会志愿者身着志愿者统一服装，齐集四平路校区大礼堂，举起右手庄严宣誓，以一句句铮铮誓言表达了全心全力服务世博、奉献世博的决心和信心。

一面由我校全体世博志愿者笑脸照片拼成、跃动着“同济心”的80平方米大幅旗帜，在全场志愿者手中接力传递，而后在大礼堂主席台缓缓升起。作为全市志愿者服务时间最早、参与人数最多、工作跨度最大的高校之一，我校5573名志愿者将于4月21日起陆续进入岗位，服务世博会。

我校校长裴钢，共青团上海市委书记潘敏，我校常务副校长李永盛，副校长陈小龙、董琦、蒋昌俊等，出席了出征仪式暨倒计时十天决战誓师大会，并为“同济大学世博志愿服务队”“同济大学世博青年先锋队”“同济大学世博青年突击队”授旗。大会由校党委副书记李昕主持。

在现场播放的一段视频中，校党委书记周家伦寄语我校全体世博志愿者：“相信你们在服务世博中能同舟共济、奋勇争先，用青春之火点亮文明之光，成为最具感召力的一道彩虹！期待你们的成功！”

裴钢在讲话中表示，服务世博，同济大学责无旁贷。希望即将上岗的近六千名世博志愿者发扬志愿精神，在服务世博中磨练、成长；特别是志愿者中的党员同志要率先垂范，要在学校“世博志愿者临时党委”的领导下，走在各项服务的最前列。他还希望学校各相关部门为志愿者提供坚实保障。

上海世博会园区总规划师、我校校长助理吴志强作为“同济世博导师团”导师代表发言，他表示，同济人发挥学科优势和专业特长，全程参与世博会，倾心服务世博会，此时此刻，这个接力棒传递到了各位志愿者手中，希望同济志愿者们握紧接力棒，全力奔跑，作最后冲刺！

据了解，自去年5月1日启动世博会志愿者招募工作以来，我校共有13820名师生报名志愿者，经过多轮选拔，最终有5573名师生入选世博各类志愿者。志愿者服务期跨度7个月，重点服务时间在世博会开园第一个月，平均每天约有3000名志愿者为世博会服务。

此前，我校世博志愿者工作站利用双休日时间以学院为单位，分批分校区对世博志愿者集中组织了岗前培训和模拟演练，还编写具有同济大学特色的培训教材，并邀请数十位直接参与世博申办、筹办工作的同济专家教授担任培训导师。

记者还了解到，为确保服务期间志愿者的学业不受影响，学校一方面将通过调课、补课、答疑等方式，帮助他们顺利完成专业学习；同时还为志愿者群体特别新开设了“世博公益服务与志愿者精神”这门选修课，在志愿服务结束后，经综合考核合格，志愿者可获相应学分。

为了让志愿者们全身心投入工作，学校动员了学校各方力量，包括为志愿者提供周到细致的后勤服务以及安全保卫。

（黄艾娇，2010年4月20日，第1版）

同济，为世博添光彩

——谨以此文献给为世博真情奉献的所有同济人

再过两天，中国2010年上海世博会将正式开幕。

由此回溯、展望同济人的世博作为，便有了特殊的意义。

一

同济与世博渊源深厚。早在上个世纪80年代，时任上海市市长汪道涵就上海能不能承办世博会，委托同济大学进行可行性研究。

1999年底，上海正式提出申办2010年世博会以后，全校师生更是以满腔的热情，通过各种途径投入有关工作。郑时龄院士、唐子来教授、彭运鹗教授作为城市规划和投融资方面的专家，从不同方面为上海市政府提供决策咨询。2002 年 3 月，国际展览局官员到上海实地考察时，郑时龄全程陪同，讲解上海的优势所在，唐子来与彭运鹗则担当起陈述人重任。

2002 年 7 月开始，李梅、姚明等 7 位在外语方面有专长的同济师生，先后参与申博第一线有关工作，为申博成功发挥了积极作用。

二

2002 年 12 月 3 日，上海申博成功，举国欢腾。

同济人更是快速反应，仅仅 13 天以后，“同济大学世博会研究中心”便宣告成立，立志举全校之力，以实际行动支持世博、参与世博。

在世博中心组织、协调下，校内各学科领域的专家积极开展世博会相关问题研究，短短一个月内，便向上海市有关部门提出了 60 多项世博相关研究课题。此后，又接受上海市委托，编制完成《2010 年上海世博会重大科技专项建议书》，获得科技部批准立项。

2003 年 11 月 19 日，同济大学世博会研究中心被指定为上海世博会专门的决策咨询机构，成为上海仅有的两家机构之一。

粗略统计，为了世博筹建，前前后后参加的同济专家近 2000 人，先后承担科技部和上海市世博专项科研 170 项，完成各类规划、设计任务 90 项，并承担起 8 个领域的总负责重任，其中包括：世博会主题演绎总策划师郑时龄；世博会园区总规划师吴志强；世博会城市最佳实践区总策划师唐子来；世博会工程建设总体项目管理总负责人乐云；世博标志性建筑主题馆总设计师曾群；世博园区夜景照明总体策划负责人郝洛西；世博村总体规划及设计总协调人丁洁民；世博交通规划总策划团队负责人杨东援、陈小鸿。

三

在世博会筹备过程中，“同济规划”显示了强劲实力。在园区规划方案国际竞标中，同济规划团队与 40 多家国际著名机构同场竞技，并以“世界眼”的独特创意最终胜出，成为与美国和英国团队并列的“三甲”方案之一，团队负责人吴志强被委以园区总规划师重任。

“城市最佳实践区”作为世博会的历史性创举和本届世博会的最大亮点，

唐子来及其团队在创意形成、方案拟定及案例顺利“移居”过程中，发挥了举足轻重的作用。

此外，世博会交通规划、世博村建设规划、园区地下空间开发与利用、世博园区环境规划等方面，同济专家组成的团队同样贡献卓著。

四

建筑设计方面，同济同样留下了浓墨重彩的笔划：除了主持设计主题馆之外，据不完全统计，同济专家主持设计了6个联合馆、29个租赁馆以及澳门馆、城市未来馆、世博博物馆、城市足迹馆、综艺大厅等单体建筑，参与设计了英国馆、西班牙馆、法国馆等8个外国国家馆。

建设过程中，经济与管理学院乐云领衔的团队，承担了世博工程建设总体项目管理任务，为世博会园区建设项目如期、顺利推进发挥了积极作用。

同济大学下属企业还承担了通信信息馆的工程建设，以及西班牙馆、韩国馆等12个项目的建设监理任务。

五

“低碳”是本届世博会理念倡导的重点。同济师生为此不懈努力。将在世博会举办期间示范运行的总共1017辆各类新能源汽车中，有173辆为同济大学汽车团队研发完成的燃料电池车。在同济专家的积极呼吁和多方努力下，世博园区3.28平方公里核心区域内，有25万平方米为原有工业遗存，创下了世博会举办以来保护利用历史建筑规模之最。据测算，因为采用了新技术、新措施，世博园区建筑和照明二氧化碳排放减少30%，园区内雨污水收集处理率达到100%，工程废弃物和垃圾100%回收利用，对此同济专家同样功不可没。

由此追溯世博筹建过程中的科技支撑。同济大学结构领域的相关专家，以团队的力量，完成了世博轴及地下综合体抗风、世博轴超大跨度结构关键科学技术等研究，为世博轴及世博会场馆大空间结构的施工、建设及安全运行提供了保障。围绕世博轴这一目前中国第一索膜结构，我校专家攻克了诸多结构、抗风和安全等方面的科技难点，并完成了针对世博中心、中国馆、主题馆和演艺中心等四大核心场馆的结构抗火安全评估与设计。同济大学环境学科领域专家完成的“世博园区景观水体生物生态修复技术研究与示范应用”项目，使白莲泾和后滩公园水生态改造顺利实施。

六

除了专家、教授之外，同济学子同样奋勇争先。世博筹备过程中，同济学子不仅积极深入社区，宣传世博、传播世博知识，还通过创意设计、创新实践等为世博建设作出了直接贡献：世博轴的街具设计出自同济学生之手，世博中心用上了同济学子的抗震技术，为世博交通“量身定做”的应急方案凝结着同济学子的智慧，中国馆内独一无二的“世博同心号”场馆电动车同样出自同济学子之手。

如今，世博会正式运行在即，同济5573名青年志愿者已经做好充分准备，将在世博园区、城市站点和特殊岗位提供各类志愿服务，同济大学附属东方医院也被确定为世博定点医院……

同济与世博，故事仍在延续。

（本报记者，2010年4月29日，第1版）

展示的魅力这样绽放

——吴国欣教授解读如何欣赏上海世博会

中国2010年上海世博会明天就要开幕了，按测算，在184天的展期里，世博会将迎来7000万观众。世博看什么，如何看世博？近日，我们找到我校建筑与城市规划学院、设计创意学院教授，上海世博会事务协调局原展馆展示部副部长，现任上海世博会工程建设指挥部办公室副总工程师吴国欣，请他为我们解读如何欣赏展示的魅力。

吴国欣教授参与世博会筹办工作两年多来，先后主持和参与了中国馆、主题馆等各主办方场馆的筹划、评审、设计和管理工作，并参与了世博园区环境设计整体协调的相关工作。

159年里，世博展示与时俱进

1851年，英国伦敦万国工业博览会是按照“原材料、机器、制造和艺术”四大板块的分类进行布展。此后的80多年时间内，这样的展示方式一直没有大的变化。吴国欣介绍，“自1933年美国芝加哥世博会确立了‘一个世纪的进步’

的展示主题，展示的重心逐渐从实物和展销会的展示形式过渡到以关注内容、解决问题为宗旨的主题演绎模式。”

从那以后，参观者关注的已经不再是一件件精美的工艺品，而是通过世博会进行沟通、协调、交流和合作，以寻求解决人类社会诸多问题的方法。科学、技术、经济方面的进步，人类和社会发展中产生的问题，自然环境的保护一一成为展示主题。主题演绎成为贯穿世博会全过程的指导性工作。

2000年德国汉诺威世博会上，日本建筑师坂茂从材料和结构的特性出发，切合世博会的主题“人类、自然、技术”，设计了一座建筑史上规模最大、重量最轻的纸造建筑，其骨架全是由再生纸管构成的，覆盖墙面和屋顶的是一层半透明的再生纸膜。世博会结束后，这些材料全部回收利用，体现了“零废料”生态设计理念，是此届世博会主题最直接的体现。这届世博会上，德国建造的世博大屋顶的外形设计灵感也源自对主题的思考，设计采用原木为主要建筑材料，加以电子化手段，并充分考虑当地气候特征，这是充分体现主题的设计杰作。

类似这样以建筑、装置、雕塑等形式淋漓尽致地展示世博会主题日渐成为流行趋势。

让建筑贯穿并融于展示

“建筑为展示服务，让建筑贯穿并融于展示是上海世博会很多展馆的共同选择。”吴国欣告诉我们，这种努力早就开始了。上海世博园区，瑞士馆、荷兰馆堪称范例。

瑞士馆的设计师将缆车作为一个游戏元素纳入建筑设计中，带着乘客从负荷沉重的城市进入馆顶的“自然乐园”。设计师解释说：“瑞士馆通过城市和自然景观的空间平衡反映了本届世博会瑞士馆的主题。可持续发展表现在闭合的无限循环的路线上。”吴国欣颇为感慨地说：“在建筑设计确定之前，展示的理念就已经贯穿其中，这样设计出来的建筑就可以更好地服务于展示设计。”

他介绍，荷兰馆更能体现“建筑贯穿并融于展示”的理念，甚至彻底颠覆了“展馆”这一概念，所有元素都围绕“展示”这一核心展开。荷兰馆总代表形容它：“荷兰馆是一个开放式的展馆，没有前门和后门，而展馆本身就是一个展览。”在以“快乐街”为主题的荷兰馆中，分布着一个个小型展馆，参观者将经过26栋“小房子”，每栋房子里都酝酿着快乐的情感，创新、文化和持久性发展的理念，展示了荷兰是一个开放性的社会，每个人都可以从各个方向进入其中，加入到快乐街当中来。这种展示主题与载体合二为一的创意方式为建筑设计和展示设计的惯性思维提供了更多的突破可能。

吴国欣告诉我们，将规划、建筑、景观等各种要素贯穿到展示之中已逐渐成为世博会的设计理念之一。

体验、娱乐与互动一个都不能少

“世博会随着主题演绎展示体系的确立，以实物照片为主的展示形式逐渐被以体验性、娱乐性和互动性的展示形式所代替。”吴国欣娓娓道来，1893年芝加哥世博会大道乐园的引入，使全世界各民族多元文化在世博会上以体验的方式实现交流成为可能。

他说，上海世博会期间，近2万场的文化文艺活动将全面围绕主题，集中展示人类智慧的创新活力、世界城市的多元和谐以及未来生活的美好梦想。

“亲身体验十分重要，所有的参观者参与进来，在娱乐中理解、认同、接受就成为可能。”吴国欣说道，西班牙萨拉戈萨世博会日本馆在影片播放完毕后，正面幕布打开，一条瀑布飞流直下，溅起的水花和雾气迎面扑来，参观者与水有了一次更加亲密的接触，从而引起参观者对主题“水”的重新思考。

吴教授认为，近年来，随着多媒体和LED技术的不断发展，展示形式有了新的变化，但是如何在体验性、娱乐性、互动性方面用好这些技术还需要在观念上有所突破和创新。展示所关注的应当不仅仅是参观者看到了什么，摸到了什么，闻到了什么，更重要的是感受到了什么，特别是要充分遵循创意设计过程的客观规律，发挥设计创意人员的主观能动性，从参观者对主题如何感受和理解的角度来考虑展示形式和手段的应用是改变展示设计理念的关键所在。

（程国政，2010年4月29日，第2版）

奉献“和谐城市”的实验范本

——记全国先进工作者、世博园区总规划师吴志强教授

举世瞩目的中国2010年上海世博会已经在黄浦江畔绚丽展开。作为世博会园区总规划师，吴志强说，在与世博会朝夕相伴的日子里他偶尔会登上中国馆屋顶平台，站在这一世博园区的最高点上，俯瞰远眺浦江两岸5.28平方公里的

土地。“有人问我，当年办世博会，英国人拿出了水晶宫，法国人拿出了埃菲尔铁塔，2010年中国人拿出什么奉献给世界？我的回答是，中国将让世博会重新关注生活在城市的全球50%人的生活和未来，奉献给世界一个‘和谐城市’的实验范本。”吴志强说，他为这个梦想整整等了26年。

一份嘱托埋下一颗种子

吴志强与上海世博会结缘可以追溯到四分之一世纪以前。当时，中国知道世博会的人很少，但吴志强非常有幸。

1984年，刚刚成立不久的同济大学研究生会面向校内外组织发起了以“上海城市发展战略”为主题的青年论文竞赛。临近硕士毕业的吴志强向赛事组委会递交了论文，并获得最高奖项。时任上海市市长汪道涵应邀出席颁奖典礼，他在颁给吴志强一本《辞海》的同时，还悉心嘱托：“你是学规划的，可关注一些世博会的情况，收集一些资料，为将来上海举办世博会做些工作。”正是这句话，使世博会的种子在吴志强的心中深深扎下了根。

此后，无论是在国内研究，还是负笈海外，吴志强始终关注世博。报纸、杂志上的相关报道，书籍上的研究内容，都成为了他“世博会”文件夹中的内容，并且越积越厚。

上个世纪90年代，欧洲曾先后举办了三次世界博览会，分别在西班牙塞维利亚、意大利热那亚和葡萄牙里斯本举行。这三个城市都在欧洲南部，距离德国不远。正在德国留学的吴志强因为地域上的便利，三届世博会举办时，他都前往现场参观、考察。

2000年汉诺威世博会举办时，吴志强已经回到了国内。由于此前上海已经明确提出申办2010年世博会，吴志强感到中国实现举办一届世博会的梦想可能就在眼前。于是，他专程从上海飞赴汉诺威，在世博园区连续待了整整7天，拍摄了海量的照片，收集了任何可以收集到的现场资料。从门票、海报到残疾人步道、自行车通道等等，无一遗漏，全部纳入考察、感受的范围。其中有一天，竟一气拍摄了22卷彩色胶片。

吴志强认为，自己与2010年上海世博会的缘分，大致经历了三个阶段。其中第一阶段，是作为一名研究生和青年学者，从对世博会知之不多，经过持续的关注和留意，到对世博会有全面深刻的认识和体验。在吴志强心中，这一段经历对自己日后真正参与世博筹办起到了非常重要的作用。期间，他完成了收集、学习、研究最后到现场体验的完整积累。

团队支撑是最大财富

20年的坚守，沉淀为精神的沃土，让世博梦想成长发芽。

2004年4月，世博会规划与设计的全球竞标拉开大幕，这是中国与世界专业团队之间第一次大规模的“世博团体赛”。那段日子，吴志强赢得了一个“吴三点”的雅号。如何让中国的“世博语言”让世界听得懂，吴志强与同事们一起度过了一个又一个不眠之夜。“我们要通过‘和谐城市’这个全新理念贯穿所有意象，让世博串起上海。我们不是为了一个国际顶级水平的规划设计竞赛在努力，而是为了一座城市在整个国际舞台上的实力提升，为了一个古老民族的伟大复兴在竭尽全力。”

最后进入角逐的7家国外机构，背后都有大的企业在支撑。没有任何“资方”背景的吴志强团队唯一可赖以依靠的就是学科几十年的学术积累，还有就是扎扎实实研究成果。

蓄之愈深则流之愈长。吴志强和他领衔的同济团队以“28根构筑物编织而成的‘世界眼’把浦江两岸连成一片”的规划方案让评审专家惊叹，最终成为最后入选的三个优秀方案之一。

正是这场竞标的成果，真正确立了“同济规划”在国内外的领先地位，让中国2010年上海世博会成为了中国规划建筑界的第一次集体亮相。被任命为2010年上海世博会园区总规划师的吴志强也开创了高校教授担任如此大型项目规划总负责人的先河。

吴志强清楚地记得，那天他特别的高兴，所有参加竞标的学生和老师在一起好好庆祝了一下。“历届世博会的园区总规划师一般都由主办国的规划师担任，同济的成功就是中国的成功，这是中国规划师集体的荣耀。”而更令他高兴的是，“在这100多个日日夜夜中，我们真正体会到了‘团队’和‘在一起’的力量，无论是教授还是讲师，无论是研究生还是本科生，大家没有功利、不计名利，大家各抒已见、相互帮助，都为了一个共同的目标在奋斗”。

“团队支撑是我的最大财富。”回想往事吴志强依然激动，“学术上的芥蒂没有了，学科间的界线消除了，大家看到只有‘在一起’学术才能交流、才能有源源不绝的动力，通过世博会，学术气氛被真正带动起来，从这个角度来说，即使最后没有中标，我们也已经赢了。”

致力实践“和谐城市”理念

上海世博会是第一次在发展中国家举办、第一次把所有场馆全部拉开满场演绎世博主题、第一次有200多个国家及国际组织参展和7000万人次的观众。要让这些“第一次”变成成功、精彩，其背后需要付出的艰辛与智慧可想而知。

6年来，2000多个日日夜夜，为了将世博园区建设成为城市可持续建设实验与示范的载体，吴志强组织跨学院专家联合攻关，推动多学科交叉协作，取得了大量具有推广价值的先进成果：通过风模拟技术，实现在室外两米左右人工降温6℃；通过LED照明技术，最大程度地减少室外照明的能耗……这些可持续发展的技术手段将会对地球村的可持续发展作出积极贡献。国际展览局秘书长洛塞泰斯多次对上海世博规划给予高度评价。

在世博园区规划中，和谐城市的理念被一次次生动演绎。令同事们津津乐道的是这样一个故事：那年，当听说上海世博会要大面积保留江南造船厂等老厂房，国际展览局的专家提出了强烈的反对，因为在世博历史上从未有过这样的先例。然而，吴志强没有放弃，半年过去了，他把废旧的炼钢车间变成优雅的展厅，雨水经过过滤能直接饮用……获得了新生命的老厂房让国际展览局秘书长洛赛泰斯连声称好！

“江南造船厂以及整个世博园区的老工业建筑不仅仅是上海的遗产，这是咱们中国人现代化的遗产，承载的是我们中国开拓进取的民族精神，世博会所传递的不仅是某个场馆的一项具体技术，而是一个整体的理念。”吴志强说。

为了这个“和谐城市”的理念，他倡导减少大拆大建，降低建设成本，延续城市历史。在基地中保留了1.4平方公里住宅区，减少1万户居民拆迁并保护38万平方米历史建筑，将江南造船厂等25万平方米近现代工业厂房更新为会展场馆和设施。为了这个“和谐城市”的理念，在5.28平方公里的世博园区中尽可能地减少用水泥对土地的“封闭”，在场馆中挑高建楼，在步道铺设会“喝水”的地砖，让土地充分呼吸，并大胆创新，设立了城市最佳实践区，集中展示世界上具有公认性、创新性和示范性的城市街区……“世博会之后，世博园还将有另外一次大变身。比如企业馆将成为中国现代博物馆；世博村，将成为各个国家领馆在上海的官邸；最佳实践区将成为城市的创新产业园区；世博主题馆，将会为上海提供20万平方米的展览面积，承接国际顶级展会。”吴志强说。

最钟爱“教师”的称谓

采访吴志强时，他正在用毛笔给学生写推荐信。认识吴志强的人都知道，他即使再忙也都会挤出时间，指导学生研究实践、与学生讨论毕业设计，在筹备世博期间，除了研究生，他已连续五年指导了 30 名本科生的毕业设计；熟悉吴志强的人更知道，这个经常与冷冰冰的线条和钢筋水泥打交道的规划设计师，喜欢书法、喜欢音乐，即使再忙也不会“冷落”他的大提琴。在吴志强看来，一个好的规划师需要艺术的修养，需要科学的精密，需要未来学家的前瞻，需要对人民的爱心。

他对学生是严格的。针对自己培养的研究生，他专门制定了一张长达 5 年的时间表，里面详细地安排了每个研究生的研究进度，并根据进度主动预约学生进行指导；学生们都知道在他这里，想要在学术研究上蒙混过关是不可能的，他为研究生制定了九点“人才观”标准，其中优秀的品格排在最前列。“我希望 10 年、20 年后他们能成为中国规划设计界的中流砥柱，他们能拥有‘十年磨一剑’的毅力，拥有永不过时的团队作战能力，能将千年的中华智慧与现代规划思想融会贯通，能胸怀人民，担当得起社会责任。”吴志强说。

他注重实践与理论的结合，反对清谈，并且身体力行。多年来，他先后完成了 60 多项国内外重大工程规划设计，其中包括了“俄罗斯圣彼得堡‘波罗的海’明珠规划”“安哥拉首都城市规划设计”“武汉东湖国宾馆规划设计”“汉堡港‘Hafencity’改造概念规划设计”“沈阳金廊 CUC 城市设计”“上海浦东世纪大道城市设计”“上海浦东联洋居住区修建性详细规划 / 引导性规划”“山西平遥旧城保护总体规划”等较有影响力的作品。并先后获得了 2 项国际奖，9 项国家省部级规划设计奖。

他给学生提供了难以想象的实践平台和发展空间。在他主持的重大科研课题和工程项目中，都有博士生、研究生甚至本科生参与的身影。他说：“好的规划、设计背后一定有研究在支撑，让学生参与课题和工程是很累的，一切都要从头教起，但是学生在实践中成长得最快。”

曾在“挑战杯”上获奖的“灾后重建中的集合住宅模式”项目，就是诞生在四川灾区的本科生研究项目。在世博会的筹办过程中，他的研究生已完成了以“世博会”为主题的硕士论文 11 篇，博士论文 1 篇。

在由学生们发起的“最可爱的老师”两年一次的网上评选中，吴志强四次蝉联。学生们亲手制作的各类奖品被他摆放在了家中最显眼的位置，他说，“那是我最珍贵的奖品。”

曾有人问过吴志强，“2010上海世博会园区总规划师”“全球规划教育联合会联席主席”“中国城市规划学会副理事长”等一系列头衔当中，他最看重哪一个？他不假思索地回答：“教师。”

“教育不是简单的知识传递，它也是一种情感、态度、价值观的传递，在学生们那我获得了人生最大的成就感和满足感，为国家培养设计规划人才，那是我一生的事业。”吴志强说。

（费南思，2010年5月15日，第1版）

“创新不再遥不可及”

——本科生王殿书等“创新实践”的剖析

新时期的高等教育如何更为有效地培养大学生的创新能力？如何让我们的课堂充满生机与活力？同济大学化学系王殿书、倪珊娜、徐亮、肖烜、王叶青、汪小雅等6名同学组成的“指纹图谱在啤酒质量控制中的应用”课题组的创新实践为我们提供了有益的启示。

王殿书的创新实践这样起步

和全国很多高校一样，同济很早就开始了创新实践教育，建立了包括工科物理、土木工程、建筑与城市规划等十余个创新实践基地在内的参与式、探索式学习模式在内的主动式学习体系，其中每年的创新实践课题申报则是其中一大亮点。2008年，刚刚步入二年级的王殿书便成为了课题申报队伍中的一员。

说来也巧，那天王殿书又来到了熟络的朱仲良老师办公室，一聊，听说学长有关啤酒检验的论文开题。上开题会一听，喜欢啤酒的小王当即决定以“啤酒指纹”的创意参与学校创新实践课题的申报。

就像人的指纹一样，啤酒指纹图谱技术即把啤酒的典型风味特征做成一个指纹图，做出该啤酒的标准图谱，然后把不同批次或收集而来的啤酒与标准图谱进行比较，以确定其真假、质量。这是一项对啤酒企业控制啤酒风味、稳定啤酒质量、提升啤酒产业水平、打击假冒伪劣产品都具有重要意义的技术。

王殿书申报的题目名为“指纹图谱在啤酒质量控制中的应用”，课题得到学校创新实践项目的经费支持。得到学校支持，就意味着课题的价值得到了认可，二十来岁的大二学生一脚“踩”进了探索与研究的世界。“经费很快就到了账，感觉肩上的担子一下子便沉甸甸的，我们6个人个个跃跃欲试。”文质彬彬的王殿书很健谈。

“试验会往下做不？”“当然。”

选取什么样的啤酒？用什么方法试验？获取的数据如何分析……用问题成堆来形容再恰当不过了。“好在朱老师全程指导，学长丁念亚手把手地教。”王殿书说，采样、样品预处理、HPLC（高效液相色谱）定量……研究开展得有条不紊、扎扎实实。就在这时，华东理工向全市高校大学生发出参与“格雷斯·化工杯”科技建模大赛的邀请。“当然要参加了！”大家询问朱老师，得到了肯定的答复。

“我们是去展示而不是讲述。”王殿书这样区分展示与讲述的界限：讲述就是照本宣科，而展示不仅要讲清楚项目，还要亮出我们的演讲风格、成员风貌。仔细揣摩他们的那次演讲的PPT，青春、敏捷、思路清晰，外加有些调皮，这些都给人留下了鲜明印象。很难想象，短短的一两个星期内，几名大二的学生能够做出如此活泼的讲述科学问题的文件来！演讲稿首页，紫蓝色螺旋如弹簧的旋柱在透明的管状液体中快速游走，管内的“水痕”划出长长的“波纹”，左上角标题：指纹图谱在啤酒质量控制中的应用。

这份“急就章”获得了2008年5月上海市高校科技建模竞赛二等奖，评委看中的是这项技术的应用前景及同学们清晰的思路。颁奖老师问：“试验会往下做不？”“当然。”王殿书一脸的庄重。

回到学校，6名同学的业余时间都交给了试验，高效液相色谱仪（HPLC）派了大用场，试验一做就是大半年。“组内每名成员均参与到项目申请、文献查阅、实验设计、实验过程、成果总结、论文撰写、比赛答辩等大部分环节。”王殿书提供的一份材料中这样描述，副组长倪珊娜拥有很强的工作能力，英语及演讲能力俱佳；徐亮帮助组长处理大小事务，如原料采购、具体实验工作、后期材料整合等；对化学非常感兴趣肖烜属于专业性人才，主要参与到实验设计和具体实验；拥有很强的计算机应用能力的多媒体人才王叶青，制作PPT和绘制图谱非她莫属；开心果汪小雅，能让组内气氛更加和谐，不可或缺……“创新实践项目把组织、策划、科学实验、逻辑推演和合作协调集于一身，我们这半年多过得非常愉快！”组长王殿书很是陶醉。

在不同的时间段、从市场随机买来的三得利、力波等大众化啤酒前后达20余批次，打酒、检测、出谱、分析比对……哪个环节都是身心的锤炼，打啤酒，要力气，自然是男生的活；分析，要格外细心，男女都一丝不苟；做多媒体，自然有组员为“专家”王叶青打下手……最后，标签撕了的“无名”啤酒，用他们创建的“指纹图谱”，很快就区分出分属三得利、力波。这项成果参加当年的上海市高校校际巴斯夫竞赛，获得三等奖。

冲破“瓶颈”，他们获得很多

“得奖后，我们在想：这份图谱提供的信息量不多。”种类库、批次、不同生产线……啤酒的风味都是不同的，“就如同程老师您，身高信息确定了，体重、长相呢？如果一个和你身高一样，但体重不一样的人怎么区分？”王殿书蹙着眉头，他们图谱的实用性遇到了瓶颈。

关键时刻，朱仲良老师、丁念亚学长再次指点迷津：用固相微萃取技术（SPMC）预处理样品，取得样本后进行气相色谱（GC）分析，获得气体挥发物的指标图谱。按照这个思路，课题组继续试验。

“空跑之后，正式检测样品之前，同样需要等待柱压稳定，并且等待基线走平。”“吸取了上次的教训，这次我们先到三楼把机子打开，让它运行着了。在柱压降到47时开始实验。”“第一次做时低估了除泡效率，搞砸了，第二次才成功。”“比较了下6张图，有明确的统一性，各个比较明显的峰都做得还可以。”“今天原本的任务有点被打乱，实际科研与探索中的挫折更大，但是解决的过程才是关键和考验实验人的意志和头脑，很是锻炼人。”“在参数探索的过程中更是要认真谨慎，以求得稳定的机器工作状态，这样我们后期的标准谱图才有可比性，才称得上标准谱图。组员加油！”……仔细浏览几名同学的BBS记录，这样的文字比比皆是，机器的稳定性、总时间的控制、最后洗脱时间、流速、进样量、流动项比例和梯度等都成为他们近十个星期内持续讨论的话题。

“关于写小结，我会多多学习其他组员，争取下次写得入眼一点。”“针筒，下周我就能带一点来了，5个应该可以的，大家周五再做的时候请最后将就一次；针头的话我寝室有现成的，明天会给殿书。实验室里的针筒不是橡皮脱离就是针头堵塞，今天是很难才找到三个能用的。”“周五我有物化实验要做，来不了了，预祝大家顺利哈！还有学长明天出门顺利哈。”不知道你读到这些文字是什么感受？我的心里暖洋洋的：课题让他们收获很多，同学们长大了。

努力总是与收获成正比。2009年5月举行的第四届BASF优秀科技论文大赛，王殿书小组的“啤酒指纹图谱”获得一等奖。

一个拥有领导和展示才能的带头人，一个让参与者都感兴趣的题目，一群志趣相投的学子，一两个见多识广的学长，一段日子坚持不懈的努力……“创新对于年轻的大学生不再是遥不可及。”化学系主管教学的朱仲良教授告诉记者。

（程国政，2010年5月25日，第2版）

“有了它，科学与技术‘联姻’”

——听海洋学院院长许惠平讲述海底观测试验系统

至今年五一节，由汪品先院士牵头，在东海海底建成的中国第一套海底观测试验系统运行已经满一年，传回的观测数据完整率达到95%以上。“有了它，科学与技术便‘联姻’；有了它，我们就能与美国、加拿大一起成为国际海底观测联盟的创始国。”6月7日，海洋与地球科学学院院长许惠平接受采访时告诉记者。

海底观测系统如何运行

进入海洋学院，一直往里走，经过一道色彩斑斓的墙面，你就看到前面右侧的墙上装了一张显示屏，波浪如花、摇曳起伏，水面泼金撒银，“这片波浪距学校的直线距离在100公里以上，它就是我们观测系统通过光缆实时传回来的。”许惠平告诉记者；走进拥挤而朴素的观测室，几台电脑上显示的或者波浪、或者海底的丘起壑降、仪器的特写镜头。许院长指着一根粗壮而骨感的圆柱状物，看着密密麻麻的线路、板块。“那是海底小型工作站。如果你要派机器人，这根电线立刻就传出指令，机器人应声而出。”许惠平又指指墙边的钢桶，“这些‘神经元’都是要装进这些规格不一的钢桶里，然后放入1500米至4500米的深海。”

2009年，由同济大学汪品先院士领衔的上海市重点研究计划“海底观测组网技术的试验与初步应用”课题组经过3年的不懈努力，在东海北纬30° 31’44”、东经122° 15’12”至北纬30° 31’34”、东经122° 14’40”范围内建成东海海底观测系统——小衢山试验站。

许惠平介绍,系统由双层铠装光电复合缆、一个基站点和数台特种仪器组成。“光缆登陆点为国家海洋局东海分局海上平台，能源由平台上的太阳能蓄电池提供，采集的信号由电信无线传输到同济大学国家重点实验室。”试验系统自2009年4月26日建成以来，运行情况非常理想。

为什么要进行海底观测

据了解，这是我国目前第一个海底观测站。所谓海底观测系统，就是将观测仪器放到海底，通过有线和无线网络向各个观测点供应能量、收集信息，从而实现多要素、多学科的全天候、长期、综合、连续的实时观测。观测范围包括海底地壳深部、海底表面、海水水体及海面，观测内容涉及物理、化学、地质、生物等学科参数及其相互关系。观测可应用于包括基础科学研究、资源与能源勘探开发利用、灾害与环境预防和保护、航海与军事等方面。

上个世纪末，以美国、加拿大为代表的少数发达国家实施了海底观测计划，使人类对地球的观测从陆地、船只的海面观测和航空、航天遥感进入到海底观测的第三平台。2009年12月8日，被称为世界上最大的海底有线局域网的“加拿大海王星”正式启动，专家预测海洋学研究有望迎来一个全新的时代。

海底观测最早的科学主题是地震。第一个设在夏威夷西南海底玄武岩里的地震仪，仅仅4个月内，就记录了55次远距离的地震。而“加拿大海王星”不仅可以监视地壳的运动，还可以监测风暴、藻类勃发、地震、海底喷发、滑坡等各种突发事件，以观测各种不为人知的物质，包括“气水合物沉积物”以及在海洋深处生活的鱼类和微生物，观测领域大为拓展。

正因为海底观测领域广泛，应用前景广阔，以“汪品先院士等为首的一批中国科学家认为，海底联网观测早晚都要国际化，我国应及早介入竞争，才能在相关国际规则的制定中取得话语权”。紧迫感写在许惠平院长的脸上。

海底观测为我们带来什么

小衢山试验站的运行标志着开展海底观测系统的关键技术研究、工程规范和标准、数据集成与信息共享研究等迈出了成功的第一步。

许惠平介绍，试验站的光电复合缆将监测仪器“看”到的海域环境以及在它身边发生的各种状况，包括海水盐度、温度等参数，天气变化导致的海洋变化，矿产资源等不为人知的海洋情况实时传回地面。“今后，我们将建立更多观测点，并在一些观测点上设置高清晰度探头，以获得更多资料。”许院长介绍，这些观测点还能与其他观测装置协同工作，收集包括海啸征兆在内的各种海洋变化信息，提前进行预报。他说：“试验站为我国300多万平方公里的海域乃至今后远洋综合、立体观测系统的建立积累了初步的经验和技术，使建立在此基础上的科学研究有了直接而坚实的基础。”

不仅如此，在这一系列工作的基础上，汪品先院士正在牵头制定国家海洋战略规划、教育部海洋学科十二五规划、国家自然科学基金十二五规划、863计划等多个中长期规划，中科院、海洋局等三部委的海洋观测网规划也由汪品先院士牵头制定；另外，酝酿已久的上海市海洋中心已明确由汪品先担任筹备组组长。“加上，现在我们正以创始国的身份与美国、加拿大等国正在酝酿成立国际海底观测联盟。”说到这些，许惠平很是兴奋。

“但万事顺利，大本营难建。”许惠平说，希望东海边的观测基地相关手续尽快拿下来，这样就可以尽早开工建设了。

“一旦有了这个基地，科学研究与技术就能很好地‘联姻’，学校相关学科链就有了一次极好的整合良机，我们在国际上就与美、加国等一样有了更大的裁量权。”许惠平的言语中充满了紧迫和焦急。

（程国政，2010年6月15日，第2版）

“小白菜”，世博园区你最美

——七组镜头记述我校志愿者倾力服务世博会

承继同济人服务世博、奉献世博的一贯做法，2010年上海世博会正式开园以后，同济青年志愿者也在不同的岗位上交出了令人满意的答卷。

5573人，整个5月份。同济志愿者不仅是上海高校中参与人数最多的，也是服务时间最长的。世博会正式开园一个月以后，同济青年志愿者中的园区志愿者已经圆满完成了任务，其他一些特殊岗位志愿者将继续履行志愿服务职责，直至世博会结束。

这里，我们撷取同济青年人在志愿服务过程中的一组镜头，真实记录他们在奉献中成长的心路历程。

镜头一：累并快乐着

5月2日凌晨1点，夜色已深，同济园里静谧无声。

一阵急促的汽车鸣笛声打破了宁静，是志愿者们从世博园回来了！同学们鱼贯走下车，校园有些沸腾起来。大家三三两两走向学苑食堂，那里有为他们提供的美味夜宵，狼吞虎咽后，同学们又涌向澡堂，用热水洗去一身的疲惫。

土木工程学院的张琪就是这些志愿者中的一员。5月1日下午13:00，张琪与学校近三千名园区志愿者陆续来到早已规定好的集合点；13:20，在车长的带领下，志愿者们整队集合；13:55，50辆大巴载着学校的志愿者大军，奔赴世博园；14:55，志愿者们抵达园区；15:05，通过安检后，志愿者们走向各自的岗位。

张琪在中国馆的41米层，这一层共设有20个岗位。由于馆内参观采取单向路线，因此志愿者的工作以秩序引导为主，在41米层的环形步道、童心畅想、寻觅之旅入口处、出口处和快速浏览通道等处都有志愿者对游客进行秩序引导，同时提醒游客不要逆行。

作为41米层的小组长，张琪的任务主要是给组里的志愿者安排岗位、巡岗，游客多、任务重的地方就帮着在岗志愿者一起引导，另外还要保持和馆内工作人员的联系。

“开园日当天中国馆游客人很多，几乎是爆满，当然了，进到世博园谁不想去中国馆看看呢？”张琪笑着说。经过了三次试运行后，志愿者们在岗位上显得熟练多了，维持秩序时也更加自信。

转眼间，志愿者们已经工作了二个小时。这期间，张琪一刻不停地在回答游客的问题。

18:50，张琪和小组里的志愿者一起到餐厅就餐。这时，他才发现，自己的嗓子有些哑了。稍作休息后，张琪和同学重新回到了岗位上。

23:00，张琪和小组的志愿者们结束一天的工作，准备离园。

24:00在返校的大巴上，由于劳累，志愿者们都在座位上睡着了。

凌晨两点，终于可以躺在宿舍的床上了，张琪感觉自己的腿脚有些发硬。“可能是累的。不过没关系，能为这么多人服务，我感到很快乐！”

镜头二：师生同为志愿者

我校 5573 名世博志愿者当中，有近百名是教职工。他们服务世博的热情并不亚于学生。

今年 45 岁的周乐是土木工程学院的一名教师。2009 年 5 月份，当她偶然从学生口中得知世博会志愿者招募的事后，就决定报名参加。“我从来没有当过志愿者，这次也不是为了凑热闹，只是真心想为上海世博会做点什么。”周乐这样说道。

经过严格的筛选、培训，周乐成为一名正式的世博志愿者。5 月 1 日当天，她身着“白菜服”出现在世博园中国馆的 49 米层。

“原来以为做一名志愿者就是站岗、维持秩序，其实，到了现场，才发现能不厌其烦地回答游客的问题，挺不容易的。做一名志愿者，考验的是耐心和体力。”周乐说。

在与周乐一起服务中国馆 49 米层的志愿者中，有她的学生。平时除了上课、答疑外，周乐还真的不怎么与学生有过太多的交流。“好像没有合适的机会和渠道，课堂上主要是以学习为主，下课后就各自忙各自的了。”不过，这次“大白菜”周乐和“小白菜们”迅速打成了一片。在来往的班车上、在食堂、在中国馆的地下休息室，都能听到他们的欢声笑语。

几天下来，除了尊敬外，同学们对周乐更有了一份亲切，而周乐也对这些“90后”的孩子们有了新的看法。“他们其实很出色，到底是同济的学生，脚踏实地，干起事来不张扬，虽然很累，甚至遇到过委屈，但依然坚持、执着，充满热情和活力。”周乐的话中充满了赞许。

和同学们一样，在志愿服务的日子里，周乐每天下午 1 点就急忙赶到学校的集合点，有时候午饭也来不及吃，晚上很晚才能回到学校，而回到家基本上就是第二天的凌晨时分了。

“确实是挺辛苦的。但这些天坚持下来，感觉很开心。”就像学生给她的昵称“乐乐”一样，作为一名世博志愿者，周乐非常享受这段难忘而又开心的时光。

镜头三：志愿母子兵

在同济志愿者大军中，有两个人物特别引人注目。他们是一对母子兵，两人接力服务世博的故事在志愿者中被传为佳话。

母亲叫陈敏，是我校专家楼（同济迎宾馆）的经理，儿子陈毅骙则是机械学院大三的学生。当初，在儿子的鼓励下，母亲和儿子一道在网上报了名，都希望能成为世博志愿者。幸运的是，俩人双双被选中而且同在园区服务。不过，妈妈是第一批进园，儿子则是接力妈妈，在第二批入园服务的队伍中。

陈敏的岗位是在主题馆的城市地球馆，和小组里的另外五名大学生，一起站岗服务。为了做一名优秀的志愿者，成为百问不倒的“世博百事通”，她和组里的同学一有时间就认真研究世博地图，做足准备功课。“可以说，二十天下来，我对园区已经很熟悉了，游客的问题基本上都能回答上来，听到他们对我说谢谢，我的心里有说不出的高兴。”

除了在世博园服务，陈敏也不耽误自己的本职工作，早上8点之前赶到单位上班,中午急忙到志愿者班车集合点乘车前往世博园,晚上到家已经是深夜了。“一天下来感觉是挺累的，有时候回到家，连一句话也不想说，不过，相对于世博服务这半个月的收获来说，这些不算什么！”陈敏说。

妈妈为期两周的志愿工作结束了。5月16日，在世博会志愿者一、二批交接仪式上，陈敏和儿子陈毅骙站在了一起。当儿子将一束鲜花送到了作为志愿者奖章代表的妈妈手中时，妈妈禁不住留下了幸福而又激动的眼泪。

接力棒传到了儿子手中,陈毅骙服务的岗位在宝钢大舞台附近的露天场所，周围是客运巴士和轮渡，每天要接受大量的游客咨询。虽然很辛苦，但儿子从来没有抱怨过。“老妈都能完成志愿任务，我更不能示弱，再苦再累，我也能扛着。再说，能为世博出份力，是我由来已久的心愿！”

镜头四：以微笑履行职责

志愿者小刘遇到过这样一件事情。小刘是第二批入园服务的志愿者，5月19日，他和几位同学在中国馆入口处帮助工作人员维持秩序。这时，有一名游客强行插队，引起了骚乱，小刘上前劝说，希望他能够回到自己原来的位置。这名游客不但不听劝阻，而且还大声训斥小刘。“当时，场面很尴尬，我几乎就要失态，和他争吵起来。突然，我意识到这是没用的，可能会引发更大的不满。我不能忘记自己的职责。”小刘平静了自己的情绪，继续面带微笑和工作人员一起继续劝说这位游客，直到他回到原来的位置。事情平息后，游客们一起为小刘鼓起掌来，还有一个游客向他竖起了大拇指，连连说道：“志愿者真是了不起。”面对游客的理解和鼓励，小刘也特别感动。“那一刻，我觉得自己所有的辛苦和委屈都值得！”

“因为天气炎热，再加上人多，排队时间长，有些游客火气大，这些我们是可以理解的。所以，我们选择微笑，用微笑来化解矛盾、抚平情绪，这应该是最好的方法。”很多志愿者都用乐观、善解人意的态度来对待工作中的委屈。有趣的是，因为身着白菜服，志愿者无论走到哪里都很显眼，即便是去食堂的路上，他们也会被游客围住询问。“10 分钟的路程可能要走上半个小时或更多，但即使疲惫，我们也仍然用自己最灿烂的微笑服务游客。”同学们说。

镜头五：“老外”志愿者

在中国馆的 AB 片区，有一名引人注目的志愿者，如果不是一身“白菜服”的着装，没人会把她当作志愿者，因为她有一张棕色的面孔。她就是来自非洲马里的 23 岁姑娘泰雅。

泰雅是同济大学国际文化交流学院的大三的学生。去年 5 月，学校招募世博志愿者的消息刚传开来，泰雅就拉着身边的同学，赶到招募点现场报了名。

几次培训后，泰雅信心满满。上岗的第一天，泰雅却有点沮丧。因为游客看到她后，担心她听不懂中国话，都不来向她咨询。第二天，泰雅决定自己主动出击。每当有游客走过来时，泰雅就走上前，用流利的中文向他们问好。这一招果然奏效，游客们都围拢过来，一方面是向泰雅咨询，另一方面是对这名会说中国话的非洲姑娘感兴趣，有的游客还邀请泰雅和自己合影留念。

其实，就在泰雅接到上岗通知的时候，她也收到了一封来自非洲联合馆的邀请信。得知泰雅多才多艺，而且中文说得又好，非洲联合国想邀请泰雅在世博期间做馆里的主持人。这可怎么办？一人不能兼顾两职，泰雅一开始也有点犹豫，因为做主持人有很高的酬金，志愿者则是无偿服务。“不过，既然是自己报名要当志愿者，再说也不是为了钱，是想交到更多的朋友。”最终，泰雅婉拒了非洲联合馆的邀请，坚持履行自己当初要为世博志愿服务的诺言。

除了会说汉语、英语外，泰雅的法语也说得非常好，因为法语也算是她的母语之一。这个优势让泰雅在做志愿者的时候派上了大用场。一天，泰雅看到一群外国游客拿着一张地图在来回比划，显出很为难的样子，泰雅和身边的志愿者决定上去问个究竟。他们先用汉语向游客打招呼，可是对方好像听不懂，改用英语后，游客勉强用英语做了回答，听出游客有法语的口音，泰雅就用法语和游客交流起来。

"那些游客听到我的法语后，连说他们得救了，我给他们指路后，他们一个劲地感谢我。当时真没想到，自己的法语发挥了这么大的作用！"回想起这件事情，泰雅脸上露出了快意的笑容。

镜头六：特岗志愿者

来自外国语学院日语系的刘小龙是世博语言类特岗志愿者，和其他我校425名特殊类志愿者一样，他将为世博会提供长期志愿服务。

对于语言类特岗志愿者来说，他们必须要对所服务园区的场馆分布和地形交通熟稔在心，这样才能在接到任务时迅速赶到现场，及时为外国友人服务。在试运行的几天里，刘小龙和组里的志愿者们每天都认真研究园区导览图，并实地踩点，熟悉园区环境，力求做到第一时间赶到现场进行语言服务。

考验的时刻到来了！随着世博园正式对外开放，境外游客大批入园，向语言类特岗小组寻求服务的电话是一个接着一个。

一天中午，刘小龙接到了一个电话，一名日本女性游客和自己的家人走失了，现在非常着急。刘小龙立即和另外一名志愿者迅速赶到了现场。原来这名游客让丈夫照看两个孩子在外休息，自己进入了一所场馆参观。入馆后她随着人群前进，因为是单向浏览通道，当参观完后这位游客实际上是从出口处出来了。发现门口没有丈夫和孩子，周围的建筑也很陌生，这名游客有些慌乱，她想回到入口处，却越走越远，无奈之下，她向询问处寻求了帮助。刘小龙他们赶到后，首先安慰了这名日本游客，并让她描述一下刚才参观的场馆，原来是世博博物馆。刘小龙他们决定先回到世博博物馆的入口处看一看，也许她的家人还在原处。在走向世博博物馆入口的路上，他们边走边与游客交谈来消除她的不安情绪。果然，在入口处，这名游客的丈夫和孩子还在原处，正焦急地等待着她。

一家人高兴地拥抱在了一起，这名游客用生硬的中文连连对刘小龙和他的同伴说道："谢谢！谢谢！"看着日本游客一家人高高兴兴离开的背影，两名志愿者感到非常欣慰。

镜头七：美好的回忆未离开，已难忘

15天的志愿服务很长也很短。在即将离开世博园的时候，每一名志愿者都依依不舍。

志愿者郭潇楠说："当最后一天真的来临的时候，我才发现我已经习惯并且喜欢上这样的生活了。”宋宇伦说：“一年的辛勤付出，只为这 15 天的真情服务；15 天的真心相处，似乎也只为离别这一刻的不舍与感激。”

回到校园，同学们都有些不习惯了。“现在在学校上课也老是惦记着今天园区又来了多少游客，这大概就是志愿者综合症吧。想想我们真的就这样离开了，很不舍。”志愿者小狄在自己的博客上这样写道。“习惯了每天中午不吃午饭，一点十分出发，一点半集合，两点半到世博园区城市最佳实践区未来馆；习惯了每天晚上拖着沉重的脚步，从车上走到食堂领夜宵，再接着走在寂静的回寝室的路上；习惯了到寝室倒头就睡，不去想什么，专心为第二天的服务工作充满精力做准备；习惯了岗位上游客无数问题重复认真解答后得到感谢的舒心……”志愿者杨了然更是表达了对志愿工作的不舍。

辛勤的付出必将得到丰厚的回报。15 天的志愿服务，让同学们收获了很多，他们表达了这样的感受：成为一名志愿者不仅仅只是原来想想的所谓“锻炼一下自己”，真正明白这句“口号”是在经过这么多磨砺之后；认识了很多人，帮助了很多人，接触了很多人，思考了很多事；志愿者的经历会使自己变得更加成熟，相信在以后的日子里能够以更乐观、积极、互助的心态来对待学习与生活。

这 15 天的志愿服务经历，将成为同济大学“小白菜”们一生都弥足珍贵的记忆！

（周春玲，2010 年 6 月 25 日，第 1 版）

多所高校、机构专家齐聚我校

探讨世博园区的后续开发利用

本报讯 6 月 18 日，由上海市人民政府发展研究中心与同济大学联合举办的“城市管理论坛”第十一次会议在我校举行，来自南京大学、华东师范大学、上海市城市规划院和同济大学的专家齐聚逸夫楼，探讨上海世博园区的后续开发利用。

上海世博园区自规划之日起，园区的后续开发利用就纳入政府、专家的议事日程。随着世博园开园，这个课题受到的关注越来越密集、深入。

郑时龄院士在报告中说，世博园开始规划时，就有人提出用“后世博”

的理念来规划世博。他说，历届世博会留给我们的记忆既有巴黎的埃菲尔铁塔，也有什么都没留下的爱知世博会，1992年塞维利亚世博会留下的世博建筑最多，达到60%；而2000年汉诺威世博会的瑞士馆，整个建筑采用的都是从本国刚刚采伐的圆木，不用钉子，就这样拼在一起，整座建筑就是一个音箱，世博会后很快就装运回国，后续利用考虑得很周详。他说，上海世博的后续利用应该与整座城市的发展相衔接；上海世博园区的建筑也应充分考虑到存留世博记忆、建筑的地理位置、建筑的艺术价值（实验性和先锋性）、与一轴四馆建筑的配套利用等等因素，为世界留下美好的上海世博会记忆。他还谈到，上海市的陆家嘴金融区已经满负荷，相较其他世界大都市，上海的中央综合功能活动区需要整个城市的支撑，世博园区的后续利用可否纳入这一大的循环之内？

我校副校长伍江教授在演讲中说，世博会以“城市”为主题，选址中心城区对于交通、旧城区改造、工业区搬迁都是一个重大的考验。现在看来，这次世博会让城市的更新和能级提升都会有一个飞跃。他认为，后世博上海城市规划应关注上海与长三角区域规划的协调，积极推进新城建设，应为经济增长方式的彻底转变留足空间，应进一步探索高密度发展模式特别是新城的高密度模式，应及时调整城市总体生态及绿化规划以保证其系统性，智慧城市、绿色城市、人文城市与和谐城市均应纳入城市规划之中。

伍江说，世博会场地的后续利用规划应保持并尽可能增加公共绿地特别是滨江公共绿地，应在世博园区再开发中留足用于公共文化设施的空间，应在规划中做好城市设计研究、提高路网密度，应探索小尺度街区开发模式，应尽可能永久保留园区内旧厂房改造而成的场馆，应在园区再开发规划中做好城市设计研究等。

我校诸大建教授则从城市的可持续发展理念的角度来考虑后世博城市规划。他认为，世博园区要服务上海及整个长三角地区，因此世博建筑的后续利用不要做加法，要做减法；不要做“硬装”，要做“软装”；不要仅限于已有的功能，要开发未有的功能；不要再多增添水泥空间，要增添绿色空间。力图把上海世博园区打造成上海的纽约中央公园区（CBD和花园城市）；上海的汉诺威（博览区）；上海的达沃斯（会展、论坛集中地）；用文化创意产业融入城市最佳实践区，以此规划提升上海整个的城市功能。

会上，南京大学徐建刚演讲的题目是“世博园区后续利用的低碳生态旅游带动效应”、上海城市规划院王嘉漉的题目是“世博园区后续大战中的功能定位分析”、华东师大张永岳的题目为“世博园区土地后续开发与房地产的健康发展”。建筑与城市规划学院党委书记彭震伟对专家们的演讲一一给予点评。

据悉，18 日上午还举行了两单位联合创办的城市发展与管理研究基地第一次学术委员会会议。会议讨论了基地管理条例、2010 年招标课题等内容。

（本报记者，2010 年 6 月 25 日，第 2 版）

实施三个行动　计划共演一台戏

我校对口支援井冈山大学取得实效

作为向建党 89 周年的一份献礼，由我校与对口支援伙伴高校——井冈山大学联袂演出的音乐舞蹈史诗《井冈山》，6 月 28 日至 7 月 1 日先后在科技部礼堂和教育部大礼堂连续演出 4 场。演出艺术再现了老一辈革命家创建井冈山革命根据地的革命斗争光辉历程。这也是两校建立全面对口支援伙伴关系 5 年来所取得的一系列合作成果之一。演出前后，全国政协副主席、科技部长万钢和教育部长袁贵仁分别接见两校领导，并对我校对口支援工作给予高度评价。

据介绍，自 2005 年 7 月教育部确定同济大学对口支援井冈山大学以来，我校决定将“三个行动计划和共演一台戏”作为对口支援井冈山大学的重要内容。其中，“三个行动计划”是指支持井冈山大学建设发展的学科发展行动计划、本科教学质量提升行动计划、学生创新能力与素质培养行动计划；“共演一台戏”指两校联手，同演一台反映井冈山革命斗争史实的音乐舞蹈史诗《井冈山》，将其作为对大学生进行革命传统教育的重要载体。

五年来，同济大学举全校之力，将优质教育、科研、管理资源，源源不断地向受援高校辐射。校内各专业学院及教务处、图书馆、后勤集团等职能部门和直属机构积极响应学校的对口支援工作，纷纷来到井冈山大学，为该校提供对应指导与支持，两校二级单位之间签订了数十份对口支援协议。学校还选派干部挂职井冈山大学副校长、校长助理，直接参与该校的建设发展。

在对口支援过程中，同济大学注重培育受援单位的“造血”机能。自 2007

年至今，学校接受井冈山大学 5 批共 71 名教师和 24 名管理干部来校进修学习和挂职锻炼，并先后派出数十位资深教授，到井冈山大学开讲座、做报告，并进行示范性教学。万钢、袁贵仁分别接见两校领导。

成为我校对口支援伙伴高校以来，井冈山大学在学科建设、人才培养、师资队伍建设、科学研究、行政管理等方面有了显著提升。2007 年该校从原“井冈山学院”更名为“井冈山大学”，实现教育部与江西省共建。也是在我校的支持下，井冈山大学承担了 7 项国家自然科学基金项目、4 项江西省自然基金项目和数十项其他省部级科研项目。

向井冈山大学输出的同时，我校也积极引入该校拥有的红色资源，对青年大学生和年轻教师进行革命传统教育和理想信念教育。由两校联合编创、两校学生同台出演的音乐舞蹈史诗《井冈山》，迄今已演出近 80 场，观众达数万人，成为对青年学子进行思想政治教育的良好载体。今年 5 月，两校还共同成立了“网上团支部”，作为两地高校青年学生交流思想的新平台。

常务副校长李永盛表示，作为一所百年学府，同济大学积极响应教育部对口支援号召，感到自身有责任对革命老区正处于艰苦创业发展中的高校提供支援与帮助。与此同时，在对口支援、反哺社会过程中，同济大学的校园文化内涵也得到了进一步丰富。

记者了解到，今后同济大学将在井冈山大学人才培养方面进一步加大支援力度。两校“本科生联合培养”将于今年 9 月起启动，我校每年接受井冈山大学十多个专业的 50 名本科生，在同济大学学习一个学年；同济大学为井冈山大学定向培养硕士博士生项目，计划明年开始招生。此外，学校决定每年 9 月在井冈山大学举办“同济名师讲座周”，向该校全体师生开放。

（黄艾娇，2010 年 7 月 8 日，第 1 版）

“我们学到的很多……”

——记土木工程学院建筑工程系中美本科生联合毕业设计

“我的毕业设计题目是‘世博会法国馆的施工进度控制’。”6 月 17 日，我校土木学院土木工程专业陈峰在宣读他的论文。这篇论文洋洋洒洒写了 94 页，围绕世博会法国馆讨论了 BIM（建筑信息化建模）、3D（三维模型）建模、工程量计算、进度编排及优化、4D 施工仿真等问题。今年寒假开始，同济大学土木学院建筑工程系李洋洋等 15 名 06 级应届毕业生与美国奥本大学建筑、设计与工程管理学院 16 位学生选择世博会法国馆联合进行毕业设计。“我们从中学到很多……”负责中美学生间总协调的李洋洋同学告诉记者。

国际化：毕业设计创新的可行之路

随着本科教学质量保证体系的深化，工程教育改革的不断深入，毕业设计工作如何开创新局面，培养具有国际视野、动手能力强的卓越工程师？“应以改革毕业设计的形式与内容为抓手”，建筑工程系主任童乐为教授告诉记者。

6 年多来，土木学院建筑工程系不断加强毕业设计质量保证体系与创新机制的建设，其成果获得了 2008 年上海市教学成果二等奖。“我们不能自娱自乐，社会肯定、市场欢迎程度如何是个重要标准。”童乐为坦言，“系里教师多承担科研项目，总希望本科生毕业设计也做论文，但本科生必须更强调工程实践，系里老师指导、校外工程师指导在校外企业进行、中外联合毕业设计都可成为毕业设计形式；内容除建筑结构设计外，还可拓展到建筑施工技术与管理，甚至当今国际最新的 BIM 技术。”

正寻觅间，2009 年秋天一开学，美国奥本大学找上门来，想与建工系开展联合毕业设计。此时，正值土木工程学院在着手制定、落实和执行“卓越工程师”培养方案。顾祥林副院长非常支持建筑工程系与奥本大学合作联手进行毕业设计。“请国外专家来校做讲座、同济教师出国参加国际会议，这样的国际化现在容易做到，但是，想让人家的学生找上门来，和你一起用几个月的时间合作、讨论，完成毕业设计，这就真的不容易了。”童乐为说。

“联合设计，学生是主角”

对口联系奥本大学的教师是建筑工程系从事教学管理工作的张伟平、顾浩声、刘匀，中美学生间联络总负责是该系学生李洋洋。

“2009 年 10 月，建筑工程系和奥本确定了联合毕业设计的事宜，并召开指导教师第一次工作会议，进行了设计题目的拟定和参加学生的初步筛选。”在《联合毕业设计大事记》中，记者看到，简单而朴实的言辞中，动手早、组织严密、选题重大、用于设计的工程软件新锐是记者感受强烈的词汇。

“第一阶段，中美师生各在一方，确定课题，每周一次电话会议；第二阶段美国学生过来，开展了中美设计规范比较讲座、篮球赛、BIM软件系统开发公司欧特克公司研究中心参观、依托上海世博法国馆工程现场观摩、绿色施工工地参观、英语课程、小组答辩等系列活动，开展全方位交流与合作。”张伟平介绍，按照进度安排，2010年1月至5月20日，同济大学与奥本大学的学生拿到毕业设计任务书后，通过电邮、超清晰网络电话(Skype)等方式联系对方，进行讨论交流并完成毕业设计。2010年5月21日始，奥本大学学生来上海与同济大学的同组学生进行为期三个星期的集中合作、面对面交流讨论。2010年6月7日至8日进行毕业设计答辩。

据了解，中美学生按照联合毕业设计内容分成4个毕业设计小组和3个毕业论文小组。毕业设计小组由2至4名中方学生和3至4名美方学生组成，围绕着法国馆开展造价、进度、能耗及施工方案编织等进行毕业设计。“第一次接触BIM软件，它的广泛应用对建筑业界的科技进步确实会产生无可估量的影响,不过不像美国学生,我们是第一次接触这个软件,所以一个寒假都泡进去了。”李洋洋说，“每周一次的电话会议、网络电话、MSN会议，主角都是我们。要做的很多，要学的更多。”

“美国同学邀请我去她家过圣诞”

“由于本次设计为中美联合毕业设计，主要偏重工程管理方面。而我们所学的理论知识大多偏重结构计算。通过这次毕业设计的摸索，我掌握了很多管理方面的理论和管理类软件知识。”“BIM具有AutoCAD所欠缺的直观性，工程师可以在建筑模型中游览，发现并解决问题；还可以在电脑中发现进度中存在的问题，发现设计与施工可能的冲突……”“当我着手进行工程量清单编制时，如柱的长度应从哪算到哪？梁又该怎么算？钢筋工程量？脑海中空空如也。一次次网上寻找，一次次求询老工程师和教授……因为事关工程投资，不敢半点马虎，两个月的求询、反复计算、仔细核对，我的耐心、责任心都得到了全面的锻炼。”“这一次毕业设计就不同了，什么信息也没有，工程要自己分解，工程量要自己算，要自己套定额得到工日信息，一切的一切都要自己动手计算。正是这样的毕业设计，使我的综合能力发生了质的飞跃。”第一次用BIM真刀真枪地实现法国馆的从图纸到竣工，中美同学们做到了。“我们的学生第一次用这种当前最先进的软件，任务完成得如此漂亮，我为他们骄傲。”童乐为乐呵呵地说道。

不仅如此，期间双方学生还一起接受美国老师的讲课。“他们问题特别多，课堂上，不是讲授而是一个接着一个问题的讨论。”已经被斯坦福大学录取并继续钻研 BIM 的王月欣同学回忆起联合设计时光，依然很享受的样子。“闲暇里，我们一起去逛街，一起去食堂；美国同学对我们宿舍管理如此之严很惊奇；邀请我去她家过圣诞节。”

“美国学生遇到问题，想法设法地去找答案。”“我们的设计比他们的精确得多。”“他们不少人都有自己的公司，在美国创业不难。”“国外考注册工程师很简单，设计者对自己的承担的工作终身负责。”陈峰、朱倚天、曹文慧、张梦诗、高洁、张康照、袁万、周颖彬……同学们七嘴八舌，纷纷发言。

用“一石激起千层浪”描述这次联合毕业设计很恰当。“我们英语交流到了专业课程领域就吃力了。”“BIM，系里老师也不太了解。”“我们也可以去美国大学搞毕业设计。”“可以做大一点的课题……”“同学们提出这些颇有见地的问题，说明能力很强，发展空间很大。我们一定要好好总结和探索，争取明年的中美联合毕业设计做得更好。”童乐为表示。

（程国政，2010 年 7 月 8 日，第 2 版）

“最好能摇到‘壹街区’”

——记我校主持设计的都江堰“壹街区”工程

“没想到，真的没想到。”都江堰居民杨建华的脸笑成了一朵花。2010 年 8 月 31 日，在上海援建、同济负责设计的 29 万平方米都江堰灾后重建重点项目——“壹街区”，都江堰市举行了隆重摇号分房仪式。“最好能摇到‘壹街区’。”“这里最好啊！”居民们异口同声。

“壹街区”设计重任落到同济人肩上

2008 年 5 月 12 日的汶川地震，让天府之国顿成疮痍之地，重灾区之一都江堰更是惨不忍睹。紧张的救援结束后，在党中央统一部署下，全国迅速投入对口支援灾区重建之中，上海对口支援都江堰。

素有与国家同舟共济传统的同济大学，自然冲锋在前。都江堰的城市规划、北川地震遗址博物馆、震区学校重建规范的制定……在承担大量标志性、指导性工作的同时，同济人同样当仁不让地挑起都江堰重建示范性工程——壹街区的设计重担。“我们已经做了什么，我们还能做什么？”这是同济人那时常说的话。

上海市把壹街区的设计任务交给同济时是2009年初。“壹街区”是上海支援都江堰灾后重建的第一个功能完整的街区，位于都江堰市二环路以东、蒲阳干道以南、成灌铁路以西、太白堰以北，核心区面积1.5平方公里。街区内的项目包括居住、学校、医疗、观光、休闲等功能设施。

接受任务后，学院旋即成立了“壹街区”安居房灾后重建项目工作小组，吴长福、周俭、汤朔宁、黄一如、李振宇、蔡永洁、赵颖、庄宇……建筑与城市规划学院尽遣强将精兵，分工协作；虽然教授们那时或者在世博项目上鏖战正酣、或者正为重大市政项目殚精竭虑，但号令一出，全来了，负责项目技术，担任项目主管，承担地块设计。“大家二话不说，冲上去了。”一年半以后，项目主管汤朔宁回忆起当时的情景，脸上依然写满了崇敬。

“壹街区”何以成为“明星”？

“壹街区”的设计表达什么？仅仅为居民提供一个住所，肯定不行；按照上海的特点在都江堰复制一个居住模式，也不行。根据同济为都江堰所做的新规划，山、水、园、林有机融为一体是贯穿重建过程的理念。“上海里弄风情、川西田园风貌、文化自然遗产、堰城街巷肌理、绿色开敞空间、新兴都市中心，加上便捷的社区服务设施、防灾避难走廊都要考虑到设计中去。”汤朔宁介绍，经过多日的头脑风暴，设计组最后形成“川西风貌、上海风情、时代风尚”的设计理念。

以此为核心，设计中所有的建筑都抽象表达这一理念，单栋建筑形状如“L”、如“一”、如“口”、如钩，弯曲盘旋、相互勾连、叠而围合，组成院子、园子，营造出人居、建筑、自然景观荟萃之地——苑。“当地人爱摆龙门阵，三两家合一个院子，数十户共一个园子，再大点就拥有一个功能较为多样的苑林广场，大人聊天，孩童戏耍，川西风情当然就浓了。”设计师们异口同声。

2009年5月始，建筑与城市规划学院与同济建筑设计研究院都市设计分院组织了8个设计团队，投入安居房的设计。歇山式屋顶、平顶、中间低两边高的鸟翅式屋顶，看着设计者拍回来的照片，我们都有些目不暇接了；房屋的色彩更是丰富：明黄、青灰、橙红、浅白……根据规划，八个设计团队，十数种风格，共同塑造了一个生态、视觉和生活都丰富多样的生态型社区——壹街区。

同济人为此付出很多很多

壹街区整体的设计内容包括 14 个街坊 29 万平方米安居房，5 万平方米文化性公共建筑（图书馆、文化馆、工人文化活动中心、青少年妇女儿童活动中心、壹街区小学），多层停车库，颐湖公园，体育公园，36 条道路，8 座桥梁以及雕塑、标识标牌等。

“从家里到这些公共空间、设施，步行最长不超过 15 分钟。”汤朔宁解释说，虽然现在机动车库还不是亟需的设施，但考虑到日后需要，现在一次设计、建设到位。“数十年内，在壹街区居住出行都会很方便、很舒心。”

“一年多的许许多多不眠之夜、许许多多赶飞机的身影，仿佛就在眼前。”在项目组的一份汇报材料里，记者了解到：

2009 年 3 月，同济规划设计院提出“壹街区”的总体规划；2009 年 5 月，建筑与城市规划学院携手建筑设计研究院都市设计分院组织 8 个设计团队在一周内完成了 14 个地块 29 万平方米安居房的方案设计；5 月 23 日，方案在都江堰通过了援建指挥部评审；同时，同济驻都江堰“壹街区”项目现场办公室挂牌成立。“小憩经济型连锁酒店会议室就是我们的‘战时指挥部’了。”汤朔宁比划着、说着，在接下来的一年多，数万张图纸通过“战时指挥部”转发到各个参建施工队，周家伦书记、李永盛常务副校长等校、学院与设计院领导多次前来指导工作。

“参战单位多、人员多、项目多，多到就恨没有分身术。”汤朔宁介绍，副院长周俭身先士卒，一年多来沪川间反复奔波；同济设计院综合设计四所、同远设计分院、商业设计分院投入大量人员日夜加班，进行建筑项目的施工图设计；市政设计分院自始至终全面承担壹街区所有道路、桥梁、市政管线的设计；都市设计分院负责整个“壹街区”的景观与泛光照明设计：“参与‘壹街区’设计的人员达 80 余人。”

“离开上海在这里一待就是几个月，吃不好、睡不好，我们的小伙子们初期甚至睡过施工用的木板。”汤朔宁的话语中满是内疚。“现场代表马荣军妻子生孩子，也不吭声，我们令他回去，他在家只待了 3 个星期就回来了；王宁，本来说好的只待半年，可一去就到今年七月才回上海；沈洋吃素，到了那里辣和荤就是日子，他只好吃方便面，到最后我真担心他随时要倒下。还有‘大后方’

的同志们，几乎天天在加班。”汤朔宁说，“30多万平方米，一年多。要是在上海、在平时，时间至少翻一番。好在同济设计实力雄厚，幸亏大家齐心协力。”他的言语中充满了感激。

马荣军、王宁、穆海宁、李伟、薛寒、邓科、许迪、沈洋、丁勇、何诚……他们是可爱的年轻人，都是同济的骄傲。

“壹街区”经验能否移植到上海？

2010年8月14日，对于壹街区的设计者们来说是个好日子，这一天，他们为之奋斗了500多个日日夜夜的项目要验收了。

上午10点，上海市市长韩正、四川省省长蒋巨峰等各级领导冒雨来到“壹街区”同心广场参加了盛大而隆重的竣工仪式。仪式之后，现场的所有同事们纷纷在竣工典礼墙前合影留念。大家兴奋地忙活着、拍摄着，“韩市长宣布上海市援建都江堰灾区重建项目全部竣工那一刻，我们非常幸福和满足。”汤朔宁说出了大家的心声。

但典礼后韩市长并未离开，而是直奔壹街区去了，在房子里、院子里、草地边转着看着，对新颖的设计反复端详着，兴趣极浓。从安居房到妇女儿童中心、图书馆、颐湖颐河景观带、体育公园，一路过去，市长看得仔细，问得仔细。

都江堰图书馆是由原都江堰青城纸厂车间改造而成，建于上世纪五十年代的这座厂房也是由上海援建的。同济的改造设计方案，保留了原厂房的屋架、桁车梁以及部分立面，对地震中受损结构予以加固；还专门留下一些老的印刷机器设备，作为陈列雕塑以供参观。一直把老厂房改造记挂于心的韩正市长看着厂房里的牛腿柱、大明窗，嘱咐大家要把老厂房再生成图书馆的历史过程都记录、保留下来，把历史的文脉留住。

壹街区能否移植到上海的安居房建设中去？考察结束时，韩市长要求同济人做些前期准备。

（程国政，2010年9月30日，第2版）

"解剖一个边缘海的发育史"

——汪品先院士详解南海深海研究计划

记者近日获悉，今年7月国家自然科学基金委立项的"南海深海过程演变"重大研究计划将于2011年元旦启动，总经费1.5亿元，为期8年。该计划由我校海洋学院汪品先教授任专家指导组组长，办公室也设在我校，由刘志飞教授任主任。在我国的海洋基础科学研究中，这是迄今为止规模最大的一项计划，也是我国海洋学界汪品先等多年推动的结果。为此，记者专访了汪品先院士。

南海为何被选中?

众人皆知海底下面有石油、有矿产，海洋边上有地震、有火山和海啸；但我们知之甚少的是，海底居然是"漏"的，从海底渗出的流体影响着海底微生物世界，改变着深海碳循环。"它们与我们的生存环境关系密切"，我校海洋学院汪品先院士告诉记者，在一个范围有限的边缘海解剖一个麻雀，"从深海海底入手研究海洋变迁，及其对海底资源和宏观环境的影响，南海是最佳选择"。

南海面积350万平方公里，最大水深5500多米，无论是是全球的低纬度区，还是在西太平洋，南海都是最大的边缘海具有丰富的研究内容；但是比起大洋来，边缘海面积小、年龄新，又具有深海研究的一系列优越性。汪品先院士说，大西洋与南海相比，面积大二十多倍，而南海的年龄则比大西洋轻一亿多年，在南海研究深部过程的条件比大西洋优越；和太平洋相比，由于水深太大洋底沉积记录保存不佳，南海的研究能弥补西太平洋的不足。

汪院士介绍，南海是我国管辖海域中主要的深海区，也是我国深海资源勘探和科学研究积累最为丰富的海域。南海北部陆坡，2006年发现深海天然气，2007年发现天然气水合物，成为我国深海资源开发的亮点；南海周边，1991年菲律宾火山爆发，2006年底台湾以南地震，突出了南海安全保障的迫切性。

尤值一提的是，1999年春国际大洋深海科学钻探（ODP184航次）在南海取得了西太平洋区三千万年来最佳的环境演变纪录，紧接着的973、国家自然科学基金大项目等研究和多次国际、国内专题考察航次和项目，使得南海现已成为国际深海研究的焦点。

正是基于这些扎实有效的工作，2007年以来，以汪品先院士为首的海内外科学家和国家产业部门的业务领导多次聚首，决定通过推动南海深部大型研究计划的实施。现在大计划已经通过，我国海洋科学界正在摩拳擦掌，准备在深海的科学战场上大干一场。

南海深海研究计划研究啥?

据了解，南海深部计划是以南海深海过程演变为核心的大型研究计划，由洋盆形成、沉积响应和生物地球化学三大方面组成。从现代过程和地质记录入手，解剖南海——这个边缘海的发育史。形象地说，可以把这三大方面比喻为南海“生命史”里的“骨”“血”和“肉”：海底扩张到板块俯冲的构造演化，好比生命史的“骨架”；深海沉积过程和盆地充填，好比生命史的“肉”；而深海生物地球化学过程，可以比作生命史的“血”。“南海深部计划”将三者结合起来，在岩石圈、水圈和生物圈相互作用的层面，再造南海的深海盆地发育过程及其资源环境效应。

具体说来，现在一般认为南海形成于距今3200万至1600万年前的海底扩张，根据的是三十年前美国考察船上测量的海底磁异常条带。这种相隔几千米的测量结果精确度低，长期以来对南海的形成年龄有不同意见，但是缺乏突破。现在用新技术能够到海地去测磁异常，精度可以提高两个数量级，而这就是南海大计划要做的工作，通过近底测量的新技术，重新认识南海的形成年龄。再比如说，今天南海深部的海水，是太平洋的水在台湾和吕宋岛之间，爬过巴士海峡两千多米深处的海槛进入南海而形成的，但是进来以后往哪里流？对南海的海底沉积和深海环境带来什么影响？都有待通过实际测量才能认识。至于几百万年前还没有巴士海峡，那时南海的深层水从哪里来、往哪里流？……这种种都是“南海深部计划”试图回答的问题。

“大计划的研究既不直接勘探海底石油，也不是预报海洋灾害，”汪院士说。“作为基础研究的大计划，我们是采用国际最新技术探索南海深部的一些基础问题，包括在对深海海底过程的现场观测。历来的资源调查和环境调查都在浅海陆架和上陆坡进行，但是许多基础问题的答案却在深海。这次选择深海开展基础研究，就是为南海的变化‘寻根’，通过理解变化的规律，更好地为资源勘探和减灾防灾服务”。

围绕深海研究计划，同济冲锋在前

“南海为我国深海研究争取突破性成果，提供了最佳前景。”反复研读着手中的《南海深部计划》，记者为汪品先、苏纪兰等老一辈科学家的赤子之心深深感动。据说早在十年前，我国海洋学界就曾经发起设立南海研究的大项目。经过最近 3 年的呼吁，科学家们的努力终见成效：2010 年，国家自然科学基金设立巨额“南海深部计划”研究基金，支持海内外的南海深海研究课题。“替国家做主。”业内专家评价说，“国家自然科学基金委根据汪品先等的建议设立此项基金，意义重大，这也表明同济大学在国家级基础科学研究中起着推动作用。基金重大计划是全国性的开放性计划，通过各地科学家竞争立项，但同济科学家在科研立项中起到的作用，比拿到巨额资助意义更为重大。”

为了促进南海深海研究立项，同济海洋学院三年来和基金委联合举办了五次研讨会；从今年 6 月开始，又召开了一系列学术会议。其中包括生物地球化学讨论会、构造与岩浆活动研讨会、南海深层水演变与吕宋海槛讨论会及沉积与古海洋学——184 航次的再研究专题讨论会。而 6 月 28 日至 7 月 1 日在同济召开的“第一届深海研究与地球系统科学学术研讨会”，吸引了海内外 86 个单位近 500 位华人学者参加，其中海外（含港台）单位 18 个，这次大会吹响了我国深海研究的集结号。

把研究经费用好、用到刀刃上是科学家们共同关注的大问题。今年 7 月 28 日，汪品先、孙枢、徐洵等老一辈科学家齐聚同济，商议“南海深部计划”的立项过程、研究内容及科学目标，并就计划实施拟采取的重大举措、系列专题研讨会方案及 2010 年度项目指南等进行了深入地讨论。据了解，计划将集合海洋研究的学科群集体力量，采用一系列新技术探测深海盆，揭示南海的深海过程及其演变，再造边缘海的“生命史”，从而为全球边缘海的演变树立起系统研究的典范。

汪院士告诉记者：“与其他科研项目不同，基金重大计划具有完全的开放性质，它由全国各单位通过竞争立项的重点、重大和培育项目组成，科学指导组承担顶层设计、遴选项目的责任，但是指导组成员本身不拿项目，裁判员不可以兼运动员。”然而记者了解到，今年 9 月，“南海深部计划”开始接受海内外炎黄子孙的相关课题申请，向以南海等西太平洋的低纬海区研究见长的同济当然也不例外，递交的申请书达 15 份。

（程国政，2010 年 10 月 25 日，第 2 版）

建筑学人才培养开始新的学制尝试

本硕贯通与国际化成为改革目标

本报讯 近日，记者从我校建筑与城市规划学院获悉，今秋入学的新生将开始新的培养模式熏陶。该院副院长黄一如介绍，自建筑学专业开展教育评估以来，进入评估体系的建筑学专业本科都是读五年，硕士读2.5年；而现在，学院已开始学制改革，本科生教育将实行“4+m”学制，即本科生完成4年学业后，根据学习成绩和自身需要选择毕业或继续攻读研究生和双学位。

重贯通 本硕课程一体化

“新的学制将进一步与国际接轨，原来的硕士学位需要读7.5年，现在可以缩短1年，同时可以避免原来重复拿两个专业学位造成的浪费。”黄一如教授介绍说。

从目前我国建筑学教育现状来看，占主流地位的学制为5年，取得建筑学专业学位；硕士读2.5年，取得建筑学专业硕士学位，在学位授予上，两个都是专业学位，而拿到硕士学位需要7.5年的时间，对于建筑师培养来说有浪费资源的尴尬。

新的培养模式不仅缩短了学制，多出口的学制设置给予学生更多的受教育选择权：4年本科毕业后拿工学学位；4+2.5年拿建筑学专业硕士学位；4+1年本科学习拿建筑学专业学位；4+1+2.5年拿建筑学专业学位和建筑学专业硕士；4+3年参加国际双学位培养计划，拿国际双硕士学位。根据这一计划，60%左右的学生将在完成4年本科课程学习并取得学士学位后直接读研，远远大于现在13%的免试读研比例。

“大部分学生直升研究生将为建筑学教育带来观念性的变革，即越来越强调本硕贯通，也是提高建筑行业准入门槛的需要。4+2.5年是个非常好的长度，硕士将成为真正的职业准入门槛。”黄一如介绍，本硕贯通即将本科生课程和研究生课程“整体打包”提供给学生，本科生和研究生可以根据自身需要互选课程，“就像在同一个水池里，可以各取所需”。

重实践　校企联动双导师制

建筑学是门强调实践的科学，在校期间的实习非常重要。黄一如介绍，现有的学生实习时间为本科生3个月，研究生半年，跟原本教学目标并不吻合，不仅时间太短，质量上也很难全程控制，再加上大学现在越来越强调通识教育，留给学生的专业实践教育机会更少。他说："这次学制改革更加强调实践性，未来本科生将有至少半年、研究生将有1年的时间在设计院实习，实习的目标在于切入实际工程。"

届时学校将和设计院签约，实行双导师制，共同制定培养计划，力图使培养的人才不仅能"纸上谈兵"，还能拼得起"真刀真枪"。"重实践是卓越工程师培养的核心。"黄一如告诉记者。

国际化　推进学位教学合作

建筑与城市规划学院的国际双学位计划已经实施了5年，前后毕业的100多名学生极受欢迎，甚至出现了被知名企业、跨国公司互相"争抢"的局面。如今这一计划将向纵深拓展。

他说："大部分学生会直升研究生，而这批学生中的大部分学生会拿到国际双学位，成为真正具备国际视野的建筑师。任何一个发达国家对于学位的颁发都是很严格的，现有的联合设计、学分互认、交换学生还不够，国际交流要上升到学位层次才能实现真正意义上的国际化办学。"

届时输入和输出会达到对等，大量留学生来到学院攻读国际双学位，这无疑会对师资、教学质量、软硬件设施等带来更严峻的考验。"不过没关系，学院有着广泛的国际教学资源。"黄一如一脸的澹定，学院已开始引进外籍教师，"尤其是有建筑设计经验的国际人才，可以从在上海的国际知名事务所聘请，专职教师和客座教师相结合。"展望这一前景，黄院长用了两个词来形容："跨越"和"艰难"。"会跨过的"，他说。

（李涵，2010年10月25日，第2版）

“‘新天地’+‘八号桥’，还应当超过它们”

——唐子来纵谈世博后的城市最佳实践区

上海世博会10月31日合上了大幕，世博会历史上第一次出现的“城市最佳实践区”在世博会以后如何安置，坊间早有说法，将变身上海的第二个新天地。是这样吗？近日，我们找到城市最佳实践区的总策划师唐子来，寻求专业解读。

“世博会给我们的城市应该留下怎样的遗产”

“世博会给我们的城市应该留下怎样的遗产？”快人快语的唐子来教授开门见山，城市最佳实践区在世博期间表现良好，“看门道，到城市最佳实践区”的定评在观博者中流传甚广，因为大家都知道，城市最佳实践区的所有案例是从全球成功实践中精选出来的。

唐子来坦言，把全世界征集而来的各种案例纳于15公顷的土地上，让他们相互协调、相互衬托、相得益彰颇为不易。“比如汉堡之家案例，就像一个打开的抽屉，建筑局部出挑得利害，最长的地方7.5米，对周边的建筑影响很大。”顿了一下，继续说，“我们反反复复与设计方协调，最终把出挑从7.5米减到5米，汉堡与身边的罗阿案例的关系变得很融洽了。”

唐子来告诉我们，自己是在想清楚了最佳城市实践区的前世今生和世博后的关系及定位之后，才走上总策划师的岗位的。“城市最佳实践区在还是一张‘心中的蓝图’时，便被设定为城市街区改造的范例”，他介绍，这里涵盖了街区层面上几乎所有的建成环境元素，有供人们休闲放松的广场、绿地和林荫步道，有错落有致的院落空间，人们行走在通幽小径，憩歇在树影婆娑的木凳上，身体接触到的，眼睛看到的是风格各异、赏心悦目的各种案例建筑。“它们远近高低曲折、颜色深浅浓淡各不相同。”唐子来一脸的欣慰。我们了解到，为了建筑之间、建筑和公共空间之间的彼此协调和相互烘托，他带领的团队数年间的甜酸苦辣也是一个“难”字难以尽述。

唐子来说，费多少口舌、协调了多少次已经不重要，重要的是实践区内的案例建筑不仅有着独特的创意、新奇的结构，大家走到一起，围合出的公共空间也是和谐的、惬意的。“人们不论走到哪，都能体验宜人氛围；不论坐在哪，也都能享受片刻的闲暇。”顿了一下，“人生常有片刻闲，足矣。”他说。

“城市最佳实践区是我们的‘城市客厅’”

“其实，城市最佳实践区就是我们心中的‘城市客厅’，把这个城市的历史、发展、未来、文化的东西都综合展现在某些独特的人文景观之上”。从这个意义上说，城市最佳实践区再合适不过了：这里曾经集聚了数家工厂，是上海工业文明的重要组成部分；现在，这里集聚了全球遴选而来的城市实践案例，它们都是以“2010年世博会”的名义征选而来，其价值无可估量；世博之后，这里应成为我们的城市客厅，成为市民喜欢经常溜达、歇息，甚至望着天空发呆的地方。”唐子来笑着说。

“在工业时代，城市水体受到污染，市民都不愿意临水而居。”唐子来说，“世博会让黄浦江成为城市发展的‘轴带’，滨水开放空间成了城市客厅，应该说世博会作为催化剂，促进了上海中心城区的空间结构转型、升级，‘锈带’变成了‘绣带’‘秀带’（引莫天伟语），城市客厅不仅是生态的，更是文化品位十足，魅力十足。”

“市民关于城市的记忆主要来自城市的公共空间，其归属感主要看城市客厅有无魅力。”唐子来如是说。

众所周知，上海世博园每天游人如织，高峰峰值超过100万人，无论温高如炙、大雨似倾，“园内总体运行良好”始终是海内外媒体的常用语句；不仅如此，每天把数十万人从城外搬到城内，又从城内搬到城外，上海却在长达半年的时间内未发生一次交通严重堵塞的情况……“但世博会会给我们、尤其是举办城市留下怎样的精神遗产？”唐子来说，世博会开园时，他已经在深入思考这个重大问题，他说“国际社会关注这个”，“如果这座城市的‘后世博发展’不好，能说世博会是成功的吗？”

“城市最佳实践区应成为后世博城市发展的新标杆”

严格地说，未来的城市最佳实践区应当成为城市的“第三场所”。唐子来解释：“家是第一场所，办公室是第二场所，市民聚会、交流和休憩场所（如咖啡吧等）就是城市的第三场所。”

沉浸在讲述中的唐子来侃侃而谈，后工业时代的城市创意产业往往成为城市发展的活力源泉。搞创意的人，需要网络，需要交往，“因为他制作的不是标准产品，他的产品是用户化的、不重复的，是与客户、与创作者面对面的”。

“城市最佳实践区正可成为这样的‘第三场所’，它的建筑底层都应当是可渗透的，建筑内的活动很轻松地就溢到室外，就像新天地。”唐子来津津乐道地一再提及新天地：“城市最佳实践区要做‘新天地’+‘八号桥’，还应当超过它们。”

新天地，众所周知，是老上海弄堂改造的一次创新实践，现在已成为上海的一张名片；八号桥则是老厂房再生的成功案例，现在已成为创意行业交流、推广、传播的平台，成为一个多功能的时尚创作中心。唐子来分析，城市最佳实践区既有老厂房改造，又有参展的案例建筑，法国的玫瑰园、马德里的空气树、巴赛罗那的高迪龙……每栋建筑和每个场所都有世博故事。“故事就是文化资源，更是创意灵感的源泉。”他说。

唐子来说，本届世博会虽已落下大幕，但“城市，让生活更美好”的理念演绎并未结束，应该成为我们这座城市的精神财富和实践指导，因此“城市最佳实践区作为‘城市街区改造的范例’，在世博会以后应该‘花儿’越来越鲜艳地绽放，成为上海城市发展的新标杆”。

如何做到？唐子来认为，城市最佳实践区经过数年的精心打磨和世博的洗礼，已经为将来的“第三场所”打下了坚实基础并留下了转型的“榫口”。“假以数年，城市最佳实践区当会再给世人一个惊喜。”唐子来笑眯眯地说，一副胸有成竹的样子。

（程国政，2010 年 11 月 5 日，第 2 版）

八校签署协议开展卓越人才培养合作

本报讯 为了更好地贯彻《国家中长期教育改革与发展规划纲要（2010—2020 年）》，进一步落实《关于中欧工程教育合作谅解备忘录》要求，北京理工大学、大连理工大学、东南大学、哈尔滨工业大学、华南理工大学、天津大学、同济大学、西北工业大学等 8 所高校同意全方位合作并签署《卓越人才培养合作框架协议》。

根据协议，上述高校今后将本着“追求卓越、共享资源”原则，共同推进大学教育改革与卓越人才培养，主要合作内容涵盖以下方面：探索卓越人才培养规律和模式；推进招生改革；本科生和研究生交流与联合培养；国际合作与交流；产学研合作。

日前，有关高校的校长、副校长以及有关部门负责人在同济大学举行了“卓越人才培养合作研讨会”，并达成了广泛共识。与会高校认为，开展卓越人才培养合作，不仅可以更好地贯彻《国家中长期教育改革与发展规划纲要（2010—2020年）》，也有利于进一步推进教育部“卓越工程师教育培养计划”，并可借助今年9月份中国教育部与欧洲工程大学教育联盟共同签署《关于中欧工程教育合作的谅解备忘录》和成立的“中欧工程教育平台”，落实有关高校与欧洲工程类院校的合作与交流。

作为推进招生改革的第一步，2011年自主选拔录取实行联考。

协议还规定，每年定期举行校长联席会议，同时建立研究生院、教务处、招生办、科技处等部门联席工作会议制度。

（童轩，2010年11月25日，第1版）

积极参与上海对口支援新疆工作

我校规划设计巴楚城乡新蓝图

本报讯 今年11月10日—15日，中共上海市委书记俞正声在新疆考察学习，专程来到新疆巴楚县塘巴扎村的“新农村”建设工地，听取地方领导和我校规划设计研究院周俭院长的介绍。对我校针对新疆民族特点、着眼未来发展而规划设计的富民安居示范点给予了充分的肯定。

中央启动对口援疆工作以来，各省市立即投身部署、调研、组织和规划设计的行动中。今年6月底，上海市市长韩正带队赴新疆调研，随后确定“民生为本，产业为重，规划为先”的思路。根据部署，7月，上海市对口援疆工作指挥部组织全市4家城市规划甲级设计单位参与对新疆喀什的莎车、叶城、巴楚、泽普等4县的规划设计工作，同济规划设计院负责巴楚县的规划设计。

位于新疆天山南麓、塔里木盆地与塔克拉玛干沙漠西北边缘的巴楚县，虽然地理位置重要、交通四通八达，但市政设施落后、公共设施不完善、生活环境较差是该地区普遍存在的现象。按照上海市统一部署，同济规划院负责巴楚县喀什河两岸城市改造规划、保障性住宅老城改造安置基地修规、新农村（两个点）规划等项目。

8月11日，规划院夏南凯副院长领命归来，第二天便召开协调会议，组织了四个精干的设计团队；22日，王新哲副院长率设计团队随上海援疆代表团深入目标区域实地调研、听取当地的要求和意见；在随后的两个多月里展开了紧张的设计工作。

“农村的公共设施、市政设施极为落后。”王新哲介绍，如唐巴扎村全村没有统一的排水系统，通电率只有70%，电话普及率也只有41%。按照上海市的部署，我们选择了唐巴扎村和塔拉硝尔村作为新农村建设示范点，率先规划设计。

按照规划，作为新农村建设示范点的唐巴扎村，发展定位设定为产业多元发展、地域文化突出，以乡村巴扎（集市）为特色的生态宜居乡村。“规划的重点集中在将产业富民和新农村改造相结合，探求未来居住庭院经济一体化发展的新模式。”王新哲介绍，选择合适的地点完善配置各类市政及公共设施，提供多样化的庭院与建筑房型组合，形成生态环境良好、居住条件小康、生活便利舒适的村民集中居住社区。“地区性巴扎、庭院经济并举的富民发展模式确立后，我们设计的农民住房按照50平方米、70平方米、80平方米、115平方米等5个层级，以满足不同层级的村民需求。”王新哲告诉记者。

“遵循这样的思路，唐巴扎村围绕巴扎，形成了‘一主四片’四个居住片区。”王新哲介绍，结合安居工程建设，鼓励采用联庭的方式建设，“同时，推荐采用‘1+1’的模式，即每户除一亩宅基地庭院外，再预留一亩临宅农田，以适应村庄发展需求。”与此同时，巴楚县另一个新农村示范点——塔拉硝尔村也规划完成。据悉，目前这两个示范点已有部分工程已经开工建设。

王新哲告诉记者，在两个村庄示范点积极推进的同时，巴楚县城的规划设计也在迅速推进。规划专家在充分理解巴楚现状及上海援疆总体规划的基础上，依据巴楚县委、县政府的宏观要求，针对该县现状产城分离、公共设施缺乏的现状，对巴楚县城的城市公共服务设施，特别是公益性公共服务设施的配置进行了深入研究，发现该县基于丝绸之路的特色跨境旅游条件得天独厚。规划将特色生态旅游产业、民俗手工艺品制作及相关创意产业作为巴楚未来发展的重点之一，很快形成“一体两翼”的旅游概念结构。

“生态性、独特性和可持续性是我们规划设计的核心思路。”王新哲告诉记者，城市改造地区位于县城中部核心地段的喀什噶尔河两岸，规划地块总面积 114.08 公顷。城市街巷、水系、绿化、农田等原有空间肌理特征需要保护并继承，环境改造与工程建设的平衡，低投入和高效生态环境营造并举都是规划落实的内容。“最终打造出具有滨水田园休闲绿色空间，体现生态、文化、传统城市特色与肌理，本地居民安居乐业，八方客人乐于前来的旅游之城。”王新哲说。

另据了解，根据巴楚县总体规划中“保障性住房规划”的用地划定，规划针对城市南部的 4 个地块，进行居住区规划设计工作。规划通过小街坊式开发、空间开放，塑造人车分行、包容性强、地方建筑特色浓厚、体现未来居住趋势的巴楚新型社区。

据了解，新农村规划方案目前正处于实施阶段，其它规划项目也基本完成。

（程国政，2010 年 11 月 25 日，第 2 版）

复兴百年老街，留下城市标本

——记常青团队 UNESCO 获奖项目“海门老街的再生”

前不久，我校建筑与城市规划学院常青教授主持的浙江台州北新椒街（海门老街）保护与再生工程获得联合国教科文组织 2010 年亚太地区文化遗产保护荣誉奖，同时该项目还作为 40 个可持续改造案例之一，被刚刚在德国出版的《更新中国》一书收录。UNESCO 奖国际评选委员会的评语写道：“该工程通过延续这个地区的物质和社会结构，使当地的居民获得福祉。通过基础设施改造提升了生活品质；以地方材料和手工技艺修复了历史街廓和内部空间，活化了传统风俗，使百年老街得到了复兴。”

海门老街凝结了几代人的记忆

“小坐听松涛万斛，闲谈看倭冢千堆。”这是椒江百姓纪念戚继光抗倭的诗句。椒江，旧称海门，位于浙江沿海中部台州湾椒江出海口内，是台州地区的海上门户，历来是军事要地。明洪武二十年（1837）建海门卫城，为明 72 卫中规模最大者，首任参将便是戚继光，至今城内还留有戚公庙。同时，椒江又是一座港口城市，特有的海运优势使其在历史上一度成为我国东南海疆都会和政治中心之一。特别是近代开埠以来，成为区域的贸易中心之一，当时人称海门为“小上海”。

北新椒街的前身，是海门城清波门外的一条通道，北与椒江边的渡口（即道头）相接。清光绪二十四年（1898），海门港正式立埠通商，成为浙江地区的三大港口之一。此街作为连接港口的交通要道，商贾云集，店铺林立，日趋繁荣，至民国时期，北新椒街规模到达鼎盛。成为海门地区的经济和商业中心，也成为地方的宗教和公共活动场所。“北新椒街是典型的集多种社会功能为一体的近代城市共空间，凝聚了几代人的历史记忆。”常青教授告诉记者，但20世纪80年代后，由于台州新区的兴起，老街渐渐冷寂下来。1990年代末，在椒江老城区彻底改造的浪潮中，北新椒街的作为残存的老城痕迹也将不保，政府原来的计划是拆除后另建一条拓宽的仿古商业街。2000年开春，常青被专程邀到台州，在100多人与会的地方领导四套班子联席扩大会议上，作了抢救北新椒街的报告，提出“城市既已更新，总该留下标本”的观点，结果会议表决以压倒性多数接受了原址原貌保存修复北新椒街的动议。

“我们这样复活老街”

“沉寂下来的老街基本保持了明清时的旧貌，街上的‘古董’很多。”常青介绍，杨府庙，最初是守海疆的士兵在营寨里设神位供奉抗辽英雄杨六郎，这种习俗传到民间，杨府爷坐“神船”，赶海盗，保护渔民安全慢慢地成为民众精神支柱，建庙宇供奉杨六郎就成了大家的选择，此其一。“海门关”这个名字是朱元璋高参刘伯温命名的。秋高气爽，极目天地的刘伯温，见百里椒江翻涛卷浪，千军万马奔腾而来，倏忽之间冲过牛头颈山和小圆山之间夹峙之水道直泻东海，他希望一关锁海疆。还有老街北端的“接官亭”，专管进出口、征收进出口货税及渔米的“大关前”，高扬“采办环球物品，推销中华国货”、销售“男女时帽、电机线袜、名厂鞋伞、化妆香品”的“李文元百货号”——聚宝楼，加上泥雕、木雕、玻雕，同康酱园……“台州人的北新椒街记忆具体而鲜活。”常青说。

北新椒街所在的老海门（今椒江区），与上海开埠的历史几乎一样悠长，二者同为滨江近海城市，但由于上海与长江的关系使其不断进化，而老海门所濒临的椒江虽亦流向东海，但流域纵深却远不及长江，故在航运时代的战略地位也就远不及上海，这就使其于不经意间保存了沿海开埠城市的早期形态。因而，“老街保存的意义，首先就在于留下了此类历史城市的‘标本’”，常青解释道。的确，老街的构成特征非常形象地表达了这一“标本”的特征及其意涵：中式建筑多在靠老城吊桥头的一侧，西式建筑从椒江向吊桥延伸，二者交汇混杂于街道的中部，这展示了街道由老城向码头发展演变的轨迹，记录了椒江近代开埠设关，商业兴隆的历史，“北新椒街的价值即在于此”，常青再次强调了这一判断。

“这里是官方和民间的仪式场所，建筑布局独特，港埠特征鲜明，还有精美、杂糅的建筑装饰特色。”在《北新椒街再生工程说明书》中，记者体会着常青团队的小心翼翼：严格地保护，适当地利用。“保护与利用的目标为‘一个真实的、有生命力的传统商业街’，注入现代的生活，让古老的肢体焕发出活力和健康的气息。”

北新椒街已成为“城市名片”

按照常青团队的设计思路，北新椒街的重要空间节点，如杨府庙、武圣庙、海关、戏台、接官亭、海门关牌坊等一一得到修复，“修旧如旧中也有创新”，常青介绍，设计中保留了原有街道空间格局，街道中部的两侧街廓背后，形成了复原的戏场和民俗广场，使街区的活化和场景化有了空间上的依托，重塑了社区活动中心。

据了解，工程设计从街区摸底调查开始，经过历史档案检索，原住民访谈，详细测绘，完成了老街的实录；在此基础上提出了工程实施设计方案；然后对街上的每一块铺路青石、每一根待修梁柱进行编号。施工中基础设施改造先行，管道敷设、路面整治完毕后，青石再回到各自的“窝”里。这些大青石大的长约 1.6 米、宽约 0.8 米，短的青石板也有 1.2 米长、0.6 米宽。而对沿街建筑里的木构件，尽量引入当地传统工艺和当地工匠，利用原有材料，能够原地修复的原地修复，破损程度较高的建筑落架维修后复原。“朽坏不能再用的构件方才进行必要的更换，这本身也符合中国修缮老房子的传统。”常青说，修补所用的新材料与原有材料留有明显的视觉差异，以保持建筑遗产的可识别性。据悉，常青团队的这项工作从 2000 年到 2004 年，用了整整三年时间方完成了前期论证研究、设计方案、施工图设计和现场施工配合。

“既称‘小上海’，没有文化和商业的繁荣是不行的。”常青团队潜心修复历史建筑的同时，也恢复了部分尚存的历史场景和老字号铺面，如杨府庙、老戏场、李记百货、同康酱酒坊、玻璃刻花店等，都在原址重新开业。此外有选择地引入了一些地方传统手工业、传统餐饮业等特色店铺。“有了传统习俗、有了老字号，有了传统手工业、零售业，老街的人气就回来了。”常青说。

2005 年 9 月，长 225 米、占地 2.1 公顷的百年老街——北新椒街修缮和改造完工。随后，逐渐恢复了商业街的功能，并复兴了地方上历史悠久的各种节庆仪式，使老街成为了台州的“城市名片”。据了解，开街近 5 年来，每逢节庆，老街上人流如梭，热闹非凡，老街还在一项历史老街的评比中被选为“江南知名古街”。

（程国政，2010 年 12 月 5 日，第 2 版）

我校振动台试验室历时七个月的模型试验表明，上海中心结构——

总体满足现行规范抗震设防要求

本报讯 近日，记者从我校土木工程防灾国家重点实验室振动台实验室获悉，历时 7 个月的模型设计、施工和试验表明，632 米的巨构建筑——上海中心结构总体满足现行规范抗震设防要求。

上海中心大厦位于上海浦东新区陆家嘴中心区，所处地块东至东泰路，南依银城南路，北靠花园石桥路，西临银城中路，西望上海外滩，建成后将与周围的东方明珠广播电视塔、金茂大厦、上海环球金融中心等形成上海重要的天际线。据了解，大厦项目由 1 幢 124 层塔楼（建筑高度 632 米，结构高度 580 米）和 1 个 7 层商业裙房（高 38 米）组成，整个场地下设 5 层地下室，基础埋深约为 25.4 米。上海中心是一幢以甲级写字楼为主的综合性大型超高层建筑，塔楼外形幕墙呈三角形旋转上升状，内部办公平面由 9 个圆形建筑彼此叠加构成，共分 8 个区域，各区域含有一个空中花园。楼层结构平面由底部（一区）83.6 米直径逐渐收进并减小到 42 米（八区）。中央核心筒底部为 30 米 ×30 米的方形混凝土筒体。至第五区开始，核心筒四角被削掉，逐渐变化为十字形，直至顶部。塔楼采用巨型框架—核心筒—外伸臂结构体系，设置了 6 道外伸臂桁架。该结构体系既满足了建筑使用功能的要求，在结构上有所创新，又满足了经济性的要求。

如此巨构的大楼，其抗震性能如何，能否满足现行规范 7 度抗震设防的要求？ 2009 年底，上海市将这一课题交给我校振动台试验室。2009 年 12 月，振动台实验室开始就上海中心大厦结构模型进行模拟地震振动台试验的相关事宜与设计方进行磋商，最后确定采用 1∶50 的缩尺模型进行模拟地震振动台试验，研究整体结构的抗震性能等。

今年 7 月底完成的试验表明，上海中心原型结构能够满足我国现行抗震规范的抗震设防要求。在 7 度多遇地震作用下，结构自振频率未发生变化，结构处于弹性阶段，能够满足“小震不坏”的性能目标。在 7 度基本烈度地震作用下，结构基本处于弹性阶段，没有可见的开裂、塑性变形等破坏现象，巨柱、核心筒剪力墙、伸臂桁架、环带桁架等关键构件保持弹性，满足“中震可修”的性能目标。在 7 度罕遇地震作用下，部分构件出现开裂，但巨柱、核心筒剪力墙、伸臂桁架、环带桁架等关键构件均未屈服，原型结构满足“大震不倒”的性能目标。而在 7.5 度罕遇地震作用下，靠近建筑顶部的结构九区及塔冠部分位移较大，鞭梢效应明显，塔冠与核心筒的连接部位及塔冠自身有明显损伤。

负责此项试验的蒋欢军教授介绍，所谓鞭梢效应，指的是当建筑物受地震作用时，其顶部的小突出部分由于质量和刚度比较小，在每一个来回的转折瞬间，形成较大的速度，产生较大的位移，就和鞭子的尖一样大幅摆动。鞭梢效应中鞭末端的速度远较柄的速度大，甚至可以超过音速。在建筑上，鞭梢效应是有害的，特别是高楼、电视塔等，震动传到顶部就会被放大，在地震等情况下很容易被破坏。地震灾害调查中发现，屋顶的小阁楼、女儿墙等附属结构破坏严重，就是因为鞭梢效应导致的结果。针对上海中心的鞭梢效应，专家建议适当增强塔冠及塔冠与结构顶层连接部位的强度。

试验中，专家还发现上海中心在特大地震作用下，四区—八区、加强层上下一至二层由于刚度变化较大，破坏较为集中，为相对薄弱部位，靠近顶部的结构九区加速度及位移反应大，层间位移角偏大，是结构相对薄弱部位。针对发现的问题，专家建议采取针对性措施予以解决。

“实验表明，上海中心结构总体上满足现行规范抗震设防要求。”蒋欢军最后说。

（程国政，2010 年 12 月 17 日，第 2 版）

重大基础项目数量明显提升　国家及省部级科研基地显著增加

获奖层级实现质的飞跃

“十一五”期间我校科学研究跃上新台阶

本报讯　近日，记者从校科技处获悉，“十一五”期间，我校科学研究工作呈现喜人局面：重大基础项目数量明显提升，国家及省部级科研基地显著增加，获奖层级实现质的飞跃。“以工程应用为导向的科研开始转向前瞻性、引导性、基础性研究领域，‘十一五’期间我校科学研究跃上新台阶。”学校相关负责人告诉记者。

据了解，“十一五”期间，随着国家支持创新的力度不断加大，经济建设领域的深度拓展，我校的科研经费也出现了相应大幅度的增长，已连续数年越过10亿元大关，且以年均两位数百分比的速度递增。

“十一五”期间，学校出台了一系列引导政策，激发教师的科研积极性。比如在职称评聘中进一步提高科研标准，提高纵向项目的业绩权重，将新增加的国家自然基金创新群体、上海市优秀学科带头人、领军人物等人才基金纳入业绩考核范畴，提高国外学术刊物发表论文、获奖的业绩分等。政策出台后，“一到国家、省部级纵向课题申报时间，再也不用催了，大家纷纷前来参会。开会的场所从180人的会议室变成300人的会议室，再到更大的一·二九礼堂和三千人的大礼堂，与会的人一年比一年多”。

与此相适应的是，重大基础项目数量逐年增多。2009年以来，我校先后有蒋昌俊、江赐忠、赵伟、康九红、余卓平、陈鸿等6位教授受聘为国家“973”计划（含重大科学研究计划）项目首席科学家，今年我校更是有4位教授成为首席科学家，获聘人数创历年之最，列全国高校第三。至此，由我校牵头承担的“973”计划（含重大科学研究计划）项目已达10项。据悉，2010年，我校承担863项目45项、国家重大专项39项、国家支撑项目49项、上海市科委项目123项申请的国家自然科学基金各类项目获批272项。获批项目中包括重点项目6项、重大研究计划7项（5个培育，2个重点支持）、国家杰出青年科学基金1项。尤为可喜的是，由汪品先院士领衔的基金委重大计划“南海深海过程演变”（1.5亿元）获准立项，办公室落户同济。

“十一五”期间，学校科研基地建设也取得重大进展。新增科研基地19个，其中新增国家重点实验室 1 个、国家工程实验室 1 个、国家工程技术研究中心 1 个。到目前为止，我校科研基地总数达到 31 个，包括 3 个国家重点实验室、2 个国家工程（技术）研究中心、1 个国家工程实验室、14 个省部级重点实验室、11 个省部级工程（技术）研究中心。

2010 年上海世博会精彩难忘，同济人提供的全方位科技支撑同样功不可没。2009 年至 2010 年 11 月，我校共承担国家科技部、上海市科委、世博局等单位下达的世博、后世博项目 260 余项，研究内容涉及园区规划、交通规划、工程建设管理、大空间结构安全保障等诸多领域。

随之而来，学校科研成果获奖层级不断提升。据悉，截至 2009 年，“十一五”期间同济各类科技奖项 259 个，其中国家级奖项 22 项；2009 年，我校首次以第一单位获得国家科技进步一等奖，同时获国家自然科学二等奖、国家技术发明二等奖。范立础领衔的“大跨、高墩桥梁抗震设计关键技术”获得国家科技进步一等奖，实现了上海高校科研获奖的历史性突破。近日，记者从科技处获悉，2010 年，我校共获国家级奖 6 项（3 项主持、3 项参加），其中一项是国际科技合作奖，这是上海市高校首次获得该类奖项；获得 5 项教育部科技进步二等奖。以主持的身份获得 21 项上海市奖，其中一等奖 2 项。

面对成绩，学校科技处负责人说，促进学术水平上台阶，“认清形势，创新机制尤为重要”。他说，近年来学校高举“人才、学术、质量”大旗，在人才引进、提高学术水平等方面做了大量努力，取得了明显成效，但是总体而言，我校基础性研究的学术水平还偏低，引导市场的前瞻性研究成果还很少，凝成拳头的科研合力还亟待加强，杰出的中青年领军人物还比较匮乏，这些都是需要解决的问题。他介绍，土木工程高等研究院的成立就是学校为提高学术水平，加强基础性、前瞻性研究，汇聚杰出人才，创新科研体制机制而建立的“科研特区”，这个“特区”将面向学科、依托基地，实施特殊的科研政策，强调团队的作用，吸引、集聚和稳定优秀科研队伍，加大优秀青年科研人才的培养力度，在土木工程学科的基础性、前沿性科学研究中发挥引领作用。据了解，2010 年，科技处将科研特区建设列为重点工作之一，在“面向学科、围绕基地、注重团队、创新机制”的原则指导下，制定和发布了系列科研特区实施办法文件。继土木工程高等研究院启动后，转化医学、环境、智能交通、海洋、电信、理学等科研特区今年 12 月 28 日同时启动。

（本报记者，2010 年 12 月 30 日，第 2 版）

2011 年

我校多个单位和个人获各级世博表彰

本报讯 在上海世博会申办、筹备、举办过程中，我校举全校之力，依托学科和人才优势，始终全面、深入参与其中，在科技支撑、志愿服务、医疗保障等方面作出了重大贡献。在国家和上海市举行的各级世博表彰大会上，我校多个单位和个人获得多项荣誉。1 月 22 日，我校召开“创先争优世博先锋行动”表彰大会，对获奖单位和个人进行了集中表彰。

我校建筑与城市规划学院党委、世博新能源汽车研发与应用示范项目组获得“上海世博会全国先进集体”称号，吴志强、李光明、白一帆获得“上海世博会全国先进个人”称号。在由国家科技部、上海市人民政府联合教育部、环境保护部、住房和城乡建设部等多个国家部委共同举办的 2010 年上海世博会科技工作总结表彰大会上，“2010 世博会规划建设全过程的控制管理”课题组、“2010 年上海世博会城市最佳实践区规划及适用技术研究”课题组等 6 个单位和姜富明、郑时龄、唐子来等 14 位同志，获得世博科技工作先进集体和先进个人称号。我校 4 个基层党组织获得上海市“创先争优世博先锋行动‘五好’基层党组织”称号，14 名同志获得上海市“创先争优世博先锋行动‘五带头’共产党员”称号。8 个基层党组织获得上海市教卫党委系统“创先争优世博先锋行动‘五好’基层党组织”称号，23 名同志获得上海市教卫党委系统“创先争优世博先锋行动‘五带头’优秀共产党员”称号。18 个基层党组织获得“同济大学创先争优世博先锋行动‘五好’基层党组织”称号，65 名同志获得“同济大学创先争优世博先锋行动‘五带头’共产党员”称号。

此外，还有多个单位和个人在上海市委、市政府“服务世博、奉献世博”评比表彰、2010 年上海市优秀平安志愿者、上海市“当好主力军，建功世博会，展示新风采”主题实践活动、上海世博会志愿者工作表彰、2010 年上海世博会教育系统安保稳定工作、教育系统“服务世博、奉献世博”争创先锋号活动、上海市卫生系统迎世博 600 天行动、上海高校后勤协会第九届文化节暨服务世博表彰会、“上海市侨联亲情中华世博行”活动、团市委“青春世博行动”评选表彰、同济大学世博志愿服务表彰等评比表彰中获得荣誉。

（喻娟，2011 年 2 月 28 日，第 1 版）

用满腔热忱点亮创新的明灯

——记汪品先院士与“创新的障碍在哪里”大讨论

“创新的障碍究竟在哪里？”2011 年元旦刚过，我校海洋与地球科学学院汪品先院士以此为题，在《文汇报》发表公开信指出，中国科技创新的障碍在文化，“忽略科学的文化方面，过分倚重物质刺激的效力，就会陷入急功近利甚至弄虚作假的泥潭，浮躁与发展同步、泡沫与光环俱增”。汪品先建议反思：我国文化传统中，哪些是有待继承发扬的东方优势，哪些是习以为常却应当就医的“遗传病”？

一石激起千层浪。从元月 9 日《文汇报》开辟专栏，至 2 月 27 日以汪品先《直面科学创新的文化障碍》一文收尾，这场讨论持续了近 50 日，吸引了包括汤钊猷、杨福家、王正敏、王迅、李载平、张涤生等院士在内的数百位专家学者参与，大家从各个层面、不同角度纷纷阐述对这一问题的看法。

作为著名的海洋学家，汪品先为何提出这个“老”问题？为何将这个问题提升到文化层面？近日，记者怀着强烈的好奇心采访了汪品先院士，请他解读“创新”之间的来龙去脉。

创新：老问题一直萦系于怀

“上世纪 90 年代以来，我一直在思考这个问题。”汪院士直截了当地回答记者讨论缘起之问。

2006 年元月 9 日，新世纪的第一次科学技术大会召开。胡锦涛主席提出了“2020 年进入创新型国家行列”的宏伟目标。“我们听到这一号召，非常振奋，也进一步触发了自己深层的思考。”汪品先回忆说，5 年来，我国对科技投入的增速为全世界羡慕不已，科技成果的数量也已经名列国际前茅。但迄今为止，我们的科技发展还是以跟踪为主，原创性的成果不多，引领潮流的研究更少。“一句话：发展迅速，创新不足。”在距离目标预定实现之时还剩 10 年的今天，不由得要问：我们距离“创新型国家”还有多远？5年来我们的创新能力增强了多少？我国科技创新的障碍究竟在哪里？

汪品先坦言，最近两年一直在思考我国创新能力不足的深层次原因。“创新是个被人们经常提到的问题，但制约创新能量迸发的深层次原因并未解决。”他说，从中央到地方，碰到合适的场合，自己便不遗余力鼓与呼，“开个会，找找原因”“探讨探讨创新不足的文化原因”“找个合适的媒体，呼吁各方面学者参与讨论、发表看法”等等。“不从根子上找原因，创新只能是句口号。”汪品先感叹。

今年元月，上海市科协组织院士圆桌会议，谈当前的科学技术热点问题，汪品先又提出“创新”议题，引起与会者的热烈响应，《文汇报》当即提出开设专栏，组织讨论。

讨论：一石激起千层浪

今年元月9日，汪品先以《创新的障碍究竟在哪里？》为题在《文汇报》发表公开信。文中说：“无论解答‘李约瑟难题’还是‘钱学森之问’，都离不开东西方文化的比较。”面对“发展迅速，创新不足”的尴尬局面，汪院士分析说：“在科技快速前进中勒马反思：我们发展科技的途径，是不是过于偏重了物质，疏忽了精神？”他提醒，“拿‘创新’做标签到处张贴，通过媒体炮制‘科技突破’的做法，更加令人担忧，这会不会使‘创新’贬值、制造泡沫？”他说：“现在是科学发展的春天，我们充满着自信，完全能够不怕揭短、直面缺陷。”他主张，要思考创新力不足的文化层面原因。

热烈的反响随之而来。50天里，来自科技、教育、文化界的百余篇稿件、大量的来电，针对公开信中“中国创新的障碍到底在哪里？”“我们离创新型国家还有多远？”“这五年来我们是更创新了，还是倒退了？我们的问题出在哪里？”等一连串发问，见仁见智，发表意见。论题涉及观念、思维差异和社会氛围等文化层面，教育理念、教学方法等人才培养层面，促进创新所需的制度、机制、公共服务等社会层面，经济社会发展阶段性特征等创新活动的大背景也成为热议的话题。

汪品先介绍，问题提出后，关注讨论的进展就成了他的必修课，“诸多观点给人的印象深刻”。他说，大家的讨论涉及到创新的社会文化氛围，创新环境营造的欠缺，考核和评价制度的急功近利、急于求成的浮躁心态，“官本位”

在科技领域的负面影响，以及压制孩子想象力、创造力的应试教育等等。吴礼权关于“自然人”“社会人”与创新之间关系的分析，王迅院士和王邵华研究员对高校、研究所普遍存在的“官本位”现象的批评，葛剑雄的“怀疑和想象是创新的前提”……不一而足，见仁见智，颇有益于认识的深化。

汪品先特别介绍说：“吴礼权说，具备独立思想、‘吾口表吾心’‘唯真理真相是从’的自然人缺乏，好奇心、热爱心必然缺乏，而这正是创新不可或缺的动力源泉。”让他欣慰的是，同济也有一位学者加入了讨论，他的名字叫韩小鹰。他认为，中国高校创新障碍的本质或者源头，应该是现行高校制度的设计和价值（成果）的取向。

为什么要提创新文化?

按照计划，创新讨论以汪品先院士《直面科学创新的文化障碍》的文章收尾。

文中，汪品先分析创新的文化障碍说：“障碍科学创新的因素确实很多，有物质上的、政策上的、文化上的；但根子还在文化，这是科学创新的土壤，政策在相当程度上也是文化的反映。”他说，传统文化中不利于科学创新的因素，百年来的社会动荡和文化反复对创新形成的新障碍，当今文化中诸多急需改变的成分等都应该冷静分析、逐一厘清。

汪品先分析说，自然科学的产生源自对自然界的好奇心，并不是为了实用，而这种兴趣在中国传统文化里比较单薄。清末的“中学为体、西学为用”，实际上延续到了今天：科学技术是作为生产力的需要才发展的，基础科学是因为能促进应用研究才应予重视，“为科学而科学”长期以来是被批判的。忽视科学作为文化的一面，随之而来的就是浮躁、肤浅和急功近利。

他还说，东西方文化的另一个区别在于权威崇拜。“替圣人立言”，只需引据“子曰”“诗云”，并不要求科学论证。这与亚里士多德的逻辑证明，“吾爱吾师，吾更爱真理”正好背道而驰。一旦“信仰取代了证据、政治预定了结论，就堵死了创新的余地”，“怀疑和想象”这个创新的前提便不复存在。加上近百年来迅速、频繁的文化反复，造成了文化洼地，导致对外来文化的盲目崇拜和低俗文化的泛滥。他大声疾呼：“文化反思已成当务之急。”

他认为，今天“东西方文化”的讨论与一百年前大不相同，面对中国的崛起，美国学者提出了对“中国模式”的兴趣，而我们自己反而不清楚答案在哪里。他主张结合当前的现实和近代的经历，对传统文化进行梳理。“创新文化涉及全社会和每个人，绝不只是政府的事”，但是“政府的示范作用至关重要”。“学校的特色各有不同，但决不可以去培养扭曲了的‘社会人’。”“负着科技传播责任的媒体，不可把科学家当模特儿宣扬，把研究成果当商品炒作。”“从文化角度发展科学，重要的发力点在于科普的质量。”“‘海派文化’本身就是一种创新，上海能否重新定位、去芜存菁，在建设创新型城市上争当排头兵？”文章中这样的词句俯拾皆是。

“让更多的人了解海洋文化”

采访中，汪品先说，现代科学在西欧航海国家产生，本身就点出了科学创新和海洋文明的关系。大陆农耕文明重视继承、稳定，海洋文明偏向开拓、冒险，这种民族性格的差异，非常值得我们研究。“海派”有种种理解，在一定意义上它是在“五口通商”被迫“开放”之后，接受西方文明的产物。“上海能否重振海派文化？同济文科能否对海派文化与创新做些研讨？我们海洋科学工作者能否承担起海洋文化的传播者的重任？”汪院士的发问一个接着一个。

另外，去年的“上海世博会”向我们展示了文化的多样性，也给同济人留下了可以长期享用的文化大餐。历来多样性文化有利于创新思维，“我们能不能从好好总结世博会的经验中得到启发，提炼出创新文化的亮点？”“海洋科学研究有很多人文责任。”汪品先介绍，向社会普及海洋文化就是其中之一。他告诉我们，采访结束后，他马上要召集一个海洋学院文化建设和传播的诸葛亮会，重点讨论进一步搞好海洋科普馆、筹备“海洋论坛”、出版“艺术与海洋科学”的科普书籍，同时要物色既懂海洋、又知宣传的人把我们所做的工作向外报道，走出一条思想教育、科学普及、科研报道三结合的路来，为同济的文化建设做一点微薄的贡献。“科学家要学会和社会对话，”他说，“这不仅是向纳税人交代科研经费的用途，更要点燃社会大众、尤其是青少年对科学的热情。”

“当科学研究成为社会的文化追求，而不是垫脚石、敲门砖的时候，创新型国家就初步建成了。”汪品先院士最后说。

（本报记者，2011年3月10日，第1版）

编后语：

一位年逾古稀的老教授，一位功成名就的老科学家，为何如此关心创新的“土壤”问题？为何如此急切地振臂疾呼思考创新障碍的文化原因？其赤子之心、爱国情怀让我们赞叹不已：中华民族的强国之路上需要更多这样的儿女。

交谈中，汪品先院士说，创新大讨论吸引了这么多人参加，谈论的问题这样广泛而深入，让人感动，"同济也有一位学者参加讨论"的话听来让我们坐不住。高擎"大学社会责任"大旗的学校里，是否应该有更多的学者更高地举起思考创新"文化责任"的大旗？

创新、创新与大学、创新与文化是每一位同济人绕不过的话题，我们在思考建筑、城市、交通、经济、汽车、桥梁……"文化"虽然如空气、水和土壤那样不被注意，但谁能须臾离开？

都说"技术离开了科学"就是一匹脱缰的野马，而科学创新离不开文化护航。思考了，我们的脚步就会更有力，我们的方向就会更明确，我们的工作就会更有成效；更重要的是：思考得越深入，我们创新就越有底气、底蕴和品位；想得越清楚，我们就越能享受创新带来的快乐。

将创新人才发现、培养的触角伸到中学——

土木工程学院与晋元中学共建"结构设计创新实验室"

本报讯 卓越人才培养已经成为众多高校的共同行动，除了苦练内功、国际视野、产学研合作等等举措之外，我们还可以做哪些工作？不久前，我校土木工程学院将触角伸到晋元中学，签订《合作办学协议书》，从优秀生源培育着手，可谓是高瞻远瞩、未雨绸缪。

根据协议，设在晋元中学的"结构设计创新实验室"由这家中学负责基础设施建设，双方合作开展结构设计创新类课程开发与教学、师资培训、国内外资源交流、教学研究和组织学生参加结构设计创新大赛等。根据约定，晋元中学负责项目宣传和学生遴选，创新实验项目教学管理等；土木学院负责专项实验室软、硬件建设的方案设计及指导工作，提供结构设计创新相关专业课程的教学资源和师资，指导学生观摩、参加比赛，认可已修学分，并在晋元学生报考同济相关院系时给予加分优惠。"我们要把这件利泽各方的好事做牢、做扎实。"土木工程学院院长顾祥林告诉记者。

着眼于此，土木工程学院迅速成立了以中国工程院院士项海帆为领衔人的"结构设计创新"实验项目导师团队，成员包括土木工程学院院长顾祥林、副院长熊海贝、上海高校名师朱慈勉等，而团队中年轻的孙飞飞、李玲、杨笑天，则积极承担理论课教学、担任作品制作与实践指导教师，他们与晋元中学教师一起开展工作。

“抚河决堤为什么？”签约仪式甫一结束，朱慈勉教授就在晋元的课堂开讲“力学初步”。“风趣幽默的语言博得同学们阵阵笑声。”“前来听讲的大多为高一新生，对结构力学问题比较陌生，朱教授更多的是和生活联系起来，更多的是和身边的事联系起来。”“没有硬性的成绩要求，凭着兴趣和爱好参与其中，我们感受到一个神奇的未知世界，无穷的想象和好奇被激活。”“一个半小时的课程，就在轻松愉悦的氛围中度过了，意犹未尽……”高一年级被选中前来听课的同学们纷纷告诉记者。据了解，为确保讲授质量，两校联合建立了课程开发小组、课程运行管理小组和课程督促评估小组，保驾护航。根据小组的规划，土木学院开设了“材料力学初步”“结构力学初步”及“学生实验指导”“结构竞赛设计辅导”等课程。

与课程开设相对应，实验室建设也进展迅捷。设在晋元、占地约174平方米的结构设计创新实验室，分为研学室、制作室、操作室等专门实验室，在同济专家的指导下购进压力试验机、振动台、激光雕刻机等设备，既可满足结构力学、材料力学、结构设计等实验教学，也为学生参加各类结构设计竞赛提供很好的场地。“我们喜欢这里。”面对记者的探访，研学室里忙碌的同学们纷纷告诉记者，他们有的摆弄棍棍棒棒搭桥建房，有的操纵激光机雕人像、刻桥梁，有的目不转睛盯着模拟地震的振动台。“神奇！”一名男生指着电子万能试验机告诉记者：“这里可以让想法自由飞翔。”据了解，旨在鼓励同学们的创新实践，晋元中学还在不增加周总课时量的前提下，将“实验项目”课程的课时总量增加为基础课时总量的2/3。实行“实验项目”课时的长短结合机制，“长课”为一学期乃至一学年，如专题实验课、名家大师讲座等；“短课”仅半学期或数周，如学科必修课程、自主研修等；课程内容设计上，则以学生动手实验和实践研究为主，凸显学生创新能力的培养。

采访获悉，针对不同的学生实际，晋元中学还针对科技创新实验班中的优秀学生设立拓展型课程，开展更高层次的制图和加载计算；针对一般学生设置研究型课程，应用课题调研与实验研究并举。这些课程分为三类：即艺术设计、图书情报收集、物理DIS实验创新、走进大师、科学史话在内的基础课程；结构设计创新实践、电脑制图、力学初步、头脑OM在内的支柱课程；结构设计创新竞赛、编程初步在内的拓展课程。“他们共同组成了‘结构设计创新’课程体系。”顾祥林介绍，我们将在高中阶段分步骤一一展开。

采访中，记者发现，走进结构创新课堂的晋元学子普遍的感受是“幸运之神眷顾”了自己。“我有幸得到了参与同济大学与英国大使馆举行的抗震结构大赛的机会”，晋元高一年级的陈培蓓介绍，周五一场汇聚顶尖设计师的演讲刚落下帷幕，我们便得知可以在周六与15支大学队伍一起参与比赛。我们行不？14个队员的心中充满了激动和紧张。比赛是在同济土木工程学院的地下比赛场地进行的。“周围只有低低的讨论声和不时走动观察的英籍教授”“我们面对的都只是一张桌子、一叠虚拟币和几样简单的工具。”“我们要在最短的时间内，做出不低于45厘米的3层医院，且要经受住地震的考验。”“看着我们这些高中生有条不紊地讨论、设计、动手……老师们的脸上的神情写着满意。”“不知不觉6个小时就过去了。”“测试开始了，一级、两级、三级……作品不断地摇晃。”“结果很客观，我们只战胜了一所大学，但站上这个舞台，就是一次非凡的体验。”

十四个同学无一例外地把同济大学的抗震结构大赛之行，看成是“一次收获之旅，更是我们与世界的一次成功交流”。

（程国政，2011年4月15日，第2版）

抗风：第三代钢箱梁桥“改容”

——2010年国家自然科学奖二等奖获得者葛耀君的桥梁抗风故事

“我们的工作是站在巨人的肩上进行的。”2011年国家自然科学进步奖二等奖得主葛耀君教授面对记者的提问，开门见山地说。“特大桥梁颤振和抖振精细化理论”因为成功地解决了各种大跨桥梁在大风下的诸多颤振和抖振等问题，让我国的桥梁从高山峡谷建到茫茫大海，在风口浪尖上巍然屹立，而成功捧得这一国家级殊荣，葛耀君却一如既往地平淡：“这是几代同济桥梁人努力的结果。”

老桥梁人的奋斗岁月

同济老一代桥梁人，以李国豪为杰出代表。新中国成立之初，李国豪就担当起武汉长江大桥的顾问。虽然那时候，武汉长江大桥的建设以苏联专家为主，但这座大桥建设的工地就成为同济大学土木专业学生实践、实习的基地。通车时成群结对的人们涌上桥头大桥莫名其妙地晃动，更是一直萦绕在李国豪的心头。是什么原因导致晃动?

这个问题一装就是十几年，最终，李国豪在“文革”的隔离室中解决了这个问题。研究成果成了1975年出版的《桁梁扭转理论——桁梁的扭转、稳定和振动》一书，解决了作为第一代钢梁的钢桁梁扭转振动问题。1983年，这一成果获得国家自然科学三等奖。

唐山大地震让同济人在李国豪的带领下系统地开始了桥梁抗风、抗震和CAD设计研究。项海帆负责桥梁的抗风研究，用他们的话说，就是“学习、追赶世界桥梁研究的步伐”。追赶的历程中标志性的事件就是南浦大桥的自主建设。争取到自主建设的权利，项海帆、范立础为骨干的同济桥梁人除了参与部分设计工作，还义不容辞地担当了科研项目总承包的任务，这些任务包括抗震、抗风、桥型设计等等。

拿下了南浦大桥，外国桥梁设计者便开始全线退出中国桥梁市场。杨浦大桥、虎门大桥、江阴长江大桥、润扬长江大桥、卢浦大桥、东海大桥、杭州湾大桥……“只要桥梁长一寸、高一分，同济桥梁人就要去争。”这是挂在一代又一代桥梁人嘴边的话。数十年来，中国的桥越造越长、越造越高，桥型越变越丰富，同济桥梁人也在不断提供服务中一茬接一茬地成长起来，同济的抗风等研究也越来越深入，越来越精细，当初的学习、追赶的步伐也渐渐变成了部分领域领跑者的身影。各地桥梁建设中碰到“疑难杂症”自然想到的就是今天同济的桥梁人。

“西堠门大桥，不做桁架梁”

“西堠门大桥，不做桁架梁。”这是浙江交通厅、舟山人找上门来说的第一句话，葛耀君告诉记者。为何？所谓桁架梁桥，上海的外白渡桥、武汉长江大桥是典型的例子。其双层钢结构至少要比钢箱梁桥多用钢材50%以上，精明的舟山人要省钱。

西堠门大桥是连接舟山本岛与宁波的五座跨海大桥中技术要求最高的特大型跨海桥梁。按照设计，主桥为两跨连续钢箱梁悬索桥，主跨1650米，是目前世界上最大跨度的钢箱梁悬索桥。设计通航等级3万吨，使用年限100年。

关键是，西堠门大桥位于受台风影响频繁的海域，桥位所在地水文、地质、气候条件复杂，“形象地说，此桥所在位置是‘风喉’区，风到这里被勒了一下”。葛耀君介绍，一般气象预报的12级台风，风速就是36米/秒，但这里百年一遇极端风速41.12米/秒，达到14级。要在这里建超大跨度悬索桥，谈何容易！

作为浙江省的重要地级市，舟山长期悬于海中，与大陆连为一体是当地百姓强烈的夙愿。全长50公里的舟山连岛工程近年被列为浙江省重点工程和“五大百亿”工程之一，工程完工后将使舟山交通完全融入长江三角洲高速公路网络。

2005年2月，舟山大陆连岛工程最为关键的一环——西堠门大桥、金塘大桥项目获国家正式立项。作为大陆连岛工程二期工程，西堠门大桥等工程是舟山有史以来最大的基础设施建设项目，总投资超过100亿元。

抗风：钢箱梁采用分体式

“在风速巨大的西堠门大桥处，桁架梁应是最省心的桥型，但多出近两万吨钢，多花近三个亿的资金确实让人犯难。”葛耀君介绍，不做桁架梁，那就采用较为成熟的钢箱梁。紧接着跟进的问题是：双向四车道（桥宽不到30米）、悬索长度1650米的大桥悬在50余米高的海峡半空，狂风中会是怎样一幅情景？“肯定会像一挽孤零零的秋千，飘来荡去。”葛耀君说。

“桥型的抗风研究招标了没？”“没有。浙江省交通厅和舟山直接找到我们，然后提要求。”葛耀君介绍，钢箱梁，又叫闭口钢箱梁，是大跨径桥梁常用的结构形式，因为外型像一个箱子故叫做钢箱梁。它是钢梁中的第二代，一般用在跨度较大的水域上。世界上的第一座钢箱梁桥是英国的威尔士塞文桥，其主跨988米，采用扁平钢箱梁，1960年建成。此后，从日本的多多罗大桥到我国的苏通大桥，钢箱梁桥越来越多。钢箱梁结构轻、经济性好，大量采用斜拉索或悬索等缆绳将其吊在空中用于通行车辆，它的抗风性能可谓是生命攸关。

“一般桥梁抗风能力都按照实际风速的1.2到2倍设计，也就是说41.12米的风速，西堠门大桥的颤振检验风速必须达到78.7米/秒以上。但西堠门1650米的悬索拉起30米宽的整体桥面，狂风到来时，其颤振临界风速只有50米/秒，非常危险。”葛耀君分析说，风洞试验表明，传统的整体式钢箱梁无法保证桥梁的正常使用，更不用说使用100年了。

必须另辟蹊径。2005年后的那些日子里，葛耀君带领的团队天天泡在风洞试验室，在桥中间增加隔离挡风版？试验表明，要取得理想的挡风效果，挡风板必须达到2.2米的高度。“这样一来，桥上行车，视线就被完全挡住了。”葛耀君说，方案在课题组就通不过。

加风嘴、导流板，加……能不能把桥分开？一个大胆的想法蹦出来。说做就做，风洞试验开始。经过反复试验、改进、完善，最后，课题组将桥面分开的宽度定格在6米。“也就是说，在双向四车道的桥中间，留出的空隙差不多是两条车道的宽度。这样一分，颤振问题解决了，桥也变宽了，比例到点了，桥型也好看了。”葛耀君说。这就是分体式钢箱梁，也被称为第三代钢梁，西堠门大桥是全世界第一座采用分体式钢箱梁进行抗风的。

风障设置，一举两得

“还需要拦侧风。”葛耀君说，如果不拦侧风，西堠门大桥将会有30%的日子无法正常通车，“这样就无法达到‘除了台风期封闭’外，其他时段保证通行的设计目标。”葛耀君等决定采用风障。经过反复比选，最后采用耐候钢，6片叠在一起，中间留有适当的缝隙，刷上油漆，就成了风障。“这种风障比有机玻璃的耐久性好，不会因风吹日晒从透明变为白纸，顶多刷点油漆就又新鲜如初了。”葛耀君说，再者就是便宜，只有有机玻璃不到一半的造价。

一般的桥梁除了大风日的颤振、抖振外，还有一种风振叫涡振。也就是微风或小风时，桥面上形成一个个风的漩涡。西堠门大桥采用双箱断面方案，桥面中间的缝隙宽达6米，更加大了涡振发生的几率和强度。“风洞试验表明，涡振不会对桥梁造成伤害，只是行走在桥面上的人和车感觉不太舒服。”葛耀君介绍，消除涡振的方法可以在桥腹转角处加设导流板，但课题组想到了也可以利用风障下部的加速气流，“让风从拦风板下部的大缝隙中吹向桥面，吹散旋涡，减低涡振发生频率，减小涡振振幅。”葛耀君介绍。

“西堠门大桥的抗风研究和设计是‘精细化理论’这次获得国家奖的最新实践。”葛耀君如是说。据悉，西堠门大桥建成通车后，国外媒体纷纷报道这种新颖的桥型，不久，韩国也将建设分体式钢箱梁悬索桥，国内外桥梁界正迎来第三代钢箱梁桥的新时代。

（程国政，2011年4月30日，第2版）

我校与阿尔托大学联合推出卓越人才培养合作新项目

首个“创新国际快车移动课堂”开赴芬兰

本报讯 5月4日早上7时45分，随着一列K3国际列车缓缓驶出北京站，为期18天的同济大学首个“创新国际快车移动课堂”正式开课。该移动课堂将途经俄罗斯莫斯科、圣彼得堡作短时停留，并将于一周之后抵达此行的终点站——芬兰首都赫尔辛基。这也是我校与芬兰阿尔托大学联合创建的“同济大学中芬中心”成立后，合作双方之间的一项重要校际交流活动。

我校校长裴钢出席了出征前的上海动员会。芬兰驻华大使岚涛（Lars Backstrom），团中央国际联络部副部长、全国青联副秘书长董霞，我校党委副书记李昕当天早上前往北京站，为同学们送行。

参加这一创新移动课堂的，是来自我校以及部分卓越人才培养合作高校的72名青年学生，包括本科生、研究生。其中，62人来自我校多个学院，其专业背景涵盖广泛，有10名综合素质好、家庭经济困难的优秀学生，由我校特别资助；另外10人分别来自哈尔滨工业大学、北京理工大学、天津大学和华南理工大学等卓越人才培养合作高校。

此移动课堂上一共设立了四个“创新工作坊”，同学们分成四个项目组分别进驻。项目组将发挥组内成员多专业融合、交叉优势，在列车上进行集体讨论、自主研究设计，共同完成由海尔集团提出的4个企业课题。今年3月至4月，各项目组成员已就所负责的课题进行了前期的研究和讨论，整体研究成果将在赫尔辛基进行展示。

5月9日、10日，移动课堂分别在俄罗斯莫斯科、圣彼得堡进行了短时停留。同学们分别访问了莫斯科大学、圣彼得堡理工大学，中俄两国青年学生开展了文化交流。

“国际快车移动课堂”最终于10日抵达此行终点——芬兰首都赫尔辛基。11日，同学们将首先前往我校战略合作伙伴阿尔托大学，进行访问交流，并于当晚参加赫尔辛基艺术大师展的开幕式。展览将特设“同济大学创新移动课堂Tongji on Tracks（TOT）创意轨迹”特别展区，该展区将设有Time Flow（时间漂流）、火车轨迹、TOT制服展台、密集空间展台等多个展示项目。

自5月12日起，“中国周”活动将在赫尔辛基启动，中国学子将现场展示中国茶艺和中华民族多元文化，以及同济学生富有中国特色的设计作品等，期间还将于14日举办“同济日”活动。同学们计划在5月18日“中国周”闭幕次日搭乘飞机归国。

活动结束，在移动课堂上表现良好、圆满完成研究课题的学生，可获相应选修课学分以及海尔奖学金。

校领导表示，首次启动“创新国际快车移动课堂”，是我校对于创新型教育的一次新尝试，活动提倡学生自主学习、学生主导创新设计；同时，这也是学校对于如何进一步推进中外高校合作交流的又一创新探索。

这一活动得到了教育部国际合作与交流司和团中央的大力支持。其中，与俄罗斯的交流内容“从黄浦江边到伏尔加河畔”，被纳入中俄友好、和平与发展委员会青年工作分委会今年的活动框架；与芬兰的交流内容“从东方明珠到波罗的海明珠”，被纳入“中欧青年交流年”活动框架。

（黄艾娇，2011年5月10日，第3版）

用大爱点燃生命的希望

——记造血干细胞捐献志愿者、我校医学院学生吴名峰

“你的善举，体现了医学生的积极形象；代表了同济大学生的时代风貌。在你身上，我们看到了同济大学生的社会责任感，看到了‘人道、博爱、奉献’的红十字精神的传播，看到了未来白衣天使救死扶伤的崇高的职业道德……”这是我校党委书记周家伦、校长裴钢特地写给医学院06级临床医学专业吴名峰同学的慰问信。

今年4月份，作为中国造血干细胞捐献者的志愿者，吴名峰的造血干细胞HLA与广东省一名24岁身患白血病的男孩配对成功后，吴名峰慷慨捐献了自己的造血干细胞。

3年前，报名参加造血干细胞捐献

2006年9月，吴名峰以优异的成绩进入同济大学医学院学习。

入校后，吴名峰很快就适应了大学生活。在专业学习上，他继续保持着多年来养成的勤学好问的习惯，学习之余，他还被学校丰富多彩的社团活动所吸引。大一时，他加入了学院的“未来医学家协会”，是协会里一名积极活跃的成员。

协会经常开展一些志愿服务活动，如到附近的社区里举行医疗健康知识宣传，在校园里开展一些医学知识问答等。“在志愿服务中，每当运用自己的医学专业知识帮助到别人的时候，我就会感到非常骄傲。”吴名峰对协会的活动非常热心和投入。

由于吴名峰做事踏实严谨、认真负责，再加上突出的组织能力，不久，他就当选为协会的会长。在吴名峰的带领下，协会的工作开展得有声有色。

2008 年 9 月，杨浦区红十字协会来我校宣传造血干细胞志愿活动，并联系到“未来医学家协会”，希望协会能协助宣传和组织。在了解详情后，作为会长的吴名峰，带领会员们，积极报名参加造血干细胞捐献并采集了血样，成为了中国造血干细胞捐献者资料库的一名志愿者。

回想起当时的举动，吴名峰说，这绝不是自己的一时冲动和头脑发热。“成为一名捐献造血干细胞的志愿者，这是我很想做、也觉得很自豪的事情，从报名的那天起，我就时刻做好了随时捐献的准备！”

用医学知识说服家人捐献造血干细胞并不可怕

“你是吴名峰吗？你参加了捐献造血干细胞志愿活动，跟一名病人初步配型成功，几个月后要进行医学高分辨检查和体格检查，如果成功的话，要进行捐献。请你考虑一周后，我们再联系你。”2010 年年底的一天，吴名峰接到了来自中华骨髓库的电话。

接下来的一周时间内，吴名峰内心掀起了微微的波澜。一方面，得知自己配型成功，想到能帮助别人，他感到非常高兴。可是，通过自己的了解，捐献造血干细胞也曾有过捐献者身体出现健康损害的例子。“不过，那是很小的比例，不会落到自己的头上。”吴名峰安慰了自己，决定捐献活动照常进行。

一个月后，根据中华骨髓库的安排，吴名峰来到指定的采血点采血，并进行医学高分辨检查、体格检查。很快，结果出来了，每一项指标均符合捐献条件。3 月份，吴名峰签署了捐献同意书。之后，他被告知，被捐献者病情十分稳定，将会在近期进行捐献手术。

吴名峰的内心十分平静，他希望手术能早一天进行，这样也好让那名病人能及时得到自己健康的造血干细胞。不过，还有一件事情让他有点小纠结，这就是他的家人至今还不知情。要不要告诉他们？是否会阻拦自己？他有点拿不定主意。

为了尊重家长，吴名峰决定如实禀报。电话里，他把自己捐献的事情告诉了父母，结果引起了母亲的反对。“爸爸刚开始也不太同意，害怕对我的身体造成伤害，这我也能理解，毕竟他们不太懂。后来，我用医学知识向他们解释，捐献造血干细胞并不可怕，就像输血一样，不会影响我的身体健康。爸爸慢慢转变了态度，到最后他也很支持我，认为我在做一件有意义的事情。”在爸爸的劝说下，吴名峰的妈妈也理解了儿子的行为，并为他感到由衷骄傲。

希望能有更多的人加入到志愿者的行列

2011年4月16日，吴名峰住进了上海市第一人民医院。连续注射动员剂后，4月19日，吴名峰成功地进行了造血干细胞的采集。

在病床上，吴名峰神情十分轻松。“献出一点自己的造血干细胞，也许就能挽救那名病人的生命，我觉得特别值得！”

作为上海市第207例、同济大学第一名学生造血干细胞捐献者，吴名峰的行为得到了社会各界的关注和赞扬。这期间，上海市红十字会李明磊副会长来到医院授予他造血干细胞捐献者纪念徽章和荣誉证书。校党委副书记、同济大学红十字会会长李昕也代表学校前来看望吴名峰。

“未来医学家协会”的学弟学妹们还为他制作了一个留言本，上面写着向他学习的感言。一位学弟写道：“你已经走在了我们前面，我会跟随你的脚步，积极参加志愿服务。”看到这些，吴名峰感到特别高兴和欣慰。“我们身边还有许多需要帮助的人，也许自己奉献一点点，就能给别人带来幸福。希望能有更多的人加入到志愿者的行列，让我们的社会更加和谐美好！”

（春晓，2011年5月30日，第3版）

“我是纯粹的同济的‘杰青’和‘长江’”

——访物理系主任王占山教授

从“985”工程一期被同济大学物理系引进，再到“985”工程三期力邀高层次人才加盟同济物理系；从仅有一名老师、一名学生、一台电脑的课题组到一支以教授和博士生导师为核心、中青年教师为骨干的富有创新和激情的15人团队；从专注科研到引领团队进而推动整个学科发展……物理系主任王占山教授在同济大学工作整十年。“成长在同济、收获在同济，回报在同济，与物理系师生携手同心，共同构筑‘同济物理’的特色品牌”始终是萦绕在王占山心头的梦想。“希望什么时候别人一提到同济大学，就能想到物理系。希望同济物理学科未来能够得到国内外同行的认可，平等参与国内外合作与交流。”王占山如此说道。

科研上的三件事

没有“商议”来校后具体待遇多少，没有实地“考察”同济物理系环境怎样，2001 年 4 月，王占山从中科院长春光学精密机械与物理研究所来到了同济大学物理系。“我要感谢学校。在我成长与创业的关键时刻，学校在科研经费和实验用地上给予了非常大的支持。没有这些支持，我很难作出现在的一些成绩。”王占山告诉记者。

王占山将在同济大学的科研经历归结为做了三件事。

第一件事情是理学部主任王世绩院士交待的，要做一个“小片片”。何谓“小片片”？即“X 射线多层膜分束镜”——一种新型的 X 射线光学元件。当时，国内此项研究成果尚属空白。来到同济后的头两年，王占山倾力投入，将“小片片”的前期实验初步做好。一年多以后，“小片片”完成。此项成果获得 2005 年度军队科技进步一等奖及 2006 年度上海市科技进步三等奖。

以这个“小片片”为突破口，同济大学已经发展为我国一流的 X 射线多层膜光学与技术研究基地，在国内外薄膜光学领域占据了一席之地，先后承担了国家自然科学基金重点项目、“973”“863”和国家科技重大专项等国家重点重大科研项目，取得了丰硕的研究成果。翻开由美国光学学会资助编写的 2010 年版 *Handbook of Optics*，涉及薄膜光学领域的被引用文献中，由中国大陆作为第一完成单位的文献仅有 4 篇，全部是王占山课题组的研究成果。这些成果同时被德国 Springer 出版社出版的 *Modern Developments in X-Ray and Neutron Optics* 和山西科学技术出版社出版的《光学手册》等学术专著收录。

以新型 X 射线光学元件研究为基础，王占山团队紧密围绕国家重大战略需求，开展了 X 射线成像光学系统研究。经过几年努力，陆续攻克了大气条件下 X 射线 KB 显微成像系统精密装调等关键技术难题，在国内率先研制出等离子体诊断实验用 X 射线 KB 显微系统，为我国首次实现 X 射线波段高温高密度等离子体的一维和二维显微成像以及超热电子诊断实验，做出了关键贡献。

“为了推进我校光学工程学科建设，从2006年开始，我们开辟了第三个研究方向——高性能激光薄膜元件，”王占山说，“得到了学校很大的支持。”在学校出启动经费和用地、“863”项目出研究和设备经费的支持下，从2009年4月开始，各项实验设备陆续到位。当年12月，就取得了技术上的初步成果，所研制的高损伤阈值激光薄膜反射镜在我国强激光驱动器装置上得到了应用，并得到用户相当好的反响，使得我校在该领域成为高校中唯一进入该项国家重大科技专项的单位。

凭借在光学和光学工程领域的卓越表现，王占山先后入选教育部新世纪优秀人才计划、国家杰出青年基金、上海市优秀学科带头人计划、上海领军人才、教育部长江学者特聘教授，同时挑起了物理系主任的重担。

对此，王占山十分感慨：“同济大学不仅在引进人才上花大力气，在人才培养上也不遗余力。虽然我的科研基础是在中科院长春光学精密机械研究所培育的，但是我的主要科研成果和个人荣誉都是在同济大学获得的。可以说，我是纯粹的同济的‘杰青’和‘长江’。”

着力培养引进青年人才

青年人才群体是学科长足发展的关键。在王占山团队中，就有这样一批在国内外舞台上初露锋芒的青年才俊，他们中的有些人已经站在某一领域国内前列、国际平等交流的水平。

穆宝忠博士，2007年同济大学博士后研究工作期满后留校，现为我校副教授、博导，X射线成像光学系统的主要负责人。2010年，穆宝忠获得国家自然科学基金科学仪器专项项目支持，并先后入选上海市青年科技启明星计划、教育部新世纪优秀人才计划。

朱京涛博士，2007年同济大学博士后研究工作期满后留校，现为我校副教授、博导，X射线多层膜光学与技术领域的主要负责人。朱京涛留校工作后的第一年就获得国家自然科学基金项目支持，此时，他只有29岁。从此以后，他在X射线多层膜光学与技术领域陆续做出了许多创新性工作，先后获得了国家科技重大专项、“863”等国家级科研项目，2008年入选上海市教育发展基金会晨光计划。

程鑫彬博士，80后，是高性能激光薄膜元件研究方面的主要负责人。今年将受邀赴美国参加高损伤阈值薄膜研究领域规格最高的国际会议，并做邀请报告。美国光学学会同时伸出橄榄枝，邀请程鑫彬担任由其主办的一份具有国际影响力的期刊 *Applied Optics* 的评估组成员。程鑫彬于去年入选上海市教育发展基金会晨光计划。

能够尽早承担国家任务，青年人才才能迅速历练成长，才能勇挑大梁。王占山说："青年人肯定是要压担子，才能出成绩。"物理系的教授们发挥了"传帮带"作用，青年教师国家自然科学基金命中率高达近 80%。"每个人都想好好发展，有了项目之后，每个人向上的冲劲更足了。"

迈出国门，与国际同行交流、互动，方能触摸国际学术前沿，方能在更广阔的天地中有所作为。物理系年轻教师基本上都有出国访学、与会等经历。以王占山团队为例，团队中的所有教师都有固定的国外合作渠道，国际交流步伐遍布德国、法国、英国、爱尔兰、美国、日本、俄罗斯、白俄罗斯、捷克等国家。

既重视青年人才的选留和引进，也重视青年人才培养。立足发展现状，物理系将眼光瞄向那些具有发展潜质的、符合物理系学科建设规划的后备人才，希望能够通过持续培养，使得他们在物理系的土壤上茁壮成长，在未来 5 至 10 年内，形成"冲击"国家杰出青年基金、长江学者的选手群。

成果需要时间来发酵。在王占山看来，"进人要有容人之量。科学研究是有规律的，不能说今天进来一个人，马上就要求他出成绩。成果的诞生不仅需要努力，还需要时间和机遇"。

构筑"同济物理"品牌效应

过去的"十一五"期间，物理系人才工作、科研成绩喜人：

1 人成为国家重大科学研究计划项目首席科学家，1 个团队成为教育部创新团队；1 人先后获国家杰出青年基金支持和教育部长江学者特聘教授称号；1 人获上海市领军人才称号。4 人获教育部新世纪人才基金，2 人入选上海市曙光计划，3 人获上海市青年科技启明星及跟踪计划……先后获准立项建设教育部和上海市重点实验室各 1 个；获国家技术发明二等奖 1 项，教育部自然科学二等奖 1 项，上海市科技进步二等奖 2 项；获国家及省部级项目 90 余项，其中"973"课题 2 项，"863"课题 54 项，国家自然科学基金重点项目 4 项，国家科技重大专项项目 3 项；共发表科研论文 400 余篇，其中 SCI 论文 250 余篇……物理学科在国内高校中，科学研究一栏排名前列，在科研上具备了国内一流学科的水平。

许多人跟王占山说，物理系的发展现状已经非常不错了，自称“忧患意识比较强”的王占山远不满足于此。在他的心里，一直希望能够形成“同济物理”品牌效应，希望成为学校优势学科。“我们希望能够形成一个具有国际一流特色的、综合实力国内前列的研究型物理学学科，建设具有显著特色的、能够满足部分国家重大战略需求的光学工程国家重点一级学科，冲击国家重点实验室。”

加强人才聚集，增加总体体量，是学科建设和发展的必经之路。围绕“电磁波调控微结构物理与应用”“强激光微结构器件与系统”和“微结构设计与仿真”三个研究方向，物理系近年来广纳高层次人才加盟、加大人才培养力度，同时三个研究方向之间加强渗透、交叉，并支撑“微结构物理与器件”研究。

周仕明教授，国家杰出青年基金获得者，曾先后获得国家基金委重大项目子课题、国家基金委多项面上项目、参加多项科技部“973”项目等，去年被我校物理系引进。据了解，物理系近年来通过全球招聘引进学术骨干 3 人，选留博士后及博士 17 人。

前不久，在申报国家杰出青年基金时，物理系共有 5 名教师报名，其中有物理系引进的、也有自己培养的。有物理系老师这样评价：“不管申报结果如何，物理系已经形成了冲击‘杰青’的团队作战能力。”

“优势学科往往体现为群体性的优势，很难说是学科内单个研究方向的优势。一个学科的建设，需要几代人的持续努力。”王占山说，“没有物理系全体教师的共同努力和无私奉献，就没有物理系近年来的成绩。在老一辈‘同济物理’人创业的基础上，我们将一直努力下去。”

（喻娟，2011 年 6 月 10 日，第 1 版）

“海洋科学研究没有国界”

——海洋学院周怀阳教授详解海底观测网的“中国节点”

淡红色的鱼儿在眼前游来游去，白而透明的鳍历历可数；草边的螃蟹就谦虚得多，两只螯紧紧抱着柔弱的草茎不放……这是记者日前在我校海洋学院周怀阳教授的办公电脑上看到的图景。“这是美国西太平洋蒙特利海湾水下 890

米的海底实时画面，今年 4 月 21 日‘中国节点’运行以来，我们的观测设备已经正常工作了 130 天。”周怀阳介绍，“海洋科学研究没有国界。”

何谓“中国节点”

所谓中国节点，即海底观测网的中国组网设备。中方研制的节点包括接驳盒和物理、化学系统设备的三个架子等。“九天揽月、五洋捉鳖”一直是人类的梦想。今天我们已经进入到了深空，但对海底的了解却十分肤浅，这是汪品先院士经常挂在嘴边的遗憾。

要进入海底，就要掌握相应的海洋观测技术，远洋科考船及其水下运载器是一种，但更为持久而连续的则是海底观测网。海底观测网是通过在海底铺设水下光电缆，沿光电缆设置多个观测站，搭载相关仪器设备和传感器，构建网络上的一个个“节点”。仪器设备和传感器采集的数据则通过光电缆传回岸上，为科研人员的科学研究提供连续而海量的观测数据和影像资料。“摄影摄像镜头和温度盐度传感器等把海底的实况传给电脑，科研人员就可以监测海底的各种动静，包括海底风暴、滑坡等自然事件，海底生物和地壳流体活动等现象。”周怀阳介绍，比如渤海溢油事件，如果水下有这类设备，观测、取证、诉讼就快捷、高效得多。

“在中国，汪品先院士是最早推动海底观测立项的科学家之一。”周怀阳介绍，他认为，海底观测系统实际上就是把陆地实验室“搬进”海底，它是观测海洋最安全的方式，不受海洋风浪等天气因素影响，摆脱了船时与舱位等种种局限。相比于以往的海面观测和遥感观测，海底观测网还具有各种技术优势，它可通过岸基联网方式解决以往传统探测方式遇到的电源供应、大量信息实时传输、气象海况条件受限制等瓶颈问题，长期连续地对海底物理、化学环境变化进行实时原位分析。

海底观测网的建设意义重大，不仅可应用于重大科学问题的研究，在海洋技术与海洋工程、灾害预防与环境保护、航海以及军事等方面也具有重要的应用价值。2009 年，加拿大建成了光缆长度达 800 公里的海底观测网“海王星”；美国、欧盟、日本也在积极推进本国海底观测网络的研究和建设。“尽早参与海底观测网的建设，我们才能在相关国际规则的制定中取得话语权，才能在国际海洋竞争中占据一席之地；我们的海洋权益、国家安全以及防灾减灾、资源开发、环境保护等才有可靠的物质技术基础。”周怀阳说。

为何在美国海洋安放“中国节点”

随着汪品先院士等科学家的呼吁，2007年国家将“海底长期观测网络试验节点关键技术”列入863计划，由同济大学海洋学院牵头，浙江大学、上海交通大学、中国海洋大学、华东师范大学等单位相关科研人员共同承担课题任务。

进入“海底观测试验网”网页，记者立刻被琳琅满目的内容所吸引：MARS海试图集、浅海海试图集、实时数据（美国蒙特利湾海底）；网页栏目更是有组网仪器、实验场所、数据资源、视频资源、数据下载、国际合作等项，一边看，耳边不时响起“海洋研究没有国界”的话。

“课题立项后，各单位迅速行动起来。”周怀阳介绍，2008年3月5日召开第一次项目会议，确定各子课题年度进展节点；2008年7月15日，第二次项目会议，接驳盒、海底原位化学分析研发、基站管理信息系统研发、海底原位动力环境监测技术研发等进展情况成为大家关注的焦点。“作为项目牵头单位，各子课题我们都深度参与。”周怀阳说。2009年4月，大家承担的研发任务均告完成。“针对接驳盒布放等技术问题，课题组组织人员赴加拿大维多利亚大学参观了VENUS观测网的维护作业，并顺道访问了海底专业设备制造商Ocean Works公司。”

课题组在完成一系列的实验室压力试验、水池试验、浅海试验之后，最终，根据同济大学与美国蒙特利海洋研究所在2007年签订的合作协议，将我们的设备接到该所的MARS海底观测网上，在深海真实地检验研发设备的性能和各种接口标准。

中国节点如何工作

美国西部时间2011年4月21日12点09分，借助于美国蒙特利海洋研究所的科考船西弗莱（Western Flyer）号和洛博斯角（Point Lobos）号以及遥控水下机器人（ROV）Ventana，课题组研发的组网设备在美国蒙特利湾海底布放完成，正式与美国MARS海底观测网络并网运行。“此举标志着海底观测这项前沿技术在中国从概念变为现实。”十余次潜入千米以下深海考察的地球化学博士、美国明尼苏达大学丁抗评价。

周怀阳介绍，安放在美国西海岸海底的“中国节点”包括接驳盒、化学环境原位监测仪器、动力环境原位监测仪器等，还包括组网标准、布放试验和维护、基站控制与管理等。其中接驳盒及输能通信技术实现的是深海网络电能、信号传输及各系统之间的控制；海底化学环境原位检测技术采用集成创新与自主研发相结合的手段，通过发展新的原位化学分析技术，研制可用于深海极端环境下的水体中存在的甲烷、溶解氧等分析的仪器，实现对水体阴离子和溶解气体变化过程的原位检测；而海底动力环境原位监测仪器要完成的是海底边界层速度剖面场、湍流速度、温度、盐度、浊度等集成任务，且要求仪器满足深海海底动力长期监测工作要求。“我们研发出的仪器具有低能耗、稳定性好、可靠性强等特点，能实现多参数、多层次原位监测的目标。同时，还能够实现最基本的远程控制。”

“在大家的共同努力下，海底的实时数据通过越洋光缆真真切切地‘走’上了我们眼前的屏幕。”周怀阳说，同济大学海洋科学技术中心为这项持续数年的研究提供了绝佳的工作平台，校内海洋、电信、机械、土木、测量、生命科学等多个学科均不同程度地为这个项目的成功贡献了力量。“没有校内、校外专家乃至美国专家的齐心协力，是不可想象的。”周怀阳最后说。

（程国政，2011 年 9 月 10 日，第 2 版）

“提问题，提科学前沿问题”

——中科院院士、校长裴钢给拔尖人才基地班上课亲历记

“按照惯例，在讲新课之前我们要复习一下薛雷教授上节课所讲的内容。”这是 9 月 14 日晚记者在教学北楼 212 拔尖人才基地班课堂上听到的开场白，当晚主讲教师是中国科学院院士、同济大学校长裴钢，听课的是同济大学拔尖人才基地班的 31 名学生。

学校相关领导介绍，按照教育部的“基础学科拔尖学生培养试验计划（珠峰计划）”，我校在今年秋季入学的新生中，选择生命、海洋、物理三学科设立此班，培养有志于基础科学研究的，具有良好道德素质修养的，具有原创性思维和科研创新能力的大师级人才后备力量。

温故而知新，问问题

“一流教育，就是要教会学生问问题，提出科学前沿的问题，一句话说清问题。”裴老师说，“我们就用问问题的方式复习上节课的内容。”

也许是心有怯怯，也许是因为还不熟悉这种苏格拉底式教学法，课堂出现了短暂的沉寂。“忘了，还是老师讲得不好？”裴老师开始激将。半分钟寂静后，随之而来的可谓是争先恐后：“记忆是物质，还是电波？”“细胞可以再生，但大脑（神经细胞）不会更新，怎样才能让大脑再生？修复、替换一半细胞，记忆会不会改变？”“生命科学不要太拘泥于生命科学本身。”“生老病死，关键是要控制变量。”“研究一个单基因，要研究多个变量，浩大的工程如何完成？”“加大力度开发海洋科学，将来到海洋里去。”鄂天发、邓浩烛、张腾波、程着、张路遥、刘源、李琛……同学们争先恐后地提问题、说看法。

“到二十一世纪科学前沿了！”“如果你愿意，将来也可以和果蝇一样换换眼睛。”“提出一个问题，比解决一个问题更重要。”“能不能在一句话中把问题提清楚？”“好！太好了！我知道你在问什么了。”裴老师点评着、启发着，纵横捭阖且天马行空着，还不时幽默一句。“科学问题其实就是哲学问题、逻辑问题，比如蚊子吸血，疟原虫寄生在其体内，人会得疟疾一样。蚊子为何要吸血？疟原虫为何要寄生到蚊子体内？”裴老师诙谐地说道：“昨天我到食堂吃饭，蚊子吸我的血，你看血印儿还在。”他指着自己的胳膊。“人这么强大，还有天敌？！蚊子在地球上活了多久？”一边评价，一边讲述，一边不断抛出问题，最后总结“看来大家对薛老师的课印象还是很深的”。

“从事肿瘤发生机制及药物筛选研究的薛雷教授为同学们上了第一堂课。”拔尖人才基地班班主任陈平介绍说，他按照“激发学生兴趣为主”的教学要求，主要讲了“生老病死”，同济生命科学正在研究什么，还有干细胞、生物遗传、克隆、细胞凋亡，薛老师以果蝇做教具，用PPT、图片展示，纵横九万里，捭阖宏微界：“人在胚胎时，手、脚开始都是有蹼的状态，后来分开了，为何？”“克隆人，需要时人可否换一些脏器就像汽车换零件？”“人为何会衰老？”“弱智的舟舟为何音乐天赋惊人？”陈平老师评价：“发散式、触点式的课堂讲授，引来学生浓厚的兴趣及更多的问题。不光这些刚入大学门的新生被深深吸引，就如我，也获益匪浅。”

新讲授，还是问问题

“人—蚊子—疟原虫—打摆子，蚊子咬人为何不舒服？世界上有多少人死于疟疾？”裴老师继续发问：“疟疾，奎宁，青蒿素，为什么是青蒿素？”随着发问，裴老师的课进入新课阶段。

“青蒿素治疗疟疾，有谁知道具体情况？”“屠呦呦”“5·23”“越南战争”“举国体制”“二十世纪下半叶最伟大的医学创举”“屠呦呦现在到美国领拉斯克医学奖去了”……同学们七嘴八舌，纷纷解读裴老师之问。

众所周知，由带疟原虫的蚊子传播的疟疾是世界上最严重的传染病之一，目前治疗疟疾的最有效的药物之一就是中国在70年代研制的青蒿素。

1967年，中国正处于“文革”时期，毛主席和周总理下令，联合研发抗疟新药。1967年5月23日在北京召开“全国疟疾防治研究协作会议”，“5·23”就成了当时研究防治疟疾新药项目的代号。于是，遍布全国60多个单位的500多名科研人员开始研发抗疟新药。中药部分的不同研究小组开始尝试多种中药，包括常山、乌头、乌梅、鳖甲、青蒿等成千上万种中药，筛选出的4万多种抗疟疾的化合物和中草药，均未获得令人满意的效果。

37岁的屠呦呦当年也被调派参与研究，她做的是全面梳理民间抗疟疾的药。“从文献搜索开始，是科学研究的基本方法。”裴老师说，“为什么奎宁类的药物产生抗药性？青蒿用过后是否也产生抗药性？怎么能产生抗药性？”“要分开看，如果奎宁作用于疟原虫个体的话，自然就产生抗体；如果青蒿素作用于细胞，就可能不抗或缓抗。”一名同学大声应答。

屠呦呦发现，青蒿的中药传统熬制法治疗疟疾不太理想，于是用何种方法将青蒿素提取出来就成了摆在她面前的难题。最终，她从东晋葛洪《肘后备急方》中的“青蒿一握，水一升渍，绞取汁服”可治“久疟”中体会出，青蒿治疗疟疾效果不好，很有可能是高温破坏掉了青蒿的有效成分。她立即改进了提取方法，用沸点较低的乙醚进行实验。终于在1971年10月4日的第191次实验中，观察到青蒿提取物对疟原虫的抑制率达到了100%！

因为这一成果，世界每年至少有100万人从死亡线上回来了！屠呦呦因此获得今年的拉斯克奖，该奖被看作是诺贝尔奖的“风向标”，素有“美国的诺贝尔奖”之誉。1997年以来的诺贝尔生理学或医学奖获得者中，近一半是拉斯克奖得主。“我们希望她成为中国第一位诺奖获得者。”裴老师说。

青蒿素治疗疟疾，砒霜治疗白血病，中国科学家为人类做出的成绩；宇宙起源、暗物质、暗能量、超对称、弦理论、量子计算机、基因组学、大科学的危险……科学前沿问题从裴老师的嘴里鱼贯而出，灯火通明的北楼212问题不断……“中间大家集体忘记休息，课连续上到晚8点半左右。”陈平老师说。

（按：2015年，屠呦呦获诺贝尔生理学或医学奖。）

（本报记者，2011年9月20日，第1版）

设计除了建造起一栋栋摩天楼、规划出一个个创意新颖的城市社区，还能做什么？

同济在崇明仙桥乡村创新设计可持续社区

本报讯 设计除了建造起一栋栋耸入云霄的摩天楼、规划出一个个创意新颖的城市社区，还能做什么？3年前，在我校设计创意学院娄永琪副院长带领下，一群年轻人开始了一个名为“一个针灸式的可持续设计方略：崇明仙桥可持续社区战略设计”的项目。他们希望通过设计创新激发乡村潜力，在中国乡村促成一个高度开放和互联的社会创新中心网络，促进城乡资源、资本、人才、服务的交流和互补，以对社会起到“针灸式”的积极影响，进而推进城乡可持续发展进程。目前第一个创新中心“崇明仙桥创新中心”即将开工建设。“原型项目成功后，我们希望能在我国其他农村地区复制这一模式，通过桥接城乡资源，推进‘自下而上’的乡村可持续发展的各种可能性。”娄永琪如是说。

改革开放以来，30年的高速城市化为中国带来经济腾飞的同时，也加剧了城乡社会经济发展的失衡。人口8亿的乡村，农业模式落后、农民收入低微、空间和人口加速空心化、环境恶化和基础设施薄弱、公共生活匮乏，加上传统手艺和习俗的逐渐消亡；而城市，人口越来越密集、土地日益紧张、失业、污染、市民的归属感日渐疏离。“这些问题的产生并不是因为农村缺乏资源和潜力，而是缺乏把农村资源转变为发展动力的能力。哪里有问题，哪里就需要设计。”娄永琪说，“我们能否倡导一种新的经济模式，不再仅仅简单满足人的需求为中心，而是更多地鼓励符合可持续发展的生活方式。不可否认，乡村生活方式的很多方面是更符合可持续发展的原则的。”

按照这一思路，娄永琪等选择了崇明岛仙桥村作为实验基地。“这个项目将挖掘上海中心城市和崇明乡村的关系，将城市和乡村理解为阴阳双生、互补的关系，为改进日常生活质量而进行交流、商务合作和基础设施建设，最终创造一个包含诸多子项目的城乡协作网络。”项目组提出创新社群的概念，设想通过创新中心网络平台实现国际化、跨学科、跨文化的协同创新。娄永琪告诉我们，除了创新中心，针灸式可持续发展设计还包括创新农业、物联网等在内的诸多内容。

“项目第一步仙桥创新中心是一个创业孵化实体和基于创意的诸多新商业模式的示范场所。”娄永琪介绍。“这首先是一个社区中心，为村民公共生活、手工作坊等提供空间。同时也给城市创业者和游客举行各种规模和形式的学习与交流活动，包括讲座、演讲、沙龙、头脑风暴、设计工作坊、影片观摩，甚至是戏剧、舞蹈和音乐的演出，”娄永琪说，“同时我们可从这个开放式平台上为创业者提供其所需的市场、技术、资金等支持。”

“我们租了 30 亩地，今年 12 亩种上了水稻，种了一亩向日葵，9 亩用来做开心农场，还有五六亩的景观大棚承担蔬果种植、展览展示、公共活动等。”站在黄灿灿的稻田边，2008 年以来全程参与项目的博士研究生朱明洁描述这个“针灸式试验”语速快捷流畅：我们今年买了一吨有机肥，为水稻施肥；我们的水稻田和向日葵田承担着教育功能，将通过视觉化的设计手段展示农作物生长历程，让城市儿童亲近乡村，了解自然；村里原来有个竹篮编得很好的老艺人，可惜去世了，我们正在寻找设计师联手村里艺人一起来发掘乡村工艺；去年下半年，我们在仙桥村开展了崇明仲夏节和崇明生态派对两项活动，每次都吸引了数百村民和都市白领参加，增进了城乡互动，很多都市人对在农村创业产生了兴趣。

“设计师不仅要设计产品，还要有更多的社会思考和尽更多的社会责任。”朱明洁介绍，例如乡村厨房是中国传统乡村文化与生活的重要载体。在乡村，厨房的角色远远超越了一个功能空间。2009 年，娄永琪带领朱明洁等同济学子联手复旦大学、德国、瑞士、墨西哥等 7 所大学、8 个专业的高校学子在仙桥村联合举办可持续的现代与未来生活方式设计工作坊。从工业与商务、建筑与环境、手工业与工具、服务与生活方式、能源与废弃物等五个主题开始思考。带着这些问题，各国学生进入仙桥村民的厨房。“学到的最重要的东西是看到了不同的思考、工作和设计的方式……尊敬身边的人。”中国学生说。“试着去理解每个人在做些什么非常重要，彼此相互信任才能开展团队合作。”墨西哥学生说。

可持续社区设计中还有乡村办公、创意农田、生态旅游、慢生活体验、有机食物配送等项目，各组成员都在积极调研、探索、设计。

“创新农业的宗旨是要创造农业的体验价值。”娄永琪告诉我们，学生们的设计实验还在继续，其中就包括创意粮食、蔬菜园，即用谷物和蔬菜种出特色图案，创造农田赏心悦目的视觉效果；社区田园，让市民与村民一起种田；种植、采摘有机水果的创意果园，让市民乐于、勤于前往；还有创意大棚园：在大棚的立面上进行艺术创作，创造与众不同的大棚园；有机种植、管道栽培。“同时通过传统产业与物联网、互联网等技术手段的结合，催生出新的产业和新的经济模式。”娄永琪说，“规模小、本地化、开放式、互联性和可持续是本项目的特点。项目的目的，正如中医传统中的‘针灸’，对局部的刺激通过身体的经络，可以循环形成对整个人体系统的改善。”娄永琪还说，项目得到了国家自然科学基金的支持，同时获得国际社会创新和可持续联盟、全球设计院校联盟等组织的支持。

“在崇明政府和各种组织的支持下，我们这支国际化团队加倍努力，力争让仙桥成为上海最成功的以创意农业和生态旅游为特色的可持续乡村社区之一，并复制、推广到中国更广大的乡村地区。”娄永琪说，“我们将努力工作，把创意设计的成果展示到2015年米兰世博会上。”

（程国政，2011年10月15日，第2版）

“现在的映秀太漂亮了嘛！”

——感受我校领衔总控的映秀重建

“现在的映秀太漂亮了嘛！”

“你看你看，现在的映秀太漂亮了嘛！”映秀镇上的居民纷纷告诉记者。9月底，我们来到我校负责规划的阿坝州映秀镇的土地，徜徉在岷江边映秀新镇的街道上，看着一排排白墙红窗、双层出檐的新房子，梯形窗、玻璃窗、镂花窗，数不胜数；青砖墙、“冉”字山墙，白白的墙上，下面两扇羌藏风格浓郁的窗，上面托着两层同样劲吹羌藏风的窗，高高扛起“冉”字山墙，犹如一名俊朗的藏族青年，煞是阳光、迷人；就连微型变电房也是大白墙、双层檐、大明羌藏式窗。

“映秀大道”“地震源”“映秀中学”……一面面城市里才能见到的指示牌就这样半人高地贴着墙檐，为外来者指引方向。问镇上居民“房子怎么样？”“生活安逸不？”大家立刻围上来，七嘴八舌：“好嘛！”“现在的房子再也不怕地震了。”“生活巴适得很。”……

“现在靠什么生活？”望着崇山峻岭，有些地方还流着“泪”的青山，我们有些担心。“旅游嘛！前些天还到处是人，多得很！”麻辣爽朗的声音飘荡在画里一般、温情的映秀镇空气里，居民们所说的旅游则是指 5 · 12 地震源、漩口中学，还有已经翻天覆地的新映秀。

“规划还是让同济来做吧”

发生在 2008 年 5 月 12 日的那场大地震，让四川的都江堰、阿坝、绵阳等数万平方公里的土地顷刻间满目疮痍。地震的震中映秀更是景象惨烈。映秀镇百花大桥下的牛眠沟口至莲花心与漩口镇的蔡家杠村之间，面积约 4 平方公里的地震策源地，强大的能量从“莲花心”爆发出来，其声震耳欲聋，烟雾弥漫，从瀑布口处迸射出的震源石直接撞到对面山体上形成一个百余米高的冲击坡，固体流石反弹后又继续向下冲击山沟另一面形成冲击坡，几经反复在牛眠沟形成了一个宽约 130 米、长约 800 米、厚约 80 米的岩石堆积区。站在这座百米高坡上放眼望去，沟内堆积着的碎石足有几百万立方米，它们的下面就是 33 间村民房屋、23 人的鲜活生命，如今连一点痕迹都看不到。而漩口中学经过大地震无情之手的反复揉搓摇荡颠簸，被震后前来考察的专家认定为集中了地震所有的震型，“可称为地震震型博物馆”。

在党中央的统一部署和调度下，全国以更快的速度集结起来，迅速投入到对口援建之中，上海对口都江堰。映秀镇是阿坝州通往成都的门户，不属于上海对口援建单位。前来考察映秀灾情的中央领导考察了地震源，看了漩口中学，踏勘着面目全非的映秀，对随行的同志说：“映秀的规划还是让同济来做吧。”

“这是中央政府对我们的极大信任。”负责《映秀重建规划》的肖达告诉记者。

“我们走遍了映秀的山山水水”

2008年10月，同济规划院的“温情小镇”的规划设计概念从全国众多方案中胜出。“接受任务后，我们走遍了映秀的山山水水。”肖达介绍，学校规划院把这项时间紧迫、要求极高的任务交给我，我们唯有全力以赴。肖达带领团队成员，冒着余震不断、落石不断的危险，踏访映秀破碎的镇区民居、枫香树村、中滩堡、渔子溪、牛眠沟、漩口中学、映秀小学、百花大桥……看滑坡、看救灾时直升机的停机坪，感受地震扬石簸砂的巨大威力、灾民渴望的眼神。“越走我们越感觉到肩上担子的分量。”肖达如是说。

如何为灾民重建一个安逸祥和的小镇生活空间？如何让灾民在地震来临时不再遭受如此巨大的灾难？肖达他们的脑子那些日子里高速运转着：作为震中纪念地，我们要把映秀规划成防震减灾示范区。想法一出，大家齐声道好：“还应该是围绕旅游做文章的温情小镇。”

围绕着这一想法，团队成员在规划中分别针对灾后重建、抗震建筑、防灾体系、产业发展、生态宜居及纪念体系示范等展开研究，着力体现映秀的青山秀水、民族风情、地震纪念等内容，《规划》最终形成“两轴、一带、四组团”的小镇格局。“所谓两轴，指岷江、渔子溪城镇生活发展轴，一带指地震纪念带，四组团指镇区中心、渔子溪纪念、枫香树发展备用及黄家村等组团。”肖达介绍。

2008年10月至2009年3月间，同济主持的《映秀总体规划》数易其稿，期间多次向四川各级政府部门汇报情况，不断调整优化方案。2009年4月，《映秀镇灾后重建总体规划》获得省政府正式批复，映秀镇灾后重建修建性详细规划进入落实阶段。与此同时，根据四川省委对映秀镇“家家有商业，户户搞旅游”的目标要求，同济规划院开始为映秀镇编制“家家有商业，户户搞旅游”的《旅游总体规划》。

“映秀的地震旅游资源丰厚”

“虽然映秀在大地震中遭受重创，但作为震中，它的地震旅游资源亦十分丰厚，可以作为映秀重建后经济发展的产业基础。因此，我们在规划中将其作为十分重要的内容给予了极大地重视。”肖达说。

采访获悉，在映秀不足2平方公里的土地上，大地震后的建筑遗址就有漩口中学、映秀小学、镇区厂房，构筑物及场地遗址有百花大桥、老213国道、直升机停机坪等，而自然遗址有天崩石、桤木林地面断层等。“全长 500 米的百花大桥，2004 年才通车，现在就像小孩丢弃在那里的小木棒，东歪西斜，藏头露尾；长 11 米、高 8 米、宽 3 米的巨石，就这样插在路边；而 213 国道活像一根无精打采的面条瘫在那里……地震的威力实在太大了，这些我们要把它变成资源都要好好规划。同时要充分注意遗址保留与居民生活重建之间的关系，避免对伤痛记忆的强调而影响映秀的精神重建。”肖达说。

研读规划，记者发现，这些地震遗产都被团队成员用各种颜色标识出来，勾勒为图，分别采取不同的规划措施，形成了“地震纪念及旅游体系”。“以地震遗址为特色，凸显羌藏文化民俗，恢复小镇风情，体现‘大爱映秀’的精神。”《映秀旅游规划》中说。“我们的规划把‘尊重自然’放在显要的位置。规划严格遵守绿色生态原则，以山体和水体为自然景观的特质元素，组织高度、风貌、廊道、视线等设计要素，确保建成人为景观和自然景观之间的协调关系。”肖达仿佛自言自语，“人要与自然和谐相处，首先要尊重它，爱护它。”如今，这些都成了现实，小镇映秀又成了画里映秀。

按照《规划》指引的路线，我们参观了漩口中学遗址、学术交流中心，穿梭于映秀镇里风格各异的幽静小街，摩挲着巨大的天崩石，站在碎石冲成的高台上遥望塌落数百万方碎石的牛眠沟、百花大桥，徜徉在大气明朗的映秀中学里，地震的威力、大师的设计，还有我校规划院西南分院院长肖达他们的《汶川县映秀镇灾后恢复重建总体规划（2008—2020）》一一在我们的脑海里“过电影”，耳边不时地响起那句川味浓郁的话：“现在的映秀，太漂亮了嘛！”

（程国政，2011 年 10 月 25 日，第 2 版）

搭建合作平台　共享发展机遇　促进互利共赢

同济大学与广西签署战略合作协议

周家伦会见郭声琨、马飙、马铁山等自治区领导并与广西校友举行联谊活动

本报讯　11 月 6 日，同济大学与广西壮族自治区签署战略合作协议，推动双方合作继续深入发展。我校党委书记周家伦一行赴广西壮族自治区考察，并出席签约仪式。广西壮族自治区党委书记、人大常委会主任郭声琨，自治区主

席马飙，自治区政协主席马铁山等领导会见周家伦一行。

郭声琨代表自治区党委、政府对周家伦一行的到来表示欢迎。他介绍了广西经济社会发展情况，并表示同济大学办学经验丰富、人才优势突出、科研实力雄厚、校友资源宝贵，广西壮族自治区期待着与高水平大学的合作，此次战略合作协议的签署必将翻开双方合作新的一页。自治区党委、政府高度重视与同济大学的合作，希望双方以签订合作协议为契机，进一步加强在建筑、规划、交通、汽车、经济和管理等领域的合作，加强在技术转移、科技创新平台建设、人才培养培训和教育领域等方面的交流与合作，同济大学的支持使广西的发展如虎添翼，广西将提供最优质的服务、最优惠的政策，为广大高端人才搭建创新平台，使双方在更多领域实现合作新突破，取得合作新成果。

周家伦感谢广西人民在抗战期间提供的无私帮助和自治区党委、政府一直以来对同济大学的关心和支持，并简要介绍了同济大学的发展情况。他说，近年来，广西充分发挥区位优势、资源优势、政策优势和生态优势，为同济大学和广西的合作提供了良好条件和重大机遇，双方不断加强在城乡建设规划、汽车、环境、轨道交通等领域的合作，合作基础好，潜力巨大。同济大学秉持求真务实的优良传统，愿为广西发展提供科技、人才等服务，全面落实合作协议各项内容，不断拓展合作范围，拓宽合作渠道，深化合作内容，创新合作体制机制，发挥科技外延作用，使双方合作取得更大成功，实现互利双赢。他祝愿广西发展不断取得新的更大的胜利，希望双方合作取得丰硕的成果。

会见后，同济大学与广西壮族自治区人民政府举行了战略合作协议签约仪式，陈小龙常务副校长与自治区李康副主席分别代表双方签字。根据协议，双方将广泛开展城乡建设和经济社会发展等多领域的合作，积极加强科技交流与合作，加强技术转移、科技创新平台建设、开展人才培养培训方面和教育领域等合作，充分发挥同济大学的综合学科优势和广西区位优势、资源优势、政策优势和生态优势，开展多层次、多领域、多形式、可持续的合作，推动政产学研用的融合发展，共建高等学校与社会创新力量协同创新平台，促进双方全面发展。

仪式上，我校分别与广西壮族自治区教育厅、质监局、南宁市、柳州市、梧州市、钦州市签订合作协议。同济大学教育发展基金会与贺州学院签订了“同济奖学金”捐赠协议。

我校常务副校长陈小龙、副书记姜富明、副校长董琦、校长助理余卓平，自治区党委常委、宣传部长沈北海，党委常委、秘书长余远辉，党委常委、组织部长周新建，副主席李康参加会见并见证签约仪式。

在桂考察期间，周家伦一行与广西校友会举行了联谊活动。周家伦代表母校向广西校友表示问候，对广大校友多年来支持母校发展和在加强校地合作方面所做的大量工作表示感谢，希望大家在广西经济社会发展的各条战线上发挥更重要作用，取得更大的成绩。董琦和学校有关部门负责同志向与会校友介绍了学校发展近况和此行签约的主要内容。广西校友会向母校教育发展基金会捐赠人民币50万元。

（外联办，2011年11月15日，第1版）

鼓荡春风度玉关

——同济对口支援西部地区高校工作纪实

日前，在教育部副部长杜玉波等领导出席的对口支援西部高校工作10周年总结大会上，39个典型经验集体和164名突出贡献个人受到表彰。我校荣获对口支援西部高校工作典型经验集体，校党委副书记姜富明代表同济作经验交流发言。肖蕴诗、黄翔峰、叶奋和王荔四位教师荣获对口支援工作突出贡献个人。

为了贯彻落实西部大开发战略，教育部开展了“对口支援西部地区高等学校计划”。我校积极响应中央号召，按照教育部统一部署，相继承担了对口支援井冈山大学、新疆大学、九江学院和宜宾学院工作。

2005年7月，我校与井冈山大学签订对口支援协议书，随即选派干部教师到井冈山大学挂职。2003年9月起，我校开始组织优秀教师赴新疆大学支教，2010年8月，教育部成立了10所高校团队式对口支援新疆大学工作组，我校对口支援新疆大学建筑工程学院。2007年11月，我校与九江学院签订对口支援备忘录。2006年10月，我校与宜宾学院签署了合作备忘录。

近年来，在党和政府、社会各界的关心和支持下，在支受援双方共同努力下，我校对口支援工作取得显著成效，受援高校综合办学实力显著增强，办学条件明显改善，服务地方经济社会发展能力进一步增强。

鼎力支持国家教育发展战略

同济大学在一百多年的办学历程中形成了“与祖国同行，以科教济世”的办学传统，对于国家的经济社会发展战略，同济人历来鼎力支持，全力以赴。

周家伦、万钢、裴钢等历任学校领导非常重视对口支援工作，多次主持召开专题会议讨论研究情况，并多次赴受援高校实地察看工作进展、看望挂职教师。很多奔赴受援高校挂职的教师都记得，启程前时任校党委常务副书记周祖翼代表学校前来送行，嘱托：“一定要把任务完成好！”学校还成立了以时任常务副校长李永盛为组长，校办、组织部、人事处等职能部门组成的对口支援工作小组，负责具体协调和落实对口支援工作。教育部团队式援疆工作启动后，学校专门成立了对口支援新疆大学领导小组。

科学谋划工作思路，找准切入点，方能使对口支援工作呈现良性发展态势。我校将对口支援工作纳入“十一五”和“十二五”发展规划，按照“显著提升受援高校师资队伍水平、人才培养质量、科研服务能力、学校管理水平”要求，坚持“因地制宜、突显特色、以点带面、规范运作”原则，不断加大对口支援工作力度，探索对口支援形式，丰富对口支援项目，努力提高受援高校自身“造血”机能，增强其可持续发展能力。

针对井冈山大学的实际情况，我校引导其规划编制瞄准地方科技经济发展的方向，按照大学的四大功能制定规划。在制定“十二五”规划期间，同济大学帮助指导井冈山大学进行了规划的编制工作，为未来五年井冈山大学的发展提供可操作的行动纲领。

针对九江学院地处鄱阳湖畔的地理优势，我校整合环境资源、水利、地质等学科专家，成立了专门的组织机构，通过共同做好鄱阳湖生态经济区重大科研项目来提升九江学院的科研水平。2011 年 7 月，在我校的努力下，“长江流域高校水环境研究协作组第八次学术研讨会”由九江学院承办并在九江市顺利召开。

针对新疆大学加强基础学科的需求，我校从教学、学术团队等七方面制定了援助新疆大学建筑工程学院工作计划，同时帮助新疆大学与国内外著名高校建立学术交流平台，形成产学研基地，带动并帮助新疆大学建筑工程学院教师申请国家自然科学基金项目，提升其科研能力。

同心砥砺可行舟，共赴征程济沧海。我校还和受援高校联合开展了本科生培养工作，并以此为突破口提升受援高校的人才培养水平。目前有两批 10 个专业 94 名井冈山大学学生赴同济大学进行为期 2 年的联合培养，四批 41 名宜宾学院学生在我校完成一年的学习。我校还帮助指导井冈山大学学生参加“挑战杯”等课外科技学术作品竞赛，邀请新疆大学师生参加同济大学“建造节”，努力提高受援高校学子实践创新能力。

为井冈山大学的发展献智献力

自从 2005 年 7 月同济与井冈山大学签署对口支援协议以来，两校的发展便开始息息相关。两校开始联合召开对口支援工作例会，并迅速开展了学校领导的交流互访。此后六年中，同济大学与井冈山大学签订了校院级对口支援协议 26 份，共联合召开工作例会 20 余次。

数字的背后，是务实高效的工作。同济人以特有的严谨求实的风格，根据井冈山大学发展现状，迅速确立了“三个行动计划共演一台戏”的工作思路，即对口支援“学科发展行动计划”“本科教学质量提升行动计划”“学生创新能力与素质培养行动计划”和共演音乐舞蹈史诗《井冈山》。在这个思路的指引下，一个个工作项目迅速推进。

依托井冈山地区丰富的生态资源，两校合作建立了“井冈山生态环境研究中心”，支持井冈山大学形成跨学科开放性研究平台。

2007 年至 2011 年期间，两校教师联合申报了国家 863 项目计划、国家重大科技支撑计划等重大科研项目，并联合申报了 3 项国家自然科学基金项目。

我校依托挂职教师为井冈山大学“引资、引智”。2009 年，在井冈山大学挂职副校长的肖蕴诗教授推动下，美国通用电气公司与井冈山大学签订合作协议，提供价值 2000 余万元的仪器设备，在井冈山大学建立了集师资能力训练和学生实验实训相结合的“自动化系统实验室”训练基地。2011 年 10 月，我校土木工程学院博士生导师刘春教授接替黄翔峰教授到井冈山大学挂职校领导，将此项工作继续深化，在他的推动下，武汉苍穹数码仪器有限公司和我校共同为井冈山大学捐赠了价值 50 万元的 GPS 仪器设备和软件。

2010 年起，我校在井冈山大学每年举办“同济学术周”，主题紧密结合井冈山大学发展规划。学术周期间，十余位同济专家学者在井冈山大学开展学术报告、示范教学课，并与井冈山大学师生座谈交流会，每年井冈山大学参与学术周活动师生达 7000 余名。

我校积极利用井冈山红色资源，以暑期社会实践为载体，进一步加强两校大学生的沟通和交流。两校精心筹划建立了“网上团支部”，架起了青年学生的交流新平台。

同济还投入近百万元，帮助井冈山大学打造音乐舞蹈史诗《井冈山》，以艺术的形式再现了井冈山红色根据地的激情岁月，在新时代进一步弘扬了井冈山革命精神。节目由两校师生共同参演，已演出100余场目前，观众达7万余人次。2009年11月，井冈山大学“音乐学”专业依托该剧成功申报到国家特色专业。2010年，在中国共产党成立89周年前夕，国家科技部、国家教育部先后共举行了四场音乐舞蹈史诗《井冈山》专场演出，取得圆满成功。

在我校的帮助下，井冈山大学师资队伍、学科建设水平有了显著提升，科学研究能力和教育教学质量有了长足进步，学校的发展站在了新的历史起点上。

同济人济世情怀的集中体现

高校发展，人才是关键。提出人才强校战略的同济大学深知这一关键所在。为了增强受援高校的可持续发展能力，学校特别重视人才的交流和培养。

一方面是通过“迎进来”提高受援高校干部和教师管理教学水平。目前我校已接收井冈山大学92名进修教师和31名挂职干部，新疆大学、九江学院、宜宾学院53名进修教师和28名挂职干部。此外，还为井冈山大学和新疆大学培养师资博士、硕士18名。

另一方面是通过“送出去”提升受援高校规划制订、学科发展水平。我校三位教授先后挂职井冈山大学校级领导，具体指导井冈山大学学科建设、发展规划等学校发展重大问题。同时，学校积极协调和组织优秀教师赴新疆大学支教，先后有30余位教师赴新疆大学支援教学科研工作。

这些双向交流的人才，组成了“宣传队”，形成了“播种机”，肩负了使先进办学经验和制度在受援高校落地生根的重要职责。他们对于受援高校的长效制度建设具有不可替代的作用。

从同济到西部高校挂职，挂职干部面临工作、生活环境的重大改变，但是身上流淌着“济人济事济天下”精神血脉的同济人还是义无反顾打起背包上路了。谈到难忘的挂职经历，他们纷纷表示，首先是“受教育、长才干”，最后才是“作贡献”。

2006年，肖蕴诗教授时任我校研究生院常务副院长，到井冈山大学挂职副校长，一“挂”就是3年。有人对他作出这样的选择表示不理解：“你辛苦为了啥？”肖蕴诗说：“党和国家培养了我，井冈山老区人民信任我，这些就是我的信念和支撑。为国家，为老区人民，为井冈山大学的发展做点奉献，是责任，是追求，也是光荣。”挂职井冈山大学副校长期间，肖蕴诗在井冈山大学学科建设发展规划、实验室建设、申请硕士学位授予权单位等方面提出了很多好的意见和思路并付诸实施，为井冈山大学学科发展做出了贡献。

环境学院党委副书记黄翔峰，2010年3月受学校指派在井冈山大学挂职校长助理，分管学位与学科建设、发展规划研究、高等教育研究和对口支援工作。他说：“对口支援不仅是付出，更是收获。”挂职期间，他视自己为井冈山大学的“自家人”和两校对口支援的“实践者”，出色组织了井冈山大学“十二五”规划的编制工作并组织申报国家重大科技支撑计划。

王荔，我校传播与艺术学院副院长，音乐舞蹈史诗《井冈山》创作团队组长，负责设计制作该剧的舞台美术设计。如何在时间紧、创作难度大的情况下以现代影像形式生动再现历史场景和井冈山实地风貌，王荔创作团队付出了大量心血。她说：“对口支援工作虽然给相关师生增加了工作量，但同时促进了教学改革与实践相结合。它作为一种特别的模式既培养了学生解决问题和动手实践的能力，也磨练了教师的协作能力和坚持不懈的工作精神。”

叶奋，我校交通运输工程学院教授。2008年刚从国外留学归国的他告别妻子和刚上小学三年级的孩子，作为我校对口支援新疆大学建筑工程学院学科带头人援疆一年。期间，以他为项目负责人的新疆大学建筑工程学院在新疆大学申请并获得新疆大学交通土建专业第1个国家自然科学基金。2011年，叶奋作为项目主要负责人再次为新疆大学交通土建专业获得第2个国家自然科学基金。他说：“援疆工作是一项长期的可持续的工作。”他将在援疆回来后继续完成新疆大学硕士研究生指导工作和新疆大学2个国家自然科学基金及3个省部级科研项目的研究工作。

（喻娟，2011年12月15日，第1版）

中华医学会灾难学分会在我校宣布成立

首届国际灾难医学高峰论坛同期在附属东方医院主办

本报讯 12月7日，中华医学会灾难医学分会在我校附属东方医院宣告成立，东方医院院长刘中民当选为灾难医学分会首任主任委员。上海市政协副主席蔡威、中华医学会常务副会长刘雁飞、上海市卫生局局长徐建光、我校常务副校长陈小龙等近300人出席成立仪式。

人类的生存时刻面临着各种灾难的威胁，汶川地震、玉树地震、甘肃舟曲泥石流、日本3·11大地震及海啸，无数的灾难警示人们：灾难不可避免，但我们可以通过高效的灾后救援行为，将灾害造成的损失降至最低。“中华医学会灾难医学分会的成立，标志着灾难医学学科的建立与灾难医学事业的起步，丰富了中国灾难医学发展的内涵和队伍。”中华医学会常务副会长刘雁飞告诉记者。

成立仪式上，中华医学会副秘书长杨民宣读了《中国科协和民政部对成立中华医学会灾难医学分会的批复意见》，并宣布协会成立；刘雁飞为各位委员颁发了证书。刘中民代表分会阐述了灾难医学分会的特点和使命。他说，灾难具有突发性、群体性、破坏性、复杂性等特点，而灾难医学是研究在各种自然灾害和人为事故所造成的灾害性损伤条件下实施紧急医学救治、疾病防治和卫生保障的科学。它呈现出学科交叉性、社会协作性、国际合作性等特点。“灾难医学分会的使命就是要建设具有中国特色的灾难医学体系。”刘中民称，中华医学会灾难医学分会近期的目标包括制定切实可行的近、中、长期发展规划，完善三级灾难医学体系建设思路等。其中包括完善灾难医学救援预案、健全灾难医学救援体系、建立全国性伤员转运体系和机制、建立灾难医学救援人员培训教育体系、建立专业灾难医学救援队伍、加强区域与国际间合作，同时普及灾难医学知识和技能，提高公众自救互助的意识和能力。

成立仪式上，中华医学会常务副会长刘雁飞与灾难医学分会主任委员刘中民就以上目标签订责任状，刘雁飞还为我校附属东方医院颁授了中华医学会灾难医学分会“主委单位”牌匾。

第二日举行的国际灾难医学高峰论坛，吸引了来自世界卫生组织和美国、俄罗斯、日本、韩国、以色列，以及中国台湾、香港地区学者参与。议题涉及重大交通灾难的医学救援与对策、俄罗斯灾难救援体系、中国卫生应急实践、我国灾难学现状、美国灾难应急、核事故医疗救援、煤矿灾难的医疗救援、国际灾难医疗救援、中国国家卫生应急队伍能力建设等。

学者们的讨论涉猎广泛，精彩纷呈。中国工程院院士、国际交通医学学会主席王正国从近20年交通事故的医学救援研究出发，指出应建立起国家交通事故与交通伤数据库，完善交通伤预防与救治体系，加强交通安全法规相关的基础课题研究。新任灾难医学分会会长刘中民以“我国灾难医学的现状与思考”为题，针对现场治疗救治力量薄弱、组织指挥管理问题提出建议：健全国家灾害医学三级救援体系（现场救治力量、区域救治中心、后方救治机构）；完善灾害医学区域救援预案；救治应以现场抢救和运送到有能力、有条件医院为原则，以伤员尽早得到确定性治疗为目的，规范界定分级救治范围，明确物资、人员配置方案和支援需求，并加强平时演练；加强创伤理论和临床技术研究，加快创伤急救队伍建设；建立远程会诊系统；建立国家灾难医学救援技术培训基地等。中央电视台主持人白岩松也以参与的重大灾难报道的经历呼吁“七分救援在平时”。“核泄漏的基本处理原则是减少和物质的泄露、减少对人体的暴露、消除公众的紧张情绪。”中国核工业总医院刘励军介绍，核事故中的医学支持可分为现场对于危重患者的急救，对其他伤病员的分类医学处理。

“中华医学会灾难医学分会的成立让从事此项工作的人有了‘家’。接下来，分会需要制定规划、明确任务、联络会员、组织活动，可谓任重道远。我相信年轻人会干得很好。”我国著名的急诊医学专家王一镗告诉记者。

（程国政，2011年12月15日，第2版）

我校“中医大师班”首届学员毕业

9位学员3年在学期间取得一系列学术研究成果

本报讯 经过三年的集训、跟师与研究学习，12月17日，我校“中医大师传承人才培养项目”第一期9名学员圆满完成了各项学习任务，顺利毕业。卫生部副部长、国家中医药管理局局长王国强，我校校长裴钢出席了当天上午举行的学员毕业答辩会，并与学员们座谈。毕业典礼当天下午在我校中法中心举行，校长裴钢，国医大师、我校中医研究所所长颜德馨出席并致词，国家中医药管理局科技司司长苏钢强，上海市卫生局副局长、上海市中医药发展办公室主任沈远东等领导出席毕业典礼。

裴钢在致辞中表示，“中医大师班”能有今天的成绩，离不开颜老等一批国医大师们做出的重大贡献，离不开国家中医药管理局对这一人才培养项目的大力支持。同济大学“中医大师班”做出了很有意义的探索，为中医师承教育提供了宝贵经验。

颜德馨在讲话中表示，“中医大师班”第一届学员毕业，令人感到十分欣慰。希望学员们能肩负起发展中医的责任和使命，赋予中医以新的生命，为中医争光；将孕育中医的中华文化发扬光大，在中华文化大建设中作出我们的贡献。

在以颜德馨先生为首的一批著名中医专家的呼吁倡导下，由我校主办，以继承并弘扬中医名家学术思想、临床经验、诊疗技能为主旨的“中医大师传承人才培养计划”2008年11月正式启动，该计划获批国家中医药管理局“中医传承培养工作试点项目”，校长裴钢亲自担任领导小组组长，特聘颜德馨、邓铁涛、路志正、张琪、周仲瑛、朱良春等多位当前中医界公认的老名医组成核心导师团队，采用师承学习与院校教育相结合，是对中医高级人才培养模式的新探索。这也是国内唯一一个由综合性大学承担的中医高级临床医师培训班，学制三年，为免费半脱产学习。

经在全国范围内严格选拔，第一期“中医大师班”招收正式学员9人，分别来自北京、上海、广东、江西、辽宁等多个省市，均为理论功底扎实、临床经验丰富、热爱中医药事业的中青年优秀中医师。三年在学期间，9名学员发表了一批高质量的学术论文或论著，承担了一批科研课题，他们的毕业论文大多是以该大师班亲自带教的几位国医大师的学术思想与诊疗技能为选题，对其进行特色探析和深入研究。

记者了解到，已于2010年10月开班的我校第二期“中医大师班”，正式学员10名，其中1人来自香港，1人来自台湾。目前学员已经完成了第一个学年的11次集训学习，第二个学年将跟随国医大师临诊学习。

（黄艾娇，2011年12月30日，第1版）

我校获评全国文明单位

标志着我校精神文明建设迈上新台阶

本报讯 12月20日，全国精神文明建设工作表彰大会在北京举行，我校被授予“全国文明单位”称号。中共中央政治局常委、中央文明委主任李长春出席会议并讲话。中共中央政治局委员、书记处书记、中宣部部长、中央文明委副主任刘云山主持会议。会上，中共中央政治局委员、国务委员、中央文明委副主任刘延东宣读了《关于表彰第三批全国文明城市（区）、文明村镇、文明单位的决定》。

近年来，我校高举中国特色社会主义理论伟大旗帜，坚持以邓小平理论和“三个代表”重要思想为指导，全面贯彻落实科学发展观，以巩固精神文明建设为基点，以服务社会、办让人民满意的教育为宗旨，以提高师生员工思想道德素质为重点，以促进学校科学发展为目的，以加强党的建设和思想政治工作为保证，以开展丰富多彩的创建活动为载体，坚持社会主义办学方向，形成合力，狠抓落实，深入推进文明单位的创建，形成了具有同济特色的文明创建工作格局，涌现了一批先进集体和个人，取得了显著成就。

2008年以来，我校按照《上海市高校文明单位（和谐校园）测评指标体系》要求，把和谐校园建设作为文明单位创建的主要内容，以和谐校园建设推动文明单位创建。学校坚持用马克思主义中国化的最新成果武装师生头脑，加强师生思想政治教育，深入学习实践科学发展观活动与创先争优活动顺利开展，党的建设全面加强；学校不断深化改革，创意设计学院、马克思主义学院等多个学院先后成立，学科日趋完善；工程教育改革探索和实践积极推进，创新人才培养迈出重要步伐；多个科研项目获得国家和上海市科技奖项，自主创新科技成果亮相工博会创下历史记录；深度参与汶川地震抗震救灾与灾后重建、北京奥运会场馆建设、2010年上海世博会等重大事件，留下了深深的“同济印迹”；对口援建工作顺利推进，国际交往日趋频繁，可持续发展大学建设成绩突出，国内外影响日益深远……全校师生同舟共济、携手奋进，使我校在通向国际知名的高水平研究型大学的道路上迈出了坚实的步伐。

自1997年起，我校连续多年获得“上海市文明单位”称号，2010年，获得了“全国精神文明建设工作先进单位”称号。此次被评为全国文明单位，标志着我校文明创建工作迈上新台阶。

（文明办，2011年12月30日，第1版）

围绕上海发展战略　发挥科技服务优势

我校服务崇明生态岛建设成绩显著

本报讯　“‘十一五’期间，崇明生态岛科技促进中心的工作可圈可点。”一位业内专家评价说。近年来，设在我校的崇明生态岛科技促进中心牵头制定崇明生态岛规划，举办国际论坛，开展典型项目试点，组织管理指导各单位开展有关生态崇明的科研活动，工作得到了各方的积极评价。

2004 年 6 月，崇明岛总体规划出台，确立了崇明岛作为上海国际大都市的综合性生态岛和国际性海上花园的发展地位。这年 10 月 20 日，同济大学崇明生态岛研究中心宣告成立，研究中心的成立为校内多学科资源整合搭建了又一新平台，时任校长万钢在致辞中说，同济大学的发展与国家、上海市战略发展紧密相连，成立崇明生态岛科技促进中心，将有利于学校整合学科资源、凝炼学科方向、汇聚一批优秀人才，为崇明生态岛开发建设作出贡献。在研究中心的基础上，2005 年 6 月，上海市科委和崇明县政府又在我校联合成立了“上海市崇明生态岛科技促进中心”，其宗旨是以“打造高层次人才和与高新生态科技引进的平台”为使命，尽快突破生态岛建设发展人才和科技的瓶颈。据悉，该中心的主要负责人及绝大多数工作人员来自我校不同专业，大多为青年教师。

“崇明是上海的崇明岛，崇明生态岛科技促进中心首先要服务于上海发展战略。”中心负责人说。按照这一指导思想，中心在“十一五”期间，把崇明发展的科技需求与国家中长期科技发展规划紧密结合，在上海市科委的领导下，与崇明县政府一起申报了国家崇明可持续发展实验区，以《崇明生态岛建设纲要》和《崇明生态岛建设指标体系》为指导，形成生态岛建设科技引领意识理念，推动崇明确立低碳发展主线；结合市委、市政府重点工作和崇明生态岛建设“十一五”科技发展规划，不断推进和深化崇明生态岛可持续发展科技支撑体系建设，为“十二五”上海创新与转型发展提供了动力。

“‘十一五’期间，我们在总结以往工作的基础上，基本提炼出了生态岛建设的技术体系。”中心工作人员介绍，2005 年，崇明科技专项启动，中心协助上海市科委，围绕产业生态、自然生态、人居生态等三大领域，对接《崇明三岛总体规划》与崇明发展现实需求，先后布局了 72 个项目。其中，我校在这五年期间承担和参加了 39 个课题，包括环境学院、土木学院、交通学院、机械学院、城规学院、中德工程学院和电信学院等多个学院参与其中，“随着这些项目的实施，湿地生态修复与保护、生态村镇建设、能源及资源化、水环境治理等示范引领效应已经显现”。

不仅如此，中心还通过生态岛建设科技支撑的顶层设计与规划，协助市科委推动上海市高校、研究院所的联合课题组研究、构建了《崇明生态岛建设指标体系》，并协助发改委发布了《崇明生态岛建设纲要（2010—2020）》，明确了未来崇明生态岛建设的方向；组织校内力量编制完成了《崇明陈家镇低碳国际生态社区建设导则》和《崇明建设国家可持续发展实验区规划》，低碳可持续规划趋于成熟。

生态岛建设，离不开科技支撑。记者获悉，2005 年至今，中心协助市科委先后组织规划和推动了 84 项课题，内容涉及水系治理、环境整治、住宅建设、废气物处理、交通建设、生态村镇、能源及可再生能源高效利用、土地空间资源开发与利用、智能电网等。“以 2011 年为例，我们启动的项目个个都是围绕着低碳国际生态岛这篇大文章展开的。”中心工作人员介绍，2011 年度崇明科技专项指南重点聚焦智能电网与能源综合利用、环境监控与污染削减、现代高效生态农业等 3 个方面，优先围绕智能电网建设、超级电容车示范线、能源综合利用与节能等进行关键技术的研发与应用，建设环境监测网络和数据共享平台，加快现代农业园的建设，并推动国家设施农业工程技术研究中心在崇明的落地。指南发布后，通过征集、评选，已立项 12 项。

把国内外的目光吸引到崇明生态岛建设上来，是中心努力的目标。今年 11 月 23 日，中心积极协调上海市科委与联合国环境规划署签署《崇明生态岛合作备忘录》，备忘录确定针对崇明岛发展的政策和技术问题，共同组织国际合作专项课题研究，对崇明生态岛建设发展模式及成效进行国际评估，推进其成为建设国际生态区的示范基地，为其他类似地区提供借鉴经验等。采访获悉，几年来，中心积极组织最新科技成果参加工博会展览，展示了“崇明生态岛科技支撑建设”成果。

仔细翻阅中心编辑的《科技，支撑崇明生态岛发展》一书，看图片，新农村的典范瀛东村成型了，生态陈家镇模样出来了，道路漂亮了，垃圾不见了，河塘水灵了，大风扇齐刷刷立起来了。“我们的工作开局顺利。”中心负责人告诉记者，明年中心将积极做好新能源应用与智能电网集成示范，环境监控与污染削减关键技术与示范，智慧、绿色城镇建设集成示范，循环、低碳农业示范区建设，生态岛建设国际交流与合作等。"国际合作，我们将积极推动成立'崇明生态岛国际专家委员会'，形成崇明生态岛建设的国际智囊团；目前正在积极筹备2012年崇明生态岛建设国际论坛，以进一步扩大国内外影响力。"

（程国政，2011年12月30日，第2版）

2012 年

同济设计铸就中非友谊新丰碑

——记我校建筑设计院主持设计非盟会议中心

“非洲屋脊”埃塞俄比亚首都亚的斯亚贝巴，一组 U 形建筑群巍然耸立，非洲高原的红土地上，城市的各个角落都能望见它雄伟的身姿，它已俨然成为城市新地标。这就是中国政府援建、我校建筑设计院完成设计的非盟会议中心。

“非盟会议中心是同济大学历史上最重要的援外设计项目，我们希望着力呈现中国建设项目的设计最高水平。”项目设计主持人、同济大学建筑设计研究院（集团）有限公司副总裁任力之告诉记者。该建筑造型新颖、节能环保，设计先进实用，“不可思议”“震撼”成为参观者们最强烈的感受。非盟会议中心成为同济人凭借专业才智服务经济社会发展的又一力作。

2012 年 1 月 28 日，非盟会议中心落成典礼上，任力之等作出突出贡献的中方建设者从全国政协主席贾庆林和非洲国家领导人手中接过奖杯，同济设计团队凭借出色表现成为唯一一个受到表彰的集体。

同济历史上最重要的援外设计项目非盟会议中心项目是 2006 年 11 月胡锦涛主席在中非合作论坛北京峰会上宣布的中国政府促进中非务实合作八项举措之一，是继坦赞铁路之后中国政府在非洲的最大援建项目，被誉为新世纪中非关系深入发展的标志和缩影。

2007 年 2 月，同济大学建筑设计研究院（集团）有限公司接到商务部援外司主持的非盟会议中心项目方案设计竞赛任务后，将项目列为同济设计集团重点工程。一支由任力之领衔的上百名设计师组成的团队迅速组建，建筑、结构、机电、室内、景观、幕墙、声学、灯光等专业设计精英聚集，团队还同时得到了学校建筑、结构、景观、室内、声学、智能控制等多学科的支持。

2007 年 5 月，同济设计团队在多轮竞标中拔得头筹；7 月，非洲联盟第九届首脑会议开幕式上，同济设计团队以“中国与非洲携手，共促非洲大陆腾飞”为主题的设计方案获得非盟 40 多位成员国首脑、领导人的高度认可；9 月，初步设计工作全面启动；12 月，初步设计审查通过，施工图设计工作全面展开；2008 年 11 月，项目正式开工建设……2012 年 1 月，项目落成。

历时整整 5 年，同济人本着无比光荣而又责任重大的信念，全力以赴，克服设计难度高、专业协调多、造价管理细、质量控制严等种种高难度挑战，有些甚至是其他项目没法想象的困难，投入到前期方案、设计深化、现场配合和质量控制的全过程，并在项目进程中对各方面的设计细节，从可行性、时间性、经济性、先进性方面进行综合分析比较，确保项目品质一流。

项目进程中，非盟高层领导、我校领导和同济设计集团领导给予了高度重视和鼎力支持。非盟委员会主席让・平，副主席帕特里克・马兹姆哈卡、里亚斯塔斯·姆温查专程来我校访问。我校校领导以多种方式积极指导推进项目进展，周家伦、李永盛在项目不同阶段分别率团前往项目现场实地考察，陈小龙等校领导多次指导项目建设。

“美厦筑友好，中非谱华章。”这个举世瞩目的项目不仅让中国人民与非洲人民走得更近，情谊更深，也打开了一扇我校向世界展示中国建筑设计魅力的窗口。以此为契机，学校与非盟国家的联系和交往也站到了一个更高的平台和起点上。

着力呈现中国建设项目的设计最高水平非盟会议中心占地面积约 13 万平方米，总建筑面积约 5 万平方米，由办公楼、会议楼和辅助配套设施三部分组成，包括 2550 个座位的大会议厅、681 个座位的中会议厅、多功能厅、主席办公用房、一般雇员办公用房、紧急医疗中心、数字图书馆、广场、室外停车场、停机坪等。

围绕展现中非友谊、非洲腾飞新形象的主题，设计方案在项目外观造型上融入了许多富有象征意义的元素：99.9 米高的主楼寓意 1999 年 9 月 9 日“非洲联盟日”；中间的大会议厅如明珠般，被周边的建筑环绕，象征中非友谊天长地久；U 字形建筑群体，宛若中非人民携手托起非洲的未来……设计师们让建筑形态意味深长的同时，倡导可持续发展更是他们关注的重点。考虑当地自然与气候条件，比较各种建筑技术、材料，“保留自然资源、节能增效、减少碳排放、节水、使用可再生能源和产品、改善室内空气质量”成为他们的设计目标。

亚的斯亚贝巴一年四季如春、阳光明媚，设计师们充分利用大自然的丰厚馈赠，除了大、中会议厅等个别温度要求较高的空间外，其余空间均只考虑自然通风，同时大部分室内空间白天享受自然采光，室外采用太阳能路灯，建筑能耗极低；项目在布局上高效组织不同功能，最大限度地保证大会议厅、多功能厅、会议室、分组会议区、中庭、配套功能区以及办公主楼之间多种功能的独立和联系，最大限度地减少建筑表面积和体积；装饰材料的选用上，设计团队采用天然花岗石、铝板、中空玻璃等，既减少了建筑总能耗，又耐久、易清理，有利于降低建筑运行维护费用……为保证项目从设计到实施的完整性和一致性，在项目的设计深化环节，同济设计团队利用最新的建筑设计技术手段——建筑信息模型，建立了 1∶1 的参数化模型，对建筑造型形体比例、室内空间尺度等进行全面分析和控制，并按照不同要求反复调整和复核参数化模型，将设计要求准确地提交给施工单位。仅大会议厅和裙房之间的中庭部位，效果图和研究透视图就多达 200 多张。在设计中后期，对于一些重点部位，设计团队还安排了 1∶1 实体模型的制作，全面考察材料和细部节点。

以大会议厅上方的椭球造型为例，椭圆形发光球体造型古典，宛若苍穹，熠熠生辉。为了达到这一效果，设计团队颇费了一番周折。他们通过数学模型与结构分析，首先把它分解为椭球盖和旋转椭球体，然后进一步模拟两种曲面的无缝衔接。任力之说："完成后会议厅整体效果与原效果图相比几乎一模一样。"他把会议厅的效果图和实景图贴到自己的微博上进行对比，确实几乎一致。

"细节决定品质"，这是同济设计团队始终奉行的信条，他们也这样践行了。

设计师长期扎根非洲高原"异国风情带来的新鲜感、思念家人的心酸、沟通遇到障碍时的苦闷、工作被认可的开心……这个特殊项目给参与者带来了荣誉感，更多的是压力，这个压力直到 2012 年 1 月 31 日非盟峰会落幕时才释然"。彭岩，驻非盟项目施工第一线时间最久的同济设计师这样描述自己的心情。从 2009 年 10 月到达非洲，2012 年 1 月回国，彭岩在非洲呆了两年多。期间，为了项目需要，他多次推迟婚期。

所有重大精品项目的实现，都离不开设计师的全程参与。同济非盟项目设计团队不仅高质高效地完成了各阶段的设计文件和图纸，更全程保持与项目的密切配合和质量控制，成为全力奋斗在项目上时间最长的团队。

为配合现场施工，在项目关键节点，同济设计团队多次派遣由项目负责人和专业负责人组成的设计工作组赴现场短期工作。同时，9 名同济设计团队技术骨干更是把非洲高原当成了自己的家，常驻施工现场。建筑师部燕荣，结构工程师周勇，给排水工程师杨民、秦立为，暖通工程师张智力、苏云等为了项目的顺利实施，克服种种困难，任劳任怨地奋战在施工现场。

对于驻现场设计师而言，角色的转变、地域的变化，使他们不仅要克服当地艰苦的生活条件和高原反应带来的种种不适，更要面临专业知识的挑战，特别是综合能力的考验。他们必须身兼数职，根据现场情况，提出设计优化方案，管理设计文件，明确设计要求，协助控制工程实体质量，时刻与来自方方面面的人打交道……彭岩说：“每一个过程都是以前没有过的。只有不断学习，不断思索,尝试去沟通,不断地调整自身位置,保持良好的心态,才能胜任这个角色。”

驻现场设计师们的高度敬业精神和专业素养得到了施工技术组的一致认可。以钢结构施工为例，项目现场的设计师对大型钢结构安装方案提出了许多建设性意见和建议，国内设计人员根据最终商定的安装方案以及幕墙工程相关精度要求进行复核，提供计算数据作为现场安装的控制依据。

看着项目从最早的概念、效果图、到细化图纸、最终落成，驻现场设计师们特别自豪。女建筑师司徒娅 2010 年 7 月进驻项目现场，2011 年 1 月回国。虽然非洲条件相对艰苦，刚到非洲时蚊虫在她脖子上简直“织了个围脖”，但每次从不同角度欣赏成长中的项目，她都会由衷地感到欣喜。她告诉记者，非洲当地各界人士对项目都非常感兴趣，施工现场经常碰到想到工地内一探究竟的当地人，设计师都会很自豪地跟他们说：“是的，这个漂亮的房子是我们中国设计师设计的。”

“今天，是中非友好关系史上具有里程碑意义的一天。非洲联盟会议中心竣工落成，是中国政府和人民赠送给友好的非洲国家和人民的又一珍贵礼物……也凝聚着中非建设者的心血和汗水。”非盟会议中心落成典礼上，贾庆林如此评价中心的落成。非洲联盟会议中心的建成为中非友谊树立了新的丰碑，同济人为中非友谊做出的奉献也必将为历史所铭记。

（喻娟，2012 年 2 月 29 日，第 1 版）

“同济这么大地方，容得下各种思想”

——卢济威教授眼中的王澍

王澍获奖的消息传来……

“告诉您一个好消息。”2 月 28 日一早，我校建筑与城市规划学院卢济威教授的手机就响了起来，电话那头，同事李翔宁很是兴奋："您的博士生王澍获得了普立兹克建筑奖。"

普立兹克建筑奖 1979 年设立，每年授予一位在世的建筑师，用以表彰其在建筑设计中所表现出的才智、想象力和责任感等优秀品质，表彰其通过建筑艺术对建筑环境和人性做出持久而杰出的贡献。该奖项是世界建筑界公认的"诺贝尔奖"。全世界每年参评的设计师 500 名左右，经过世界各地来自建筑、商业、教育、出版和文化界公认的专业人士组成的独立评审委员会专家五至九人无记名投票的方法来决定最终评选结果，最后只有一至两人能够获此殊荣。

目前华人获奖设计师只有贝聿铭一人，王澍何以能获此荣誉？按照普利兹奖评委会主席帕伦博勋爵的说法："中国当今的城市化进程，正在引发一场关于建筑应当基于传统还是面向未来的讨论。正如所有伟大的建筑一样，王澍的作品能够超越争论，并演化成扎根于其历史背景永不过时甚至具有世界性的建筑。""王澍的建筑作品是在寻求中国自己的发展道路。"卢济威评价说。

王澍在同济教书

"美国人也不希望你们的建筑设计一味学他。而中国数十年来的建筑界基本是在学习西方汽车文化基础上的城市规划和建筑设计。"卢济威告诉记者，"而博士期间的王澍对此颇有反思和批判。"

卢济威回忆说，上世纪九十年代中期考入同济大学念博士的王澍，和那时很多研究生不一样，"他除了跟着我做了几个小项目，基本是每天都在安静地读书。博士 5 年，他读了很多书，文学、哲学、艺术、建筑、规划……无书不读"。

爱读书的王澍"个性强烈"，卢济威描述，对城市问题，尤其是对当代的城市规划和设计批评颇多，其中就包括现代城市的功能分区理论，他从不随波逐流；再者，这个学生很执着，认定了目标就一直走，不跟市场的风声，"整天躲在西南楼的小房间里读书、思考"。

按照要求，博士生得有教学实践环节，并计入学业考核。王澍上课第一天就把课堂搬到了草地上，他在《同济记变》中这样描述他第一天上课的情景："学生们很兴奋。我没仔细数，只模糊感觉坐在草上跟我聊天的学生比我实际带的要多。"接着，不断有学生要求加入，讨论的问题也是五花八门：如果把一排里弄合并成一户，这住宅就同时拥有若干完全相同的正门。如果把这作为不许更改的条件，从此开始猜测，这住宅内部的生活方式将会如何？另一学生兴趣在九宫格，就把格子做房间，格线放宽做走道。我就问他，九宫格本质上是均质的，房间和走廊的划分法依据在哪？王澍称："我在教学中有个基本点，就是让学生从生活中的体会出发，而不是从已经习惯的规范知识出发去对建筑中的根本问题重新思考，对已经过分熟悉而成自然的东西重新思考。"

一石激起浪翻卷，院里领导坐不住了。"记得当时的院长王伯伟召集我们开教学讨论会，研究王澍现象。最后大家得出共识：同济这么大的地方，应容得下各种思想和方法。"卢济威回忆说。而在王澍的回忆里，录下的都是卢济威、莫天伟、常青众师的微笑和宽容。

"同济建筑系就是一块这样自由的地方。"王澍说，九宫格是均质的，房间和走廊彻底均质是怎样的面貌？所有房间大小一样，客厅和厨房厕所大小一样，但房子是两层，楼梯该怎样放？结果楼梯就占了一间房，叫楼梯间，卧室搬进了走廊，客厅变成了一间桌子，等等。"评图的场面让我感到异样。"王澍说，只是评一个班的作业而已，系里的主任副主任都来了，连我的导师卢济威老师也到了。记得卢济威走到那作业前，仔细看过，说我觉得这房子还是设计得不错的，有新意。只是基地若是放在水中就更好，在水中就不必去分方向，四面都是水景。"我体会到导师的善意，心中温暖。"

博士论文批判当下城市博士论文做什么？王澍想做一篇有思想的论文。"在一个点子盛行的时代，构思点子或许已经取代了真正的思想，人们甚至忘记了思想存在的真正方式。"他说，但他还记着萨特说的话："与时尚相比，思想的变化要缓慢得多。"

读了很多书的王澍想把自己学建筑以来的所有思考都沉淀在这篇博士论文中来，批评城市，批评城市的规划和设计。

"虚构城市，就是用一种结构性的语言去谈论城市语言本身，甚至越过语言，回到实物，就是对以往那种不思考的城市设计的不思考。"王澍在《虚构城市》的序言中说。带着不解和迷惑，我们找到他的导师卢济威求证这篇论文的思想及话语逻辑。

卢济威解释，王澍的这篇博士论文实际上是对当前城市现象（规划、设计）开展批判，对他心中理想（名之曰"虚构"）城市的潜在规律进行阐发。众所周知，产业革命后，城市中出现了大工业、铁路枢纽等新的要素，但由于城市建设的无计划性，城市中往往是工厂、住宅、商场、仓库等混杂相处，生活、生产都不方便。城市的功能分区问题开始受到重视。19 世纪末叶以来，一些有识之士对现代城市的功能分区进行了探讨，提出了各种方案，如英国 E. 霍华德的“田园城市”、法国 T. 加尼埃的“工业城市”方案等。1933 年的《雅典宪章》提出城市应按居住、工作、游憩进行分区和平衡的布置，建立把三者联系起来的交通网，以保证居住、工作、游憩、交通四大活动的正常进行。这就使城市功能分区的思想更为明确。“伴随着功能分区的实践，世界大都市又按照汽车为本规划设计并迅速膨胀，大马路、大广场、大而高的建筑都是以汽车的速度和身处车中人的视界为本的。”

“王澍的想法与我心中的城市理想其实是一致的，即现代城市应以人为出发点和基本维度。人的行走是慢的、看到的建筑是小的、精致的。喜欢迷宫样的城市和游戏般的生活。”卢济威解释弟子的博士论文说，论文最基本的思想是“城市是为人服务的”，理想的城市以人的需要为中心；再者就是“城市应是规模适度的”。他在《虚构城市》提出：“城市其实是个矛盾的集合体，功能要交互，城市规划要适度模糊，城市应该像一个迷宫，像一个游戏。”

“因为想法与当时现实不合拍，我为他的论文答辩做了很多准备，其中就包括拉从事建筑理论研究的伍江‘入伙’，鼎力襄助。”卢济威始终微笑着，“他的观点有道理。我们得培植他，扶持他。”

评价王澍的建筑设计

“王澍的作品，我看过宁波美术馆。”卢济威介绍，青砖平台、地面，那些砖散发出本土的气息，墙面打破常规，运用橙黄橙黄的原木片，当然也表现出现代的氛围，“当青灰和橙黄结合的时候，我的心里非常愉悦”。

不仅如此，王澍近年来还相继设计了苏州大学文正学院、宁波博物馆、中国美院象山校区。卢济威说：“王澍设计的作品，体量都不很大，都喜欢用中国传统的营造材料，比如砖、瓦、木头，‘慢、精致、小’是其设计的基本特点。”顿了顿，卢济威说，“他试图走一条地方特色与现代功能结合的设计道路，纵观他近年的设计实践，我感觉是在寻找一条中国式的建筑设计道路。现在看来，他的努力得到了世界的认可。”

听闻裴钢校长热情赞扬王澍，卢济威高兴地说：“一个好的设计师，必须要有深厚的底子。而底子的深厚，全赖静心读书、潜心思考。读书和思考都离不开宽容、理解和自由的校园空气和土壤。”“在同济，有这样的土壤。”卢济威最后说。

（程国政，2012年3月10日，第2版）

历时十八年，以老港填埋场为基地

生活垃圾处理课题研究效益巨大

本报讯 近日，我校环境学院赵由才教授主持的“生活垃圾能源化与资源化关键技术及应用”课题获得教育部2011年度科技进步一等奖。“以上海市老港填埋场作为课题基地，团队在18年的时间里，牢牢盯住生活垃圾处理的能源化与资源化展开研究，并实现了填埋的生态化，取得了较好的经济和社会效益。”赵由才告诉记者。

随着人们生活水平及对环境品质的要求不断提高，生活垃圾的成分越来越复杂，填埋、焚烧的难度越来越大。“垃圾围城”之外，“我国生活垃圾呈现出‘低热值、高含水率、高杂性、高有机物含量’（三高一低）的特点，严重影响了其处置效率”。赵由才介绍，1992年，我们开始以亚洲最大的填埋场、总填埋量达4000万吨的上海老港填埋场为对象，开始了为期20年的生活垃圾生物降解与稳定化过程连续、不间断研究。

研究期内，课题相继申请获得矿化垃圾资源化再生循环利用成套技术与工程示范、大型垃圾填埋场封场后垃圾和土地的利用研究、中国—希腊固体废物处理与资源化技术交流及合作研究、生活垃圾智能分选技术的计算机仿真优化、填埋场稳定化进程与垃圾降解及相互影响等课题，这些课题分别来自教育部跨世纪人才培养计划、国际合作计划和国家自然科学基金的支持。

经过长期潜心研究，课题组研发出混合生活垃圾源头脱水、精准机械分选等源头减量技术，提高了生活垃圾资源品位，拓宽了垃圾增值物流和能流回收途径，为后续高效多级利用提供了条件；持续监控了大型填埋场生活垃圾降解规律，通过缺陷地基（老港填埋场位于东海之滨、长江入海口，为滩涂）条件下扩大填埋库容的高维填埋技术应用，提高了生活垃圾高品位沼气的生成能量密度，开发了填埋气高效收集与微量有害气体的净化技术，实现了填埋气的高值化利用；发明了矿化垃圾生物氧化甲烷与甲烷菌生物抑制技术，形成了矿化垃圾甲烷氧化覆盖层材料制备、无动力风帽促甲烷氧化、甲烷菌的电石缓释抑制等甲烷控制集成技术，实现了无法收集利用的低浓度甲烷生物高效转化和源头抑制；开发并应用了矿化垃圾生物反应床和水化剂相结合的渗滤液低成本深度处理技术；研发出适合我国生活垃圾特点的高效焚烧热能发电技术，大幅度提高了吨生活垃圾的焚烧发电量。“经上海科学技术情报研究所查新，项目中生活垃圾生物堆酵与机械脱水集成技术、生活垃圾梯度筛分技术、矿化垃圾生物氧化甲烷技术、电石缓释剂抑制甲烷菌技术、生活垃圾焚烧烟气耦合控制技术、生活垃圾焚烧炉膛结构设计与应用技术等6项子技术达到国际先进水平。”赵由才说。

“研究还获得诸多新技术成果”，赵由才介绍，团队研发的混合生活垃圾源头脱水、精准机械分选技术可降低生活垃圾含水率10%~20%，塑料、橡胶、纸张类等回收率可从现有的60%提高到90%~95%，原生垃圾处理量减少了30%；研究还明确了我国南方地区填埋场管理期限为32年左右，甲烷能源化利用时间和面源无序排放控制时间分别为1至7年间和8至15年间；高维填埋技术可有效减小相同库容下75%占地面积；优化了填埋气收集管道布局，收集率提高到60%~70%以上；净化处理后的发电效率可提高38%以上。

采访获悉，2007年，老港填埋场三期完成填埋后退役，4万平方米的填埋场进入修复期，场方将填埋场一半定为生态园，开始了园内大面积的绿化；另一半则利用附近的风力资源，建成风力发电厂。“根据规划，将分三层空间综合利用填埋场内资源：高空利用其风力和太阳能资源用于发电；地表种植绿化，打造生态公园；地下层利用沼气发电。”老港填埋场场方介绍，截至去年底，该填埋场已经利用沼气发电15兆瓦。

课题成果除了在老港深入应用外，还在我国40多座填埋场、20多座焚烧厂得到直接应用，其中包括国内年焚烧量最大的上海江桥焚烧厂等。截至去年底年，应用课题成果处理的垃圾近两亿吨，应用范围覆盖了我国中东部地区22省市。同时，课题组还产出了包括SCI收录论文56篇、EI收录论文20篇、学术专著1部、教材3部、发明专利28项在内的大量成果。“课题还培养了56名研究生。令人欣慰的是，成果直接应用后，实现5800人就业。”赵由才说。

（程国政，2012年3月20日，第2版）

我校李建华教授连续7年聚焦崇明水环境研究

一系列重要成果服务于生态岛建设

本报讯 连续七年将研究的目光对准崇明，围绕着崇明水环境连续申请课题，我校环境学院李建华近年来将目光牢牢锁定崇明生态岛建设，先后获得了包括“崇明岛水资源保障与水体生态修复技术与示范”“崇明岛域水环境演变规律与水质改善技术研究”“崇明典型环岛运河河道综合整治技术研究与示范”等课题。近日，记者从上海市科委获悉，他的研究成果正在崇明岛生态岛建设中发挥效应。

为大都市留住绿色的肺，上海市早在2003年将崇明岛确立为生态岛和国际性海上花园，同时启动相关的科技支撑研究，水项目自然成为其中重要内容。第二年的7月27日，中共中央总书记胡锦涛同志视察了前卫村，并对前卫村的发展做出明确指示：“一定要抓住这个特色，打好生态发展这张牌！”总书记的话为崇明岛的生态建设指明了方向，也深深吸引了2004年刚被同济引进的李建华教授的目光。他曾在日本最大的国立土木研究所从事水环境研究十多年，积累了丰富的经验。经过积极争取，李建华成功获得市科委重大科技攻关专项“崇明岛水资源保障与水体生态修复技术示范工程”，项目落户前卫村。

两年多的时间内，李建华带领课题组在前卫村建立生态型雨水排水系统对分散的面源污染源进行拦截和处理，在河渠中广植湿生植物并配以微生物以净化水渠中有机污染物和氮磷等；筛选土著的适生植物种植于多空生态石板之上，将受损堤岸改造为生态坡岸；在此基础上，建设配套的河水交换、净化、循环工程，以期尽快控制中心河段的富营养化问题。改造的同时，课题组还建立起前卫村水体富营养化生态动力模型，为各种生态处理、处置措施的优化组合（包括合理确定河水交换率和内循环率）提供科学依据。“在工程建设中注意结合景观建设，营造并提高中心河段的景观功能，实现‘水清、景美’，提升前卫生态村整体形象，也是课题组追求的目标之一。课题的核心是生态手段，现在的前卫村，已经成为观光和科普教育的基地了。”李建华告诉我们。

而“崇明岛水环境演变规律与水质改善技术研究”课题的启动则是上海市科委面向崇明研究基地的重要举措。作为崇明水环境研究实验室的重要一环，课题组将眼光放在更为宽广的视野上。针对调查得出的污染物主要为“有机污染物和石油类物质”“氯化物及‘盐度’超标”的实际，进一步实地勘察发现：崇明岛边滩的河口水域在人工筑坝圈围之后，其水环境逐渐演化为咸水湖泊环境，浮游藻类群落问题日渐严重。针对这些情况，课题组首先建立起岛内河网水动力模型与水质模型，以做到污染治理的及时预警和心中有数；运用生态纤维浮床接触氧化技术、高效复合人工湿地技术等去除污染物，并在此基础上形成完善了的村镇水污染控制技术理论与方法体系。

“崇明典型环岛运河河道综合整治技术研究与示范”课题自 2007 年 12 月开始，历时近两年，针对粉型土壤为主的运河河道岸坡坍塌和泥沙淤积严重等情况，课题组提出了 6 种不同功能特点的护岸结构模式。“所构建的不同护坡结构模式在抗雨水侵蚀和抗船行波以及修复受损河流生境方面具有良好的效果。”李建华介绍，通过该项目的研究，崇明水环境试验基地科研和平台服务功能得到进一步提升，研究方向和目标进一步明确。据了解，该项目的研究同样取得一系列研究成果，其中包括编制完成《崇明岛河道生态护坡 / 护岸设计技术导则（草案）》。

不仅如此，李建华等还承担了一系列与崇明及上海水环境有关课题，如“上海市战略水源地典型持久性有毒物质的赋存特征”“崇明研发基地水环境研究实验室建设专项”“低碳型河道构建技术研究与标准编制”等，为崇明的水环境和生态环境建设发挥了重要的科技支撑作用。

随着研究的进展，课题组在国内外核心期刊和国际会议发表学术论文 62 篇（18 篇被 SCI、EI 收录），申请 4 项国家发明专利，并培养博士生 6 名，硕士生 27 名。

（程国政，2012 年 3 月 20 日，第 2 版）

“我们的目标是取消城市信号灯”

——世界首次基于车路协同环境交通信号控制实验亲历记

或许大家对 2010 年上海世博会的上海通用馆设想的“2030 上海交通”还记忆犹新；或许大家看过美国电影《偷天换日》，影片中窃贼成功地控制了洛杉矶市的交通系统，造成了有史以来最大的城市交通阻塞。今年 3 月 31 日，在太仓市交通繁忙的主干道上，这一幕就真实地发生了，只不过是实验车辆近了十字路口时信号灯就主动变成绿信号，其它车辆却浑然不觉。这是世界上首次进行的基于车路协同环境的交通信号控制，我们看到的是该团队正在承担的国家高技术研究发展计划（863计划）项目的部分研究成果。

"老师为我们指方向、搭平台"

2009年开始，世界上最大的汽车电子企业——日本一家名叫电装（DENSO）的公司找到我校智能交通运输系统（ITS）研究中心，洽谈面向车路协同系统的短程通信（DSRC）实验合作方案。随后，作为主要参与者，正在同济大学交通信息工程及控制学科跟随杨晓光教授攻读研究生的黄罗毅及参与该团队组织的大学生创新研究的王吟松等全程参与此事。"杨老师根据我们的兴趣，为我们指明了基于车路协同的下一代交通控制系统的努力方向，并首先在同济大学嘉定校区为我们搭建实验基础平台，随后又在太仓市建设了实景研究平台。如何展开研究？如何实现智能化技术，杨老师则'放水养鱼'让我们自主探索。"王吟松介绍说。

原来，1994年开始，杨晓光在日本京都大学攻读博士期间，便致力于智能交通运输系统（ITS）的研究，2004年进一步潜心研究"基于车路协同的下一代交通系统"。前往太仓观摩学生实验的路上，杨教授为我们描述未来城市的智能交通：路上碰到车流量大，你的车辆就会自动调整路线；快到路口时，车辆就会知道本次绿灯期间能否通过，若通不过就不必开得太快；路边突然有人或车辆穿越道路时，车辆可立刻侦知，让你减速；上海世博会通用汽车馆描述的2030年上海交通图景，GPS、不会堵车……在太仓的实验中都成了现实，车与路、车与车可即时对话。"工程类学生，在理论学习的基础上将其放到现实环境中去面对问题学习、去磨练，就可能较快培养成为'卓越工程师'。"杨晓光介绍，在吴志周副教授和博士后杜荣华等的协助下，这个以黄罗毅、王吟松等研究生为主的车路协同智能交通系统研究团队，从跟日本DENSO公司接触开始，谈协议、签合同、去美国学习、勘察太仓实验环境、租借实验车辆，一路下来干得很欢、很投入。

车路协同实验选择太仓

交通运输工程学院学生唱主角的车路协同交通系统实验，由日本电装公司提供DENSOWSU（一款支持WAVE通信的无线传输单元），黄罗毅、王吟松等研发车路协同实验系统并组织实施。“打个比方，日本公司提供的是一把工具，工具的用法，即戏怎么唱由我们来做。”王吟松介绍，2009年10月开始，我们在导师的组织、策划之下，开始了本次实验系统的研发工作。

“两年多的工作得到日本方面的认可，今年2月份我们已就未来五年的研究计划开始洽谈了。”王吟松说，“太仓是我们学校关于城市理想交通的一块实验田，这块‘田’从2004年就由杨老师他们开始耕种了，由他主持设计并实现的太仓交通信号控制系统为我们现在的车路协同实验提供了必需的硬软件环境。”

在真实的环境中做实验，说起来容易做起来难。不说别的，单说在道路上变道、交叉口变灯，万一这些活动引起交通混乱怎么办？更不用说，车辆、车路之间的联络与协同了。“今年1月15日，实验团队到太仓，初步选取实验路线。”黄罗毅介绍，联系当地的交警，确认实验的可行性；联系信号机提供商，确认数据交换协议；长春路、太仓市第二中学路段的十字路口安装信号控制设备；实地测试，发现问题，随后解决问题，修改实验路线及计算机程序；租借、改装和装饰6辆实验车（车载装置、系统软件）、现场安装天线……3个多月的时间内，团队的20多位同学面对问题展开学习、讨论、提出解决方案、研发软件系统，忙得井井有条、不亦乐乎。

车与路这样协同

“你看，这一组线负责接收行驶车辆发出的信号。”实验现场，刚刚考上硕士研究生的吴晓瑞指着路侧空中的两根短短的天线，比划着，“侦测天线接收到车辆的位置信息，传到这台控制器中，你看，就是这组正在闪烁的灯；经处理完毕后，就变成了交通控制信号灯的指令。”原来，她是跨专业考进这个团队学习智能交通的，现在的任务就是负责管理这台信号控制机。

据了解，这次名为“车路协同系统功能测试与试验”主要分为换道辅助，即VIP车辆（类似救护车、消防车等）行驶中需超越前方车辆，恰逢前方车辆打转向灯准备换道，VIP车辆发出警示信息，前方车辆收到信息后取消转向，让VIP车辆先通过；无信号交叉口冲突避免，亦即无需信号灯仅通过车辆间的协同最佳地通过交叉口；VIP车辆优先，即VIP车辆自动发出接近信息，行驶在前方的社会车辆受到警告信息后，靠边避让，系统让VIP车辆优先通行；

VIP 车辆多交叉口协调优先通行控制，即 VIP 车辆一路绿灯通过多个交叉路口。“四项实验内容，最神奇的当属交叉路口信号灯见到 VIP 车辆就变绿了。”前来参观的 DENSO 公司专家告诉我们。

亲身体验“未来世界”

站在春光明媚的太仓大街上，风和煦、旗猎猎，排在那里的就是 6 辆实验车：天线神气地立在车顶，车身醒目的 logo“同济大学车路协同实验系统”，还有鼓荡的横幅、年轻而灿烂的脸。

“实验水平是世界级的，比美国的做得好。”走下车，DENSO 公司的日本专家个个都很兴奋，纷纷对杨晓光表达着惊喜之情。三轮实验过后，终于轮到我们上车体验了，大家迫不及待地上了黄色的 VIP 实验车。

一上车，我们就发现道路、楼宇，还有本车的位置，尽在座位前的电子显示屏上，而且都是实时的卫星图。正在惊奇中，车辆发动，前行，转弯，随即来到测试路段。“正在播放紧急通行信息，请小心驾驶！”黄色 VIP 车辆上的辅助信息系统发现前方一辆白色普通实验车欲变道，开始警示。就只见：前方车辆停止变道，正常行驶，等我们过去了，才开始变道。“我们的警示发出后，这辆白色车子里的声音提示是‘紧急车辆通行，请勿换道！’”坐在前排的王吟松介绍说，除了变道辅助外，实验中还有两个场景（无信号交叉口冲突避免、VIP 车辆优先）的警示语，VIP 车辆的提示语一样，而白色车辆分别通过音频和图像提示：“紧急车辆通行，请停车避让。”“请靠边避让。”“这些警示语都是自动发出的。”王吟松说。

交叉口的一幕更让我们大开眼界。黄色车辆离路口还有数十米，就听见车载系统中开始提示“正在发送优先通行信息至路口信号机”，随即，就见路口绿色信号灯开始闪烁，交叉方向众车减速停车，VIP 车平顺通过路口；再走，第二个路口，还是如此。这一次，坐在车上的我们只觉得车到绿灯亮，没觉得路口有啥异样。

但第二回，我们真见识到了智能交通的神奇：车未到，还有 20 米左右，前面刚变红的信号灯又开始闪烁；车正常行驶至路口，灯变绿，我们的黄车通过，绿灯随即闪烁，变回红灯。第二个路口，情景再现：正所谓“天空依旧湛蓝，鸟儿已经飞过”。“我们努力的目标是把行走在城市中的每一辆车都装上智能装置，然后让城市信号灯成为历史，让每一辆车畅通无阻，让城市的人、车、路真正和谐起来。”王吟松说。

（程国政，2012 年 4 月 10 日，第 2 版）

我校承担的“崇明生态道路建设关键技术研究及其工程示范”

让崇明岛道路与环境和谐相处

本报讯 统计显示，2011 年，崇明岛前卫村已成为生态岛上的“农家乐”旅游明星村。一踏上前卫村 3.5 平方公里的土地，稍稍留意，你就会在村中一段模样有些异样的道路边的电子显示屏上看到活跃跳动的数字，那是分贝显示计，爱吃噪音的。“这条路就是我们 2004 年为前卫村设计的生态道路示范工程，它含有降噪铺面、路表径流生态循环系统、清洁照明三大关键技术，应该说对上海乃至全国未来道路的设计建造都具有示范价值。”“崇明生态道路建设关键技术研究及其工程示范”课题牵头人、交通学院院长孙立军告诉记者。

生态崇明已经明确列入上海发展战略，但作为世界上最大的河口沙岛，崇明岛生态也较为脆弱。按照上海市规划，崇明岛作为面向 21 世纪的生态型海岛，将建成环境优美、城市功能完善、产业结构合理、经济实力较强、交通便捷、通讯先进、社会事业协调、城镇布局合理、城乡一体的具有大都市远郊特色、超大复合型生态园区。“生态岛如果没有生态型的道路，那将是一幅怎样的景象？”上海市科委有关人士介绍，所以，市政府筹划生态岛之初就将环境友好型生态道路建设列入议事日程，随后选中我校孙立军教授团队负责其关键技术攻关及工程设计。

“道路网络已经成为当今社会和经济发展的中枢。”孙立军介绍，但道路网络为人类带来巨大便利的同时，其对自然景观和生态系统的分割、干扰、破坏、污染等负面影响也在不断增加。有关资料研究表明，这种影响至少涉及到全球陆地的 15%~20%。“借助崇明岛生态开发的契机，研究生态型道路系统设计规划原则，进行生态型道路的建设试点，对于上海建设‘生态城市’具有理论意义和应用价值。”他说。

生态道路从何着手？众所周知，随着车辆的迅猛增加，道路的噪声污染日益成为健康的杀手，而车行过后路面存留的铅、一氧化氮（NO）和橡胶尘粒都成为生态宜居岛的障碍。“针对这些问题，我们的研究主要集中在降噪铺面技术、路表径流生态循环系统、清洁照明系统以及能够分解汽车尾气的道路材料研究等方面。”孙立军说。

据悉，孙立军团队研发的路面降噪技术大不同于往常，项目利用对废旧轮胎材料的再生利用，成功研制了降噪铺面核心技术——降噪改性沥青。所谓降噪改性沥青，即是在传统沥青中加入一定比例的橡胶颗粒，用来铺设路面。“这种毫米级的橡胶颗粒全部来自废旧轮胎等橡胶制品。”孙立军介绍，用于铺设前卫村的示范道路表明，这种沥青能降低行车噪声 3~5 分贝；不仅如此，这种橡胶颗粒沥青混合料路面还可以有效抑制冰雪冻结，加速冰雪层融化，可大大减少路面的盐渍损害，很好地延长路面寿命，“顺便还减少了废旧材料的二次污染”。孙立军介绍，现在，此项技术已经在全国各地普遍应用了。

下雨了，道路积水往哪去？通常都是流进下水道，然后流到哪里是那里。但在崇明不行，路面上的污染物，随水流进入水系 / 农田，将造成严重的生态污染。“我们在道路两侧安排了排水沟。”孙立军说，沟渠从下往上，我们安排了污泥吸附过滤层及带状渗水层，这样水流进入沟渠后，经过过滤层的截留和生物降解处理，“这些水就可以用来喷淋路边行道树，并通过浅沟渗渠渗透等发挥细润灌溉作用了，一举多得”。孙立军告诉我们，再者，就是清洁照明系统。课题研发的道路照明利用的是太阳能和风能进行现场发电，“这种方式为道路交通提供基于清洁能源的照明系统”。据了解，该团队最近又研制了一种能够分解汽车尾气的路面材料，并在工程中进行了成功的测试。

行走在前卫村中，踏着村中心景观道路，发现脚底浅黑色的路面隐约有些特别，这条 500 米长的生态道路已经在游客中小有名气了。课题组成员告诉我们，沥青混凝土中掺杂的大小仅 3 毫米的废橡胶颗粒，不但能消解噪声，还能让行驶于这条生态道路的车辆雨天也不打滑。而路两旁，每隔 30 米就有一座简洁大方的风光互补路灯，不但阳光为它生产电能，阵阵风起，杆顶呼呼的风叶又为它的积攒电能。揭开路边沟渠盖板，就见细石渗水层。“过滤净化后的水，顺着地底的暗渠渗进四周泥土，就成了灌溉路边花草树木的水。”孙立军说。

（程国政，2012 年 4 月 20 日，第 2 版）

“对口援疆，我们义不容辞”

——我校规划设计研究院对口援疆纪事

今年“五一”前夕，我校规划设计研究院所在的援疆规划联合团队获得上海市总工会颁发的“上海市五一劳动奖状”。上海市对口支援新疆的单位众多，为何我校规划院能够脱颖而出获此殊荣？近日，记者走访了该院。

“对口援疆，我们义不容辞”

随着中央启动对口援疆工作，各省市立即投身部署、调研、组织和规划设计的行动中。2010 年 6 月底，上海市市长韩正带队赴新疆调研，随后确定“民生为本，产业为重，规划为先”的对口支援新疆总体思路。根据部署，7 月，上海市对口援疆工作指挥部组织全市 4 家城市规划甲级设计单位参与对新疆喀什的莎车、叶城、巴楚、泽普等 4 县的规划设计工作，我校规划设计院负责巴楚县城乡的规划设计。首先启动的项目包括喀什河两岸城市改造规划、保障性住宅老城改造安置基地修建性规划、新农村规划等。

位于新疆天山南麓、塔里木盆地与塔克拉玛干沙漠西北边缘的巴楚县，处于古丝绸之路的北道上，周边毗邻吉尔吉斯斯坦、塔吉克斯坦、阿富汗、巴基斯坦等五国，出入吐尔尕特、伊尔克什坦、乌孜别里、卡拉苏、红其拉甫、别迭里等几大口岸交通便利，发展基于丝绸之路的特色跨境旅游条件得天独厚。可是，地理位置重要、交通四通八达的巴楚，市政设施落后，公共设施不完善，生活环境较差。

“对口支援，我们义不容辞。”规划院迅速成立周俭为组长，周玉斌、王新哲副院长为副组长，夏南凯为技术指导的援疆规划工作领导小组。创作中心高崎主任为技术负责及主要召集协调人，院里抽调精兵强将组成四个规划设计团队展开了紧张的设计工作。

尤值一提的是，作为为技术负责及主要召集协调人的高崎，2010 年，刚从援建震区回来的高崎又积极投入对口援建新疆巴楚县规划设计中，主持或参与完成了一系列规划。“为使规划更具操作性，他深入当地居民家中，了解需求；又多次拜访各个领域的专家，听取意见与建议。”王新哲如是说。

阅读对口支援的"时间表"

"县城公共设施落后，农村公共设施可谓是极为落后。"多次赴巴楚的规划院副院长王新哲介绍，如何让城市宜居，农村成为和内地一样的新农村，就成了摆在规划院参与援疆工作同志们眼前的重大课题。

8月22日，王新哲带领的援疆项目组随上海市援疆代表团赴巴楚，深入县城、农村实地调研；9月27日，巴楚县委书记等来我校规划院，听取项目组的方案深化汇报，时任副校长陈小龙参加。11月5日—7日，上海援疆规划联合团队赴喀什向上海援建指挥部汇报成果，同时项目组赴巴楚开展安置房和市政基础设施规划调研。"那段时间，我们频繁往来于上海和新疆之间，长时间、长距离的奔波阻挡不了大家投入的热情。"王新哲介绍，被聘为顾问的赵民教授，2010年10月以来同样不辞劳苦，多次深入巴楚城乡调研。

2011年依然忙碌。4月12日，同济援疆规划团队提交的方案顺利通过评审并得到专家们的交口称赞。4月22日，团队一行8人再次赴新疆汇报；同时，结合实地踏勘情况，进一步完善规划成果，工作得到了上海援疆前方指挥部和新疆当地领导的高度肯定。

工作还在继续。2012年3月23日—29日，规划院援疆团队一行15人顺利完成了巴楚县县域城镇体系、5个乡镇总体规划以及10个村庄总体规划的调研工作。团队分成5个工作小组，深入琼库尔恰克乡、阿拉格尔乡、英吾斯塘乡、恰尔巴格乡、多来提巴格乡及多来提巴格乡的塔格吾斯塘村、恰尔巴格乡店阿里地村等10多个村庄，走访座谈，深入了解村民住房现状以及需求，其踏实、严谨、认真，不畏艰苦的作风受到各方一致首肯。

援疆示范村迎来市领导

让规划团队至今印象深刻的是，2010年11月11日，中共中央政治局委员、上海市委书记俞正声率上海党政代表团赴新疆学习考察。14日，代表团来到我校规划建设的巴楚县阿克萨克马热勒乡塘巴扎村的新农村示范点建设现场察看，周俭、周玉斌、王新哲等全程陪同讲解。

援建前的唐巴扎村，全村没有统一的排水系统，通电率只有70%，电话普及率也只有41%。经过深入的调研，规划团队将唐巴扎村发展规划定位为产业多元发展、地域文化突出、以乡村巴扎（集市）为特色的生态宜居乡村。

“规划的重点集中在将产业富民和新农村改造相结合，探求未来居住庭院经济一体化发展的新模式。”王新哲介绍，选择合适的地点完善配置各类市政及公共设施，提供多样化的庭院与建筑房型组合，形成生态环境良好、居住条件小康、生活便利舒适的村民集中居住社区。“地区性巴扎、庭院经济并举的富民发展模式确立后，我们设计的农民住房分为50平方米、70平方米、80平方米、115平方米等5个层级，以满足村民不同的需求。”王新哲说，“遵循这样的思路，唐巴扎村围绕巴扎（维吾尔语，意为集市、农贸市场），形成了‘一主四片’四个居住片区。结合安居工程建设，鼓励采用联庭的方式建设；同时，推荐采用‘1+1’的模式，即每户除一亩宅基地庭院外，再预留一亩临宅农田，以适应村庄发展需求。”

俞正声书记走进村民家中，仔细查看了房子的结构和布局，向村民询问建设的费用。俞书记再三嘱咐设计人员一定要根据当地实际和村民需求，优化设计方案，减少造价，让更多的村民从富民安居工程中得益。新疆自治区党委书记张春贤希望当地干部，要充分尊重农民意愿，根据实际情况，建设群众满意的房子。当天下午，代表团听取了我校规划院的阶段成果汇报，大家充分肯定了我校规划与实际结合，因地制宜的特色。

对口规划，结出硕果累累

两年多的时间内，我校规划院援疆团队始终坚持规划以项目为引导，尊重既有现状，强化公共服务设施，打造民族特色，注重时效性、指导性、可操作性，遵循远近结合、适度超前等原则，相继完成了：巴楚县城市总体规划调整、喀什河两岸控制性详细规划、老城改造修建性详细规划、迎宾路南段沿街风貌整治规划、火车站核心区控制性详细规划、农贸市场片区修建性详细规划、色力布亚镇总体规划及唐巴扎村、塔拉硝尔村的新农村示范点规划等十数个规划。今年4月27日，规划院负责编写的《镇（乡）总体规划编制技术规程（初稿）》顺利通过评审。该项任务由栾峰、赵蔚联袂完成，今年上半年完成编写并正式颁发实施。

另外，规划院还充分发挥学校学科齐全的优势，编制出包括《城市道路与桥梁规划设计导则》《老城区改造规划与设计导则》《城市住宅规划设计导则》《富民安居工程实用手册》等在内的10个技术导则。

“目前，我们正就这些成果申请专利。”王新哲介绍，这些专利申请主要结合援疆规划工作中的创新点而展开，包括农村宅院建设、可生长的农村住宅户型结构、抗震保温的新疆农村住宅体系、适宜沙漠气候的城市街巷、街道风貌改造的设计方法、沿街商业建筑廊架结构、组合式桥梁共7个申请项目。比如，“一种适宜沙漠气候条件的可生长型农村住宅户型结构”的专利申请就是一种适宜沙漠气候条件，可随家庭人口变迁、经济状况发展、生活习惯转变而灵活应变的农村住宅户型。“这种户型以框架结构为基础，以中间的凉棚空间为生长核心单元，随家庭结构的变化可随意变换成三口之家、两代小家庭、两代大家庭、三代大家庭等模式；不仅如此，还可以根据需要，各单元（除凉棚外）灵巧变身成为卧室、客厅、厨房、厕所或门厅；相邻单元可单独使用，也可打通变成一个大空间。”王新哲说。该发明将南疆地区民族特色浓郁的“凉棚”元素应用到现代住宅空间体系中，并以其为生长核心，形成家庭内部公共生活的核心，同时，凉棚还可用于栽植攀缘植物，阻挡阳光的直射和荒漠地区的风沙，兼具改善庭院环境的功能。“此类发明专利很多。”

据悉，除了团队获得今年的五一劳动奖状外，规划院还获2011年度喀什地区优秀勘察设计（规划）单位称号，该院规划设计十所编制的《巴楚县喀什噶尔河两岸修建性详细规划》也从上海援疆规划项目中脱颖而出，获得了唯一一个“立功竞赛规划优胜奖”；此外，王新哲获得了“援疆赛区建设功臣”个人荣誉称号，高崎获得了“上海市优秀建设者”个人荣誉称号；而2011年支部“规划援疆促发展党建业务双丰收”入选上海创先争优优秀案例。

（程国政，2012年5月15日，第2版）

测绘与地理信息学院成立

本报讯 5月20日，恰逢同济大学校庆105周年暨工程教育100年，我校测绘与地理信息学院成立庆典活动在四平路校区举行。活动期间，周祖翼、裴钢、陈小龙、马锦明、伍江、蒋昌俊、方守恩等校领导分别会见了国家测绘地理信息局党组副书记、副局长王春峰，陈俊勇、宁津生、李德仁、王家耀、张祖勋、刘经南、杨元喜、龚健雅、李建成等院士。

校长裴钢、校党委副书记马锦明、副校长伍江、校党委副书记方守恩，来自国家直属机关、兄弟院校、科研院所、海外大学、国际组织和企业的嘉宾、校友及在校师生 400 余人出席了学院庆典仪式。庆典仪式由常务副校长陈小龙主持。

仪式上，裴钢和出席庆典仪式的院士一起为测绘与地理信息学院成立剪彩，并和王春峰共同为学院揭牌。

裴钢对前来参加测绘与地理信息学院成立庆典的专家、领导、嘉宾、校友和师生表示衷心的感谢，并对新学院的发展充满了信心。他表示，学校将全力支持学院的发展，并希望全院师生奋发图强、开拓创新，以更大的工作热情和成果回报社会。

王春峰代表国家测绘地理信息局，对同济大学测绘学科 80 年来所取得的成给予了充分肯定，并对未来学院的发展提出了新的希望。我校校董、1956 届校友宁津生院士作为校友代表发言。中国科学院许厚泽院士等校友也纷纷发来贺信，祝贺学院的成立。武汉大学常务副校长李清泉和解放军信息工程大学测绘学院院长张卫强分别代表兄弟单位对学院的成立表示祝贺。

随后，土木工程学院师生代表也分别发言，表达了对学院成立的祝福。测绘与地理信息学院负责人对所有关心、支持和帮助测绘学科发展的领导、专家和各界朋友表达了衷心的感谢，并介绍了学院发展的定位、目标和试点改革情况。庆典活动期间还收到了来自海内外同行、兄弟单位和组织的贺信和捐赠。

副校长蒋昌俊出席了当天下午召开的测绘学科建设人才培养研讨会，和与会院士、专家以及学院教师共同探讨了建设同济特色测绘学科的新思路、目标和所面临的挑战。

同济大学于 1932 年成立测量系，是国内最早开展民用高等测绘教育的高校。当时同济大学测绘学科汇聚了包括叶安、夏坚白、王之卓、陈永龄、方俊、曾广梁教授等一批中国测绘学科的先驱，为我国测绘科学与技术的发展发挥了重要作用。同时也培养了包括许厚泽院士、宁津生院士和张祖勋院士等在内的一批中国测绘届的知名专家与学者，目前已有各层次毕业生 3000 余名。测绘与地理信息学院在土木工程学院原测量与国土信息工程系的基础上成立。

（测绘与地理信息学院，2012 年 5 月 25 日，第 1 版）

“我设计的建筑会对我微笑”

——2012年普利兹克奖得主王澍回母校记

5月25日，2012年普利兹克奖颁奖仪式在北京人民大会堂举行。颁奖仪式前夕，普利兹克奖得主、我校校友王澍回到母校曾经就读的建筑与城市规划学院，与当年的师友一起沉浸在“微笑、幸福”的回忆里。

读书：“我们微笑着看着你”

座谈会的气氛始终轻松、惬意，用王澍的话来说就是回到同济“特别幸福”。副校长伍江说，同济为校友获此殊荣而兴奋，“从上到下都很兴奋”。他说，一年前，在裴校长办公室聊起普利兹克奖的事，当时我说：“如果中国有人得此奖，肯定是王澍。”为何？改革开放三十年来，中国建筑界缺的不是技巧和机会，缺的是文化的思考。“工程中带着文化的思考，王澍是一个，他的获奖给中国建筑界的商业化敲了一个警钟。”他说，我至今还保留着王澍手写复印的博士论文，还记得他的导师对我说：“论文我没全看懂，你帮我看看，但我觉得这是一篇好论文。”伍江说：“我很骄傲同济有这样的老师，有这样的校友。”伍江说，在强大的商业麻痹了建筑设计者的视野的时候，王澍一步步坚持着，走出了自己的路。“他的获奖表明，他所努力寻求的建筑中国化的道路是对的。”

导师卢济威愉快地回忆起王澍当年读书的点点滴滴：“当年，他跟我说，从东南（大学）出来，思考了多年，思考了很多问题，现在看来还得回学校读书，他不受市场的诱惑。”卢济威说：“王澍看过很多书，5年博士，他就躲在8平方米的宿舍里静静读了5年书，思考了5年。”

王澍当年读书时的系主任莫天伟谈起“树下上课”的事，开心地微笑着说：“当时王澍看到我的微笑，脸上的表情轻松了。”原来，当年王澍念博士时需要有教学实践环节，他第一堂课就把学生全部拉到树下上课；紧接着，设计时，又给出一道四面都没有方向感的房子，莫老师还是微笑着。莫天伟说：“你下一步怎么走，我们继续微笑着看着你。”

“回到母校，感到特别幸福”

王澍的话语里充满了对母校的深情。“回到母校，感到特别幸福。这么多的老师、学长学弟都来了。”王澍回忆说，当年在同济整天穿梭于宿舍、图书馆、运动场，加上一年四季冷水澡，每星期几次足球，“同济的日子很轻松、很舒服”。“还记得卢老师说‘别人的论文我要管，你的论文想怎么写就怎么写’。老师如此放手，我对自己的要求就高了。”“其实，第三年就有初稿了，5万字，讨论完，回到家；‘全部重写’是我当时说的话。”王澍说，后来，论文写得很疯狂，“伍老师看到的那已是第三稿了”。王澍总结说，“我是一条道走到黑的人。好在累到不想干的时候，获奖了”；“同济让我能够比较幸福地生活。同济的五年很重要，出去后我的创作就爆发了”。

“同济容得下各种思想。”王澍说，在东南大学感受最深的是其厚重的历史感，而同济卢老师“对我的叛逆有些隐忧，但欣赏我不受市场的诱惑”。王澍实话实说：“我是执着且笨的那种，认准一条道就走到黑。”看看在座的妻子陆文宇，他说：“特别要感谢她在我设计的作品饱受批评时给予的支持，她说的‘虚心接受，坚决不改’让我坚持到了今天。”王澍说：“现在，试图坚持原来的路子，不改变。”和从前一样，保持心境的常态，不过于亢奋，接一些自己认为好的项目，直接面对设计过程，“很朴素地面对建筑本身，带一丝哲学思考的光辉就好”。

“建筑会对我微笑”

会上，话题较多地集中在获奖作品上。从同济毕业后，王澍回到位于杭州的中国美院任教，此后十年是他设计“房子（他说‘我不做建筑，只做房子，房子就是业余的建筑’）”的收获期，相继完成了包括宁波当代美术馆、宁波博物馆、宁波五散房、中国美术学院象山校区一期工程在内的十余件作品。其中，宁波美术馆是由轮船码头航运大楼改建而成，规模仅次于北京的中国美术馆，整座美术馆外墙由青砖、木材、钢材构成，像一艘即将远航的轮船，沉稳、内敛、厚实，又略带几分神秘；而宁波博物馆建筑形态以山、水、海洋为设计理念，用从民间收集而来的明清砖瓦砌成瓦爿墙，用毛竹替代钢筋铸成混凝土墙作装饰，建筑显示出浓厚的江南民居特色；同时，建筑周围用水池环绕，代表海洋孕育了宁波。正是宁波博物馆让王澍获得普利兹克奖，让其成为继贝聿铭之后第二位获得此奖项的华人。

“我设计的建筑，会对我微笑。”王澍说，象山校区一期竣工时，面对各种批评，妻子的鼓励给了我“定力”。中国美院杭州象山校区位于杭州市文化旅游生态风景区（转塘），占地800亩（其中山地河流近350亩）。王澍用300万片旧瓦片，采用中国传统“大合院”的形式，让建筑从土地中生长起来。“由于使用的话语体系与时下流行的建筑语言大不同，所以遭受了各方批评，是妻子那句话成了我的‘定海神针’。”王澍说，现在看来这种坚持是有价值的。“当初，从心底里觉得我设计的建筑冲着我微笑。这片建筑是尊重这里的山，这里的水，它是自在的、自由的。”

大家纷纷对王澍的作品发表看法。“当今我们周围的建筑，缺少的普遍是心底的感知。”“建筑人首先应该是个文人。”“建筑师的成功，主要取决于气质。”“教育分学科分类太细，割裂了文化，也割裂的建筑。”“文化是一种记忆，与人的情感世界相关联。”师友卢永毅、吴长福、黄一如议论道。常青教授则称，中国是文明古国，其传统源远流长，王澍获奖一定与此有关，学王澍“可学其行，但难以学其势；可有其境，但难臻其界”。大家不约而同地表示，同济向有宽松的教育环境，面对新尝试一贯保持宽容的微笑；今后要继续坚持不懈松土保墒，让每一个在学院受教育的年轻人都自由自在地成长。

（程国政，2015年5月25日，第2版）

拓展与深化对西班牙、拉丁美洲国家与地区的合作

同济大学“中西学院”成立

本报讯 值同济大学建校105周年暨工程教育100周年之际，同济大学“中西学院”成立。

5月24日，“中西学院”第三次研讨会召开。校党委书记周祖翼、副校长董琦、校党委副书记李昕以及西班牙马德里理工大学、加泰罗尼亚理工大学两所大学校长率领的代表团出席会议。周祖翼肯定了3校在过去两年间为“中西学院”筹备所付出的辛苦与努力，并对该项目的发展规划提出宝贵建议和深切期许。

5月25日，《同济大学、马德里理工大学与加泰罗尼亚理工大学关于成立“中西学院”谅解备忘录》签署仪式暨“中西学院”成立仪式举行。校长裴钢、常务副校长陈小龙、副校长董琦、党委副书记李昕，马德里理工大学和加泰罗尼亚理工大学代表团、中国教育部、西班牙驻沪总领馆、西班牙驻华使馆教育

处、委内瑞拉驻沪总领馆、墨西哥驻沪总领馆、秘鲁驻沪总领馆、上海市教委、中国建设银行、西班牙桑坦德银行代表出席仪式，共同见证“中西学院”的成立。“中西学院”旨在提供一个面向西班牙语地区的交流窗口，并借此拓展与深化同济大学对西班牙和拉丁美洲国家与地区的合作。该项目涉及西班牙的优势学科，如土木工程、建筑与城市规划、交通、材料、电信、计算机工程、管理等方面的合作，突出智能城市和可持续工程领域的前沿研究。同济大学自2009年起与马德里理工大学、加泰罗尼亚理工大学2校开启学生交流项目，“中西学院”的成立，将进一步拓展、深化双方的校际交流与合作。

“中西学院”成立后，将开展“20+20”双向学生交流项目，并计划于2013年9月启动双学位项目。此外，“中西学院”将逐步推出语言培训、暑期班等一系列学术活动，开展西班牙文化周、西班牙电影节、文艺演出之类活跃校园的文化活动，从而通过该平台推广西班牙文化和中国文化，带动中西之间文化的交流，促进校园文化建设。

“中西学院”是同济大学继中德学院、中法工程和管理学院、联合国环境规划署—同济大学环境与可持续发展学院、中德工程学院、中意学院、联合国教科文组织亚太地区世界遗产研究与培训中心、中芬中心之后的第八个国际合作平台学院。

（外事办，2012年6月5日，第1版）

同济“复合外皮生态住宅”亮相欧洲太阳能十项全能赛场

本报讯　9月13日下午，2012年欧洲太阳能十项全能竞赛开幕式在西班牙马德里举行。经过参赛学生、指导老师和工人们的紧张施工搭建，我校参赛的太阳能建筑“复合外皮生态住宅”顺利竣工，并与来自世界其他高校的19个参赛太阳能建筑一同接受竞赛组委会验收。

西班牙经济与劳动部长、马德里市长、马德里理工大学校长、施耐德公司与参赛学生代表在开幕式上致辞。

开幕式结束后，各参赛太阳能建筑对社会开放，时间为半个月。期间，竞赛组委会将从建筑设计、工程与结构、太阳能系统、电力能源平衡、舒适性、工业化前景、创新性、可持续性等多项指标，对参赛的太阳能住宅进行总评分，并评选出竞赛的各种奖项。

据介绍，我校“复合外皮生态住宅”将室内外建筑空间的组合与生态技术巧妙结合，建筑技术与生态技术在此“默契十足”。以“复合外皮生态住宅”外墙为例，住宅“笼罩”在一个与建筑本体错位交织的菱形网格状结构内，该结构横跨屋顶承接着屋顶的太阳追踪型光伏发电系统，它集生态绿化、太阳能利用、通风遮阳为一体，构成可调节室外微气候的室外灰空间。

结合竞赛场地条件，我校学子的这项作品集成了诸多项生态技术亮点，如自动跟踪太阳能高度角的屋顶单晶硅光伏系统、弱光性佳的西侧壁薄膜光伏系统、与建筑协调的高效太阳能平板集热器、光热利用一体化的 PVT 系统、利用昼夜间大温差蓄放热特点的水源空调热泵系统、水资源循环利用的雨水收集、灰水处理及立体绿色滴灌系统、调节建筑室外微气候的喷雾蒸发降温系统，还集成有建筑遮阳、天井热压通风 VIP 高性能保温，热湿独立控制空调系统、生态竹材利用、家庭能源信息智能化和 LED 照明等。

因其独特的外形设计，我校“复合外皮生态住宅”太阳能建筑吸引了大批参观者及新闻媒体。许多参观者和媒体对该建筑产生浓厚兴趣，同时对同学们的专业回答表示满意。西班牙电视台、意大利建筑杂志、我国新华社驻西班牙记者等进行了专题采访。意大利建筑杂志选取了我校参赛建筑，派专业建筑摄影师进行拍摄，并将用 6 页的篇幅来进行介绍。

据悉，我校代表队于 8 月 31 日下午，在西班牙马德里完成一系列参赛注册手续后，正式进入比赛场地，开工搭建“复合外皮生态住宅”。由于原定于 9 月 16 日举行的开幕式提前到 13 日举行，根据比赛组委会的要求，各太阳能住宅的搭建必须在竞赛开幕式之前完工，这对各参赛代表队提出了更高的要求。为了高质量完成比赛任务，我校代表队克服当地天气炎热等种种困难，代表队学生与工人们每天一早赶赴工地，每晚工作到九点多。紧张的施工过程，对学生们既是考验更是锻炼。我校暖通专业的赵诗佳同学说：“竞赛的周期缩短、时间紧、任务重，为保证水暖电各系统的调试时间足够充沛，我们一进场就开始紧锣密鼓地工作。为了节约时间，我们在国内就已经预制好了防线板，半天就完成了一天的工作量。”电气照明的陆欣怡同学体会到“从一开始的一片平地，到如今住宅建成，每一名同学、工人都付出了很多汗水和心血”。

（辛中，2012 年 9 月 20 日，第 1 版）

同济科学研究收获“黄金十年”

前不久，从国家基金委传来消息，我校获得国家自然基金数额达到创纪录的 2.6 亿元。从千万元攀上亿元级，我校最近十年来从国家基金委获得资助的数额，增长势头迅猛。“这只是学校科研工作的一个方面，总体来说，这十年同济科研是名副其实的‘黄金十年’。”学校有关负责人如是说。

这十年，科研硕果累累。2003 年，陈义汉牵头的科研团队发现首个“家族性心房颤动致病基因”，相关论文在国际权威学术刊物美国《科学》杂志发表，陈义汉博士当选为第八届“上海市科技精英”；该团队荣获 2005 年度国家自然科学奖二等奖（一等奖空缺）。2012 年，陈义汉带领的心律失常发生机制研究创新群体获得国家创新研究群体科学基金资助，获助金额达 600 万元，资助期限 3 年。

2002 年，我国首辆燃料电池轿车“超越一号”在我校试制成功，从此，万钢带领的清洁能源汽车研发成为了同济科研崭新的增长点。2005 年，他主持的“国家 863 燃料电池轿车”项目入选 2005 年度“中国高校十大科技进展”。2006 年，燃料电池汽车研发取得新进展。这年 2 月 7 日，“十五”国家 863 电动汽车重大专项顺利通过科技部评审验收；6 月，两辆“超越三号”参加在法国巴黎举行的第八届清洁能源汽车必比登挑战赛，获得赛事最高级别奖；2008 年，我校为主研发完成的 20 辆“燃料电池轿车”，在北京奥运核心区域投入示范性运营，担负起诠释“绿色奥运”内涵的重要使命。2010 年，“同济号”清洁能源汽车在世博园区得到大规模应用。与此相配套，国内首个“汽车整车风洞”2009 年在我校嘉定校区建成启用。“上海地面交通工具风洞中心”历经 4 年多建设，现已作为公共性汽车和轨道车辆技术平台，为我国汽车和轨道车辆工业的自主研发提供重要的基础性服务，目前预约试验的项目应接不暇。

2008 年的北京奥运会，被国际奥委会主席罗格称赞取得了“无与伦比”的成功。在奥运会筹备和举办过程中，同济师生发挥了积极作用，留下了深深的“同济印迹”：乒乓球馆和秦皇岛奥体中心两个奥运场馆的建筑设计，出自同济教师；奥运会主体育场“鸟巢”的钢结构试验，由我校科研人员承担。

2002 年 12 月 3 日，2010 年世博会花落上海，12 月 16 日，同济大学世博中心成立，从此同济人勇担重责，主动服务、贡献世博，全方位、全过程，为上海世博烙下了深深的“同济印”。在世博会申办、筹备、举办过程中，同济教授承担了世博总规划师、城市最佳实践区总策划师等重任，先后承担科研项目 170 多个，完成各类规划设计任务 90 多项，主题馆、城市最佳实践区、老厂房改造、交通的设计与控制、展示技术的策划与协调，乃至园区的通信等，都深深浸润着同济人的心智与汗水。而今，世博举办两年后，唐子来导演的城市最佳实践区仍在“转身”中，他说“要把这里打造成激发创意的梦工厂”。

我校科研工作也收获了诸多奖项。2009 年，我校五个项目获国家科技发明（进步）二等奖，获奖总数和等级列全国高校第六。此外，我校 53 项目获教育部科学研究成果奖和上海市科技进步奖，获奖数量和获奖等级均较往年显著增长；2010 年，我校 6 个项目获奖获得国家科技奖励，其中，范立础院士领衔的“大跨、高墩桥梁抗震设计关键技术”项目获得国家科技进步一等奖，取得了我校、也是上海高校的历史性突破。2008 年，我校工博会上共获 6 项大奖，包括大会奖 3 项、中国高校展区奖 3 项，“大会银奖”为高校首次获得的最高奖项，获奖总数居 53 所参展高校首位。

黄金十年，我校科学研究喜事数不完。2009 年，世界规模最大的“同济大学多功能振动实验中心”项目在嘉定校区开工；2009 年 9 月 19 日，国内第一个“城市轨道交通综合试验系统”建设迈出重要一步，一条千余米长的轨道交通试验线在嘉定校区开通。今年，两辆编组试验车运抵这条轨道交通综合试验线，我国轨道交通技术试验、检测有了坚实的硬件基础。十年间，我校“973”首席科学家连续增加，现已达 16 人，项目涵盖物联网、干细胞、电动汽车、光子晶体、地下空间、海洋、医学、测量等领域。浦江论坛由同济承办，国字号项目“南海深海过程演变”重大研究计划同济操办。2012 年获得国家自然科学基金排名跃升至第八……“回望这十年，同济科研人很忙，心里很甜。”学校有关负责人总结道。

（程国政，2012 年 10 月 25 日，第 1 版）

物理科学与工程学院正式揭牌

本报讯　11 月 6 日，由原物理系和声学所组建的物理科学与工程学院正式揭牌，标志着同济物理学科的发展踏上新的征程。中科院院士、校长裴钢，中国工程院院士李同保，新任院长陈鸿为学院揭牌，校党委副书记李昕，复旦、交大等兄弟院校物理系负责人，原物理系和声学所师生代表共同见证这一时刻。

裴钢在讲话中肯定了物理学科近年来的发展成就，并希望以学院为平台，加强基础教学，为工科发展提供强有力支撑；注重基础研究，耐得住寂寞，矢志追求真理；敢于挑战，追求卓越，争取创造一流。学院首任院长陈鸿表示，新成立的学院为同济物理学科发展搭建了一个崭新而宽阔的平台，相信在学校的支持下、在学院全体师生的同心协力下，同济物理学科会踏踏实实、勇于挑战，以追求科学真谛为已任，不断创造崭新成就。

近年来，我校物理学科发展迅速，通过学科整合，逐步形成了“理论研究与实验研究结合、机理研究与器件研制结合、基础研究与国家重大需求结合”的科研学术发展方式，并在“电磁波调控微结构物理与应用”“强激光微结构器件与系统”“微结构设计与仿真”“新型生物传感器材料与应用”“纳米声学”“信息声学”和“工程声学”等上，形成国内同行认可、国际有一定竞争力和影响力的学科研究方向。目前，物理学科在国内高校物理学科综合排名 13—15 位，进入 ESI 的 1% 研究单位。在国内外核心刊物上发表论文（大多被 SCI 或 EI 收录）400 余篇，国际高影响力论文持续出现。

物理学科在原有国家工科物理基础课程教学基地基础上，近年来先后在全国高校中率先建立起网上大学物理 CAI 教学信息中心、“物理现象探索”园地及“物理教学数字化平台”，并建立了开放式、多层次、自主型物理实验室等一批软、硬件设施。据统计，仅从大学物理与大学物理实验网站上受益的同济学子就超过百万人次；主持国家级、省部级及学校层面的教改项目近 30 项，先后获得“国家级教学团队”“全国高校教学名师”“教育部优秀教师”等称号，同时还获得了“国家精品课程”“上海市精品课程”“国家级规划教材”“国家优秀教学成果奖”等成果。

（周宏武，2012 年 11 月 15 日，第 1 版）

我校首个海外校区落户意大利佛罗伦萨

旨在打造意大利乃至欧洲的高水平人才交流培训基地

本报讯 11 月 10 日，上海市政府文化创意产业推进办公室副主任贺寿昌在意大利佛罗伦萨与该市市长马特奥·伦兹（Matteo Renzi）签署了《上海—佛罗伦萨中意设计交流中心协议》。我校党委副书记方守恩与意大利佛罗伦萨市长马特奥、托斯卡纳大区副主席斯特拉·塔尔杰蒂（Stella Targetti）签署了《同济大学佛罗伦萨海外校区合作备忘录》。

意大利是闻名世界的创意设计强国，佛罗伦萨则是文艺复兴的发源地，众多世界名校在此设立海外校区已有近百年的传统。近年来，在两国政府的支持下，中国和意大利在设计创意方面的合作呈现快速发展的趋势，以设计为主题的交流合作十分活跃。2011 年 4 月，中国科技部部长万钢与意大利创新部共同在同济大学成立“中意设计创新中心”，并与意大利托斯卡纳大区就创新合作签署了协议。在此背景下，经过一年多的考察与洽谈，以“上海—佛罗伦萨中意设计交流中心”为依托，我校与佛罗伦萨市政府和托斯卡纳大区政府就设立同济大学佛罗伦萨校区达成协议。

我校将通过佛罗伦萨海外校区积极推动与佛罗伦萨大学等意大利大学及欧洲、美国等在佛罗伦萨的教育机构之间的合作，多方面引进整合国际化教育资源，在艺术、设计、建筑、时尚、文化遗产保护等学科领域开设各类长短期课程，并辅以人文学科，如西方艺术史、文艺复兴研究、国际政治等领域的通识课，打造我校在意大利乃至欧洲的高水平人才交流培训基地，为推动实施“3 个 600”国际化人才培养战略创造更好的境外学习条件，打造同济特色的海外学习课程平台。

同济大学作为该中心的学术支持单位，将充分发挥“中意设计创新中心”和“同济大学中意战略咨询委员会”的资源整合优势，负责上海与意大利高端设计创意人才交流培训及相关学术活动的策划与组织。我校佛罗伦萨校区还将积极推动与包括托斯卡纳大区在内的意大利各地方政府、企业合作，为学生提供更多更好的实习、就业机会，并切实加强中意两国中小企业间的互利合作。

同济大学佛罗伦萨海外校区的筹建在意大利反响热烈。《共和国报》《民族报》《晚邮报》意大利国家广播电视公司等意大利各大主要媒体都对其进行了报道，称同济大学佛罗伦萨校区不仅是第一所中国大学在意大利的海外校区，在世界上也属先例。“这是一次具有里程碑意义的合作”，塔尔杰蒂女士表示，“该校区将在教学能力、科研能力、产业合作能力等方面为中意双方提供全新的交流合作平台。”

（中意学院，2012 年 11 月 25 日，第 2 版）

全长 62 公里、双向六车道高速公路标准、主跨为世界首创的 2×1080 米三塔双跨钢箱梁悬索桥泰州长江大桥 2012 年 11 月 25 日通车——

我校承担其中多项关键技术研究

本报讯 今年 11 月 25 日，长江上又一座大桥——泰州长江大桥正式通车。泰州长江大桥全长 62 公里、双向六车道高速公路标准、主跨为世界首创的 2 米×1080 米三塔双跨钢箱梁悬索桥。“这座大桥就是由江苏省交通规划设计院及中铁大桥勘测设计院与同济大学建筑设计研究院（集团）有限公司联合设计的，桥梁系的许多学者承担了包括大桥的多塔连跨悬索结构原型设计、桥梁稳定问题、中间塔安全、抗震性能及结构体系优化，还有抗风性能的研究等，这些课题取得的成果都已运用到大桥的建设上了。”桥梁系有关负责人介绍。

泰州长江大桥是世界上首座跨径超千米的、付诸实施的三塔悬索桥，建筑设计方案由同济大学桥梁系陈艾荣团队完成，其设计、技术在国内外创下三项纪录。

三项“最”，意味着数不清的难题

世界跨径最大的三塔悬索大桥。泰州大桥之前，世界上最大跨径的三塔悬索桥在日本，跨径为 176 米。因而，泰州长江大桥建成后，主桥边塔与中塔之间 1080 米的跨径，将首次在世界上把三塔悬索桥塔跨径由百米一跃迈向千米。

大桥采用“人”字形钢塔。为何要采用这种结构？与两塔悬索桥不同，由于三塔悬索桥用边、中、边三个主塔，中主塔将主桥划分成两个跨径，极端情况下可能出现一个桥跨布满车辆而另一个桥跨没有车辆的情况，此时，如果中塔刚度不足，则塔顶会产生较大的位移，桥面必然出现明显的变形，对行车及人产生不利影响。与此相反，若中塔刚度过大，势必又会使让大桥的主缆在中塔两侧存在巨大的不平衡力作用，造成主缆在塔顶产生滑移的风险。“这就要求中塔必须要有一定刚度，同时刚度又不能太大。我们的研究就是要对为这类桥型提供一个可以操作的规范。”设计组负责人之一罗喜恒说。

大桥采用国内最大的水中沉井，基础沉井平面尺寸长约58米、宽44米，整个沉井基础将下沉到标高 −70 米的深度。

三项之最，包含的就是数不清的困难和问题。比如大桥跨越的长江江面宽达2.3公里，河床呈浅W形断面，是一跨过江，还是三塔两跨悬索桥？投资、河床特点、河势变化、船舶撞险都要考虑；而采用斜拉桥桥型，引桥过多、过密的桥墩，将会影响两岸港口码头间船舶的航行，不利于两岸岸线的开发利用。“造桥有难题，得去找同济。”业内广为流传的话在泰州长江大桥上再次应验。

中间塔难题，交给同济

泰州长江大桥主缆从锚碇起经过一个边跨和一个主跨后才到达中间塔，主缆对中间塔塔顶的约束相对较弱。马如进副研究员牵头的“中间钢塔多尺度弹塑性稳定分析及安全评价”课题对泰州长江大桥中间钢塔的弹塑性稳定展开详尽的研究，获得了中间钢塔结构在多种荷载作用下的失稳形态及过程；首次利用多尺度方法，解决了大型钢塔结构稳定分析全尺度与局部细节尺度模拟差别悬殊的问题，揭示了构件局部失稳与整体失稳相互作用的关系；首次将随机车流模拟引入稳定分析，提出了实际状态下中塔的稳定安全概率评价方法，为桥梁结构稳定性分析提供了一种新的思路。“研究成果很好地指导了大桥的中塔建设，让我们的设计、施工吃了定心丸。”泰州长江公路大桥现场总指挥钟建驰如是说。

泰州长江大桥难建，最难是中塔。泰州长江大桥的中塔鞍座抗滑安全问题这块骨头落到了我校桥梁系陈艾荣教授身上。“随着经济的发展，作为跨海工程理想结构形式的大跨径多塔悬索桥建设必然越来越多。”陈艾荣教授介绍，作为首座大跨三塔两跨悬索桥，中间塔的安全问题、抗滑评价与设计方法是三塔悬索桥结构体系安全的关键问题之一，目前的研究具有首创意义。采访获悉，陈艾荣教授等结合工程的具体特点，开展了随机车流模拟、极值外推、性能设计等方面的研究，明确了中间塔鞍座与主缆的相互作用机理，提出了中塔鞍座与主缆间的抗滑安全性评价方法和参数指标，开发出相应的分析手段和计算工具，探索建立了多塔悬索桥中间塔鞍座的性能设计方法。具体的创新性成果表现为：研究了基于实际运营状态的车辆荷载效应极值数值推定方法，实现了基于短时车辆荷载响应的长时间响应机制推定；提出了中塔鞍座与主缆抗滑安全性评价方法和参数指标，并对泰州塔桥进行了实例研究；提出基于性能设计方法的中塔鞍座设计过程与方法，创新了多设计水准设计状态的大跨径桥梁关键构建性能设计的规范格式，编制了《中间塔鞍座抗滑性能设计指南》。

抗风抗震，同济担当

泰州长江大桥的主桥部分有近 10 公里处于风力强大且飘忽的长江之中，如何保证三塔两跨悬索桥在狂风面前泰然自若？陈艾荣教授还牵头开展了大桥抗风性能及减振技术研究。“我们采用理论分析结合有限元数值模拟分析和风洞试验研究的方法，以泰州长江大桥主桥为工程背景，进行了针对中间钢塔的节段模型风洞试验研究、气动参数数值模拟研究和气动弹性模型的风洞试验研究，以及主梁节段模型风洞试验研究和全桥气弹模型风洞试验研究，首次系统的研究了三塔两跨悬索桥的抗风性能。”陈艾荣介绍，以节段模型测力试验、气弹模型试验、结合数值模拟的手段，获得了中间人形钢塔的风荷载参数、振动特性，针对施工阶段中间人形钢塔涡激振动的特点，提出了基于性能的设计方法并建议了涡激振动的控制措施，为中间钢塔的施工组织提供了依据；还首次系统地研究了三塔两跨悬索桥的成桥与施工阶段的颤振稳定性能，为大桥主梁架设工况组织安排提供了技术支撑。

泰州大桥的抗震性能研究，当然也是同济大学挑起大梁。李建中教授牵头的抗震研究首次以寿命期与性能的大型桥梁抗震设计理论，针对泰州长江公路大桥明确提出了 4 水平地震作用和相应的 3 级性能目标；首次系统地研究了三塔两跨悬索桥的地震反应特性，分析探索了滑动支座摩擦耗能作用、承台质量等对结构地震反应的影响；首次对大型沉井基础的抗震计算模型进行了研究，建立了相应的计算模型；首次对三塔两跨悬索桥合理抗震体系进行了研究，分析、比较了塔梁间采用弹性索、阻尼器以及中央扣等对结构地震反应的影响规律，并对大桥的抗震合理体系给出了相关建议，已被泰州长江的施工阶段采用。

长江航道运输繁忙，加上各种自然因素的综合作用，大桥的建设面临各种各样的风险，陈艾荣教授还牵头承担了大桥的风险评估研究。该项研究针对优选方案，对风作用、地震作用、船撞作用、蓄意破坏这四部分关键性设计作用对大桥设计、施工、运营期间可能产生的影响进行风险评估，确定其风险等级，并综合考虑工程技术手段、管理手段、工程保险等各种方法提出风险控制和风险管理对策。“陈教授的研究建立了大型桥梁设计、施工、运营风险评估的系统方法，科学地将现有的定量数值分析方法与实际设计、施工、运营中的管理对策结合起来，有效提升了大桥规划、建设的管理水平。”钟建驰说，“研究成果还可供以后类似桥梁规划、建设借鉴使用。”

（程国政，2012年12月5日，第2版）

“展馆原来还可以这样”

——上海当代艺术博物馆总设计师章明访谈录

今年10月1日，上海“双年展”择地上海当代艺术博物馆举办。从当年的南市发电厂，到2010年上海世博会的未来馆，再到今年闪亮登场的上海当代艺术博物馆，这座昔日的电厂老厂房是怎样一次次浴火重生，一次次重新“发电”的？同济大学建筑与城市规划学院教授、同济设计院原作设计工作室主持建筑师、上海当代艺术博物馆总设计师章明谈到这座展馆时告诉我们，很多参展的艺术家这样描述在馆内布展的感受：“展馆原来还可以这样！”

“世博后续利用的重点项目之一”

众所周知，南市发电厂因为上海世博会停止了运转，并作为世博会的未来馆，供人们参观游览：那巨大的动画电影、水之城、太空之城、未来之城，告诉我们：城市的未来就在这里。未来馆里的太阳能光伏发电、风力发电、江水源热泵、主动式导光、自然通风、绿色建材、水回收利用、结构加固、半导体照明和智能化集成平台等多种技术，使这座展馆成为新能源、新技术、新理念等展示的大平台，成为生态城市生活方式的标杆。设计未来馆的就是章明和张姿主持的原作设计团队，那是2006年的事情，章明至今还对第一次走进厂房记忆犹新：“发出巨大轰鸣的机组、迎面扑来的炙烤的热浪、纵横交错的粗大管道、高耸的超大锅炉和层层交错的金属平台，几乎完全颠覆了我以往对建筑的理解……一束阳光从高窗上穿越浮尘倾泻下来，照亮了造访者汗水浸湿的面庞。嘈杂的背景下，每个人的脸上都写着兴奋与揣测，还有蠢蠢欲动的创作渴望。”

上海世博会结束后，未来馆如何后续利用？上海市将其作为文化战略的重要“棋子”进行布局，“于是，从 2006 年到 2012 年，团队脑子里闪跃跳动的就是‘未来馆’‘艺术馆’‘展览空间’这些词”，章明说，上海市将转身后的未来馆作为提升城市文化功能的当代艺术馆，并将其列为 2012 年上海市重大工程，“团队深感肩上担子的分量”。

“展现设计的无限可能”

“2011 年 3 月 29 日，上海市正式启动当代艺术博物馆项目，改造的设计工作研究交给了我们。”章明介绍，这年 4 月，团队以当代艺术推崇的方盒子空间为元素，通过方盒子之间的组合、叠加与穿插搭建空间框架，此为第一轮方案；第二轮方案对馆内的阶梯状空间加以延续和发展，在馆内营造了一组通过阶梯组织起来的空间体系，从一层直通五层的大台阶链接分布于各层的展示空间，顺着楼层逐级上升；第三轮方案首次提出开放低跨屋顶空间并在建筑外立面设计中以屋顶空间交通组织为核心，提出三组外立面方案，获得各方好评；第四轮方案首次开辟从一层大堂直通 24 米屋顶面的快捷流线，强调了 24 米滨江天台的公共性和开放性；第五轮方案在前几轮探索成果的基础上，输煤栈桥的形态元素被引入室内，成为交通组织的主题元素，在建筑北侧中部开辟出一组呈错位上升的中庭空间并将展览路径延伸到烟囱内部，外立面设计则最大限度保留原建筑外立面材料，并改造原未来馆底层和入口局部，以加强室内外空间的连续性和开放透明性。

“反复地设计、碰撞、优化，直到去年年底，方案改到第五轮，终于化为实施方案了。”章明说，老厂房是上海工业文明的地标性建筑，改造必须遵循“有限干预”的原则：165 米高的烟囱、宽大的厂房外形，甚至内部的管道、平台、设备等等，都要尽量保留。

“开放性和亲民性是城市公共文化的基本要求。”章明介绍，因此当代艺术博物馆的设计更强调开放性、公共性、互动性与体验性。比如，让楼梯打破楼层界限，从一层直通三层或者更高，让光线从高窗直泻一楼大厅，让大台阶供人们席地而坐，在露台摆放桌椅供人小憩咖啡，“一句话，让楼层模糊起来，让空间在这里弥漫起来，亲民起来”。

于是，设计师的努力就变成了展现在大家面前的就是展览面积超过 1.5 万平方米、大大小小展览空间超过 15 个，并拥有大量开放式展示空间和总面积达 3000 平方米、25 米标高临江平台和有着巨大工业构件的 7 楼室外大露台。

“传统的楼层概念已经模糊”

章明说：“内部交通组织运用输煤栈桥意象打破了层与层之间、室内室外之间的界限，让楼梯‘弥漫’在随时需要的地方。”果真如此，在馆内，我们不知不觉就从七楼走到了五楼，又从室内漫步到了露台，一路走一路看，青花瓷坛子穿越的“旗杆”，室内与室外遥相呼应；一根杆子上，“穿”着古代的轿子、当代的手机、手风琴、电饭锅、风雨衣、童车、抽水马桶，还有古老且历史悠久的藤椅……

馆内还用灰色标识原有保留的空间构架与结构构件，用白色表明新生的墙体等体系。

尤值一提的是屋顶的改造。世博会期间，城市未来馆的屋顶是太阳能屋面。“保持原状还是全面改造利用？一直是设计初期争论的焦点。”章明说，保持原状上海就可能永远失去一个开放的城市阳台和室外艺术展场。“最终大家还是选择了改造，不留遗憾。”章明说。于是，我们在这座容纳数百人、面积达3000平方米的多功能滨江天台上，就看到了悠闲晒着深秋的阳光、喝着咖啡的老外，看到了向着蓝天优雅摇动翅膀的“大鸟”装置。

“滨江平台究竟多高合适？经过了升高、再升高，又降低的反复调整，只为求得人在平台上的最佳视点。”章明这样介绍团队的设计工作，“最终定格为25.1米标高，我们是想通过高差过渡与半室外玻璃廊的巧妙结合，尽量保持室内外的完整度。从五层中庭经由玻璃廊内部的坡道和台阶到达一览无余的大天台，参观者的行走就有了紧凑到迂回然后豁然开朗的空间体验，上了大露台，天高地阔、心旷神怡，感觉美极了！”

“这里的空间叫人眼馋，”一位著名的业内人士告诉章明，“会引爆艺术创造的灵感的。”

“馆内有很多奇妙的地方”

馆内有很多奇妙的地方。大烟囱，原本没有纳入改造计划，但“2011年深秋的一天，设计师们推开尘封的铁门，借着微弱的手机亮光，一个巨大的筒体隐约呈现：粗糙斑驳的混凝土内壁，哥特式教堂般高耸的空间……设计师脑海里隐约勾画出奇妙的艺术场景”。于是，我们就在烟囱内部看到了螺旋展廊，设计师们让它成为当代艺术博物馆15个常规展厅之后最高最奇特的展厅——第16展厅。

还有，屋顶上的四大金刚——粉煤灰分离器，起初是要保留原来的金属灰，但在对其施工的过程中，一涂防锈漆，这四个庞然大物一夜之间从金属灰变成了耀眼的橙色。“设计团队因势而为，最后选定了与当代艺术氛围更贴近的橙色。”章明说。

当代艺术馆2011年12月开工。“去工地、在工地就成了团队成员的必修课。”章明介绍，建筑师们与工人师傅们同进同出。“钢结构深化、灯光设计、标识系统，大家在现场监督施工，就地解决难题，较好地保证了建筑施工的进度和质量。”章明告诉我们。

不仅如此，章明说，设计这座当代艺术博物馆，首先想到的就是打破展览建筑传统的白空间、打破密闭分隔的空间概念，将亲民性、为艺术家提供挥洒自如的想象空间放在设计的首位。“所以，双年展择地这里，开始酝酿时，我就对组委们说，‘筹划、征集作品时，可通知我参加，这样便于我们把空间处理得更好，让空间更有弹性和亲和力’。”章明说，当代艺术中不少艺术家模糊了日常生活和艺术的界限，比如一个小便斗从卫生间放进展厅，日常器具就在艺术家眼里变成了艺术品，这需要空间更丰富、灵活。

行走在展馆内，观赏着双年展的一件件作品：水晶球，放在开放空间的这处“敞空”位置，球内水柱、球面上下左右皆“镜像”，艺术家独到的眼光让人着迷；宽台阶上的“丽贝卡”阵，原本放在室外，平的，移到这宽阔的台阶上，一下子“立体了”，上下左右、风生水起，“人入其中景更妙”；再比如，天台上“飞翔的鸟”，灵性十足且意境丰富，若是在室内，飞翔的效果定会大打折扣……我们注意到，在馆内，类似“借窗”“借东风”的作品很多。“这里还有很多弹性十足的空间可以被更完美地利用，所以我们对以后的展览充满期待。”章明最后说。

（程国政，2012年12月15日，第2版）

上海长江隧道工程获国际隧道大奖

我校李永盛教授总负责的桥隧工程团队，共完成各类课题20余项

本报讯 日前，国际隧道协会2012年度国际隧道奖颁奖典礼在加拿大多伦多举行，我校作为主体科研单位的上海长江隧道工程荣获2012年度国际隧道大

奖（超过 10 亿美元级），这是我国工程项目首获此殊荣。

上海长江隧道工程是长 25.5 公里上海长江隧桥工程的隧道工程的重要组成部分，隧道起于上海市浦东新区五号沟，下穿长江南汊，抵于上海长兴岛，主体长度 8.95 公里，包括 1.5 公里长的明挖暗埋段与 7.45 公里盾构段。

崇明长江隧桥工程中的隧道工程地处水文地质极为复杂长江口，江中急流险滩密布，泥沙淤积深厚，隧道沿线穿越砂质粉土、淤泥质黏土等多种松软地层；上海崇明桥隧是集公路、轻轨、地铁为一体的复合型交通通道，通行标准要求高，对技术要求空前未有。

工程巨大、难题众多，上海市很早就开始了长江桥隧的可行性研究。在《上海市崇明越江通道工程地质调查》《工程预可行性研究报告》等研究基础上，2003 年 6 月，我校完成了工程建设期风险分析。与此同时，2001 年 5 月开始上海市在全球范围内征集设计方案，同济大学与上海市政工程设计研究院成立联合体参加竞赛，结果两单位联合中标，其中同济大学负责隧道部分设计及研究。那年秋天，同济组成了李永盛总负责的桥隧工程团队，杨林德、陶履彬、汪炳鑑、贾坚、朱合华等各司其职；廖少明负责盾构隧道，陆浩亮、陶履彬担纲沉管隧道，陈祖奇负责给排水，贾坚等负责通风……开展研究的课题包括河势演变风险评估、地震对越江工程的风险评估、越江工程对长江口生态环境影响风险评估在内的 20 余项。

长江隧桥工程为何采用同济等单位建议的"南隧北桥"建设方案？李永盛介绍，越江通道工程需要通过长江南支的南港、北港水域，其中南港是长江主航道，通航要求很高。如果采用全桥方案，其 2300 米的主跨径工程难度很大，而且修建在水中的构造物也必将对河流走势及航运产生较大影响；北港目前为自然水深航道，通航要求相对较低，桥梁方案技术成熟，而且工程造价低，因此最后确定了南隧北桥方案。

一条隧道要装进上下两层通道，要行驶公交及轨交两种交通方式，直径需在 15 米以上，而位置则在长江水面 40 米以下，有把握吗？ 2006 年初，由同济牵头的上海长江隧道衬砌整环试验开始，"经过 4 个月、10 多个工况的试验，最后还进行了破坏试验工况"，负责试验的鲁亮介绍，试验证明隧道方案可行，同时解决了衬砌结构设计参数确定等技术难题。

除了衬砌整环试验，同济专家还开展了包括抗风抗震、桥梁结构、长大越江跨海盾构隧道的先进施工技术、质量控制，长大越江跨海盾构隧道的以人为本的综合防灾体系与风险控制在内的多项研究，在基本理论与方法、平台建设、工程应用、技术标准和指南编制等方面取得了一系列开创性成果，形成了国家发明专利 9 项、实用新型专利 4 项、计算机软件著作权 6 项，申请受理发明专利 4 项，编制国家级工法与施工指南 7 项，发表在国际上有影响的论文 50 余篇，其中 SCI、EI 检索论文 32 篇，在国内公开发表核心类期刊 24 篇。

据了解，长江崇明隧道盾构段采用 15.43 米直径盾构机一次掘进完成，不设中间风井，隧道纵坡呈“W”形穿越长江，江中最大埋深达到 55 米。隧道采用双管分离布置，中间每隔 800 米设联络通道。单管隧道结构断面采用三层五间设计，最上层为烟道，设烟道板与中间三车道高速公路行车空间隔开，行车道板下层采用口字件隔成三个通道，分别为逃生救援通道、公用管线通道以及远期预留的上海轨道交通 19 号线通道。施工期间，上海长江隧道创造了两项世界记录：第一是单月掘进 556 米，第二是单日掘进 24 米。崇明桥隧 2009 年 10 月通车以来，目前通过隧道的车辆超过 30000 辆 / 天。

（本报记者，2012 年 12 月 15 日，第 2 版）

2013 年

我校参与承担市援疆攻关项目课题通过专家鉴定

采用我校成果的外墙涂料可适应南疆环境

本报讯 日前，由我校材料科学与工程学院、上海房地产科学研究院和上海惠邦特种涂料有限公司共同承担的上海市援疆攻关项目——上海援建工程外墙涂料适用性和耐久性研究及应用工程试点通过专家鉴定。评审专家称，采用王国建教授等研发的外墙涂料可保上海市对口援疆建筑的外墙数年之内不变色。

新疆喀什地区莎车县、泽普县、叶城县和巴楚县是上海市对口支援的南疆四县，2010 至 2011 年间，上海共援建 3.2 亿元资金，计划援建项目 105 个，遍及四县“安居富民”工程、产业发展、社会事业、人力资源开发、规划编制等。这些对口支援工作分为“交钥匙工程”和“交支票工程”。所谓“交钥匙工程”指的是上海方面将工程建好，交钥匙后新疆方面就可使用；而交支票，则是对方工程完工后，上海付款。这两种对口支援方式，工作的重心大不相同。

新疆地区的气候水文环境与地质特点与内地差异巨大：夏季高温干热、冬季严寒；昼夜温差大；干燥少雨，蒸发量大；日照时间长、紫外线辐射强；地下水位高，土壤含盐量大。这样一来，普遍以内陆气候环境条件为标准而研发的各种外墙涂料到了新疆就“水土不服”，长不到半年，短则数十天就褪色、粉化、起壳、剥落，盐碱透出的渍痕让墙面斑驳陆离。

“这关系到上海援建工作的声誉。”王国建介绍，上海市对口援建指挥部领导下决心解决上海援建工程外墙涂料涂层出现的问题，上海市对口支援新疆工作前方指挥部找到相关科研单位，希望上海的高校、科研单位和企业能够联起手来，解决援建工程外墙涂料适用性和耐久性问题。上海市住房保障与房屋管理局密切关注，迅速组建了由我校材料科学与工程学院等单位组成的攻关课题组，王国建和徐伟承担了其中涂料破坏机理研究和解决方案制定的任务。一接到任务，王国建立刻会同团队成员奔赴南疆，深入莎车县图文信息中心、泽普工业园、叶城维吾尔族医院、巴楚职业技能实训基地等四县“交钥匙”工程现场及阿克塔木乡三村、依提木孔乡二十村等“安居富民”示范点调研涂料产品、施工等情况，发现高蒸发量及硫酸盐土壤环境，使涂层极易受到盐类侵蚀及析出导致的破坏，从而引起涂料褪色、脱落、开裂、发花等现象发生，涂料的抗盐性能亟需提高；光照时间长，紫外线对涂层的伤害问题必须解决；昼夜及季节性温差大，要求涂料涂层经受温差循环能力好，还要求外墙涂料涂层有一定的柔韧性能；大风、沙暴、浮尘等恶劣环境因素则要求外墙涂料涂层具有极好的耐沾污性能，最好还有良好的自洁性能。

课题组五下南疆，在深入考察调研取得大量第一手资料的基础上，针对南疆地区的实际情况，开展了天然砂石为基础的新型涂料的调配试制。“具体就是以合成树脂为主要粘结剂，以砂料和石粉为骨料，在建筑物饰面上形成具有仿石质感涂层的涂料。”王国建介绍，课题组首先选择莎车县图文信息综合服务中心的外墙涂饰为试点，开展工作。

莎车县图文信息中心位于县城南新区教育园区，用地面积 82.5 亩，建筑面积 3 万平方米，是集教育文化、科技培训、图书阅览、会展展览、远程教育和青少年活动等服务功能于一体的大型建筑综合体。建筑群由市民服务中心、图文信息综合大楼、会展中心、教育培训中心等四栋单体建筑组成，其中图文信息综合大楼 11 层、高 60 余米。

首先是选择涂料。“我们将适合当地特点的四种颜色的涂料置于烈日之下暴晒，夏日的骄阳炙烤一个多月之后，其中颇似当地土壤颜色的涂料赢得大家一致认可。”王国建介绍，“为了稳妥起见，课题组先在图文信息中心旁的一座附楼做试验，效果很好。于是，这处维族风情浓郁的宏大建筑颜色就确定了。”王国建指着记者办公室的外墙说：“涂料的颗粒类似这个外墙，但颗粒大小只有这里的一半大小；颜色是砂石料本身带着的，因此理论上永远不会褪色。我们采用抗盐碱性能优异的透明树脂作为涂料的粘合剂，因此不会影响砂石料的颜色。”据了解，课题组除了涂料上的独特功夫之外，还提议施工方在建筑墙基部位做抗硫酸盐加强处理，被采纳后很好地提升了外墙涂料的抗盐碱性能。“现在，图文中心工程成了援疆的示范工程，是领导、兄弟单位参观的必选科目。”上海援疆前线指挥部表示。

援疆工程中还有相当一部分是“交支票工程”，是由当地自行建设的维吾尔族民众的安居房。由于当地环境、涂料产品、施工等多种因素的综合作用，这些工程中外墙涂料的掉皮、脱色、粉化、盐渍现象十分普遍。针对这一情况，课题组反复酝酿，针对适用性、耐久性的要求，制定出《上海援疆喀什地区援建工程外墙涂料涂饰技术导则》，对外墙涂料产品的技术性能指标做出明确规定，对施工工艺和验收标准提出明确要求。翻开这份《导则》，立刻看到“基本规定”一节：“由于新疆喀什地区地质、水文的特殊要求，可溶性盐易通过地下水汽渗透到墙体造成墙面泛碱。因此，宜在墙体水平线部位做一层防水层，防止地下水和盐渍土在垂直方向对墙体造成危害。”类似具体而明确的方法，文本中比比皆是。“考虑到新疆的实际情况，我们提供了高中低档涂料的针对性措施。”王国建说：“最近，前线指挥部的同志告诉我们，经我们指导施工的安居工程，已经过酷暑、风沙和雨水的考验，墙面完好，颜色如初，受到当地政府和维吾尔族居民的一致好评。”

（程国政，2013 年 1 月 10 日，第 2 版）

全长约 29.6 公里的港珠澳大桥建设正酣——

我校多项成果让大桥施工底气十足

本报讯 港珠澳大桥建设正在紧锣密鼓地进行，大桥主体工程全长约 29.6 公里，海底隧道长约 6 公里。大桥 2009 年 12 月 15 日开工建设，拟于 2015 至 2016 年完成。工程面临的十大挑战中，关乎隧道的难题就有两项。“这是我国第一次在外海建海底隧道。”我校李永盛教授介绍，港珠澳大桥海底沉管隧道总长 5.664 千米，共有 33 个管节，沉管隧道的每个管节由 8 个节段组成；每个节段长 22.5 米，宽 37.95 米，高 11.4 米，管壁最厚达 1.5 米，重逾 9000 吨，是迄今为止世界上埋深最深、单管节最长的海底公路沉管，媒体惊呼：“每个沉管可装下带花园的十多栋别墅！”

要把如此巨大的沉管放入深 45 米左右的海底，将会面临多少难题？工程筹建之初就引起业界高度关注。广东、香港、澳门成立三地协调机构，并最终由中交集团总承包，成为交通部重大工程。受工程建设单位邀请，我校孙钧院士担任工程顾问。早在 2001 李永盛教授率隧道与地下工程系多名教授赴现场对工程筹建人员进行沉管隧道的技术交流和系统培训，还承担了相关的风险评价课题。“场区风浪条件及地质条件极具风险，岛隧沉降控制、结构裂缝控制及结构防渗等技术具有世界级难度。”港珠澳通道建设局总工苏权科介绍，“同济大学的地下工程专家们为工程提供了强大的技术支撑和保障。”

旨在破解港珠澳大桥在设计、装备、工艺等方面面临的重大难题，2010年9月，在科技部的大力支持下，国家科技支撑计划“港珠澳大桥跨海集群工程建设关键技术研究与示范”项目正式启动，项目共设5大课题、19个子课题、73项专题。作为具有良好技术储备和研究条件的我校科研团队承担了隧道工程的诸多急、难、险、重课题，其中包括隧道基础质量检测、沉管隧道的设计方法、沉管接头技术、桥隧转换人工岛设计与施工、跨海集群工程混凝土结构120年使用寿命保障、特长沉管隧道建设防灾减灾、沉管隧道防水灾技术等。

“大型沉管隧道的安放将伴随着大体积的基槽开挖，但无论采取何种挖泥设备，开挖后沟槽底面总留有少则几厘米，多则几十厘米的不平整度，这是影响隧道服务期内正常使用的最大隐患”，李永盛介绍，挖好后的基础都需要适当的处理，否则就可能出现管段不均匀沉降，导致管段接头开裂漏水等危害隧道安全的情况出现。谢雄耀教授提出并牵头的“沉管隧道基础质量检测关键技术专题”引起建设单位的高度重视，研究采用激光扫描和雷达及表面波测试等非植入式综合手段，获取管段的全面信息；同时运用雷达和弹性波图像解析、智能识别技术，摸清沉管隧道管段下方空洞及地基密实度等所有信息，为沉管作业和服役服务。其中，开发长大深埋沉管隧道全空间激光扫描动态监测技术及成套装备、手持式检测设备是这项课题的重点和难点。

沉管隧道，关键还是管段的安全性。由袁勇、楼梦麟、黄茂松等教授组成的联合团队承担的“超长沉管隧道设计方法与振动台试验模拟技术研究”直指这一核心。“研究依托我校‘985’学科建设新近投入使用的大型多功能振动台展开，”袁勇说，“利用实验室强大地锚和反力墙设备开展了大比尺管节接头力学性能试验，研发出沉管接头减震控制技术；依托多点激励振动台，系统开展外海厚软基大回淤超长沉管隧道多点非一致地震响应研究，提出离散多点输入等效连续激励的机制及多点振动台实现方案，研发节段式试验箱、模型土和沉管隧道结构，集成非接触测量观测系统和图像处理技术等先进的试验理论和技术。”“项目的实施既可以有效地支撑沉管隧道结构的抗震设计，也有助于地下工程结构抗震试验技术和理论的发展，依托‘985多点振动台’的试验装备，地下工程抗震减震的研究将逐渐步入国际领先的行列。”袁勇说。

港珠澳桥隧工程的沉管隧道的接头数量较多、设计回淤土厚度较大、基槽开挖深度大、水压较高、工程结构复杂、设计标准较高，总体规模和技术难度均居世界第一。丁文其教授负责、朱合华教授等师生参与的“沉管隧道接头张开位移量控制技术研究”针对工程实际，开展沉管隧道控制接头位移量和防水措施的研究，2012 年 8 月，团队已提交了包括接头精细化模型、三维管节精细化模型、三维沉管隧道全长模型以及各种施工控制指标等一系列研究成果。

桥隧结合，还需中间人工岛衔接。在外海软弱海床上建设如此大规模的人工岛（仅东人工岛面积就达 7.73 万平方米）在我国尚未有先例，其施工期及工后长期沉降问题是必须解决的关键问题之一。为此，工程采用了国际上先进的海上挤密砂桩技术对海底软基进行处理，但这一技术在我国现行规范中并不成熟，缺乏经验。马险峰副教授负责的“海上挤密砂桩地基处理承载力特性及变形的离心模型试验研究”通过高离心力场模拟技术，严格再现施工环境及受力特征，研究挤密砂桩复合地基承载力和沉降变形计算方法；同时开展破坏性试验，对挤密砂桩复合地基承载机理进行基础研究，冀以得出相应的经验公式。据了解，该课题目前已经完成人工岛的施工及长期沉降的模型试验，开发出了模型试验中挤密砂桩成桩工艺及设备，并对加载设备、量测设备等都进行了研究和开发。

港珠澳跨海大桥提出 120 年的使用寿命，如何保障？“港珠澳大桥工程所处的伶仃洋海域，具有气温高、湿度大、海水含盐度高的特点，受海水、海风、盐雾、潮汐、干湿循环等众多因素影响，混凝土结构的腐蚀环境恶劣，结构的耐久性问题突出。”李永盛介绍，我校柳献副教授参与了“保障 120 年使用寿命的施工与监控关键技术”部分的研究，具体包括全断面浇筑大截面沉管管段混凝土控裂技术、混凝土结构耐久性监控技术等。另外，我校白云教授等还承担了离岸特长沉管隧道防水灾技术研究，为隧道的安全运行提供先进的技术支持。

（程国政，2013 年 1 月 20 日，第 2 版）

我校教授研究成果登上国际顶尖期刊《自然》

对沿用40多年的“地幔羽”假说提出挑战

本报讯 浩瀚洋底，为何有众多如山脉状的隆起？海山因何形成？同济教授的一次远洋科考，有了新的科学发现，由此挑战40多年前外国学者提出并沿用至今的“地幔羽”假说。2月14日，我校海洋与地球科学学院周怀阳教授作为第一作者，联合美国伍兹霍尔海洋研究所迪克（Henry J. B. Dick）教授共同撰写的论文《支撑马里安隆起亏损地幔的薄洋壳证据》（*Thincrustas evidence for de-pletedmantle supporting the Marion Rise*），作为主题论文（Article）登上最新一期国际顶尖学术期刊《自然》（*Nature*）杂志。

此论文聚焦西南印度洋底一段绵延3100公里长的隆起地表——“马里安隆起”（Marion Rise），通过洋底实际密集采样，发现广泛分布于这一隆起地表的，并非人们通常认为的因高温导致火山岩浆涌出而形成的玄武岩，而是代表地幔的橄榄岩；论文由此对海底隆起的主要成因提出了新的解释。

“‘地幔羽’假说是摩根（J. Morgan）在上世纪70年代提出，他认为海底隆起或海山是由于壳幔边界温度的局部异常，导致大规模岩浆涌出地表而形成。”周怀阳介绍说，其中最通用的例子是在大西洋洋中脊上的冰岛隆起、在太平洋板块内部的夏威夷海山链。全球的地球化学对比研究似乎也支持这一假说。

然而，三年前由周怀阳担任首席科学家在西南印度洋开展的一次科学考察，却有了不支持此假说的新发现。2010年1月，周怀阳研究团队乘坐我国“大洋一号”科考船，在西南印度洋大小与冰岛隆起大致相当的马里安隆起东段东经53度洋脊段的地表，运用多波束测深仪进行详细地形测量，并采用拖网、深海电视抓斗等采样设备，从三千多米深的洋底进行密集的地质采样。一批批样品上甲板后，让团队成员大感意外。“在这一块3200平方公里的区域，我们捕获到的基本上都是橄榄岩，而并非原来料想的玄武岩。这就说明这一段几乎完全缺失洋壳，而是地幔直接出露于地表。”周怀阳展示着手中一块橄榄岩说道，“这就好比是鸡蛋没有蛋壳，而是蛋白直接裸露在外。”

这篇论文，也首次展示了美国伍兹霍尔海洋研究所迪克教授及其同事在此之前35年期间，沿着西南印度洋洋中脊开展的星星点点取样所积累的地质数据。

中美学者联手合作，经过细致甄别和论证，对马里安隆起成因提出了新的解释：“造成马里安隆起的主要原因，并不是人们此前认为的地幔内局部温度异常导致，而是缘于地幔的成分异常，是经过部分熔融出岩浆后，因缺少一些易熔金属物质而变得较轻的亏损地幔组成成分在均衡作用下产生了隆起。”而对于地幔的亏损原因，他们认为，可追溯到1.8亿年前南极板块和非洲板块分离时发生的大规模火山作用或甚至更早的地质历史事件。

“如果周和迪克对于来自印度洋洋中脊地质观测的解释是正确的话，那么他们的工作将对我们深入理解地幔具有重要的意义。”英国剑桥大学麦柯勒伦（J. MacLennan）教授在同期《自然》杂志上撰文对该研究成果进行评述，他认为要想进一步验证周怀阳和Henry Dick教授提出的“有关地幔成分变化是控制洋中脊水深变化主因”的假说，还需要在西南印度洋洋中脊进行更广泛的地质取样和地球物理调查工作，开展深海钻探，直接获取地球深部的样品，研究地球内部的真正结构和构造。

“这正是今后几年我们研究团队将着力推进的工作。”周怀阳表示，“我们人类对资源、环境所有的要求都基于对地球的认识，而我们人类对地球内部的认识还十分浅显。实施深海大洋钻探，打穿洋壳，了解真正的地球内部结构和构造，这是全人类的梦想和追求。”

据介绍，这项研究成果得到了中国大洋矿产资源研究开发协会、中国科技部“973”项目（项目号2012CB417300）和美国自然科学基金（项目号OCE-0526905）的联合资助。

（黄艾娇，2013年3月5日，第1版）

十年合作树典范

——联合国环境署与同济大学携手走过十年合作历程

“与中国同济大学10年的可持续发展合作经验，有效指导了环境署和其他发展中国家的高校合作，起到了很好的示范作用。”近日，在环境署内罗毕总部举行的环境署与同济大学10年合作回顾会议上，联合国环境规划署政策执行司教育与培训处处长马赫什·普拉丹（Mahesh Pradhan）如此表示。会上展示了环境署与同济大学十年合作所取得的丰硕成果。

联合国环境规划署与同济大学的合作伙伴关系始于2002年5月，双方在同济大学共同成立“环境与可持续发展学院”，共同致力于将学院建设成为“联合国环境规划署在亚太地区开展环境与可持续发展科学研究、教育、培训和对外交流的重要基地”。这是环境署在世界上与大学开展合作的实体之一，也开创了同济与重要国际组织全面合作的先例。

从此，联合国环境署与同济大学亲密携手，联袂书写合作的精彩篇章。

人才培养：学位教育与短期培训并举，可持续发展课程向全校辐射

“人才培养”被视为学院的第一要务，要为发展中国家培养高水平环境和可持续发展的科学技术人才、企业和政府的管理人才。为此，学院汇聚各方资源，悉心培育国际化专业人才。

随着国际硕士项目、博士项目相继启动，学院的国际生源逐年增加，学生来源日益多元化：仅国际硕士项目已累计招收来自 47 个国家的 209 名学生，历届外国学生数量超过 140 人。现已有来自 50 多个国家的 300 多名学子在这里学成毕业，走向广阔的国际舞台。新开设的环境工程国际硕士全英文项目也已启动。学位教育与短期培训并举，每年举办的“亚太地区环境与可持续发展未来领导人研修班”已成为学院的品牌培训项目，现已累计培训近 300 名国外学员，主要是来自环境规划署及亚太地区政府、民间机构和私营企业的年轻领导人和未来领导人。同时，面向国内环境官员的可持续发展专业培训也亦超过了 300 人。

学院还为同济“可持续发展的教育”贡献力量。充分利用学院这一平台，面向全校本科生开设跨学科公共选修课《可持续发展与未来》，将“可持续发展教育”向全校学生辐射。来自学校 14 个学院、34 个专业的 800 多名学生选修了这一课程。

去年 9 月，学院还联合校内八学院，新推出面向全校研究生的跨学科的“可持续发展”辅修专业项目，240 名研究生申请了该专业，专业方向包括“环境法与可持续发展”“交通与可持续发展”“设计创意与可持续发展”“绿色建筑与可持续发展”等。不久的将来还将面向全校本科生开设“可持续发展”辅修专业。

科研交流：推进可持续发展重要议题研究，携手非洲开展技术转让与合作

真正实现可持续发展，有赖科技的强大支撑，而深入、有效的科学研究为新技术的研发提供有力保障。十年来，学院积极致力于可持续发展领域相关议题的研究和技术的推广与合作，特别是在与发展中国家的合作方面，作出了突出贡献。

《中国低碳经济蓝皮书》《崇明生态岛碳源碳汇核算研究报告》《上海市碳交易战略》《气候变化对于上海地下公共设施安全影响报告》，这是2012年同济大学环境与可持续发展学院发布的一系列研究报告。学院在环境与可持续发展的各重要领域都开展了广泛而深入的研究，不断取得新的研究成果。

随着新的研究成果问世，学院通过举办研讨会和国际交流等形式，面向国内外大力推广成功的环保经验和技术，以促进技术转移以及与发展中国家的技术合作。其中，特别值得一提的是，近年来学院积极推进环境技术向非洲国家推广，在加强中非环境领域合作、增强非洲国家的能力建设中扮演着关键性角色。比如，学院承担完成了“非洲典型国家安全供水新技术开发与示范”项目，与非洲多个水厂签署合作协议。学院交流交往活跃，仅2012年举办和协办的国内外研修班和国际会议多达10个。

牵手同济多个学科，共谋可持续发展之路。学院新推出“跨学科学术沙龙”，邀请校内不同学科教师提出跨学科的研究课题，诸如可持续发展背景下的环境、经济、建筑、交通、生命、农业、法律等问题，供感兴趣的老师们面对面讨论。

副院长李风亭教授表示：“不同学科教师可以从不同学科视角交流学术见解，有助于综合运用自然科学、人文社会科学和各种技术手段，研究解决当前我们正面临的困难和挑战，谋求并推动实际跨学科的深入合作。”

“未来展望”：集结并引领全球大学，未来合作前景更可期待

“联合国环境署与大学的合作正在日益加深，这也是基于过去十年与同济大学成功的合作范例。”环境署马赫什处长说。

2012年，由环境署发起的“全球环境与可持续发展大学合作联盟”在同济大学宣告成立，来自30多个国家的50所大学加盟。同济大学副校长、可持续发展学院院长伍江教授担任该联盟主席。以此联盟为平台，将进一步推动环境与可持续发展理念在高等教育中的传播。

同济大学在可持续发展领域以实际行动集结并引领着全球高校。自2010年起，同济大学每年举办一届“国际大学生环境与可持续发展大会”，来自全球的数百名青年学子齐聚，共话环境与可持续发展这一世界关注的重要话题，以呼吁更多青年学生加入可持续发展活动中。

走过十年历程，合作之路愈走愈宽广。

近日，环境署新闻司与同济大学环境与可持续发展学院共同签署了《环境署与同济大学翻译和出版协议》，同济正式获得《环境署年鉴》《我们的星球》等出版物的中文翻译和出版权。这将进一步促进可持续发展理念在全球的传播。

人们对双方未来的合作，抱有更多期待。

“学院将加强对环境署所关注的七大领域的问题研究，努力把学院建设成为环境与发展政策制定和国际谈判的重要咨询研究平台。”李风亭说，“学院将与中国气象局共建气候变化重点实验室；设立一批跨学科责任教席，计划招聘30名责任教授，着力建设国际性的研究团队；我们还将在全校大力推进可持续发展教育体系的改革与实施，将可持续发展的理念贯彻到各学科的建设之中。”

“我们的目标，是将同济大学环境与可持续发展学院建设成为高等教育领域可持续发展理念的传播者，成为建设可持续发展大学的引领者，最终成为亚太地区乃至全球范围内传播可持续发展理念的一个中心。”伍江副校长说。

（黄艾娇，2013年3月15日，第3版）

“让公交真正优先”

——太仓公共汽车交通车路协同系统感受记

“有了它，还有它”，我校交通运输工程学院交通信息工程及控制学科博士生王吟松指着太仓105路公交车上小小的显示屏和十字路口电线杆上的天线说，“我们的公交车每次通过这个十字路口都是绿灯。”3月27日，我们在江苏省太仓市滨河路—东仓南路交叉路口实实在在体验了一回真实版的基于车路协同的“公交优先”。

众所周知，“公交优先”通行一直是我国以及国际上城市交通发展的努力方向，但因其涉及的因素复杂，现实中如何最佳地实现却是个难题。我校交通运输工程学院杨晓光教授1994年率先在国内展开智能交通运输系统研究以来，围绕新一代交通运输系统及其与城市的有机关系，特别是在交通运输系统通信化与智能化、先进的交通管理与服务系统、先进的公共交通系统、交通智能化控制系统、车路协同系统等等前沿方向持之以恒地倾注大量精力，与国际同步地探索交通运输系统智能化之道。

按照这一目标，杨晓光带领其科研团队从2006年起即着力推进车路协同系统的基础问题和关键技术研究。所谓车路协同系统，指的是实现车辆与车辆、车辆与路侧设备之间的对话，从而达到交通流的最佳安全与通畅运行。2010年更得到了国家自然科学基金计划和上海市国际合作计划的资助首次开展了“基于车路协调的下一代道路交叉口交通控制技术探索研究”，并在同济大学嘉定校区内进行了车路协同系统实验研究；2011年开始了真实道路与交通环境下的车路协同系统单功能测试。2012年选择太仓开始了真实环境下的多功能综合测试，我们曾见证这次测试，车辆与路口信号灯以及车辆之间智能化协同实验让我们大开眼界。优先车辆一到路口，红灯随即变为绿灯，当时记者是这样描述路口神奇的一幕：“车未到，还有20米左右，前面刚变红的信号灯又开始闪烁；优先车辆正常行驶至路口，灯变绿，我们的黄车（优先车辆）通过，绿灯随即闪烁，变回红灯。第二个路口，情景再现，正所谓‘天空依旧湛蓝，鸟儿已经飞过’。”

今年，杨晓光教授又带领其团队把智能交通系统研究的目光瞄准了“公交优先”。“这次试验就是要让公交车尽可能在绿灯期间通过交叉路口，又不要影响其他方向车辆的通行。”王吟松介绍，为了保证这一目的的实现，他们将信号灯优化配时、公交驻站优化和车速引导三种策略结合在一起协同工作。首先要做的就是让公交车和交叉路口的无线通信保持畅通，当公交车进入路口范围后，便提前为公交车优化调整路口信号灯配时，并将信号灯的状态在公交车内实时显示；公交车到达车站后，驻站优化环节将根据前方信号灯状态提醒驾驶员起步或暂时停车等待；公交车驶离车站后，车内显示屏会显示建议车速。“这样公交车就可以按照建议车速行驶，在绿灯期间顺畅通过交叉路口了。”王吟松介绍说。

果然，在公交车上，我们发现与2012年时的实验相比，这次看到的显示屏很迷你且简单。三寸见方的显示屏上，左边是红绿灯实时显示图案，右边是车速显示，车速和信号灯计时数字不断变化；公交车辆进站时，显示屏上倒计时的红灯分外醒目。“倒计时的显示能很好地提醒司机采取停或行的措施，”王吟松说，“你看，车辆起步后，（屏上）实时车速上下出现了两个数字，在红灯还有10秒的情况下，如果按照20~56公里/小时的车速，就能顺利通过交叉路口。”果然，在红灯还剩6秒时，车速到了23公里/小时，右边显示车速的数字全部变为浅蓝了。“这表明车能在绿灯亮起时顺利通过路口。”王吟松指着显示屏介绍，这次试验的主要任务就是在信号灯的调整控制上更加“静悄悄”地变化，车辆进站后，显示屏会提醒司机起步或暂时待行，再者就是实时的速度引导。同时，因为三种优化策略的协同进行，路口信号灯切换十分自然，并没有让其他方向车辆感到不适，交通秩序仍然良好。

“这次试验我们选择了太仓市105路公交线路上的两辆实际运行的公交车，10多人的团队进行了半个月的试验，数百次信号控制与公交行驶引导的测试，取得了较为满意的效果。”王吟松说。此次试验是世界上首次真实环境与条件下基于车路协同的公交优先系统展现，得到了国际上最大的汽车电子企业——日本电装的支持，并吸引了包括VOLVO、金龙客车、日本住友电工等大型产业集团，以及中国汽车工程学会、中国航天科工集团、清华大学、武汉大学等科研机构和管理部门的人员。“下一步我们将尝试与整车厂商、地方政府一起把车路协同公交优先系统在整条公交线路全部车辆上应用推广。”杨晓光教授说。

“到了路口都是绿灯，且车路行驶平稳，出门当然选择公交了。”一名乘客下车时，兴奋地对我们说。

（程国政，2013年4月25日，第2版）

以兴趣为驱动　以课题为核心

我校创新基地建设成绩斐然

本报讯　前不久，2013年美国土木工程大学生竞赛中太平洋赛区比赛结果传来，我校土木学院、环境学院、材料学院、机械学院组成的代表队再获佳绩。代表队参加了包括混凝土轻舟、钢桥、土力学、交通、水处理等在内的所有赛事，取得4个第一、1个第二、4个第三的成绩。“参赛的同学们都经过创新基地课题的洗礼，说明‘兴趣为驱动，课题为核心’的基地建设模式是可行的。”校相关负责人如是说。

1996年，在时任校长吴启迪的大力推动下，我校开始筹建工科数学课程教学基地，以此为起点逐步开展创新实践基地的建设。“有了数学基地，就拥有了工科数学建设的一个更高的平台。”当时负责数学基地建设的郭镜明教授这样告诉记者，在吴启迪等校领导积极倡导之下，学校自筹资金250万元，开始了同济大学工科数学基地建设。2004年9月，我校工科数学基地顺利通过教育部专家组的评审，成为全国七个国家工科数学基地之一，郭镜明的以基地建设为中心内容的教学改革项目也获得了2005年上海市教学成果一等奖和国家级教学成果二等奖。

与此同时，学校确立了“兴趣驱动、自主实验、重在过程、追求实效”的学生自主科研原则，以调动学生的主动性、积极性和创造性，探索研究性大学培养拔尖创新人才的新途径。经过长期的努力，我校相继建立起国家工科物理基础课程教学基地、国家生命科学与技术人才培养基地、国家工科数学基础课程教学基地等3个国字号创新实践基地，土木工程教学创新基地、环境科技创新人才培养基地、大学生汽车科技创新实践基地、大学生实验交通科技创新基地、大学生电子信息科技创新基地、外语教学实践与创新基地等10个校级创新基地，加上大学生地学创新基地等7个预备基地，我校大学生创新实践基地已达20个。“经过10多年的探索和实践，我校创新实践基地建立了一套职责明确、管理有序的科学化的工作体制和运作模式”，教务处相关人员介绍，总体可概括为“进基地有门槛”“基地内有指导”“实践环节有检查”“资金运作有投向”“学生实践有激励”等内容，较为有力地保证了创新实践基地的建设质量和可持续发展。他介绍，以激励学生积极研究探索的政策机制制定为例，学校就相继出台对具有特殊专长、创新精神和能力较强的学生实施专门培养方案，进行个性化培养；大学生创新学分的认定工作，学生可通过参与校级以上的创新项目、学科竞赛获奖、发表学术论文、申请发明专利等多种形式进行该学分的修读；学科竞赛成绩优异的同学可获推免直升研究生资格。不仅如此，2009年学校出台了“同济大学关于进一步促进教育教学改革与研究等项工作开展的通知”，明确提出了大学生创新计划和学科竞赛的指导教师给予相应教学工作量，并对表现突出者授予奖励。“政策鼓励的同时，资金投入同样巨大，近年来学校投入了4000余万，资助了大学生创新项目465个。”教务处有关人员介绍。

好政策、好机制催生好氛围，如今的创新基地已经成为同济学子大显身手的“疆场”。打开“电信学院创新基地”网页，第十届大学生程序设计竞赛、“飞思卡尔”智能车院内赛、创新实践训练计划（SITP8）立项答辩会，短短40天，比赛、立项的消息就发布了3条。据了解，同济大学第七期大学生创新训练计划，电信学院共有36个项目入选，占全校350个项目的一成多。

不仅电信，交通学院的创新实践活动同样开展得红红火火。已经开展了七届的“同路人”交通科技大赛今年四月又鸣锣开赛第八场，近300名同学组成的70多个课题组，最终提交了50件作品，通过层层选拔，最终有20件作品进入决赛。经过激烈角逐，最后评出一等奖2个、二等奖5个、三等奖10个、优胜奖3个。从获奖作品中送交的基于多传感器的路面平整度检测方法研究、基于手机软件的居民出行调查已经晒在“第八届全国大学生交通科技大赛决赛”的公示名单上。

今年春天，结合校区特点，嘉定校区以“可持续发展校园”为主题，将我校大学生的创新实践引向学科交叉方向。经过一个月的宣传和项目征集，共有21个优秀创新项目入选2013年度学科交叉创新大赛立项名单。组委会有关老师介绍，围绕创新大赛主题，我们要求报名团队只要需满足“3名以上不同专业同学”以组队参加的条件，学科交叉创新大赛依托的平台是“筑梦嘉园”创新工坊，这里将为同学们提供开展创新项目所需的场地、物资、指导等物质条件。“经过十年的探索，我校本科生的创新实践现呈现出学科交叉程度高、全覆盖等新特点。”校有关负责人如是说。

走出去比试，看看是否真骏马，现在已成为同济学子共同的志向。国家级，那当然当仁不让；世界级，积极争取，想方设法同台竞技。教育部2008年以来，每年举办一次的全国大学生创新论坛，我校学生连续三年荣获十佳“我最喜欢的作品”奖，分别为多高层结构跷动减震振动台试验研究、胸主动脉血流动力的有限元模拟；而第四届更是有“以柔克刚”——“水浮力系统”对建筑物隔震效果的探究、新型顶部旋转建筑设计及其抗震性能的研究两个项目获十佳“最喜欢的作品”奖，许多创新项目的研究结果在国内外产生重要影响。据统计，2007年以来，我校大学本科生参加学科竞赛获得的国家级二等奖以上项目1044项、省部级一等奖以上项目394项、其他奖项1066项，总数达到2603项。

（程国政，2013年5月20日，第2版）

近五十国学子聚同济研讨可持续发展

本报讯　6月5日是“世界环境日”，当天，由同济大学、联合国环境规划署共同举办，主题为“食品、健康与可持续发展”的2013国际学生环境与可持续发展大会在我校开幕。来自全球近50个国家300名青年学子齐集同济会场，共同聚焦“食品、健康、生态系统、绿色城市、绿色消费”五大专题，分享他们在这些领域的最新实践与思考。

大会开幕式上，联合国副秘书长、联合国环境规划署执行主任阿奇姆·施泰纳先生以视频的形式向与会青年学子发来问候。第十一届全国人大环境与资源保护委员会主任委员、北京绿色未来环境基金会名誉理事长汪光焘，中科院院士、同济大学校长裴钢，联合国环境规划署早期预警与评估司副司长莫妮卡·麦克德威特，联合国环境规划署高级顾问及可持续发展目标联络人史仁达，环境规划署政策执行司教育与培训处处长麦海石·普拉丹等出席开幕式并致辞。同济大学副校长伍江主持开幕式。

中国工程院院士、卫星气象专家许健民，国家食品药品监督管理总局食品安全监管司负责人于军，中国环境科学研究院副院长宋永会分别作主旨报告，分别就全球气候变化、中国食品安全监管、流域生态文明发表见解。副校长董琦主持专家报告会。

当天，会场还现场展示了100多幅由与会青年学子提交的展示其个人对此次大会主题独到见解的墙报，大会组委会和与会代表将以投票方式，最终评选出优秀海报并颁发“最佳海报奖”。

在四天的会期中，全球青年学子通过聆听专家学术报告、分组讨论、实地考察、墙报展示等多种形式，分享全球青年学子对这些重要领域的最新实践与思考。大会于6月8日下午落下帷幕，并通过了《环球青年同济宣言》。

开幕式上，2013克劳斯·托普弗(Klaus Toepfer)环境奖学金、2012“绿苗计划”奖学金、2012“绿色未来奖”举行颁奖，来自同济大学、北京大学、南京大学等全国30余所高校环境相关专业的数十位优秀学生个人、团队获奖。汪光焘、裴钢共同为获奖学生颁奖。我校环境工程专业本科生李欣蔚、纪婷婷、王野的项目“中国PM2.5环境质量标准与政策研究”，同时获“绿色未来奖”和“绿苗计划”优秀团队奖。

会议期间，由联合国环境规划署主编、同济大学翻译的《绿色经济》中文版、《联合国环境规划署2012年年鉴》《我们的星球——里约+20特刊》等出版物，由联合国环境规划署捐赠给上海图书馆。联合国环境署《绿色大学指南——向绿色可持续大学校园转型》同时发布。全球十余所高校绿色大学建设实践作为成功案例入选该指南，同济大学是其中唯一一所获选的中国高校。

（黄艾娇，2013年6月15日，第3版）

“培养专家型的建筑师与工程师”

经过十年磨砺，历史建筑保护学科建设与专业教学硕果累累

本报讯 徜徉在曲曲折折、清新淡雅的图片墙前，阅读着一张张介绍的文字，“历史建筑保护与再生”“历史文化名城保护”“保护设计作业展”“历史环境实录作业展”……这是记者6月6日在综合楼大厅里看到的景象，200余张图片生动的记录了我校历史建筑保护工程专业10年走过的历程。“自2003年招生以来，同济历史建筑保护工程专业至今已有6届毕业生，毕业人数达137人，60%以上在中外高校继续着专业方向的深造，就业的毕业生中有90%以上从事相关专业方向的工作，并深受用人单位称赞。”建筑与城市规划学院院长吴长福在展览“序言”中说。

6月6日，在第八个中国“文化遗产日”到来之际，同济大学“历史建筑保护工程”专业创立十周年暨建筑与城市遗产领域研究与实践成果展揭幕。故宫博物院院长单霁翔、上海市文物局副局长褚晓波、我校党委书记周祖翼、副校长伍江等出席专业创立十周年庆典活动。

开幕式上，副校长伍江致辞说，10年前，同济大学设立历史建筑保护工程专业，“在当时，这还是少数人关注，很多人疑问的专业；而现在，你只要爆料说‘有人在拆老房子’，立刻就有记者赶去，并且微信、微博就迅速传播开了”。可见，当年专业的设置具有战略眼光。十年来，我们专业所承担的历史建筑规划、保护科研任务也越来越繁重，也说明社会对对这个专业青睐有加，说明我们的社会责任越来越重大。责任重大，所以我们更要进一步完善学科、教学结构，培养出更多的优秀人才；我们也期待与会专家出智出点子，帮助我们更快地进步。

同济建筑与规划学科有着深厚的基础。20世纪60年代以来，随着国际范围内建筑与城市遗产保护思想、纲领和实践的不断发展，我校建筑规划学科逐渐形成了建筑学、城乡规划学、风景园林学、土木工程学、材料学、测量学和历史学等学科的高度联动并形成强大合力的跨学科领域，在国家建设中发挥的作用越来越大，完成了国家“十一五”科技支撑计划重大课题“历史建筑可持续利用与综合改造关键技术研究”。

众所周知，改革开放以来，各地城市建设风起云涌、方兴未艾，各种保护性破坏、建设性破坏、推倒重建式的保护，毁掉了一个又一个文化名城、古街、古建，让从事此类工作的学者们痛心不已。要让古建古城修旧如旧、益寿延年、

带病延年，而不是毁掉古董再造一个假古董，就必须招收培养专业人才。2003年，酝酿已久的历史建筑保护专业开始招生，第一批招收了15名学生。“我们的目标就是要培养专家型的建筑师和工程师。”该专业主要创始人常青教授说，我们充分利用校内外教学资源，开出了8门新的专业课程；同时引进文化遗产研究和保护技术方面的专精人才，着手建设“历史建筑保护技术实验室”；同时，我们又积极争取到联合国教科文组织亚太文化遗产保护中心落户同济，与历史建筑保护方面闻名遐迩的法国夏约学院、意大利米兰理工大学、罗马大学，美国最早设立历史建筑保护专业的哥伦比亚大学、宾夕法尼亚大学等国际知名高校建立了密切的合作联系。

据悉，经过十年的探索，该专业已经建立起较为完备的课程体系，内容涉及保护理论、保护设计、保护技术三大类，具体包括建筑学的基本知识和理论、中外建筑史演变、历史建筑的形制和工艺特征、艺术史及文博知识、历史建筑保护设计和技术等。“我们培养的目标是，学生既接受现代建筑学的基础训练，又整体把握历史建筑保护的系统知识，并有一定的保存与修复技能。”常青把这命名为“专家型的建筑师和工程师”。

要让学生学到真本领，教师就必须迈向历史建筑研究和实践的前沿。比如，“在城乡风土环境及传统建筑保护与再生方面，以建筑学与文化地理学、人类学相交叉的视角和方法，重点关注历史建筑的环境与文化适应方式，以及习俗、仪式、场景等传统文化要素，提出‘延续地志、保持地脉、保留地标’‘修旧如旧、补新以新’‘保护借重利用，更新和而不同’等遗产存续理论、方法和策略。”常青介绍，这些原则是从珠海陈芳故居、杭州来氏聚落、台州海门老街、日喀则桑珠孜宗堡、都江堰离堆博物馆、海口骑楼老街等修复实践中总结的，他们都是濒危的风土地标，对其进行存续与再生刻不容缓。

以有“小布达拉宫”之称的桑珠孜宗堡为例，历史可追溯到元朝，它是西藏宗山建筑中出类拔萃的代表作。宫殿东西向长280米、高92米，占满整个日光山顶，既高大峻拔，又典雅俊秀。只是，木石结构的宫堡，因岁月侵蚀和“文革”时期的破坏逐渐损毁，只剩城台的一些断壁残垣。作为上海援藏项目，常青等接受任务后实地踏勘，是“疗伤”还是“理容”？这是个问题。所谓“疗伤”，重在修复废墟，保持原石材肌理，使得宗堡与山体浑然一体，展现浓厚的历史沧桑感；“理容”，则强调历史无法完全复原，修复外观时力求创新，比如添加了歇山和攒尖金顶，采用红宫、白宫的色彩区分，以强化景观效果，并与扎什伦布寺的金顶遥相呼应。专家们的最终选择，是将两者折衷：既利用了残旧宫基，又分出了红宫、白宫。除了完整保存加固废墟外，更偏向于忠实还原历史城市天际线：舍弃了能提供漂亮景观的攒尖金顶；还在宗堡东侧留下30多米长的废墟，只加固而不复原，以求保存一页宗堡遭受劫难的历史记忆。为尊重历史，常青团队甚至做到了使复原轮廓与历史图像能够达到基本重合。同济参与的一系列保护工程项目已获得包括国际金奖、联合国教科文组织亚太遗产保护奖、教育部和全国的优秀工程设计一等奖在内的国内外重要奖项，现已作为案例进入课堂，成为教学参考材料的组成部分了。

仅有课堂学习是不够的，学生们的课堂还要延伸到保护现场。“我们选择有代表性的名城、名镇或历史街区考察其现状及保护实施情况，了解其管理运作的全过程；选择一些正在开始保护的基地，了解具体的保护情形……尽可能多地选择各种现场，以期学生掌握普遍性规律。”展览文字介绍，上海朱家角，浙江绍兴、宁波，福建光泽，现在学院已经建立起30余个实习友好单位及地点，足迹遍及上海、江苏、江西、福建、安徽、湖南等省市。该专业学生在学期间还有机会赴欧洲历史名城参观学习。

扎实的学习之后，毕业设计就是亮实力的时刻。“2007年至今，我们共设计了12个专题，多数为真题，对象包含有文物、法定历史建筑到一般性历史建筑，也包含大遗址保护、历史街区保护到单体历史建筑等，既有西方影响下的城市近代建筑，也有传统的街区和民居建筑。”展览介绍称，像2008级学生实施的吴同文住宅保护设计，08级、09级参与的上海铁合金厂老厂房保护与再利用设计，经过前期调研与文献研究、信息分析与价值评估、设计构思、确定方案，给出技术深化设计，这些设计“每年都采取公开预评和现场答辩，受邀参评的专家对这些方案都给予了高度评价。六年来，多为学生的毕业设计获得同济大学优秀毕业设计、上海建筑学会历史建筑保护委员会的相关奖励”。

（程国政，2013年6月25日，第2版）

“这是一个集成创新的过程”

我校城市轨道交通综合测试试验平台建设取得阶段性成果

本报讯 日前，我校承担的国家“十一五”科技支撑计划相关课题“城市轨道交通综合试验和测试平台建设”通过验收。“试验平台系统的整合过程是一个集成创新的过程。”课题负责人、轨道交通研究院谢维达教授告诉记者。

2012年校庆期间，经过两年的研发，城市轨道交通A型试验列车运抵嘉定校区，从此，由一条试验线路、一列试验平台列车和一套室内试验系统组成的同济轨道交通综合试验系统完善起来，在此系统中开展综合性试验和产学研合作成为可能。

“要想让平台发挥作用，首先就要通过集成创新让它身强体壮、功能强大。”谢维达介绍，在将近一年的时间内，按照任务要求，课题组开展的工作主要包括试验线路的延伸、改建和建立必要的试验设备，实现对牵引、制动、控制、列车运行控制（信号系统）等系统试验开发和测试，使其基本具备城市轨道交通车辆系统装备和轨道交通关键部件开发、试验和研究的能力，基本具备车辆型式试验和综合测试的功能。“平台建设的目标就是具备综合性、集成性和开放性等特点，为下一步工作打下坚实的基础。”谢维达介绍，所谓综合性是指试验内容，如车辆（列车）、牵引、制动、牵引供电、运行控制、轨道线路和综合监控等都能方便地在这一平台上展开；集成性要求试验平台为轨道交通各个专业领域提供一个集成化的试验环境；开放性则是指试验内容的开放性和试验客户的开放性。

按照这一设想，课题组将总体的技术路线设定为轨道交通领域的综合性试验平台和产学研合作平台。“将线路、列车、运行控制、供电和车站集成一体，形成综合效应，让平台不仅可做常规的列车牵引试验、制动试验和列车动力学试验，还可以开展运行控制试验、列车电磁兼容性试验、列车噪声试验以及综合监控系统试验等，做到客户想做的我都能做，这样一来平台自然就成了产学研合作的好平台了。”谢维达介绍，遵循这一路线，课题组首先对试验平台的原线路设备予以改造、完善，以满足试验的需求，特别是需要满足运行控制的线路设备需求；再就是设计综合测试试验平台的子系统。据悉，课题组在过去一年里陆续建立起车辆动态测试、列车EMC测试、车辆噪声、运行控制系统、牵引系统测试、制动系统测试、综合监控测试等平台，共同组成综合测试试验平台。“一年中，我们在线路上、车站里、试验室穿梭忙碌着，铺线、升级车站，设计控制中心、数据通信网络。”谢维达说，7个试验平台都需各自独立进行技术设计以实现相应的功能，还要便于集成以开展综合性科研试验，因此设计尽可能地采用符合国际或国内标准的测试试验设备进行系统集成，同时特别注意各试验平台之间的设备共享。

“现在，我们的平台已经具备了综合试验的能力，走合一段时间后，其潜力还会进一步提升。”谢维达告诉记者，以运行控制系统测试平台为例，在联锁系统和 DCS 系统的支持下，可实现联锁系统测试、车地通信测试、车载 ATP 测试和 ATS 系统的试验；车辆动态系统测试平台则可以进行重要零部件振动监控与分析、车辆平稳性测试、车体和转向架及部件模态测试；开展故障诊断算法、服役性能研究以及动应力及疲劳强度分析研究；综合监控试验平台能够对国内轨道交通系统集成商的综合监控系统功能和性能进行测试验证，如机电设备监控系统、火灾报警系统、导乘信息系统、广播系统和视频监控系统等，也可以为系统集成商或设备制造商提供第三方的接口测试和认证服务，并开展规范系统接口标准的研究。

“应该说，这个平台具备了试验的基本条件”，谢维达说，相对于轨道交通的各个专业领域，如牵引供电、车辆、牵引、制动、信号（含车地通信）、轨道线路、环境保护、综合监控、运行管理等不断快速进步，平台技术性能的不断完善，测试能力的不断进步是摆在我们面前的最大挑战，我们要做的就是迅速完善测试试验技术，迅速开展测试、试验的资格认证工作，为平台建设上台阶不断进取。

（本报记者，2013 年 6 月 25 日，第 2 版）

同济大学与云南省签署省校战略合作框架协议

本报讯 7 月 8 日，上海云南对口帮扶合作第十四次联席会议在上海举行。我校党委书记周祖翼出席会议并代表学校与云南省签署《云南省人民政府—同济大学战略合作协议》。

此次与云南省签订省校战略合作协议，是同济大学与广西签署全面合作协议后，对西部地区校地合作布局的强化，是同济大学发挥学科人才优势，服务国家发展战略和区域发展，实现校地合作共赢和共同发展的重要举措。省校战略合作协议主要围绕云南建设滇中产业新区和面向西南开放桥头堡战略，在云南城乡规划建设和政府决策咨询、科技成果转化与产业化合作、区域创新体系建设、促进教育发展及人才培养、定点扶贫和对口帮助等五个方面开展合作。

7月9日，云南省委副书记、省长李纪恒率云南省代表团，在上海市委副书记、市长杨雄，副市长周波等陪同下，专程赴同济大学嘉定校区，实地考察了我校上海地面交通工具风洞中心，听取了学校关于地面交通工具学科建设布局、科研及成果转化、汽车学院新能源汽车研发、风洞中心建设发展、与云南已开展合作等情况介绍。李纪恒指出，大学是城市发展的心脏，同济大学是著名学府，规划学科在全球都位居前列，城市建设、道路交通和环境保护等学科优势突出，云南省处在快速城镇化的新时期，迫切需要同济大学这样的高等学府深度参与到云南的建设发展中来。

7月10日，董琦副校长会见了云南省政协副主席、滇中产业聚集区（新区）规划建设领导小组常务副组长米东生和云南省扶贫办一行，双方就推进落实省校合作协议进行了广泛务实的交流。

（外联办，2013年7月15日，第1版）

百年土木正青春

——土木工程国家试点学院改革进行时

今年5月，全球颇具影响力的QS世界大学学科2013年度排名揭晓，同济大学土木工程全球排名从上一年度的55位跃升至第18位。

今年1月，教育部公布2012年学科评估结果，同济大学土木工程学科以95分高居榜首。

在今年住建部土木工程专业教育评估中，专家们一致认为，“同济大学土木工程专业的发展，将会带动我国高层次土木工程专业人才与卓越工程师的培养工作”。

2012年的一组统计数据也再一次令人刮目：一年来，学院发表SCI论文248篇，是2010年的两倍；获各类科研经费近3亿元，其中纵向科研经费超过一半……“被列入国家首批试点学院，是拥有百年历史的同济土木工程学科未来持续发展、迈向世界一流学科的重要历史性机遇。学院紧紧抓住‘人才培养’这一核心本源，从教师遴选与管理、生源招录选拔、人才培养模式、学院内部治理结构等方面，大胆进行综合改革试点，一步步平稳有序扎实推进，如今成效已经初步显现。”土木工程学院党委书记陈世鸣教授说。

改革，让同济百年土木继续焕发青春活力，昭示着一个更加美好、可持续发展的未来！

改革师资岗位管理，让教师回归“人才培养”本职

作为同济大学的金牌学科，“同济土木”一直稳居国内第一，无数荣誉加身。身为中国土木工程的国家队，同济土木人清醒意识到：我们与国际一流水平仍有相当差距，必须大力推动创新发展，力争使学科整体实力跻身世界前列！

入选作为国家“教育教学改革特别试验区”的试点学院，是一个极好的契机。而改革创新，就意味着要大胆突破传统惯性，果敢消除制约学院长远发展的不利因素，大步向建设世界级高水平学院目标迈进，进而在探索现代大学制度过程中起到引领示范作用。改革的着力点在哪里？

“人才培养”是高校的第一要务。要培育“一流的人才”就必须先有“一流的教师”和“良好的机制”。在学校教改办副主任李晔教授看来，将教师的精力和兴趣引导到“人才培养”这一根本点上来，是试点学院整体改革的关键。

“要让广大教师将更多的精力和兴趣投入到‘人才培养’这一本职上来，我们认为，首先要改革教师的聘用制度，建立起合理有效的激励机制。”土木工程学院院长顾祥林教授说。

为此，学院首先调整优化组织架构，力求人力资源效益最大化。学院在其下属 5 个系中，按实际教学需要设置教学科研型的教授、副教授岗位，教师承担教学和科研双重职责；“土木工程高等研究院”作为科研特区，以项目为主设立基础研究型的研究员、副研究员岗位，教师开展前沿及重大技术研究，并指导本科生和研究生毕业论文，同时这里也成为新进教师的培养基地；此外，学院还正在组建“土木工程应用技术研究院”，设立应用研究型的高级工程师、工程师岗位，教师可通过研究院这一平台进行专利技术转化、技术开发、社会服务，并指导学生毕业设计、课程设计、专业实践。如此一来，教师们就可在各自擅长的舞台各司其职、各展其才，为人才合理流动创造条件。

学院计划设置教师岗位数 320 个，其中“教学科研型”岗位总数 220 个（180 个教职面向现有教师，40 个教职面向国内外公开招聘），其余“基础研究型”“应用研究型”共 100 个岗位则分设在高等研究院或应用技术研究院。“教学科研型”教职实行分批聘任，今年先聘任了终身教职资格教师 70 人，计划在未来 3 年，

每年聘任 50 个左右教师岗位，实现新旧体制之间平稳过渡。

按实际教学需要设岗、按岗聘用，会带来怎样的效应？学院介绍，由于是按本科核心课程来设置岗位，教授、副教授的岗位竞聘，就与一门门基础课、专业课直接挂钩，教师上课、指导学生的主动性、积极性明显提升。如今，为本科生上专业基础课、专业课的教授、副教授比例分别已达 91.7% 和 96.4%，较以往有明显上升。

学院还制定了学院《学术委员会章程》。在试点学院建设中，从整体顶层设计、岗位类别设计、学术机构调整，到教师遴选和考核办法、人才培养方案制订等，均充分发挥了学术委员会的作用，真正实现了教授治学、民主管理。

科学合理的考评机制能激发持久活力。由学院学术委员会成员为主、学院党政领导参加组成考核委员会，负责对各岗位教师进行定期考核。建章立制，对考核优秀的教师，给予加薪激励；对连续两聘期考核未获通过的教师，将不予续约。对终身教职教师施行“多元年薪制”。

为把好新进教师质量关，学院还借鉴美国“Tenure Track”制（终身教职制），提出了“改进的终身教职资格路径”：新进教师先以“助理研究员”可流动教职在土木工程高等研究院工作，3 年的考察期后，通过考核并确认能胜任教师岗位者方可获“终身教职资格”；未通过考核者可提出续聘申请，学院根据具体情况决定是否续聘；科研能力强，但不能胜任教师岗位者将留高等研究院进行科学或技术研究。这一新聘教师管理办法如今已在全校推广实施。

学院还着力提升师资的国际化程度。在当前薪酬标准尚不能与国际接轨的背景下，两年来学院还是利用各种资源吸引外籍千人计划学者、高端外国专家、讲座教授等国际师资 40 余人。

“让‘人才培养’回归大学中心地位、回归教师本位之后，教师可以做他应该做、自己又愿意做的事情，形成自我管理、制度管理的长效机制。”顾祥林说。

事实证明，改革为青年教师创造了更好的成才环境：去年学院有两名青年教师获国家自然科学基金优秀青年基金资助，今年又有一青年教师入选青年“973”项目首席科学家。

以兴趣和潜质为导向，多元化招录选拔优秀生源

如何能突破以“考”为主的招生选才惯例，选拔到一批具有明显学科专长、并抱有真正的专业兴趣的学生，一直是高校人才选拔过程中力图破解的难题。

“作为‘教育教学改革特别试验区’，试点学院可以更加主动、直接地推动自主招生改革，先行先试，为进一步深化高校自主招生试点工作提供经验和示范。”常务副校长陈以一教授说。

土木工程学院明确提出：“试点学院将建立基于学生兴趣与未来发展潜力的多元化的学生招录与选拔体系，以全国高等学校统一入学考试为基础，以兴趣和潜力为导向，以‘高考成绩、高中学业水平考试、专业发展潜质考察、综合素质评价’为招录与选拔准则。”为此，学院在人才招录选拔方面做出了不少全新探索与尝试。

每个星期，上海市晋元高级中学结构设计创新实验班的同学们都会迎来同济大学土木工程学院的专家，为他们授课。这是土木工程学院在晋元中学建立的“结构设计创新实验室”，也成为学院在高中的第一块“苗圃基地”。学院教师每周前往中学为高一、高二年级各一个班的学生授课，并开展一些科技创新项目，吸引了一批热爱科学、热衷于创新的中学生。在这一过程中，一些初绽的“新苗”自然也会进入同济教授的视野，并有望享受同济大学自主招生相关优惠政策。而今，学院这一“育苗”形式已推广至全校，学校已携手全国数十所高中共同启动了“苗圃计划”。

将大学创新型育人理念、大学的优质教育资源前移到高中，促进大学教育与中学教育有效衔接，自 2011 年起，学院还每年举办“全国中学生结构设计邀请赛”，来自全国数十所中学生代表队前来学院大学生创新实践基地比试，赛场表现优异并获奖的数十名中学生直接获得同济大学自主招生选拔资格。

“无论是大学教授进中学、大学实验室进中学，还是举办中学生结构设计赛，并投放自主招生资格，都非常有利于学院从中选拔到一批对专业真正怀有兴趣、具有发展潜质的优秀学生，这将为我们培养卓越土木工程师奠定很好的基础，实现学校与学生的双赢。”顾祥林说。

生源招录选拔方式上的探索与尝试带来了积极效应：2012 年，同济大学土木工程专业的第一专业志愿填报率高达 238%；有 45 名高中生借由“创新实验室（课程）”“全国中学生结构设计赛”等招录途径进入土木工程学院。

作为促进跨学科门类复合型创新人才培养的新举，学院还将面向新进校其它学科的优秀大一新生，进行基于学生兴趣的选拔，吸收一批基础好、发展潜力大的新生，进入复合型交叉学科人才试点班。

在大力推行本科自主多元招生的同时，学院还改革硕士生、博士生的招录方式，弱化研究生入学统一考试，强化硕士生的专业基础、发展潜力，以及博士生的创新精神和创新能力，特别是在博士生招录中充分体现导师意愿，试行资格审核制招生、与科研院所联合招生等方式，并扩大直博生、硕博连读生比例，着力提升研究生生源质量和国际化程度。

如今，学院校内外本科生免试推荐攻读硕士比例已达50%，每年还招收20名左右的国外双学位硕士生；直博生和硕博连读生已占当年博士生招生数的50%。学院还建有20余门全英语课程，覆盖了研究生培养的主要核心课程，现正加速建设国际化优质课程群，以更好的国际教育环境吸引更多国际研究生。近日，首批同济大学—西班牙加泰罗尼理工大学研究生已完成论文答辩。学院外国留学生的数量正持续增长。

配合学院“国际博士生招生计划”，学院已多方筹资设置了2000万元的“土木工程学院人才培养基金”以及280万元的“外国来华博士生奖学金”，制定了资助办法，计划结合国家奖助学金及导师的科研经费，对前来攻读博士学位的外国留学生给予多元化资助。

有效整合各方资源，大力推进卓越土木工程人才培养

2012年、2013年美国土木工程大学生竞赛中太平洋赛区，同济学生团队与世界顶尖名校同场比试，在钢桥、混凝土轻舟、土力学、交通、水处理等各单项赛场上均表现出色，王姗姗等多位本科生直接被加州大学伯克利分校等一流名校录取为博士研究生。同济土木学子的创新能力和综合实力在国际赛场上得到检验。

学院为毕业生描绘了这样一幅美好蓝图：“50%本科毕业生能获世界任何一所高校研究生入学资格，50%硕士毕业生能在世界任何一家企业任工程师，50%博士毕业生能在世界任何一所高校、研究单位获教、研职位”。

矢志于培养国家建设主战场的栋梁之材，同济土木人始终牢记自身使命，集各方资源，积极致力于教改探索与实践。

一条立体化、开放性的学院人才培养路径已然清晰，它由“课堂教学链”“实验实践链”和“交流合作链”组成，其中，“课堂教学链”以递进式精品课程群、系列化英语课程群等为特色，“实验实践链”则整合规模化的企业实习实践基地、教学实验平台、大学生创新研发基地和多功能试验室而成，“交流合作链”主要包括高频次国内外土木工程竞赛、国际课程班、双学位培养项目等。

基于责任教授制的优良的师资教学团队，培养了优秀的后备师资，也为高质量的课堂教学提供了保障。为提升学生的创新意识和创新能力，学院还在“授课方式、训练方式、考试方式”三方面实施综合改革，启发式、研讨式、案例式的小班化授课方式，已在一部分专业核心课程中运用。

为了让土木学子经受完整的工程综合训练过程，学院还在毕业设计的内容与形式上不断出新：试行“建筑 + 结构 + 施工 + 经济分析”全过程毕业设计、多专业联合毕业设计（比如建筑 + 结构 + 水暖电）、校企联合毕业设计、海峡两岸毕业设计、中外联合毕业设计。

在着力夯实全体学生共同的专业基础的同时，学院还积极致力于促进土木学子个性化、多元化培养，打通本科生、硕士生、博士生三培养阶段间壁垒，构建起“本—硕—博人才一体化培养体系”。学院新推出“课程档案”建设，全面梳理本科专业知识点，将各知识点与相关课程间形成对应关系，避免本科生、硕士生课程教育内容出现交叉、重复。

三培养阶段的教育实现贯通之后，显然有利于学生的个性化、多元化培养：优秀本科生可提前进实验室、进教师课题、进教师团队，选读研究生课程，研究生导师制也向本科生前移；经过一年基础训练后，对学术研究抱有兴趣的硕士生可转为硕博连读生。“全程导师制”，为学生个性化培养提供有力支撑，除学院导师外，还有在各级竞赛、校企实习实践中的“校企联合导师”，以及双学位培养、中外暑期学校、中外联合毕业设计中的“国际导师”共同参与指导学生培养。

为促进本科高年级学生个人兴趣与专业发展，学院还加强了 3 至 4 年级专业模块的个性化与多样化，学生可自由选择土木工程专业中房屋工程、地下工程、桥梁工程、道路工程、防灾减灾与风险评估等七个模块。

学院的学生思想政治教育也紧紧围绕卓越人才培养目标，推出“卓越工程师先锋行动”评优示范、学生骨干培训培养、传承土木文化系列活动等，为培育人才营造良好的成才环境。

人才培养模式上一系列的改革创新之举已显成效：学院前 50% 学生的平均绩点从 2012 年的 3.78 提高到今年的 3.92；去年学院 60% 的应届毕业生选择继续攻读研究生，其中 7% 的学生直接攻读博士生。

同济土木本—硕—博一体化的人才培养体系、机构设置及人事制度改革措施，引来了兄弟院校的广泛关注。传统优势学科未来如何保持优势、创新发展、迈向世界一流？正如裴钢校长所言，“同济大学将试点项目作为学校提升办学质量的抓手和体制机制改革的推进器，相信土木工程试点学院的综合改革探索，将为国家教育体制改革创造经验、作出示范”。

（黄艾娇，2013 年 7 月 15 日，第 7 版）

为了上海新的高度

——同济建筑设计团队深度参与上海中心大厦建设纪实

东方明珠、金茂大厦、环球金融中心，这些年，上海的确越长越高。而正在建设的上海中心大厦，将创造上海新的高度。

“上海中心”位于小陆家嘴核心区，东泰路、银城南路、花园石桥路交界处，东邻上海环球金融中心，北面为金茂大厦。上海中心大厦建成后将成为上海最高的摩天大楼，届时将与金茂大厦、环球金融中心等组成和谐的超高层建筑群，形成小陆家嘴中心区新的天际线，展现浦东改革开放成果和陆家嘴金融贸易区的时代风貌。

“上海中心”预计于 2015 年竣工，届时，“上海中心”将与金茂大厦、环球金融中心共同组成上海重要的“金融服务中心、商务配套中心、公共活动中心”，为上海“四个中心”建设、发展现代服务业和国际大都市建设提供必要的载体。

自 2008 年“上海中心”开始建设以来，我校有一大批专家、学者组成科研团队或设计团队，为大厦建设提供技术支撑。特别是我校建筑设计研究院，作为“上海中心”的建筑设计方美国晋思建筑事务所（Gensler Architects）的国内合作伙伴，为“上海中心”提供了施工图设计，承担了大量工作。我校土木工程学院等单位的教授和科研团队也承担了上海中心的科研攻关或试验任务，并交出了出色答卷。近日，记者走访了我校建筑设计研究院等单位，探寻同济团队深度参与上海中心大厦建设的幕后故事。

这是一座“垂直的外滩”

8 月初上海中心大厦结构封顶后，现在只要站在市中心城区，一抬头都能看到它。虽然大楼还很“骨感”，虽然顶上还“站”着四台巨大的吊机，但它的高度已经可以俯瞰城市、一览众山小了。先说说上海中心的有关数字：建筑总高度632米，建成后将成为上海第一高楼，主体结构高度580米，楼层数地上125层、地下5层，总建筑面积约576000平方米（地上面积373000平方米），楼内安装垂直电梯91部，设9个避难层。与之相比，外滩上21栋历史建筑的总面积也不过为37200余平方米，上海中心大厦被大家称为“竖着的外滩”一点也不夸张。

其实，上海中心大厦的“靓点”不仅是高度和建筑面积，按照计划，这栋摩天大楼将被打造成为环保节能的绿色建筑、可持续发展的大楼，要达到“垂直社区、绿色社区、智慧社区、文化社区”的目标，即上海中心要重新定义超高层建筑的内涵。

上海中心大厦的难题有多少

建筑业内的专家普遍认为，超高层建筑要成为绿色建筑，难度非常大。“因为很多百米以下建筑中常见的问题在高层建筑中都可能成为难以逾越的障碍，比如给水和排水。”我校建筑设计研究院负责上海中心给排水设计的杨民高级工程师告诉记者，600多米的高度，水如何送上去？遇上台风天气，如何排水？这些都是十分重要的问题。“试想，如果一根管子从楼顶贯通下来，水压、水速都非常大，会给建筑带来无法估计的困难。”

上海中心大厦建设过程中面对的难题远不止给排水这一项。大楼面积相当于2座金茂大厦或1.5座环球金融中心，自重达85万吨，地基每平方米要承受1.9吨的自重。而大楼所在的陆家嘴地区本就是个滩，往地下钻几百米都难见到岩石层，很多外国建筑师都说在那里“修高楼、修地铁，几乎不可能”。困难还有：经常受台风侵袭的上海，大风天气里如何保证上海中心大厦的“从容淡定”？如此高耸的大楼，消防问题如何解决？大楼的“衣衫”是成千上万块玻璃拼起来的，楼体在大风中摇摆时如何避免玻璃被挤碎？“可以说难题多如麻。”我校建筑设计院上海中心项目经理陈继良告诉记者，美国晋思建筑事务所作为大楼的建筑设计单位，提供的设机方案在工程实际中存在很多需要进一步克服的难题，同济建筑设计研究院在做施工图设计的时候，进行了非常详细的细化，很多地方针对工程建设实际都做了改动。设计院的工程师认为，上海中心大厦的建筑工作重点和难点不在建筑设计，而在细化设计，就是俗话所说的“搞脑子”。

“为了项目，科研先行”

将近一个月的采访，来来去去建筑设计研究院和相关院系，记者从学者们、工程师们的嘴里，经常听到的就是“上海中心是一个巨大的考验”“谁也没干过”“要有放手一搏、赴汤蹈火的勇气和斗志”类似话语。夏林、杨民、周瑾、张鸿武、何志军、赵昕、包顺强、高一鹏、陈继良、万月荣、钱大勋、车学娅、王莹、董建宁……自2008年开始，同济建筑设计院的一大批设计、科研人员将智慧和心血融入上海中心大厦的建设过程中。

上海中心建设这场“大会战”仅靠热情和斗志是不行的，当美国晋思建筑事务所选中了同济建筑设计研究院作为中方配合单位之后，校长助理、建筑设计院院长丁洁民首先想到的就是为这栋超高层大楼的攻坚克难申请课题，让严谨的实验、计算来为大楼建设保驾护航。

2009年3月，上海市科委批准了丁洁民牵头的“500米以上超高层建筑设计关键技术研究”课题，按照室内空间环境、地下空间的规划与整合、风荷载、复杂建筑外形的优化设计等数十个课题，邀请学校相关学科的李国强、顾明、吕西林、任力之、张洛先等数十位著名学者，组成强大的科研团队，开展关键节点、组合钢板剪力墙约束支撑、结构防火、防恐、大楼沉降变形、超大圆形基坑关键技术、特殊形态幕墙、超大超高形建筑智能化系统的数字化、钢结构BIM设计与制作安装等科研攻关，相关分课题数量达到58项。

“虽然上海中心大厦的科学试验等工作已经完成。但直到现在，设计仍在不断优化中，因为这栋超高层建筑碰到的难题前所未有，我们的工作还包括将这些工作成果固化并形成专利、规范等，以备将来之需。”科研项目协调人、我校建筑设计院赵昕介绍。

设计团队全力以赴

上海中心大厦建设施工过程中解决的难题，同样得益于建筑设计院的各项优化配合设计。不说别的，就说支撑大楼的直径121米、厚度6米的大底板吧，现在大家看到的上海制高点很神气，但你可曾想到这根擎天柱就是站在这块面积1.5个足球场大小的底板上的？在它的下方还有955根桩基，每根长度达87米。“这些桩基就好比在豆腐上插入许多筷子，有了它，大楼才能端端正正‘浮’在地平线上。”陈继良告诉我们。大底板的混凝土浇筑是一次成型的，场面非常壮观——8 台个头巨大的布料机轰鸣着，8 台大卡车喂料，后面还有 8 台卡车在等待。“前面的车倒干净，后面的立刻跟上接着倒，昼夜不停，3 月 26 日晚至 3 月 29 日凌晨浇筑大底板，一次性浇捣方量约 61000 立方米，持续时间达 60 小时。”一直在现场参与协调工作的陈继良介绍，从高处往下看，400 余辆重型卡车在繁忙的陆家嘴地区排成长龙，一刻不停地来回穿梭，高高地看下去，车像玩具人如豆，一色地穿梭忙碌。浇筑完成的那一刻，已是凌晨 3 点了，没有欢呼，没有鞭炮，只有震耳的轰鸣瞬间寂静下来。陈继良说：“我院巢斯、姜文辉、丁洁民、赵锡宏、朱合华等分别主持的注浆技术实用计算方法、基础筏板内力计算及施工全过程分析、大体积混凝土施工过程中水化热的控制、深基坑开挖回弹及再压缩、深基坑施工数字化安全监控等项研究为上海中心大厦底板浇注提供了可靠的保障。”

结构设计：不仅考验智慧和技能，更考验勇气

都说上海中心最难在结构设计，究竟有多难很多人并没有直观的感受。经过多次更改预约时间，记者终于见到了四年中一直在丁洁民指导下从事结构细化设计和协调的何志军。“忙的时候一天去一趟工地。”“有关结构设计的方案、来往函件、工程记录文件大小有十几个 G。”“这栋楼的形态超出我们的经验。”“楼的形态是非理性的，但结构必须理性。”“难，难在结构的动态关连……”两个小时的采访中，记者听到何志军多次这样表述。

针对上海中心大厦外观设计，晋思建筑事务所提供的“龙型”方案像一条盘旋上升的龙，龙的顶部上翘，如同一支祥云火炬；大厦横截面类似一个圆角的三角形，以顺时针方向往上旋转，一直延伸到顶端，而顶端是开放式的顶棚。作为概念方案，上海中心大厦在全球范围内确实独一无二。但是它通体晶莹剔透的外观、呈 120 度扭转着上升的造型、核心筒与外表的连接等，都给结构设计带来了巨大的难题。“塔冠的骨架如何‘长’在核心筒上，还有核心筒底层直径 80 米、顶层 30 米，自身的逐渐缩小带来的问题，都是概念设计阶段无法预料的。”何志军说，“美国本土也没有这样的超高建筑，上海中心大厦从图纸变成现实中的大楼，要攻克相当多的技术难题，有的业内人士甚至说‘不可能把这样的方案变为现实’，所以，参与方都在看同济，因为美方选中的中方合作单位就是我们。”

“超高层建筑的设计科研千载难逢，再大的困难我们也必须上。”何志军

一再重复丁洁民院长近几年挂在嘴边的话。上海中心结构之难，主要难在尺度巨型化、幕墙问题和塔冠三方面，用何志军的话来说，就是强筋骨、穿衣裳、戴帽子。

先说强筋骨。常规建筑，我国都有规范，按照规范就能把水泥、钢筋、玻璃等一一用妥帖，所以建筑设计方案出来之后，一句话“按相应规范操作”就好了。可是上海中心没有现成规范可以套用。就说钢筋吧，普通建筑钢筋直径两厘米就很粗壮了，但上海中心的钢筋直径是40厘米。一个普通工人平时可以扛三五根钢筋，可是直径40厘米的钢筋一根都扛不动。还有钢板，普通的两三厘米就够厚的了，可是这里的厚度是10厘米；还有巨柱，上海中心有8根，从地面直通545米的高空，每根柱子的截面积就有20多平方米，比一般的客厅还大。“课堂所学的知识和平常的经验，在这里都变得苍白无力了，这里的尺寸和问题用常规的方法无法解决，全是非常规的。”何志军说，所以建筑设计院依托学校的强大科研力量，申请了专项课题，集中全校的智力，攻坚克难。“丁洁民院长带着我们一边做设计，一边研究、学习，改动的东西很多很多，难以计数，最后一步步把图纸变成了分项工程，化作施工图纸。”何志军说，“四年来，设计院安排我全力以赴盯着上海中心的结构设计，丁院长说其他任何事都不用我干。忙的时候每天去一趟工地，刚开始的时候没有电梯，爬上爬下只有走，一天上下20多层好几趟，改动了很多原始方案。这栋楼是几何非规则的形态，形态下大上小，巨柱往上肯定要减量，但具体尺寸多少合适？没有同济强大的科研团队支撑，这些都是无法完成的任务。还有结构层里插满了、放满了各种各样的钢构件和设备，它们的协调与和谐，没有智慧和勇气也是不可能解决的。”

再说穿衣裳。外面看，尤其是在晚上，大楼核心筒与表层之间的灯光会把建筑蝉翼般的轻盈诠释得淋漓尽致，塔冠则是巨型显示屏，再加上数百米的“龙沟”——V形槽的奇幻灯光秀，上海中心大厦一定会夺人眼球。可是，要用桁架和圈梁把刚劲的核心筒与相对柔性的“衣裳”连到一起，且保证安全地使用，里面有多少问题需要解决？“想想看，万一衣服穿得不合适，上海中心掉下一块玻璃来，会造成什么后果？”何志军介绍，最开始以为解决主体，核心筒做好，把圈梁挂上去就好了。可是，“圈梁呈不规则的三角形，还开了一个V形槽，围着中心一圈绕过来是300米，‘拎’着圈梁的钢悬臂长的十几米、短的三四米；整个圈梁叠起的高度是60米，糖葫芦一样一层层、一圈圈垂下来：由于悬臂长短不一，其受力情况根本无法一致，会拉着扯着外面的‘衣裳’像锯齿一样，参差不齐”。这样的衣裳如何穿？设计院在总课题中专门设置了5个幕墙子课题，其中包括玻璃幕墙的支撑体系和安全、超高层建筑自身变形与幕墙系统的协同设计、特殊形态幕墙舒适度、超高层建筑维护清洗体系等，“不仅考虑眼前，还要谋划未来”。何志军介绍说，随着研究的深入，设计方案一再优化，最后确定“每层25个点，伸出的桁架挑起圈梁，犹如人伸直手臂提水，让其步伐一致地提起2500吨的幕墙”。还有，幕墙的玻璃贴在外面，每一块都是要跟着大楼的晃动摇来摇去，最大摇幅达到0.8米，接近一块玻璃的宽度了，想要不被挤碎，必然要为这些玻璃装上自由活动的“关节”。“美方为了保险系数大，采用军工产品，整个幕墙造价逾10亿元，最后同济团队将这些‘关节’成功国产化，节约资金2亿多元。”何志军介绍，随着工程实施，现在每天都在顺利建造，美方不再提“不能改设计”了，主结构设计可以改了，幕墙设计也改了，很重要的原因就是，同济人成功地让大楼穿上了原始方案中根本无法穿上的“衣裳”，极刚的核心筒和极柔的玻璃幕墙现在和谐联动起来了。

三是戴帽子，塔冠如何戴上去？塔冠建设之难，难在核心筒先是混凝土结构，后变钢结构；先是圆角的三角形，然后将八角钢结构筒套上去并长高，从562米处开始一直长到632米。塔冠之难，不仅是自身结构的形状、材质变化多端，建造极难，塔冠上还要放下千余吨的阻尼器、风力发电机组等等各种巨大尺度的设备，这些设备把塔冠空间几乎塞满。“美方的初始设计很干净，离落地（施工）也很远。现在经过无数次修改，同济人将其难以落地的‘症结’找到，初始方案中很多理想化的设计现在都优化变成了实施方案。”何志军介绍，一场场硬仗打下来，现在大家都说“有难事找同济”。在这场大会战中，何志军自身也收获了很多。他先是被设计院“丢”进泳池，呛水、“狗刨”都用上了，现在他已经成为一名游泳高手，颇有从容淡定的风范。

出彩之处难以计数

近一个月的采访中，记者感触最深的并不是上海中心大厦工程的难度，而是大家的敬业精神和画出精彩之笔后的兴奋之情。

丁洁民院长在一次学术会议上介绍，上海中心建设至现在，还没有发生一个构件、一块玻璃返工的事情，而这正是得力于BIM技术的全面运用。BIM全称建筑信息模型（Building Information Modeling），是以建筑工程项目的各项相关信息数据作为基础，在电脑中构建建筑模型，通过数字信息仿真模拟建筑物所具有的真实信息，它具有可视化、协调性、模拟性、优化性和可出图性五大特点。但当初是否采用这项技术，各方的争议较大，以同济为主的设计方力主其应用，理由是：如此巨量、复杂的异型建筑，往往改动一根桁架牵动的就是全身的筋骨，修改一块玻璃的形状，成千上百块玻璃就跟着改变形状，BIM 的多方联动、可视、可模拟等特性正可为这样的工程开路架桥。“有一次会议我们改动的钢结构方案，一次就节约了一万多吨钢，没有 BIM，这些都是难以实现的。”陈继良介绍，上海中心的受力钢圈梁根都生在结构层，由伸臂桁架撑起来，就如同女性穿的大伞裙，结构层上的圈梁如同伞裙的“腰”，它提着的 15 层楼的玻璃重约 2500 吨左右。关键是这栋楼外面的伞裙是渐上渐收缩的，并且几乎每层一度旋转着往上。这样一来，可以说外面的“衣服”没有任何一块玻璃是一模一样的。“没有 BIM，这是不可想象的。”负责大楼外层设计优化的建筑设计院的高一鹏介绍。他一边说一边让记者看电脑中的 BIM 模型，随着鼠标的游动，我们一会儿就到了 121 层，就是建成后的观光层。“这是世界上最高的露天观光层了，既可以仰望星空、风力发电机组，也可以俯视万家灯火、璀璨都市。”一会儿我们又来到塔冠那条窄窄的、蜿蜒盘旋愈旋愈上的坡道上。“这里吊着的就是擦窗机，可以顺着坡爬来爬去，整个塔冠部分它都能打扫得到。”没想到，电脑中还可以这样在建筑里外自由进出、俯仰盘旋着看图。“这都是 BIM 给我们带来的体验。”高一鹏说，大楼里，给排水、天然气、各种缆线太多了，往往被集中放置在狭小的空间里，在建设中挪动位置、重新置放也是经常发生的。“有了 BIM 系统，这种牵一发而动全身的设计就方便多了。”

翅片，是一种在密闭式高楼内用散热方式消除玻璃雾化的装置，其形如同翅膀，故有此名。翅片的研发正是我校设计团队主导完成的。“上海中心大厦外层全是玻璃，如果蒙上一层牛奶一样的薄雾，就称不上美丽优雅了。”周瑾说，必须想办法解决这个问题。于是大家努力半年多，攻克了如何在有限的截面空间内安置超常规数量的除雾设备，如何保持百米内 45 台设备单元的散热量均控制在一定数值内，如何保证接头部分一次安装无泄漏、三十年无泄漏等一系列技术难题。“想看翅片？它们都躲在钢构件里边，紧挨着玻璃，看不见的。”面对记者的好奇心，周瑾笑称，有了它，大楼就会时刻保持通明透亮了。

精彩的故事还有很多。“大楼建设需要 50 多万方混凝土，带来的是建筑质的变化。”“V 形槽作为巨大的显示屏，它的 120 度旋转带来的问题也是极其复杂的，今天它越长越高了，也会越来越靓丽的。”“300 多米的高度，一根管子就上去了，那水压会让管子难以承。我们的方案有道理，美国人就同意改了。”“保证玻璃自由滑动的‘关节’试验今年春节做的，开学前夕完成了。”“这些年忙着赶工，现在我们要把攻坚克难的探索和思考沉淀下来，形成文字供后来者借鉴。”设计科研团队成员纷纷表达类似的感受。

“我们收获很多”

来看看上海中心的成长记录吧：

2008 年 6 月，上海中心方案撩开面纱，紧接着同济受邀成为中方设计协作单位；

2008 年 11 月 29 日，工程桩施工开始；

2009 年 10 月，主楼基坑开始开挖；

2010 年 3 月 29 日，主楼大底板混凝土浇筑完成；

2013 年 8 月 3 日，上海中心结构封顶。

伴随着这些数字，是参与人员无数的付出、无数的汗水，还有数不清的会议、争论。在同济建筑设计研究院，记者想找这些记录看，每一个参与人都说：太多了，看不完的。记者最后随机抽取了几份会议记录进行详细了解。

日期为 2009 年 8 月 5 日的“绿色建筑第八次例会”讨论的内容包括中水回用、电机耗损、雨水收集计算、中庭换气等，与会方包括业主、设计管理、美方设计、同济建筑设计院等 8 家单位。“经讨论，建议首先在 8 月中旬的绿色三星预评估专家会议上先与专家确定中水回用率的计算方式、处理方法，然后根据确定后的计算方法来计算需多少中水来补冷却塔。”“晋思建筑事务所应在下周五下班前将中庭换气装置的工作原理及说明提供给业主。”

再看 2011 年 6 月 28 日的“上海中心大厦四性试验方向讨论会”的纪要，参加者包括同济设计院的高一鹏在内的 30 余人。会议记录称，远大公司针对 A 幕墙的四性试验前后做了三版，是否需要把结构支撑放入实验，希望通过会议讨论明确实验的目的。厂方远大认为：“四性试验主要是为了检验幕墙的性能，如果支撑结构力学指标计算精确，可以不考虑结构构件纳入试样。如要模拟钢结构变形，试验会变得非常复杂，各方面力、变形的影响是否与实际工况相吻合，需要设计、机施共同讨论，希望今天有一个结论。”业主负责人明确要求：“四性试验是否要做结构支撑，明确要做。如何来做，同济设计院、总包要积极参与，尽早明确技术方案。”而远大也指出：“结构变形，不均匀沉降，需要看到同济的报告，有关试验带结构，同济设计院要细化技术指标。”很明显看出，同济起到了技术核心作用。

这样的会议纪要，还有上千份，从桩基设计风荷载取值、83层以上施工图、垂直交通、消防专题、机电问题、幕墙、塔冠、擦窗机、中庭翅片散热、结构协调、供电、防雷、室内优化、阻尼器、反光照明，到观复博物馆的进场等等，内容十分广泛。

“这辈子能赶上这样的一次机会，再苦再累也不算啥。”“领导在动员会上说‘同济不上谁上？’这么强的学科，这么强的设计能力，这样伟大的工程，这么多人在看着，同济当然要上。”参与设计、科研的人员纷纷表示。

“经过上海中心大厦设计的锻炼，这些年同济建筑设计院内又有一大批年轻人成长起来了。”校长助理、设计院院长丁洁民说，“这批经过上海中心项目洗礼的人才，是我们最可宝贵的财富。”

（程国政，2013年10月20日，第4版）

西岸，做建筑艺术的先锋

——同济人与“西岸2013建筑与当代艺术双年展”

一边是黄铜质感的木纹墙，闪闪地反射着阳光，一边是一眼望穿的玻璃，这就是我校“千人计划特聘教授”张永和的“垂直玻璃宅”；再往前，大道旁的螺旋状建筑就是我校曾群、王方戟的“瓷堂”。深秋时节，暖暖的阳光下，徜徉在上海西岸徐汇滨江，感受着融汇音乐、建筑、影像、装置等艺术形式于一炉的“西岸2013建筑与当代艺术双年展”是一件尤为快意的事情。双年展的总策展人张永和是我校的“千人计划”教授，策展人之一李翔宁为我校建筑与城市规划学院教授。

西岸，是一个宏大的计划

数年前，上海市制定“十二五”文化规划时，决心将8公里的徐汇滨江打造成上海的“西岸文化走廊”和“西岸传媒港”，同时还拟推进由龙华机场跑道改造的“跑道公园”等一系列公共环境项目。这里曾经是上海工业文明的发祥地之一，上海水泥厂建于1920年、中国民航发源地之一的龙华机场创建于

1922年，还有创建于1922年的北票码头，还有沙石料码头、塑料制品企业聚集地。经过世博会筹办期间的搬迁和产业调整后，如今厂子不再轰鸣、烟囱不再冒烟，留下的就是一座座巨大的厂房、一件件巨大的工业遗迹，它们都将以文化的名义再次吹响集结号。有媒体曾报道，徐汇滨江最终目标是成为与巴黎左岸、伦敦南岸齐名的国际化文化艺术城区。

以张永和、李翔宁和中国美术学院高士明教授为核心的策展团队表示，“上海西岸”双年展决心把不同的艺术形式汇于一炉，在上海徐汇滨江这条老城长廊里供市民欣赏。总策展人、美国麻省理工学院建筑系前主任张永和表示，上海“西岸双年展”有别于香港西九发展的模式，西岸滨江的所有项目和这里的居民都试图建立起直接而亲密的关联，让建筑设计、声音艺术等作品都融入市民生活。果然，在水泥厂的厂房里，我们就看见络绎不绝的市民流连在建筑模型、图绘前，驻足在影像屏幕前，水泥厂的退休职工王大爷告诉我们：“虽然有的东西看不懂，但每天都要来转转，心里老舒服。”

据了解，“西岸文化走廊”意欲打造一批特色的艺术馆、文化主题园区和观演中心。现已落成的建筑有“龙当代美术馆”（去年年底开馆），余德耀美术馆也随即在今年年底开馆。美国著名动画电影公司“梦工厂”将于2016年落成，《功夫熊猫3》将在这里“诞生”。“西岸双年展”正是作为引凤之“巢”而设计的，因此策展者表示其常态化、定期化也是必然的选择。采访获悉，今年的第一届双年展邀请了包括普利兹克奖得主王澍、中国先锋戏剧代表人物牟森、中国声音艺术代表人物姚大钧等近140位国内外建筑、声音、影像等艺术工作者。

建筑与艺术的跨界建构

10月20日开幕，包含建筑、声音、影像、空间、装置、表演等内容的“西岸2013建筑与艺术双年展”将持续58天，其目的是要融合建筑与当代艺术，通过空间营造推动城市营构，通过艺术生产启发未来想象。“所以，邀请国内外知名建筑师与艺术家共同参与，建构西岸建筑与艺术景观就成为必然。”李翔宁介绍，建筑展分为室外展和室内建筑特展两部分，室外国际建造展以“FAB-RICA（营造）”为主题，室内的主题则是“图绘中国：2000年以来建筑回顾”。此外，双年展还组织当代中国建筑高峰论坛，邀请建筑师、艺术家、各方专家学者以及大众共同探讨交流共同感兴趣的话题。

李翔宁介绍，在室外展部分以“营造”单元为核心，聚合国际一流建筑师和艺术家在未来几年中持续打造出新世纪最大的户外美术馆；同时将以“进程”为题，从西岸设定的梦工厂、音乐厅、美术馆、新建筑等四种当代文化现象出发，对其进行历史梳理，呈现其在新世纪的问题意识、创新形态与发展脉络。比如，大家看到的“垂直玻璃宅”“瓷堂”等 12 栋户外实验建筑并不只是建筑领域的探索，它们与设计者的理念先锋性紧密相连；部分建筑的功能也十分独特，将永久留存在黄浦江西岸。

关于室内的中国当代建筑特展，李翔宁解读说，改革开放后世界瞩目的“中国速度”让神州大地成为世界当代建筑界的“实验场”。爆炸式增长的中国城市和建筑中，什么是值得转告和重读的案例？“中国当代建筑特展”将呈现新世纪以来的十余年中当代建筑思潮和实践的进程，展览对 2000 年至 2012 年的中国当代建筑及建筑师进行回顾。

历史发展到今天，建筑方式已经发生了翻天覆地的变化，是现造还是预制？这是个值得探讨的问题。西岸建筑展就围绕这一核心理念展开。李翔宁解释说，从建筑学的角度看，预制的意义不止是质量、速度和造价。计算机技术也已经模糊了标准和独特的差异，帮助建筑师实现了复杂几何形体的落地。进而，预制，尤其是数控建造，使建筑师能够实现让机器（机器人）直接完成建筑；更有甚者，设计师还可以进一步琢磨新技术、新材料，探索其潜在的通往更新建筑之路。如用数控车床雕刻人造石屏风，机器就可以实现透光所需要的局部平均厚度 4 毫米，这是手工无法做到的。

“展览将成为对预制建筑的一次研讨和展望。”李翔宁如是说。这一活动的目的，就是通过在地的交流、共同工作和建造，让建筑师的建造与艺术家的作品彼此呼应，让当代最为前沿的两种生产方式与行动方式互相激荡。所以，展览邀请多位中国及国际一流的当代建筑师和艺术家，结合室外景观和建筑小品（面积控制在 300 平方米以下）的设置进行现场建造，这些既可以作为本次双年展各种活动的载体，也可以在展后永久性保留作为场地中的建筑小品（如书报亭、咖啡厅、简餐等功能性建筑）。“我们试图探索预制与现造，历史与前卫等关系，发现、挖掘、彰显古老中国的自我更新意识和创造精神。”

在西岸，感受“同济”号建筑小品

从上述理念出发，诸多同济人都在滨江西岸加入建筑的队伍，张永和、王

澍 + 陆文宇、曾群 + 王方戟、柳亦春 + 陈屹峰、童明、张斌、周蔚、袁烽、李立、章明、庄慎等纷纷献上他们的设计艺思，奉献了许多好看、耐看的构筑小品。

王澍、陆文宇夫妇的“太湖房”取江南园林山水形意。三层的房子远远看去颇有园林营造中的叠山手法，叠山置石形态层层摞上去，王澍说“让江岸、建筑、江水在通透的空间中交织，直接暗示现代都市人力图保持登山远望的执着理念”。这样的作品“在上海这个象征现代取向的大都会，这将直接暗示人的价值取向，是人生观的一种转译”。王澍的意图是透过湖石形态的建筑远眺江景，似将奔腾的黄浦江流化作恬静的湖山胜景，一停一观一念，此种语境是建筑师将杭州的江南山水通过一个小建筑幻化其中，作为一个礼物赠与大都会上海。

曾群、王方戟联袂的“瓷堂”是受到原场地上的大油罐启发，现在大油罐已经成了西岸演艺中心。“与‘油罐’或‘水泥库’一样，我们在西岸户外营造区中 11 号点位上设置的建筑‘瓷堂’也以具有纯净平面几何形态特征的圆形为存在方式，试图在这片空旷的城市中确立起具自立感的建筑形态。”曾群介绍，其圆形的空间结构具有明显的内向感，为它们在空旷的领域中提供一个安定的场所。建筑螺旋面上均匀地覆盖着预制的菱形“瓷器”。光线透过“瓷器”之间的缝隙撒进建筑之中，又给了建筑透明的感觉，使建筑成为一个感知上的“瓷堂”。建筑中的空间被设置成非常灵活的状态，它可以是开敞的，春暖花开、秋高气爽时在瓷堂里可自由进出户内户外；瓷堂也可以是封闭的，酷暑难当、滴水成冰时节里面暖如阳春；它无遮拦的通用空间可方便用来举办小型展览。据介绍，面墙上的瓷砖都是预制而成的，每块价格高达 800 元，手工上釉。曾群说，此瓷砖制作不易，三块成功一块。因为全手工，得专门寻找小窑厂慢工出细活。徜徉在瓷堂里，走廊、主房间、小天井，天井里还有一棵挺直的绿树，瓷堂空间即刻灵动起来，感觉很舒服。“主体建筑约能容纳 100 人左右，展览结束后，这里将成为各类艺术沙龙的举办地。”设计师告诉记者。

张永和的作品“垂直玻璃宅”试图探讨一个当代高密度城市中建筑垂直相度上的透明性，同时批判现代主义的水平透明概念。在张永和的眼里，人们也可以在商店里像挑冰箱、服装一样挑选房子。“房子也是产品，是可以预制的。”张永和介绍，可以在生产线上生产组装好后，运到现场，日本现在大约有 30% 的独立住宅是预制的。这样一来，房子的保证质量有了保证，成本也可大大降低，建设速度亦可大大加快；更重要的是，消费者也可挑选不同的建筑构件进行组合，从而参与设计。张永和认为，工厂批量生产的预制建筑与现场单栋建造的建筑之间，设计上也出现了质的不同：设计单栋建造的建筑只有在竣工时才能看到最终的效果，而设计“预制建筑”很大程度上是在设计一个可以重复使用的建造系统。他说，伦敦博览会的水晶宫就是预制建筑的鼻祖，它后来被拆卸并移到别处重新组装了。今天计算机技术让预制更为便捷和高效，麻省理工学院建筑系的一位同事斯盖勒·梯比茨（Skylar Tibbits）推出四度打印——特定的材料在打印出来后自行组装到位——又一次让人们重新审视建造方式的发展方向。

张永和说，垂直玻璃宅就是一栋预制建筑，如果有客户定制，工厂生产玻璃钢柱子及楼板，现场的工作仅剩下组装工作，现场施工周期当然就会大大缩短。张永和表示，预制是建筑发展的一种主要趋势，这次上海西岸双年展，将对这一趋势进行研讨和展示。

（程国政，2013年11月10日，第2版）

为抗肿瘤药披上“天然抗菌衣”

同济教授首次提出并制备“抗菌肽囊泡”，成果发表于国际著名期刊封面

本报讯 有一种神奇的囊泡，不仅自身具有优良的天然抗菌性能，而且还能将抗肿瘤药包裹起来，直接送达癌症患者的病灶部位，集中优势“兵力”歼灭“敌人”。这一有望为癌症患者带来福音的“抗菌肽囊泡”，由首批上海“千人计划”专家、我校材料科学与工程学院杜建忠教授课题组首次在国际学界提出、并在实验室成功制备。该研究成果作为封面文章发表于最新一期《美国化学会大分子快报》。

“抗癌药具有一定的毒性，副作用大，在杀灭癌细胞的同时也对人体正常细胞造成伤害。有些肿瘤病人手术后不仅需要化疗、放疗，还容易诱发其他病症，需用大量的抗生素来抗感染，这样一来就会产生复杂的药物相互作用及耐药性，对于疾病治疗很不利。”杜建忠教授介绍说，为此，课题组基于多年高分子材料和抗菌领域的研究，尝试从人体自身免疫系统入手，结合天然高分子材料，开发一种新型低毒抗菌囊泡，将抗癌药物包载其中，以减少多种药物对人体的伤害，并延长药物作用时间。

杜建忠教授表示，一方面人体自身免疫系统中具有“抗菌肽”，用它可以天然杀菌；另一方面高分子纳米囊泡可以包载很多药物，在生物医药领域有着

广泛的潜在应用。循此研究思路，课题组将人工合成的抗菌肽连接到天然高分子材料“壳聚糖”上，并进一步成功合成出高效低毒抗菌高分子纳米囊泡。

实验室研究结果表明，这种“抗菌肽囊泡”不仅抗菌效果好，而且毒性很低，不会增加对红细胞破坏；它还如同一艘航行在人体海洋中的“航空母舰”，可以高效包载抗肿瘤药和抗癫痫药，以“集装箱”方式打包直接运输到癌症部位，在无需使用外在抗生素情况下，就能实现灭菌并可长时间“巡航”，也不会误伤正常细胞。

与此同时，该“抗菌肽囊泡”上还预留有类似电脑“USB”的接口，通过直接插上相关部件，可以很方便地拓展其功能，实现升级换代。

杜建忠教授还打了一个比方来说明“抗菌肽囊泡”相较传统抗生素胶囊的优良效用：“这好比是打一场战役，‘抗菌肽囊泡’能将几千个士兵集中在一起，火力很猛，敌人可以快速被消灭。而普通的抗生素胶囊，就好比是用一个士兵来对付一群敌人，而且数小时后就失去战斗力，还会产生耐药性。”

这一研究工作被评审专家认为具有开创性，由此登上国际著名期刊《美国化学会大分子快报》2013 年第 11 期的封面。

“我们下一步还要深入研究，希望能将这艘装载有抗肿瘤药的‘航空母舰’安上‘GPS 定位系统’，并增加一些可控开关，以针对癌症部位实现更加主动、精准的调控，取得更理想的抗菌效果和抗肿瘤效果。”杜建忠表示。

（黄艾娇，2013 年 11 月 30 日，第 1 版）

“援非，‘强身健骨’看长远”

——“南南合作特殊贡献奖”获得者李风亭教授谈他的非洲情结

“听说您 10 年里去了 39 次非洲，比回老家的次数还多？”“是。”李风亭简略地回答。这是李风亭教授获得联合国“南南合作特殊贡献奖”之后，记者在他办公室采访时的对话。经过两次变换约定采访时间，我们终于“逮”住了忙碌的李风亭教授。

10 年里，李风亭从主抓同济大学有关非洲环境人才培训培养开始，到为联合国的援非项目服务。10 年的经历，现在他常挂在嘴边的一句话就是：“授人以鱼，不如授人以渔。”“再过 10 年，非洲的经济发展肯定不错！”

“驻中国的大使，曾经是同济的学生”

2002年5月9日，联合国环境规划署（UNEP）和同济大学签署协议，携手建立联合国环境规划署—同济大学环境与可持续发展学院(可持续发展学院)，主要开展人才培养、科学研究、国际间合作等工作。

2003年，李风亭第一次踏上非洲的大地，那时的情景至今还深深刻在他的心里：树、草、山峦沟壑，蓝天白云，偶见动物活动。“广漠原始的自然景观给我极大的震撼，跟已经发展30多年的中国相比，非洲还处于发展初级阶段。”

从那时起，李风亭和他主持的可持续发展学院就开始了非洲环境官员和专业人员的培训，后来工作又拓展到具体的援助项目实施。“最苦的是2004年后的那几年，要做的事情多如牛毛，可经费常常捉襟见肘。但联合国信任中国，我们同济就要努力完成份内的事情。”李风亭说，后来，事情做得有起色了，捐款来了，预算有了，现在每年的经费都是上百万，做的事情也就更多了。比如联合国环境署的《绿色经济》报告，我们组织人力翻译出版后，联合国副秘书长、环境署执行主任施泰纳非常高兴，指示将消息放在环境署网页，作为新闻头条。

人才培养上，今年秋天，可持续发展学院迎来了第八批32位硕士生，主要来自埃塞俄比亚、利比里亚、肯尼亚、摩洛哥、尼泊尔、波兰、泰国、孟加拉国等11个国家。自2006年第一批硕士生进入可持续发展学院学习以来，该学院共招收来自47个国家232名学生，其中国际学生153名，60%的学生来自非洲、亚太等发展中国家。而学院的毕业生就业领域以国际组织、各国政府、非政府机构和学术机构为主，大部分人仍然致力于环境与可持续发展。“我们做的都是为这些国家‘强身健骨’的事情。”李风亭介绍，一个名叫菲利普的塞舌尔学员，现在是他们国家驻中国大使；另一个名叫伊莱克的博士研究生，埃塞俄比亚人，现在是该国环境能源部部长顾问。“随着培养的继续，将来肯定还会有更多的人才涌现的，他们会成为中非友谊合作的使者。”

“盘山公路上，车爆胎了”

作为环境专家，李风亭到非洲，要做的重要工作之一就是让更多的人喝上干净的水。“年轻的时候总听广播里说中国援非，援非医疗队和青蒿素治疗疟疾的故事听得很熟。”李风亭说，可从没想到自己长大了也成了援非专家中的一员。2008 年 11 月，中国科技部和联合国环境规划署签署合作协议，在非洲 16 个国家开展水资源安全保障和可持续发展科技合作。在联合国环境规划署非洲办公室的统一协调下，非洲干旱地区干旱预警机制及适应性技术合作、坦噶尼喀湖流域水资源和生态保护技术合作、城市污水资源化、雨水收集及利用技术等四个环境项目得以顺利实施，并收到了很好的效果。

李风亭说起非洲的工作和风细雨、轻描淡写，但外人知之甚少的是，这些工作常常伴随着巨大危险。且不说今年 9 月肯尼亚内罗毕购物中心的恐怖袭击事件，许多到过非洲的人都知道，自然环境和条件就够受的。非洲不少地区基础设施落后，出去考察就是对身心的一次考验，因为路常常都是“Massage Road”（按摩推拿路）。“有一次去考察一家水厂，车在盘山公路上爆胎抛锚了，”李风亭语气和表情还是淡定，“天已暮笼四野，你知道吗？非洲野外经常有大型动物，尤其是猫科动物出没。停下来，先派人警戒放哨，其他人忙着换胎，虽然提心吊胆，但有惊无险。这样的情况，遇上两次。”

经过中非共同的努力，一个个项目都按着计划进行，其中就有我校负责的非洲典型国家安全供水新技术开发与示范项目。“我们的工作主要是在肯尼亚内罗毕开展的饮用水处理示范工程，项目通过对现有混凝剂的优化，采用同济研发的高效混凝剂，很好地提高了供水水质。同时，我们还在积极推进肯尼亚内罗毕和基苏木市的污水处理示范工程。”李风亭说，核心工作就是“饮水安全”和“技术合作”，内容包括饮用水处理和雨水收集，今年初项目顺利通过验收。

八年援非，李风亭感慨：“中国和非洲友谊的深厚。”“世界上很多国家援非就是给点钱，中国不是这样。”就拿 2011 年中国—非洲—联合国水行动项目二期来说，4000 万元的合作项目，连技术带人一起到非洲展开项目，其中包括非洲典型国家和流域水资源规划，非洲典型国家水资源利用技术合作、开发应用与示范，尼罗河和坦噶尼喀湖流域水资源和生态保护技术合作、废水处理技术示范，非洲干旱地区干旱预警机制及适应性技术合作，非洲地区节水农业技术合作、开发与示范，非洲荒漠化国家防治沙漠化技术合作与沙产业开发等六大项目，每个项目都内容丰富。全国 10 多个高校和研究单位参与了这一计划，包括南京湖泊所、甘肃水科院、兰州大学等等。就以水资源规划为例，它就包括了北非、中非地区典型国家水资源情况联合调查研究，尼罗河和坦噶尼喀湖流域水资源情况联合调查研究，北非、中非地区典型国家水资源利用规划设计，尼罗河和坦噶尼喀湖流域水资源规划设计，建立水资源调查遥感数据地面接受分析站，本地技术人员培训和培养等。“中国援非项目都从‘强身健骨’入手，着眼长远，非洲人民心里都清楚，我们的工作也受到当地群众的真心欢迎。”李风亭如是说。

“这里苦，这里充实而快乐”

普通人每天都吃三顿饭，可是，在非洲，尤其早期，李风亭常常每天只能吃上两顿饭。为什么？非洲吃饭不方便，加上天气炎热带来的食品安全问题，李风亭他们常常在旅馆里吃了早饭，午饭一般就不吃了。

在非洲，碰上各种始料不及的事情也是家常便饭。李风亭说，有一次去摩洛哥参加会议，连着开了几天，很累，就觉得昏昏沉沉，头越来越重，脚越来越轻。上了飞机，感觉更加不对劲了，豆大的汗珠雨点般滑落。机长一看，觉得问题严重，催促我赶紧下飞机，怕飞起来就来不及了。在卡萨布兰卡机场的长椅上躺了两个小时，清醒点后找旁边的宾馆住下了。后来一查，蚊子咬了，忙，没在意，腿肿了也没觉察；在宾馆，赶紧采取应急措施。回国看了医生，两个月才慢慢好起来。说着，李风亭卷起裤，我发现被蚊子叮过的腿皮肤比另外一条腿明显暗淡一些。

因为忙，李风亭也被同事们戏称为“空中飞人”：“2 月份来环境署参加全球环境部长会议，参加可持续发展大学会议；5 月份，跟上海科委来环境署谈崇明生态岛项目；6 月份，去摩洛哥参加全球环境与可持续发展大学合作联盟（GU-PES）会议；9 月，到纽约领地球卫士奖；10 月再来环境署参加南南合作发展大会……”他的同事王洪涛博士说，这是今年李老师的部分有关非洲行的清单。

今年夏天，在李风亭教授的牵线下，名为“2013 郑和之舟——肯尼亚生态环境考察暑期学校”成功举办。学员们参观联合国环境署总部、内罗毕大学、肯尼亚水厂，还到马赛马拉考察了非洲自然生态环境，同学们感慨很多。学员殷习容说：“肯尼亚目前仍面临滥伐森林、生物多样性缺失、水资源管理乏力等诸多挑战，除了环境署的努力，还需要各方有识之士的共同努力与帮助。”学员徐扬说：“在马赛马拉，满眼都是黄草和秃树，心中有种‘我真的来到了非洲’的感觉，我看到了狮子、豹子、大象、角马、羚羊、河马等等动物，它们在捕猎、进食、玩耍，我们的车与狮王相隔不到两米！看象群时，忽然有头大象朝我们的越野车冲来，我们的心都快跳出来了……我看到了草原的日出，看到了蓝得没有一丝杂质的天空。”学员田菲说：“内罗毕水厂的工艺整体来说比不上上海的众多大规模水厂，但是他们有些非常古老的工艺依然在沿用着，比如几百年前英国殖民者留下的手动流量计，反冲洗时使用的自制扫帚，这些看似简单却充满温情的东西让这个水厂散发着别样的光芒。更令我备受感动的是，水厂的员工在向我们介绍水厂的基本情况时都特别地认真仔细，尽力将每个细节都解释得非常清楚。”

李风亭在非洲，同样对当地的文化充满敬意：“我每到一个国家都会抽空转转当地的博物馆和集市，想多了解当地人的文化、心理和生活方式，也有利于在合作中尊重彼此的文化与习俗，更高效地合作。”也许有这个因素，同济的援非工作格外扎实且卓有成效，受到联合国的高度赞赏。

（程国政，2013 年 11 月 30 日，第 2 版）

同济大学城镇遗产保护历程及成果展举办

汇集以阮仪三教授为首的同济团队成功保护利用的数十个经典案例

本报讯 平遥、丽江、绍兴、苏州等古城保护规划，上海外滩、提篮桥、江南水乡六古镇的保护修复，京杭大运河沿线城镇调研，中国古城古镇古村落踏察……近百幅图文并茂的展板，30 余本学术著作，真实、生动展现了我校以阮仪三教授为首的城镇遗产保护团队，为祖国文化遗产保护事业作出的历史贡献。12 月 5 日，“同济大学城镇遗产保护历程及成果暨阮仪三教授保护研究活动展”，在位于复兴中路上的思南公馆开幕，展览持续三天。

中国城市规划学会历史文化名城学术委员会副主任赵中枢、中国城市规划设计研究院总规划师张兵、上海市规划和国土资源管理局总工程师俞斯佳、我校副校长伍江等出席并致辞，对阮仪三教授带领的同济文化遗产保护团队，数十年来为中国及世界文化遗产保护作出的杰出贡献表示由衷敬佩和赞赏。

中国科学院院士、我校建筑与城市规划学院郑时龄教授在为此展览所作的《序》中这样写道：“同济大学关注中国城镇文化遗产保护逾五十余载，师生们的保护足迹遍布华夏大地。阮仪三教授和他的文化遗产保护团队长年奔波在全国的城镇乡村，抢救和保护了众多珍贵的文化遗产，不断探索着文化遗产保护与居民生活质量改善，以及城乡社会经济发展三位一体的保护途径，取得了一大批得到国内外认可的研究成果和实践案例。相信展览对探索中国模式的城镇文化遗产保护带来有益借鉴与启示。”

展览通过阮仪三教授遗产保护学术活动年谱（1961年至2013年）、活动图片、编著出版的书籍、所获国内外奖项、媒体拍摄的影像资料，重点聚焦了以阮仪三为首的同济团队在大量的城镇文化遗产保护实践中成功保护、利用的数十个重要经典案例，展现了长期以来同济团队在保护城镇文化遗产方面的历史脉络与足迹：从“刀下留城”救平遥、拼死保周庄，到丽江、苏州、绍兴、昭化、都江堰、上海外滩、提篮桥及江南水乡六古镇的保护修复，再到上海中心城区里弄建筑调研、京杭大运河沿线历史城镇调研、中国古城古镇古村落的踏勘等。特别值得关注的是，展览中还有多张阮教授今年暑期考察活动照片，年近耄耋的阮教授带领学生，分别在考察新绛白台寺工地、象山古建筑异地拆建，以及调研虹口犹太人避难区。

“阅毕展板，诚慰慰然，为同济人的努力和坚守。然纵观祖国大地，众多历史城镇，万千传统建筑，数十年来毁于不经意之中。新的城镇化和建设发展形势了然，保护城镇遗产，任重道远。”阮仪三教授在展览《后记》中写道。

此展览由我校建筑与城市规划学院、上海同济城市规划设计研究院以及我校国家历史文化名城研究中心共同举办。在思南公馆的展览结束后，将移至我校四平路校区综合楼继续展出（12月8日至20日）。

当天，还举办了“阮仪三、同济保护思想”学术报告和研讨会，与会嘉宾围绕什么是历史文化名城保护和繁荣的正确道路，以及当前名城保护过程中面临着的拆旧建新、复古造假屡禁不止等突出问题展开讨论。周庄、昭化等多个地方的代表也参加了当天的活动。

同济专家表示，尽管当前文化遗产保护整体大环境有所改善，人们保护意识在逐步提升，但文化遗产保护依然面临很大困难。我们要以阮仪三教授为榜样，不惧阻力，勇于担当，让中华民族悠久的历史文化遗产代代相传。

（黄艾娇，2013年12月10日，第2版）

锻造卓越汽车人才的大熔炉

——我校汽车学院志远车队成长掠影

“志远车队里，09级的大五学长主要是做顾问，他们都是老前辈了，经验丰富；大四、大三的成员则为车队的主力；每年新招进的大二成员主要是学习和锻炼能力，新成员加入后的第一个暑假都要求留在学校一起造车、试车做队务锻炼能力，第二年春暖花开的时候已是大三的他们就是车队的主力，就是参赛的车手了。”志远车队车手李思睿告诉记者，他是我校汽车学院10级大四学生，看着他一脸青春并沉稳的样子，我的脑海里立刻就浮现了车队指导教师楼狄明的那句话：“志远车队是个锻造卓越汽车人才的大熔炉。”

今年，汽车学院志远车队刚刚庆祝了车队成立13周年。楼狄明教授介绍，十多年里，志远车队获得荣誉无数，在今年10月30日落幕的广州本田节能大赛上，又跑出2689.621公里/升的惊人成绩。更令人欣喜的是，车队培养了众多的功底扎实，动手能力和团队精神很强的汽车行业后备人才。

“学汽车，就是要上手做”

“我们现在正在筹划招新，这次招新的对象是13级的学弟学妹们。”李思睿告诉我，车队蓬勃发展，我们尤其注重新鲜血液的注入，现在我们的车队成员已经超过百人了。李思睿说，招新都在每学年的第二学期；愿意加入的同学完成指定的“作业”，经过老师和“顾问”们的评比，面试合格后就行了，“学汽车，就是要上手做”，他说。

志远车队的历史，还得从2000年开始讲。这一年，一封来自日本的邀请函揭开了志远车队的追梦旅程。“最初参赛，我们没有自己的赛车，用的是本田的样车。”老队员蔡睿告诉记者，2002年夏天同济师生开始设计制作参赛车辆，随后的数年里名次逐渐上升。2004年以后，我们受到越来越多的关注，我们受邀参加各种展览，我们开始接受采访……

“开放自主是卓越工程师培养的核心”，楼狄明教授如是说。2006年以后，汽车学院将EP（Engineering和Procurement的缩写，就是指工程项目设计和采购总承包的意思）节能车创新团队作为学院创新人才培养的重点项目进行培育。在楼狄明教授的指导下，项目紧紧围绕“培养学生创新意识，塑造学生创新精神，增强学生创新能力”，提出了面向学生的“两个开放”，即项目向学生开放，专业实验室向学生开放；提出了探索提高学生自我主动性学习和实践相结合的实践型创新性人才培养模式及“教师指导、学生为主、自我管理、滚动发展”可持续发展的良性循环机制。

“原来很神秘的教授实验室，现在我们提出申请随时可进，真好！”汽车学院的同学们异口同声，而百余号人的志远团队，更是成为大家比着赛着学习创造的大熔炉、大磁场。“队员们除了做车，都在学习。娱乐？没时间。久而久之，大家也就习惯了这种紧凑忙碌的科研、学习交叉的生活，远离了游戏、网络，生活非常充实。”领队张烨很满意的表情。“心基本都在车上，最近一天 24 个小时，有 18 小时是一直工作室里，剩下的 5 小时吃饭、睡觉。昨晚就是 2 点钟才回宿舍，早上 7 点多又起来到工作室了。其实，车队有挺多小 5 哥（姐），不仅在车队辛勤工作，绩点还能保持 5 的巅峰。”志远车队队长王抱恒对记者说。

“这是参与最广的项目”

要不在功课，要不在制造，志远车队的队员很好找，这不，在他们学院宽敞的赛车制造车间里，又看见大家紧张地焊接、打磨，拧螺丝、查电脑、在讨论，看得人心里热乎乎的。

据了解，志远车队的 EP 项目本身是一个学生自主设计节能赛车的比赛项目，以 125CC 单缸发动机为基础，由学生在规则限制内任意改造发动机以及完全自主设计整车系统。针对这一实际，楼狄明教授在项目组成立初期，便提出将车辆设计、汽车试验、制造工艺等车辆工程专业知识环节的实践纳入 EP 项目组。几年发展下来，同学们除了熟练掌握 EP 专业知识和技能，还能独立制定详细的一年期研发计划和流程，两年期项目规划和长期的项目愿景。“这些实践很好地培养了学生‘清晰目标、发现问题、检索文献、导出方案、逐步实现’的产品开发流程观”，楼狄明说，这是汽车人才培养的最大收获之一。他说，现在 EP 项目已经成为汽车学院学生参与度最广的项目，成了一个适合整车设计、发动机设计、车身设计、汽车电子、汽车试验和汽车营销各专业方向的大型综合学生科技创新实践平台。

十余年下来，尤其是 2007 年以来，志远车队已经渐渐成熟起来。“现在车队共有行政组、整车组、转向传动组、发动机组、电动车组共五个组。每个组分工不同，但工作则是密切合作的，每个组都是老带新，也就是传统的师傅带徒弟，比如转向传动组，需要从事转向传动的设计、加工、装配和调试，轮系的安装、维护和改造，轴系的设计、加工及装配等等，需要成员能较熟练和规范地使用 CAD、Inventor 或者掌握其他三维建模软件，比如 CATIA、UG 等。”王抱恒介绍，造车过程中，疑难问题问教授，一般小事讨论着解决，这样几年磨练下来，大家个个变得思维敏锐、踏实肯干、意志坚强，问题意识浓厚，具有较好的国际视野和社会交往能力了，“参加本田宗一郎杯、壳牌赛、中国赛等国内外赛事，我们都是常客，都能应付裕如了”。

“EP 项目的经历是人生宝贵的财富”

而今，只要你加入志远，你就是大家需要的人才，因为这里“人人有事做，事事有人做”，赛车整车设计、零部件制造、赛车性能调试、企业赞助商联系、到国内外赛事联系等，都需要大家齐动手、齐努力，自主联系和落实。“目前项目组有一套完善的团队建设和发展机制。”楼狄明说，此机制是由历届项目组成员不断探索和传承摸索出来的，效果良好，这从比赛成绩、车队经费和毕业生去向三方面得到很好的印证。

“这一次我们在工艺上做出了许多创新，可以说是一次工艺的飞越，也因为工艺的改进，致使车子比往年晚了一个月才制作出来，但我们的车在广州一登台，亮煞全场，惊呼声一片。”陈名扬、高文捷、华滨滨、商亚鹏、旷野、王梦佳、张弘弢、张志浩……同学们的话语中，忘了通宵达旦，没有了辛苦，只有心中的赛车，只有焊接、材料、LOGO、链传动、荷载，只有创新和创造，当然还有信心满满。

一升油能跑多少远？这从来都是志远车队为之奋斗的目标。从最初的 180 公里，到 200 多公里，车队用了 5 年的时间；2007 年以后，成绩突飞猛进，2009 年一升油跑了 1276 公里，今年更是超过 2000 公里。卓越的成绩背后是全体队员的努力，项目组在技术方面不断突破和创新，通过转向角、制动系统优化、碳纤维材料应用、轻量化设计等提高整车性能；通过发动机改进、润滑系统优化、电控匹配、配气机构减摩优化等提高燃油经济性；通过离合器设计、传动摩擦优化、轮辋优化等提高传动效率及可靠性。“现在，一到赛场，你就能看到许多模仿同济往年赛车的车队，现在同学们已经习惯了成为赛场的焦点和学习对象了。”楼狄明说，2008 年，车队囊括了国内节能赛的 1、3、4 名，2010 年囊括 1、2、4 名；2011 年，车队推出电动车技术，2012 年推出柴油发动机技术和城市概念车，“同济志远已经成为节能车技术发展的潮流引领者”。

不断地参赛，队员们个个练就了一身本领，包括扎实的专业知识基础、独立思考能力和极强的项目运作、社会活动能力等，书本所学跟现实车辆的设计、加工、装配结合起来，碰到问题再去书本中找答案，造车子、发论文、去比赛，他们的生活紧张而有序。“志远车队的日子是我人生中宝贵的精神财富”，已经在慕尼黑工大深造的第八任车队队长蔡睿告诉记者。在获得大量集体荣誉的同时，EP 项目组的优秀成员还获得了个人殊荣：2003 级张震同学获得了 2007 年中国青少年科技创新奖和 2008 年上海市市长奖；2005 级陆巍同学获得了 2010 年上海市市长奖；07 级何杰同学获得了 2011 年中国青少年科技创新奖；被保研或赴国外著名院校深造者就更多了。

不仅如此，EP 项目组还在楼狄明的指导下，成功地将大学生的科技创新延伸到中学生中，与上海中学、东北师大附中合作建立了 EP 节能竞技车队，其中上海中学龙门车队在第四、五届中国节能竞技大赛中取得了优秀成绩。“这些中学生都是我们的优质生源。”楼狄明说。

（程国政，2013 年 12 月 10 日，第 2 版）

“优秀的设计作品总是能传达出情感”

——访红点奖获得者、设计与创意学院硕士研究生孙大旺

红点设计奖（Red Dot Design Award）是国际公认的全球创意设计大奖，赢得红点奖成为了业界每位设计师引以为豪的殊荣。日前，我校设计与创意学院 2011 级硕士研究生孙大旺提交的两件作品在六千多件参赛作品中脱颖而出，均获得了 2013 年红点传达设计奖。除此之外，孙大旺的作品还获得过亚洲刚古机构形象设计比赛金奖、台湾国际平面设计奖银奖、Hii-ibrand 国际品牌设计大赛银奖和中国澳门设计双年展评审大奖等奖项。记者近日联系到了孙大旺，与这位屡获国际设计奖项的“学霸”就其获奖作品、学术体会、人生感悟等方面展开了访谈。

记者：请简单介绍一下你获得“红点传达设计奖”的两件作品，你在设计时的灵感来源以及设计理念?

孙大旺：我获得红点奖的两件作品是同济大学中芬中心标志和《辛亥百年》海报。同济大学中芬中心作为跨学科的教学、研究和交流平台，以创新为核心价值。所以我设计了红、蓝、灰三色线条交叉的一系列动态标志来体现创新性，以此来代表整个中心的形象。海报《辛亥百年》是受武汉美术馆邀请，为纪念辛亥革命一百周年而设计。我挑选了大量辛亥革命时期的照片，根据明暗关系

的不同将其拼贴在一起，使得整张海报形成一幅孙中山先生的肖像。我将拼贴好的画面印制在胶片上，纪实性地反映了当时的社会现状。我觉得，这两件设计作品的灵感是基于对所要表达对象内涵的深刻理解。至于设计理念，当初考虑的就是想直观地体现中芬中心的创新性和辛亥革命的历史意义。

记者：获得“红点设计奖”的作品都是由国际设计专家评审团裁决评出的，你认为自己作品的什么地方吸引了评委，从而赢得了认可？

孙大旺：我觉得之所以能吸打动评委，除了设计构思外，作品还附带有自己的情感和情绪。我认为优秀的设计作品总是能传达出设计者的情绪和情感，而且这种情感能被别人感受得到。就比如，我最初设计中芬中心的标志时，就特别有兴趣和激情。在同济学习期间，我经常在这里上课、听讲座，真心喜欢这个自由的创意空间，所以就特别想把对它的感情通过设计表达出来，最终创作出了这么一个动态的交叉线条。可能这种情绪通过作品被评委们感知到了，也感染打动了他们，所以才获了奖。《辛亥百年》这件作品虽然是以静态的海报形式呈现，但在设计时，我同样希望透过它来表达自己的情绪，发出自己的声音，表明自己的立场，作品是由众多辛亥革命时期的老照片拼贴而成，看似静态无声，但实际上画面很有张力，这种看似笨拙、手工的方式，我觉得恰恰更能直白、真实的还原当时的社会历史现状。

记者：你曾荣获同济大学 2012 年学术先锋奖，请谈一下你的学术体会。

孙大旺：说到体会，我觉得有三点可谈。第一，热爱自己选择和所从事的专业。热爱是最好的老师，只有热爱所学的专业，才能全身心地投入，最终才可能结出硕果。第二，重视专业实践。只有将学术建立在实践的基础之上，所产生的理论才具有切实的指导意义。第三，坚持不断探索。学术探索必然是一个艰苦的过程，其中有怀疑，有否定，有反复，只有坚持再坚持，才能不断前行。

记者：你是工作多年之后又回到学校读书的，在同济读研期间你有什么收获？又有哪些感受？

孙大旺：我的专业是视觉传达设计，先前的工作经验大多局限在平面设计方面。在进入同济读研之后，导师吴国欣教授给予了我很大的帮助，他的经验分享和具体指导使我受益匪浅。吴老师建议和鼓励我突破平面设计的局限，将平面设计方面的能力和经验充分运用到空间和动态设计中，建立起多维度的设计观。他的点拨为我接下来的研究与实践奠定了基础，也为我突破创作的瓶颈指明了方向。除此之外，在读研期间，学校和学院也为我提供了很多的拓展机会。

同济是一个很好的国际交流平台，这里有频繁、一流的学术交流活动，我曾受学院推荐去意大利参加学术活动，去韩国进行短期访学，这些都大大开阔了我的视野。除此之外，我还有机会接触到其他领域的设计师，有了更多的学习和合作机会。

记者：根据你的求学、工作经历，可否给学弟、学妹们提供一些建议？

孙大旺：就我自身的经历来说，我觉得勇于挑战自我是成功的一个重要因素。大学毕业后，我鼓起勇气，只身背着行囊来到上海敲开了刘宏骏老师工作室的大门，说想跟着他学习。后来刘老师在一次谈话中提及，当初把我留下来只是觉得我很有勇气，与专业能力无关。的确，如果当时没有勇气走那一步，我很难想象自己现在会是怎样的状况。所以，我想对学弟、学妹们说，一定要有挑战自我的勇气，不害怕失败，不畏手畏脚，趁着年轻，大胆前行，让青春绽放迷人光彩。

（春晓，2013年12月20日，第2版）

2014 年

我国科学家主导的 IODP349 航次即将实施　将成为我国发展深海科技、培育海洋文化的重要举措

南海大洋钻探再启航

本报讯　由我国科学家建议、设计并主持的南海第二次大洋钻探，国际大洋发现计划 349 航次（英文简称 IODP349 航次），将于 2014 年 1 月 28 日从我国香港启航。同济大学海洋地质国家重点实验室李春峰教授、美国伍兹霍尔海洋研究所林间教授联合担任此航次首席科学家，上船参与科学考察的中国科学家将达 13 人。

这个由美国深海钻探船“决心”号执行的 IODP349 航次，是自 2013 年底启动的新十年科学大洋钻探——“国际大洋发现计划”（2013 年至 2023 年）的首个航次，将历时 62 天，计划于 3 月 30 日在台湾基隆港靠岸。

据介绍，此航次计划在南海水深 4000 米左右的深海盆完成三个钻孔，总进尺约 4000 米，将首次钻取南海形成时期的玄武岩样本，揭示南海的形成过程和特色，确定南海形成的准确年龄，检验引发南海扩张的各种科学假说，分析相应的地质构造运动。

大洋钻探集中世界各国深海探测的顶尖技术，在几千米深海底下通过打钻取芯和观测试验，探索国际最前沿的科学问题。作为国际大洋发现计划的前身，“大洋钻探计划”（ODP）于 1968 年始于美国，是地球科学中规模最大、历时最久的大型国际合作计划，其成果改变了整个地球科学发展的轨迹，几十年来始终是国际地球科学创新的前沿。我国于 1998 年作为“参与成员”加入该计划，通过竞争赢得了 1999 年春在南海实施首次大洋钻探的机会。由中国科学院院士、同济大学海洋与地球科学学院汪品先教授等中国科学家设计、主持并担任研究主力的 ODP184 航次的成功实施，使我国一举进入深海研究的国际前沿，开启了南海深部探测和资源勘探的捷径。

“大洋钻探计划”发展为“国际大洋发现计划”后，中国从今年起成为“全

额成员”，显著提高了我国的参与力度。2008年10月，由同济大学海洋与地球科学学院李春峰教授牵头，提出以钻探深部玄武岩洋壳、揭示南海形成历史的钻探建议书，经过多次补充修改与严格国际评审，于2012年12月通过国际投票，正式被列入钻探计划。

汪品先院士表示，南海IODP349航次被安排为新十年大洋钻探的首航，具有重要意义。汪院士说，与15年前的ODP184航次相比，这次钻探的深度和难度更大。1999年是在两三千米的海底钻进几百米，这次要在四千多米的海底钻进近两千米；当年钻取的是“软性”的沉积岩，这回要钻探“硬性”的火成岩；那次目的是研究南海三千万年的气候环境历史，这次不但要确定南海的形成年龄和形成历史，还要研究深海底下的微生物。因此，新一轮南海大洋钻探对于中国科学家来说，具有极其重要的科学价值和学术意义。

汪品先院士表示，地球科学面临新的发展阶段，将地球表层与地球深部结合研究“行星循环”，这是地球科学未来的发展方向。此次南海大洋钻探，正是力图探索“南海的深部与表层的关系”，还要将地球科学和生命科学结合起来研究“深部生物圈”。“通过国际合作进军深海大洋，可能是我们较快地走到地球科学前沿阵地的捷径。”

IODP349航次的首席科学家李春峰教授表示，在学术意义之外，该航次的实施对我国深海资源勘探、深海科技能力建设等诸多方面还具有重大意义。这是为南海深海资源、环境和减灾防灾服务的战略性科学举措，是借助国际计划推进我国深海科技实力建设的捷径，也是我国在南海赢取国际科技主导权的有效手段。相信IODP349航次成功实施，必将极大地推动我国深海科学技术的发展以及海洋强国战略的实现。

（黄艾娇，2014年1月22日，第2版）

不当白领当菜农

——探访我校“筑梦农庄”创业团队

一年未见，李根的脸明显比以前黑了，学生时代的稚气褪去不少，人看着越发干练起来。

如今，他的名片上印着头衔：上海济园农业科技有限公司总经理。

2010年9月，我校交通运输工程学院二年级本科生李根和他的小伙伴们搬到了嘉定校区。他们从嘉定校区新奥—同济生态园内不到1亩的闲置土地起步，搭建了校园里的“开心农场”，创办了筑梦农庄社团，招募了200多名同学，带领社团成员一起体验农民的生活，锄地、种菜、养花、卖菜……“开心农场”曾被学校视为集农业科研、教学、实践于一体的创新型人才培养模式试验田。

本报曾于2012年对此进行报道（详见《同济报》2012年6月15日一版《在希望的田野上》）。不久前，记者获悉，李根和同学们创业了。他们致力于为我校教师以及环同济区域的居民提供绿色健康、安全放心的生态农产品，目前以蔬菜和禽蛋为主。

几个非农科专业出身的学生为何选择不当白领当菜农？创业过程中有什么样的故事？创业成绩如何？记者带着这些疑问，进行了跟踪采访。

不是“激情创业”

走进位于我校南校区的同济大学科技园2号楼203房间，李根、刘伟亮正在热火朝天地商量新的一年里如何在保持原有客户的基础上，深入拓展新的客户。约20平方米的房间内，墙壁上悬挂着的小黑板记录着公司每周完成的业务事项，办公桌上的电脑前堆放着公司招聘兼职物流人员的问卷调查。“我们在2013年10月底入驻同济大学科技园，目前处于创业的孵化阶段。同济大学产业办、同济大学科技园在公司管理、税收等方面为我们提供了很多扶持，我们其实挺幸运的。”李根说。

2012年下半年，当身边的同学都开始西装革履忙于在不同的宣讲会现场出入或者安心伏在教室课桌上备考研究生考试时，大四学生柯嘉华、李根、赵轩等人却异常淡定。作为我校嘉定校区筑梦农庄社团创始人，看着社团在自己手中，从无到有、从小到大，一幅欣欣向荣的景象，他们着实舍不得放弃。

通过对生态农业行业背景、高校师生市场机遇以及自身优劣势的深入分析，这几个90后男生毅然决定创业。

从事生态农业的创新创业绝不是一条坦途。

且不论他们要面临缺启动资金、缺管理经验、缺团队作战能力、缺社会资源整合能力等诸多大学生自主创业的短板，更何况农业创业有自身独特的规律。它是一门苦行业，投资大，见效慢，短期内难以形成规模效应，还要“靠天吃饭”，不可预见性大。

柯嘉华、李根、赵轩与我校现代农业科学与工程研究院副教授、筑梦农庄社团指导教师朱洪光进行了深入沟通。朱洪光亲眼见证了这些学生将荒地开垦成农田、将社团打造成一个多学科交叉融合的平台的过程，他清楚他们想创业绝不是一时激情。朱洪光不仅给学生们鼓劲，还给他们提供了很多指导性意见和支持。采访中，团队成员多次说到："朱老师对筑梦农庄社团和创业公司的支持可以说是无微不至的，没有朱老师的牵线搭桥，我们的创业之路要多走好多弯路。"

筑梦农庄社团的 2.0 版

2012 年 11 月，柯嘉华向上海市大学生科技创业基金同济大学分基金提交了创业计划书，提出申请"基于高校师生市场的现代生态农业模式"项目。创业计划书中提出，未来 3 年 3 步走的战略：把同济师生市场做熟、把同济师生市场做透、把沪上高校师生市场做全。创业计划得到了认可，团队获得 15 万元股权模式资助。

2013 年，以柯嘉华、李根为首的团队正式踏上创业之旅。同年 2 月，上海济园农业科技有限公司成立，取济农兴邦之意。团队继续与我校现代农业科学与工程研究院携手，负责现代农科院在嘉定校区的 65 亩农业园的绿色生态农产品的销售。在筑梦农庄与现代农科院合作的基础上，公司对业务进行了"深耕细作"。

"筑梦农庄在 2012 年 5 月开始打理嘉定校区农业园的销售业务，当时我们成立了核心团队，专职负责销售事宜，主要是在嘉定校区发往四平路校区的教师班车集合点，将蔬菜和禽蛋卖给下班回家的老师。公司成立后，我们集中主要精力在保证生态农产品品质的同时，为同济教师提供菜篮子个性化定制服务和配送服务，并力争拓展市场，扩大产品在目标客户群体中的知名度和认可度。"李根向记者介绍道。

过去一年来，每周日至周四晚上 6 点左右，不少老师的手机上会收到来自"农庄销售"的飞信，里面列明了第二天老师可以选择的时令蔬菜、禽蛋品种以及价格。有需求的老师可以在当天晚上 10 点前通过手机短信下单。订单汇总后，第二天上午，驻守嘉定校区的柯嘉华、赵轩根据老师的需求安排蔬菜采摘、打包等事宜。中午 12 点左右，柯嘉华、赵轩将四平路校区老师的订单，通过嘉定校区发往四平路校区的教师班车发货。驻守四平路校区的李根、刘伟亮则负责接货、送货。8小时内，新鲜蔬菜从田间上了餐桌。“不少家住黄渡镇、安亭镇的居民，经常会来嘉定校区农业园买菜。有时候还会有浦东的人开车过来买。”柯嘉华说。

一分耕耘一份收获。团队的努力逐渐获得教师的认可，新鲜、绿色的农产品品质在教师间口口相传，一年内，客户增长至200余名，年营业额近80万元。

去年11月，团队获得上海市杨浦区政府大学生科技企业创业项目资助5万元。日前，他们申请的中国青年创业国际计划（YBC）创业项目资助结果出炉，团队成功申请到了梦想天地（企业成长孵化器）创始人、风险投资基金管理人鲁育宗作为他们的创业导师。

将“同济种植”模式移植进崇明

1月6日清晨，冬日的上海寒意逼人，记者跟随李根、赵轩来到崇明县中兴镇现代农业园区。俩人熟络地与崇明绿叶菜种植专业合作联社总经理高飞打过招呼，三人领着记者走进一栋西葫芦大棚。

大棚里温暖如春。一垄垄绿苗里，黄色的西葫芦花娇羞地探出头来，碧绿色的西葫芦躲在宽阔的绿叶子下。

“我们的蔬菜保证是绿色、无公害蔬菜。”高飞对自家出产的农产品品质自信满满。

李根、赵轩已经记不清这是第几次来崇明的田间地头了。

经过一年的酝酿和思考，2013年底，柯嘉华、李根对原有的创业计划和商业模式进行了修改和完善。他们对产品内容进行了较大调整，“在公司发展前期，以我校现代农科院为技术支撑，以嘉定校区农业园为实验基地，按照‘同济安全种植’模式标准，在崇明成熟种植基地大规模种植，形成筑梦农庄安全农产品品牌。同时保证‘平价、便利、安全’，为高校教师提供安全农产品宅配服务”。

1月中旬开始，同济教师的菜篮子中多了崇明基地种植的蔬菜。“由于崇明项目刚刚启动，目前崇明蔬菜的物流配送暂时只支持周五送货。”刘伟亮说。

高飞从事蔬菜销售业务有些年头了，与他打交道的客户规模都不小。他为何愿意和李根团队合作？高飞袒露了心声：“小李团队将客户定位在高校教师市场，据我所知，面向高校教师的菜篮子定制服务市场几乎是空白，更重要的是，小李团队采取订单模式，控制住了物流成本，这是做农产品行业能够成功的关键。”

创业路上，有顺境时的奋进，也有困境时的反思。回首这一路，李根坦言：“走过的弯路不少。当初由于没有宣传经验，发放宣传单的效果一般；由于管理经验不足，导致工作效率低下、缺乏条理；由于财务经验不足，导致成本核算不清，销售利润一直上不去。”如何走出困境，李根对此感触深切：“我们一直坚持不断学习，向创业导师学习，向市场学习。我们一直保持学生回馈教师的理念，只有心怀感恩才能坚持产品的高质量，才能让自己问心无愧。另外，我们始终坚持筑梦农庄品牌。”

团队成员同样在创业路上经历了“洗礼”。有人撤退，有人加盟。团队对4位主要成员的分工进行了梳理，柯嘉华、赵轩主要负责生产业务，李根和后加盟的刘伟亮负责销售业务。

经历过风风雨雨，4位年轻的创业者对创业的认识也更深刻了：“除了想通过创业摆脱平淡的生活外，还怀着对农业、农村、农民的责任感，新时代的农业需要我们这一代年轻人挺身而出。在农业市场化的创业道路上我们一定会坚持走下去。假使创业真的失败了，我们会选择进入农产品生产和销售公司，积累一定经验后，再起炉灶！”

展望未来，他们这样勾画蓝图：“未来公司打算在做好生态农产品的定制和配送的基础上，在农业体验服务方面着力。我们计划以崇明农家乐为依托，打造‘开心农场现实版’，为有兴趣的高校老师提供土地租赁服务、果树认领服务和动物认养服务。”

（喻娟，2014年2月28日，第1版）

我校成果支撑港珠澳大桥人工岛建设

编者按：世界超级工程港珠澳大桥目前正在紧张施工中，人工岛、沉管隧道、桥梁建设在港珠澳三方的联手协调之下齐头并进。就像很多超级工程一样，我校专家同样全面深入地参与了这项史无前例的大工程，在其中发挥技术支撑作用。从本期开始，本报将陆续对我校的港珠澳桥梁科研工作进行报道。

港珠澳大桥人工岛现在已经成为海底隧道、桥梁架设工人的海上营地，东、西岛上常年驻扎的工程技术人员超过千名。“有了这两处营地，我们桥隧施工、管理就顺畅多了。”港珠澳大桥岛隧项目部综合事务部负责人介绍，人工岛的顺利成型离不开“外海厚软基桥隧转换人工岛设计与施工关键技术”课题的支撑，这项重大课题中就有同济马险峰老师“海上挤密砂桩（SCP）地基处理关键技术”的功劳。

港珠澳大桥全长35.6公里，是世界最长的跨海大桥，预计2016年建成。大桥采用桥隧组合设计方案。因为大桥必经的伶仃西、铜鼓主航道区，来往船只数量大、吨位高，必须采用隧道方案。这样一来，桥隧要实现顺利转换，就得在海中填筑东、西两个隧道人工岛，中间（即主航道处）用长约6公里的海底隧道连接。

东西人工岛长度均为625米，最宽处分别为183米、225米，采用蚝贝外型。据介绍，岛隧工程是大桥建设中施工环境最复杂、技术难度最大、协调管理最具挑战性的关键工程。岛体采用主格及副格仓围闭，其中主格采用钢圆筒结构，副格采用直线型钢板桩结构。钢圆筒加工建造在上海振华重工长兴岛基地完成。每只钢筒直径22米、高度40米左右，最高的钢筒超过50米，每只钢筒重约500吨。它们将在茫茫大海上被插入软土层，入泥超过20米，顶部高出水面约6米；钢筒内填沙以置换挤出淤泥。总计60个左右的钢筒围成一圈，就构成人工岛的挡水墙。施工人员就可以在围成的岛上开展桥隧施工了。

为何要采用海上人工岛方案？

港珠澳大桥穿过繁忙的航道时得改为走海底的隧道，桥隧转换就需要人工岛纽结，而建设人工岛采用钢筒围合可以避免大挖大埋污染环境，经过专家组论证，这种方法还可减小对航道通航的影响，对保护海域内的白海豚意义重要。同时，围合的钢筒结构可以保证彻底止水，岛上主体施工由水上作业转为“陆上”作业；此外，采用圆钢筒成岛还可大大缩短工期，“如果使用常规技术，建这样的两个人工岛起码要一年半，而采用圆钢筒成岛，东西人工岛成岛仅用了7个月”。

国内首次采用这种钢筒围合式人工岛可行吗？我校土木学院马险峰介绍，为了工程的顺利进行，中交第三航务工程局和我校共同申请了国家科技支撑计划课题“外海厚软基桥隧转换人工岛设计与施工关键技术”，这种采用钢筒围合方式形成的人工岛，其关键就是钢筒打入淤泥并深入至20余米后其围合的地基如何加固，同时如何解决异常软弱的海底地基的稳定和沉降问题。为解决这一方法带来的一系列问题和挑战，我们在大课题中承担了“海上挤密砂桩地基处理关键技术”子课题，“主要研究任务是要得出挤密砂桩复合地基在加载之后的砂桩荷载与位移变化关系、桩土应力分配以及砂桩周围孔隙水压力的变化规律，以确定影响挤密砂桩复合地基承载力和变形的关键因素。”

何谓挤密砂桩？挤密砂桩就是利用振动锤将套管振动打入至规定土深，向套管内投入砂子，通过套管的反复起拔和下压并施以振动，使砂子被振压密实，从而形成砂桩。由于砂桩的置入挤密了砂桩周围较为软弱的土层，砂桩与挤密过的软弱土层共同作用形成复合地基，从而增大地基的强度，提高地基承载力，防止地基发生滑动破坏等。“人工岛所在的地区属于深厚淤泥层，挤密砂桩的打入过程中，可使桩的挤密和施工中的振动作用使桩周围的土体密实度增大，从而使地基承载力提高。”马险峰说，对挤密砂桩而言，无论采用锤击法还是振动法，由于在成桩过程中桩管对周围砂层产生很大的横向挤压力，桩管体内的砂挤向桩管周围的砂层，使桩管周围的砂层孔隙比减小，密实度增大，其有效挤密范围可达2~3倍桩径；挤密砂桩的振密效果同样显著，桩管进入土层过程中，四周的土体受到挤压，同时桩管的振动能量以波的形式在土体中传播，引起四周土体的振动。在挤密和振动的作用下土的结构逐渐破坏，土颗粒重新进行排列并向外围移动，于是钢筒周围的土便由松散变为密实状态，据测算，挤密砂桩的有效振密范围可达3~4.5倍桩径，振密作用比挤密作用更为显著。

“在总结国内外同行们此类工作的基础上，我们采用离心模型试验配合理论公式计算以模拟真实的工况。”马险峰介绍，离心模型试验对不同工况下的挤密砂桩复合地基进行模拟和分析；仿照实际施工过程，开发出了一套在室内试验环境下的挤密砂桩制备设备；加载过程采用二维可编程控制机械手，在离心机高速运转过程中，即在不停机的情况下挤密砂桩复合地基进行加载，并精确控制机械手的运动，控制精度达到0.001毫米；充分保证实验过程中复合地基的应力水平与现场一致；同时采用粒子图像测速技术与传统位移传感器相结合的方式观测试验过程中土体的变形。“实验的初步结果都在工程中得到了应用，成为设计与施工的重要参考数据。”马险峰说。

“实验结果让工程设计与施工吃了定心丸。”人工岛工程指挥部现场指挥振沉的工程师告诉我们，这是国内首次采用钢圆筒作为海上人工岛的岛壁结构，新工艺的效果很好。

首个钢圆筒的振沉还是费了不少的功夫。直径 22 米，高 40.5 米的钢筒，为世界上单体直径最大、高度最高的钢圆筒结构，也是全世界首次采用 8 台液压振动锤联动振沉体系施工的钢筒。但打入第一根圆筒费了好大劲儿，茫茫海上，洋流飘忽，振沉过程中要精确监控定位及垂直度，及时进行调整和纠偏极为不易。钢筒进入淤泥一定深度之后，再也打不进去了，因为筒被泥紧紧粘住了。怎么办？经过反复琢磨，最后采取了进一段后回抽一次，回抽中用高压水枪冲洗筒壁，就这样一寸寸振挤下到 21 米深的淤泥里。

一根进去了，后面的就好办了，建设者们不断地刷新记录：两天一筒、一天一筒、一天两筒，后来实现了一天三筒的最快速度。“钢圆筒体量、钢圆筒振沉施工的垂直度偏差精确度，八台液压振动锤联动振沉体系都创下了世界工程史上的新纪录。”马险峰介绍，2011 年 5 月 15 日开始第一根圆筒施工，到 9 月 11 日，10 万平方米的西人工岛围成；接着，10 万平方米的东人工岛又在 9 月 22 日开始施工，12 月 21 日围成。

（程国政，2014 年 3 月 10 日，第 2 版）

“宝兴重建，抓住‘人’这个根本”

——访同济规划院复兴研究中心主任、宝兴挂职副县长周珂

去年的 4 月 20 日，四川省芦山县发生 7.0 级强烈地震，震害最为严重的是宝兴、芦山、天全三县。在紧张的救援之后，紧接着的就是灾后重建。“重建不能再走都江堰的老路，应抓住‘人’这个根本。”我校规划院复兴研究中心主任、宝兴县挂职副县长如是说。

重建宝兴走什么样的路？

宝兴县是四川雅安市所辖的一个县，总面积 3114 平方公里，2002 年人口 6 万人。1869 年法国传教士在盐井乡邓池沟发现大熊猫，所以这里素有“熊猫故乡”的称呼；又因境内矿藏丰富，尤其盛产大理石，1930 年改县名时以《礼记》“宝藏兴焉”句，取名宝兴。

地震发生后，宝兴县的房屋财产受损严重，受灾最严重的灵关镇区，5200

多栋建筑中倒塌和严重损坏的有 3100 多栋，因此在救灾的同时，重建就提上了议事日程。雅安地震，中央政府在总结汶川地震经验教训的基础上，决定采取中央财政、政策支持，灾后重建以地方政府主导的方针，因此雅安地震后的重建由四川省组织实施。但因为受灾重、受灾面广，规划任务繁重，四川省政府还是希望宝兴、芦山、天泉三县的重建能获得外力支持，于是住建部指定上海同济规划设计研究院负责宝兴县的灾后重建规划工作。

“今年一月份，我接到通知：挂职宝兴县副县长，具体负责灾后重建规划设计工作。”周珂介绍，宝兴县的穆坪、灵关是我国典型的小城镇类型，如何让这里的百姓住得舒心、生活得安心？我们的重建必须要以“人”为核心，考虑其生活、生计，而不是仅仅让其有地方住，不管其是否有钱挣。再者，灾后重建应该紧密契合我国正在实施的新型城镇化战略，“这里的百姓对那种只管‘上楼’的城镇化根本不感兴趣，我们的规划必须既要绿水青山、还要金山银山，历史文脉也得延续”，周珂告诉我们。

“重建规划的主导者是农民”

“重建规划的主导者是当地老百姓”，周珂说。“怎么可能？专业性如此强的工作？”我脱口而出。但周珂他们的做法告诉我们：这是真的。

在宝兴，重建指挥部采取了不同于以往的模式，强调重建工作必须以民意为优先，各个安置点都成立了本地居民 / 村民组成的自建委员会。“我负责的曹家村六七组的灾后重建，就采取了这种方式”，周珂说，这个村子依山傍水、交通不便，山上每年的野果就达 40 多种，很难吃得遍；但村子里的年轻人都出去了，只剩下老人小孩。考察村容村貌之后，我们确立了传统木结构为主的传统居住形式不变，重建时加入现代生活设施。至于在哪建、公共设施放在哪里，生产与生活怎样安排，我们悉数将其决定权交给村民。

让周珂印象深刻的是今年春节。“我们到了村里寻访回乡过年的年轻人，征求他们对重建的意见。”周珂说，年轻人的热情出乎意料的高，从房屋选址，到风格安排，再到产业规划、未来发展，娓娓道来、头头是道。“特别是一个叫赵文的，在成都开健身房，他的“千裕休闲农庄计划书”长达十几页，从农家乐的市场分析，到自己的农家乐方案，内容十分周详；还有一个做家具生意的年轻人，讲农家乐的市场营销，比我会讲！”

“房子还是木结构的好。”“换成红瓦怎么样(以前都是黛黑的小瓦)？”“我家两个儿子，宅基地要两块，最好连在一起。”“村里要办农家乐，每户人家留一两间客房……”经过春节走村入户和集中开会的征求意见，同济规划院的团队摸清了村民的意愿和需求。“与以前的规划路径完全不同，农民充分地表达各种意愿，然后集中汇总，我们回到办公室就是梳理村民意见并形成规范，然后再去征询意见，充实修改后实施。”周珂说，有些老规矩还是要遵守的，比如村容村貌我们主张不要红瓦，厨房、卫生间的基本要求我们拿出标准。

“这些规范要求的落实，我们让村里的年轻人去做老人的工作，事情变得顺利多了。”周珂弥勒样的脸上挂满了笑容。原来，春节时村民自治委员会就把这些年轻人的QQ号、手机、邮箱都留下了。“规划方案稿出来后，在成都、绵阳、雅安的，我们就去他们那里征求意见；在北京、上海的，就电邮以征求意见。年轻人去做他们父母的工作，比我们去说服效果好多了”，周珂由衷地高兴，这些年轻人见得多、想得远，农家乐、乡村游，他们都考虑得很有门道。比如农家乐，年轻人主张“推出一种体验式旅游项目，让都市人在幽静的山水、迷人的田园风光、朴实的农家装饰、舒适的休闲娱乐、文明的接待气氛中感受自然、回归自然，令人心旷神怡”。这样的想法，我们当然要纳入规划中。“这样做的效果就是村民个个满意，我们的新农村规划是一份接地气的规划。”周珂说。

走出一条新型城镇化的新路

“当了重建宝兴的挂职副县长，最大的变化就是：原来十天半月去一趟宝兴，现在是个把月回一次上海；最没想到的是原以为可以在那里把缺的觉补一补，现在看来没希望了”，周珂说，重建任务繁重，县政府常务会常常都是晚上开。

按照重建的思路，我们既不能把产业与安置房脱开，这样灾民的生活就会心焦；也不能把灾后游当成唯一的支柱产业，大熊猫国家公园当然是个很好的卖点，但县西南的广大区域则只能以生态农业和生态旅游为立足点，农家乐、野果采摘游均可大力开展。

灵关，作为县城所在的两个组团之一，这里有着发达的汉白玉产业；这里又是一个典型的城市建设用地与宅基地混杂的城关；这里的百姓根本不愿意集中上楼，他们有自家的宅基地，有自留山，有门面、房屋出租（灵关镇本地人口约四千，流动人口约六千），自己还可以找一份工，两口子一年的收入怎么着也在10万—15万元左右。这样的小镇如何规划？当然还是以当地百姓的意愿为核心，县重建指挥部以社区、村组为单位成立自主建设委员会，规划方案确定了，自建委签字，然后指挥部签字，意见反馈到规划这里后，我们再上下思量商量修改，“同济的规划、建筑、市政及景观的规划设计都受到当地高度评价，与这个流程关系很大”，周珂说，现在和当地百姓都熟了，中午时分，家家户户只要瞅见了，个个喊你去吃饭。“有天中午，我吃了6个荷包蛋！这里的百姓真淳朴、好客！”周珂他们有所不知，百姓好的客是为他们办实事的人。

周珂说，按照重建计划，今年4月20日，农村贫困户必须全部入住新房，农民自建房必须开工，教育、卫生、旅游应急等公共设施必须开工；其余的项目必须7月20日前全部开工，周珂说，这几天我就得赶回宝兴汇报。

“去宝兴，最难的是走路。”周珂说，由于地震，进出宝兴的210新旧省道都严重受损，总计30公里左右的道路，塌方点就有20多处。“有时，走着走着，石头就从前头的山崖上掉下来了；下雨时就更危险了。而宝兴到天全的应急路——大老路是标准的乡村道路，宽才三米五，又没有护栏，下面就是百米深沟（这里最常见的地形就是深达数十名甚至百米以上的‘V’字形，下面就是青郁郁的深沟），走在这样的山道上，惊悚。”

但这些并没有阻挡住周珂等同济援建专家的脚步，一个才500多公顷的灵关赵家坝片区云集了二三十位同济教授们同场展示设计才华，让兄弟县市艳羡不已。“规划建筑的设计都要展现产业、居住同步的理念”，周珂说：“按照这一思路，7月20日后，我把汉白玉的事情好好梳理一下，和同济材料专家共商汉白玉等新建材的开发，把它用好；再就是石雕文化创意产业，和福建省住建厅联系，请他们出手支援，让好材料出好作品。这样做下去，我相信这样新型城镇化就能够实现人的城镇化，一定也是留得住乡愁的城镇化了。”

（程国政，2014年3月20日，第2版）

全力保障港珠澳大桥隧道工程抗震安全

本报讯 3月25日凌晨1时40分，经过近19小时的持续作业，港珠澳大桥海底隧道工程的第10节沉管放到水深40～43.5米的海底，安装到基槽之上。

至此，海底隧道已安装的 10 节沉管总长突破 1600 米，尚余 23 节。这样巨大长度和重量的沉管在深寂的海底连接起来，其中的空洞就构成了双向六车道的繁忙交通线，万一发生地震怎么办？同济大学科学家 2011 年开始对此展开研究，全力保障港珠澳大桥隧道工程抗震安全。

港珠澳大桥隧道安全保障难在哪？

全长 5664 米的海底隧道，将由 33 节的钢筋混凝土结构的沉管对接而成，除了四个位于接口处的沉管短一些，其余 29 个沉管长度为 180 米、宽 38 米、高 11.4 米，每节沉管的重量近 8 万吨。

“超长沉管隧道在地震条件下安全性的试验研究，日本、欧美等国都开展过，但像港珠澳大桥这样长度的海底隧道的地震反应，还未见相似研究。”多点非一致地震激励下超长沉管隧道设计方法与振动台试验模拟技术研究负责人、我校土木学院地下系教授袁勇介绍，随着大桥的立项，国家随即将“海外厚软基大回淤超长沉管隧道设计与施工关键技术”列入科技支撑计划，全国范围内召集精兵强将展开研究。

国际工程界曾有一种普遍的认识，那就是隧道的抗震性能较好，其抗震性能随埋深的增加同步增加，未见有埋深超过 300 米的隧道受到地震的严重破坏。但是 1995 年日本阪神地震动摇了这种认识，那里的大型地下结构遭受严重破坏，神户市内两条地铁线路的 18 座车站中，神户高铁的大开站、长田站及它们之间的隧道部分，神户市营铁道的三宫站、上泽站、新长田站等都发生十分严重的变形、破损，以致交通瘫痪，那以后隧道的抗震研究成为热门话题。

港珠澳大桥隧道所在的海域既是繁忙的航道，也是航线必经之地，采用节段式管节，且具有管节长度长、水深大、管顶回淤厚度大、地基软弱且不均匀、沉降控制难、岛隧结合部受力和施工复杂等特点。“处于深厚软弱地层上，地层分布差异大，基岩埋藏在海床面下 50 米以上，这样的水下环境设计抗震设防标准高的沉管隧道，如何保其抗震安全性，是课题探讨的重点内容。”袁勇介绍，针对港珠澳的实际，我们把课题分成沉管隧道土—结构动力相互作用快速实用计算方法研究、多点非一致地震激励下超长沉管隧道地震响应快速分析方法、沉管隧道减震控制技术、沉管隧道振动台试验模拟技术研究等四个专题展开研究。

实验室中这样模拟隧道场景

“地震发生时，其冲击波可能是纵向的，可能是横向的，也可能是纵横混合的。对物体的冲击力可能是挤压、抬升、扭曲，也可能是多点、多类型受力状态。”袁勇说，在平均水深超过40米、深厚淤泥上的隧道要想在8度设防烈度地震的极端状态下不发生扭曲变形，就得有可靠的试验和精准的计算。

所以，沉管躺下的地方必须是平整坚硬的“床”，要做这样一张床，首先要在在淤泥中均匀齐整地打入挤密砂桩，把“软豆腐”做成“硬豆腐”；然后，再铺上一条42米宽、30厘米厚的平坦“石褥子”，高低差必须保持在4厘米以内。“用于铺设的每个石子，大约2～6厘米直径，铺好这张‘褥子’非常难，我们用上了GPS定位系统，以保证其高差不超过两厘米。”岛隧项目部综合部负责人介绍，这些工作都要在40米的水下完成。

实验室中如何模拟隧道现场情景？袁勇课题组想了很多办法，采用分层铺装的方法模拟海床纵横向坡度变化；为了模拟上部海水压力，试验将各种荷载进行折算以等效覆土压力代替。同时，为了模拟的真实性，实验采取了可拼装式节段箱体，再输入各种地震波，以测试土体自由场地震响应，得出沉管场地的反应特点。

“沉管隧道减震控制技术的关键在接头处”

“最复杂、最难的就是多点输入振动台模型试验了。”袁勇说，用什么来模拟沉管环境，是运来当地的淤泥、海水，还是采取别的方式？沉管呢，用什么材料制作？采用什么样的振动方式？如何利用已有四个离散振动台面来实现实际的连续多点地震动输入？袁勇介绍，由于本工程中沉管隧道沉放于海底开挖基槽上，我们采用以一定比例拌合的砂子和锯末来模拟原状土的动力特性；沉管模型采用刚度和惯性力等效的铝材立模浇铸管段主体结构，接头处GINA止水带采用力学性能相近的硅胶产品代替；至于振动方式，因为港珠澳隧道的超长特点，将平日单独使用的4个独立振动台（台面4米×6米，承重为30吨或70吨）并到一起，组成线状分布的多点台阵，这样就形成了长度40米的多点输入振动台，输入可以自由改变地震波的幅值、相位角、周期等关键控制因素，方便地获得长大沉管的地震响应规律了。

有了振动台的支撑，课题组对四个专题展开了深入研究。经过近3年不懈的努力，课题组深入探讨了沉管隧道在多种因素影响下的土与结构间的动力相互作用，在结构形式不变、结构参数不变的情况下，通过改变结构埋深、土体模量，地震动输入水平，外部激励频率等参数来考察沉管隧道结构的地震反应，通过编程建立超长沉管隧道土－结构动力相互作用的快速实用计算方法。“我们的方法充分考虑了不同区段的不同地基和不同海底覆盖土层厚度对弹簧系数和阻尼系数的影响等因素，还有自由土层输入的影响等。”袁勇介绍，实验测试了 150 个地震工况下的隧道结构—地层动力响应。

“沉管隧道减震控制技术的关键在接头处。”袁勇告诉我们，目前世界上隧道接头分为刚性接头、半刚性接头、半刚半柔性接头和柔性接头四大类，各有所长。我们针对四种接头情况进行了模拟试验和计算，得出柔性接头的效果最好。这种柔性接头主要由端钢壳、GINA 止水带、Ω 止水带、连接预应力钢索、剪切键等组成。试验和计算表明，地震作用下，沉管的位移、滞回并不伤害管节，加上我们在管内布放减震钢索以增强其柔性，应该说，布置在这一海域的隧道的安全是有保障的。

（程国政，2014 年 3 月 30 日，第 2 版）

抒写“童话”人生

——走近上海同化新材料科技有限公司董事长张楠校友

打电话给张楠约采访时间时，电话那端传来柔和的声音，和印象中风风火火的创业者颇有出入。

不过，可别小觑这个 85 后女生。翻开她的履历，着实让人想“点赞”：大学时念最心仪的专业、利用所学赚得第一桶金、赴美做交换生、毕业即创业并一路风生水起，期间，结婚生子——按传统意义上所谓成功的标准来定义，其人生规划堪称“童话”般完美。

“是刻意经营么？”记者问张楠。

“倒也不是说刻意，很多事情水到渠成吧。什么事我都喜欢试一试，不尝试不知道自己适不适合。”拿着记事本的张楠依旧带着浓浓的书卷气。

公司命名“同化”，张楠说：“我有个‘同化’梦，梦想已经起步，希望能与所有怀揣梦想心系祖国的创业青年共勉。”

创业缘起

2005年，山东姑娘张楠考入我校环境科学与工程学院。她说："从小我就喜欢大自然，以投身环保事业作为自己的理想。"从小到大都是班级第一名的张楠不是"死读书"的类型，她遇事肯动脑筋，爱琢磨，喜欢自己动手解决问题。

大一寒假期间的经历成为张楠日后创业的缘起。

2005年寒假，张楠回山东淄博过年，无意间发现当地居民因为废弃物堆放污染问题引发纠纷。

"可否将废弃物处理后变成有效利用的资源？"张楠问自己。

说干就干，张楠回到母校，借用高中实验室动手做起了实验。经过反复实验，居然真让张楠取得了成功——废弃物降解后得到了无害的有机材料纤维素。这些像面粉一样白白的粉末状物体含有的商业价值不可小看，当时正是朝阳行业的合成革市场对此需求旺盛。以往添加到合成革中的有机材料纤维素主要来源于精制棉原料，价格不菲。从废弃物中提炼有机材料纤维素，还是新鲜事儿，没人做过。

兴奋劲过了之后，张楠迅速和当地化工厂联系，尝试将成果放大，推向市场。张楠的策略是不找大厂家，只找小工厂。张楠说，小工厂门槛相对较低，更容易接纳大学生的创新成果。整理好试验数据、优化产业化工艺、调研目标市场后，终于有一家工厂被张楠的诚意和技术所打动，厂家同意进行尝试。与此同时，张楠申请到了人生中的第一项专利。

厂家将张楠从废弃物中提炼出来的纤维素带到最热闹的合成革产地温州，物美价廉的有机材料纤维素一下子就得到了市场的认可。化工厂立即与张楠签订合同，并决定专门建立一条生产线，张楠被聘为技术指导。

张楠说："就这样，我挣到了第一桶金。"

让一项投资少、见效快的科研成果走出实验室，到成果中试，再到产业化，张楠首次试水"创业"，干得漂亮。

回顾这段经历，张楠很感慨。她说："创业要贴近现实，关注别人容易忽略的地方，然后用巧妙的方式来降低成本。创业中，研究成果的科技含量有多少不是决定创业成功的关键，关键在于将与研究成果有关的资源进行重组和配置，让成果得到市场认可，并快速转化放大。"

“学霸”诞生记

如果给大学时代的张楠加一个标签，“全能型学霸”当之无愧。

张楠在专业能力、实践能力、组织能力乃至体育等等方面的才能在大学期间均得到了全面锻炼和施展。

除了试水“创业”，张楠还进过学生会、做过网站推广、跑过马拉松、发动同学去支教、赴美学习过……“大学期间做任何事情，成本都比较低。”如今的张楠说起当年的折腾劲，更习惯用成本高低来形容。

大二一开学，张楠就辞去了学生干部工作，她说，要把时间花在不一样的事情上。张楠开始在课余做人人网的校园推广，因为业绩可观，一度成为上海区校园大使，持续了一年。

大二暑假，张楠发动了 7 名同学去云南支教。将课余生活掰成很多块的张楠还抽空跑起了马拉松，这名大学同学眼中“特别能跑”的女生没有辜负同学们的期望，在 17000 余人参加的 2006 年上海国际马拉松比赛中，名列第 406。张楠说：“我小时候身体不好，为了改善体质每天放学都坚持跑步。没想到长大后成了班上体育成绩最好的女生。”

进入大三后，张楠获知有机会去美国波特兰州立大学做 8 个月的交换生，原本就有赴美读研念头的张楠马上行动起来。该交换项目的一些工作尚未完全落实，很多事情都需要张楠和同学自己去联系、处理。经过她们的不懈努力，最终，张楠和另外 3 名同学成行。

在美国 8 个月的学习和生活张楠很适应，她不仅得到了美国导师的认可，门门成绩几乎都是 A，关键是她对自己的未来有了更清晰的认识和规划。“美国和中国的环保发展所处的阶段不一样，环境治理的理念和策略也存在较大差异”，张楠的留美读研梦开始动摇。同时，张楠发现之前自己在实验室提炼到的纤维素在美国已成为炙手可热的研究方向。它性质独特，在自然界大量存在，科学家希望能用它替代石油基等污染性传统材料。

张楠第一次意识到，也许自己可以通过实业来实现环保梦。

回国后，张楠重新进行市场调查，写创业计划书，并以有机材料纤维素项目成功申请到上海市大学生科技创业基金同济大学分基金。

2009 年，张楠凭借赚取的第一桶金和同济大学分基金支持，用 50 万元资金成立上海同化新材料科技有限公司，实现了从学生到企业创始人的转身。

“同化”萌芽

“做学生时忙，开了公司更忙，需要做的事情太多太多。”谈到创业初期的艰难，张楠至今都对我校产业办、同济科技园有限公司诸多老师的支持和帮助感念不已。

“学校在为创业的学生提供孵化服务方面做得特别周到。”张楠告诉记者，公司刚成立时，有老师帮忙工商注册银行开户，有老师负责财务指导代理做账。“第一次谈大客户，好几位老师陪我一起去，让我心里特别踏实温暖，至今铭记在心。在我从学生到企业创始人的过渡过程中，学校和科技园的帮助发挥了很大作用。”

将创业之初的艰难形容为披荆斩棘一点都不为过。

公司成立的前六个月，颗粒未收。

“从废弃物中提取有机材料纤维素，虽然是我的专利，但是事隔几年，市场在变化，国内出现一批小工厂模仿生产，这一方法已经被利用到极致。”怎样让“同化”活下去——那时的张楠每天脑子里只有一个念头。

“那就专注于技术改进和产品定制。”张楠分析市场形势和自身优势后，确定了公司的发展思路。她告诉记者：“面向市场最重要。也许我们的材料是最好的，但是不是最合适的。关注应用领域，发现市场需求的关键点，提供最精简最经济的解决方案。”

张楠和一起创业的同事讨论后，决定背水一战，放弃中间商，直接开拓终端企业，利用终端用户的一手实验数据完善公司提供的产品和服务。没有中间商提供现金流的保障，团队破釜沉舟，用尽一切努力，最终说服了合成革龙头企业与“同化”建立联合实验。

半年内，团队扎根实验室，研究国内外同类型产品性能及应用中的问题，结合厂家生产方式作出最优的产品方案并作出详细的对比分析。“我们曾押车1200公里以确保样品及时送达客户；当客户生产工艺出现问题时，我们背着20公斤的设备，赶赴现场为客户提供解决方案。”领先的技术、优质的服务，最终打动了龙头企业。第一笔5800元的订单摆在同济科技园办公的张楠面前，张楠说：“那天的同济园见证了‘同化’这粒种子的萌芽。”

以龙头企业的订单为敲门砖，张楠由此推开合成革有机材料纤维素市场的大门。

二次创业

合成革有机材料纤维素市场的大门被打开后，“同化”发展进入快车道。

张楠说：“在开始的两年里，我们与超过 30 个运输企业和个体户谈判，解决货物长途运输及时安全的问题；我们跋涉 4000 公里在新疆驻扎半年，搜集最好的原材料；我们跑遍山东所有大的废旧机械处理厂，寻找便宜的可改造的生产设备；我们完善公司的管理制度，让每一位团队成员心往一处用、劲往一处使。”

2010 年，合成革市场出现萎缩的迹象，张楠开始寻找新的领域。她称之为“二次创业”。

通过对市场前景的研判，张楠决定进一步拓展材料选择和应用领域，基于废弃物资源化再生纤维素材料深度开发，并把研究范围延伸到有机纤维研究。产品应用着重向复合材料增强、有机助滤、生物营养、食品医药等多领域拓展。在团队的共同努力下，“同化”陆续开发出微晶纤维素（mcc）、纳米纤维素（ncc）、纳米原纤化纤维素（nfc）、饲用粗纤维、疏水纤维、纤维助滤剂等多项技术及材料。

“同化”核心竞争力日益凸显，成为国内唯一一家专业从事天然有机纤维机理及其应用研究的高新技术企业，也是国内唯一具备纳米纤维素产业化基础的公司。公司拥有多项自主知识产权，现有专利 16 项，每年新增 20%。“同化”还成为上海市博士后创新实践基地，与同济大学、浙江理工大学、华东理工大学等多个高校展开密切的技术合作。

这粒种子在张楠的眼中慢慢长成小小的树苗。成立至今，“同化”先后荣获上海最具活力科技企业、上海市科技型中小企业技术创新基金、优秀思源企业与优秀资助企业、优秀大学生创业企业、上海市高新技术成果转化认定，张楠获得 2013 年上海市大学生年度人物建功立业奖、2014 年福布斯杂志评选的 30 位 30 岁以下创业人物等荣誉。2011 年，公司获得上海市大学生创业接力基金投资，完成第一轮融资，成立了第一家子公司，目前张楠正在计划今年年底引进新一轮投资。

在收获事业的同时，张楠还收获了爱情和家庭。公司成立后，张楠将自己的先生、我校工业设计专业 2010 届毕业生崔永坤拉入团队。一个负责技术、管理，一个主管生产、市场，各尽其长。

采访最后，记者问张楠：“一个好的企业家应该具备什么样的品质？”

张楠回答："好的企业家应该是一个道德情操高尚的人。他应该承担家庭责任，为父母妻儿营造幸福生活；应该承担行业责任，引领行业技术方向，把关产品质量，协助维护行业环境；应该承担社会责任，解决就业，增加税收，做慈善事业。"

（喻娟，2014年3月30日，第3版）

走在国际结构工程研究的最前沿

——记弗洛伊登瑟尔奖章获得者、土木工程学院李杰教授

近日，美国土木工程师协会致函教育部首批长江学者、我校土木工程学院李杰教授，祝贺他荣获"弗洛伊登瑟尔奖"（Freudenthal Medal），以表彰他在概率密度演化理论与大规模土木工程基础设施抗震可靠性设计领域作出的杰出贡献。

"弗洛伊登瑟尔奖"以国际著名力学家、工程结构安全性与可靠性理论的奠基人阿尔弗雷德·弗洛伊登瑟尔（Alfred M. Freudenthal）命名，于1975年设立，是由美国工程力学学会评选、美国土木工程师协会颁发的一项具有国际声望的个人最高学术成就奖。该奖每两年颁发一次，每次在全球范围内遴选一名在工程结构安全性和可靠性研究领域作出卓越贡献的科学家，授予其奖章与证书。李杰教授是首位获此殊荣的亚洲学者。

他和学生提出的"广义概率密度演化方程"，受到国际学术界高度关注，被国外学者称为"李—陈方程"；他和团队创立的大型生命线工程网络可靠性分析理论，被外国学者评价为"在这一领域作出了实质性贡献"，成为国际同行广泛认可的"RDA方法"；在土木工程可靠性与随机力学领域两大最高国际学术组织中，他是国际结构安全性与可靠性协会十人执行委员会中唯一当选的中国学者，也是国际土木工程风险与可靠性协会十二人指导委员会中唯一入选的中国学者。

近日，因在工程结构与系统可靠性理论方面的原创性学术成果，他荣膺美国土木工程师协会颁发的、被国际公认为工程可靠性与结构随机动力学领域的个人最高学术荣誉——"弗洛伊登瑟尔奖章"，成为该奖设立40年来唯一获奖的亚洲学者。他，就是教育部首批长江学者、同济大学土木工程学院李杰教授。

30多年来，他始终奋进在结构工程理论创新的最前沿，书写了一个学人真正的科学担当和学术追求……

揭开“随机世界”的科学奥秘

“鉴于您对概率密度演化理论的发展，以及在大规模生命线工程抗震设计方面的贡献，美国土木工程师协会决定授予您弗洛伊登瑟尔奖章。”授予李杰教授的颁奖词这样写道。

何谓“概率密度演化理论”？“我们生活在一个充满不确定性的世界中，但人们总是希望获得确定性的结果。”李杰教授介绍说，人们普遍认为，存在两种反映客观世界的理论体系——“确定性理论”与“随机理论”。大多数人认为，这两个体系是没有联系的，甚至是互相对立的。“概率密度演化理论，就是希望用一种精确的方式，反映随机系统中概率结构的变化规律，而我们建立的‘广义概率密度演化方程’，则揭示了确定性系统与随机系统之间的内在联系。”

以壮美的喷泉为例，一簇簇水柱喷涌而出，微风吹过，水花随之偏斜、飘舞。水花会飘散多远？“这取决于一系列随机因素：风是从哪个方向来，风速多大，水压是否有波动。一旦找到这些源头的随机要素及其概率分布，就能掌握我们所观察到的现象的随机运动规律。”李杰教授解释道，在土木工程中，地震、飓风、火灾等自然灾害可能在何时、何地发生，强度多大，破坏性有多么严重，都是不确定的、随机的。“如果用传统的思路研究这些问题，就会陷入无所适从的境地！”

李杰自上世纪90年代初开始这一研究，经过十余年创新探索，他提出了“基于物理研究随机系统”的思想，并在此基础上发现了“随机系统中概率结构的变化，在本质上取决于系统物理状态的变化”这一规律，实现了认识上的突破。

概率密度演化理论有何作用？“概率密度演化理论可用于随机动力系统的分析。”李杰说，在土木工程中，高层建筑的地震倒塌、跨海大桥的风毁事件等等，无不与随机动力系统的分析相关。但是，经典的随机动力学理论，难以解决复杂结构的动力灾变分析。应用李杰和他的团队所发展的概率密度演化理论，则能较好地解决大型复杂工程结构设计中的灾害响应分析问题，从而可以通过科学的结构设计措施，为工程结构保驾护航。

中国学者的原创成果引起了国际学术界的高度关注。2009年，在第十届国际结构安全性与可靠性大会上，李杰受邀作大会主题报告，这是这一领域最高层次国际科学会议40年来首次特邀中国学者作大会主题报告。“‘广义概率密度演化方法’为结构可靠性开辟了新的道路，是一项具有突破性的进展。”国际结构安全性与可靠性协会前主席、美国工程院院士昂（Ang）评价说。

同年，李杰教授和他的合作者陈建兵博士的学术专著《结构随机动力学》（*Stochastic Dynamics of Structures*）由国际著名出版集团John Wiley & Sons出版，在国际同行中引起热烈反响。随机动力学领域著名学者、美国工程院院士斯帕诺斯（Spanos）在国际权威期刊“《结构安全》（*Structural Safety*）”上撰写书评，认为“作者以卓有成效的方式成功阐述了现代随机动力学令人惊喜的创新概念和方法，展现了概率密度演化理论的光辉前景”。

理论成果直接支撑重大工程：我国容积最大的1.2万立方米特大型混凝土消化池抗震设计、华东500千伏骨干电网高压输电塔抗风可靠性设计、牙买加西摩兰大桥（位于10度高烈度地震区）抗震可靠度设计、总高632米的上海中心大厦抗震可靠性分析……在这些国内外重点工程建设中，“概率密度演化理论”都发挥了重要的科学支持作用。

事实上，不限于土木工程领域，“概率密度演化理论”现已被30余个国家机械工程、航空航天工程、海洋工程乃至生物医学等多个领域的学者所关注、引用以及应用，充分展现了基础理论研究的魅力和广泛价值。

让城市“大动脉”脉动不息

大地震突如其来，电力中断、供水中断、煤气中断、交通瘫痪……城市的“大动脉”瞬间停止跳动。如何能让大城市的“生命线工程”在地震中免遭如此重创？唯有抗震设计。“怎样才能实现对大规模城市生命线工程系统的抗震设计？”带着这样的问题和思考，李杰教授和他的团队从城市地下管网抗震入手，开始了长期的艰苦探索。

对生命线工程进行抗震可靠性设计，基于对其抗震可靠性的分析。“随着所研究系统复杂性的增加，可靠性分析问题的复杂程度将会呈现组合爆炸式的增长，就像著名的阿拉伯棋盘上的麦粒数量一样。”李杰教授说。

针对大型工程网络分析中的复杂性难题，李杰教授和他的团队独辟蹊径，提出了“基于结构函数递推分解”的技术思路，建立了“递推分解理论”，有效解决了大型生命线工程网络分析中的复杂性问题，取得了这一研究领域的重要科学进展。

在其后的十余年间，以递推分解原理为核心，李杰教授和他的团队系统研究了最小割递推分解技术、快速递推分解技术、考虑相关失效的递推分解技术，形成了以解析图论为特征的网络连通可靠性分析理论体系，为 500 万以上人口的特大型城市、上千个节点的大型生命线工程网络的抗震可靠性分析提供了精确、高效的技术工具。而同期，国内外对此问题研究的最好水平是 100 个节点以内的中、小型生命线工程网络。

与此同时，他们还深入研究了大型生命线网络的抗灾优化设计理论和关键技术，为大型生命线工程网络系统的抗震设防、抗震设计与系统优化，提供了基础理论与技术支撑工具。

由此，李杰教授也成为国际上少数几位在这一方向具有领先地位的学者，被公认为我国生命线工程研究的代表人物。在 2007 年、2013 年举行的第五届、第六届中日美生命线工程国际学术会议上，李杰教授连续代表中国作大会特邀主题报告。凭借这一领域的突出成果，近日，李杰教授和他的团队获颁上海市科技进步一等奖。

理论的进步带来了技术的跨越式发展：李杰教授和他的团队的研究成果，先后被应用于沈阳市、郑州市、上海浦东新区等 10 余个城市生命线工程的抗震可靠性分析之中。这些工程应用实例，成为迄今为止国内外最大规模的生命线工程网络抗震分析和技术改造工程项目。

2008 年汶川大地震后，李杰带领课题组深入灾区，应用所发展的这些技术先后完成了都江堰、绵竹等 6 个受灾城市供水网络系统的应急恢复和灾后系统改造研究工作，为这些城市震后供水管网的应急修复和改造设计提供了科学支持与关键技术建议，为灾区节省了大量工程投资，获四川省建设主管部门高度赞赏。

“递推分解理论”在国际上逐渐得到学术同行的广泛认可，被认为是分析大型生命线工程系统可靠性的首选方法。美国乔治亚理工学院克雷格（Craig）教授等撰文评述：“这些研究代表了生命线网络分析中最重要的进展。”

在国际学术界中，“递推分解技术”已经被同行们系统跟踪、学习。2011 年，在四年一度的土木工程统计与概率应用国际会议上，美国伊利诺伊大学和莱斯大学联合组织了“生命线工程网络可靠度研究”专题讨论会，在 6 个论述大型网络可靠性分析的邀请报告中，有 3 个报告专门论述了对李杰及其合作者提出的“递推分解理论”的跟踪和改进。

执著于学术创新与人才培养

“能获得这项荣誉，我内心里是欣慰的。它说明我们这些年来开展的工作得到了国际同行的认可，也说明了在科研工作中坚持创新精神的价值。”李杰教授说，在他看来，创新是科研的灵魂，“一项研究工作有没有价值，首先要看它有没有真正的科学创新”。

“这得益于我师从朱伯龙先生期间的心得。那时，每次学术讨论，朱先生都要问我：‘有没有 new idea？’‘是不是真正的 new idea？’”

李杰教授说，这些教导，在他心中留下了深深的印记。

25 年后，他在追记朱伯龙先生的文章中，深情写道：“我常想：创新之于先生，恐怕是血液之于生命。创新是先生的学术法宝，创新是先生的智慧结晶，创新是先生传道、授业、解惑的不二法门。先生在世时，我曾用‘薪火相传’向先生坦言心曲；薪尽了，火传下来，还会有薪再来继承火的事业。作为先生的入室弟子，有什么理由不努力实践先生的创新精神呢？”

“这个荣誉是属于我们整个学术团队的，如果没有整个学术团队的共同努力，我一个人不可能做出这些研究工作。”一直以来，李杰教授都十分注意倡导科学精神与团队建设。应当如何培养、指导年轻人成长？“作为导师，自己要先蹲下身子，扶起学生，一步步把他放到自己的肩上，之后你再站起来，把学生推上山峰。”“老师和学生，学术带头人和助手，就如同是同一战壕的战友，要一起研究、一起工作，恰如老兵之于新兵……”李杰如是说。迄今为止，他指导的 50 名博士，已有 7 人获上海市研究生优秀学位论文成果奖，2 人获得全国优秀博士论文提名奖。

团队中的年轻学者也有着同样深切的感触。“我觉得要首先归功于李老师，归功于在李老师带领下，我们学术梯队对基本科学问题的长期坚持和锐意创新。没有长期坚持，就不会有深入系统的成果；没有锐意创新，就不会有一流的科学发现。”

李杰学术团队中的青年学者陈建兵教授对记者说：“李老师特别重视学术梯队的建设，特别鼓励并支持我们年轻人在学术上的独立创新和探索。”

在李杰教授的学术梯队中，现已有 1 人获得国家杰出青年科学基金，4 人入选教育部新世纪优秀人才，3 人入选上海市曙光学者，5 人入选同济大学青年英才攀登计划。

“从李国豪老校长开始，同济就有理论与工程实践并重的传统。坚守并传承这一传统，这些年来，同济土木工程学科在国际上的影响力正在逐步上升。”李杰教授说，“我的获奖，也得益于这一大的背景。同时，这次获奖也从一个侧面说明：我们同济学者正在稳步走向国际学术前沿。”

（黄艾娇，2014 年 4 月 10 日，第 2 版）

“这是一个让不同学科、不同文化产生化学反应的地方”

——透视我校中芬中心的创新创业教育

机械与能源工程学院应届硕士毕业生郑雷的研究生生活与中芬中心有着不解之缘。

自从研究生一年级时在海报上知道了中芬中心，求学的两年半来，除了机械学院，同济校园内郑雷去的最多的地方就数中芬中心了。住在嘉定校区的他几乎每周都会往中芬中心跑。

他搭乘中芬中心创新移动课堂游轮去过首尔，和同学们合作完成过移动课堂太阳能充电站项目，参与组建过 DIAN Racing 车队，听过诸多在中芬中心举办的讲座……郑雷说：“中芬中心真的是一个孵化器，是一个让不同学科、不同文化在一起产生化学反应的地方，这也是我喜欢这里的原因。”

郑雷在中芬中心认识的许多朋友也这么认为。

作为一个国际创新创业教育平台，中芬中心成立 3 年有余。为何它会有如此吸引力？记者对此进行了深入采访。

开放、灵活、激发创意的物理空间

“你知不知道中芬中心？”

去年 10 月，中芬中心成立 3 周年之际，分别在四平路校区、嘉定校区随机采访了 100 位学生。

调研结果显示，超过三分之二的学生知道中芬中心。他们说，中芬中心开放、灵活、激发创意的物理空间给他们留下了深刻的印象。

走进我校彰武路校区实训楼一楼，按下电梯按键，当电梯大门徐徐开启，几乎所有第一次到访中芬中心的人都会感叹“真有趣”：电梯里有两张色彩斑斓的沙发，四面电梯墙被装饰成了照片墙和海报墙，视觉冲击效果明显。

电梯上到四楼，就是中芬中心——一处约1000平方米的空间，带给参观者连连惊喜。这里有透明玻璃的教室，学生可以做团队素质拓展；这里有可灵活布局的空间，院系可以搭台举行讲座、校企可以携手开展科研活动；这里有大小不一的讨论自习室，师生可以进行头脑风暴；这里还有开放式的厨房，师生可以自己动手做菜……中芬中心的空间设计得到了师生的交口称赞。

雷朴实（Pius Leuba），我校设计与创意学院副教授、建筑师，参与组织了中芬中心解决可持续发展问题的工作坊以及多场讲座和活动。他说：“我非常喜欢这里的环境！这里的设计与运作方式都是为了跨学科交流和跨文化学习的理念而服务。”

杨一帆，航空航天与力学学院2010级学生，经常“泡”在中芬中心听讲座。在他看来，“中芬中心从内部的装饰风格到讲座的内容都令人耳目一新，它创造了一个自由奔放、无拘无束的新环境”。

在空间的管理上，中芬中心同样采取了开放性原则。如果同济师生想要申请使用会议室、教室，可以提前给中芬中心发电子邮件预约；如果想要使用讨论自习室和公共空间的办公桌椅，则先到先得。

为了给更多的同济师生提供理想的学习、工作及交流环境，根据3年多来的使用反馈，近日，中芬中心出台了一项具有突破性的规定——全校师生均可申请中芬中心门禁卡。只要你通过中芬中心门禁卡注册申请，就可以持门禁卡在中芬中心办公室工作时间以外的时间使用场地。

让创新创业教育激发学生最大潜力

“可移动充气薄膜和充气拱门有什么区别？”

“薄膜最后如何降解？”

“如何吸引当地居民过来参观这个展览，推广可持续、循环利用的概念？”

……面对台下观众抛来的一个个越来越尖锐的问题，我校土木工程学院2011级学生崔中鼎均沉着应答，从容地给出一个个令人信服的解释。

这是4月20日下午5时半左右，发生在我校中芬中心的一幕。

当天为周日，同济校园比往常静谧，中芬中心内却气氛活跃，一个个五光十色的奇思妙想在这里涌动。

当天举办了一场名为2014同济大学创新移动课堂暖场6小时工作坊，17名来自不同高校、不同专业、不同年级的同学分为4组，在4位创新导师带领下，在6小时内分别完成了移动空间创意方案设计、同济大学创新移动课堂新媒体营销策略两个课题，并进行了成果展示、陈述和答辩。

据介绍，工作坊的教学模式灵感源自芬兰阿尔托大学，中芬中心基于教学需求进行了尝试和创新，它要求学生以团队的形式，围绕指定课题，在指定时间内，一次性完成方案和设计，然后再以作报告的形式来展示课题。工作坊凭借灵活的形式、创新的教育理念得到了国内外教学双方的高度肯定。

小小工作坊，可以管窥近年来，中芬中心秉承以学生为本的教育理念、探索让创新创业教育激发学生最大潜力方面作出的努力。

3年来，从引进国际优质教育资源开设选修课，到系统规划课程体系——建设涵盖设计、工程、商业等领域的创新创业课程包，再到推出以国际化、跨学科、跨年级为特色的创新创业辅修项目，中芬中心开始成系统地架构起以开放、创新为特征的创新创业教育平台。

越来越多的同济学子被中芬中心吸引，来到中芬中心，成为中芬中心的“粉丝”，他们的创新思维不断迸发，创新成果不断出炉：

有学生团队根据日本知名跨国企业的委托，设计出可以监控户外PM2.5指数的应对雾霾的智能化窗户；有学生选修了中芬中心最受欢迎的课程之一产品开发项目课程后，选择了由芬兰某知名公司赞助的课题。她和团队成员从对工业设计的一无所知到自信地展示产品原型，再到远赴芬兰进行汇报、展示……“中芬中心欢迎异想天开的点子、天马行空的创意，也支持脚踏实地的工作、寻根究底的探索。”中芬中心员工团队这样说道。

跨文化、跨学科的多元社区

每次回首2013年夏天的经历，人文学院2009级学生聂玉涵依然激动不已。她说：

“六天五夜的火车，波罗的海的日出，每一样都是不可替代的回忆……”

聂玉涵所说的经历指的是中芬中心2013年创新移动课堂之旅。去年夏天，聂玉涵和40多位同学带着多学科交叉的研究课题，乘坐西伯利亚专列，远赴俄罗斯、芬兰和德国，实践了他们不设限的创新梦。

据悉，中芬中心创新移动课堂自2011年推出后，3年来，共有150多名中外学生搭乘创新移动快车或轮船，抵达俄罗斯、芬兰、德国、韩国等国家，与海尔、百丽、沃尔沃等国际知名公司深度合作，产生15个创新课题成果。日前，2014年移动创新课堂招募学生的号角已经吹响，此次他们将“轻装出行”，前往澳大利亚开展创新、环保、设计之旅。

作为同济教育改革的一次成功尝试，创新移动课堂已成为中芬中心品牌课程，它不仅践行了产学研结合的创新教育模式，而且让学生深入体会多元文化的碰撞和交流。

在我校设计创意学院院长、中芬中心副主任娄永琪看来，“如果说中芬中心的成功有什么秘诀的话，那就是吸引和包容最优秀的人才，并为他们的自由发展创造条件。中芬中心链接了当下社会经济转型以及年轻人学习知识、追求创新、改善社会的巨大需求和能量，因而成为青年人制造梦想和实践梦想的天堂。同时，中芬中心周边由高校、研究机构、企业、创业者、政府、协会等组成的创新生态系统，拉近了梦想和现实的距离”。

的确，中芬中心的发展离不开活跃在这里的人群，他们组成了跨文化、跨学科的多元社区。“中芬中心员工团队、教师与学生团队、研究团队、企业团队和国际团队，这五大团队之间的互动赋予了中芬中心真正的生命力。”中芬中心主任助理范斐说道。

中芬中心的老师们说，中芬中心致力于为同济师生提供更丰富的机会、更宽广的平台来打破界限、跨越界限，创造一个有更多可能、更美好的未来。

中芬中心的努力得到了师生的高度认可。3月初，中芬中心创新创业辅修项目启动仪式上，参加过中芬中心活动的师生用10个关键词描述了他们心目中的中芬中心——“跨学科、跨文化、多重利益相关者、PBL（基于激情/项目/问题/个人/游戏的学习模式）、包容性思维、拥抱不确定性、实验性……”

3年，中芬中心从初生婴儿，到蹒跚学步，如今正在茁壮成长……

（喻娟，2014年5月10日，第1版）

“污泥资源化是挑战，更是机遇”

——戴晓虎教授谈国家污泥处理处置产业技术创新战略联盟使命

4月20日，由我校牵头组建的国家污泥处理处置产业技术创新战略联盟召开工作推进会并发表《上海共识》。《共识》指出：污泥处理处置设施的建设是"十二五"我国污染治理、节能减排的重要任务。而实现污泥资源化为核心的处理处置，亟需理念的转变、技术创新和设备产业化支撑——机遇就在其中。我们将发挥各联盟成员单位的优势，通过专题开展污泥高效厌氧发酵、生物好氧发酵、协同焚烧、热能利用等领域的深化研究和工程示范，引领技术创新、带动产业化发展，实现共赢，将我国的污泥处理处置推进到一个新的发展阶段，让我们中国的"污泥资源循环梦"梦想成真。

污泥资源化是世界大势

联盟首届理事长、我校城市污染控制国家工程研究中心主任戴晓虎教授介绍，国外发达国家已从法律层面上把污泥定义为生物固体，而不是废弃物，强调和推进生物质能源和生物质资源的回收利用。目前，美国的污水处理厂每年产生约560万吨干污泥，其中大约60%用于农业；日本年产污泥223万吨，其中131万吨建材利用，35万吨作为农用；英国和法国每年产生的污泥，60%用于土地。总体来看，欧洲各国52%的污泥为土地所利用。

污泥的资源化利用，有个重要因素——重金属控制，这方面德国做得较好。1977年以后，德国的污泥中大部分重金属都呈下降趋势，铜、镍等元素的含量最近几年基本趋于稳定。究其原因，德国污泥处理费用较高，主要通过水费覆盖，企业若想最大程度降低成本，必不可少的是做好污泥稳定化。并在此基础上，将污泥进行土地利用，实现资源化。"资源化是污泥处理处置的必然选择之一，稳定化则是污泥土地利用的核心。"戴晓虎说。

我国目前的污泥性质和国外发达国家相比存在很大差异，主要表现在低有机质、高含砂量（污水处理厂普遍采用了圆形沉砂池，脱砂效率低；大量的基建、施工建设导致泥砂水排入污水管网系统等）、重金属含量高（工业污水源头重金属处理系统不完善）。由于污泥含砂量高、有机物低、热值低，大大影响了污泥能源化处理的经济效益；由于污泥重金属含量高，直接影响了污泥土地利用的可能性。

针对这些特点，近年来联盟成员在污泥改性，处理效率和资源化产物品质提高，资源化产物利用等方面采取许多有效的措施，展开有益的探索。主要表现为："高温热水解—厌氧消化—沼气和苗木带炭土利用"技术路线，改善了厌氧消化条件，提高了厌氧消化性能、沼气产量、稳定化水平、沼气和炭土质量；

以沼气社会化利用、苗木栽培和移栽的独到资源利用方式，实现了污泥全处理，过程全绿色，能源全平衡，资源全利用，成本可接受，资源利用可获益。

对那些有机质丰富的污泥等废弃物，采用“高温热水解—脱水—蛋白提取利用”技术路线，在处理污泥的同时，获得了制备具有良好保温性能泡沫混凝土的关键材料——蛋白发泡剂。“以上两种技术路线也体现了处理过程的低碳。”戴晓虎说。

中国的污泥资源化实践

采访获悉，2009年回国后，戴晓虎带领的同济大学科研团队围绕“城市污泥处理处置能量流和物质流的科学问题”及“城市污泥生物质能源回收与资源综合利用”研究主线，相继承担了“十二五”国家高技术研究发展计划（“863”计划）项目“节能降耗市政污泥处理与能源化利用技术及工程示范”；承担“十二五”国家水专项“城市污泥及有机质的联合生物质能源回收与综合利用技术”课题，“十一五”国家科技支撑计划“城市生活垃圾箱式厌氧生物制气设备研发与示范工程”课题；还主持了住建部“城镇污水处理厂污泥现状调研”专项，承担国家发改委“国家工程中心能力提升建设”项目，参与编制了《城市污水处理厂污泥处理处置技术指南》，该《指南》2011年由发改委、住建部联合颁布实施。

以这些项目为依托，戴晓虎带领的团队目前已经开发出城市污泥高级厌氧消化成套技术。其中包括城市有机质及污泥高级厌氧消化、生物质能转化利用技术，污泥和城市有机质高温高压热水解技术，餐厨垃圾高效稳定化、资源化及其综合利用技术，城市污泥高温好氧发酵成套技术，污水污泥处理过程臭气控制技术等。

2010年同济科技以戴晓虎团队的成套技术为核心组建了环境技术转化平台，以推动成果的产业化应用，目前，上海，长沙，合肥，青岛等地分别展开了其实际应用。长沙污水处理厂污泥处理项目为国家发改委、建设部首座污泥餐厨垃圾集中能源处理示范项目，项目采用戴晓虎团队自主研发的污泥热水解加高温厌氧消化工艺，项目投资逾3亿元人民币，设计处理能力为每天500吨，其中包括434吨湿污泥和66吨餐厨垃圾。

攥起拳头干大事

随着成效的日益显现，我校联合国内污泥处理处置产业及技术领域的高校、科研院所、装备单位、设计单位、应用单位等近30家企事业单位，2011年11月成立“污泥处理处置产业技术创新战略联盟”，联盟针对我国污泥二次污染现象突出、处理处置技术和装备与国外存在较大差距的现状，发挥各联盟成员的优势，共同致力于技术研究、技术创新、装备开发与制作，以及技术与装备标准化制定和推广应用，以加快污泥产业的技术创新进程。该联盟2013年10月获批为“国家产业技术创新战略联盟”，61家成员单位覆盖污泥处理处置技术研发、设备制造、设施建设、运行管理等领域，为我国污泥处理处置工作搭建了国家级产业技术创新平台。

今年1月，联盟在杭州召开城镇污水处理厂污泥处理处置技术发展研讨会。与会者认为，我国污泥资源化道路任重道远，除了要突破认识和理念上的差距之外，还要重视对我国污泥泥质及泥量调查、污泥泥质监测和泥量统计制度的建立；重视我国以资源化利用为核心污泥处理处置技术标准和标准体系的建立；重视各类核心技术、关键设备的研发，为资源化提供支撑平台；重视社会化资本引入和商业模式的建立，促进产业良性发展。“会议达成了我国污泥处理处置，走资源化之路的共识。”戴晓虎说，联盟发表了《杭州共识》。

紧接着，又在上海召开这次国家污泥处理处置产业技术创新战略联盟工作推进会，吸引了来自国内污泥处理处置产业及技术领域的高校、科研院所，及装备、设计及应用单位等近70家企事业单位的代表参加。我校副校长江波，科技部、住建部、中国环境保护产业协会、上海水务局等相关负责人出席会议。会议特别邀请该联盟战略指导委员会两位名誉主任——同济大学原校长高廷耀教授，以及中国工程院院士、清华大学钱易教授，联盟战略指导委员会主任、住房城乡建设部城镇水务管理办公室主任张悦教授及高工，分别就污泥处理处置技术发展现状、趋势等作专题报告。

会议指出，发达国家污泥处理处置的理念已经发生了根本变化，将污泥的生物质资源化、能源化提升为国家战略目标。经过热烈的讨论，联盟各成员单位达成诸多共识，最终形成并发出主旨为“污泥资源化是挑战，更是机遇”的《上海共识》。

（程国政，2014年5月10日，第2版）

同济教授首次找到胰腺腺鳞癌致病“元凶”——UPF1突变

发现RNA变异与人类肿瘤相关联的首个证据

本报讯 快速确诊“胰腺腺鳞癌”将不再是难题：只要在病人肿瘤病理切片中检查“UPF1蛋白缺失”这一“元凶”，即可据此断定其罹患“胰腺腺鳞癌”。美国时间5月25日，国际权威学术期刊《自然医学》（*Nature Medicine*）在线发表以同济大学医学院转化医学研究中心、同济大学附属第十人民医院陆琰君教授为共同通讯作者、其博士生刘辰为第一作者的论文《在胰腺的腺鳞癌中普遍发现了UPF1这一RNA监视基因的突变》。陆琰君教授研究团队在国际上首次发现了胰腺腺鳞癌中普遍存在着的UPF1基因突变，由此为全面揭开胰腺腺鳞癌形成、发展之谜，为这一肿瘤的科学诊断提供了全新的视角。这也成为RNA质量监控与人类疾病直接关联的首个证据。

“胰腺癌素有‘癌中之王’之称，是一种发生隐蔽、多发且恶性程度高的肿瘤，特别是其中的腺鳞癌，由腺癌和鳞癌两种恶性细胞混合而成，不仅更加凶险，而且预后效果很差。”陆琰君介绍，腺鳞癌是如何发生、发展的，一个多世纪以来还一直是个未解之谜，这直接导致在临床上不能对它进行明确诊断，并由此对疾病的分型和治疗带来了不利影响。

陆琰君长期致力于与80%人类肿瘤疾病直接相关的著名肿瘤抑制基因——“P53”的研究。她说，半个多世纪以来，科学家们对人类各种疾病与基因突变之间的关系进行了深入探索研究，已建立了“绝大多数疾病、尤其是肿瘤是基因疾病”的理念。鉴于在细胞中真正发挥作用的是“蛋白质”，而不是“基因”，近年来，介于基因的“DNA”与“蛋白质”之间、作为两者信使的“RNA”研究，开始备受科学界关注。

循着这一研究思路，课题组在对从医院第一时间获取的18例腺鳞癌手术病灶标本研究中，发现了P53的RNA异常。是何原因导致其异常？陆琰君决定追踪其源头，以揪出它背后的“真凶”。课题组将目光投向在胚胎分化过程中起核心作用、唯一不能被取代的“UPF1”，及其主导的、用于监控RNA质量的“NMD”通路。历时三年半潜心研究，课题组有了重大发现：原来，在腺鳞癌NMD通道中起关键作用的“UPF1”发生大量变异，腺细胞逆向胚胎化，致使NMD通道失效，导致P53变异的RNA形成，最终导致肿瘤发生。

这一研究工作受到此领域国际权威、美国加州大学医学院迈勒斯·威尔金森（Miles Wilkinson）教授关注，他在美国2例胰腺腺鳞癌标本中也确认了这一重要发现。

“这一发现也首次证实了RNA变异与人类肿瘤的直接关联。”陆琰君说，尽管科学家们一直在探求并一再预言UPF1突变、NMD变异与人类肿瘤之间密切关联，而且在体外已取得大量证据，但却苦于在人类肿瘤标本中尚未找到两者关联的直接证据，此发现是第一个相关的证据，具有开创性的意义。

据介绍，研究成果还成功应用于临床对“胰腺腺鳞癌”的诊断，证实了这一发现的科学性。“成果不仅仅是用于该类肿瘤的快速确诊，以此为基础展开后续深入研究，将有望对该肿瘤的治疗提供科学支撑。”

陆琰君表示，肿瘤是威胁人类生命健康的“第一杀手”，针对其展开的密集的DNA基因突变的研究，还未能彻底诊治这一疾患，当前已有越来越多的科学家们开始转向对RNA与人类肿瘤关联的研究。“相信同济大学的这一基础研究成果，将为这一研究方向的科学家们带来更多信心。”

同济大学医学院院长徐国彤教授表示，这一肿瘤领域基础研究的重大发现，是同济大学实施‘转化医学研究’重大战略，充分整合大学的基础研究与各附属医院的临床资源、聚焦重大临床疾病开展联合攻关而取得的又一重要成果。

（黄艾娇，2014年5月30日，第2版）

《同济大学章程》获得教育部核准

本报讯 日前，《同济大学章程》获得教育部核准并于6月4日在教育部的官方网站上公布。

我校自2012年初启动《同济大学章程》编制工作以来，在学校党委和行政的领导下，在全校师生的积极参与下，学校章程建设开展了大量卓有成效的工作，经过前期工作、宣传动员、调查研究、专题推进、初稿起草、征求意见、审议审定等不同工作阶段的努力，完成《同济大学章程》的编制工作，2013年7月报教育部，并于2014年5月获得教育部核准。期间，2012年9月学校被遴选为“教育部章程建设试点高校”，并纳入教育规划纲要现代大学制度建设试点项目；2012年10月，教育部章程建设试点高校工作会议在同济召开，学校的相关成果与经验得到好评。

获得核准的《同济大学章程》是1949年建国以来同济大学的首部章程，具有重要的意义，是学校办学和管理的“总宪章”。章程上承法律法规和国家政策，下接学校各项规章制度，是学校依法自主办学的总依据，具有一定的法律效力。《同济大学章程》具有以下四个特色：一是明确学校定位，将学校的使命、愿景与价值观等核心内容进一步凝练，并放入章程第一章的总则。二是体现以人为本，将教职员工与学生放置于章程第二章，并对其权利与义务作了较为详细的阐述。三是梳理内部治理结构，将学校视为一个整体，通过第三章的组织与机构，将学校层面治理结构以及学校下设各类组织与机构进行了明确界定与关系梳理，形成了较为合理的内部治理结构。四是注重建设成效，学校不是仅仅局限于章程文本，而是利用章程建设的机遇，以章程建设为核心，全面推进现代大学制度建设，例如：学校学术委员会、校务委员会等组织建设得到完善，党委常委会、校长办公会议事规则和“三重一大”实施办法等进一步规范；学校各单位也围绕章程建设，建章立制，梳理和完善各项规章制度，形成了全校制度建设与创新的良好氛围。

根据教育部要求，学校今后将以章程作为依法自主办学、实施管理和履行公共职能的基本准则和依据，按照建设中国特色现代大学制度的要求，完善法人治理结构，健全内部管理体制，依法治校、科学发展。

（发展规划研究中心，2014年6月10日，第1版）

我校承担的“车用柴油机颗粒物处理关键技术课题”通过市科委验收

戴上“口罩”的公交车告别黑烟

本报讯 5月23日，市科委组织的专家用餐巾纸仔细擦拭正待检修的国Ⅲ柴油公交车排气口，洁白的餐巾纸，除了少许灰尘，竟不见半点黑色烟灰，“两年来，这辆装上口罩的公交车再也没有冒过黑烟了，你看排气管，没有一点烟渍只有一点灰”，巴士一汽的检修人员告诉专家们。

“你看，这个圆柱体，里面是许多根很细的管道。”我校汽车学院楼狄明教授介绍，这个圆柱体就是净化装置的“神器”。圆柱体的材料是多孔陶瓷。当柴油车尾气从圆柱体的一端进入时，陶瓷孔壁可让气体分子通过，并从另一端排出；但黑烟颗粒无法穿过，就留在了孔壁内表面，“所以，从另一端出来的，大都是无毒无害的气体，黑烟颗粒污染基本上没有了”。

国Ⅲ柴油车以下的公交车已成为城市空气环境污染的一大源头。能不能给车辆尾气戴上一只消除黑烟的口罩？我校汽车学院楼狄明教授团队联合上海创怡环境技术有限公司申请获得上海市科委课题“车用柴油机颗粒物处理关键技术的研究与应用”，开始共同研制车用柴油机颗粒物减排（“DOC+CDPF”）系统，试图找到源头根除柴油公交车“冒黑烟”的方法。

汽车学院汽车发动机设计研究所所长楼狄明介绍，这套颗粒物减排系统是由柴油机尾气氧化净化器（DOC）和柴油机黑烟触媒过滤器（CDPF）组成，通过 CDPF 内部的特殊结构，捕获收集尾气中的黑烟颗粒（PM）后，利用发动机废气的余热，在过滤器内部催化剂的帮助下，将被过滤下来的黑烟颗粒 PM 自动再生掉，形成无毒无害的二氧化碳气体后排出，就像在发动机排气口带了一个超强过滤能力的口罩，不让黑烟颗粒直接排放到大气中，直接有效地遏制了柴油车黑烟排放的源头，该系统在降低发动机黑烟排放的同时，还能大幅度地降低一氧化碳（CO）和碳氢化合物（HC）等有毒有害的气体。

楼狄明说，柴油机黑烟触媒过滤器由创怡公司生产制造，使用的是“壁流”式过滤器，其孔道一端开口，另一端堵塞；过滤器的微孔孔径为 8~13 微米；当柴油机废气和黑烟颗粒流经过滤器的时候，废气分子可以直接通过，而黑烟颗粒（50 纳米）都将被过滤下来，过滤效果一般为 95% 以上。

问题是，过滤下来的黑烟颗粒如果不能及时地“二次燃烧掉”，过滤器芯子就有可能在很短的时间内就被堵塞，导致发动机无法正常工作。那么，留在内表面的黑烟颗粒怎么处理呢？常用的方式有两种，一种是喷油，一种是电加热器，都是通过外部能源使黑烟颗粒达到 600—700 摄氏度的燃点，充分燃烧后转化为二氧化碳。但这两种方式，增加能耗、价格昂贵、安装不便。科研人员想到了催化剂。“在陶瓷过滤器内表面涂一层催化剂，改变黑烟颗粒的燃点，就能利用尾气本身的余热进行燃烧了。”大家经过反复试验，确定使用铂金、钯金等多种贵金属作为催化剂。创怡公司以贵金属铂金和钯金为催化剂，利用发动机废气的余热，在过滤器内部形成“热灶”，让过滤下来的黑烟颗粒“二次燃烧掉”（俗称“再生”），发动机就可以长期健康地工作了。我们看到，在涂覆车间镀好金的陶瓷过滤器，乳白色渐渐变为淡淡的楮红色。

实际测试后，创怡公司又为产品增加了一段金属净化器（DOC），置于陶瓷过滤器之前，可以让黑烟燃烧得更彻底。保养也很方便，用了一段时间后，只需拆下过滤装置，吹出管中残留物，就能再次使用。“吹出来的主要是一些柴油机产生的‘灰’，收集一下还能当作肥料。”技术人员说。

2012 年 5 月，课题组选择上海巴士一汽公交公司 6 辆 960 路柴油公交车进行改造，并进行运行试验。两年多的时间内，使用该设备的公交车无任何人工保养，驾驶员无任何多余的操作。课题组的车载排放小组每月对实验车辆进行连续跟踪与测试，数据结果表明：该系统对于柴油发动机尾气中的一氧化碳、未燃废气和黑烟颗粒 PM 一直保持着较高的去除效果。其中，一氧化碳和未燃废气的去除效果分别保持在 80%~90% 和 70%~85%；PM 的过滤效果始终在 95% 以上（粒径大小一般为 50~500nm，PM2.5 是指粒径大小在 2500nm 及以下的颗粒），且无任何油耗增加。更重要的是，该系统结构简单，安装方便，不增加公交车的运营成本。巴士一汽在报告里写道：该装置成功试用后，百公里油耗无明显增加、营运成本无明显增加、发动机工作正常、无故障运行达 176 万多公里。

据了解，上海公交系统为落实国家和上海市关于节能减排的要求，正在加快更新城市公交客车的速度，可是，目前上海全市除了保有上万辆柴油公交车外，还有 13.2 万辆不在淘汰名单的国Ⅲ柴油车：它们都是城市污染源，是 PM2.5 的重要来源。为此，上海市政府 2013 年颁布了《上海市清洁空气行动计划（2013—2017）》，明确提出 2017 年 PM2.5 削减 20% 的阶段目标。在交通领域环境治理方面，积极发展绿色交通，加大机动车船污染控制力度，通过试点开展柴油公交车加装排气后处理装置，力争实现 2014 年底前完成 200 辆公交车试点，并逐步推广到国Ⅲ标准公交车。

“这项技术的关键就是黑烟颗粒在汽车内部就消化干净，排出来的气体自然就干净了”，楼狄明表示，随着采用“DOC+CDPF”系统的汽车数量不断增加，彻底根治柴油车冒黑烟的“绝症”将不再是梦想，城市的空气质量提升速度也会加快。楼狄明说：“下一步，我们的方向是，在柴油发动机出厂时，直接标配尾气过滤装置。”成果的验收现场会上，专家一致认为该科技成果对柴油公交车尾气中的颗粒物减排效果明显，社会效益显著，建议加快推广应用。

（程国政，2014 年 6 月 10 日，第 2 版）

宽口径人才培养基础课程如何上好？且看——

二十余位名师同上“土木工程概论”课

本报讯 本科生基础课程怎么上，卓越工程师培养如何更加符合当代工程实际的需要？我校土木工程学院从 1998 年开始，开展了土木工程师培养的宽口径改革。“今年秋天开始，‘土木工程概论’这门课将拓展延伸到大学四年。”土木学院负责教学的副院长赵宪忠教授如是说。

“地震的震级、烈度是不同的概念。像汶川地震，震级为 8 级，但烈度从 7 度到 12 度都有。”从事土木工程防灾减灾的吕西林教授面对一年级新生侃侃而谈，“造成灾害的强烈地震平均每年发生十几次，可能会引起火灾、水灾、山崩、滑坡及海啸。普通房屋由于没有隔震防震设施，震害通常比有隔震设施的房屋大得多。”吕西林介绍，带铅芯的叠层橡胶支座具有很好的消能作用；还有近年发展起来的消能减震技术，它将地震输入的结构能量引向特别设置的机构和原件加以吸收和耗散，以保护主体结构的安全。300 多人的大教室里两节课的讲解，吕老师讲得投入，同学们听得投入，软钢合成阻尼器、剪切型蜂窝梳状阻尼器、黏弹性阻尼器、油阻尼器、风工程、风洞，一直讲到央视大楼火灾、2010 年上海高层住宅楼火灾及其防治，“时代感强、信息量大”是一年级新生们对吕老师上课的共同感受。

1997 年，我校土木工程学院根据教育部颁布新的本科专业目录，将原结构、桥梁、道路、岩土等专业合并为土木工程专业，1998 年在全国率先提出了宽口径土木工程专业的课程设置方案，并为一年级新生设立基于宽口径培养目标所需的“土木工程概论”。讲授的内容涉及土木工程学科的历史、主要领域和最近技术成就。“一学期下来，同学们对土木工程的大致面貌就有了一个清晰的框架和图景。”赵宪忠说，这对同学们进一步学习帮助极大，正如爬山，登到了山顶然后再去探索某一条沟壑，胸有全局再解剖麻雀当然好。所以从开始起，学院便邀请理论功底深厚、实践经验丰富、表达能力出色的校内外名师授课。不仅如此，在教材建设方面，还组织出版了土木工程专业指导委员会推荐的中英文《土木工程概论》规划教材。赵宪忠说，十余年来，项海帆、沈祖炎、孙钧、范立础、卢耀如、郑时龄、叶可明等院士，沈恭、汪大绥等校外工程名家，以及吕西林、李杰、孙立军等长江学者讲座教授和李永盛、陈以一、朱合华、楼梦麟等历任土木工程学院院长、书记都成为该课程的讲师团主要成员，为课程建设奠定了良好的师资基础。

2011 年，结合土木工程专业“卓越工程师教育培养计划”的实施，在“土木工程概论”课程中增设了新生讨论课。“如何保证东海大桥的桥墩分毫不差落在设计好的点上？”“上海中心高达数百米的高耸立柱受力情况如何？”“这么大的隧道（港珠澳大桥）沉管，怎么一条细小的裂缝都没有……”一年级的同学们没有太多的专业知识，但与承担重大工程科研项目的教授们在一起有的是无穷的好奇心和问题，而小班化、讨论式教学为这种近距离、面对面的提问创造了方便条件。同学们的问题虽然没能问住教授们，却体现了年轻学子对种种工程科学问题的极大兴趣，潜移默化之间学生们不断要求进入教授们的课题组、实验室。“同学们很快就从高中生变成了大学生，学习、思维方式都在转变，大家对这种教学方式好评如潮。”赵宪忠说。

“2014 年秋季学期开始，结合土木工程专业本硕博一体化课程体系调整，将传统的‘土木工程概论’延拓至本科四年。”赵宪忠告诉我们，这样就形成一个层层推进的必修体系。具体安排是第一学期的“土木工程与土木工程师”新生研讨课，第二学期的“土木工程各学科方向（建筑、桥梁、岩土、道路、防灾等）的内涵与发展”，第三学期“土木工程史与土木工程大师的创新思想”，第四学期“伟大工程巡礼（Discovery）录像观看及研讨”，第五学期“创新思维与学术性转换”，第六学期“重大工程案例分析与研讨”，第七学期“工程综合分析及其社会影响”。其中，第一学期的“土木工程与土木工程师”新生研讨课至关重要，其课程质量对学生四年的本科学习和未来发展有极大影响，需要进行重点建设；而“土木工程概论”课程在教学内容、师资队伍等方面都为其提供了良好的基础条件。

“第一学期，我们的课程安排都出来了，还是延请师德高尚、学术拔尖、育人有方的老师展开新生研讨课。”赵宪忠介绍，除了以前那些名师外，我们还延请上海市教学名师、同济大学常务副校长陈以一，上海市教学名师李国强，上海市教委高等教育处处长何敏娟，上海市教学名师、土木工程学院院长顾祥林，院党委书记陈世鸣，长江学者讲座教授吕西林、朱合华、黄宏伟，土木工程学院副院长，土木工程学院各系所主任，以及部分知名教授亲自为各个小班学生开展研讨式授课。“这些老师将与一年级新生共同探讨高中到大学的角色转换，为他们传授土木工程的基本知识、工程美学、工程经济，培养他们的研究型思维等内容；同时，通过‘设计属于你自己的土木工程构筑物’来锻炼其自主学习能力、启动其创新意识。”赵宪忠娓娓道来。看着课程“菜单”，记者与他约定，下半年来听课。

（辛中，2014 年 6 月 20 日，第 2 版）

上海国际旅游度假区建设正酣

我校设计院承担主题乐园等七项目设计

本报讯 上海国际旅游度假区目前建设正酣，多项工程进入繁忙的施工阶段，其中包括奇幻童话城堡的梦幻世界片区、零售餐饮娱乐片区、玩具总动员片区、公共交通连接段项目等等，以这些重大项目为代表的 7 项重要工程都由我校建筑设计研究院担纲。“院内涉‘迪’部门每天通火通明，核心区工地每天忙得不可开交”，设计总负责人陈继良告诉记者。

上海迪士尼乐园是中国第二个、世界第六个迪士尼主题公园，开园时度假区面积约 4 平方公里，园内建筑面积 4.6 万平方米，如此巨大的建设量，让上海市专门设立了度假区管委会。“从 2010 年 4 月迪士尼第一次派员与我们设计院接洽算起，至今已经三年多了”，陈继良介绍，从项目的咨询开始，到中标园区中最大的片区梦幻世界设计项目，几年下来，我们先后承担了其中多个重要项目的设计。

“记得第一次看到上海迪士尼乐园的设计图纸时我还是兴奋了好半天，图纸上无论是歪歪扭扭的森林小屋，还是复杂得令人咂舌的城堡，就连一个石头或木材的 hatch（图面填充）都填得这么艺术。”小孟说，2012 年初，一切都变了，“我开启了艰苦卓绝之路”。她说，作为全球最大、最高的迪士尼城堡，全专业要用 BIM 出施工图对于我们来说是一个巨大的挑战。做过迪士尼项目的同事都知道，迪士尼的图以数量多、标准多而著称，往往一个厕所就能出几百张施工图。

这样的经历还有很多人碰到过：“开始，我们痴迷于图纸标准中‘细节控’。

平面用5根线表达墙体……几百平方米的房子有可能要五百张图纸，完成这图纸的过程还又是在各种修改和设计变更的前提下进行，质量与时间这对不变的矛盾兄弟，让我们好生为难。”“墙体有100多种构造类型。墙体的面层、抹灰层、保温层、石膏板、轻钢龙骨、混凝土结构层都要在平面上表达清楚。按照迪士尼的要求，每道墙体都要标注编号、防火、隔声、保温信息等等，墙体的构造类型都要通过这些墙表查到。”“不要跟老外比年龄，要跟他们比经验……我做过的200多个项目中没有这种做法的！老外顿时会仰视你。”“凡是参加过迪士尼项目的人，首先是别的项目难以企及它的图纸深度，再者任何一个项目的图纸再多也多不过迪士尼了。”

高压作业是参与迪士尼项目人员的共同感受。“每个月都有一个叫罗浮呐（Ruffner）的美国人不远万里来督工，他会微笑地告诉你：栏杆任何一段的间距不能大于100毫米，同时又不得小于45°的交叉角，楼梯扶手端部必须超过踏步起始线300毫米，室内外高差必须为15毫米……这些都必须被封为圭臬，不得违背”，小谢说，正是因为超乎想象的严苛，建筑设计院的设计师们在设计深度、制图规范和表达方式和设计管理上，收获了很多。“画迪士尼的图，就必须遵照几百页的WDI制图规范……提交图纸后会有一个自动检测程序查出哪些地方违反了制图规范。在这种智能检测的监督之下，你遵照着做下来就有了提高。”

三年来，我校在建筑设计研究院共开展了梦幻世界片区、零售餐饮娱乐片区、梦幻世界片区景观设计、公共交通连接段、中央花园中餐厅、SGM通用馆、玩具总动员片区等7个项目的设计。按照时间按顺序分别是：2012年，中标上海迪士尼梦幻世界，中标梦幻世界景观工程项目；2013年，中标公共交通连接段项目；2013年5月，奇幻童话城堡开始施工，8月开始零售餐饮娱乐片区项目，9月中央花园中餐厅项目；2013年9月，中标玩具总动员片区项目。相应的成绩是，截至2014年3月，完成梦幻世界项目出图45000张，加上其他项目，为迪士尼的建设而出的图纸总量超过6万张。

“对于集团来说，这个项目带来的后续影响不可估量并正在释放”，陈继良说，嘉年华主题乐园、万达主题乐园等都是后续效应体现之一斑。

（本报记者，2014年6月30日，第2版）

“申遗成功是保护的新起点”

——古城保护专家阮仪三与大运河的不解之缘

6月22日，卡塔尔首都多哈召开的第38届世界遗产大会宣布：由扬州牵头的中国大运河项目成功入选世界文化遗产名录，成为中国第46个世界遗产项目。运河申遗，八年梦圆，正在扬州参加学术会议的我校阮仪三教授表示：“作为活的遗产，大运河申遗成功是保护的新起点。”

大运河，今天仍在使用

今天仍在使用的大运河起点北京，南至杭州，从南到北全长1794公里的大运河，穿越北京、天津、河北、山东、江苏、浙江、安徽等省市，是世界上最长的人工河道。生在苏州、长在扬州，少年时代与这条长河相伴相依的阮仪三对它太熟悉了。“大运河有悠久的历史，其开端是春秋战国时期吴王夫差挖掘的邗沟。大运河沟通了祖国南北，千百年来对维系国家经济命脉发挥了重要作用。大运河催生了包括淮扬苏杭在内的众多重要城市，沿线物质得以丰富，交通得以便利，文化得以交流。以江南地区为例，大运河及其支脉沿线形成了300多个特色城镇，如乌镇过去以产丝为主，太湖镇的刺绣至今仍然名震天下。”

“在经济社会快速发展的今天，这些古镇则成了大城市的休养基地和后花园。”阮仪三说，今天的大运河山东以南河段不仅继续肩负水运的功能，还是江南农田灌溉之源。此外，运河是由很多河道组成的，比如在南浔有三条河道，既方便了交通，也满足了人们日常生活和河道分流的需要。

可是，大运河的人为破坏同样严重，尤其是打着保护旗号的破坏。阮仪三说，在城市化浪潮的冲击下，古桥纵横、河埠林立、古屋比邻、商铺连绵、巷弄交错的运河风光已经或即将成为记忆。幸存下的各种闸坝、桥梁、码头及其他古建筑也日益成为城市丛林中的孤岛，众多的地方戏曲、民间传说和民俗等非物质遗产也在濒临消失或已经消失。还有，当运河“申遗”近年来成为社会关注的焦点时，就有人提议把古老运河建成“水上高速”，甚至有计划投资数千亿元重新开挖湮没的古河道，重建分水工程，重现昔日辉煌。阮仪三说：“一提到保护，很多地方政府就想到重建，他们没有想到的是，重建规划不当，反过来又是对‘原汁原味’的一种破坏。”

运河保护，不仅仅是建筑遗存

为此，2006年6月，旨在保护运河沿线历史城镇的“阮仪三城市遗产保护基金会”成立，希望梳理出运河调查的一种研究思路和有效方法。这年夏季，基金会组织队伍，顺着运河沿线四个不同时期的“运河之都”——扬州、淮安、聊城、济宁及其所属的城镇，在当地政府配合下，深入到运河的古镇古村，重点考察了大运河的现状、保护价值和保护措施。接着，又在2007年6月第二个中国文化遗产日，在上海成立了“京杭大运河文化遗产保护观察站”，立足于沿运河历史街区的保护监督，并将观察的结果定期反馈给相关部门，为大运河的保护建立起一个信息交流的平台、一个合作的研究空间和一个上下结合的监督网络。

运河踏访让大家深切认识到，很多人喜欢把“世界文化遗产”和风景名胜挂起钩来，“这是最大的错误”，阮仪三说，文化遗产核心的评价标准是有多少古老的东西保存下来，是文化有否延续，也就是还有多少“原汁原味”的东西，在他看来，“保护运河沿岸的民风习俗，也许比保护一幢建筑、一件文物更有价值”。在台儿庄，阮仪三听说当地有个纤夫村，激动不已。因为运河，这个村世世代代男丁都以纤夫为职业。在天津运河边的小镇，阮仪三的弟子李红艳博士发现，当地很多人还保留了朝拜娘娘庙的习俗，还会自豪地称自己是“运河人”。她感慨：“其实，世界遗产的保护更多应是保留，而不是更新。想一下，如果小镇动迁了，还有谁会说自己是‘运河人’呢？”

复建整修运河古城

1938年的台儿庄之战让这座运河古城毁于战火，今天如何重现这处“江北水乡”历史风貌，阮仪三与博士顾晓伟、王建波，硕士李文墨等人做了认真的探索。2008年，同济大学国家历史文化名城研究中心、上海同济城市规划设计研究院联合编制了《台儿庄古城区修建性详细规划》及《台儿庄古城区沿街及重点景点建筑方案设计》，经过当地政府和民众的辛勤努力，原来已破败不堪的台儿庄古城已有了全面的整修和恢复，不久也成为兴旺的旅游景区，特别是吸引了众多慕名而来的台湾同胞，因为这里还是当年抗击日本侵略军的主要战场，台儿庄大捷是那一代人的骄傲。

阮仪三还带领姚子刚博士等保护和整修了运河上另一座不太为人所知的南

阳古镇。大运河进入了山东境内的微山湖后与湖体相融，运河穿越湖中，有孤岛南阳，就成为当年大运河航船在湖中停泊、休整、补给的基地。南阳岛留有康熙、乾隆南巡的驻地与行宫，有酒肆、饭庄、客栈，也有政府行辕和粮仓货栈，更有天妃宫等各种庙宇以及富户、商家、豪宅。南阳是一个长岛，老运河穿腹而过，四周湖水宽广，风光佳丽。由于大运河现在还在通航，但船只增大，主航道已偏离，南阳稍显冷落，也因此未遭受现代建设破坏。这项规划和整治，使南阳又获得了生机，老建筑、老街、老店铺的原样修复，名胜古迹的重新彰现，使南阳古镇在微山湖上崭新绽放。

因为调研、保护大运河沿岸古城、古镇、古村落的成绩突出，2008 年阮仪三教授主持的“大运河保护和研究”项目获 2008 年国际规划师协会（ISOCARP）颁发的第二届杰出成就奖。

大运河申遗，牵头城市是扬州，因为运河修浚的第一锹土是在扬州开挖的，阮仪三表示，八年来，作为中国大运河发源地的扬州以高度的责任感和历史担当勇挑牵头重担，足以说明扬州是一座历史厚重、人文笃醇的文化古城。“历史记录昨天，历史也启迪今天。”阮仪三表示，信奉历史的真实性、坚守文化的纯洁性，才能将大运河这份沉甸甸的活体文化遗产保护责任担当起来，让大运河再活一个两千年。

（程国政，2014 年 6 月 30 日，第 2 版）

《自然》杂志再刊同济重大医学发现

中法科学家联合发现控制凶险型疟疾的关键分子

本报讯 中法科学家联合攻关，在国际上首次发现能控制凶险型疟疾的关键调控因子——“PfR-Nase Ⅱ”，由此为这一高致死性疟疾的防治提供了新的思路与治疗靶点。

由附属东方医院转化医学研究中心、我校医学院传染病与疫苗研究所张青锋博士等，与法国巴斯德研究所阿图尔·谢尔夫（Artur Scherf）教授等合作完成的这一研究成果，6 月 29 日在线发表于国际顶尖学术期刊《自然》（*Nature*）杂志。张青锋博士为该论文的第一作者及共同通讯作者。参与此项工作的还有中科院上海巴斯德研究所、江苏省血吸虫病寄生虫病防治研究所、丹麦哥本哈根大学和德国伍兹堡大学。这也是同济大学医学研究成果在不到一年时间内再登《自然》杂志。

张青锋博士介绍，疟疾是最古老、最致命的传染病之一，它与艾滋病、结核病一道被世界卫生组织列为当前全球面临的三大公共卫生问题。尤其是因恶性疟原虫引起的如儿童脑型疟疾等凶险型疟疾，每年导致全球约百万患者死亡。特别值得注意的是，近年来，作为治疗凶险型疟疾特效药的青蒿素衍生药物抗性出现，人类抵御这一疾病的最后一道防线面临着将被全面突破的重大危机。为此，寻找凶险型疟疾的发病机制，从而为开发新的抗疟药物提供治疗靶点，显得迫在眉睫。

大量研究已经证实，恶性疟原虫变异基因家族 var 是恶性疟疾的关键致病基因，其中 A 亚类变异 var 基因是凶险型疟疾的致病“元凶”。在普通疟疾患者中，A-var 基因通常处于“沉睡”状态；但是当它们被激活而“醒来”时，凶险型疟疾的发生率显著升高。

张青锋等利用现代生物技术，以 A-var 基因转录后调控作为切入点，对其表达调控机制进行了深入的研究。通过基因组生物信息学分析，张青锋等在恶性疟原虫外切体复合物类似蛋白中发现了一个“多余”的成员——PfRNase Ⅱ。通过转基因和 RNA 测序技术，张青锋等发现，PfRNase Ⅱ分子的调控对象正是 A-var 基因：当 PfRNase Ⅱ蛋白功能缺陷时，A-var 基因从“沉睡”中被激活，而其他亚类的 var 基因则不受此影响。

随后，研究人员利用疟疾病人血液中分离的疟原虫，对 PfRNase Ⅱ与 A-var 基因转录水平的相关性进行了初步分析。结果显示：当 PfRNase Ⅱ水平下降时，A-var 水平上升，凶险型疟疾的发生率也相应升高。充分的证据提示，“PfRNase Ⅱ”与凶险型疟疾发病高度相关，它有望成为防治凶险型疟疾的新的重要靶分子。

张青锋说，“这一研究发现有望为新型抗疟药物的研制、疟疾疫苗的研制，提供一个非常关键的靶点，从而在临床上有助于降低疟疾的发生率和死亡率。这也为疟疾基础研究向临床转化研究打下了一个非常好的基础。”

谈及后续研究工作，张青锋表示，虽然通过实验室研究，结合小规模的临床样本分析，首次发现 PfRNase Ⅱ与凶险型疟疾的发病率密切相关，但在筛选研制针对该分子的抗凶险型疟疾的药物之前，还有必要针对不同地区如非洲等地恶性疟疾的流行虫株，进行更大规模的验证工作，以进一步确认“PfRNase Ⅱ

分子与凶险型疟疾发病率的相关性”对于不同疟疾流行区的虫株都是成立的，从而为研制适用于世界范围内的新型抗凶险型疟疾药物奠定重要基础。

记者还了解到，随着我国政府加大对疟疾防治工作的力度，当前我国疟疾的发病率和死亡率快速下降，近几年我国确诊的疟疾病例大约在三千至五千左右，其中本土病例主要集中在云南边境地区。但值得警惕的是，当前我国疟疾的流行情况出现了新的特点：因劳务输出或旅游带来的“输入性疟疾”快速增加，且 90% 以上恶性疟疾为输入性，存在局部疟疾爆发的隐患，而且这类输入性疟疾的虫株致病力相对较强，因此输入性疟疾疫情的防控形势较为严峻。医学专家表示，这一研究成果正是针对致病力更强的恶性疟原虫导致的凶险型疟疾，而鉴定出控制凶险型疟疾致死性的关键调控因子，这对于研究降低“输入性疟疾”死亡率的防治措施，实现“消除疟疾”计划具重要指导意义。

（黄艾娇，2014 年 7 月 10 日，第 1 版）

以心育心　用爱塑爱

——记“高校思想政治理论课教师 2013 年度影响力人物”获奖者、马克思主义学院李占才教授

“听李老师讲课，永远都不会枯燥。因为他总是富有激情，逻辑性强，又很幽默，每堂课都收获很大。”

张帆同学说的这位李老师，就是马克思主义学院的李占才教授。

从 1972 年开始执教至今，李占才教授四十多年如一日，在一线教书育人发光发热、无私奉献，努力实践着他自己的座右铭：坦坦荡荡做人，兢兢业业做事。

矢志不移，一心献身教育事业

每每登上讲台，看着一张张生气勃勃的面孔和一双双求知若渴的眼睛，李占才心里顿时涌上对学生的热爱和授课的热情。“教师是阳光下最神圣的职业，授课的过程对我来说，是十分享受的。”李占才表示，四十多年从教的经历令他坚信自己的选择是正确的。“我自认为我最适合的职业，还是教书。”

在教师岗位上，每年教学都超工作量，这期间他从事思想政治课教学十三

年，每学期都给本科生上思想政治理论课。怎样让这门课程引人入胜呢？他备课认真，讲课投入，激情澎湃，声如洪钟，旁征博引，主题突出。在他的课堂上，理论被解析得引人入胜，而听课的学生也如沐春风，听得津津有味。他的思想政治课不需要点名，学生出勤率极高，课堂中不时响起学生的笑声和掌声。

“李老师讲课很有激情，观点不偏激，很中肯，令我感觉很受用。”

“讲课幽默风趣，引史论今，有理有据，让人无不叹服。”

“在课堂上，李老师永远充满激情和正能量，善于鼓励我们自主思考，并展开激烈有趣的辩论。”

对此教务处在通报专家听课情况中曾表扬说：

“李占才教学态度非常认真负责，有激情，能做到边教书边育人，能启发引导学生，举例生动透彻，讲解有声有色，很活跃，充分发挥了教师的主导作用，吸引和调动了学生的积极性，学生收益较大。”

根据自己多年的执教经验，李占才教授积极探索教学方法改革，注重实践教育，善于引导和启发学生，注重对学生理论应用和理论创新能力的教育与培养。“毛泽东思想和中国特色社会主义理论概论”课组织学生课堂讨论，组织学习小组课外学习原著，指导学生运用中国化马克思主义理论观察分析现实问题、撰写小论文。他吸收学生直接参加自己主持的科研课题的研究工作，在实际科研工作中训练学生学习掌握科学研究的基本方法，培养、锻炼学生的应用理论和创新理论的能力。在奉献精彩的“第一课堂”之外，他还注重挖掘“第二课堂”的潜能，组织学生在思政理论课课堂教学之外自觉地学习马克思主义理论，关注现实社会问题，积极投身社会实践，锻炼自己，培养关注社会、关注民众、关注民生、与人民休戚相关的情感，增长才干，增长学习理论的积极性，增长运用理论、创新理论的主动性和实际能力。

大爱无边，点滴施爱莘莘学子

李占才教授之所以有这样出色的教学成果，还源于他有一颗挚诚育人的心。在李占才看来，学生进入校门，不仅要受到教育、陶冶、锻炼，更应该得到关心、关护和关爱。“这不仅仅是因为他们处于受教育者地位，需要我们去护航，更因为这是培养他们更富有爱心的最佳方法。”生活即教育，学生得到了爱的关护，受到了爱的熏陶，才能养成关护他人、关护社会的爱心。“当然，大学不是幼儿园，大学老师对大学生的爱，是一种更高层次的关爱。我们要关心他们的生活，关心他们的学习，关心他们的娱乐，关心他们的情感……教师付出自己的爱心，培育学生的爱心，爱心相通，爱心相连，让每一个学子在校园里汲取爱的甘露，培育爱的力量，便能洒向社会更多爱的涌泉。”

李占才对学生的关爱，更多地表现在关心他们的健康成长上面。“我喜欢与学生交流思想，进行心灵的对话。乐于为学生排解困惑、指点迷津，激励情志，启迪人生。”他的学生，都愿意与他交谈、交流和交往，有的已经成为“忘年交”，即便是十几年、二十几年前的学生，遇到问题，还喜欢来“讨教”一番。“我努力做到‘有求必应’，只要是‘解惑’，再忙也会抽时间‘说道说道’‘化解化解’‘宽慰宽慰’。”李占才还在新浪网上建立博客，又多了一个与学生交流的平台。而飞信、微信也都成为他与学生交流的工具。

学无止境，努力攀登治学高峰

与此同时，李占才潜心于理论钻研，注重科学研究，以科研带动教学、以科研引领教学，每一年都有著述出版或发表。他迄今已出版著作 20 多部（包括合著），其中作为教材使用的有 6 部；已发表论文近百篇，其中教学教改论文 10 多篇。他先后主持的科研项目有国家社会科学基金项目 1 项，国家教育科学规划项目 2 项，教育部招标项目 1 项，铁道部科技基金项目 2 项，上海市教育科学规划项目 1 项。他还荣获了科研成果获省级优秀成果一等奖 2 项、优秀教材一等奖 1 项、省级科技专著二等奖 1 项、省市级优秀成果三等奖 2 项、部级优秀教材中青年奖 1 项。1998 年他荣获国务院政府特殊津贴。他曾获得“同济大学第三届名师”称号和“师德师风优秀教师”荣誉称号、宝钢优秀教师奖、同济大学首届育才奖一等奖。

对李占才来说，教育的情怀不囿于一门一墙，应投放到广阔天地中。他走出校门，把自己所掌握的理论和知识奉献给广大干部、民众和其他学校的学生。他为上海市“干部在线”学习主讲“‘三个代表’重要思想概”论必修课程，积极备课，制作课件，分享在“干部在线”学习网上，获得参加“干部在线”学习者的好评。2004 年以来，他成为上海市东方讲坛特聘讲师，重点宣讲马克思主义最新理论成果和作“形势与热点”问题讲座。他还奔赴各区县、其他高校以及外地作报告、讲座。仅仅在 2013 年，他宣讲党的十八大、十八届三中全会精神，宣讲党的群众路线、解读“中国梦”等，有 60 多场次，效果良好，好评如潮。

2014年，李占才获评教育部“高校思想政治理论课教师2013年度影响力人物”。喜讯传来，再次引起同学们对他授课风采的热议，同学们说：“感谢您这位正直无私、热爱教育事业、热爱学生的好老师，在您的孜孜不倦教诲下，我们成长得很快。”

（辛中，2014年7月10日，第3版）

让新生走近“土木工程与土木工程师”——

土木工程学院在新生中开设“课程超市”

本报讯 经过高考洗礼的新生刚刚走进大学校门，一切都是新的，课程也是新的。是按照先前的做法在一年级仅仅开设英语、公共课，还是从入校第一天起就开始培养这些未来工程师？我校土木工程学院的做法是：尽遣院内外名师开设面向所有新生的“土木工程与土木工程师”研讨课，16位一线教授同一时间在教学南楼16间教室里齐整上阵，小班上课的“课程超市”就开锣了。“‘土木工程与土木工程师’课将延续8个学期，贯穿整个大学阶段。”该院主管教学的副院长赵宪忠介绍。第一学期安排的是新生研讨课，没有具体内容要求，只有议题设置，议题包括大学的适应性转换、什么是土木工程、土木工程师的知识能力素质要求、现代土木工程、职业发展与规划，加上主题研讨等等。记者拿到了10月15日上课教授名单：陈以一、何敏娟、顾祥林、陈世鸣、李国强、吕西林、葛耀君、朱合华、黄宏伟、童乐为、陈艾荣、李建中、刘曙光、赵宪忠、蒋欢军、熊海贝，都是学院教学中的“名牌”教授，在部分教授的课堂上，另外还聘请了5位土木工程实务专家做为课程嘉宾一同授课。

课程大纲给出的议题十分宽泛，“新生研讨课”如何上？走进课堂后记者发现，这里的世界很精彩。“什么是好的土木工程师？”顾祥林老师首先抛出问题，“每组出两位同学，演正反方，发表看法。”话音刚落，第一组的一位男生首先发言：“尽最大努力做到最好就是好的工程师。”随即，另一方有人站起来表示：“好的工程师首先应该对社会有所贡献，还要尽力让资源消耗最小化，还要从细处着手，土木乃百年大计也！”这位同学越说越顺，全班同学惊讶，然后掌声一片。接着，第二组、第三组、第四组，放开了的同学们争着抢着发言，顾老师始终笑眯眯地看着大家，最后他说：“美国工程院世纪初提出工程师的素质要求，内容包括：睿智像吉尔布雷思，解决问题能力像戈登·摩尔，科学洞察力像爱因斯坦，创造力像毕加索，决断像莱特兄弟，比尔·盖茨的领导能力，罗斯福的良知，马丁·路德·金的远见卓识，还有孩子般的好奇心。”

紧接着，顾老师讲述各种土木工程实例。住：住宅、办公、工厂、文化体育设施、商业社会服务设施等等，案例尽是世界范围内的著名工程；行：公路与铁路、桥梁当然是其中的重要内容，磁悬浮、隧道，同济参与的重大工程顾老师更是如数家珍。他说，土木工程还远不止这些，农业设施、堤坝、给排水，“土木工程涉及到道路、铁路、桥梁、隧道、港口、机场、楼房等各种设施的设计、建造和维护；建筑工程、交通土建工程、矿井建设工程、水利水运设施工程、城镇及建筑环境设施工程、防灾减灾工程、能源输送工程等都是广义的土木工程范围”。

外聘专家、上海城建市政工程有限公司高工王洪新的课堂则是另一幅景象。“如何当好一名好的土木工程师？首先要向大师致敬，然后要积累经验。”王洪新如是说。但是工程经验也不能一概教条化，因为A工程的经验用到B工程上，可能会不灵，这是因为环境条件都变了。怎么办？王洪新滔滔不绝，要有批判意识，更重要的是“善于将复杂的工程简单化，但做之前不能简单化”。王洪新列举亲身经历的一个个工程，上海世博园区透水人行道、京沪高铁……“我们在做一个铁路基坑时，突现涌水。”现场的工人立刻打来电话：“您的预见太准了，真透水了！用什么办法堵？”“让我想想。”王洪新最后给出的答案是：用振动锤套钢管桩套筒。很快，水止住了。接下来，王洪新介绍自己在实践中总结思考并给出一个个答案的工程案例、算法和公式，“哇！”“喔！”“好厉害！”同学们对这位来自一线专家的累累成果发出阵阵惊呼。“开设新生研讨课的目的，是要将学生的兴趣、热情和想象力全部调动起来。”顾祥林告诉记者，为了上今天的课，自己连国家基金委讨论“十三五”规划的会都请了假。“同一个主题，不同的老师上，不同的风采就会百花齐放，这门课的魅力也就在于此。”顾祥林告诉记者，同学的兴趣调动起来后，就开始做“属于自己的土木工程构筑物”了，届时交上来的作业一定也会争奇斗艳、令人期待的。

据了解，“土木工程与土木工程师”课，在接下来的几个学期里，会安排土木工程学科的内涵与发展、土木工程史与土木工程大师、伟大工程巡礼、工程科学与创新思维、重大工程案例分析与研讨、工程综合分析及社会影响等议题，院内外将会有更多专家走上讲台，本报也将持续跟进关注。

（程国政，2014 年 10 月 25 日，第 3 版）

同济大学“深海探索馆”开馆

面向公众普及海洋知识，增强全民海洋意识

本报讯 神秘莫测的深邃海洋，隐藏着多少不为人类所知的奥秘和奇妙景观？作为同济大学面向中小学生及社会公众普及海洋科学知识、展示深海科技新进展的又一重要基地，11 月 29 日，“深海探索馆”在国际设计一场（四平路 1230 号，阜新路 281 号）开馆，为广大公众揭开深海神秘面纱。该馆自即日起每周二至周日向公众免费开放，并接受团体预约参观。

中科院院士、我校海洋与地球科学学院汪品先教授，上海市科协党组书记、副主席杨建荣，我校常务副校长陈以一等出席开馆仪式并致辞。

深海探索馆占地近 500 平方米，包含“海洋纵览”“深海探索”“深海遨游”“海底观测”四部分内容，以大量声光电等现代化展示技术，赋予各展项生动性和趣味性，形象、直观、立体化呈现了深海别样迷人的世界，带给参观者全新的多感互动体验。

在深海馆徜徉，参观者不仅能欣赏到“黑烟囱”喷出的海底热液幻影、活跃在幽暗深海的大量珍奇生物、多姿多彩的有孔虫等海洋微体生物群等深海奇观，还能了解人类探索深海的进程以及深海最新科技与发现，观看《深潜的梦想》《探访深海》《蛟龙号载人深潜器》等多部短片，感知人类志在征服海洋的雄心与信心。参观者还能当一回深潜科学家，模拟在“蛟龙号”抓取深海样品，体验深海遨游的那份神奇……参观完毕，还可以深海多种美丽景观为背景，互动拍照，生成二维码，扫描后即可珍藏。

此次新建成开放的“深海探索馆”属于同济大学深海科普馆二期工程。早在 2008 年，同济大学海洋与地球科学学院就在学院楼内，建成国内首个以深海为主题的科普陈列馆。该馆迄今已接待百余个团体参观，参观总人数达数千人，现已成为上海市科普教育基地。一期工程和二期工程形成互补。未来还计划在同济大学海洋地质国家重点实验室临港基地，结合大洋钻探岩芯库建设，建设

深海科普馆三期工程。

“中国传统文化偏重于大陆文化，缺乏海洋文明，中国一直以来海洋意识都太薄弱。随着我国将‘海洋强国’提升为国家战略，中国社会逐渐认识到海洋的重要性。因此，向大众宣传海洋、普及海洋知识，加强全民海洋意识，显得越来越重要。”汪品先院士表示，同济大学海洋地质国家重点实验室作为我国国家级海洋科学研究、特别是深海研究的重要基地，有责任、有义务面向公众普及海洋科学知识，传播深海最新科学研究成果及科技，尤其是激发广大青少年对海洋科学的热爱、对深海大洋的兴趣。

开馆当天，来自同济大学附属存志中学、上海市格致中学、上海市昆明中学的近百名初高中生饶有兴味地前来参观。汪品先院士用生动形象、深入浅出的语言，为中学生作了科普讲解。

近年来，同济大学海洋地质国家重点实验室在海洋科普方面作出了一系列可贵的探索和实践，通过建立深海探索馆、编写海洋科普读物、举办海洋科普讲座、在重要学术会议上特设科普专题等一系列举措，面向社会各界广泛开展海洋科普工作。这些科普活动的受众从幼儿到大中小学生，还包括广大社会公众，产生了广泛的社会影响。

（黄艾娇，2014 年 12 月 5 日，第 1 版）

“榜样的力量是无穷的”

——听八旬教授陶松龄讲述规划人生

“榜样的力量是无穷的。”已是耄耋老者的陶松龄教授音色朗朗地说。11 月 28 日，陶松龄教授从事规划教育六十周年思想研讨会及《现代城市功能与结构》新书发布会举行。副校长吴志强及全国各地赶来的规划毕业生纷纷与会，文远楼阶梯教室座无虚席，站立者众。“记得刚去波兰留学时，经过八个月的语言培训。期间组织去波罗的海畔农场参加采收土豆的劳动。三周的劳动下来，十个手指头九个都冻裂了。”陶松龄老师以“求道、授道、悟道”为题，讲述了自己求学成长、发展及参与各地规划的经历。他说，我很幸运，亲耳聆听过梁思成、陈占祥、华拦洪和吴景祥、钟耀华、金经昌、冯纪忠、李德华等老师的教诲，他们渊博的知识和学者的风范深深影响了我；他们亲切、善良、睿智与幽默使我难以忘怀。

那个年代，提倡年轻人要“又红又专”，它的内涵是什么，核心是什么？陶老师说，当时我的认识还是比较模糊的，但榜样的力量是无穷的。陶老师的心里，红是方向，专是内涵。他说，回国后的同济日子里，历任校长都是自己的榜样：李国豪校长的“爱国、拼搏和勇于担当”精神，力争南浦大桥中国人自己设计、制造，力保宝钢的建设，多次提出建设东海大桥和洋山深水港；江景波校长的“牧马人精神”，吴启迪校长的“一流的城市需要一流的大学”观点时时刻刻都在影响着自己。“改革开放了，我也人过四十了，担子重了、职务多了、走动多了、阅历也广了。”陶松龄仿佛说着昨天的故事，赶上了大发展的时代，我成了光荣的共产党员，从教研室、系主任到学院院长，当然要带领大家一起干：1982 年，开创举办全国第一个城市规划局局长培训班；1989 年，城市规划专业的教育改革获国家教育成果“特等奖”，代表学校在人民大会堂领奖；1998 年，顺利通过教育部专业评估，一举获得六年免检。那时，编教材、搞规划，“我很喜欢与同学在一起，讨论方案，现场调研，一起解决实际中的许多矛盾。师生结合，其乐融融”。陶松龄说，独乐乐不如众乐乐，教师尤其如此。

自己有一缸水，才能流畅予人一碗水，所以教师的知识必须随时更新才行。陶老师说，我每天阅读大量报纸杂志，从大众媒体中敏锐捕捉到城市发展的现象。一摞报纸，一把剪刀，伴随我的学术人生。报纸里有变幻无穷的城市新气象，有城市发展的轨迹，有城市转型的信息，陶老师笑眯眯地说着自己讲授“现代城市功能与结构”这门课的秘籍：“吸收新鲜的养料，课程就接地气，就有活力，同学们就爱听。”他说，现在看来，编写这本书，是我们长期教学、科研的积累集锦，我充分领会到“厚积薄发”的乐趣。

讲台上的陶老师娓娓道来，下面的“老学生”（大多是 80 年代的学生）听得入迷，听到兴奋处，会心地对着讲台递个笑靥；拿起相机拍张照，微个信。这些“老学生”，现在有的是省规划厅的总规划师，有的是规划局的局长，更多的是成就显著的专家，但他们今天都只有一个身份：陶老师的学生。时光仿佛又回到了“知识就是力量”“为中华振兴而读书”的上世纪 80 年代。

陶老师的课还在继续。卸任院长后，陶松龄将精力全部投入到教学与科研工作之中，相继完成了包括“绍兴城市发展战略规划”“南宁城市发展战略规划”“潍坊市城市总体规划修编”等在内的一大批研究工作。

绍兴规划如何做？绍兴夹在杭州、宁波之间，规划必须更新观念、错位发展。做好水文章，融入长三角，因此规划提出“绿心”的概念，把“小绍兴”建设成“大绍兴”，“镜湖开发区”由此而生，现已实施，新区人口现已超过 15 万；而广西南宁“东不东，西不西”，必须东西联动，变北上为南下；背靠云贵川，面向东南亚，于是规划提出“东盟 + 中国总部”所在地，这个规划目标今天已经实现，东盟的总部已经落户南宁，总部经济在南宁凸显出越来越热的聚焦效应；山东潍坊规划如何具有批判性、创造性？经过深入的调研和论证，我们的方案决意跳出老城一路向北，现在，“决意向北，鸢飞潍坊”的规划让城市布局得到很好的优化，紧凑型、开放式空间形态受到各方好评，潍坊“滨海新区”现在已经模样初具。吴志强评价说：“只有本土的，才是世界的，建设中国的城市规划理论，只有像冯纪忠、金经昌、李德华、陶松龄这样一代代肩负使命感的中国学者来完成。陶先生敏锐地从大众媒体中捕捉城市发展的脉络、动力，一摞报纸、一把剪刀，伴随着他的学术人生，之间则是他那双平日里笑眯着的眼，这双眼在捕猎城市最新现象时，则变成了一双有着几十年猎获经验的锐眼。”

这不，讲台上，陶老师拿着“新常态”的两篇报道，又说开了：习总书记在亚太经合组织峰会上的讲话、李克强视察上海自贸区的鼓励话语，给规划人带来哪些施展拳脚的空间，虽已鹤发但依旧童颜的陶老师陶醉在自己的话语世界里：耄耋，但站着讲课。他说：“站着讲课是老师的本分，92 岁高龄、拄着拐杖的吴良镛院士依然站着讲课，这叫‘行为世范’。”于是，坐在台下的学生们看着自己的八旬陶老师站着讲了一个多小时的课。

听完陶松龄老师的讲课后，吴志强饱含深情地说：“陶老师开创了同济规划的很多第一，每天的新闻都是他教学研究的素材。1997 年秋天，刚刚回国的我在学院门厅里，碰见一批研究生从课堂出来，兴奋地对我说，陶先生今天拿着一张昨天的报纸，就讲了两堂精彩绝伦的城市规划空间结构的思想课。”吴志强说，当时情景至今还历历在目，这些智慧的火花如今都在《现代城市功能与结构》中结晶了，“从金经昌、冯纪忠、李德华到陶松龄，同济规划代代相传，生生不息”，吴志强说，那是因为同济有一批又一批学为人师、行为世范的好老师。

话音落处，掌声响起。老学生们鱼贯上台，表达对老师的祝福：复旦大学城市生态规划与设计研究中心主任王祥荣和无锡市规划局副局长尤志斌作为校外嘉宾代表先后发言，校内教师代表建筑系卢永毅宣读了李德华教授的贺词，城市规划系赵民和王德也先后发言。之后，报告会主办方——城市规划系杨贵庆主任发言并宣读了阮仪三教授的贺词，耿慧志代表城市规划系全体教师向陶老师献花，陶松龄向学院图书馆和各位来宾赠书。

身处其中的记者，也被其乐融融的“家庭”气氛深深地感染了。此时天幕已降，手机屏幕格外亮闪地彼伏此起，微信群里、课堂上早就互动成了一片，欢声笑语一片；屏幕上，点赞的大拇指一片，那情景自然让人想起“桃李不言，下自成蹊”的老话，感动并温暖着师生。

（程国政，2014年12月15日，第2版）

中共中央任命杨贤金为同济大学党委书记

本报讯 12月23日，学校在逸夫楼报告厅召开全校教师干部大会，中共中央组织部干部三局巡视员、副局长陆国强在会上宣布了中共中央关于同济大学党委书记任职的决定，杨贤金同志任同济大学党委书记（副部长级）。

教育部党组副书记、副部长杜玉波，上海市委常委、组织部部长徐泽洲出席大会并讲话。教育部人事司副司长魏士强，上海市委组织部副部长陈皓，上海市教卫工作党委副书记虞丽娟，以及中组部、教育部、上海市委组织部、市教卫工作党委的有关负责同志也出席了会议。校长裴钢主持大会。

陆国强在宣读任职决定后讲话。他指出，中央的这一决定是从中管高校党委书记队伍建设全局和同济大学的实际出发，根据工作需要和推进干部交流的精神，经过通盘考虑、慎重研究做出的。

陆国强表示，杨贤金同志政治上坚定，坚持社会主义办学方向，认真贯彻党的教育方针，能够从大局出发考虑问题，长期在高校从事教学、科研和领导工作，熟悉高校办学规律和工作重点，有较强的组织领导能力和较丰富的党务工作经验，处事果断，敢于担当，注重解决实际问题，推动工作和抓落实的力度比较大。杨贤金同志工作勤奋投入，能够把主要精力用在学校的管理工作上，经常深入基层，热情服务师生，为人正派，与人为善，要求自己比较严格。中央认为杨贤金同志担任同济大学党委书记是合适的，相信大家一定能够把思想统一到中央的决定精神上来，全力支持贤金同志的工作，也相信杨贤金同志一定能和裴钢校长及其他校领导班子成员一起，团结带领全校教职员工同心协力、奋发进取，推动学校各项事业更上一层楼。

陆国强强调，在新的历史阶段，希望学校领导班子进一步深入学习、领会党的十八大和十八届三中、四中全会精神，深入学习贯彻习近平总书记系列重要讲话精神，全面贯彻党的教育方针，进一步发挥自身的特点和优势，着眼于国家全面深化改革的总体战略和依法治国的基本方略，牢牢把握高等教育发展的新形势、新机遇，以更强的凝聚力、战斗力和创造力，早日实现建设以可持续发展为导向的世界一流大学的愿景，为我国高等教育的改革和发展，为培养更多的中国特色社会主义事业建设者和合格接班人作出新的、更大的贡献。

杜玉波代表教育部党组表示完全拥护中央的决定。他指出，同济大学是一所历史悠久、底蕴深厚、特色鲜明的高等学府，在我国高等教育总体布局中具有举足轻重的地位。近些年来，学校紧紧抓住高等教育发展的历史机遇，充分利用部市共建的政策优势，坚持深化改革、锐意进取，学校人才培养、科学研究、社会服务、文化传承创新等各项事业取得了突出的成效，特别是在主动对接国家与区域战略、服务经济社会发展方面形成了鲜明的特色，树立和展示了同济大学的良好形象。这些成绩的取得离不开历届领导班子的不懈努力和全校师生员工的团结奋斗，也凝聚着周祖翼同志的智慧、心血和汗水。今年 8 月，因担任更为重要的工作，中央决定周祖翼同志不再担任同济大学党委书记。周祖翼同志在同济大学学习、工作了多年，对同济大学有着非常深厚的感情。2011 年 11 月任同济大学党委书记以后，与裴钢同志密切配合，与全体班子成员一起勤奋工作，坚持抓大事、把方向、谋全局、聚人心，做了大量富有成效的工作，推动学校改革发展不断开创新的局面。借此机会，代表教育部党组对周祖翼同志为同济大学改革发展付出的辛勤劳动和作出的重要贡献表示衷心感谢。

杜玉波表示，杨贤金同志综合素质好，长期从事高校党政管理工作，先后担任天津大学党委常务副书记、华东理工大学党委书记，积累了比较丰富的办学治校经验。他政治立场坚定，熟悉高等教育办学规律，思路清晰，视野开阔，顾全大局，敢于担当，有较强的组织领导能力和处理复杂问题的能力，敬业投入，朴实稳健，作风民主，严于律己。相信杨贤金同志一定会不辜负中央和教育部党组、上海市委的重托，不辜负同济大学干部师生的期望，与裴钢同志密切配合，团结带领班子全体同志和广大师生员工，不断推动同济大学各项事业不断实现新的发展。希望同志们把思想统一到中央决定上来，全力支持杨贤金同志的工作，齐心协力把学校的各项事业、各项事情办好，让中央放心、让师生满意。

杜玉波指出，大学要始终与国家发展、民族振兴同向同行。党中央、国务院历来对同济大学寄予厚望，希望同济大学深刻认识高等教育肩负的历史使命，深入贯彻落实党的十八大以来中央对教育事业提出的目标、任务和要求，主动适应新形势、新变化，坚持内涵式发展道路，深化教育领域综合改革，完善内部治理体系，推进依法治校，不断开创学校事业发展的新局面。

杜玉波强调，办好同济大学，关键在把领导班子建设好。希望同济大学领导班子深刻把握党要管党、从严治党的要求，切实加强党的基层组织建设、思想政治建设和自身的能力建设，为同济大学的发展提供坚强的组织保障。当前要严格按照中央的要求，开好年度领导班子民主生活会，并以此为加油站，持续努力，久久为功，推进集中改四风、转作风转为经常性的作风建设，形成作风建设新常态。他希望同济大学新的领导班子团结带领全校师生员工振奋精神、开拓创新、奋发有为，推动学校各项事业在新的起点上再创新的辉煌，并祝愿同济大学师生在各自岗位上不断取得新业绩、新成就。

徐泽洲代表上海市委完全拥护中央的决定，并对杨贤金同志担任同济大学党委书记表示衷心的祝贺和热烈的欢迎。他表示，杨贤金同志政治立场坚定，党性观念强，有多岗位领导工作经历，党务工作经验丰富，思路清晰，作风务实，组织领导能力强，为人正派，待人诚恳，自我要求严格。中央决定杨贤金同志任同济大学党委书记，体现了中央对同济大学的重视和关心。

徐泽洲指出，多年来，同济大学为全国尤其是上海培养和输送了一批又一批优秀人才，成为推动和引领经济社会科学发展的骨干力量。他代表上海市委对同济大学历任领导班子和广大教职员工表示衷心感谢，并对调整后的同济大学领导班子提出三点希望：一是希望同济大学认真贯彻中央和市委的要求，持续提高教学质量和办学水平；二是希望同济大学继续发扬团结进取的优良传统，进一步打造坚强有力的领导班子；三是希望同济大学充分发挥自身优势，为上海的经济社会发展做出更大贡献。他同时表示，上海将一如既往地重视和支持同济大学的改革发展，积极为学校实现战略发展目标创造有利条件。

杨贤金表示，坚决服从中央的决定，衷心感谢中央的信任和重托，感谢中组部、教育部党组、上海市委的肯定和关心，感谢全校师生的接纳和支持。他说，同济大学办学历史悠久，文化底蕴深厚，综合实力一流，建校一百多年来，始终与祖国共命运、与时代同发展，走过了一条同舟共济、自强不息的奋斗之路。经过一代代同济人的不懈努力，已经发展成为一所特色鲜明，具有国际影响力的综合性、研究型、国际化大学，培养造就了一大批杰出人才。到这样一所优秀的大学任党委书记，使命光荣，任务艰巨，责任重大，必须要努力做到加强学习、修身立德、倾情投入。

杨贤金表示，一要努力学习，提高治校理政的能力和水平。当前，特别要学习好习近平总书记系列重要讲话精神，准确把握我们党在新的历史条件下治国理政的新理论、新论断、新要求；认真学习中央关于高等教育改革发展的论述和要求，把握好高等教育发展的规律，学习法律知识，牢固树立法治意识，提高以法治思维和法治方式处理问题的能力，做到依法治校、按章办学；要多读书、读好书，通过读书拓展视野，完善自身的知识结构；要向师生学习，向班子的同志们学习，向老同志学习，好好学习学校的历史和传统，自觉接受学校文化的熏陶，不断传承和发扬学校的优良传统。二要全身心投入，认真履行职责。要坚定不移把握好社会主义办学方向，坚持和完善党委领导下的校长负责制，与裴钢校长紧密配合，把深化综合改革，推动内涵发展作为第一要务，加快建设以可持续发展为导向的世界一流大学；围绕立德树人这一根本任务，聚精会神抓好党的建设，把抓好党建工作作为自己的第一责任，把从严治党的要求落到实处，巩固和拓展党的群众路线教育实践活动成果，加强领导班子和干部队伍作风建设，努力营造团结和谐稳定、风正气盛心齐的干事创业氛围，把党风廉政建设的主体责任放在心上、扛在肩上、抓在手上；坚持科学决策、民主决策、依法决策，充分发挥广大师生员工的积极性、主动性、创造性；以社会主义核心价值观为引领，坚持弘扬大学精神，大力营造积极向上的文化氛围，努力营造让师生愉快工作或学习的环境，扎扎实实做好事关师生切身利益的每项工作，准确把握新形势对高校的新任务、新要求，推进学校更好地为国家和上海市经济社会发展大局服务。三要努力践行"三严三实"要求，发挥表率作用。加强党性修养，忠诚党的事业，严格遵守党章，自觉加强党性锻炼和作风养成，做到自重、自省、自警、自立，始终从严要求和约束自己；遵守党的政治纪律、组织纪律、廉政纪律，在思想上、政治上、行动上和党中央保持高度一致，把党的纪律作为高压线，干净干事，敢于担当，时刻提醒自己，严格要求自己，保持健康的生活方式和工作方式；自觉接受监督，把权利运行放在师生的监督之下，虚心接受批评意见，把师生作为自己最好的镜子，及时清除思想上的灰尘，仰望星空，脚踏实地，干实事解难事，堂堂正正做人，老老实实做事，切实把"三严三实"的要求内化于心、外化于行。

裴钢代表全校师生员工对中央的决定表示坚决拥护，对中组部、教育部、上海市委关心支持同济大学发展表示衷心感谢。他说，此次选派杨贤金同志到我校担任党委书记，是从学校的发展大局出发，经过较长时间酝酿的，充分显示了中组部、教育部党组和上海市委对同济领导班子建设的重视以及对学校事业发展的关注。杨贤金同志长期在高校工作，先后经历多个岗位锻炼，是一名具有丰富教学、科研及管理经验的专家型管理干部。相信杨贤金同志的到任必将推进同济大学新一轮综合改革发展。作为校长，将和学校领导班子其他成员一起，全力支持杨书记的工作，坦诚相见、相互信任，发扬“同舟共济”的优良传统，党政班子密切配合，促进精诚团结，认真贯彻党的十八大、十八届三中、四中全会和习近平总书记系列重要讲话精神，与全体同济人一起，共同推进学校各项事业发展，为早日建成以可持续发展为导向的世界一流大学而努力奋斗。

裴钢强调，同济大学目前正处于改革发展的攻坚克难时期。学校将根据中央深化教育领域综合改革的要求，紧紧围绕建设以可持续发展为导向的世界一流大学这一主线，从完善大学法人治理结构、师资人事制度、资源管理模式、行政服务体系、人才培养、科学研究等六个方面入手，坚持立德树人，以人才培养为中心、培养引领可持续发展的专业精英与社会栋梁；坚持激发活力，释放与激发学术组织、院系、教职员工、学生的活力；坚持学术优先，确保教学与科研的优先地位与学术权力保障；坚持质量导向，全面提升办学水平；坚持统筹兼顾，处理好改革、发展与稳定的关系；坚持以可持续发展为导向的办学特色。加强前瞻性战略谋划，强化问题导向、需求导向。深入落实国家教育体制改革试点项目，积极推进试点学院建设。

同济大学党政领导班子成员、党委委员、纪委委员、中层干部、民主党派负责人、群众团体负责人、院士、部分教代会代表、教师代表、离退休同志代表等 300 余人出席会议。

杨贤金同志简历：

杨贤金，博士，教授，博士生导师。1962 年 12 月出生，1980 年 9 月至 1984 年 7 月，天津大学机械系金属材料及热处理专业本科生；1986 年 9 月至 1989 年 6 月，天津大学材料科学与工程系硕士研究生；1997 年 9 月至 2000 年 12 月，天津大学生物医学工程专业在职博士研究生。1984 年 7 月至 2011 年 11 月在天津大学从事教学、科研及管理工作，1998 年晋升教授。历任天津大学材料科学与工程学院院长，天津大学党委副书记、党委常务副书记（正局级）。2011 年 11 月至 2014 年 12 月任华东理工大学党委书记。2014 年 12 月起任同济大学党委书记（副部长级）。

主要从事金属材料表面处理及其生物医学应用等研究。主持完成了科技部国际合作项目、国家自然科学基金、天津市重大科技攻关项目、天津市自然科学基金等十余项。在钛合金表面生物活性化及其性能表征、钛合金表面制备二氧化钛纳米管阵列及其应用方面取得了多项研究成果和专利，在国内外期刊发表研究论文 130 余篇，曾获天津市自然科学奖二等奖、天津市科技进步奖二等奖。

（童轩，2014 年 12 月 25 日，第 1 版）

2015 年

营造温馨教师之家

——我校教师发展中心特色主题活动小记

看到邮箱内显示发件人为“tjfsd”、主题为“教师沙龙邀请函”的邮件，长江学者、材料学院李新贵教授总是急切地打开，遇上他感兴趣的话题，他总是即刻发送回执，提早预留好时间，准时参加。

“参加了几期活动，感觉特别好，能直接与校领导面对面交流，主题很契合我们老师们的需求，机会很难得，特别感谢学校教师发展中心为同济老师们做了一件大好事。”李新贵告诉记者，他对 2015 年第一期主题为“同济大学综合改革”的午餐沙龙，格外期待。

如今，像李新贵教授这样密切关注、热衷于参与教师发展中心相关主题活动的同济老师越来越多。

作为同济大学正着力打造的全方位服务教师的平台，教师发展中心自 2011 年在原教师培训中心基础上成立以来，在开展教师能力提升培训的同时，首推一系列有声有色的特色主题活动，引来同济教师们纷纷为之点赞叫好。

回应教师关切，“教师沙龙”渐成品牌

2014 年 12 月某日的中午，综合楼一楼，教师发展中心的活动交流基地，一场热烈的讨论会正在进行中。“如何当一名好老师？”“学生不来上课怎么办？”……大家围桌而坐，气氛轻松，老教师们有感而发，30 多位新教师正洗耳恭听。

“课前设置 test and thinking 问卷鼓励学生事先预习，课上学习小组鼓励学生积极探讨，课后布置思考题激发学生拓展思维，可促进学生的出勤率和上课的积极性。”这是医学院崔映宇老师的经验之谈。

“我们还可以通过丰富课堂形式，与学生建立平等亲切的师生关系，来提高课堂出勤率。”法学院胡洁人老师这样建言。

自2012年12月首期“教师沙龙”登场以来，两年来，像这样每期聚焦一主题的沙龙活动业已累计举办30多期，沙龙已在同济教师中积聚了高人气，有不少老师已成为沙龙的常客。

人事处、教师发展中心负责此项工作的郑沁露老师对此深有体会：“近一年来，每次沙龙邀请函一经发出，回执就源源不断，基本上一个小时内所有座位都已订完。像这次大家都关注‘综合改革’，更是‘秒杀’，5分钟后就订不上了。我们不得不尽可能增加座位，最大限度满足老师需求。”她还介绍说，每次参加沙龙的新面孔还在增多，参与者基本上覆盖到了所有学院和部门。

教师沙龙有如此吸引力，源于老师们深感从中受惠、获益。看每一期沙龙精心设置的主题：教师如何推进协同创新研究、如何提升科研能力、如何提高沟通能力、如何开展国际交流合作、同济文科发展方向和政策、青年教师职业生涯规划……这些主题无一不是与当前同济教师的成长、发展的迫切需求紧密相关，校领导、相关职能部处负责人亲临现场解读，资深教授现身说法，为青年教师指点迷津……

不单是面向学校的专任教师，教师沙龙还为学生辅导员、管理人员、教辅人员等特定群体量身定制专场沙龙，聚焦有针对性的专题。

给予人文关怀，主题活动不断丰富、出新

只需填写一份《微型教学咨询申请表》，发送到教师发展中心邮箱，即可预约“与名师面对面”，在同济名师一对一指导下，改进课堂教学，提升执教能力。这是近日教师发展中心面向全校教师、尤其是入职时间不长的新教师新推出的“微型教学咨询服务”。

预约后，教师发展中心将为教师拍摄15至20分钟的现场教学录像，请同济经验丰富的导师回看该教师教学录像，与该教师共同讨论，指出其不足，提出改进意见。

如此细致入微、温暖贴心的服务，源于对同济教师成长和发展的真情关怀。

紧扣当前教师们的普遍需求，给予教师充分的人文关怀，不断创新活动形式，不断丰富、拓展活动内容，教师发展中心接连推出一系列主题活动，响应者纷至沓来。

“学院开放日”力促跨学科交流。继土木工程学院、医学院开放日之后，近日，交通运输工程学院面向校内兄弟院系敞开大门，观实验设备、听科技成果汇报，

不同学科背景的教师走到一起，零距离对话，跨学科合作的项目越来越多……听古典音乐、赏高雅艺术、品经典图书……教师发展中心还联合校工会、青年教师联谊会，开办“人文艺术沙龙”“读书沙龙”，邀请艺术家、学者作讲座，为青年教师展现人文艺术的魅力，着力提升其人文素养。

“管理人员能力提升培训”，近百名管理人员，40个学时，增强管理人员对自身管理岗位的责任感及对学校的归属感，激励他们更好地为广大师生提供优质服务。

“如果您有特别关注的热点议题，请您告知我们，我们会尽力为您安排。”如主题活动邀请函中所言，议题自下而上收集，普通教师的一份建言很可能成为下一期活动的主题。

建立协同机制，让“服务教师”成为常态

“我第一次参加活动，感觉非常好。感谢学校提供这样的交流和学习机会！”在第一次参加完午餐沙龙的活动后，交通运输工程学院王松教授给教师发展中心发来邮件表达感谢，还热情建言献策。

“教师发展中心发来的每一封邮件我都会打开阅读，参加了几期活动，很有收获。”环境学院孟祥周老师说，他还经常动员身边年轻的同事只要时间允许，尽量多参加。

教师发展中心何以能在不长的时间内，赢得众多教师们的关注和认可？“教师发展中心面向教师推出的这一系列活动，都不是做面子工程，而是把‘关心教师’‘为教师服务’的理念真正落到实处，注重实效。”副校长吕培明说，两年多来，教师发展中心想同济教师之所想，从教师们当前的实际需求出发，在促进教师教学能力、科研能力提升，推动教师跨学科交叉创新，给予教师充分的政治与人文关怀等方面，作出了一些积极的探索与实践，得到全校大批老师们支持，收到了比较好的反响，这为教师发展中心今后的工作带来了更大信心。

吕培明说，教师是学校最宝贵的人才资源，学校非常重视教师发展中心工作，将全力支持中心的建设与发展。教师发展中心活动基地逐步固化，四平路校区是在综合楼一楼，嘉定校区的活动基地正在落实中。

要为同济教师做好全方位的服务，仅仅依靠教师发展中心的力量还远远不够。吕培明表示，教师发展中心还将联合教务处、科学技术研究院、文科办、学生处、研究生院等学校多个职能部门，建立协同工作机制，共同为同济教师群体的事业发展助力。

“建设同济教师发展中心，无现成经验可循，我们正处于探索尝试阶段。”吕培明说，欢迎学校教师，特别是有过国外留学经历的教师们，为同济教师发展中心的建设出谋划策。“我们希望举全校之力，打造具有同济特色的教师发展中心模式，为同济教师营造一个温馨家园。”

（黄艾娇，2015 年 1 月 10 日，第 1 版）

“微时代”，在“微平台”上汇聚青春正能量

校团委依托“青春同济”微信号打造“微文化”品牌

1 月 12 日，国内某著名传媒集团推出的《中国高校微信排行榜》上，“青春同济”微信号在中国高校同类微信号阅读总量排行榜上名列第五。据悉，根据以往多个相对权威的排行榜显示，“青春同济”微信号一直名列中国高校同类微信号前茅，在上海高校中数一数二。

“青春同济”微信号为何人气这么高？记者找到了幕后的运营团队，一探究竟。

贴近学子生活

打开手机微信，查找公众号，输入“qctjwx”，就能找到“青春同济”微信号。

“青春同济”设有导航栏，分三大板块——“同济资讯”“青春同济”和“校园服务”，涵盖了“同济创业谷”“新生必知”“拾光济忆”“Myouth”“绿色校园”“天天向上”“one day”“精彩生活”“地铁出游”“校区指南”“校区班车”“教务校历”“电费查询”“勤工就业”等栏目和资讯，方便用户根据个性化需求，快捷查阅。

自 2014 年 1 月上线以来，“青春同济”受到了同济学生、老师的广泛关注，截至目前，关注用户数超过 15000 人。

“青春同济”的粉丝每天都会收到一次推送的信息，周一至周六除了一篇头条外，还有 3 至 7 篇消息，周日坚持原创特刊 1 篇。信息主要源于对学校新闻网和各部门的资讯、粉丝的分享以及对《人民日报》、团中央、团市委、上

海发布等主流媒体的信息的编辑、加工和整理等。

运营一年以来，“青春同济”共推送了300余组图文信息。“去年9月，新生入学时，‘青春同济’推出了新生系列指南，让新生在入学的第一时间感受到学校的服务与关怀，接着‘青春同济’推出了‘新生数据报告’和‘同济人姓名大调查’，总计超过50000人阅读了这些报告。”“青春同济”运营负责人、校团委副书记顾旭峰以此为例，阐释了什么样的信息受学子关注。“原创性的、与同学生活息息相关的，特别是图表化的信息，受到同学们关注较多。”

“青春同济”的工作团队现在可谓“兵强马壮”。据介绍，经过精心挑选，“青春同济”组建了一支平均年龄20岁左右的分工明确的学生团队。团队成员理工文俱备，横跨四平路校区、嘉定校区。

“能够运用所学参加学校新媒体建设，服务学校师生，我倍感荣幸，在这个过程中，我的综合能力也得到了锻炼和提高。”团队成员之一、电子与信息工程学院2013级研究生陈顾远这样说道。

传递青春正能量

阅读“青春同济”推送的信息已经成为化学系2011级学生周佳俊每天的习惯之一。他说：“‘青春同济’传递了青春正能量，帮助青年学子树立了积极的人生观和价值观。”

去年10月，“青春同济”推出“核心价值观之聚沙成塔”社会主义核心价值观主题游戏，受到了我校学子的欢迎。参与者通过玩游戏，就可以快速掌握“富强、民主、文明、和谐，自由、平等、公正、法治，爱国、敬业、诚信、友善”社会主义核心价值观的内容，团中央学校部通过其官方微信专门向全国团员青年推荐了该项游戏。

去年9月30日，我国首个烈士纪念日当天，“青春同济”发起了一场通过手机平台向烈士致敬的活动——“青春永镌烈士魂，同济天下中国梦”。参与者可以通过微信平台给烈士敬献花圈，表达敬意。活动上线短短半小时，就有近500人参与，同济青年纷纷留下自己的爱国宣言，向先烈们致敬。

此外，“青春同济”还通过开设“奋斗的青春最美丽”“他山之石”“校友风采”等栏目，让青年学生获得榜样力量和成长借鉴，并通过朋友圈分享，将正能量越传越广。

打造微文化品牌

“把微信号运营好，感触最深的地方在哪里？”记者问“青春同济”团队。

“要广泛调研，动态调整，不断创新。”团队回答。

成立以来，“青春同济”坚持每月进行用户体验调查，了解同学们的切实需求，不断调整和优化栏目设置、推送内容，持续优化用户体验，满足同学们的学习和生活需求，打造微文化品牌。

《文化为邦本，本固则邦宁》《同济，你国际化了没？》《We Media in 济——自媒者说》等“青春同济”推送的文章给粉丝留下了深刻的印象。《文化为邦本，本固则邦宁》表达了对待传统文化要坚持“古为今用、推陈出新”的原则，要认真汲取思想精华，做好创新性发展；《同济，你国际化了没？》提出要实现高水平的国际化，学校任重而道远；《We Media in 济——自媒者说》说到，我们身边有不少校园自媒体人，他们用自己的镜头、文字观察世界，传递属于青年人的声音……“这些文章传达了一种价值取向，让‘青春同济’的文化品牌形象更加丰满。”材料科学与工程学院 2010 级学生郎泽军说道。

“青春同济”还主打“绿色校园”牌，团队制作了《今天你光盘了吗？》动画 FLASH，创意十足的光盘创意海报甫一上线，就得到了学子们点赞。线上宣传与线下活动有机结合，校园内涌现出一大批“光盘达人”，校园里刮起了一股“低碳风”。

“我们希望通过对文字、数据、视频等信息的深入编辑和精心加工，让‘青春同济’成为全方位展现百年同济的青春活力和同济青年风采的全媒体平台。”校团委书记刘润这样说道。

（喻娟，2015 年 1 月 20 日，第 1 版）

我校全面改革研究生导师制度

由制定标准管门槛改为动态监控盯质量

本报讯　“如果说以前我们拿的是尺子和过滤器的话，现在我们拿的则是质量检测仪和放大镜。”我校研究生院学位办负责人李兰这样介绍即将在全校推开的研究生导师制度改革。

据介绍，研究生导师遴选制度是我国改革开放以来实行的一项重要制度，它为我国高层次人才培养发挥了重要作用。但是在执行过程中，往往是学校严把入门关，导师一旦入选即进了“保险箱”，这种做法给研究生人才培养带来了一些负面效应。尤其是随着我国高层次人才的不断涌现，导师队伍不断壮大，暴露出的问题也越来越多。例如科研上，现在很多年轻讲师的科研水平和成果都不比当年的教授逊色，但限于职称原因不能指导研究生；再如，一般而言评上教授理论上就具备了当博士生导师的水平，但按现行制度还要接受资格审核才行；此外在实践中也发现，有的教授缺乏担任导师的能力，但由于缺少退出机制，他们只能勉为其难。种种问题都要求高等教育界改革现行的做法。

同济在这方面率先进行了探索，学校下发了《关于开展研究生指导教师改革工作的通知》，确定的总原则是：由原来的资格审核与标准制定改为动态监控和质量监督。改革举措可以归纳为三个方面：一是将研究生指导教师资格与教师职称并轨，即“两岗合一”，获得学校评聘的副高及以上职称的教师理论上都具备担任博士生导师的资格，获学校评聘的中级以上职称（助理教授、助理研究员）教师都具备硕士生导师资格；二是研究生指导教师资格与招生资格分离的“两权分离”，即每年根据教师的学术成果、科研课题经费、指导研究生能力及绩效考核评价情况确定是否列入下一年度招生导师名单；三是学位评定分委员会根据相关文件自主审核确定研究生指导教师招生资格，并加强考核评价机制，保障导师在培养研究生中的责任与权利。与此相适应，学校则将主要精力转为激励与问责上来，政策激励措施制定与质量监督检查是学校层面的重点工作。

据了解，关于研究生导师招收研究生，除了大家熟知的一些基本条件之外，《关于开展研究生指导教师改革工作的通知》还强调了“原则上指导教师稳定在一个一级学科范围内的一个学位点上招收研究生；申请跨学科招生必须经跨学科所在学科委员会审核同意方可”。如果研究生学位论文被抽检评议为不合格，限制招生 1 至 3 年；学术不端、或教学指导中行为不当（受到投诉、举报或行政处分）者视情况限制或停招研究生等等。

李兰介绍说，导师有没有高水平的课题给学生做是能否招生的关键之一。以前，裁定的尺度都在学校研究生院，所以院系常常把问题上交。其实，院系中各学科的同仁们才是最了解每个导师情况的人，现在把招生导师的名单确定权力下放到各院系学科去，最大限度地保证了有课题、有带研究生能力的导师发挥作用，学校的工作重心就转移到了质量掌控和动态监督上来。“博导、硕导也从原来的泛荣誉化、光环化变成了日常的一项普通工作，回归本位了，不会像以前那样评个博导就退休，有其名无其实了。”她说：“现在，我校现具有博士研究生指导教师资格的近 1300 人，但教育部每年分配给我校的博士生招收名额只有 900 人。这样一来，必须竞争上岗，带来的是能者上的良好局面。”

据了解，我校土木工程学院（试点学院）、经济与管理学院、机械与能源工程学院等多个学院已经按照这一思路先行先试地开展研究生导师制度改革了。机械学院副院长阊耀保介绍，机械学院有 40 人左右的导师队伍，每年招收硕士生 200 人、博士生 30 人。这样一来，每年都有 10 人没有博士生可带。用什么政策调动导师的积极性？学院规定：拿出 10 个博士生名额分配给那些手头在研 863、973 项目的导师；剩下的 20 个博士生名额，根据学科比重和导师个人的考核成绩进行分配。对于考核成绩在最后的导师，第二年停招博士生。阊耀保说，学院里所有老师对这项政策都表示大力支持，说政策公开透明好。政策实行后，学院里博士生导师指导研究生更加用心了，有的导师主动资助博士生的生活费，有的导师争取资源为研究生改善学习和试验条件。这些行为也提升了研究生们的科研热情。阊耀保介绍说：这一改革举措已经拓展至中德、中德工程、汽车学院和轨道研究院的车辆工程专业了。

研究生导师制度改革对文科院系会产生什么影响？研究生院负责人表示，学校制定这项政策是面上的，文科与理科、工科的特点有较大不同，学校相关部门需要加强分类指导，研究相应的具体措施，进一步调动文科导师的积极性。“培养出高素质的学生，锻造出高水平的学科，产出高质量的成果，这才是这项改革的最终目的。”

研究生院常务副院长雷星晖教授介绍，研究生导师制度改革目前正在向全校推广。根据安排，今年 3 月全校各学位评定分委员会上报《研究生指导教师招生资格认定及招生名额分配办法》，6 月份分委员会上报 2016 年导师名单，学位办公室备案并在 7 月完成导师名单及相应学科专业目录编制，并据此展开研究生培养的动态监督。

（程国政，2015 年 3 月 10 日，第 2 版）

上海天佑医院举行开业仪式

沪上首家混合经济体制综合性医院落户我校沪西校区

本报讯 3月30日，经过近四年的筹备，上海天佑医院开业典礼暨揭牌仪式于我校沪西校区隆重举行。这是沪上首家混合经济体制的综合性医院，也是同济大学附属天佑医院（筹）。天佑医院的开办，采用了顺应国家医疗改革发展、创新医疗体制机制的医疗模式，也是民营医疗卫生事业发展的新举措。

上海市卫生和计划生育委员会主任沈晓初，中共普陀区委书记张国洪、区长程向民、副区长钱雨晴，同济大学党委书记杨贤金、校长裴钢、副校长葛均波，我校医学院院长、天佑医院法人代表徐国彤，上海万众医疗投资股份有限公司总裁卓立强，天佑医院院长范关荣，以及上海市卫生计生委有关部门，上海市社会医疗机构协会，普陀区相关委办局、街道、镇，我校有关职能部门负责人与各界嘉宾100余人出席了开业典礼。

程向民在致辞中说，天佑医院机制的创新符合民生保障需求、符合区委区政府的导向。他表示，普陀区委区政府将全力支持医院的发展，希望医院的服务使群众满意。

沈晓初代表上海市卫生和计划生育委员会对天佑医院的成立表示了祝贺。他说，天佑医院在办院之初，就提出改善民生的医养结合想法，其理念符合整个上海社会及市民的医疗需求。他希望天佑医院的建立成为同济大学发展中的重要篇章。

裴钢代表同济大学祝贺天佑医院的正式开业。裴钢表示，同济大学是从108年前德国医生建立的德文医学堂发展而来，办好医院一直是同济努力的方向。天佑医院的开业是同济大学医学发展新的里程碑，学校会继续为上海市及普陀区医疗发展作出贡献。

开业典礼上，杨贤金、沈晓初、张国洪、卓立强一同为上海天佑医院揭牌。随后，各位领导和嘉宾参观了全新的天佑医院大楼（我校沪西校区原天佑楼），嘉宾们对医院的环境和设施给予了良好的评价，对医院发展给予殷切希望。

据介绍，上海天佑医院是混合经济体制的综合性医院，实行管委会领导下的院长负责制。医院既可开展医保病人的基本医疗服务，又可开展特需医疗服务。医院现有建筑面积5万平方米，核定床位400张，可开放床位520张，院内设立32个临床和医技科室，其中有6个重点学科和3个特色专业。在重点学科中，医院将康复医学作为今后发展的重中之重专业。为了体现天佑医院的医疗特色和优势，医院吸纳了一批国内知名专家和团队加盟，包括我校部分优秀的中青年学科带头人和学术骨干，他们既具有同济大学的教学编制，又可创造性地在民营医院开展医教研工作，充分体现了医改的创新思路。未来发展中，医院筹划再建造住院楼，床位扩充至1200张。此外，为适应上海老龄化社会的需求，医院还将建立集医疗、保健、康复、护理、养老于一体的新医学模式和医疗保障型养老模式。

（天佑医院，2015年4月10日，第1版）

南海国际大洋钻探IODP349航次总研究报告已经完成

科学家取得“南海生命地图”在内的系列成果

本报讯 由我国科学家建议、设计并主持实施的南海第二次大洋钻探IODP349航次完成已经一年了，科学探索进展如何？近日，记者探访项目中方首席科学家、我校海洋与地球科学学院李春峰教授，他透露：目前汇集32位科学家航次成果的英文版《大洋钻探349航次科学报告》已经完成，所有航次取得的基础资料和数据已经向所有研究人员公开，感兴趣的科学家都可以申请相关数据和样品从事科学研究。

2014年3月，我国科学家主导的第二次南海大洋钻探获得成功，参与其中的我校科学家包括李春峰、李前裕、刘传联、刘志飞、张传伦、赵西西等，以及海洋学院讲座教授林间。“目前看，我们的研究将会在南海多个方面取得较好的成绩。”李春峰介绍。他特别介绍了钟广法教授的研究，钟教授因故未能亲自登船考察，前段时间专程去了设在日本的西太平洋岩芯库，申请到了本航次的岩芯，“接下来，他将展开浊流沉积研究”。

“今年初，我校本航次科学家针对南海获得岩芯的研究进行了深入交流，汪品先院士也参加了讨论，大家汇报了各自对岩芯的整理分析及相应的研究计划。”李春峰说，美方首席科学家林间教授正在进行的是南海海盆动力学研究；李前裕、刘传联教授的海洋古生物研究团队正在展开包括有孔虫、钙质超微和放射虫定年工作在内的地层编年研究；参加钻探的刘志飞、赵西西、张传伦等学者对航次所获得的岩芯分别展开沉积、古地磁、微生物等研究。

“科学家们的研究成果将在今年9月的上海航次后国际会议上提交并讨论。”李春峰介绍，经过一年的探索，自己带领的研究小组分析得出：南海东部次海盆“出生”于3300万年前，“死亡”于1500万年前；西南部海底，“出生”于2360万年前，“死亡”于1600万年前。

如何得到这份“生命地图”呢？李春峰介绍，此次参与勘探研究的科学家涵盖了海洋地质、微体古生物、化学等多个学科，主要使用了三种测算方法，将结果叠加比对，为南海海盆精确定年。

首先从海盆海底岩石中获取岩芯。南海第二次大洋钻探IODP349航次分别在南海的5个站位打下了5根“金钉”，钻探总深度达到4316.7米，其中沉积岩取芯1602米，基底玄武岩取芯近100米，最大井深1008米（位于黄岩岛以西70公里）。这些带回的岩芯，如同南海海底地层深处的截面，古生物学家们从中取样，在显微镜下观察岩芯中留下的微体古生物的种类、数量等，以此解读岩石的成形年代和环境。本航次的首席科学家之一林间表示，打钉子的目的就是要解读南海的历史。要解读南海的历史，一定要解读南海底部洋中脊扩张与岩浆的历史。但问题是洋中脊火山上面有很厚的一层沉积岩，必须通过钻探的方法，才能打到南海底下岩浆喷发形成的玄武岩，因此需要把不同深度的岩芯取出来。

第二种方法是靠地磁研究。地球历史上，磁极曾经发生多次变化，可以在海底被大洋地壳记录下来，学界称其为“磁异常”，这种变化带来的一系列地磁环境改变，也直观反映在岩石内部。如同树木年轮可推知当年旱涝一样，岩石里的“年轮”也在告诉科学家磁极的变化情况，若据此反推，便可获知岩石成形大约时间。最近，研究人员首次在南海利用“近海底高分辨率深拖磁异常”研究方法，结合此次的大洋钻探资料，找到了海底岩石中丰富的新生代构造演化信息。

第三种方法是对海盆深处大洋玄武岩岩芯进行氩40—氩39同位素定年分析。

日前，科学家刚刚得出第一批结果。三者结合，为南海海盆年龄定标，以及研究南海扩张速率，取得更为准确的数据。据悉，同时使用三种先进科学方法测算定年，在南海研究领域尚属首次，在世界其它海洋研究中也不多见。

李春峰说，绘出南海“生命地图”，对探索地球的演变规律意义重大。

不仅如此，团队还利用反射地震对海盆沉积地层年龄框架进行了细致的划分。研究发现：不同的海盆之间地震层序差异明显，且沉积物的输入量与来源也不同，随时间的变迁状况也不同。“过去没有钻井，无法获得岩芯，这些处在深海的海盆沉积物年龄很难标定”，李春峰介绍，海盆基底与沉积层年龄框架的确定对南海深部的油气开发来说是基础资料，不可或缺。

本航次另一位首席科学家林间教授介绍，南海的海底扩张过程跟别处有点不一样，它被称为消亡的大洋扩张中心。南海的洋中脊已经“死掉”了，而今天太平洋、大西洋、印度洋、北冰洋底下好几万公里长的洋中脊，大多数都是活动的。所以我们要研究地球上的洋中脊如何“生死”，南海是一个非常好的对象。

李春峰表示，随着中国科技实力的增强，我们中国科学家能够有机会按照自己的科学兴趣参与、设计并主持重大国际科学项目，领导国际大军团的协作科学攻关，使得南海成为国际地球科学研究的热点区域，意义非常重大。“目前我们还在继续努力，正在筹备争取南海的第三次大洋钻探。”

据悉，本航次第二次综合国际会议将于今年 9 月在上海举办，届时，与会科学家进一步讨论和分享航次的科学成果。

（程国政，2015 年 4 月 20 日，第 1 版）

中共中央政治局委员、上海市委书记韩正来校调研并主持召开座谈会

韩正希望同济为国家“四个全面”战略和上海科创中心建设作出应有贡献

本报讯　5 月 13 日下午，中共中央政治局委员、上海市委书记韩正来我校嘉定校区调研，并主持召开座谈会，就“上海建设具有全球影响力的科技创新中心”议题，听取我校领导和专家学者意见建议。韩正强调，希望同济为国家“四个全面”战略和上海科技创新中心建设作出应有的贡献。

在我校校长裴钢、常务副校长陈以一的陪同下，韩正察看了地震工程馆多功能振动台试验室和上海地面交通工具风洞中心，这些平台可为建筑和生

命线工程、汽车和轨道交通研发提供世界领先的模拟试验。听说这里是公共研发服务平台，对各类研发机构和企业开放，韩正很高兴，他说："平台越是开放，就越有价值、越是权威！"由上汽集团和同济大学合作研发的国内首款自主品牌智能汽车 IGS，在自动驾驶、自动泊车、自动取车和远程操控的关键环节取得了突破性进展，韩正一行专门试乘智能汽车，体验其智能驾驶功能。

随后，韩正在嘉定校区济人楼会议室主持召开座谈会，听取我校专家学者对上海建设具有全球影响力的科技创新中心的意见建议。校领导裴钢、陈以一、伍江、方守恩、吴志强，校长助理余卓平和我校部分专家学者出席座谈会。

座谈会上，裴钢围绕同济大学的发展目标和服务上海科技创新中心建设作了专题汇报。裴钢表示，同济确立了建设以可持续发展为导向的世界一流大学的发展目标，把引领和服务全社会、全人类的可持续发展作为自己的历史使命，学校将以可持续发展为特色的人才培养、科学研究、社会服务和文化传承创新来支撑上海建设具有全球影响力的科技创新中心。同济将继续发挥国际化的办学优势，实现大学的知识溢出效应，在工业 4.0、互联网 +、环境保护、干细胞研究、新型智库建设等方面，以科技创新成果服务上海经济社会发展。学校将继续大力推进创新创业教育，积极培养富有创新创业精神的卓越人才。

我校环境科学与工程学院院长戴晓虎以"依托大张江，建设引领产业发展的世界一流环境能源科创中心"为题，海洋与地球科学学院院长翦知湣以"以临港新城为基点，出江入海，建设具有国际影响力的上海深海科学研究中心"为题，可持续发展与管理研究所所长诸大建以"对上海建设科创中心的两点思考和建议"为题，分别作了专题发言。陈以一、伍江、吴志强和娄永琪、杨志刚、高绍荣、凌建明、陈小鸿、陈启军、陈明、顾祥林等专家学者先后发言，结合各自的学科特色提出意见建议。

韩正最后作总结讲话。他指出，上海要建设具有全球影响力的科技创新中心，这是国家战略，为了实现这个宏伟目标，高校要担负重任。首先，高校要推进科研体制机制改革，秉持开放的理念，引入市场化机制，积极对接国家标准，促进高水平的科研成果不断涌现。其次，要进一步形成政府、企业和高校的创新合力，形成良性互动的创新机制，促进科研成果有效转化为市场认可的产品。第三，要进一步积聚人才，充分发挥每个人的聪明才智，形成大众创业、万众创新的良好氛围。韩正强调，要解放思想，把握绿色、智能、智慧、互联网 +、物联网等发展趋势，敢于担当、勇于突破，以大无畏的精神，切实推进具有全球影响力的科技创新中心建设。韩正说，同济大学等知名学府在国家高等教育和上海经济社会发展中具有特殊地位，多年来不断有新的发展、新的成果。上海市建设具有全球影响力的科技创新中心的目标，要靠高校培养的人才去细化和实现，“希望同济为国家‘四个全面’战略和上海科技创新中心建设、‘四个中心’建设作出应有的贡献”。

上海市委常委、秘书长尹弘，市教育卫生工作党委书记陈克宏，市教委主任苏明，市科委主任寿子琪，市委办公厅副主任林龙斌等领导，我校党办、校办、宣传部、发展规划中心、科研院、产业办、团委、嘉定校区管委办等部门负责人陪同调研并参加座谈会。

（辛中，2015 年 5 月 20 日，第 1 版）

让人才成长的每一个脚印都清清楚楚

——交通运输工程学院院长陆键教授谈学院人才战略综合改革

如何让教师尤其是年轻教师尽快成长起来，一直是我校各院系潜心探索的课题。普遍的做法是：一位或者数位资深教授带领一支团队，年轻人犹如众星拱月；年轻人在团队中摸爬滚打数年、十数年，然后渐渐露出头角，成为领军人才。然后，他再以自己培养的学生为班底组成团队，如此循环往复。最近，记者与我校交通运输工程学院院长陆键的一番交流，得知学院在青年教师培养上进行了一番改革探索。

众星拱月式的人才培养模式正在悄悄改变

“团队培养人才具有一定的局限性。”刚一落座，上任不到一年的我校交通运输工程学院新任院长陆键便直奔主题。陆键，1982 年至 1984 年在我校攻读电气工程硕士学位，之后在我校道路与交通工程系任教，1986 年赴美国攻读博士学位，1990 年在美国德克萨斯大学奥斯汀校区获得交通运输工程专业博士学位，博士毕业后先后就职于美国纽约州交通运输部工程研究局、南佛罗里达大学土木与环境工程系，回国前任该校交通运输工程专业终身正教授；2000 年入选教育部“长江学者”奖励计划特聘教授，2010年1月入选中组部“千人计划”，为国际知名的交通安全专家。

陆键说，团队为人才培养的连续性、稳定性都提供了很好的平台和土壤，过去数十年里为科研作出了很大的贡献。但是，我们也应该看到以团队为班底的人才培养环境主要是参与国内的竞争。而现在，我们要以学院为整体参与国际竞争，过去的团队式人才培养机制已经有些不能适应。

陆键认为，青年教师的普遍优势是国际交流能力较强、对国际前沿研究动态有较清晰的了解，且求知欲强，若给予优秀青年教师更多的国际交流机会，对学院学科的国际化和可持续性发展大有益处，这是学科发展战略的一个重要举措之一。

按国际视野发现人才，用国际尺子丈量人才

何谓人才？不同的时代、不同的地方有不同的标准。在陆键的眼里，人才分为两种类型：一是具备战略思维、国际视野的领军人才，他们能够洞察国际学科发展的大势，抓住转瞬即逝的机遇，同时能从长线发展上做好布局，这是学科发展的领军型人才；还有一种是在国际前沿领域有一块自己的阵地，长期在自己的研究领域深入耕耘，在国际前沿领域具备良好的学术知名度，这是学术领军型人才。陆键认为，这两种人才都是学科需要引进和培养的，只是分工和发展重点不同。

陆键说，国际交通运输工程学科的人才竞争极为激烈，要想获得有很好潜力的优秀人才是非常不易的。因此，近些年来，学院下决心在国际国内招聘人才。学院国际人才引进和招聘，瞄准、引进国家中组部“千人计划”教授、教育部“长江学者”教授、“青年千人”教授，上海市“千人计划”教授等。目前，学院已拥有两名国家“千人计划”教授，先后引进四名“长江学者”教授、四名国家“青年千人”学者、两名上海市“千人计划”教授，同时今年又从国际一流大学引进两名国家“高端外专”教授。这在学科发展的战略层面为未来的国际化发展奠定了非常好的基础。尤其在国家“青年千人”教授的引进方面，目前国内交通学科引进的国家“青年千人”教授的总数不到十名，其中四名进了同济交通学院。

学院非常注重国际化青年教师的招聘。今年一月学院派出强大的代表团参加在美国举办的每年一次的国际交通研究年会（TRB年会），与会者大多来自

世界各国高校，有上万人之多。学院首次在TRB年会上安排了展位，大力宣传同济大学交通运输工程学科，同时，还在年会期间举办国际招聘会和同济大学校友联谊会，旨在招聘青年教师和引进高层次人才。陆键介绍，通过在美国的TRB年会的宣传，目前已有多位学者进入视野。

学科内培养，让有潜力的年轻教师冒出来。陆键说，今年初，学院各系班子换届，五个系就有三个系的系主任由青年教授担任。“在国际学术舞台上锻炼成长是学院人才培养改革的重要举措。”陆键说，院内制定出台了多项措施，包括：采用与国际化接轨的教师考核体系，有利于发现有潜力的青年教师和引导教师向更高的层次发展；激励教师参与国际学术活动，提高教师的国际化水平和竞争能力；强调教师参加校、院、系的学科建设工作小组，并把教师在校、院、系的“服务”贡献作为教师年度考核的一个重要内容；鼓励教师追踪国际前沿性研究，发表高水准的国际论文，通过个性化的考核体系，引导教师的个性化发展。

拟定新的教师考核体系

陆键多次强调教师考核体系的重要性，“有什么样的考核体系，就出什么样的人才，出什么样的老师”。陆键介绍，针对学院的实际，本着促进年轻教师尽快成长的目的，学院新设计的教师考核体系既定量又定性，还将根据教师的特点进行个性化考核。目前这项改革拟在新成立的综合交通信息与控制工程系开展试点。

考核的主要目的是：促进教师制定科学的发展规划，向更高的层次发展；通过考核发现人才。国际上惯用的“终身制（Tenure Track）”晋升模式现在已经被国内各大高校采用，即：三年一个聘期，二个聘期之后“非升即走”。“竞争不可谓不激烈”，陆键说，新引进的青年教师如何在六年之中把握好方向和机遇，顺利晋升，考核指标就成了指挥棒。一篇SCI论文的成果就一定大于两篇EI论文的成果吗？过去纯粹以论文数量和科研经费为指标的分数化的考核体系就会催生出“急功近利”的教师，采用分数论成就的打分体系有可能导致“质”和“量”的混淆，对培育国际化领军人才的战略可能会有一定的副作用。陆键说，我们更想要的是沉得下心扎扎实实做研究的学者，培育有潜力的教师向国际学术前沿发展。因此，“定量＋定性”是未来考核的发展趋势。

陆键介绍，所谓“定量”就是教学、科研和服务三项指标“合格线”量化标准，属于每年必须完成的硬性指标，由教师自己总结汇报；“定性”考核是由教授委员会主导，是在“定量”考核合格的基础上根据其研究的前沿性、未来的发展潜力、影响力等等要素综合评判的结果，而并非仅以数量论英雄。“定性”考核是对教师的年度或阶段性总结，其考核的结论和建议将反馈给教师，目的是激励教师在后续的工作中向更高层次发展。

“青年教师在这样的环境里就不会有惰性而能沉下心做学问了，头三年起好步、上正道，剩下的就好办了。”陆键说，考核分为教师年度考核、新进教师以三年为期进行总结考核。年度考核所有教师都参加，还可以为青年教师纠正方向，及时指出他们的弱项与不足；三年的聘用阶段考核主要是针对青年教师，指标量化、长度固化之后，潜力、冲劲都便一目了然。

考评和职称的晋升没有直接挂钩，但考核定性之后的结果自然就成为晋升的重要参考依据。陆键说，关键是，每年的考评及三年的定性考评结果出来之后，人才成长的每一个脚印都是清清楚楚的。同时更重要的是考核体系的长期实践和优化，“坚持就是品牌”，这个道理同样适合学科人才的培养。

什么是个性化？以前的考核指标，既要教学好，又要论文多，还要经费多，项目级别高，期望每个教师都成为样样精通的全才。所谓的个性化就是根据教师的兴趣和特点，做感兴趣的研究。我们既需要参与国家级别的研究项目，又需要积极参与地方服务类研究项目以及行业影响力类的研究项目，尤其要利用上海这一全球超大规模城市的平台，提高行业影响力，两者缺一不可。因此个性化考核的方式鼓励教授做自己喜欢的科研项目，擅长理论研究的可以多参与基础研究项目或国际合作，并发表高学术水平的论文；擅长实践工程的可以多参与服务类研究项目，做出有行业影响力的研究报告或行业标准。只要最终的成果有实用价值，两者之间就没有高低之分，这样就可以根据个人的兴趣和能力来选择。不要求教授成为全才，只要在某一方面足够有影响力，这就是交通学院急需的人才。

虽然个性化考核体系强调青年教师根据自己的喜好来选择，但关于“服务”的考核却是每个青年教师都必须过关。何为“服务”？陆键解释说，学院设立的服务指标是指在科研、教学中为院系、学校和学术圈所提供的服务，比如为院系教学组织实施所做的服务、在学术圈里担任职务像杂志编委或会议组织主持等服务工作，“这就要求青年教师积极参与各种活动，展示自己，然后尽快露出头角，这也是国际一流大学一贯的考核项目。为国际学术界提供服务的教师越多，同济在国际舞台上的名字就越响亮”。

陆键说：“考核体系的完善工作任重而道远。新的考核体系有可能与老规矩发生冲突，我们会不断加以修正和完善。开弓没有回头箭，我们正在做的工作就是力求为每一位有潜力的年轻教师创造出‘冒尖’的条件。”

鼓励团队协作，促进青年教师成长，学院还在尝试团队考核

陆键认为，目前普遍采用的研究团队的机制在一定程度上是有局限性的，团队负责人既要对团队的整体成就负责，又要完成自己的考核指标的任务，由此导致团队负责人将自己置于团队研究和成果展示的中心，引领团队与完成考核指标的双重任务往往适得其反，既削弱了应有的引领作用，又一定程度限制了年轻教师的快速成长。事实上，团队负责人更重要和更有意义的作用是团队的引领及青年教师的培养。

“我们想取消团队负责人的传统考核指标，如论文、经费等，转而用团队成果的影响力、团队人才培养的数量和质量、学科和研究方向建设的贡献等指标来考核团队负责人，建立新的团队负责人考核机制。”陆键说，团队是否获得国家级的研究项目固然重要，但产生出的成果是否为国际前沿性成果才是衡量优劣的指标；再者，团队为国家建设中碰到的问题提出了哪些解决方案，比如喀斯特地质状况下的交通问题、冻土条件下的交通问题等等；还有，团队为地方解决了哪些重大的实践问题，比如上海市“十三五”交通规划、治理市内交通拥堵策略等重大或者棘手问题，这些成绩在团队的考核中都是非常重要的。除此之外，团队培养了多少学术新锐，有多少进入国家、国际一流学者方阵，也是考核团队负责人的硬指标。“目前这样的团队负责人考核办法正在酝酿中。”陆键说。

采访即将结束时，陆键说，如何让学院实现可持续的平稳发展，如何让青年教师迅速成长并传承有序，如何让学院在把握国家未来的发展方向中顺利转型，如何提升学院的国际影响力，这些都是学院本届班子要考虑的主要问题。

（程国政，2015 年 5 月 20 日，第 2 版）

中德工程教育合作显成效

同济学子携“3D复印机”亮相汉诺威工博会

本报讯 你听说过“3D复印机”吗？相信很多人都会摇摇头。在近日德国汉诺威工业博览会上，来自同济大学三位青年学子带来的这一创新作品，让前来参观的外国人士眼前一亮，并为中国青年的独到创意和创造精神竖起大拇指。

这三位同学是同济大学中德工程学院大三、大四学生马瑜良、邱宇清、张锐，他们团队合作研发的“3D复印机”，角逐2015年全球Xplore电气自动化大奖赛，斩获“工厂”类项目冠军，从而得以有机会携其创新作品参展汉诺威工业博览会，进行为期5天的现场展示。这也是中国高校参加该赛事以来所获最高奖项。中德工程学院另一团队李卅等同学完成的“智能自行车”作品获大赛三等奖。

如何萌生“3D复印机”这一创想？“我们想将3D打印机进行大跨度提升。”团队负责人马瑜良同学介绍说，进行3D打印，要先在电脑上完成3D建模，对于那些不会3D建模的人来说，3D打印是用不上的。“我们想设计出一款产品，能为大多数人所使用。”

能否将复印机与打印机两者功能合二为一？马瑜良说，团队同学想到传统的三维激光扫描仪，尽管它还原物体的外形精度高，但尚无法还原物体的色彩信息。如何弥补传统激光扫描仪的这一缺陷，并与3D打印相结合？思路由此渐渐开阔。

一只可爱的皮卡丘玩偶成为同学们的实验模特。先通过两个摄像头，对这只玩偶进行多角度拍摄扫描，从中挑选出30至40张照片上传至计算机。随后借助开源软件，对这只皮卡丘进行合成、建模，最终运用3D技术将所生成的模型打印出来，复制即完成。通过一次次调节拍摄光，一步步试验，同学们惊喜地发现，打印出来的就是那只萌萌的宠物小精灵！

“相较传统激光扫描仪，3D复印机不仅能扫描它的外形信息，还能获取颜色信息，操作也非常便捷。”马瑜良说，整个研发过程历时一年多，团队每一名成员都深感获益颇多，在解决一个个问题的过程中，对所学的专业知识有了更多扩展和延伸。

“中德工程学院两支学生团队能在此次国际大赛上获奖，得益于学院丰富的教学实验资源和完备的实践教学体系。”指导教师、中德工程学院实践教学老师朱瀛说，学院的教学实验设备达2000余件，学院自大二下学期起就启动一系列以项目管理为核心的实践类课程，同学们在老师指导下从头到尾走完包含产品设计、项目管理、质量管理等环节的整个项目流程，在学校就真正接触到了工业生产中的各个方面。

“同学们在课外还拥有大量动手实践的机会。”朱瀛老师介绍，除开设课程内的项目管理之外，中德工程学院还以工业4.0、三维打印和电动汽车等为核心建立了多个学生课外创新组织，此次获奖的马瑜良团队正是三维打印小组。三维打印俱乐部成立迄今，已由同学们自主研发了十余种不同设计、不同原理的3D打印机，并总结出了基于三维打印的新型工科教学模式和课程。

“作为中德两国教育部共同倡议支持的中德合作办学机构，同济大学中德工程学院借鉴德国工程教育模式，培养高层次应用型人才，其办学成果已初步显现。此次同济大学有两个团队获奖，正是中德工程教育合作成果的体现。”中国驻德国大使馆教育处公使衔参赞董琦说。

（黄艾娇，2015年5月20日，第3版）

我校博士后改革试点启动

激励博士后在学科发展、科学研究及人才培养等方面发挥更大作用

本报讯 博士后研究人员的薪酬待遇成倍提升，由原来基本靠学校支付改为学校、学院及合作导师共同支付；博士后相关考核由原来学校统一标准、统一考核，改为由各流动站根据各自学科特点制定考核办法；博士后可租住博士后公寓，非租住者可领取住房补贴，以缓解博士后公寓的紧张……记者从我校博士后管理办公室了解到，近日，随着新版《同济大学生物学、生物医学工程博士后流动站博士后研究人员合同书》启用，我校将首先在生命科学与技术学院启动博士后制度改革试点。

“随着国家社会经济快速发展，我校的综合改革逐步推进，原有博士后制度中的薪酬、考核、住房等诸多政策，已越来越难以适应新形势下博士后工作新的要求，改革势在必行。”我校人事处、博士后管理办公室负责人说，博士

后研究人员薪酬至今仍沿用2006年国家标准，由于薪酬较低，薪酬体系、住房体系不够完善，考核要求不高，一方面学校较难吸引到优秀的博士后研究人员进站，另一方面，进站后有的博士后研究人员的工作动力不强，合作导师对其的监管力度不大。

该负责人说，博士后制度是国家有计划、有目的培养高层次青年人才的一项重要制度，同济大学实施博士后制度以来，迄今培养造就了一大批优秀高层次人才，博士后研究人员主持和参与完成了一大批重大科研项目，已经成为同济大学科研工作的骨干力量，成为学校培养和选拔高级人才的一个重要途径。

为更好地推进博士后制度改革，我校人事处、博士后管理办公室在对国内部分科研院校博士后工作情况进行调研后，广泛征求学校25个博士后科研流动站及学校财务处、资产处、科研院、文科办、学科办、人才办等相关部门意见基础上，于3月22日召开了学校博士后工作研讨会。研讨会上，吕培明副校长提出此次博士后工作改革的重点是提高博士后薪酬待遇，完善薪酬体系、住房体系及相关考核办法等。裴钢校长明确指出，学校有关部门要采取有效措施，保证入站博士后的质量，适当提高博士后待遇，形成合理的站点、导师与博士后责权利分担机制。此次博士后工作改革可选择学校部分站点进行试点，取得经验后再全面铺开。要通过改革推动学校各博士后流动站建设工作，为提升同济大学的科研整体实力作出贡献。

一批学院积极加入首批改革试点，生命科学与技术学院率先出台了适用于学院生物医学工程、生物学两个流动站的博士后改革政策。

记者在生命科学与技术学院这份新版《博士后研究人员合同书》上看到，合同上“薪酬等待遇”条款中明确写明，博士后研究人员薪酬发放采用年薪制；博士后研究人员进站后，可选择租住学校博士后公寓，也可选择在外租房。选择在外租房者，学校将为其发放租房补贴。

在提高薪酬待遇的同时，考核标准也相应提升。在生命科学与技术学院最新出台的这份《博士后研究人员科研工作考核暂行规定》中，记者在“出站考核”条款中看到，工作满2年申请出站的博士后人员，必须在其工作期间以第一作者身份在SCI收录期刊（该期刊5年内平均影响因子大于5）发表一篇以上文章。

“学校希望通过此次改革，吸引优秀人才进站工作，让同济博士后研究人员在学科发展、科学研究和人才培养方面发挥更大作用。”该负责人说，学校其他流动站也将结合自身学科特点、流动站未来发展，提出适合自身站点的改革方案，稳步有序推进改革。

（黄艾娇，2015年6月10日，第1版）

汉语被挤出科学，还是科学融入汉语？

——记汪品先院士与“重建我们的创新自信”讨论

编者按：去年以来，我校海洋与地球科学学院教授汪品先院士在媒体上发起“科学与汉语”的讨论。汪院士提出，中国的科学创新能力建设与汉语的关系如何？汉语会不会像印度本土语言那样，被挤出科学创新的领域？汪院士坦言，发起这场讨论，目的是号召大家重视母语文化，而不是主张轻视英语，2014年，他本人也依然在国际上发表英文论文。

这次讨论引起的思考远远没有结束。日前，本报记者专门走访了汪品先院士，汪院士对这次讨论进行了回顾与总结。

“中国制造2025”“互联网+”都需要我们万众创新。但是毋庸置疑的是，虽然我国的GDP已经坐稳了世界第二，但中国原创性的成果却远远落在一些国家后面。“创新的障碍究竟在哪里？”2011年，中国科学院院士、我校海洋与地球科学学院汪品先教授发出此问。当前，上海又提出“建设具有全球影响力的科技创新中心”的目标。正是在这样的背景下，一直思考创新问题的汪品先院士提出了“重建创新的文化自信”命题。他说：“为什么我国SCI论文总数四年前就高居全球第二，而原创性的贡献却少得不成比例？大家都说是文化层面出了问题，科学的创新精神不足。但仅仅是这句话并不解决问题。‘科学创新’‘科学与文化结合’的议论已经不少，只是收效甚微。虽然文化是个慢过程，跳脚也没用；问题在于至今还没有对症下药的药方。”

缘起：创新思考，从“障碍说”到“重建文化自信”

面对记者，汪院士开门见山说，2006年在全国科学大会上，现场听到胡锦涛总书记在讲话中第一次提出“中国特色自主创新之路”，许多代表都感到非常振奋。当时思考的是：中国这样一个体量巨大的国家，要想民族振兴，就得走自主创新之路，但如何创新？现实中的创新乏力问题出在哪？

带着这些问题，汪院士开始了长时间的思考。期间，他与科研管理部门的领导干部交流过，与国内外的资深学者深谈过。2011年，他与《文汇报》商定发起了“创新的障碍在哪里”的讨论。那次讨论，引起了科学界内外的广泛重视和积极参与，“理念、制度、机制各方面的触动都是较为明显的。但是，创新作为一种理念甚至一种文化特质，不可一蹴而就，必须久久为功”。汪院士介绍，50天的讨论尽管聚焦不够，不同的见解也很多，但“创新”问题受到社会重视，本身就是个好现象。

创新动力不足只是种表面现象，其深层次问题体现在创新文化的建设、创新环境的营造上。重要的是要提出一些能够引起讨论的问题，例如科学究竟是生产力还是文化？汉语在科学创新中究竟是什么地位？如何弥合科学和文化的断层？汪品先院士不停地追问。

汪品先院士把自己这三问归结为“如何重建创新的文化自信”，2014年10月再次在《文汇报》上发起讨论。

他说，科学界对科学创新的认识并不一致，至于如何弘扬创新文化就更缺乏共识。“现在要问的是：我们是不是过度强调物质，冷落了科学的文化方面？科学，特别是原创性的科学，往往是出于精神动力而不是追求物质目标。布鲁诺为‘日心说’献身并不涉及生产力，达尔文提出进化论也没有考虑提高产量。”他还说：“现代科学是在文艺复兴中产生的，甚至有人说创立现代科学的不是牛顿，而是达芬奇。许多国家设有‘科学与艺术院’，两者是放在一起。我国不然，从今天的科学院到高考，都是文理分家，中间有个断层，断层的牺牲品是创新。科学和艺术的共同点，都是创造思维、创新冲动。一旦科学阉割了创造性，剩下的只是‘为稻粱谋’的饭碗。”

关于汉语与创新，他说：“我国科学的加速发展，提出了一个紧迫的问题：汉语在今后的科学创新中还有多大用处？我国三十来年科学的进展，很大程度上得益于国际合作与交流，其载体就是英语。现在我们最好的研究成果用英语发表，学生学习科学最好用英语教学。

展望未来，汉语是不是只能在一般文化和日常生活中保留，而应该逐步退出科学舞台？当前高等学府的理科教学，纷纷改用英语授课，采用英文教材；孩子出国留学的年龄越来越早，高级商场的中文招牌也越来越少。这样下去，中国会不会‘印度化’？”

观点：科学创新中汉语处于什么地位

因为汉语与创新的问题更易切入，所以今年2月汪品先院士又在《文汇报》发表整版的长文，以“汉语被挤出科学，还是科学融入汉语？”为题，系统阐述科学创新里汉语的地位问题。他问道：汉语作为历史传承最久、作为母语使用人数最多的语言，在科技创新为引导的社会里，还有没有前景？汪品先院士从通用语言的历史演变、科学创新与母语思考、方块文字前途之争、双语教育和东方文化等几个方面展开深入的论述。首先，他认为英语并不是与创新天然联姻，历史上牛顿的论文是用拉丁文写的，爱因斯坦的论文是用德文写的，都不是英文；近代中国科学家用中文发表的成果中，也不乏先于国外的真知灼见。英文全球地位的奠定有个过程，先有19世纪像达尔文那样科学奠基人的出现，后有二次大战后美国科学在全球的压倒优势，因而是长期历史发展的结果。

汪院士甚至担心，英语“独大”，会不会妨碍创新思维。他警告，在全球交流的背景下，保持研究群体的独立性和研究方式的多样性，是我们当前面临的重大挑战。他说，现在我国有不少单位，从外国文献里找到题目立项，使用外国仪器进行分析，然后将取得的结果用外文在国外发表，获得SCI的高分以后再度申请立项。这种循环看起来也是科学的进步，但实际上是外国科学机构的一项“外包”业务，“外包不要求创新”。深度创新要有文化基础。他说，奥地利的休斯用希腊女神命名已经消失的古大洋，叫做“特底斯洋”；英国德洛夫洛克把地球系统比作希腊的大地女神，提出了“盖娅”学说。欧洲学者能够从传统文化里汲取营养，为科学创新作出了贡献，难道说中国的传统文化对创造性科学思考就没有用处？

汪院士反问说，世界上超过14亿人用汉语作为母语，英语为母语的不过4亿人。随着中国科学的发展和普及，随着世界科学力量布局的变化，为什么最多人使用的语言，就不该用作科学的载体？

汪品先院士认为，语言是有深度的，越早学的语言扎根越深。“少小离家”的人，默念数字时用的还是家乡话；学习多种语言的人，学得越晚的语种忘得越快。科学语言归根结底来自生活、来自文化，而母语就是本国文化的载体。联合国规定2月21日为国际母语日，就是要保护文化的多样性。创新思维发自内心，科学创新的深层次思考需要文化滋养，而母语文化就是最近的源泉，最有可能诱发创新的火花。

他在文章中表示，以汉语为载体的中华文化，应当具有科学创新的潜力，一种文化能够保持几千年而不衰，其中必有原因。值得参考的是犹太族，三千年历史有两千年流离失散，却始终坚守着犹太教和希伯来文，在外界压力下形成了对知识和智慧的重视，居然以一千多万人口赢得了四分之一的诺贝尔奖。华夏文化同样具有尊重知识和智慧的传统，是不是也在深处蕴藏着科学创新的基因，也有问鼎科学顶峰的前景？

反响：语言是创新的源泉

讨论展开后，参与者众多。中科院上海生科院生化细胞研究所研究员郭礼和表示："他的观点我甚为赞同"。郭礼和说，要创造条件，让汉语作为国际科学交流的主要语言，"要鼓励用中文发表科技论文（附英文摘要），对中文科技期刊要给予足够重视，改变那种只给英文科技期刊资助的做法，同时对科技论文的评价不要过于依赖 SCI 因子，大学科技学科教学不要过于强调英语教学，鼓励招收外国留学生等等"。

中国跨文化交际研究会上海分会会长、上海师范大学原党委书记陆建非表示，语言文化没有高低贵贱之分。他说："说母语最多的是汉语，说语言最多的是英语。汉英两大重要语言被用作我国'双语教学'的主要语言，这既是巧合，也是天赐良机。汉英文化分别位于东西文化差异坐标的两极，是东西文化最典型的代表。汉语属汉藏语系汉语族，英语属印欧语系，如能交叉融合发展，可谓珠联璧合，相得益彰。"

讨论中也出现了许多反对意见，报纸上曾刊出通栏标题："人为扩大汉语在科研上的应用，此路不通！"汪品先院士对此表示欢迎，他说："本来就是想引起争论。中国的'独白'太多，争论太少。不过既然挑起了争论，就不能有头无尾。"

行动：汪院士表示，千言万语，不如行动

随着讨论的深入，汪院士的思考在继续深入。他说，国际学术交流也和经济一样，国家之间并不平等。发展中国家的科学界属于原料输出型，输出本地的科学数据和劳动密集型的"低端产品"；而这些原料和初级产品的"深加工"，几乎全都在发达国家进行，进而产生影响重大的学术成果。"中国的科学整体上还停留在'原料输出国'的地位，面临着向深加工的转型。"

在汪院士看来，打造汉语为载体的国际学术交流平台，有着相当广阔的空间。国际顶级学报上有不少华人的名字，以国外单位署名发表文章，他们完全可以请进来用中文交流。中国科学的继续发展，是世界华人用汉语交流的原动力。近年来不少专业都在以不同形式和规模开展汉语的高层次学术交流，收到了良好效果。经验表明，用汉语进行直接交流特别有利于学科交叉，有利于新兴方向的引入，有利于青年学者视野的开拓。

他说，我们可以有选择地打造高水平的双语刊物，拓展国内外的影响。学科带头人亲自动手，将国际文献融会贯通后撰写出学术珍品以飨我国读者。他还向市政府建言，上海在建设科技创新中心的过程中，应该着力建设“汉语科技交流国际中心”，建设国际学术界的华人学者档案库等。他说：“我国的科学研究正在迅速发展，二十年内必将产生一批有重大国际影响的成果。如果我们同时也能坚持汉语在科学创新中的地位，就会呈现出一种崭新的局面：一些最初在国内提出的新观点，随后引起国际学术界的热烈讨论；一些最初用中文发表的新概念，被译成外文在国外广为流传。发展的结果，必然是科学的精华渗入汉语，使汉语文化获得新生，并且产生出国际瞩目的新型文学和科普作品。”

汪院士介绍，他主持操办的“地球系统科学大会”，从2010年开始，已经办了三届，就是个用汉语作为大会语言的国际学术交流活动。参会者第一届500人，2012年第二届800人，去年第三节1000人，“甚至有欧洲学者用汉语作报告，场面很热烈”。汪品先院士说，明年办第四届，希望有更大的影响。“金融领域我们在推动人民币国际结算，科学上也可以来个汉语交流，为国际科技界开辟‘第二战场’。”

（程国政，2015年6月20日，第1版）

方寸之中见广袤，广袤之中显传统

我校主持三沙市永兴岛市民广场设计

本报讯 近日，记者从三沙市获悉，我校建筑与城市规划学院景观系副主任王云才主持设计的三沙市永兴岛市民广场获得该市好评，将在三沙设市三周年之际完成方案完善工作。“作为一名规划师，我们将根据三沙市政府、市民的建议，把这块‘海之心’中宝贵的市民广场完善成为月印万川、穿越历史的广场，让它方寸之中见广袤，广袤之中显传统。”王云才说。

三沙设市时间是2012年6月21日，市政府就在宣德群岛的永兴岛上。永兴岛是西沙群岛中一座珊瑚岛，是西沙、南沙、中沙三个群岛的军事、政治、文化中心。永兴岛东西长1850米，南北宽1160米，陆地面积2.13平方公里，是西沙群岛和整个南海诸岛中面积最大的岛屿。岛上的主要景点有西沙海洋博物馆、西沙将军林、收复西沙纪念碑、西沙军史馆等。

王云才介绍，永兴岛位于中国西沙群岛东部的宣德群岛中部，是一座由白色珊瑚、贝壳沙堆积在礁平台上而形成的珊瑚岛，整体呈心形。王云才提供规划服务的广场位于岛上最重要的道路北京路上。2014年6月开始上岛的王云才团队把当地情况全都记在心里，就连岛上的椰子树的数量都记得清清楚楚。

团队先后三次上岛，反复调研、构思，广场规划方案也从最初的三个变为了演绎“海洋之心，生命脊梁”，王云才解释说：“以下沉式观演空间为东广场中心，在流线设计上以史为脉，在平面形态上抽象提取了中国大陆板块和宣德群岛的形态，呼应海洋之心的主题。依据修改意见和场地现状高差将主干道改为东西向，并结合历史雕塑形成了生命脊梁的景观主轴。”

王云才说，永兴岛的生态条件很脆弱，所以市民广场必须十分谨慎地对待自然环境，设计和建设既要突出生态与自然，又要能于方寸之中见广袤，广袤中现传统文化。因此采用国人崇尚的“中、直、正”设计概念，创造阴影遮阳，营造安全环境，展现文化脉络。

广场的时间流线设计以史为脉，通过雕塑和地面浮刻的形式，结合设计来展现永兴岛的历史，像宋朝的海军例行巡逻、元代郭守敬上岛测量星象、明代郑和下西洋的诸岛测绘、清代的刻碑升旗宣示主权等内容，运用各种艺术语言绘就从宋至今的永兴岛时光旅痕。

根据规划，王云才等将广场细分为圆梦广场、璀璨三沙、南海之子、林间细语、涛声依旧、航海之歌、踏浪扬帆、梦回故乡、渔舟唱晚等景点。“圆梦广场又称圆梦三沙，位处政府大楼前。这里被设计成集会纳凉、夜景灯光的场所，我们在地面铺装点状荧光材料展现出西沙群岛、中沙群岛和南沙群岛的地理版图，塑造出一幅三沙美景图。”王云才说。

既然是“海心”，当然有涛声。团队在市政广场入口处设立听涛广场，空间开敞，地面上布设大面积荧光材料，每到夜晚，荧光组成的“波浪”起伏，伴着涛声阵阵、椰风鸥语，大有心潮逐浪之感。

广场当然有中心景观，王云才取了一个浪漫的名字——逐浪心海。“我们顺着广场自然起伏的坡度，采取下沉式设计，设置船型舞台，曲线形态的下沉式广场，观众席上扬起风帆的遮荫构筑物造出航海时代的磅礴气势和浓郁氛围，讲述了永兴人乘船从祖国大陆漂洋过海，奔向永兴的迁徙、创业故事。”王云才说，我们在这里设置了阶梯花园，并将广场上各处的人流引导至此，船型的舞台、曲线形态的下沉广场非常适合大家观赏演出、举行晚会，然后到旁边的宿心海湾广场感受渔家特色浓厚的生活气息。王云才娓娓道来，这里的“海湾”四周由宣德群岛形成的绿岛、平台、雕塑环绕，椰风摇曳下，游客可以坐在礁石样的座椅上，或者在遮阳伞下来一杯冰镇可乐。“雕塑设计是广场设计中的亮点。”王云才介绍，浮雕、雕塑都是可采用的样式，但沿着星光大道要展现的内容要有宋朝海军将领巡视南海诸岛、元代地理学家郭守敬在南海天文测量、明朝郑和下西洋标绘南海诸岛地理位置、朝海军赴西沙群岛查勘并刻碑升旗、民国时期国民政府上尉参谋张君然三下南海四至西沙、新中国成立后中国海军夺回了西沙全部被占岛屿等内容，“三沙是美丽中国的家庭成员，艺术展现当然要体现这一点”。

据悉，最近上岛的几次磋商，王云才很认同三沙市领导提出的“节能、环保”理念。“我们将结合雨水收集和中水循环利用，将少量的水景设计融合在设计中。”看设计文本，记者发现方案中从植物设计、铺装设计，到当地植物选择，再到太阳能板与建筑小品的结合、风电路灯设置，都很好地贯彻了节能、环保等理念。“三沙市方面希望以三沙设市三周年为节点，完成改造广场方案设计。”王云才说，我们最近再次上岛，进一步细化方案。

（本报记者，2015 年 6 月 20 日，第 2 版）

18 克轻木条撑起 616 千克杠铃

同济大学学生代表队荣获世界头脑奥林匹克决赛大学组冠军

3 根轻木条拼接成的圆柱体，仅有 18 克，竟然能承载 616.9 公斤重的杠铃？5 月 21 日，密歇根州立大学体育馆，随着主持人宣布“‘释放玻璃球的结构’大学组第一名：来自中国的同济大学”，一支 7 人大学生团队走上领奖台，捧获冠军奖杯，将一面鲜艳的五星红旗和醒目的同济大学校徽在舞台中央挥动。6个月的努力，终于迎来了这激动时刻：同济大学代表队斩获第36届世界头脑奥林匹克大学组冠军！

同济大学代表队的赛场表现令人印象深刻：一个总重量仅18克的木制结构，竟能承压1360磅（即616.9公斤）；一个外表炫酷、萌味十足的机器人，负责拿取轻木结构上放置的5颗玻璃珠，并参与到现场表演中；一个使用瓦楞纸板制作的“复活节石像”，被裁判评价为“其简单机械结构与高科技形成对比”；一个铝合金框架道具“书”，充当背景板并配合表演，变身立体的金字塔和房子；一个队级标志标识同济参赛队信息，上端还附有一个在旋转时可显示信息的“电风扇”；8分钟的现场表演，在裁判眼中“既幽默又充满活力”。

6月19日上午，上海市委书记韩正会见了包括同济大学获奖学生在内的第36届世界头脑奥林匹克决赛上海获奖队，向获奖同学表示祝贺，勉励同学们大胆创新、团结协作、动脑动手，感受创新创造的快乐，为个人成长、为上海发展、为国家进步打好更加坚实的基础。

这是一次跨校、跨专业的成功合作，由同济大学材料科学与工程学院大二学生沈驰负责组队。那是去年12月，沈驰萌发了参加头脑奥林匹克赛事的念头，他联系6位中学时曾与自己一同参赛的队友，组建了同济大学参赛队，取名“AMZ”，意即amazing。这6位队友分别是同济大学材料学院沈思旸、机械学院的彭宗豪、中德工程学院陈璜，以及复旦大学的钟鼎文、上海财经大学的马遥、英国帝国理工学院的孙烜黎。

队伍刚一组建，同学们即投身于紧张的备战之中。身为队长的沈驰全面负责大小事务，组织工作有条不紊。今年的赛题为“释放玻璃球的结构”，要求参赛团队在8分钟内用一个自行设计制作的18克的轻木结构进行承压，在承压过程中还需通过破坏结构的一部分，来释放五颗玻璃球，而且还要有能诠释主题的现场表演。

如何拿取木制结构上放置的5颗玻璃球？这是团队一开始就要解决的问题。“与常规手动解决方案不同，我们决定制作一个机器人。这个机器人不仅是完成这项任务，还能通过我们设计的遥控装置，在表演中真正动起来，与观众、裁判互动。”沈驰说。

队友们各有分工，又相互协作：平时喜欢做一些小发明的彭宗豪，负责装置和释放玻璃珠的机器人的建造；孙烜黎负责轻木结构的设计及制作；陈璜主要负责道具的美化及即兴题的训练；钟鼎文担当表演角色；沈思旸参与各个道具的制作搭建……自己找场地，用省下来的零用钱购置材料，一起抽空训练，春节期间也顾不上休息。3月7日，同济大学代表队参加了在上海举行的第36届世界头脑奥林匹克中国赛区决赛，成功夺得大学组桂冠，由此获得了出战5月于美国举办的第36届头脑奥林匹克世界决赛的入场券。

首战告捷，为同学们带来了更大的信心。为了让道具设计更富创意，制作完成的装置适于远洋托运，力争在国际赛场有上佳表现，同学们将参加全国赛的装置道具和表演剧情重新进行了规划和设计。

木条如何拼接？不同的连接方案对结构承压影响不同。沈驰说，他们一共制作了10套结构，主要是以三根木条拼接成的圆柱为主体，反复试验以取最佳连接方案；结构上放置玻璃珠的部分，则运用了类似榫卯结构的插片和滑滑梯，有效提高了完成任务的成功率。主题故事重新进行编排，道具、装置重新制作、调试、美化，接下来的两个多月的集体奋战，一步步实现着同学们心中的美好构想。

出征世界赛场的那一天终于到来。5月18日，同济大学代表队与中国其他头脑奥林匹克参赛队一起，从上海出发，飞往底特律，再转巴士，到达东兰辛，密歇根州立大学。赛程3天，自5月20日至22日。同济代表队的长期题被安排在21日进行。同学们花费了相当多的时间和精力，将之前为方便托运而拆卸的道具装置重新进行拼装修复。

当地时间5月21日上午九点，同济代表队进入比赛场。在8分钟时间内，配合着表演，同学们完成了结构承压等一系列任务。令队友们兴奋不已的是，最终的承压成绩为1360磅，即616.9公斤，为大学组的全场最高成绩，也是同济大学代表队所做到的最好成绩。同济代表队队员幽默的现场表演，也让全场掌声笑声不断，赢得了全场阵阵喝彩。

“这次的参赛经历特别难忘，跨校合作，动手动脑，科学与艺术结合，是一次不可多得的人生经历。”沈驰说。

（小黄、沈驰，2015年7月1日，第3版）

同济承办第十三届国际日耳曼学会世界大会

首次在华举办，69个国家和地区1200多名专家与会

本报讯 8月24日至30日，首次在华召开的第十三届国际日耳曼学会（IVG）世界大会在我校举行。来自全球69个国家和地区的1200多名从事日耳曼语言文学研究的专家学者与会，围绕“传统与创新之间的日耳曼学”这一大会主题交流研讨日耳曼学最新学术问题。

在开幕式上，同济大学裴钢校长致欢迎词，洪堡基金会主席Helmut Schwarz先生、德国学术交流中心主席Margret Wintermantel女士、歌德学院代表Bruno Gross先生和中国日耳曼协会主席刘越莲女士先后发言。中国驻德大使史明德先生专门发来贺词，德国驻上海副总领事Jörn Beißert先生、奥地利驻上海总领事Silvia Neureiter女士、瑞士驻上海副总领事Anna Mattei女士和卢森堡驻上海总领事Luc Decker先生也分别在开幕式上致辞。柏林自由大学校长Peter-André Alt教授和同济大学外国语学院德语系主任赵劲教授分别作大会报告。

IVG是世界上日耳曼学界规模最大、影响也最大的国际学术组织，IVG世界大会每五年举办一次。其会员数2015年发展到世界70多个国家和地区的近2000人。日耳曼学包括古日耳曼语、德语、北日耳曼语（丹麦语、冰岛语、挪威语、瑞典语）、荷兰语、佛里斯兰语、南非荷兰语和依地语的语言学和文学，以及这些语种的历史和现状、实践和教学等各个方面的研究。

会议期间，与会者就日耳曼学如何走向未来，IVG2020的远景规划；日耳曼学与跨国/国内语言政策；德语作为科研语言在教研中的作用；研究者的机动性：德语语言国家是否是唯一的目的地；中学与大学：合作还是竞争；全球化经贸往来的背景下的德语工业与德语等话题展开了热烈讨论。

据悉，本届大会设有51个分会场，1000多名来自五湖四海的日耳曼学者纷纷登台发表研究报告，设计内容极为丰富；会上举行了“日耳曼语言学的传统性和现代性”“歌德与孔子——从德语和汉语视角看待多语性”等六个圆桌会议，举行了奖颁奖仪式、德国奥地利瑞士卢森堡四国文化之夜、文学之路年会、作家朗诵会、书展以及水乡之旅等附属活动，为大会增添了很多亮点。国际日耳曼学会主席、我校外国语学院朱建华教授特别感谢洪堡基金会、弗里茨·蒂森基金会、德国学术交流中心、歌德学院、汉斯·赛德尔基金会、外研社和中

国银行以及各大领馆的大力支持，同时对所有帮助大会顺利召开的分会场主持人、海内外日耳曼学者以及校内外同事朋友表达了衷心的谢意。闭幕式上，意大利的奥特瑞先生（Auteri）当选为新一届 IVG 主席。

8 月 30 日国际日耳曼学会大会的最后一天，中德学部在中法中心举办了“同济大学——中德之桥”主题分会，同济大学副校长兼中德学部主任吴志强出席并欢迎辞，称赞了本次日耳曼语言学大会缤纷的学术演讲，他还介绍了中德学部与其分支机构，与来自德语区无数的伙伴高校和伙伴企业紧密合作，成为中国独一无二的高校教育项目。

8 月 24 日下午，校党委书记杨贤金会见了前来出席国际日耳曼学会 2015 年世界大会的德意志学术交流中心主席 Wintermantel 女士。他感谢德意志学术交流中心长期来对于同济的多个对德合作项目以及学生交流的资助，希望未来德意志学术交流中心能继续支持同济的对德合作事业，尤其是中德学部、德国研究智库以及多个双学位项目的建设。Wintermantel 女士表示十分荣幸可以来参加此次在同济举办的日耳曼学会大会，并很高兴再次见证同济大学在德语语言文化研究方面的突出实力和卓越贡献。随后，双方就中高等教育体系的发展、工业 4.0 及信息化在教学领域的应用等问题交流了看法。

（外国语学院、外事办，2015 年 9 月 15 日，第 2 版）

庄晓莹获“索菲亚·科瓦雷夫斯卡亚奖”

本报讯　近日，2015 年德国洪堡基金会“索菲亚·科瓦雷夫斯卡亚奖”获奖名单揭晓，我校 32 岁的土木工程学院庄晓莹副教授获得总额高达 165 万欧元的资助。

记者了解到，庄晓莹围绕纳米复合材料在工程领域的应用问题，运用计算机构建力学模型和数学模型，对纳米复合材料（聚合物 POLYMER）在工程领域的应用方案进行优化设计。通过计算机可以进行多要素、多尺度、多物理场的模拟设计，将有助于纳米复合材料使用的改进，提高纳米复合材料在电子产品、飞机、汽车、土木工程领域的应用效果，比如通过改进使用方法、材料重组等，增强工程材料的强度、韧性、耐腐蚀性、耐冷热等。借助计算机模拟平台设计，提出材料使用优化的假设方案并进行模拟验证。

据悉，索菲亚奖由德国联邦教研部和洪堡基金会于2002年联合设立，旨在支持和吸引来自全球科技精英，选拔具有潜力的青年科学家。该项奖励选择全球博士毕业小于6年的优秀青年学者，2002年至2015年共有7位中国学者获此奖项，获奖者回国后均成为研究领域的学科带头人。

庄晓莹曾获得英国计算力学辛科维奇最佳博士学位论文奖（年度唯一）、入选欧盟第七框架协议“玛丽·居里国际人才计划”、上海市浦江人才计划，获国家自然科学基金项目2项等。

裴钢校长在亲笔签名的贺信中，向庄晓莹老师表达了诚挚的祝贺，充分肯定了庄老师在同济大学读书和工作期间的优异表现，勉励她坚守“理论与工程实践并重”的传统，在未来的科学道路上取得更大的成就。

（孙军莹，2015年9月25日，第1版）

把七连屿打造成“南海之窗、天堂之岛”

——三沙市建设规划专家委员会主任委员、我校彭震伟教授谈七连屿规划

近日，我校彭震伟教授带领的团队编制完成了《三沙市七连屿总体规划（2014—2030）及重点岛屿控制性详细规划与城市设计》，就他的规划理念和思路，记者对他进行了采访。

“七连屿太美了，我们要通过规划将其打造成为‘南海之窗、天堂之岛’”，三沙市建设规划专家委员会主任委员、我校彭震伟教授如是说。这位规划出身、曾就读同济城市规划专业和北大人文地理专业的城市与区域规划专家说起七连屿就打开了话匣子，“一带一路”建设的大背景下，高起点定位，高标准建设“国家级生态文明示范区”“海南国际旅游岛先行试验区”，落实到七连屿的定位上，高端海岛旅游、现代生态渔业、海洋生态安全都是我们规划的“牛鼻子”。

七连屿是个什么样的地方

南海及其诸岛是我国先民最早发现、命名、开发和经营的。《旧唐书·地理志》记载，振州（今海南三亚市）疆域已“西南至大海三千里”；《郑和航海图》明确表明西沙、南沙群岛属大明版图；晚清《大清天下中华各省州县厅地理全图》

将南海诸岛用双线方格图例标绘，明确表明属广东府级行政区。2012年，我国设立三沙市。

三沙是我国陆域面积最小、海域面积最大的地级市。该市岛屿、礁盘、沙洲众多，七连屿就是其中一处。它位于三沙市的西沙群岛东北部，在宣德群岛中宣德环礁的北半部，与宣德环礁南部的永兴岛距离18公里，由西沙洲、赵述岛、北岛、中岛、三峙仔、南岛、北沙洲、西新沙洲等十座小岛构成。“七连屿开发是三沙社会经济发展的必然选择，是中国南海和平开发利用的战略起步点和突破口，对七连屿的探索可为南海诸岛开发提供一个范本”，彭震伟介绍。正因如此，今年7月20日，在三沙市成立三周年之际，三沙市成立了建设规划专家委员会，彭震伟受聘担任了三沙市建设规划专家委员会主任委员。

“但是，七连屿开发至少面临5大矛盾”，彭震伟介绍，区位临近优势与交通条件劣势之间的矛盾，虽然七连屿距永兴岛只有18公里，但船只往来一趟得一小时左右；七连屿礁盘范围大、海况复杂，大船无法通行；还有，这里有常驻岛上300天，即可获一笔可观补贴的鼓励政策，但岛上房屋基本都是居民自行搭建，居住条件很差，甚至连厕所都没有；但淡水、蔬菜等基础资源匮乏，生活必需品供应紧张；加上旅游潜力巨大但基础设施建设滞后、生态环境脆弱与全面开发利用的矛盾，都需我们谨慎对待，小心行事。

七连屿定位为什么样的岛

“把七连屿放在三沙200万平方公里的国土面积上，她就像少女脖子上一串晶莹透亮的项链。作为三沙市较早开发的岛屿链，她至少需承担南海发展窗口、热带度假天堂、低碳智慧岛屿等职能。”彭震伟说。

按照这一顶层设计，我们的规划重点落在产业与旅游发展、人居与空间建设、综合交通与物流、生态与环境保护、市政防灾系统及智慧支撑系统六个子系统。国际上，像塞舌尔群岛、马尔代夫群岛、斐济群岛、大溪地、巴哈马、夏威夷及普吉岛，都是旅游业开展得各具特色，魅力纷呈的岛屿，我国《西沙群岛总体规划》定位赵述岛为综合型岛屿，北岛、中岛、南岛、北沙洲、中沙洲、南沙洲、西沙洲、新西沙洲为旅游型岛屿。

“旅游业必须做大做强”，彭震伟说，所以规划首先要做的就是建立全方位的海岛旅游配套，与旅游紧密相连的就是金融。“七连屿作为远岸岛，不但远离消费和投资市场，本地人力支撑力也不足，所以必须积极发展‘虚拟经济’。”

彭震伟说，要利用七连屿的优势，努力吸引大企业注册在七连屿，纳税给七连屿，品牌属于七连屿，运营在海南岛。

七连屿旅游有什么

“相对而言，七连屿有区位优势，相对其它离岸岛屿具有交通便利、基础设施支撑较有保障等有利条件”，彭震伟如数家珍，这里还有珍稀的热带岛屿景观环境，水温高、水质清澈，在中国具有唯一性，“七连屿还是一个充满诗意的名字，它的形状就像一串美丽的项链”。

七连屿的旅游市场已经起步。2013 年 5 月，“椰香公主”号开始常态化运营，截至 2014 年 3 月，运营 14 个航次，接待 2000 余名游客，但由于交通不便，只有散客租赁当地渔民的渔船由永兴岛前往，简单观光并不留宿。经过缜密思考，《规划》提出七连屿游客目标人群“以度假游客为主”：以永兴岛为依托，形成“主岛 + 离岛”的开发模式，让七连屿成为游客一日游的必选停留点。

“七连屿旅游总体定位及远景，我们规划为‘南海之星，海洋之花——中国顶级热带海岛度假圣地’。”彭震伟说。按照这一思路，赵述岛定位为“椰香风情岛”，将建成海岛旅游接待、服务、交通换乘中心，提供全方位高端旅游服务设施，加上美食街、环岛观光、鱼文化乐园、海上运动，花样繁多；北岛定位为沙滩休闲岛，岛上将提供度假别墅、花园度假酒店、游艇俱乐部及海岛风光游，设立日光浴、海滩浴、摩托艇、沙滩排球、风情音乐节及星光海滩等项目；中岛定位为甜蜜度假岛，主要为蜜月度假、海岛婚礼和康体养生而设计，提供海景餐厅、无边际泳池、家庭别墅、度假别墅、瑜伽及海滩婚礼、游艇婚礼及环岛观光设施；南岛作为西沙最独享的海岛被定位为私密度假岛，提供定制别墅、游艇俱乐部、空中俱乐部、海底极致体验、主题浪漫海滩等服务。“还有蔚蓝明珠—潟湖、西沙最美丽的沙洲——西沙洲，西沙最原始的沙洲——南沙洲组团，北沙洲、中沙洲、南沙洲都需要好好规划，保护好环境的基础上适度开发。”彭震伟的表情让我们知道他们不愿在这块美丽的钻石上留下不必要的划痕。

不仅如此，规划还对人居环境、开发建设时序做了深入的研究和规划。《规划》针对七连屿村委会现有 67 户居民、209 人主要居住在赵述岛和北岛的状况，将赵述岛定位为中心岛，北岛定位为重点岛，两岛确定为综合服务型岛，让其兼具主权维护、行政管理、现代海洋产业服务、旅游开发与服务功能。其他各岛确定为旅游度假性和生态观光型岛屿，像生态观光型岛屿不进行旅游开发，而是推进生态修复和环境保护，适度开展体验观光。

建筑、能源、交通、市政基础设施及开发顺序等，《规划》也一一给出了各岛屿的详细方案。比如水，规划思路是，节水优先，多渠道开源，像雨水收集、海水淡化、中水利用等都是应该很好利用起来的。岛上产生的垃圾也应该采取分类措施，可回收的垃圾回收至永兴岛，塑料袋类不可回收垃圾可填岛也可运回永兴岛，有机垃圾是要回收制沼气的。“七连屿的生态环境十分脆弱，规划除了赵述岛和北岛开发规模稍大，包括西沙洲、中岛、南岛的开发应严格控制，生态修复岛像南沙洲、北沙洲、新西沙洲、东新沙洲禁止开发建设永久性建筑，并采取技术方法修复破坏的沙滩、礁盘、植被等生态资源。”彭震伟最后说。

（程国政，2015 年 10 月 15 日，第 2 版）

交通安全国际合作联合实验室揭牌

由我校携手美德日等十余高校机构共建，致力于加速我国交通安全研究及应用与国际接轨

本报讯 10 月 29 日，同济大学携手美国普渡大学、中佛罗里达大学、德国宇航中心、达姆施塔特工业大学、日本东京大学、京都大学等 10 余所国际著名高校及研究机构共建的“交通安全国际合作联合实验室”在嘉定校区揭牌成立。这一联合实验室将聚焦国家交通安全重大需求，围绕交通系统的“人—车—路—管理”核心安全保障问题，进行系统性研究，形成国际一流的科研成果；同时汇聚国际交通安全领域的学术大家，引领同济大学交通运输学科尽早成为国际一流学科；并探索联合实验室的国际化运营体制和管理机制，在 2020 年前将它建设成为国际一流的交通安全实验室。

同济大学校长裴钢，公安部交通管理科学研究所、交通运输部公路科学研究院、上海市交通委员会、上海市交警总队等单位负责人到会致辞。

“全球道路交通安全问题日益凸显，仅 2014 年一年，全世界交通事故造成的死亡人数就已达 124 万人。”同济大学党委副书记、联合实验室第一届学术委员会主席方守恩教授介绍，伴随着我国机动化和城镇化高速发展所带来的交

通需求猛增，道路交通安全形势严峻，安全改善任重道远。我国交通事故死亡率偏高，2013年我国每万车死亡率为2.34人，而同期美国只有1.28、德国0.7、日本0.6，我国为发达国家的2～4倍。交通安全改善涉及人、车、路、管理等多方面因素，交通安全改善不仅仅是交通运输工程领域的难题，还涉及多学科协调。现阶段我国在交通安全的基础理论、关键技术方面，与欧美发达国家还存在很大差距，因此携手国外交通安全的研究力量，共建国际合作联合实验室，将有助于加速我国在交通安全研究及应用领域与国际接轨。

据悉，同济大学"交通安全国际合作联合实验室"将针对当前我国交通安全存在的紧迫问题，积极致力于改善我国交通安全状况：在基础理论研究方面，将基于同济大学8自由度驾驶模拟器和上海自然驾驶实验，开展交通安全行为特征及解析方法的研究；在关键技术方面，主要探索交通安全系统风险评估与态势辨识技术和交通安全防控效用评估技术；在工程应用方面，编写交通安全手册，开发交通安全综合信息服务系统等。

记者了解到，同济大学交通运输工程学院已在交通安全研究领域承担完成了一系列重大科研任务，与一批国外一流高校建立了长期稳定的国际合作关系。本次国际合作联合实验室的启动将延续和深化交通安全领域的国际合作研究，并将重点突出交通参与者行为、交通事故致因两个基础理论方向，以及交通行为研究与改善、设施设计安全评估与优化、基于信息化的交通安全管理和智能车路与车辆主动安全等四个研究方向深化研究，设置国际合作开放基金，定期举办国际学术研讨会，通过各种渠道引进国际化人才，力争经过5年努力，将其建设成为国际一流的交通安全实验开放平台。

揭牌仪式结束后，交通安全国际合作联合实验室学术报告会举行。联合实验室外方主任、普渡大学安德鲁·塔克（Andrew Tarko），联合实验室学术委员会外方主席、中佛罗里达大学穆罕默德·阿卜杜勒·阿提（Mohamed Abdel-Aty），分别作了有关道路交通安全的学术报告；公安部交通管理科学研究所所长王长君教授在报告中介绍了我国道路交通管理科技"十三五"发展思路。

（黄艾娇，2015年11月10日，第2版）

"四川—上海高校活动周"同济主题活动温情上演

"四川—同济大学"省校全面战略合作迈出新步伐

本报讯 省领导报告会、省校深化战略合作座谈会、选调生宣讲及座谈会、高层次人才引进会、"锦绣四川、魅力天府"图片展、文艺联欢晚会、主题知识竞赛……11月16日至20日，由四川省委、省政府联手同济大学等沪上知名高校在沪举办以"携手共进，筑梦四川"为主题的"四川——上海高校活动周"，一系列主题活动在同济园温情上演，引发了众多同济学子对那片西部热土的关注与向往。这也标志着今年8月四川省与同济大学共建的省校全面战略合作关系又向前迈进了一步。四川省委常委、组织部部长范锐平，同济大学党委书记杨贤金、校长裴钢等领导出席活动周相关活动。

活动周的重头戏之一，是诚邀一批青年才俊加盟，共同书写西部发展新篇。11月16日，四川省委组织部在同济大学召开选调生宣传推介会，定向选调招录部分急需紧缺专业优秀应届毕业生，涵盖土木工程、水利工程、城市规划、建筑、机械等专业，吸引了200多名同济学子跃跃欲试，其中大约一半为四川籍生源。次日，省委组织部又召开土木工程、建筑与城市规划学院等重点院系选调生座谈会，让有意愿的同学更深入了解四川未来的建设与发展方向，也更加明确此次选调的流程和要求。

11月18日，"四川高层次人才引进会"在同济综合楼开锣，69家四川最具竞争力和吸引力的骨干企业、事业单位和科研院所进驻现场，1400多个优质岗位虚位以待，总需求约3300余人。范锐平、裴钢等来到招聘会现场，与用人单位和应聘同学亲切交流。

"四川始终是西部大开发的龙头，新一轮西部大开发、国家'一带一路'战略、成渝经济区、全面创新改革试验区等多重机遇在这里叠加，我们欢迎同济大学的同学们学成毕业后，选择到四川这个最具幸福感和发展潜力的地方安家兴业！"18日，范锐平在同济大学逸夫楼报告厅作了"携手共进、筑梦四川"的专题报告，他真诚地向莘莘学子们发出了邀约。

18日，"深化四川—同济战略合作座谈会"召开，双方共同回顾自今年8月签署省校全面战略合作协议以来合作进展情况，交流探讨2016年双方战略合作的重点工作。范锐平、杨贤金等出席座谈会。

据介绍，在省校战略合作框架下，双方及时对接、落实合作协议，3个月以来，已在大学生实习就业、干部培训、创新创业、科学研究、政策咨询等多方面取得进展：同济大学200多名学生今年暑期赴川参加了“同行计划”社会实践，赴川选调生人数也在增加；同济大学已将四川9所中学作为试点，开展教育教学的综合改革；“同济创业谷西部基地”在成都成立；同济大学为四川举办培训班，推荐教授赴川挂职；同济大学一批专家可随时为四川提供决策咨询服务……会上，四川省教育厅、科技厅、人力资源和社会保障厅、住房和城乡建设厅、投资促进局、博览事务局等厅局长，成都、宜宾、德阳、绵阳、达州等市委负责人，以及省交通投资集团、省铁路产业投资集团等企业董事长，分别介绍了各自实情，提出了当前需求和合作意向，涵盖中学教育衔接、教育培训、城乡规划、技术攻关、学生实践就业、对口支援等诸多方面。

会上，同济大学四位知名教授欣然接受聘请，成为“四川省特聘专家”，他们分别是：建筑与城市规划学院常青教授，长江学者、交通运输工程学院孙立军教授，国家“千人计划”特聘专家、环境科学与工程学院院长戴晓虎教授，国家“万人计划”首批科技创新领军人才、新农村发展研究院常务副院长张亚雷。

范锐平在讲话中感谢同济大学对四川建设发展长期给予的大力支持与帮助，他说，在四川转型发展、创新发展的征途上，需要同济大学给予全方位智力支撑，希望省校双方不断拓宽拓深合作领域，全面对接，共谋新发展。

杨贤金在讲话中说，同济大学与四川的合作源远流长，在省校战略合作框架下，同济大学将立足自身学科特色，精准对接四川的重点、重大需求，集中攻关，着力解决四川发展中遭遇的瓶颈性问题，为四川新一轮发展作出同济人的贡献。

作为活动周的组成部分，重在考查四川历史、文化、经济社会发展以及同济校史李庄部分等相关内容的知识竞赛17日晚在同济大学展开角逐，旨在让同济学子增进对四川的了解和对同济历史的认知；“锦绣四川　魅力天府”图片展18日在同济大学综合楼揭幕，美景美食、巴蜀文明、城乡新貌，一幅幅精美图片吸引师生驻足；同济大学唱响四川旋律文艺晚会18日晚在同济大学大礼堂上演，四川省歌舞剧院与同济师生共同演绎了真挚深厚的“同济—四川情”。

另讯，四川周期间，同济大学与宜宾市深化合作交流座谈会18日在四平路校区逸夫楼举行。宜宾市委书记王铭晖，市政协主席葛燎原，市委常委、组织部长易林，副市长吴勇；同济大学校长裴钢、常务副校长陈以一、党委副书记徐建平等出席活动。

王铭晖指出未来宜宾将走持续、绿色环保的发展之路。他希望同济大学在宜宾的绿色城镇和海绵城市的建设、科技企业孵化和众创空间建设、人才培养、李庄古镇的保护和开发利用方面给予支持。他还对我校建设的环同济知识圈表现出浓厚的兴趣，希望能借此机会将同济的这种模式辐射到宜宾，以促进宜宾长江经济区的快速发展。

裴钢指出，同济大学作为一个有特点有担当、为人才服务的大学，将严格地按照“三严三实”精神，具体把各项合作落到实处，为宜宾人民做实事。他提出三点合作建议：一是加强同济大学与宜宾在绿色发展方面的合作，帮助宜宾做好可持续发展的绿色规划；二是推动宜宾环保产业发展，把宜宾建设成为中国智能城镇、绿色城镇的典型；三是科技教育等方面的合作，加强双方的人才交流和培训，并鼓励同济学生赴宜宾创业。

座谈会前，校党委书记杨贤金会见了王铭晖一行。杨贤金表示，宜宾李庄是同济大学的第二故乡，帮助促进宜宾的发展建设、造福当地人民是义不容辞的责任。王铭晖感谢同济大学对宜宾的帮助，希望双方进一步密切合作，实现双赢发展。王铭晖代表宜宾市委、市政府邀请杨贤金担任“宜宾市科技顾问”，杨贤金接受了邀请。

（黄艾娇，2015 年 11 月 20 日，第 1 版）

对口支援，助力受援高校师资队伍、学科科研、人才培养、管理与社会服务全面提升

学校举行对口支援高校工作十周年总结座谈会

本报讯 11 月 13 日下午，同济大学对口支援高校工作十周年总结座谈会在中法中心举行。井冈山大学校长曾建平、原校长张泰城，新疆大学校长塔西甫拉提·特依拜、副校长吴广明，宜宾学院校长蔡乐才，九江学院副院长吴桃娥，大理大学政法与经管学院院长李鸿昌；我校党委书记杨贤金、副书记姜富明，校长助理胡展飞，原常务副校长李永盛等出席，我校常务副校长陈以一主持座谈会。

座谈会上，姜富明就十年援建工作作了总结汇报。从 2005 年开始，我校积极响应党中央国务院关于实施西部大开发的号召，按照教育部统一部署，以高

度的政治责任感和使命感，认真履行服务社会的庄严承诺，全面开展了对口支援井冈山大学、新疆大学、大理大学、宜宾学院和九江学院的工作。十年来，在支受双方的共同努力下，受援高校学科建设、师资队伍建设、学生培养、管理工作及社会服务水平得到很大提升，同济人以实际行动践行了“与祖国同行，以科教济世”的承诺。

曾建平回顾了同济大学对口支援的情况，他指出，同济大学帮助井冈山大学凝练办学思路、指导做好学校发展规划和顶层设计、培训师资和管理干部、选派同济干部到井冈山大学挂职校级领导，联合开展学生培养等，极大地促进了井冈山大学的跨越式发展。井冈山大学成功地由“学院”升格为“大学”，由专科学校变成了本科院校并拥有了硕士点；由以教师和医生培养为主的学科单一院校变为了具有多学科的综合性大学；学校师资队伍取得巨大进步，高级职称和博士以上学历教师数量大幅度增加；学校学科数量翻了几番，并拥有了省部级重点学科；学校科研能力显著增强，在国家重大科研项目取得重大突破，科研经费达到上亿元；学校建立了省部级重点实验室，办学条件得到巨大改善；学校人才培养质量明显提升，学校招生分数已全部超过江西省一本线。他指出，没有同济大学的无私援助就不可能有井冈山大学今天的发展成效。

塔西甫拉提·特依拜发言时指出，自 2010 年教育部确定“10+2”大学对口新疆大学，特别是同济大学对口支援新疆大学建筑工程学院以来，新疆大学相关学科取得了长足的发展，教学水平得到明显提升，科研能力得到明显提高，育人理念得到进一步完善，新疆大学服务社会能力得到很大增强，感谢同济大学提供的大力援助，祝愿同济大学明天更加辉煌。

蔡乐才回顾了两校之间的深情厚谊。自 2006 年开始，两校“同饮一江水，共议李庄情”，近 10 年来，两校互派干部挂职，安排宜宾学院教师到同济进修，合作培养本科生、共建科研基地等，实实在在推动了宜宾学院发展进步，诚挚感谢同济人的无私奉献。截至目前，已有 16 批 27 名干部、41 名教师到同济大学挂职锻炼和学习，有 81 名学生到同济大学进行了为期一年的学习。

吴桃娥介绍说，自 2007 年同济大学对口支援九江学院以来，“到同济进修、到同济锻炼”已经成为九江学院老师们的一个期盼，截至目前已经有 13 批 50 多名干部和老师来同济学习，九江学院通过举办“同济归来话教风”“同济进修交流会”等，极大推动了学校学风、教风、作风建设。她说，这些进修干部和教师回校后迅速成为骨干，极大促进了学校教学、科研和管理工作发展进步，为九江学院这些年的长足发展打下了坚实基础。

李鸿昌说，自 2013 年同济大学特别是经济与管理学院对口支援以来，双方在学科建设、师资培养、科研攻关、学生培养等方面开展了广泛而深入的合作，促进大理大学政法与经管学院在凝练学科方向、国家重大课题项目申报、教学质量提升等方面取得了很大进步，对口支援时间虽然短暂，但是成效已非常显著。

张泰城深情回顾了两校合作历程。他说，在同济大学帮助下，井大人转变了观念，树立了现代大学理念；两校在对口支援中善于在差异中寻找共性，紧紧抓住了师资培养、干部挂职、科研提升、学科建设和学生培养等关键环节、关键要素。实践证明，同济人敢担当、有水平，无愧于百年名校。李永盛热情回顾了当年和井冈山大学签署对口支援协议、早期开展对口支援活动的相关情况。他说，大学是国家和人民滋养的，大学有责任回报社会，同济大学始终牢记对于国家和民族的使命和责任，所以，只要祖国人民有召唤，同济人就一定会有行动。

兄弟高校领导们表示，希望未来继续深化和同济大学的合作，希望同济大学继续给予援助和支持。

会上，学校对援建工作先进集体、先进个人进行了表彰。建筑与城市规划学院、土木工程学院、交通运输工程学院、电子与信息工程学院、经济与管理学院、艺术与传媒学院、图书馆等单位获得“同济大学对口支援高校工作十周年先进集体”称号；王桢栋、刘春、刘超、张氢、柳喆俊、黄翔峰、薛航等获得“同济大学对口支援高校工作十周年先进个人”称号。杨贤金、姜富明为获奖单位和个人颁奖。建筑与城市规划学院党委书记彭震伟介绍了学院对口援建新疆大学建筑工程学院的相关情况；土木学院青年教师刘超介绍了自己在新疆大学建筑工程学院支教的相关情况。

陈以一在主持时说，十年援建之路，一路走来，离不开受援高校领导和师生们的大力支持，十年援建取得的成绩是我们大家共同努力的结果。他希望未来支受援双方能继续同舟共济，携手共进，争取取得新的更大的成绩。

杨贤金在发言中指出，十年来，同济大学踏踏实实、认认真真地完成了各项对口支援任务，在受援高校建设过程中的关键环节、关键领域，搭一把手、助一把力，起到了催化剂、助燃剂的作用，在兄弟高校的共同努力下，对口支援工作取得了积极成效，这个过程生动体现了“同舟共济”的精神，生动体现了同济人的严实作风。

杨贤金对下一步的对口支援工作提出三点看法：一是要立足双方校情，开展精准对接、精准帮扶，找准问题、补齐短板，在联合开展学科建设、师资培养、科学研究、课题申报、创新人才培养等方面要进一步开拓创新、争取更大成效。二是要发挥学校优势和特长，注重做好人才培养；要坚持立德树人、努力培养社会主义建设者和接班人，为此要积极为学生创造良好的学习生活条件，要积极开展思想政治教育，立德树人。三是要深入推进党建工作。要坚持从严治党，积极发挥井冈山大学、新疆大学、宜宾学院等兄弟高校的育人资源优势，加强对党员干部开展思想政治教育；双方高校党务工作部门要相互对接，善于在对口支援工作中发现人才、培养人才。

杨贤金强调，当前，国家正在大力推进世界一流大学和一流学科建设，上海市正在推进建设有世界影响力的科技中心，这对同济大学来说是一种机遇，对受援高校也是难得机遇；同济大学正在努力推进建设以可持续发展为导向的世界一流大学；同济人将继续秉承使命和责任，继续做好对口支援工作，发挥辐射带动作用，与兄弟高校一起共同进步。

（新闻中心，2015 年 11 月 20 日，第 2 版）

“我们要模拟的就是真实的地震环境”

——直径 15 米的沿江通道盾构隧道振动台试验见闻记

“开始！”随着一声令下，地槽中的红色伸缩管开始活动，上海沿江通道盾构隧道段地震模拟试验拉开帷幕，“直径 15 米级的盾构隧道是目前世界上开通运营的最大尺度，沿江通道隧道是与先前的上海长江崇明桥隧的隧道长度相当。超长大直径隧道的地震安全性一直为工程界所关注。利用我校‘985’项目建设的多功能地震台进行这样的试验研究，在世界上也是首次”。上海市科委重点支撑课题“既有大型盾构装备功能再造和隧道安全控制技术”课题之“长大盾构隧道抗震安全控制技术”子课题负责人、我校土木学院教授袁勇介绍。

上海沿江通道为何要建隧道

大家都知道，上海有条郊环线，但目前的郊环线与外环线共用外环隧道，一是造成外环隧道常年超负荷运行，二是目前的郊环线呈现的是“C”字形，缺口处就是吴淞口这一带。于是，上海市决心打通郊环线，就有了上海沿江通道工程。

沿江通道工程位于上海市东北部，工程跨越黄浦江，连接富锦路同济路交叉口段至上海长江隧道五号沟立交。路线全长约30.3公里。工程由浦西接线道路段、越江段、浦东接线道路段组成。越江段采用双管盾构隧道，隧道按双向6车道高速公路标准设计，抗震设防烈度为7度，设计使用年限100年。隧道总长6486米，盾构段5090米，不设中间井，两条隧道之间设置6条连接通道。西起上海宝山区牡丹江路、富锦路交叉口，以隧道形式向东进入长江，下穿长航码头引桥、国际邮轮码头引桥、炮台湾湿地公园、吴淞岛及黄浦江，最后在滨江森林公园处登陆。全线采用双向六车道高速公路标准设计，隧道段设计车速为80公里每小时。此次开工的沿江通道越江隧道工程隧道段长为6486米，采用曾应用于上海长江隧道、钱江通道、长江西路隧道等工程的两台直径为15.43米泥水平衡盾构机，隧道外径为15米，内径为13.7米，将再次刷新上海长江底隧道最大、最长的纪录。但是，盾构隧道的超大直径和长距离特点也会为隧道结构抗震安全性带来新的难题。

吴淞口、长江口向来为黄金水道，船行如织，架桥显然不合适，所以就选择了隧道。而且隧道一般被认为是一种抗震性能较好的结构，“地下结构的抗震性能随埋深的增加而有所增加，因此，以前一般情况下地下结构是不进行抗震设计的”。课题组成员禹海涛介绍，但1995年的阪神地震让一切都改变了，地震对地铁车站及区间隧道的无情摧毁惊醒了很多人。由于长大盾构隧道结构通常都延伸很长的距离，沿线的地形地质条件发生很复杂的变化，隧道本身在空间上也高低起伏，地震时就会发生横断面的错动、纵向伸缩和蛇形扭动等变形；同时，地震波在隧道纵向各点引起的振动也存在一定的差异，如由于位置的不同造成地震波到达的时间差异，即行波效应。

“多功能振动台有四个振动台面，可以组合实现多种试验功能，为世界上领先的先进实验设备。利用该设备组成线状振动台阵，可以实现多点非一致地震激励下长隧道的振动试验，通过研发附加的地层—隧道结构，它还可以呈现大直径隧道局部结构地震反应的相互作用特性。”禹海涛介绍。

试验被分成了三个专题

长度超过5000米的地下隧道，而且盾构机一旦开始作业，所有的工序就只能进不能退，因此事先做好各种准备是必须的。

“再者，一旦隧道在地下形成，再想重建就几乎不可能了。”禹海涛介绍，水下地层中埋深50米以下的长大隧道面临的主要就是钢筋混凝土管片连接处的抗震性能，万一地层扭曲错动，万一地震波方向紊乱怎么办？袁老师将子课题分为超大直径盾构隧道刚度变化段的大型振动台模型试验研究、长大盾构隧道的多点多维大规模振动台模型试验研究、超大直径盾构隧道关键部位抗震构造与减震控制技术研究等三项专题研究内容。

“超大直径盾构隧道刚度变化段的大型振动台模型试验研究”针对的是隧道联络通道等关键连接部位的构造特点，基于动力相似比理论、模型土配置技术及模型箱边界吸能设计，开展盾构隧道—联络通道—土体复杂体系的大比尺振动台模型试验，研究不同地震激励下隧道联络通道等关键节点的动力响应规律及损坏模式。“重点研究7度抗震设防区的频遇、常遇、罕遇等不同地震动水平下盾构隧道关键节点的动力响应规律。”禹海涛介绍，超大直径盾构隧道关键连接部位包含多个组成部分，如连接通道、联络通道与隧道的连接段、管片以及管片间的接缝，如何既不失去连接的刚度特征、又简化模型制作，是盾构隧道连接节点模型试验的技术关键所在。再者，超大直径盾构隧道关键节点的振动台模型试验中，需要在某些关键部位量测结构和土的动力反应。因此，传感器的布置与量测技术是盾构隧道振动台模型试验的关键。

“长大盾构隧道的多点多维大规模振动台模型试验研究”针对的是长大盾构隧道结构的特点，集成研发大规模振动台多点多维模型试验模拟技术，开展隧道结构多个波长范围地震灾变全过程的多点振动台模型试验，研究深厚软基地震动场的差动效应、土—结构动力相互作用对长大盾构隧道结构的影响，揭示长大盾构隧道结构在地震灾变过程中的演化规律和局部损坏机制。离散多点输入机制研究的难点在于如何通过若干个独立振动台面的运动实现实际的连续多点输入。目前国内外对这一问题的研究尚未见报道，其复杂程度与模型箱设计相关。“团队已经完成了包括港珠澳大桥沉管隧道在内的超大工程多点振动台试验，有良好的基础，他们的工作令人鼓舞和期待。”中国土木工程学会副理事长李永盛教授评价说。

“超大直径盾构隧道关键部位抗震构造及减震控制技术研究”是在上面两个专题振动台试验研究成果基础上，从能量平衡的角度出发，根据地震能量输入、转移、分布、耗散与吸收的规律，研究隧道与环境介质间能量存储、转换和消散机理，比较超大直径盾构隧道结构中不同减震耗能技术的适用性及其耗能效率，从而建立超大直径盾构隧道的减震控制技术。

“试验是我博士论文的一部分”

10 月底一个阳光灿烂的日子，我们来到我校嘉定校区的多功能地震试验台。一个名叫包蓁的年轻人带着我们参观试验现场，他说：“排队排了将近一年，终于轮到我们了。”

进入宽敞高旷的实验室，我们远远地就看见了橘红色的大箱子，凑近看，橘红的箱体原来也很宽，箱子里面填的都是砂，一根白色的塑料管舒舒缓缓地躺在黄沙正中间，迤逦过去。“箱体长度 22 米，试验用的隧道模型长度 21 米；箱体的宽度 4.5 米、高 1.5 米；您说的砂子其实是经过计算的砂子锯末混合体，严格按照隧道所在地区的地层环境配比的。”博士生包蓁介绍。

“你看管子上贴着这么多的圆片儿！”我说，就像做心电图检查一样。

“这个试验就是有点儿像心电图检查，不过是地震环境下的隧道‘心电图’。”包蓁介绍，我们在管子里面、外面布置了多组测试元件；隧道模型也是按照真实版的隧道比例缩小的，包括材料强度、管道直径、厚度等等。

包蓁带着我们走到侧面，指着黑包白的作动器说，四组作动器连接着的振动台，完成 30 组试验，其中包括空箱测试、自由场模型试验、盾构隧道多点振动台试验等。我们看到，试验表格中列了工况、加速度幅值、地震波类型、振动方向、频率、波速等名目，测试工况有上百种之多；还有，“埃尔森特罗”（El Centro）地震波（人类记录到的第一条完整地震波，那次地震震级 7.1 级）作用之下，不同地震动输入方向、不同加速度幅值、不同行波波速下结构响应情况；还要研究相干效应作用下结构的响应情况及不同波形下隧道结构响应等。

包蓁说，试验持续到 11 月中旬，其中包括工作井连接节点的抗震试验。据了解，今年夏天，上海沿江通道工程始发工作井施工开始，“始发工作井挖好后，两台自重 3500 吨、有 5 层楼高的盾构机就会进入阵地作业”，包蓁说，隧道工期较长，且为一次性不间断开挖，工作井与隧道连接节点的安全性能显得十分重要。

据悉，工作井的抗震试验已在本月中旬进行完毕，我们看到的洁白的工作井已经埋在沙子木屑槽里了。工作井模型是建筑城规学院的3D打印机打出来的。“开始时，我们担心里面的行车道打不出来，现在看来担心是多余的。”包蓁介绍，自己的博士论文研究的是长大隧道抗震的相关问题，这次试验对论文至关重要，“试验完成了，效果很理想，我的论文有了坚实的基础资料了”。当初，我们走进实验室，在房间的角落里，一眼就看见了竖井，乳白的颜色、滑滑的手感、精致的螺纹口，还有长城垛口样的接口，科技的力量让人震憾。这套1 ∶ 60的竖井大约有80厘米高，让人觉得把它放到砂子里有些可惜。现在，它的使命已经完成了。

据了解，随着2019年沿江通道工程竣工，郊环线的“C”字状将变成“O”字状，形成全长约200公里的完整环状。届时，外环隧道车流量居高不下的局面也将涣然冰释。

（程国政，2015年11月20日，第2版）

一代建筑大师　引领同济学派

《罗小未文集》发布暨罗小未学术思想研讨会举行

本报讯　11月19日上午，《罗小未文集》新书发布会暨罗小未先生学术思想研讨会在建筑与城市规划学院召开。当原同济大学建筑与城市规划学院院长李德华先生陪同罗小未先生一起来到会场时，大家纷纷簇拥着建筑界这对杰出伉俪，向罗先生道贺。

会上回顾了罗小未先生的事迹：求学圣约翰、入职同济、编写教材、撰述专著、教学出访、履职参政，夫妻情、母子情、师生情、同谊情、爱校情、爱国情，交织成一幅幅动人的画面，先生的风采不断迎来阵阵热烈的掌声。

罗小未先生的弟子、同济大学副校长伍江指出，罗小未先生是同济大学建筑与城市规划学院唯一被称为“先生”的女教授，是同济大学的宝贵财富，是同济大学理工学科背景下一抹动人的亮彩。他从开放性、时代性、开拓性、思想性四个方面总结了罗小未先生的学术思想，这四个方面不仅使罗小未先生始终走在学界的前列，更成为同济大学乃至中国建筑学界一派学风的重要引领。

同济大学副校长吴志强曾经是李德华先生的学生，他从罗先生为人师母的点滴小事谈起：她爱家庭、爱学生、爱社会、爱明天，正是这种大爱的精神，使罗小未先生战胜了人生的磨难，也造就了同济大学建筑历史与理论研究方向优良学风的一代代薪火相传，造就了同济大学建筑与城市规划学院纳百川、汇万流的学术凝聚力。

上海市民盟秘书长姚卓匀和宣传部副部长吴鸣放代表民盟上海市委到会祝贺。姚卓匀从参政履职的角度，向大家展示了罗小未先生学术之外的政治风采。作为中国民主同盟的优秀代表，罗小未先生履职同济民盟、上海市民盟、民盟妇委和高教委、民盟中央，先后担任上海市人大代表、市政协委员和全国政协委员。她是民盟的一段传奇、一颗明珠，她的知性之美、专注之美、尽职之美，始终是后辈的仰望。

上海市建筑学会理事长曹嘉明在致辞中回顾了罗小未先生曾经担任上海市建筑学会理事长十余年期间，对于推动建筑界的广泛交流和互动所做出的贡献。

同济大学建筑与城市规划学院院长李振宇教授作了《永远优雅的罗先生》的发言，以“崇古厚今”“严慈相济”高度概括总结了罗小未先生的建筑观、学术观和教育观，热情赞扬了她对引介与传播现代主义之后国际上多种建筑理论与思潮作出的独特贡献。吴长福教授亦以“同济建筑规划大家”丛书发起人的身份，对《罗小未文集》所代表的同济大学建筑学科奠基人及其作品出版，在传承同济历史和精神方面所做的贡献作了介绍。

郑时龄院士作为罗小未先生的弟子发言。郑时龄院士在对罗小未先生教学、研究和学术交往历程的回顾中，详细梳理了罗小未先生的教育思想和学术思想，在建筑学诸多领域开拓、创新的贡献，以及这些贡献对同济学派的形成和中国建筑学教育与学科发展的历史性意义。如果“建筑是凝固的音乐”，罗小未先生就堪称建筑界的周小燕。同样是罗小未先生弟子的常青教授以亲身受教的经历，深情回顾了罗小未先生对其自身成长的引领作用，他高度总结了罗小未先生所代表的同济前辈虽“门高户大，却无门户之见”的宽广胸怀，讲质求真、打开视野、独辟蹊径的学术境界，以洋为鉴、以华为本、真诚待人、不卑不亢的国际交往风范等，及其对自己人生态度、价值取向的深刻影响。

同济大学出版社社长支文军教授介绍，《罗小未文集》主要收录了罗先生教育和学术生涯几十年过程中所撰写的学术研究成果，共 5 个方面 35 篇论文，及4个重要的附录。文集还包括李振宇院长的“序言”和郑时龄院士的“前言”。全书共63万字，100多幅图片。作为“同济建筑规划大家”系列丛书之一，《罗小未文集》的出版将成为梳理同济建筑思想、承续同济学术传统的一个新起点，该书的出版，也是同济大学出版社“城市·建筑学术出版中心”今年最重要的学术出版成果之一。《罗小未文集》的编委之一卢永毅教授表示，系统梳理罗小未先生教学与学术贡献是晚辈义不容辞的责任，文集的出版是一个新的开始，它会激励我们进一步研读历史，开拓未来，使同济建筑学的教学思想和学术传统能够更好地延续和发展。

《城市规划学刊》主编、近90高龄的董鉴泓先生，上海章明建筑设计事务所有限公司董事长章明总建筑师，朱亚新与王季卿老教授伉俪，建筑系老系主任赵秀恒教授等作为罗小未夫妇的老同事、挚友和早年学生代表，分别发言道贺。朱亚新教授以一联“濡沫风雨六十载，比翼金砖。切磋教育终生事，遍栽桃李”向罗小未夫妇致敬。

（建筑与城市规划学院，2015年11月30日，第1版）

“打造一批同济特色的新战略学科”

——我校“十三五”学科规划解读

最近，从国家到地方、纵线横面的每一个单位都在积极酝酿制定“十三五”规划。“十三五”期间我校学科建设往哪里走、怎么走，重点抓什么，这是每一个同济人关心的话题。近日，记者采访了具体负责学科规划的校长助理、学科办主任孙方霖教授，他为我们深入仔细地介绍了《同济大学2016—2020学科发展规划》。

学科建设总的指导方针

“十二五”期间，学校的学科建设取得了长足的进步。同济的土木、环境、建筑、城乡规划、风景园林、海洋、交通运输工程等传统强势学科继续保持相当的优势。我们的计算机与技术学科，理科的部分学科及医学生命等都有不错的进展，文科发展也呈现了上升的势头。一些具有“后发优势”学科的发展也很令人期待。

但是，同济的学科之间差别很大是个不争的事实，孙方霖说。国家提出建设“一流大学，一流学科”，其核心还是“一流学科”。一流的学科多了，大学自然也就成为一流了。为此目标，上海市也提出“高峰高原学科”建设计划。针对同济的现实，我们在调研的基础上，分别针对工、理、医、文等学科的不同特点，提出了同济“十三五”学科发展的整体规划原则：突出已有的核心学科优势，同时建设一批具有同济特色的新亮点学科。采取“有限目标、重点突破”的策略，“分类、分层、分阶段”推进各学科的发展。

何谓分类、分层、分阶段

“像土木、城规、交通、海洋等四个强势学科已经进入上海市‘高峰高原学科’建设名单，环境学科也接近‘高峰高原学科’水平。这些学科的后期发展自然会‘不待扬鞭自奋蹄’，所以学校‘十三五’学科规划给这些学科的原则就是‘计划单列、自主支配本学科发展经费’，积极配合他们完成‘高峰高原学科’建设的目标。”孙方霖说。

按照这一思路，学科规划将校内土木、环境、海洋、建筑、规划、风景园林、交通、计算机、管理科学与工程等 9 个学科列为“争国际一流（争取第一或前 5%）”；机械工程、控制科学与工程、软件工程、测绘、材料、物理、数学、生物学、设计学、马克思主义理论、工商管理、外国语言文学、应用经济学、公共管理等 13 学科列入“争创国内一流（争取前三或前 20%）”；动力工程及工程热物理、力学、生物医学工程、地球物理学等 10 学科成为“内涵提升学科（争取进入前 30%）”；基础医学、公共卫生与预防医学、政治学、教育学、中国语言文学、体育学、水利工程等 7 学科为“潜力培育（进入前 40%）学科”。

目前，同济学科发展的关键问题或者说最大的难点就是如何在非“高峰高原学科”中提炼出对同济未来学科发展起到支撑和拉动作用的“亮点学科”，孙方霖说：“这些亮点学科的打造将是我们‘十三五’规划的重点，有限目标和重点支持将是我们采取的策略。”

亮点学科如何锻造

孙方霖说，去年底启动“‘十三五’学科建设规划”伊始，学校做了大量深入的调研。按照什么标准来凝炼同济潜在的“亮点学科”？学校敲定的是“同济特色、国家未来重大需求和国际前沿”三个标准。

所谓同济特色指的是同济学科建设中涌现出来的学科“潜力股”，国家需求指的是国家未来急需的战略产品（资源）或思想库（智库）。在调研工、理、医、文的院系后，我们初步确立包括理科的化学、新材料基地、物理，工科的特种机器人、特种无人机、特定高空测绘，医工结合的干细胞、转化医学（如癌症）及文科的德国智库、“一带一路”智库等十个左右潜在亮点学科。“打破院系的壁垒，集结同济的不同学科力量实现这一目标是有可能的。但亮点学科打造关键还是人”，孙方霖说，找到一批得力的学科带头人，就是“学科的领军大牛”，如果他能立足同济的客观现实，站在国际学术前沿、围绕国家重大需求，配以严格的考核机制，我们就不怕自己的“粮田”不高产。

如何打造“亮点学科”？“国际前沿、国家需求、同济特色三要素一个都不能少”，孙方霖说，有了这还不够，还必须是特定目标导向，非常确切的目标，“毛估估”的目标是不行的。“比如机器人或无人机，其国际领先和独到之处到底能做到什么程度？是否能满足国家未来的民用或军用需求？学校智库，能否预测国际国内某些方面的发展趋势，能否为国家领导人决策、出访提出建言或备参信息？”孙方霖说，因此，我们必须要“请到”一批懂得学科发展特点和管理学科发展的“大牛”。

孙方霖说，配合同济“十三五”期间的亮点学科建设，学校拟推出同济大学的学科“先导计划”，该计划主要抓手就是“先导项目”的首席科学家。先导计划将是跨学科的。目标定好了，首席科学家负责专项的设计、管理、建设。“设计的目标和具体措施在学校答辩通过了，剩下的工作就是按照项目标实际需要配给资源，要有适当的力度，如每年300万~500万元，持续支持几年。这些资源将交给‘项目首席’，由他们根据项目的具体需求来支配管理。但是，学校对首席科学家将设定严格的考核指标，将设定半年书面汇报、年度综合进展评估等制度；期限一到，得交成果，兑现承诺。围绕核心目标招聘高端人才，动态调整项目参与人员是首席的权力。在目标导向面前没有什么情面好讲。”

相关措施如何跟进

“根据项目要求和首席科学家负责制的要求，我们希望在‘十三五’期间加强管理部门、院系和学科三者职能的协调联动工作，同时打通教学科研的通路”，孙方霖说，像在生命科学学科，几年前就要求每位教授的实验室都必须敞开门，本科生一进校就可进入实验室，然后根据兴趣进入教授课题组，现在他们中不少人已经做出高水平成果了。研究生是科研的主力军，要充分发挥他们的能动性，提供条件让其发挥创造力，这对学科建设大有裨益。学科平台一方面凝聚高端人才，另一方面还担负着培养年轻优秀人才的重任，而这正是同济学科发展的使命。

“在学科经费方面，学校在未来 5—10 年里可能每年拿出几千万来重点支持‘亮点学科’的打造”，孙方霖说，不仅如此，要充分架构保障机制，包括学科的协同机制，“资源配置围着学科走，学科跟着项目走，项目跟着首席走”，唯有如此才能保障“亮点学科”几年后成为真正的“明星”。

孙方霖说，至于校内目前“亮点”暂时还不够突出的“后发学科”，一旦后期亮点或特色形成，也可进入“先导计划”。分阶段发展“亮点学科”是全面提升同济学科水平的不二选择。

无论是同济先导计划支持的“亮点学科”还是“后发学科”，都应该积极争取国家和地方上的支持。在孙方霖看来，只要项目成果足够精彩吸睛，前景看好，围绕国家和地方的科技创新、城镇化建设、“一带一路”等大方针，都可以争取到足够的资源。

孙方霖说：“一旦学校通过‘十三五’学科发展规划，我们希望明年元月就全面启动促进同济一流学科建设的‘自主发展计划’和亮点学科的‘先导计划’。争取用 5—10 年的时间，再造数个具有同济特色的一流学科。”

（程国政，2015 年 12 月 10 日，第 1 版）

“这条跑道的‘感觉’我们知道”

——我校为浦东机场第四跑道装上“智能神经元”

“外表看，这条跑道和浦东机场的另外三条跑道没什么区别，但这跑道很敏感，有着丰富的智能神经元”，我校交通运输工程学院道路与机场工程系赵鸿铎指着远处红红的平房，“那儿的柜子获取的都是从这里采集的数据，你看，跑道上每一条黑粗的轮胎印迹在那里都有记录”。据悉，在近日召开的道路与机场工程前沿国际研讨会上，“国内首个跑道性状感知系统”成果受到与会海内外专家的高度赞扬。

为何要让跑道"有感觉"

为何要让跑道有感觉？这个问题似乎有些匪夷所思，但你仔细一想，全世界发生的航空事故，超过一半是在飞机起降的过程中发生的，"跑道是机场的生命线，也一直是航空安全事故多发区域"，赵鸿铎告诉我们：2000年，由于跑道外来物导致法航一架协和客机失事，造成114人死亡；2011年，东部某机场跑道在开航前发现裂缝，临时关闭跑道造成近30个航班延误；2013年，西部一机场跑道因沉降过大，导致关闭22天；今年3月，一架载有127名乘客和5名机组人员的客机在暴风中的纽约拉瓜迪亚机场降落时滑出跑道，24人受伤。

只有跑道处于合格的状态，机场才能正常运作。但是，对跑道这样埋在地下、厚达数十公分的建筑结构来说，要监控其状态是否良好，有没有遇到沉降、受力是否均匀等等问题，却远不像普通建筑那样方便。

仅靠肉眼观察，只能看到跑道表面的开裂、损坏情况，一旦症状显露，跑道往往已经无法正常使用，在国内外都曾经有机场遇到过类似情形，对航班起降造成严重影响；而如果不能及时发现损坏，更会带来安全隐患。为了避免这样的意外，不少机场采取估算跑道健康状况、进行维护保养的办法，但因为跑道的诸多数据信息都被"埋"在地下，缺少收集手段，只能凭经验开展。

所以机场建设者和管理者，多年来一直希望能够像医生那样"上医医未病"，找到合适而精确的诊断、检查手段，在跑道刚刚出现问题征兆时，就主动发出警讯，从而尽快处置。这就必须先造出一条有感觉的智能跑道：跑道里埋着各类传感器、能随时监控并发送自身信息。

众所周知，机场场道面积巨大，以上海机场为例，浦东虹桥两机场的场道总面积近1000万平方米，与上海市高速公路路面总面积相当。要在如此宽广的区域内及时发现随时可能出现的损坏，难度可想而知。于是，上海机场集团联手我校交通运输工程学院承担国家"863"课题"基于信息感知的机场飞行区设施安全保障技术与集成示范"，将浦东机场第四跑道作为智能建设对象。

智能跑道如何建

去过机场的人都知道，那是一望无际的水泥大操场，还有各种各样的灯、线，叫不上名字的航空标识，除了觉得很"高大上"，只有感叹人的伟大了。

但对于科研人员来说，这样水泥板子一块的跑道也得让其皮肤、骨骼感觉灵敏起来；但也不能因为你铺上各种线路就影响其强度及可用性，智能跑道如何建？既然要让跑道有感觉，而且灵敏，跑道的体温应该知道吧，体表、体内的温度最好都能获得；它的湿度如何，过湿过干都不好；还有飞机起飞降落时它的应变状况、位移情形、荷载反应等等。“除这些要素之外，道面摩阻系数、弯沉、平整度等无损检测数据，以及飞机起降轮迹偏移数据等，都是我们应该掌握的。”课题负责人之一凌建明介绍，这些共同构成飞行区设施状态主动全息感知平台，为飞行区场道设施安全评价、预测、预警、保障以及系统集成提供支撑。

想获得这些数据，就必须从跑道路面到地下埋设各种线路、器件，并且还要将其传到后台数据平台上，如何做到？虽然“互联网 +”和智能感知技术的发展，为实现这一目标提供了可能，但万丈高楼平地起，一架飞机起飞降落时巨大的重量和冲击状态下，如何才能保证线路、传感器的正常工作？

据了解，浦东机场第四跑道在建设过程中，先后埋设了 13 种、300 余个传感器，分布在跑道、联络道的各个断面和不同深度，最深达地下 50 米处，铺设的光缆总长达两万米。如此多的传感器既要保证“存活率”，又要不影响混凝土施工质量，对跑道建设提出了很大挑战。

凌建明等带领的攻关小组通过反复试验和大胆创新，最终研制出了一种新型传感器快速支护装置：底部三足螺栓固定住一根钢管（根据埋深确定长度），管壁外栓系可滑动的多功能套圈，以备系挂传感器，“这样，钢管中走线缆（线缆连着传感器），管外挂传感器，效果很好”，凌建明介绍，这样一来，按照通常的跑道施工流程，整体浇筑混凝土时，传感器由于被钢管定位，就不会乱走，也不容易损坏；为了确保万无一失，课题组还与跑道施工部门合作，重新梳理施工流程，采用了分区、分层、精细浇筑的办法，以确保传感器在施工中的安全。今年 5 月，跑道建成后的测试表明，器件埋设“存活率”近 100%。

据了解，世界上首条智能跑道是美国丹佛机场，其器件的存活率只有 70% 左右；完工几年之后，由于传输传感器信号用的电缆被地下水浸泡进一步受损，两三年后信息传输逐渐失效。在浦东机场第四跑道，如何避免这样的情形？经过研究，机场最终确定选用光信号传输，由光纤把传感器连结起来。

获得的数据如何传输使用

传感器有了、信号有了，下一个难题是，怎么把信号传送到机场的计算机上？“智能跑道”的概念借鉴过有类似监测需求的智能水坝，但水坝只要择地建一个传感信号的中继传输机房即可，机场的布局空间则受限多多。科研人员起初计划在跑道头开挖一处下沉式机房，将连接传感器的光纤集中到这里，再作中继传输，但限于地下空间的排水和设备散热难题及跑道周围复杂的电磁环境，未能实现。此时，空管部门给予了大力支持，专门在浦东机场下滑台机房内开辟独立设备用房，作为中继传输机房所用（就是我们看到的红房子）；此后，通过挖掘、共享浦东机场现有管道资源，信号传到浦东机场的上海机场集团技术中心，从此，跑道健康状况就有了“现场直播”。

据统计，浦东四跑道先后共埋设传感器 13 种，监测参数包括温度、湿度、应变、位移、荷载等五大类，构建起涵盖整个跑道力学状态及周边环境的智能感知体系。该智能感知系统可实时采集跑道的飞机荷载、道面结构和道面环境状态三大类信息，并融合道面摩阻系数测试、弯沉测试、平整度测试等无损检测数据，以及飞机起降轮迹偏移数据和飞行区围界防入侵信息等，共同构成飞行区设施状态主动全息感知平台，为飞行区场道设施安全评价、预测、预警、保障以及系统集成提供支撑。

这套系统已于今年元月完成了设备和网络的全面校核，并正式开始数据采集。“传感器收集的数据传送到处理中心，一旦某个连续监测的数据发生突变，系统就会发出预警。管理人员可以通过专项检测，提前发现问题并采取维护措施。”相关专家介绍说，作为国家“863”课题的重要成果，这套系统预期将获得第四跑道 5—10 年的道面状态信息和实时运行数据。赵鸿铎说，现在获取的数据已开始支撑国家自然科学基金等国家级课题研究。下一步，我们计划将智能跑道与云平台和移动网络对接，使工程技术人员即使不守在机房，也可以通过移动端、特别是在工作现场随时调取了解信息，以进一步提升效率。未来，该系统可以作为民航开放式数据平台，用于开展场道工程基础理论及结构设计研究，包括道面结构状态、使用性能、安全状态等的评价，使用寿命的预估，以及道面结构设计方法的完善等。

（程国政，2015 年 12 月 10 日，第 2 版）

为了人类心脏的平稳跳动

——记新当选的中国科学院院士、同济大学陈义汉教授

从“临床医生”，到“医学家”，一个人要历经多远的跋涉、攀越多高的险峰？

他是一位心内科的临床医生，为了解决临床上尚未解决的难题，勇敢地向心脏病领域最顽固的堡垒发起进攻，从此踏上了科学探究的漫漫征途；他的名字，与多个人类心律失常的致病基因紧紧联系在一起；他带领团队在多种心律失常的发生机制和干预研究上，接连获得一系列重要发现，为中国在国际心律失常研究领域赢得一席之地；如今功成名就的他，仍自称“缺乏智慧”，只是依凭“认真”“专注”，以及众人的帮助，得到了“幸运之神的眷顾”而已。

他，就是2015年新当选中国科学院院士的长江学者，同济大学医学院、同济大学附属东方医院陈义汉教授。

为解人类疾病之痛踏入科研之路

第一个人类心房颤动的致病基因，国外科学家们历经百余年苦苦探寻而不得，是如何被中国科学家一眼识破的？

探问一系列重大科学发现背后的奋斗故事，教授的话语让人一怔：“我走上科研道路，完全是出于偶然。”

他是一名心脏科的医生，从医生涯始于1987年。他享受当医生，在他看来，这份职业需要“思考、归纳、推理”，然后才能对疾病作出诊断。他尤其钟爱心血管内科学专业，觉得这个专业尤其需要融入医生大量深度的思考。

在门诊中他发现一个现象：“房颤”疾病的患者越来越多，而且这种疾病还带有明显的遗传倾向，有时一个家族几口人一道来看病，主诉“心慌、气短、胸闷、呼吸困难……”。“房颤”即心房颤动，患者的心肌无法正常有规律地收缩，心房各部分呈现一种持续快速而紊乱的颤动。这是一种常见而重要的心律失常，我们国家有近1000万房颤患者。它可促发心力衰竭，引发中风等疾病，老年患者脑卒中有三分之一是由房颤引起。

查阅了相关文献，他坐不住了：早在160多年前，人类就知晓了“房颤”这一概念。时至今日，该疾病依然是心脏病领域的最后堡垒之一，其发病机制和治疗手段均无重大突破。

“没有医学科学研究，没有医学的进步，即便医生对病人再有爱心，也不可能取得满意的治疗效果。”于是，一个大胆的念头在他心头萌生：何不获得一些家族性房颤患者的血液标本开展研究，尝试是否可以有所发现。

就这样，一个身怀爱心仁术的年轻医者，抱着有志于解决临床疾病问题的初衷和决心，凭着年轻人的满腔热血和一股子冲劲，从此踏入了一条崭新的、未可预知的医学科研长路，开启了科学探索的艰苦征程。

科研从零起步，困难远超预想。初步的专家论证不予认可，认为“不可能”；一些同仁们不理解，认为“异想天开”；实验条件简陋，研究经费没有着落……一个个拦路虎面前，他没有畏而却步；心头那团科研的理想之火，燃烧得愈发炽热。

重要科学发现于中国本土接连诞生

冰柜里一支支采好样的试管，深夜里不熄的明亮灯火，曾经见证了同济学人初涉科研的那段无比艰苦的奋斗岁月。

为了找寻到典型的研究样本，他不放过一丝一毫的线索。听说一个 70 多人的家族，有 17 人患有房颤，他如获至宝，连夜坐火车硬座赶赴采样。就这样，近一年时间奔走了大半个中国乡野，千辛万苦地采集到了数个房颤大家系和众多对照病例的样本和临床资料。

一切都在摸索中进行。实验室里夜以继日的连续数月奋战，往往并没有盼来期待中的完美图谱。面对失败，他也曾彷徨、沮丧、怀疑，但最终那份医者心头沉甸甸的责任和使命，让他又一次回到了实验台前。

历经 3 年的持续攻坚，2003 年，他的一双慧眼，以及合作者的倾力支撑与协作，成功捕获了人类第一个房颤的致病基因，成果发表于国际顶尖学术期刊美国《科学》杂志。

“一旦你从科研中发现了很有价值的东西，你就不会止步。”他初次品味到了科学研究过程中原始性创造与科学发现的那份甘甜。

此后，他带领团队驰骋于人类心律失常研究领域，接连在中国本土发现多个心律失常致病基因，并揭示、阐释了若干心律失常的发生机制，这对于疾病的早期诊断和治疗具有重要意义。

随着一篇篇学术论文连续发表于国际先锋期刊，他的一系列重要发现走向世界，引起了国际学界的注目。

如今，他的科学发现已经被写进数十本国外教科书和专著；世界心脏病学权威教科书 *Braunwald's Heart Disease：A Textbook of Cardiovascular Medicine* 和国际心脏电生理学名著 *Cardiac Electrophysiology：From Cell to Bedside* 等多处采用他及团队的研究成果；多种遗传性心律失常还依据他的发现而分类；国际诊疗指南也多次引用他们的工作。

——“真正的科学是天籁之声，纯美的心灵才能感受到她的美妙。”

——“伟大的科学发现，是世界屋脊上的布达拉宫，朝圣者需要一步一跪一叩首和一丝不苟的虔诚。”

——“我们的团队应该是一个纯粹的学者群体，学者为追求发现而生活，以生产理论为职业。”

这几句话语，是记者在陈义汉教授团队办公室的一块白板上看到的，都是他的原创，格外打动人心。言为心声，只有真正深谙科学之道、领略过科学境界之美的人，才能从心底里发出如此深情的慨叹！

说起成功之道，他道出了四个字：“认真、专注”。“认真、专注，是成功的源泉。”“始终认真、专注于一件事，你就会成为专家，甚至登临顶峰。”

力促原创研究成果转化用于临床

“陈义汉教授敢于创新，勇于开拓未知领域，他是坚持践行转化医学的标兵，始终立足于基础研究为解决临床问题，积极推动转化医学，为同济转化医学研究的崛起做出了重要贡献。”中科院院士、同济大学裴钢校长说。

既是医学院主管科研的副院长，又身兼附属东方医院科研和教学副院长，近年来，陈义汉教授带领着团队，既坚守着医学的源头、原始创新，也在同济医学学科力推的“转化医学”领地里冲锋陷阵，捷报频传。

“转化医学是架接基础医学与临床医学的桥梁。”他向记者解释道，我们开展转化医学研究的目标是想经过许多年的探索，逐步提出新的诊断方法或者标准、新的治疗手段或者策略、新的预防措施或者理念，用它们指导临床、规范临床或者引领临床实践。让我们的研究成果进入临床医学专著、国际诊疗指南或者日常临床工作。他也特别说明：“但是，我们绝不排斥基础研究，重大原始创新发现是临床转化的源泉。我们同样呼唤临床相关的、疾病导向的生命科学领域的基础研究成果。”

显然，陈义汉教授做转化医学研究，有着先天优势。他既有长期临床医生的丰富经验，又有这么多年来开展基础研究炼就的功底；他做研究从一开始就是基于临床上未解决的问题，其最终目的也是希望找到疾病发生的原因，从而对疾病进行科学诊断，并运用策略去干预疾病。

2010 年，他带领团队发现了新型长 QT 综合征（一种致命性心律失常），并深入揭示了其发生机制。基于国际其他研究者的发现和他团队的部分贡献，国际上已经可以对 85% 以上的长 QT 综合征实行基因诊断和相对特异性的药物治疗，开创了心律失常个性化诊疗的先河。

“创新和特色”是陈义汉教授话语中出现频率最高的几个词语。他一再向记者提及“独立思想”于学者、科学家的重要。

他特别认同著名华裔学者蒲慕明教授的一席话：“于研究者个人来说，沿着西方主流研究机构目前的研究方向去和他们竞争是极其不利的，也很可能会浪费资源；而与主流学术圈的相对分离，就可能有更多的空间去独立思考和开辟独特的科学研究方向。”在他看来，在医学科学研究上，主流应该接轨国际潮流，但不可随波逐流，否则会丧失自我。“唯有独立思考、错位发展，方能形成中国特色，并屹立于世界医学科学之林。”

他对于中国医学科学研究的未来走向，一直保持学者冷静的观察与思考。“中国的科学发展速度堪称人间奇迹。但是，我们必须清醒地认识到巨大的差距，我们应该奋起直追。”他认为，在世界医学科学领域，尚缺乏中国制造的新概念、新假说、新理论、新标准、新指南。“相信未来五年，中国医学将迎来带有中国烙印的新概念、新假说、新理论、新标准、新指南的原始积累期。”

17 年科研时光一路走来，陈义汉教授坦言如今已在心律失常研究领域“入了门”，已具备在这一领域纵横思维、颠覆思考的空间。多年的历练积淀，他已经拥有国内设施一流的实验室、健全的技术体系和一支杰出的心律失常研究团队。

“当选中科院院士，对您来说意味着什么？”面对记者的提问，他这样作答：“这份荣誉意味着更多的责任与担当。”

（黄艾娇，2015 年 12 月 10 日，第 4 版）

让历史建筑“活在当下”

——新当选中科院院士、同济大学建筑与城市规划常青教授访谈录

欣闻常青教授当选中科院院士，我们对他进行了专访，对于他从事建筑学和历史建筑保护的心路历程，他给我们娓娓道来。

记者：常教授，您是如何走上建筑学专业之路的？

常青：我和当年许多建筑学子们一样，都是因为从小喜欢美术而学了建筑。在小学和中学阶段我就一直是个美术爱好者，1973年，美院在中学选拔大学生，我是西安市第八十三中（原交大附中）被挑中的两个之一，后因种种制约没去成。高中毕业后，我进厂当了工人，又被省里选去做了半年展览会美工。因为有一定文艺特长，在中学时经常被叫去参加演戏，记得西安交大的交响乐队还曾为我主唱的“革命现代京剧”《沙家浜》选段伴奏过。高考时，被邻居西冶的张缙学教授引领考进了该校建筑系。大学毕业后在一家设计院做了两年助理建筑师，随后考取了中国科学院研究生，跟随曾做过梁思成先生秘书的张驭寰研究员攻读中国建筑史。在京那段学习时光中，最兴奋的就是在北大、社科院等处选课，经常参加那里特有的文化圈子活动，比如在社科院上过任继愈先生的哲学史课；在中国文化书院的中西文化比较班上聆听过梁漱溟、汤一介、张岱年、杜维明等名家的演讲。在研究生院听李政道先生演说，他的那句“能与一个新兴学科一起成长的学子是最幸运的”至今印象深刻，当时就引发了如何与古老的建筑学一起生长的思考。

研究生毕业后留所工作，不久就被南京工学院“东方建筑比较”课题所吸引，毅然放弃在京的工作和户口南下攻博。毕业后就来到同济大学建筑与城市规划学院做博士后，这时是90年代初。同济是中国唯一的建筑现代派教育策源地，在同济的二十多年中，我在联系导师——我心目中的“建筑界的周小燕”——罗小未先生及其他同济教授们的影响下，我的学术生涯发生了很大转变，从专业理念和方法上的趋同取向变为了多元融合，严谨求精的学院派与开放求变的现代派两种教育理念及各自优势对我的成长起到了综合作用。所以我深深感念培养过我的几所建筑院校，特别是同济大学，因为我人生中逾三分之二的时间是在同济度过的。求学时代，我也去过印度、澳洲和欧美建筑院校访问交流，这些经历为我的专业发展打开了国际视野。

所以，走上建筑学道路，既是兴趣使然，也是水到渠成的事吧。

记者： 在您的学术生涯中，您认为最有成就感的研究是哪个？

常青： 应该是1993年面向全球华人公开招标的学术工程——百卷《中华文化通志》之《建筑志》的中标，中标时的激动至今难忘。因为没想到一个35岁的学界小辈竟能拿到这样份量的专业项目（原想的只是碰碰运气而已）。恰好那一年我去了印度等南亚国家考察，加上博士期间的研究经历，于是我写的《建筑志》中就有了一般建筑史著述所少见的中外建筑比较章节。这套丛书后来获得了第四届国家图书奖最高奖，并被美国宾夕法尼亚大学图书馆建馆250周年作为中国国礼收藏。这以后随着岁数和阅历的增长，很少再有什么研究项目能产生比《建筑志》中标那种更让人兴奋的感觉了。另外，2004年，我接受了主持西藏日喀则桑珠孜宗宫复原及宗山博物馆设计的上海市援藏任务（迄今最大的单个援藏项目），在六年时间里八上青藏高原，工程竣工后，被当地藏胞喜悦的面庞和泪水所深深感动，那种成就感和幸福感也是让人终生难忘的吧。

记者： 怎么会想到领衔创办国内第一个“历史建筑保护工程”专业和“历史环境再生”的学科方向？地位、影响力及国际比较如何？

常青： 建筑学是关于建成环境（Built Environment）的学问，而建成环境大致可分为“既存的”和“待建的”两大部分，研究建筑学首先需要搞清楚存量和增量的关系，去和留的关系，保存、翻建、加建和新建的关系。而历史建筑就是既存环境中最重要的文化遗产。在改革开放初期，经过大拆大建的城乡改造阶段之后，传统与现代、保护与发展的矛盾日益凸显，在我们这样的文明古国，再不给城乡文化遗产留出充分的生存空间就太晚、太悲催了。但是历史建筑保护的专业性极强，而且要跨学科，不是喊几句口号就能做好的，战后欧美的建筑院校普遍有这个专业，中国怎么可以没有呢？所以这个专业一定要办，而且由位于上海的同济大学来首办最为合适，因为美国比我们早办三十八年，也是从经济最发达的城市——纽约的哥伦比亚大学开始办的，哥大建筑学院的全称就叫“建筑、规划与保护学院”，可见他们对历史建筑保护的重视。然而我们首办没有经验，一切从头摸索，是承受着巨大压力、非议和挫折坚持下来的。目前国内已有六家院校开设了这个专业，连香港大学建筑学院也开始有这个专业的本科了。如今同济建筑城规学院的这个专业走在国内最前列，拥有一流的建筑、规划和材料专家，有国内建筑院校首个保护技术实验中心，有国际顶尖的同类专业院校的外联资源，还有设在学院的“联合国教科文组织世界文化遗产研究与培训中心”这样的高端国际化办学平台。

虽然我们强调历史建筑保护的重要性，但是也应看到历史建筑所在的城乡历史环境最核心的问题是“再生”。今天保护的概念已经从历史建筑的单体、群体，扩大到了历史街区、地段、区域乃至整座城市，即可以涵盖历史城市的许许多多生活空间。这种情形下片面地只谈保护是不行的，城乡历史环境从来都是有机的生命体，应当为其找到适应性的“活化”和“进化”途径。所以研究如何实现保护前提下的“再生”，成为我所领衔的“常青研究室”的主攻方向之一。比如在我主持上海外滩源前期规划和杭州长河来氏聚落再生规划等项目时，就着重探讨了城乡历史环境如何在保护约束下“再生”的问题，并曾获国内外重要奖项。总之，“再生”可以概括为“瞻前顾后、与古为新”和“新旧共生、和而不同”。

记者：当前我们国家正在深入推进城镇化进程，您如何看待这个过程，您的学术研究会有什么重点吗？

常青：在初级城镇化的大拆大建浪潮之后，我称现今的新型城镇化为“二次城镇化”，因为第一要梳理和解决初级城镇化所遗留的问题，第二要在汲取前者经验和教训的基础上推动新的城镇化进程。简言之，就是要妥善处理“存量”和“增量”的品质及相互关系问题。从建筑学的角度，我们正在开始做最基础的工作——城乡风土建筑谱系的基质分类研究和图谱绘制工作。这是一个前人尚未系统做过的开拓性研究领域，是以地域方言区为背景、传统建筑匠作系统为单位的开放式研究体系，目的是为日后以地域风土建筑谱系为基础，为所在历史环境的保护与再生提供参照系和样本指南。这些风土建筑谱系由北而南大致可概括为“西北区域”的五大谱系和“东南区域”的九大谱系。目前我们已经用三年时间对“东南区域”的江南赣语、徽语和吴语方言区内风土建筑谱系做了系列比较研究。“十三五”期间，我和我的团队将继续在城乡历史环境的再生—有机更新中，发挥应有的研究和实践参与作用。

记者：您如何看待“院士”身份与工作愿景的关系？

常青：我在学院2015届研究生毕业典礼上曾提出，学术有三个层次，第一个是学术资格，第二个是学术能力，第三个是学术境界。资格是“帽子”和光环，比如硕士、博士（或许也包括“院士”），是完成时；能力是看能否生产出新知识，能否把“术”和“业”恰当结合，是进行时（“院士”应当做得更好）；境界是对世事洞彻的体味和“走心”的裁量，这是将来时（对“院士”也一样），对于这个层次而言，人人永远都在路上。因为对世界的认知永无止境，而无论是什么身份，都应当“活到老、学到老”。

记者：当前，上海正在推进建设“科创中心”，对此您有何建议?

常青：有人说，互联网时代，文化和技术信息可任意在空间中流动，地点已不重要。但是原创的思想和方法却不是现成的，可以任意获取的，而是要因着时空条件的具备和多维创意的整合而产生。上海完全有实力、有条件成为科技的原创产地或飞地。本质地说，要建立真正意义上的“科创中心”，第一是人才、第二是人才、第三还是人才，即要围绕着吸引一流、超一流的国内外科技创意人才，创造性地制定出既适应国情、又不低于发达国家的人才政策，形成“海漂”的态势，为这些稀缺人才创造实现专业梦想的环境与条件。

（江鸿波、张鹏，2015 年 12 月 10 日，第 4 版）

2016 年

世界上很多振动试验只有这里能做，排队常常要半年以上的时间

“试验排到今年秋天了”

“试验已经排到今年秋天了。”我校嘉定校区土木工程防灾国际重点实验室多功能振动台试验室的杨澄宇老师在接受采访时告诉记者，因为四台联动的多点振动台世界上独此一家，因此等候试验的项目排队半年以上是常有的事情。

去年开春以来，记者一直跟踪位于我校嘉定校区的振动台试验，想看看这个科研新闻“多发地”的究竟。先是沉管隧道试验，负责老师禹海涛一再抱歉地对我说：“还在排队。”“又推迟了。”“因为前面的试验加了一组工况，我们的要到秋天了……”终于到了去年 11 月，实验上了多点振动台。一口气做了半个多月，沉管隧道、竖井等等一一做完，后面排队的世界跨度第一的斜拉桥紧接着又上了。

世界第一长斜拉桥是多长？现在世界上最长的斜拉桥是俄国远东的海参崴跨海大桥，长度为 1104 米，而 12 月 21 日上振动台的斜拉桥长度超过 1400 米。“这是我校土木学院孙利民的项目‘重大建筑与桥梁结构地震灾变集成研究’，要做的是桥梁的桩—土—结构相互作用下的振动试验。模拟对象是加长版的苏通大桥，做的整桥地震振动试验”，杨澄宇告诉我们，“这种跨度的斜拉桥整桥试验以前在全世界没人能有条件做。”

“这个应变片就别焊了。”“小心一点呢。”“万一火花掉下来溅到钢丝上，拉索就会断掉……”刚进桥梁实验现场控制室，就听见几位老师对着眼前的长桥比划着、议论着。原来他们是想在已经架好的桥塔上再加点器件，以获得想要的数据。透过透明的、长长的玻璃窗，38 米的试验用桥从我们面前一路迤逦过去，拽着我们的脑袋划了半个圆圈。1、2、3、4……白白的斜拉索拉着枕木一样的桥面（枕木其实是桥面上模拟结构自重的配重块），被两尊高高的“A”字形桥柱挽住，稳稳地躺在四座墩台上；仔细看，桥塔从上到下密密麻麻地绑着大铁块，其上端和缝隙处，贴着颜色各异的导线，它们顺着桥塔滑落，一直“流”

到地上的仪器里；模仿实际工况，按 1∶70 的比例设计建造的这座试验用整桥静静躺在四个黑色墩台上，整座大桥制作费用花了数十万元。

“大家不要再站在桥边上，我要动了！”操作室里的杨澄宇拿起话筒喊着，“先做迭代？”他对身边的谢老师说，后者是这次桥梁试验的“业主”。二人商量，先加 0.1g 的地震波，模仿地震波中的墨西哥波，一种长周期的地震波，对建筑的破坏力极大。随着杨老师发出指令，记者看到，桥梁的拉索开始轻微颤动，越往上索的颤动幅度越大，但总体来看这种颤动犹如水之涟漪，微风拂柳。“这样的振动，对桥没事，叠个八九次都没事；房子不行。”杨澄宇对谢老师说。

过一会儿，杨老师打开电脑中记录的波形。“你看，0.1g，峰值很小，对结构没什么损伤。黑色的曲线是你想要的目标值，蓝色的是振动台台面实际输出值，之间误差不到百分之一，微乎其微。”他对谢老师说。接着，杨澄宇又数次输入数值。“先摸桥的脾气，几千万的实验设备，几十万的试验模型，可不敢大意。”他说，“等到摸准脾气了，下星期大批量、连续地做，不间断一口气做完，效果好。”我们注意到，随着输入数值的变化，桥的振动也在发生细微的改变，杨老师说这套设备的振动模拟精度从千分之一秒到万分之一秒，是世界上精度最高的。我们注意到，虽然试验已经结束，但桥还在抖动，延时明显。“桥越高大，拉索越长，抖动就越明显，因为墨西哥波的周期长；如果是房子，这样绵长的摇晃，很容易倒掉，所以墨西哥那次地震中，许多高楼倒了。”杨老师说。

过了元旦，电话那头的杨老师告诉我，试验做完了，证明 1400 米跨度斜拉桥的抗震设计是可行的。

采访获悉，桥试验之前，去年 6 月份的时候还做了重庆一处“风帆”建筑的抗震试验。重庆这组超高层风帆建筑是想凸显这座城市的航运文化，建筑地处该市朝天门广场与解放碑之间，分别以 350 米及 250 米的高度化形为江面上强劲的风帆。这组建筑中，象征重庆“梯坎”面貌的水晶廊桥长达 400 米，从空中将 4 栋塔楼彼此连接，在夜晚犹如一条璀璨的琉璃锦带立于朝天门水域。再美好的设计还是要经受现实的考验，像地震、风等，于是四栋连廊在四个振动台上接受检验。

“桥做完后，接下来要做一组预制拼装房屋结构的试验。”杨老师说。“如果现在登记呢？”我问。“明年这个时候应该可以，我们的实验室面向全世界开放，排队周期长是正常的。”杨老师说。原来，美国、日本、欧洲同行都想搭这个超级科研设备的便车，在去年7月6日，美国伯克利加州大学、日本东京工业大学、意大利欧洲地震工程研究中心与我校联手共建“地震工程国际合作联合实验室”，能不忙吗？

（程国政，2016年1月25日，第2版）

美丽乡村规划是靠脚一步步丈量出来的

——杨贵庆和他的黄岩“新乡土主义”规划实践

编者按：春节前夕，浙江省台州市黄岩区区委书记、区长给我校领导专门寄来表扬信，信中写道：“杨贵庆教授自2013年年初来我区帮助开展美丽乡村规划建设以来，工作不分昼夜，作风细致入微、一丝不苟，业绩非常突出、成果丰硕。我们被他日夜兼程、宵衣旰食的工作精神和诲人不倦、循循善诱的治学态度而深深感动。”信中说，杨教授“不看金钱看事业，铺就了一条乡村建筑和文明的‘再生’之路”。

“像兽医站原来一直搁在那里，谁想到杨教授他们一弄，现在还能开网店呢！”浙江黄岩沙滩村支部书记黄官森感慨。原来，自2012年以来，我校建筑与城市规划学院规划系主任杨贵庆带领一批矢志“美丽乡村”的师生，年年到黄岩搞乡村调研，搞“新乡土主义”乡村规划，成果如今已经在黄岩的屿头乡、头陀镇、宁溪镇等多个村开花结果，用当地村民的话来说，就是“又有面子，又有里子，村里舒服着呢”！

美丽乡村规划，是用脚一步步丈量出来的

去年11月，我们跟随杨贵庆教授到了黄岩参加“中德乡村人居环境可持续发展路径探索2015学术研讨会”。会一结束，杨贵庆就带着一行人来到沙滩村。“美丽乡村建设重在实践，理论来自实践，而实践是靠脚一步一步丈量出来的。”被村民称为“拼命三郎”的杨贵庆教授如是说。

这回到沙滩村干什么？他是想弄清一个叫做“东客柱”的地名。那天刚下过雨，杨贵庆凭着手机上的指南针，一路翻山越岭5个多小时，行走了25000多步（手机计步器数的）。为了做好沙滩村村落的规划与修建，他已经多次这

样翻越状元山、攀爬引坑岭，越过蒋家岸，最后到达宁溪镇的乌岩头村。“我在地图上仔细研究过，乌岩头村就在我们站的西南方向45度角，顺着这个方向修一条旅游步道，乌岩头村和沙滩村就可以连成一线，规划建设“演（教寺）太（尉殿）美丽乡村金廊工程，成为独特的乡村旅游目的地了。”

黄岩三个乡镇的沙滩村、乌岩头村、石狮坦村等多个村的村民，在村头、岭头、田头、溪边见到杨教授，那都是稀松平常的事情了，脸上像朵菊花样的大爷大妈见面都喊“杨教授”“杨老师”，他们就知道杨教授好，杨教授有本事，杨教授为村民着想，其实杨教授有个雄心勃勃的计划，想仿照当年陶行知、晏阳初他们在黄岩探索和实践“新乡土主义”规划，他们踏点、调研、规划，就是想把黄岩西部村庄纳入“黄岩西部大景区”进行通盘考虑，捋出一个永续发展、美丽安居的新乡村来。

“美丽乡村”如何建？三适原则、三位一体、三个层面

“习近平总书记提出建设‘美丽中国’的理想，即使将来我国的城镇化水平达到70%以上，仍然有四五亿人还居住在农村。”杨贵庆说，虽然一个时期以来农村建设取得了世人瞩目的成绩，但是一些地区农村土地和建筑浪费现象仍十分严重，资源过度使用导致的枯竭令人担忧，公共设施和基础设施等十分缺乏，环境污染加剧恶化，经济发展与环境保护的矛盾更加凸显，农村社会问题（如留守的老人、儿童、妇女等）日渐严峻，地方传统建筑和村落风貌特色加快消失，等等。各地的新问题、新形势要求我国农村建设不仅要考虑物质空间环境的改善，而且还要更为全面深入地考虑农村发展自身的“造血机能”，增强自下而上、自内而外的发展能力，从而真正实现农村经济社会和环境的可持续发展。

于是，自2008年以来，作为“乡村人居环境规划研究”方向学术带头人，学院陈秉钊教授、杨贵庆教授团队，在国家自然基金项目、国家科技支撑计划项目支持下，相继完成“居住建设健康影响规律及评估研究”“农村住宅规划设计与建设标准研究”“农村住区规划技术研究”等课题。杨贵庆作为科技部《我国乡村城市化农村住宅建设标准研究》科技支撑计划项目的3个起草人之一，对“村、乡、农村社区规划标准研究”和“农村住区规划技术研究”等一系列问题进行了深入研究，主编出版了《乡村中国》《农村社区》《农村住区规划技术培训教程》等重要学术成果。

杨贵庆认为，后工业时代，包括旅游经济在内的第三产业将异军突起，美丽乡村建设恰逢其时。他提出了建设美丽乡村“三个三”的理论：首先是三位一体，也就是产业经济、社会文化、空间环境一体发展。他说，产业经济是物质基础，可以为乡村的持续发展提供源动力；社会文化是灵魂，人文的延续，可以保证老家的记忆不流失，家乡的情怀仍持续，离乡而不忘乡，乡愁的滋味是每个游子“压箱底”的精神期待；空间环境是产业和人文的载体，其建筑和空间环境本身的风貌特色，具有一定的历史、艺术和科学价值。三者之间相辅相成、缺一不可。其次是三适原则，就是适合环境、适用技术、适宜人居，一句话就是采取因地制宜、对症下药的方法，千万不能千篇一律，千万不能搞一刀切。再次是三个层面，即一个是乡域，一个是村域，一个是村庄。关键要处理好这三个层面的对应关系，既有重点，又需互相照应，不可片面发展。

美丽乡村规划教学实践基地挂牌黄岩

理论与实践总是形影不离，潜心研究与用脚丈量更是孪生兄弟。恰在此时，浙江在“千村示范、万村整治”工程的基础上又进一步开展美丽乡村建设，寻找农村发展新出路的黄岩区找到了杨贵庆，想请他担任黄岩美丽乡村规划建设专家智库首席专家。杨贵庆首先做的就是在“十一五”科技支撑项目理论研究成果的基础上，开展理论结合实践的研究。“那以后，带着学生们来黄岩就成了家常便饭，大家针对黄岩农村现状，调查乡村产业经济、社会文化和空间环境等，试图探索因地制宜开展乡村规划建设工作的新途径和新模式。”杨贵庆说。

实地调研从问卷起步，仔细研读《屿头乡沙滩村村民意愿调研报告》，记者发现调研问卷的问题从“家庭基本情况”开始，到“与乡镇的联系频率”止，设计问题 53 个：“您家日常生活垃圾的处理方式？”“冬天您家主要取暖的方式？”“是否想使用太阳能热水器？”“日常一般去哪里上厕所？”“您对本村环境是否满意？”“您的日常出行方式？”“农产品交易方式？”等等，可谓事无巨细、面面俱到，41 户居民，家家被问到，户户有回音；实地调研的同学王祯、万成伟、甘新越、孙小淳……21 多名同学参加了 2013 年的那次入户调查，很多同学以此为题完成了毕业设计和硕士研究生学位论文。而今，小小的屿头乡沙滩村又成了“中德乡村人居环境规划联合研究中心”了。2015 年 11 月，许多金发碧眼的外国师生操着法语、英语、意大利语、西班牙语来到沙滩村，又是拍又是看的，原来是为了合作开展乡村规划研究生课程设计，协同进行美丽乡村从规划到建设的理论研究和实践探索而来的。多年的行走思考，杨贵庆的理论与实践也结出了《黄岩实践——美丽乡村规划建设探索》《乌岩头村——黄岩历史文化村落再生探索》等沉甸甸的果实。

沙滩、乌岩头村率先成为“美丽乡村”

出成果、出人才是一名教师的天职，这不，当年的学生王祯而今已成为一名熟练的规划师了。我们去乌岩头，转遍整个村庄的那个上午，人群中就有他的身影。在游步道的规划施工现场，因为地上泥泞，他怕忙于工作的恩师脚下打滑，悄悄找老乡砍了一根竹竿递过来，杨教授接过来，说：“走，接下去我们去那边那个四合院看看。”

“好啊，乡土味太浓郁了，这才是原汁原味的乡土气息。”站在四合院的正对面，杨贵庆擦了擦额头上的汗，耸了耸左肩上的白布袋，双手撑着小竹竿，细细打量起眼前的老屋，走到侧面、转到屋后，走进庭院、走廊、通道，他对每个需要修葺的角落和细节都一一给出了具体的意见。“抢修老房子，一定要尽力恢复保护它们本来的设计和格局，乌岩头老房子的底蕴源于时间的沉淀，这是我们现代化的工具和工艺不能企及的，过分修改反倒不好。”“这个转角要种一棵树，可以种银杏树。”“这堵墙上面要用青砖铺上。”“这里以后要建成天井，可以坐着喝喝茶。”“这个房子上面的雕刻太美了，在改造时要保留。”这样的细节在黄岩沙滩村、乌岩头村经常发生，往日的猪圈被改成小茶吧，老式的酿酒院、茶桌等留着用来“农家乐”；实在不敷使用的老房子拆下的瓦片、砖块用来铺路，于是一百条小路就有一百种铺法，路都变得有诗意了；就连他在村里的工作室也是旧房变的，开着两个大天窗，颇似“乡村酒吧”。

我们去的那天，正赶上乌岩头村村民陈景海在家门口用老法子制作红薯粉。村主任陈元彬信心满满地说：“这场景不需要任何包装，就是一个上档次的旅游产品，非常具有观赏性，感兴趣的游客一定会现场订购的。”

两年多的“新乡土主义”给黄岩村庄带来了全新的变化。用杨贵庆的话来说，新乡土主义理念在实践中的运用，就是在设计中尽量使用地方材料，表现出因地制宜的特色，使建筑在整体风格上与当地的风土环境相融合。而德国柏林工业大学规划建筑环境学院助理教授汉纳思（Hannes Langguth）则这样表达：“我带领学生正在研究农村改造课题，我们将从建筑形式、居住环境、基础设施、社会文化、社区组织、农业经济等多个角度，去思考规划和设计，还要用清洁能源、雨水再利用技术改造这里。”

在沙滩村，杨贵庆等的规划擦亮了800年的太极殿、唤回了柔川书院，还在村里打造采摘体验园，将“道教文化—儒家文化—建筑文化—中医养生文化—农耕文化”五类文化集于一村。“以美丽乡村为底本，以优良的生态环境为支撑，沙滩村将农业发展与农业观光、农事体验、文化感受相结合，打造‘体验式’农业，成功走出一条风貌古朴、环境如画、生活便利、农民富裕的现代乡村发展道路。”黄岩区区委书记陈伟义如此评价。对于杨贵庆，黄岩乡村规划还在继续，详情你上他的“黄岩微信群”就知道了。这不，他在微信里知道了乌岩头村正为村中心广场犯迷糊，立刻赶去了，到黄岩都是夜里11点了，第二天一早就出现在广场建设工地。

（程国政，2016年3月5日，第1版）

《建筑遗产》在同济大学创刊

我国历史建成物及其环境研究、保护与再生学科领域的第一本大型综合性专业高端期刊

本报讯 3月7日，我国历史建成物及其环境研究、保护与再生学科领域的第一本大型综合性专业高端期刊——《建筑遗产》创刊首发式暨办刊研讨会在我校举行。

《建筑遗产》是由中国科学院主管、中国科技出版传媒股份有限公司与同济大学联合主办的我国历史建成物及其环境研究、保护与再生学科领域的第一本大型综合性学术期刊。该刊组成了以中国科学院常青院士为主编、中国科学院院士郑时龄为学术委员会主任，汇集国内外建筑历史和建筑遗产保护领域知名专家学者的学术委员会和编委会，以及优秀的特约组稿人队伍，并建立了以故宫博物院、中国建筑学会、ICOMOS中国协会、UNESCO亚太地区世界遗产培训与研究中心为顾问单位，同济大学建筑设计研究院和上海同济城市规划设计研究院为协办单位的指导与支持团队。

《建筑遗产》以研究聚焦、理论与历史、遗产图说和案例解析为四大常设板块，创刊号不仅刊载了十余篇建筑遗产领域翘楚的精彩论文，也同时刊发了

中国科学院院士、中国工程院院士、清华大学建筑学院教授吴良镛，上海市建筑学会名誉理事长、同济大学建筑与城市规划学院教授罗小未，中国工程院院士、中国建筑设计研究院建筑历史研究所研究员傅熹年对《建筑遗产》创刊的寄语和殷切希望。

7日上午9时，首发式在我校建筑与城市规划学院钟庭举行。中国科技出版传媒股份有限公司董事长林鹏和我校校长裴钢院士作为主办方领导首先致辞。林鹏预祝两家主办方的学术出版合作能取得越来越多的成果。裴钢在致辞中认为，《建筑遗产》的创刊是一件非常重要的事件，也是一个非常重要的契机。同济大学要利用《建筑遗产》这个平台，使其成为教育和社会文化建设的重要载体。同时，要利用好这个契机，与科学出版社开展更多的合作，将遗产保护的宣传传播到全世界，提升中国重新崛起的软实力，为国家做出更大贡献。

主编常青院士发言，他进一步凝练阐明了建筑遗产的概念，以及《建筑遗产》创刊的目的和宗旨，寄望在目前全社会普遍关注遗产保护的环境下，以国内外顶尖的学术资源和广阔的学科视野，以及学术与出版强强联合的力量，大家群策群力，为实现《建筑遗产》名刊、奇刊的梦想而奋斗。

林鹏与裴钢共同为《建筑遗产》主编、顾问和学术委员会委员、编委和特约组稿人颁发了聘书。中国工程院院士东南大学王建国教授，法国建筑科学院院士、同济大学副校长伍江教授，ICOMOS中国协会副理事长、中国建筑学会史学分会会长清华大学吕舟教授作为代表致辞。故宫博物院单霁翔院长发来贺信，中国建筑学会理事长修龙先生、ICOMOS中国协会副理事长陈同滨女士、UNESCO亚太地区世界遗产培训与研究中心秘书长兼上海同济城市规划设计研究院院长同济大学周俭教授、同济大学建筑设计研究院丁洁民董事长代表顾问单位和协办单位致辞。上海市规划和国土资源管理局副局长徐毅松、上海市文物局副局长褚晓波到会祝贺，上海市建筑学会曹嘉明理事长、现代建筑设计（集团）有限公司沈迪副总裁到会祝贺并致辞。

首发式后，大家兴致勃勃地参观了“历史空间的未来——同济大学建筑与城市遗产领域研究与教育成果汇展”。

当天下午，期刊顾问、学术委员会委员、编委、特约组稿人代表和期刊编辑部代表及校内外专家、学者参加了办刊研讨。大家纷纷围绕期刊定位、办刊思路积极建言献策。专家们指出，中国的建筑遗产保护事业当下面临着发展的重大机遇，也仍存在着许多问题。《建筑遗产》的创刊，将成为一个学术交流和科学普及的重要平台，对中国的遗产保护实践产生重要影响。

（新闻中心，2016 年 3 月 15 日，第 1 版）

德国总统高克访问同济并发表演讲

高克表示，同济大学已发展成为中德学术交流的重镇，“同舟共济”是同济大学的校训，也适用于描述德中两国的交往，希望中德继续携手走向更加美好的未来

本报讯 3 月 23 日，在华访问的德国总统约阿希姆·高克到访同济大学，参观校史图片展，发表主题演讲，并与同济师生代表座谈交流，寄望德中两国美好未来。

当天上午，高克来到同济大学四平路校区，在同济大学党委书记杨贤金陪同下，首先参观了同济大学校史图片展并题词：“衷心感谢邀请，向贵校的学术成就表达极大敬意！祝中德两国大学继续合作愉快！”

高克随后在逸夫楼报告厅发表主题演讲。演讲开始前，杨贤金致欢迎辞。他说，同济大学诞生于东西方文化的碰撞交融之中，历时一个多世纪，已发展成为世界知名的高水平大学，是中德教育、科技、文化交流的窗口，形成了对德交流的传统、优势与特色。多年来，同济大学与德国合作交流的广度、深度不断拓展，成效十分显著。在 2014 年 10 月中德两国政府联合发表的《中德合作行动纲要》中，同济大学中德学部被称为“是共同落实高校紧密合作的成功典范”。

杨贤金表示，同济大学正有志于建设成为以可持续发展为导向的世界一流大学，愿意与德国科教界进一步深入合作，联合培养引领社会可持续发展的卓越人才，承担起创造和维护人类共同利益的责任。同济大学也期望高克总统持续推动同济大学与德国在教育、科技、文化领域的长期交流合作。在致辞中，杨贤金还代表全校师生对此前一天发生于比利时首都布鲁塞尔的严重恐怖袭击事件表示强烈谴责，对遇难者表示深切哀悼。

讲演一开始，高克首先表示，他对同济大学“强烈谴责比利时恐怖袭击行径”深为感动。他说，在有着深厚传统的同济大学讲演，为思考德中伙伴关系的发展提供了一个绝佳机会。同济大学由德国医生创办，德国与中国共同努力，

促其不断发展壮大，为发展中国的科学和高等教育事业作出了贡献。如今，同济大学已发展成为中德学术交流的重镇。刚才看了校史图片展，印象深刻，对同济大学增进了了解。

高克特别对“同济”校名作了阐释。他说，同济大学的校名来自于“同舟共济”这一美好的、被广为引用的格言，它也是同济大学的校训，代表着知识进步和社会进步，而大学能够并且应当孕育这种进步。“同舟共济”也适用于描述德中两国之间的深厚联系，德中两国在过去四十多年里，特别是在过去四分之一个世纪里，建立了紧密牢固的经济、文化、政治和科学合作网络。

高克表示，德国对中国1978年以来在许多领域取得的历史性成就深怀敬意，对中国人民勤劳肯干的精神、对中国年轻人对教育的追求深感钦佩。德国怀着兴趣和敬意看到，今天的中国有着各种各样四十年前根本无法想象的观念和生活方式，中国与德国社会一样，变得更多元了。他认为，这种多元化，是思想活力的重要源泉，也正是中国取得成功的重要源泉。

谈及中国伴随着经济建设发展而面临着的生态挑战，高克说，德国过去也遭遇同样的问题，其中大部分问题如今已经得到解决，不过它是一个长达数十年的过程的结果。如今，“绿色技术”已成为德国经济和出口必不可少的部分。

高克对德中两国长期友好关系持乐观态度。他说，德中两国近年来在大量全球问题上携手承担起责任，比如积极贯彻可持续发展目标、防止核武器扩散、积极寻求途径结束地区冲突等。今后两国还必须更加积极地参与国际事务。

“希望是本无所谓有，无所谓无的。这正如地上的路，其实地上本没有路，走的人多了，也便成了路。”最后，高克引用鲁迅《故乡》一文中的这一话语作结。他说，希望中国和德国一道，为世界上希望永存、为总能找到新的道路走向更加美好的未来，作出贡献。

历时半个多小时的讲演结束后，高克一行来到同济大学中德大楼，参观不久前开馆的同济大学德文图书馆，并与来自同济大学中德学院、中德工程学院、德国研究中心、建筑与城市规划学院、汽车学院、外国语学院等机构的师生代表共聚一堂，直接用德语进行座谈交流。

（黄艾娇，2016年3月25日，第1版）

同济 3 个学科进入 QS 排名世界前 50

本报讯 3 月 22 日，被视作“全球三大大学排名”之一的英国 QS 发布了第六版《QS 世界大学学科排名》，我校建筑与建成环境学科世界排名第 22，土木与结构工程学科世界排名第 29，国内均排名第 2；我校艺术与设计学科世界排名第 34，国内排名第 3。此外，我校另有环境科学（101–150），机械、航空航天与制造工程（151–200），医学（301–350），化学（301–350），数学（301–350），计算机与信息系统（351–400）等学科进入全球前 400 名。

据悉，本次《QS 世界大学学科排名》囊括了 42 项学科，成为此类排名中规模最大的一次。本次排名中，中国大陆 58 所大学的学科进入全球 400 强；7 所大学的 65 个学科进入全球排名前 50，其中北大 26 个，清华 21 个，上海交大 9 个，复旦 4 个，同济 3 个，浙江大学和中国农业大学各 1 个。

（发展规划中心新闻中心，2016 年 3 月 25 日，第 1 版）

同济大学蒋昌俊教授团队为支付宝防控交易风险

为在线支付筑起一道道“防诈墙”

本报讯 在以“双十一”为代表的一波波网络购物潮中，随着商品秒杀、订单蜂拥而至，仅一天内就有数亿笔的交易款项，潮水般地经由支付宝，快捷安全地抵达卖家账户，各归其所。而一些暗地里企图盗取他人密码、钱财的欺诈行为，则会被一双“火眼金睛”瞬间识破，并精准拦截。

同济大学电子与信息工程学院蒋昌俊教授团队与支付宝团队合作研发的“互联网支付体系风险防控的行为分析技术及应用”成果，为在线非可信交易筑起一道道坚固的“防诈墙”，为规避交易风险、减少资产损失提供了强有力的技术支撑。这也是国内网上支付领域首个安全可信的风险防控系统。近日，这一成果被授予上海市 2015 年度科技进步一等奖。

来自 2015 年阿里巴巴“双十一”的数据显示，当天一共完成来自全球 90% 以上国家和地区 7.1 亿笔支付，交易总额达 912.17 亿元（其中无线交易额占 68.67%），数据一年比一年进步。例如，2014 年头 38 分钟成交 100 亿元，而 2015 年用时仅 12 分 28 秒。凌晨 0 点 05 分 01 秒的支付峰值为每秒 8.59 万笔，而国外 Visa 每秒最多支付 1.4 万笔；其中，创新的“花呗”支付方式的支付成功率更是高达 99.99%，平均每笔耗时仅 0.035 秒。

记者了解到，这一组数据都远超国际同行，实现这些数据并不容易，当时不仅要高效处理洪峰般涌来的在线交易，还要应对传统的网络安全问题，特别是还需要在一瞬间就识别出那些躲藏在某些交易背后、企图通过木马等手段盗用账号、密码和钱款的欺诈行径。而已有的信息安全技术仅以“身份认证”为核心，无法判定交易行为的可信程度，难于甄别身份盗用和交易欺诈。为此，急需构建起一整套能精准判定、瞬间辨识在线交易欺诈的风险防控技术体系。

蒋昌俊教授十多年前就敏锐地意识到互联网及其应用的广阔前景，以及与之相伴而来的巨大技术挑战，带领团队开启网络信息服务的模型和机理研究，在国内外并无成功经验借鉴情况下，以“行为认证技术”为核心，从无到有构建起了网络交易支付的风险防控技术体系。

“行为识别”是这一研发成果的创新亮点之一。买家即使用户名、密码被盗，系统也能根据买家一贯的网上浏览、击键等行为习惯，快速、准确判定此交易是否可信，从而决定是予以放行或是报警。举一真实案例：深圳黄女士被他人窃取了用户名、密码之后，欺诈者在广州一小区以此用户名和密码进行网上交易。尽管欺诈者通过了“身份认证”这一关，但是系统在对其进行实时的行为识别、行为认证之后，瞬间判定该交易行为不可信、不合法，当即予以拦截，保障了账户的安全。

研发团队还与支付宝合作研制了风险防控平台技术与专用设备，首创了“设备、行为、业务”三位一体的分层风险防控机制，显著降低了案件识别时间。比如，一用户平常是在家中电脑上登录上网，如果有一天交易行为是在另一处电脑上发生，系统就会快速而精准地识别其为“可信设备还是非可信设备”，从而决定是直接放行还是果断拦截。

这一“大规模网络交易风险防控系统”成功应用于支付宝以来，为超过 4 亿的实名用户提供了安全、可信、优质、高效的网络交易支付服务，大幅减少了支付宝审核、监管交易风险的人力。上海信息安全测评中心对该系统的检测报告显示，系统对可信交易的直接放行率为 90.518%；交易风险识别的平均响应时间为 65 毫秒；基于高效的精准识别，系统的资产损失率下降至十万分之一以下，较国际领先同行降低了几百分之几，近三年来为支付宝减少资产损失达 170 亿元。

英国皇家工程院院士阿索克·南迪（Asoke Nandi）教授评价道：“提出了具有原创性的网络交易风险防控的行为认证理论和技术。”以此研究成果为代表、由蒋昌俊教授担任首席科学家的国家“973”计划“信息服务的模型与机理研究”项目，2014 年经科技部验收专家组评为“优秀”。研究成果还获 2014 年美国计算机协会主办的移动计算领域专业学术会议（ACM MobiHoc）唯一最佳论文，这也是国内学者首次获此奖项。

记者了解到，这一网络电子交易风险防控技术，在提升用户快捷支付体验的同时，有效提升了风险识别和防范能力，对于高速增长的电子商务、互联网金融工程、自贸区离岸结算，都具有重要的保驾护航作用。

（黄艾娇，2016 年 3 月 25 日，第 2 版）

我校研制成功国内首台高能 X 射线聚焦望远镜原理样机

为我国探索黑洞、中子星等天体物质的存在状态提供了新的观测手段

本报讯 一立方厘米大小的物质便可重达十亿吨且自转速度极快的中子星，甚至连光都逃不脱的黑洞如何感知其存在？我校王占山教授带领的团队最近宣布，研制成功的高能 X 射线聚焦望远镜原理样机为我国未来开展黑洞、中子星的探索提供了技术基础。

人类对其头顶的星空总是充满好奇心，探索宇宙成为亘古不变的话题。2012 年 6 月 13 日美国 NASA 发射高能 X 射线望远镜（NuSTA），用于观测黑洞等宇宙天体，它的图像分辨率和敏感度分别是同光谱区其他太空望远镜的 10 倍和 100 倍以上。

我国在上世纪 70 至 80 年代也曾展开过 X 射线聚焦成像望远镜研制，著名的蒋筑英就是这方面的专家。2010 年，由中国科学院牵头实施空间科学的“先导专项”作为国家重大科研专项列入“十二五”规划，其支持的课题名称为“X 射线时变与偏振探测卫星（XTP）背景型号研究”，我校承担其中的“高能 X 射线聚焦技术研究”。“我们承担的是第二代 X 射线望远镜”，王占山介绍，第一代将于今年年底上天，名叫“硬 X 射线调制解调望远镜”，它上天后，捕捉的是那些特定短波段的电子波，调制解调后成像，科学家对此进行分析，捕捉特殊物质的存在信息，“这是没有光学系统的望远镜”。

“我们研制的属于第二代，是有光学系统的了”，王占山说，研制的核心科学目标是通过对一奇（黑洞）和二星（普通中子星和磁星）的观测理解三极端（极端引力、磁场、密度/能量）条件下的极端物理规律。望远镜上天之后我们便可以将目光对准目标区域，实现对极端物理条件下的黑洞、中子星等天体的高能量分辨率和高时间分辨率的联合观测。王占山为我“扫盲”：当光等可见物质被黑洞等吸进去时，其过程中会放出很多光，X射线就是其中之一，我们的望远镜对准这些目标区域捕捉X射线，然后做成像。“第二代望远镜响应灵敏度大幅度提升，信噪比（又称为讯噪比。反应摄像机成像的抗干扰能力，反应在画质上就是画面是否干净无噪点。一般来说，信噪比越大，说明混在信号里的噪声越小，声音回放的音质量越高，否则相反）大幅提升，我们的望远镜看到的东西就更清楚了。”王占山说。

据了解，这是我校首次独立承担面向我国“十四五”大型空间科学卫星主体载荷的预研工作。这项研究在3月29日接受了中科院高能物理研究所组织的技术评审。评审专家组由包括中科院上海技术物理研究所龚惠兴院士、中科院高能物理研究所李惕碚院士、中科院上海天文台朱能鸿院士在内的九位专家组成，龚惠兴院士担任专家组组长。我校常务副校长陈以一教授、校科研院院长贺鹏飞教授、课题负责人王占山教授和课题组主要成员出席会议。

评审专家组听取了课题组作的“高能X射线聚焦技术研究总结报告”“光学性能测试报告”和“力学性能测试报告”，审阅了《高能X射线聚焦望远镜光学设计报告》《高能X射线聚焦望远镜关键技术报告》等技术文件，察看了课题硬件成果、原理样机实物和实验室现场。大家特别关心的望远镜能否经受得住强烈的振动，能否经受得住太空恶劣环境的考验？王占山介绍，望远镜样机分别到相关科研机构展开模拟试验，结果表明：发射期间的振动对其没有影响，磁场高、密度大、引力大的太空环境也不影响其观测。专家组一致认为同济大学构建了可以支撑高能X射线聚焦技术研究的技术研发平台，解决了高能X射线聚焦望远镜研制的关键技术，具备了开发XTP用高能X射线聚焦望远镜的能力。专家组建议，高能X射线聚焦望远镜原理样机路子是正确的，研究可以继续下去。

王占山说，课题组将按照计划研制望远镜的初样、正样，逐步研制出性能卓越的成品，2025年左右将我国自己研制的高能X射线聚焦望远镜送上太空。“德国马普公司已数度来校，商讨合作的事情”，王占山表示，我们还要利用好国际合作的平台，为我校建设成为国内一流、国际先进的X射线精密成像系统研究中心奠定坚实基础。

（程国政，2016年4月10日，第1版）

在国际舞台展现实力

我校学子获美土木工程大学生竞赛多项冠军

本报讯 日前，2016年美国ASCE（American Society of Civil Engineers）土木工程大学生竞赛太平洋分区赛（Mid-Pacific）在美国举行，同济代表队与包括加州大学伯克利分校等全美传统强队在内的14所大学各展技艺、同台比拼。在一共七个项目的比赛中，我校代表队荣获钢桥、交通和水科学论文3项目冠军，土力学项目亚军，混凝土轻舟、水处理两个项目季军。其中，“混凝土轻舟”项目获设计书单项第一、“水处理项目”获水质单项第一，最终以多个创历史新高的第一，夺得分区赛总分第一名，再次展示了同济学生的风采。

我校土木工程学院自2007年开始参加美国赛事，至今已是第十个年头。在学校的大力支持下，在各学院教师的直接指导和关心下，美国赛从最初仅由土木工程学院6名学生参加1个项目，到本届由来自土木工程学院、环境科学与工程学院、材料科学与工程学院、交通运输工程学院的33名学生参加全部7个项目，参赛的影响力不断扩大、成绩不断提升。

特别值得一提的是，同济钢桥代表队首次以分区赛冠军资格参加全美总决赛，水科技论文实现了四连冠，交通项目首次获得冠军，水处理项目首次进入前三名，水质单项第一，双双刷新历史记录，混凝土舟设计书获得极其罕见的单项满分，男子600米耐力赛也挤入体育竞技第二名。这些突破性的成绩再次印证了同济师生们追求卓越的精神，赢得了美国师生由衷的惊叹。

“钢桥”项目是每年美国赛重点项目之一。在六个单项奖中，同济代表队获得了结构效率第一、建造效率第一、刚度第一、海报展示第二、建造速度第二、自重第三。在现场拼装和加载的全过程中，同济钢桥队员的优异表现博得了现场评委和各校参赛选手的一致称赞，力克传统美国强队加州伯克利分校而拔得头筹。

“混凝土轻舟”项目是美国赛更为有趣的重点项目。集精准设计、材料试验、自行建造、汇报答辩、竞技划船和文化展示为一身。本届轻舟“METROSILK”号展现了以丝绸之路为象征的文化交流主题，是继2013年“CHINA”、2014年“OPERACE”和2015年的“PHOENIX”后的第四个主题。在四个单项中，设计书以难得的满分获第一，汇报答辩获第二，成品展示获第三。在竞技划船赛中，我校队员凭借持续一整年的刻苦训练，突破性地获得了男子600米耐力赛的第二名。

交通代表队完成了一个交叉路口的设计，包括信号方案设计、施工图设计等。其“完整街道”的设计理念使中国传统“以人为本”的思想得到了完美诠释。

今年的土力学项目除要求以最小的纸筋重量完成加载外，还要求以最轻的加载架重量完成受荷，并要求采用硬木以最快的速度拼装完成。我校学生在老师的指导下巧妙应用中国传统榫卯连接，利用科学试验的余料，不断优化，反复试验，最终在硬木加载架拼装中取得了绝对优势。

水处理比赛是美国赛参加队伍最多的项目之一，要求参赛队设计并现场搭建过滤装置来处理污水，要求装置成本最小、搭建速度最快、水质最清等指标，并答辩回答专家的提问。本次比赛采用了双路径进水的设计方法，高效地完成了水处理的任务。

在水科技论文竞赛中，同济参赛队员自信的笑容、流利的表达和细致认真的研究工作获得评委的一致认可，再次获得第一名的成绩，连续第四年蝉联冠军。

土木工程学院表示，培养学生面向未来、自主创新的能力、国际交流能力和领导力，使学生成为拔尖创新复合人才始终是学院人才培养的重要目标。学院一直鼓励和支持学生组建和成立具有多学院学生参与的学术竞赛团队，并参加国际顶尖赛事。十年来，同济学子坚持从身边做起，从自我做起，不断努力，将课堂知识、拓展学习与创新实践紧密结合，挑战自己、追求卓越，在土木工程国际顶尖舞台展示了同济大学学科的竞争力，扩大了校际交流，提升了学校和学科的国际影响力。

（土木工程学院，2016年4月20日，第3版）

同济大学与云南省签署战略合作协议

省校将围绕可持续发展进一步深化合作

本报讯 4 月 21 日下午，我校与云南省战略合作协议签约仪式举行，省校携手步入合作新阶段。云南省委书记、省人大常委会主任李纪恒出席并讲话，我校党委书记杨贤金与云南省委副书记、省长陈豪共同签署省校合作协议。云南省副省长高峰主持签约仪式，我校常务副校长陈以一出席活动。

陈豪在讲话中介绍了云南省教育发展现状及与上海高校合作意向。他指出，当前和今后一个时期，云南省迎来了千载难逢的发展机遇。习近平总书记去年年初来云南省考察，对云南省作出了新的战略部署，他希望云南省主动服务和融入国家发展战略，闯出一条跨越式发展的路子来，努力成为民族团结进步示范区、生态文明建设排头兵、面向南亚东南亚辐射中心，谱写好中国梦的云南篇章。云南省高度重视与著名高校的全面合作，希望以此次签署合作协议为契机，着力加强以创新发展为主题、以开放为主题、以协调和可持续发展为主题、以绿色发展为主题的合作。

杨贤金在讲话中回顾了同济大学与云南省深厚的历史渊源和近年来省校合作取得的成果。抗日战争时期，同济大学被迫西迁办学，期间，从 1938 年底到 1940 年 10 月，在云南昆明办学近两年时间。颠沛流离中，云南人民为同济师生提供了一张平静的书桌，使同济的历史文脉得以延续。近年来，同济依托学科优势和人才优势，不断加大与云南的合作力度，省校携手，开展了多方面、宽领域的合作，双方在全面科技合作、滇西扶贫、医疗帮扶、西部支教和志愿服务等方面取得了丰硕的成果。

杨贤金表示，回顾与云南省开展的全方位合作历程，我们深刻体会到，发挥大学的知识溢出效应，服务经济社会发展，是高校必须承担好的社会责任；面向实际需求、开展科技合作，是集聚创新资源、取得创新突破的重要途径；省校合作是培养青年人才服务精神和家国情怀的重要平台。

杨贤金说："同济愿意发挥学科综合优势，将绿色发展、可持续发展的理念深度落实于云南发展规划、城市建设、产业转型升级之中，为精心守护'彩云之南'这片美丽土地出谋划策。"下一步，同济大学将围绕可持续发展，与云南省进一步深化合作。学校将着力为云南省制定可持续发展的战略规划；开展科技合作，为可持续发展的知识与技术提供重要的实践平台，产生示范效应；

共同培养人才，培育引领和服务于可持续发展的专业精英与社会栋梁。

李纪恒在讲话中表示，省校长期以来在教育、科技、人才培养等方面开展了卓有成效的合作，为云南省经济建设和社会发展作出了积极的贡献，对此云南省表示衷心的感谢。希望未来着力在经济社会发展重要领域继续深化合作，助推滇西边境山区脱贫攻坚，深入推进校校帮扶合作，进一步拓展与云南省交流合作的渠道，在招商就业、人才培训、干部挂职等方面开展更多务实的合作。云南省将全力做好各项服务保障工作，以最大的热忱、最优的服务，为学校的各类人才到云南开展工作提供条件，将双方合作推向更高更新的层次，成为省校合作的典范。

云南省委常委、省委高校工委书记李培，省人大常委会常务副主任张百如，省政协副主席杨嘉武，省委秘书长李邑飞、省政府秘书长何金平、省政府党组成员李正阳以及云南省党政代表团全体成员，我校党办、校办、科学研究院、外联办等部门负责人出席了签约仪式。

（喻娟，2016 年 4 月 30 日，第 1 版）

确保我国软土疆域上高铁的安全平稳运行

路基不均匀沉降控制理论和技术荣获教育部科技进步一等奖

本报讯 前不久，教育部公布 2015 年高校科学研究优秀成果奖名单，我校王炳龙主持的高速铁路路基不均匀沉降控制理论和技术荣获一等奖。“项目研究成果总体达到国际先进水平；其中桩网结构在列车动荷载作用下土拱效应的研究成果达到国际领先水平。”以中国工程院钱七虎、梁文灏两位院士为正、副主任的鉴定委员会评价说。

我国的高速铁路运营里程已经达到 1.9 万公里，高速铁路线遍布高山大河、冻土层、大风带、喀斯特地形、软土层，但无论是什么样的地质地貌环境，所有的路线全都在安全高效地运行。安全高效运营的背后是因为有王炳龙这样一批默默无闻的专家在默默而坚强地支撑着。“软土地基在我国高铁线路上分布广、问题复杂”，王炳龙介绍，软土上建高铁线就像在豆腐上建高楼一样，挑战是巨大的。他说，日本东海道新干线曾由于路基严重下沉，10 年内中断行车 200 多次，列车速度由每小时 220 公里降到 100—110 公里；2000 年 6 月，“欧洲之星”高速列车因路基不平顺在法国北部脱轨。在我国，由于各地土质性质非常复杂，且具有极强的多变性，再加上目前地质勘察试验手段的局限性等等因素，路基在纵、横断面都存在极大的不均匀沉降风险，高速铁路路基沉降控制面临巨大的挑战。

针对高铁软土路基普遍存在的不均匀沉降问题，王炳龙课题组 2007 年就申请到国家自然科学基金及“863”计划等支持，针对铁道部科技研究开发计划提出的“高速无砟轨路基沉降必须保持在 15 毫米以内”展开攻关。他说，高铁广泛采用高架桥技术，这固然可以解决不少路基沉降问题，但即使“以桥代路”仍有 10%—30% 的路基结构面临沉降，尤其是不均匀沉降问题。

摆在王炳龙等人面前的挑战是：高速铁路无砟轨道路基允许工后沉降仅为 15 毫米、不同结构物交界处允许不均匀沉降仅为 5 毫米。“关键问题还是要弄清沉降的原因及计算方法，然后提出针对性的设计。”王炳龙介绍，不仅如此，万一高铁发生沉降时，如何做到不中断运行的同时制止并修复路基沉降？

高速铁路的轨道必须高度平顺，王炳龙课题组模拟线路真实环境，采取室内外动静试验，配合高精度的理论分析、数值仿真，建立了高精度的高速铁路路基沉降理论计算方法，成功实现了不同结构物条件下路基不均匀沉降的连续计算。“我们的高速铁路常采用桩网、桩筏以及桩板地基处理结构控制路基沉降”，王炳龙说，这需要精确计算高速铁路路基变形的沉降量，但列车荷载对路基土产生的实际应力路径十分复杂，应力大小与方向都瞬息万变，其变形理论计算，必须考虑超高频次列车循环荷载的作用、路基的毫米级累积塑性变形计算等，我们在试验、仿真及计算的基础上，揭示列车荷载作用之下的桩网结构与土层的相互影响及退化、失稳机理，确定了高精度的桩网结构地基沉降计算方法，对京沪、宁杭、沿海等不同地区和土质条件下高速铁路桩网结构的地基沉降进行了预测分析，均与实测沉降接近。“我们得出的计算方法，成功地把路基沉降计算精度由厘米级提高到毫米级。”王炳龙说。

高铁运行，路基变形是由于土质层、基床结构及列车车轮高速运转相互作用导致的，日深月久，路基变形就因累积而慢慢发生移位。王炳龙课题组的研究，掌握了不同基床结构、填料和环境影响条件下，高速铁路路基基床的动力响应与长期沉降的规律；揭示了列车荷载引起的主应力轴旋转对土体累积塑性变形的影响规律；建立了考虑主应力轴旋转的土体累积塑性应变计算模型。“这种路基累积塑性变形的高精度计算还实现了高效率。”王炳龙告诉记者，团队还建立了差异介质间附加应力传递与不均匀沉降的理论计算方法，实现了路基不均匀沉降的连续计算，相关成果已纳入《高速铁路设计规范》。

伴随着研究的开展，课题组发明了能满足不同路基沉降控制标准的软弱地基处理技术，其方法包括超载预压、真空联合堆载预压、水泥搅拌桩复合地基、素混凝土桩、预应力管桩等，成果已在京沪高速铁路试验线等工程中运用；提出了采用桩筏、两侧桩网结构加固路基横断面，且用不同桩型、桩长以及桩间距等组合式设计，控制路堤横向不均匀沉降，这项设计也应用在京沪高速铁路等正线路基设计中。

据了解，研究形成了一系列成果，其中包括发明专利4项、软件著作权1项、国家级工法1项、省部级工法3项，编著《高速铁路路基不均匀沉降及其控制》等4部专著和教材，培养硕博士和博士后30余名，发表论文100余篇等。成果在京沪、宁杭、沪宁、沪杭、沿海等高速铁路建设中得到了广泛应用，近3年产生直接经济效益2.055亿元。

（本报记者，2016年4月30日，第2版）

成熟一个培养一个，走有特色的转化医学之路

同济大学医学院实行“双导师制”

“成熟一个，培养一个，人才培养‘双导师制’是我们走科教协同的特色转化医学之路的重要选择。”我校医学院章小清教授告诉记者。近日，该院徐晟、崔莲、郝鹏程、刘阳、江柳丹、吴靓静、陈一凡7名学生分别选定了学院、医院各一名导师作为自己深造的指导教师，该院在科学研究与临床实践相结合的人才培养之路上又迈出了坚实的一步。

为何要这样做？

“卓越医师”是我国医学生培养的一条新思路，关键是如何培养？普遍的做法是按照七年或八年的周期，让本科生一直读至博士学位。但这样真能破解临床医生没时间、没精力开展科学研究，科学家只待在实验室思考前瞻性强但实用性不佳的两难问题之困境吗？

“以国际化的思想和标准培养卓越医师，推动转化研究，是医学院发展的

主线。而在我们的卓越医师培养计划中，每年招生约 30 人进入‘贯通培养’的拔尖创新培养模式，在 5 年的学习中达到要求的，直接攻读博士学位”，负责双导师制实施的徐国彤、章小清、吕立夏教授介绍，但这样能否培养出二者兼顾的“大医”？按照贯通式培养方案，我们在一年级便面向所有学生展开普及性、分层次的创新 / 科研训练，结合全程导师制，开展从下往上的金字塔式“卓越医苗计划”“学术节”“创新论坛”的三级培养实践，并予以相应的创新学分认证。

“鼓励新生课余到教授实验室里去聊天讨论、看实验过程或简单参与；教授每星期也会找出一些文献、提出一些问题，布置学生阅读，然后集中回答。”章小清介绍，经过一段时间的观察和师生的磨合，渐渐地，同学们的兴趣变成志向，自发变为了自觉。“卓越医苗计划”课题小组就在 2013 级临床医学专业（贯通培养）同学中自然而然地产生了。33 名学生立了 27 个项目，内容涉及丁酸盐对心肌细胞分化过程的影响、食蟹猴脂肪干细胞向视网膜前体细胞增殖与分化的调控、如皋长寿人群 FOXA1 基因多态性研究、小鼠脊髓损伤及损伤后自我修复机制等等，既有深奥的干细胞研究，又有与我们的生活密切相关的专题。“同学们的科研实践与导师的科研方向紧密相关”，章小清告诉记者，2014 级又有 26 名学生进入课题组。

今年初，经过结题评审，部分课题朝着更高的目标迈进。吕立夏老师介绍，“卓越医苗”团队总结题率 98%、大一至大三的学生参加科创比例达到 100% 的基础上，医学院还通过学生创新俱乐部平台开展 2015 国家、上海大学生创新计划项目 16 项，完成 SITP9 创新项目 31 项的结题考核；完成 2014 国家 7 项、上海 7 项，2013 国家 3 项、上海 4 项大学生科技创新计划中期和结题考核；其中部分成果获得了包括“挑战杯”上海市一等奖、全国二等奖，科创杯二等奖、三等奖，中国第一届生理学竞赛一等奖在内的多个奖项。

如何选拔？

但是，医学院的教授们清楚，仅有科研的成绩单还不够。“我们的学生还得知道疾病怎样诊治，查房怎么查，手术怎么做，会诊如何进行，以及临床问题如何回到实验室通过科研加以解决，如何让总结出的经验惠及更多的患者等”，章小清介绍，我们从二年级下学期开始，便让医学生去找校内各医疗单位去临床观察，去问医生，去和病人聊天，一有空就去。时间长了，有想法了，定下目标了，我们就开始为其牵线搭桥，“医院与实验室联手的双导师指导团队，是在学生自愿、成熟一个培养一个的前提下开展工作的。”章小清说。

具体操作模式是，按照自己的兴趣和目标进入我校骨科、心内科、妇产科等科室的同学，学院总是要问“你的临床在哪里？”“你的基础研究在哪里？”，医学院要确认学生的临床和实验室双导师想好了没有，目标想清楚没有？李涵同学对这两个问题的回答是：我选择了第一妇幼的段涛院长和生命科学学院的高绍荣教授。高老师不是医学院的教授，怎么办？医学院主动牵线搭桥，高绍荣老师很爽快，说“很高兴带”。

“这是主动提出要求的，更多的同学在摇摆、犹豫，怎么办？”章小清说，双导师不是拉郎配，学生的志向是第一位的。所以，当考量一位同学的意愿时，我们都要问你已经做了哪些工作、准备做哪些工作，有何条件来做这项工作？当这些问题都能清晰回答并让老师信服，我们就会为他（她）积极联系双导师。“拿不定主意的学生，我们会告之老师们所从事的工作，告诉大家进展情况”，章小清介绍，自己和第十人民医院高亮主任正在从事神经干细胞的转化研究，他们带的学生郝鹏程和刘阳的小课题就是此类训练，一年下来，两名学生也对两位教授的研究方向产生了越来越浓厚的兴趣，今年四月他们成为首批7位“双导师制”的受益者之一。

怎么培养？

郝鹏程等7名学生进入了戈宝学—徐金富、徐国彤—王方、章小清—高亮、陈义汉—江华、孙毅—程黎明、郑加麟—高亮、丁玉强—王清秀的门下开始学习，向医生—科学家两栖人才进军。

“三名学生选择了我和高亮，是因为一年多以前我和高老师一起申请了上海市科技创新行动计划项目，同学们长期参与自然而然养成了兴趣，4月份认定之前我们已经一起工作半年了。”章小清说，选择徐国彤和王方为指导老师的吴靓静、崔莲同样如此，都是对眼科产生了浓厚的兴趣而做出她们的选择。

吴靓静已经是医学三年级的学生，面对记者“为何选择徐国彤—王方作为自己的双导师”的问题时说，一年级下学期进了徐老师的实验室感受眼科研究，开始了自己的眼科干细胞的小课题，先是脂肪干细胞的研究，课题“食蟹猴脂肪干细胞亚群分离以及对大鼠视网膜退行性疾病的治疗作用”获得了学生创新实践三等奖，今年这个小课题又被选为学院四个参加全国医学生基础医学创新论坛和设计大赛的项目之一。一路走过来，她现在已经被眼科深深吸引，“发现自己对眼科干细胞研究很有兴趣。眼科本来就门槛高，早点定下来路就清晰”，吴靓静告诉记者，下半年自己要去王方老师那里参加临床实习，在实习期间再找一个能较好对接实验室的课题。徐院长强调，你们要先想好将来准备做什么样的医生。我想还是要将科研与临床对接到一起比较好。科学研究的前瞻性、临床经验的深厚底蕴，二者结合我相信会发酵出造福众生的好成果、好方法。

采访中，徐晟同学坦言，戈宝学老师要求很严。有一回，老师讲过的技术，第二次我忘了（因为没及时复习），戈老师批评我了。“那以后，我更加认真细致地投入上海市大学生创新课题溶酶体酸化小课题的研究之中了。”郝鹏程认定章小清老师，因为他对人类干细胞培养充满好奇心和浓厚的兴趣，“我相信一定会培养出不受排斥的干细胞来。这样，人类就不会受到各种疾病的困扰，长命百岁就不再是一个梦了”。

章小清告诉记者，现在临床一线的导师一有手术、会诊或科研活动就会微信（电话）联系自己的弟子；学生课余时间也经常找到实验室（医院科室），因为他们都有自己的课题了。他说，我们的学生在院里卓越医苗计划、早期科研训练、本科临床导师三个阶段中任何阶段都可进入“双导师培养体系”，我们的培养原则是成熟一个，启动一个，基础导师和临床导师共同承担培养责任。

（程国政，2016 年 5 月 10 日，第 2 版）

“我们支撑了中国首条中低速磁浮线”

——同济大学参与长沙中低速磁浮项目建设记

“春节不能回家，几个月不能正常睡觉，反反复复地行车试验、整改轨道和修改程序……这种工作强度以前从未有过”，我校磁浮交通工程技术研究中心林国斌教授告诉记者。5 月 6 日，我国首条中低速磁浮线——长沙磁浮快线正式运营，湖南省有关领导会见了我校杨贤金书记率领的同济大学代表团表示对我校专家的感谢。通车后的第 3 天，记者找到我校陈小鸿教授带领的这批同济专家，分享他们攻关的苦与乐。

能力源于长期积累

众所周知，世界上第一条磁浮商业应用线是上海的龙阳路到浦东机场磁浮线。这条线 2002 年 12 月底开通，速度超过 400 公里 / 小时；爱知世博会磁浮专线是世界上第一条运营的低速磁浮线。“2004 年底周干峙院士参观了日本名古屋爱知磁浮线后，2005 年初向上海市领导建议开展中低速磁浮工程化研究。市领导把这个任务交给国家磁浮中心，中心主任吴祥明同志随即领导开始中低速磁浮交通研究”，林国斌教授介绍。

“中低速交通是解决城市到郊区、小城镇之间交通的利器”，林国斌说，比如从上海市区到临港新城，开车单程要一个半小时，但乘坐时速 160 至 200 公里的中速磁浮车，就有可能在半小时内到达，大大方便了郊区与市区的连接，并纾解中心城区的各种压力。

国家磁浮中心承担了中低速磁浮轨道交通工程化技术研究。2005 年在上海市、浦东新区支持下，磁浮中心与上海电气集团合作，2007 年初在临港重装备基地内建设了一条试验线，这是迄今为止我国试验条件最好、能够满足全系统考核要求的试验线。试验基地占地 202 亩，线路包括一条主线和一条出入库线，一座变电所和一个维护车间。主线长度 1704 米，出入库线长度 275 米。线路设置了 50 米、70 米半径的圆曲线和 70‰的纵坡。道岔长 32.6 米，设置在高速段，能够实现从 0~100 千米 / 小时范围内各种速度下的考核。车辆采用三节编组，设计最高试验运行速度 100 千米 / 小时。2008 年，实现了三节编组列车以 90 千米 / 小时的速度稳定运行，最高时速达到 103 公里。经过四年的研究，磁浮中心不仅掌握了中低速磁浮的系统设计与集成技术，还掌握了车辆、线路轨道结构、牵引供电和运行控制等关键技术。在试验线实践基础上，中心牵头主编了《中低速磁浮车辆通用技术条件》并已由建设部于 2011 年发布；中心还主编了《中低速磁浮交通设计规范》，目前已通过了住建部审查，即将正式发布。

2012 年初，上海市科委继续支持磁浮中心进一步开展中低速磁浮技术在磁浮车辆轻量化、道岔优化改造等方面的研究。

长沙磁浮工程的“技术支撑”

2013 年 5 月，湖南省杜家毫省长视察了株洲电力机车公司的中低速试验线，为支持产业化及实现空港和高铁车站交通一体化，萌生了采用中低速磁浮交通连接长沙机场和高铁南站的想法。

“我对磁浮交通既陌生又不陌生。2002 年 12 月，中德合作的世界上第一条高速磁浮线在上海浦东试运行，最高时速达到了 430 公里。以后，我担任了上海市委常委兼浦东新区区委书记，经常要陪同贵宾去参观和体验磁浮列车。每次工程技术人员都要介绍磁浮技术，几次陪同以后，我略有所知。我的粗略感受是这项技术非常先进，但造价不低，其‘性价比’如何，或者说商业性如何，还没有更多的实践去证明。”杜家毫在《湖南日报》上的文章中说。

“长沙高铁南站是沪昆、京广高铁的交汇点。如实现空铁一体化、接驳城市地铁就需要一条运行快捷的运输线，中低速磁浮是较好的选择”，林国斌说，正是为了促进本地高新技术产业化及实现空铁交通一体化的需要，湖南省决定建设这条长 18.5 公里的中低速磁浮快线。

我们来看长沙磁浮的建设速度：2014 年 5 月 16 日，长沙磁浮快线开工建设；2015 年 10 月 5 日，实现全线“梁通”；2015 年 10 月 16 日，实现全线“轨通”；2015 年 12 月 26 日，长沙磁浮快线试运行；2016 年 5 月 6 日，全线正式运营。项目设长沙火车南站、榔梨站和黄花机场站 3 座车站，自长沙火车南站东广场引出，跨浏阳河后接入长沙黄花国际机场 T1、T2 航站楼间连廊。长沙磁浮公司方面介绍，磁浮专线工程投资总额约 42 亿元，设计速度为每小时 100 公里。磁浮列车共有 5 列 3 节编组的列车。其中一列车辆由我校磁浮中心提供悬浮控制软件。

这是世界上建设速度最快的一条磁浮快线，同济在其中发挥着技术支撑作用。2014 年 4 月，时任学校党委书记周祖翼带队和湖南省省长杜家毫等就长沙中低速磁浮轨道交通项目技术合作等商谈；2014 年 5 月，湖南省副省长张剑飞率团来校签署《长沙磁浮工程项目技术战略合作框架协议》。杜家豪要求同济大学作为长沙中低速磁浮项目的技术支撑和技术咨询单位。“20 个月来，磁浮中心投入具有高级技术职称人员 25 人，参加公司组织的国内外技术调研 20 余次，组织或参加技术讨论会 200 余次，撰写咨询意见（或咨询报告）约 80 份，现场咨询工作量约 2000 人日”，中心主任陈小鸿说。

中低速磁浮工程线，大家都没真刀真枪地干过，工作中，扛梁的人自然就要承受更大的压力。“这几年，最难的其实不是技术，而是平衡各方面的诉求和批评”，林国斌说，作为技术协调人，我要当好“出气筒”，当好协调员，他笑称：“出了问题时，合作方怨气和抱怨会到我这里，我多次夜里写好检讨，微信发给委托方领导，然后安心睡一觉，第二天抄送其他相关领导，接着该干啥干啥。”林国斌仿佛是在说别人的事情，表情淡定自在。

林国斌说：“辛苦的是我们中心的这帮年轻人，他们真是豁出去了，今年春节都没回家；中心特许家属前来‘探营’。磁浮研究队伍这次承受了巨大的压力，经受住了严峻的任务考验，相信有了这次经历会大大增强他们日后开展工程化研发的抗压能力。”“林老师春节期间在长沙工作时腰椎间盘突出急性发作，常常是下了病床就到试验场，做好试验再抽空到医院治疗，半拖半治了两个多月。”他的同事周建梅老师忍不住对记者说。

同济做了哪些工作？

长沙磁浮专线，同济究竟做了那些工作？林国斌说，我们主要做了两件事：首先是全过程咨询，帮助甲方处理技术及工程的难事、烦事及琐事；第二是解决磁浮系统的特殊技术问题，包括线路道岔设计和悬浮控制的软件研发。

先说全过程咨询。简单地说包括技术文件审查、技术方案的讨论确定，采购设备技术规格书审核、制定地方标准等。“项目决策之初，湖南省发改委就邀请我们对项目路线规划和可行性提供咨询，我们在中心原主任吴祥明的带领下，踏勘现场、走访株机公司并与设计单位交流，提交了‘项目可行’的咨询报告。”林国斌说，论证阶段，中心派出专家参加了项目可行性报告的评审、节能评审、环境影响评审，并协助澄清了磁浮列车可能对机场运营产生通信干扰的问题；项目启动，我们对工程初步设计方案提出了多项重大咨询建议，其中包括调整黄花机场的线路方案，使本项目具备远期延伸至新航站楼并继续东扩至浏阳市的可能性，提升了湖南中低速磁浮的发展空间；改变部分地段的构筑方式，避免路基不均匀沉降可能导致的运营风险；提出新的F轨排工艺路线并引入竞争伙伴，提高了轨排的供货质量并同时显著降低了项目投资（约1.3亿元，占该部分造价的20%以上）；中心还牵头编制了长沙磁浮工程最重要的两个技术标准——《长沙磁浮工程设计暂行规定》《建设以及施工验收暂行规定》，解决了国内首个工程应用项目标准缺位问题。《长沙磁浮工程设计暂行规定》，已作为湖南磁浮公司企业标准发布并在湖南省住建厅备案。

道岔研发。列车进出车库都需要从主线开上进出库线，列车不像汽车，它得有轨道，于是主道和辅道就需要通过道岔的移动接驳从而把车辆送进送出车库。中低速磁浮道岔及控制系统是全线关键设备之一，是结构、机械和控制一体化的设备。道岔的机械部分主要由垛梁、一段主动梁（跨中有竖向支承的双跨连续钢梁）、第一第二两段从动梁（简支钢梁）及安装于梁上翼缘的F轨组成。“湖南长沙磁浮进出库道岔有九组”，林国斌说，基于国家磁浮中心在中低速磁浮道岔设计方面的经验，并借鉴国外工程实施案例，我们开发了我国的第一组三段定心式中低速磁浮道岔，即在主动梁中间增加一个支点，提高列车进出库的平稳性。林国斌介绍，课题研究解决了线形、结构型式、驱动原理、驱动和走行系统、控制及其与运行控制系统接口等一系列技术难题，实现了全部部件国产化，具有完全自主知识产权。我们还制造了一组电气控制设备，用于长沙项目道岔的厂内调试。目前，批量制造的9组道岔也已安装上线，该道岔实现列车正线100千米/小时、侧线30千米/小时通过，运转可靠，完全满足长沙磁浮工程应用技术要求。

同济磁浮中心的努力和成绩得到湖南磁浮公司的肯定。2015年年底时同济大学磁浮中心获得湖南磁浮公司表彰，获先进单位称号；道岔设计负责人曾国锋、两个技术标准主要牵头人之一严培良、全过程技术咨询协调人之一孙国鑫、中心派出担任湖南磁浮公司技术部部长的袁建军获得长沙机场磁浮快线工程建设的先进个人称号。

（程国政，2016年5月22日，第2版）

材料科学与工程学院成立60周年

黄蕴元先生铜像揭幕仪式暨诞辰100周年座谈会举行

本报讯　今年，同济大学材料科学与工程学院迎来成立60周年。

5月29日上午，在同济大学嘉定校区“济人楼”举行了学院60周年纪念会议。校党委书记杨贤金、校党委常务副书记方守恩，中国工程院院士、东南大学教授缪昌文，中国工程院院士、武汉钢铁集团研究院毛新平教授，中国科学院院士、同济大学教授姚熹，俄罗斯科学院院士威特曼（Wittmann），来自复旦大学、上海交通大学、东南大学、华东理工大学、武汉理工大学、上海大学、南京工业大学、浙江工业大学、国防科技大学等大学的材料学院院长书记或学科带头人，以及海螺集团原董事长郭文叁、深圳创东方投资有限公司董事长肖水龙、深圳朗润投资公司董事长唐春山、维尔利环保科技公司董事长李月中等校友出席了会议。

方守恩代表学校祝贺学院 60 华诞，对学院师生员工长期以来为学院和学校发展所作的贡献表示感谢。他指出，在人类社会发展过程中，材料的发展水平，始终是社会进步和社会文明的标志。同济大学高度重视材料学科的发展，材料学科的发展不仅自身蕴含着不断创新的潜力，也为其他学科发展提供了坚实的基础。未来，学校将进一步加大材料学科建设力度。站在新的起点，希望材料科学与工程学院以建院 60 周年为契机，以可持续发展为导向，以人才队伍建设为抓手，着力推进同济材料学科的发展，造就培养大批富有社会责任感、积极推动材料科学与工程发展的社会栋梁和卓越人才。

会上，举行了材料科学与工程学院校友分会成立仪式，杨贤金为校友分会授旗。校友分会会长、1981 级水泥专业毕业生、深圳创东方投资有限公司董事长肖水龙在会上致辞。

上海交通大学材料学院院长孙宝德教授代表兄弟院校，祝贺同济大学材料学院 60 华诞。博士生孙强作为学生代表致辞。

会上，材料科学与工程学院院长吴广明介绍了学院发展情况。材料科学与工程学院成立于 1996 年，前身为黄蕴元先生创立于 1956 年的建筑工艺系，1958 年更名为建筑材料工程系，是全国最早成立的建筑材料系科之一。近年来，学院立足于“两轮驱动，人才引领”的发展战略，在传统的建筑材料领域坚持走高新化之路，同时大力开展纳米功能材料、新型能源材料、生物医用材料、环境友好材料等新材料的研究，形成鲜明的特色和优势，建成材料领域高层次人才的培养基地和高水平成果的研发基地。目前，学院正在努力打造国内一流、国际知名的材料科学与工程学科。

会后，举行了学术报告会，毛新平院士就“薄板坯连铸连轧”，缪昌文院士就“混凝土气泡与裂缝”等问题作学术报告。

5 月 29 日下午，在材料科学与工程学院大楼“德才馆”举行了黄蕴元先生铜像揭幕仪式和黄蕴元先生诞辰 100 周年座谈会。黄蕴元自 1952 年 9 月起，历任同济大学结构系副主任、主任、建材系主任、上海建筑材料工业学院副院长、同济大学材料科学与工程系名誉主任，是我国有国际声誉的材料科学家。黄蕴元先生铜像由同济大学校董、材料科学与工程学院校友唐春山先生捐资塑成。

当天，材料科学与工程学院校友分会首届理事会第一次会议、材料学科建设发展研讨会、校企合作研讨会、杰出校友座谈会暨材料知识大赛颁奖仪式等活动同时举行。此前一天，第一届全国可持续混凝土理论与应用技术学术交流会暨纪念同济大学黄蕴元先生诞生100周年学术交流会在学校四平路校区举行。

（辛中，2016年5月31日，第1版）

同济大学化学科学与工程学院成立

本报讯 5月26日，同济大学化学科学与工程学院成立宣布会在化学馆120室举行。

校党委常务副书记方守恩出席会议并讲话。校党委组织部部长冯身洪主持会议并宣读学校关于撤销化学系、成立化学科学与工程学院和聘任张弛为院长、任命王国强为学院党委书记等通知文件。原化学系党政班子成员、教师代表40余人参加会议。

方守恩指出，化学科学与工程学院的成立，不仅是化学学科的一件大事，也是整个学校的一件大事，是促进"双一流"建设的重要战略举措。他代表学校对原化学系班子成员表示感谢，对化学科学与工程学院领导班子提出要求：一是要加强学科建设，加大人才队伍建设工作力度；二是要做好人才培养，除了本学院人才的培养，还要完成好全校相关学科化学化工基础教学的任务；三是希望学院成立后，带领全院教职员工，在更高平台支撑下，同心协力，争取更大的成绩，实现化学学科的突破发展。

张弛在发言中提出了学院未来的发展愿景：通过学科凝练和团队整合，以国际化特色和高端人才平台打造为抓手，建设化学学科特色基地。力争通过两个五年计划，夯实学科基础、打造学科高原，建设国内一流的国际化化学学科；中长期规划目标为创建国际化、特色鲜明、理工融合的化学学科。

王国强传达了学校主要领导对学院发展的要求，并代表学院党委表示今后积极发挥政治核心作用，积极配合支持行政班子的工作，努力实现同济化学学科的复兴。原化学系系主任王雪峰也作了发言。

（辛中，2016年5月31日，第1版）

同济设计助迪士尼绽放神奇

——探访上海旅游度假区迪士尼建设

再过几天，上海旅游度假区里的迪士尼就要正式营业了，现在园中一切都成了大家不尽的谈资。园里风景到底怎么样，乐园建设谁出力至多？ 5月7日，本报记者应着迪士尼内部试运营的节奏，跟着数万游客徜徉了迪士尼小镇。要知道，那些奇妙的建筑，凝聚着无数同济设计师、工程师们的智慧和汗水。

美景意味着数不清的难题

迪士尼的美妙与奇幻，想必去过的人都一定会留下深刻印象。漫步园中，我们看见硕大瓜瓣样屋顶，粗大葫芦柱，红瓦黄檐组成的“大凉棚”——碰碰车屋，一看就知道建筑取中国建筑意象，且具皇家风范。走进去，就只见一只只“圆碗”都已在静静等候，等候兴奋的人们欢乐碰碰碰。看着乌压压的“圆碗”，我们想着开放后的每一天，它们动起来、转起来，和着说话声、熙攘声、尖叫声，那一个热闹，恐怕连顶棚上的橘黄“宫灯”都要跟着颤抖摇晃。

雨后初霁的天空蓝得人心花乱颤，蓝天下“维尼小熊历险记”硕大的招牌从屋顶上“凸”出来，小熊和它的朋友们小猪、小象、小牛、小狗欢乐地又要到哪儿去历险了，再看房屋颇有西部牛仔风格。“七个小矮人矿山车”一看就知荒凉的美国西部并颇具英雄气概，山石裸露、树木稀少，两列蒸汽车火车的烟囱从翠绿的树叶中探出头来。

“七个小矮人矿山车”是适合全家人一起乘坐的过山车项目。它将带领游客驶入闪耀着宝石光芒的美丽矿洞中，穿过蜿蜒连绵的山脉、经过池塘瀑布，在离开宝石矿之后，最后来到七个小矮人的小屋。每辆矿车都安装有支架状枢轴，可在更换轨道时来回摆动。游客坐在窄轨小火车上，顺着飞驰的风景，来到矿井里，发现这里原来是动物的世界，梅花鹿、米老鼠……历险当然都是孩童式地充满刺激和萌翻了的欢乐，我们感受着飞驰的火车、奇形怪状的布景，心中紧紧地：如此异形的构筑从一个信马由缰、纸上谈兵的图画变成施工的图纸，从不着边际的奇幻浪漫变成眼前的快乐矿山之旅，需要付出怎样的艰辛努力，要我们同济设计师们绞尽多少的脑汁？

场面最为宏大的当然是宝藏湾了，到处是飘着五颜六色海盗旗的破木船，到处是怪石嶙峋的“水浒”式港湾，加上半截矮墙的防御碉堡、斑驳陆离的海盗城堡，瞧，城楼山还有一门土炮。不知女墙上那只硕大的探照灯是否也在玩穿越？我们走在城门前，走过渣土、瓦砾遍地的小路，徜徉在仿木作栏、渔网编栅的窄窄短短码头上，突然就看见“巴博萨烧烤”。主题园区介绍说：“宝藏湾”全球娱乐园区里第一个以海盗为主题的园区。上海旅游度假区里的“宝藏湾”五大分区的第一处起就将完全沉浸在海盗的生活中，从这里开始游历“船奇戏水滩”“史洛比希堡”“旱鸭子码头”和“小镇”，整个园区融合了多种建筑风格，有两艘海盗船、海盗主题餐厅及一个欢乐的戏水区。设计师告诉我们，最初的创意很任性，很是天马行空，要将其变成现实很困难，其中就有创意与施工图的衔接，图纸与我国规范的不配套等等问题，用“创意催人老”来形容这几年昏天黑地地讨论、翻江倒海地改图一点也不为过，但是，眼前“亮煞眼”的一切让我们深深觉得：同济设计、同济人挑大梁的迪士尼营造真地很牛！

在园区，我们手中的相机一刻没停，迪士尼乐园建了五六年，倾注了同济人（同济大学、中建八局、上海建工）包括设计人员、工程人员、监理人员等太多的心血。走在园外小镇上、进入专卖店，观赏新挖的心愿湖，体验专设的地铁站，一切都是那么新鲜，而这当中也有同济设计师、建筑师的辛劳和智慧。

十万张图纸仅是工程总量九牛一毛

我们在当地媒体上看到这样的文字：一走进上海迪士尼乐园主入口，许多熟悉的动画片中的建筑映入眼帘：《美食总动员》中的烘焙坊、米妮的“甜心糖果屋”、米奇的厨房、托尼的餐馆、黛丝的咖啡屋……“这些幻想建筑的背后，是 10 万张图纸的反复计算和打磨。”上海迪士尼乐园主入口与花园工程项目经理、同济校友王威介绍，迪士尼乐园的设计是基于美方“幻想工程师”的艺术灵感，中建八局项目团队要做的，就是协助将艺术灵感变成可实际施工的图纸，再将图纸变成真实的建筑。中建八局建立了包括总包、分包、厂家等在内共计 400 人的深化设计团队，完成的上海迪士尼乐园项目总图纸量超过 10 万张。

“我们绕园区走一圈，不过两个小时，而地下的管网却长达 110 万米，相当于上海到天津的距离！”王威说，几乎所有主题园区的水、暖、电、气等管线都要经过这里，局部区域上下重叠、交叉的管线多达 11 层，埋深达 9 米。我们要说的是，这仅仅是乐园入口处和管线一项，中建八局里挑大梁的有许多都是同济人；而对于迪士尼深化设计的同济设计师来说，这 10 万张图纸仅仅是整个工程的九牛一毛。管线也仅仅是整个园区管线的冰山一角。设计师刘荣涛却说：“我们从园区设计里学到了很多，这个项目的图纸深度，为我们今后更好地满足未来中外合作及国内高端业主的要求打下了坚实的基础，别的项目图纸再多也不会多过度假区的了；再者，度假区制图规范和图纸表达方式的中规中矩，我们遵照下来了，严格按图办事现在已变成了习惯；还有，度假区这种复杂项目上统式管理制度、节点的分解、设计界面的切分等做法，让我们收获颇多。记者问，几年里图纸画了多少，刘荣涛笑，轻声说：“恐怕要用卡车装，排成一个车队了。”

小兰的迪士尼工程设计体验

我校设计师兰英华回忆：两年前，与一拨小伙伴们懵懵懂懂地加入度假区项目组，我们被集中在一块单独的工作区域，三排座位，和其他建筑师们分开，开拓了原本属于结构师的疆域。这个方式让所有人都心悦：如此便能更好、更聚神地投入。这样，浪漫被第一次界定了。没有轴网、对齐的限制，没有直角、常规形体的限制，标高不统一，层高不统一，这个项目的浪漫体现在私人定制般的形式中。

项目究竟有多难？堆成山一样的图纸里，每一张都有很长的历史，每一个细节中，都有无数的讨论，这是新人无法理解的。“在这个项目上班的第一天，我面前原本空荡荡的办公桌前，不一会，‘嘭——’的一声，厚厚一摞A3图纸震在桌上：‘你先看看图纸。’说完同事就匆匆走了：我只感到‘哇！好生猛的大号图纸’。很快，我就从团队膨胀的速度上感觉到项目之难，先是十个、后来数十，最猛的时候就变成了近百号人了。”这些人经常通宵达旦，数不清的问题、冷不防的语言障碍，“虽然我们的英语水平都很好，但设计讨论一深入，沟通又变得力不从心。单词代表的不只是字典上一个词条，而是一个设计意图，或者一个产品要求，甚至一个核心概念。”小兰说。接着是方案报审，扩初，50%施工图，100%施工图，招标图，最终施工图……多累、多复杂已没有多说的必要了，百人团队（都是精英啊）、几十人的度假区团队、一年半的时间里，心血最后化成了一推车一推车的图纸。“当图纸推出那个房间时，对于团队中的很多人来说，是一个结束，而对于将要入驻工地的人来说，才是身心炼狱的开始，而就我是其中的一员。”兰英华告诉记者。

小兰说，我们这群设计师朝阳初升时颠簸一个多小时到建设工地，华灯初上时用更长的时间再颠簸回来，在工地每天面对的是熙熙攘攘的人群，他们可是数千上万人的规模！工地是平地上起一座城镇，两年左右从无到有！更严酷的是，项目要求的精度史无前例。

“异域娱乐文化的浪漫与无厘头与中国建筑规范的周正规矩发生激烈碰撞就稀松平常。”文静的工程师张小文如是说。海量的图纸、施工的受阻（有的最初设计就无法变成现实）、紧张的工期……建筑师成了现场矛盾的“焦点”。当然，最后他们也历练成了“百事通”：作回答，下判断，作决定，修改图纸，补充信息，审核深化图纸，审核建材产品，指导生产厂家，甚至检查施工质量，常常一锤定音。小张的语气依然是那么地淡定：“当结构底板下预埋好管线时，站在基坑边看直立的套管就如同剑戟的丛林，我们的反应是‘这房子是一个机器’；当面对着完美逼真的主题抹灰样板，大家的反应‘这房子是一个雕塑’；当看到乐园的灯光秀视频时，心里想‘房子是快乐发生的一个背景’。总之建筑才是配角。而建筑师要做的，就是让这个配角撑起将要发生的事情，将要呈现的场景。”小张颇有曾经沧海难为水、阅遍炼狱依然恬淡自若的风范。

城堡设计是一次炼狱旅行

何谓炼狱？比喻人经受磨练的艰苦环境。上海旅游度假区就是这样一个火煎油炸你的能力、蒸烤冰冻你的耐受力的地方。“记得 2011 年，第一次看到上海迪士尼乐园的设计图纸时我还是兴奋了好半天的，图纸上无论是歪歪扭扭的森林小屋，还是复杂得令人咋舌的城堡，就连一个石头或木材的 hatch 都填得这么艺术。”设计师鹿小雅感慨道，当年的作业，谁要是画成这样绝对是“A+”啊！

就在小雅画好平生第一套完整的施工图，揉着惺松肿胀的眼睛，专业负责人老刘过来问“想不想画城堡啊？”“想……”“OK！”老刘一拍桌子一溜烟走了，她说：“从此我便一脚踏进这个漂亮的设计噩梦。”

作为全球最大、最高的娱乐城堡，全程都是要用 BIM（建筑信息模型）出施工图的，但这里的施工图到了什么地步？往往一个厕所就能出几百张施工图。所有图纸的图层、图名、参照、图框等等都有严格要求，如果不符合随时可能会被退回来。城堡与园内其他单体相比，所有施工图都必须用 Revit（专为 BIM 构建的系列软件，可帮助建筑设计师设计、建造和维护质量更好、能效更高的建筑）出，平立剖都是从模型里切出来，图纸的建立不仅要满足国内施工图制图标准，同时还要满足外方的制图标准。

城堡开建，小伙伴们发现自己面对的哪是一个项目，是一片茫无涯际的海！一个中心穹顶、八个高低不同的塔尖、多而复杂的屋顶、凹凹凸凸的立面，仅外立面的装饰构件就有2000多种不同类型，其余的装饰图案、线脚、假窗就更不用多说了。小鹿告诉记者：“管理这些模型和图纸就是一个浩瀚工程，更何况改图纸？！那天下午，出了650多张A0图纸。仅仅数图纸，我和周工两人愣是数了一下午，却还是差两张，把所有图纸和目录一一对上居然成了一件难事。”

上万平方米的城堡，光是墙体就有100多种构造类型；还有墙体的面层、抹灰层、保温层、石膏板、轻钢龙骨、混凝土结构层都要表达清楚，都要标注编号、防火、隔声、保温信息等等，“无头乱麻告诉我们，得想办法”，项目负责人周工介绍，设计师们采用了参数化管理。于是，小伙伴们在Revit里对墙体添加了各种参数，使得平面上的标注可以自动读取所有信息，利用平面、立面、剖面、放大图、墙表的互相关联，更通过合理的视图设置关联到墙楼板图、完成面找坡图、找到吊顶平面图等，使得每修改一个墙体，所有其他图纸都能自动修改。“后来，我们就从机械修图中解放了出来，全身心地关注与设计和修改本身了。”负责工地现场的建筑师周涛说。

年轻的设计师叶阳至今还清晰地记得出图那天晚上的情景：“也许是我们的炼狱经历感动了老天，30%CD的出图那天晚上，外面狂风大作，设计室里疯狂打图，暴雨打在楼顶上巨大的‘噼啪’轰鸣声已经盖过了同事的相互喊话了。等到凌晨出完图，狂风离去，大街上安静得连个车影都没。”

“开园试运营的当天，我们站在宫殿前的月台上看着长长的队伍，心中仿佛‘劫波’之后的如镜海面，平静，还是平静。”鹿小雅告诉我们。

（程国政，2016年6月10日，第1版）

高华研究组发现促使乳腺癌向多个器官转移的信号通路

针对性治疗手段正在加紧探索中

本报讯 我校生命科学与技术学院、附属东方医院肿瘤转移研究所高华教授研究组发现一个促使乳腺癌向多个器官转移的基因TM4SF1，相关研究论文近日发表在《细胞》杂志上。专家认为，切断和阻止该基因的表达，可能是治疗乳腺肿瘤转移复发的首要靶点。“我们的针对性治疗研究已经获得不错的效果。”高华表示。

这项研究是什么，先要弄清基因 TM4SF1。要弄清 TM4SF1 基因，先要明白何谓跨膜蛋白。许多膜整合蛋白质（又称镶嵌蛋白）是兼性分子，它们的多肽链（核糖体通道）可横穿膜一次或多次，以疏水区跨越脂双层的疏水区（蛋白质多肽链的疏水区一般由疏水性氨基酸组成，如缬氨酸、亮氨酸等。这些疏水氨基酸组成的疏水区段会由于疏水作用而埋入多肽链的内部，而亲水区段多分布在多肽链的外侧。此外，跨膜蛋白的疏水区往往也是其跨膜区），与脂肪酸链共价结合。这种蛋白质跨越脂双层，也称跨膜蛋白。TM4SF1 是一个进化特异的四次跨膜蛋白家族成员，在肺癌、结直肠癌、乳腺癌和卵巢癌等多种肿瘤中相对于正常组织都有上调表达。

稍有医学常识的人都知道，肿瘤转移复发是绝大部分肿瘤患者死亡的最直接原因。在乳腺癌发生早期，肿瘤细胞会离开原发位，最终在肺、骨和脑等多个远端器官，“播种生长”成致命的转移病灶。尽管肿瘤转移复发具有重要的临床意义，但是相关研究非常薄弱，特别是肿瘤在向多个靶器官转移的过程中，是否存在核心基因尚不清楚。

多年以来，高华研究组利用小鼠模型作为一种体内筛选工具，建立了高通量、全基因组水平、功能相关的遗传学筛选平台，来寻找与乳腺癌、肺癌、直肠癌等肿瘤转移复发直接相关的分子，及其细胞和分子机制。2014 年，研究组发现了 TM4SF1，它们在正常和肿瘤干细胞的自我更新中都扮演着非常重要的角色。

在此基础上，研究组继续运用免疫组化方法，对 147 例具有完整临床信息乳腺癌患者的组织微阵列进行分析，发现 TM4SF1 基因在乳腺癌患者中呈上调表达，患者的生存期明显缩短；反之，生存期明显延长。而通过计算机生物信息分析 3455 例乳腺癌原发位和转移位肿瘤组织，同样得到了类似的结果。

高华说，根据 TM4SF1 基因表达的强弱，可以预测乳腺癌患者发生肿瘤转移的时间长短。“目前，我们正按照转化医学的思路，与国内相关企业合作，针对单克隆抗体、小分子化合物展开治疗研究，进展良好，效果不错”，高华说，国外一家企业也在针对我们发现的靶点开展药物研发，我们必须加倍努力，早日找出针对乳腺癌的药物。

《细胞》是由美国爱思维尔（Elsevier）出版公司旗下的细胞出版社发行的关于生命科学领域中最新研究发现的杂志。《细胞》刊登过许多重大的生命科学研究进展，与《自然》和《科学》并列，是全世界最权威的学术杂志之一。

（程国政，2016年7月11日，第1版）

第十四届世界交通大会在同济大学开幕

近2000名代表6天里将讨论全球交通热点问题

本报讯 7月11日，第十四届世界交通大会开幕式在我校举行，来自世界80余个国家的1000余名代表齐聚一堂共话全球交通热点。我校校长裴钢、世界交通研究会主席Yoshitsugu Hayashi、世界交通研究会学术委员会主席Manfred Boltze、中国智能交通协会理事长吴忠泽、上海市规划和国土资源管理局局长庄少勤等与会。大会开幕式由大会执行主席、我校党委常务副书记、交通与运输工程学院教授方守恩主持。

校长裴钢致辞说，欢迎大家来同济参与“世界交通领域的奥林匹克”盛会。中国有“要致富先修路”的谚语，可见交通对于社会经济的发展多么重要。最近几十年来，中国交通建设取得了举世瞩目的成就，也为世界作出了积极的贡献，比如高铁就已成为一张闪亮的中国名片。同济大学交通学科底蕴深厚，以童大埙、朱照宏、林秀贤、杨佩昆、姚祖康等老一代学者为代表，他们的努力耕耘开创了同济交通运输工程学科的辉煌，使之成为中国交通与运输领域新思想、新理论、新方法的主要发源地。同济培养的人才就包括今天与会的汪光焘、庄少勤、顾伟华等。同济大学也在虹桥枢纽工程、洋山深水港、港珠澳大桥、外环隧道等重大工程中贡献着自己的智慧。裴钢表示，把大会举办权交给同济，是对我们的信任，同济将竭尽全力办好大会。他希望，每场论坛都能给大家带来惊喜，希望大会能给世界交通的新发展贡献智慧。

吴忠泽、庄少勤、Yoshitsugu Hayashi分别发表讲话。吴忠泽表示，中国交通建设取得了举世瞩目的成就，但是我们也应该看到我们在交通科技的不少领域与国际先进水平尚有差距、核心关键技术的集成、科技成果与交通人文、管理科学的集成等水平都有待提高。吴忠泽说，大会也吸引了众多发展中国家的代表与会，希望大家一起为中国智能交通等献智献策，同时分享中国交通发展的经验，为世界交通升级作出贡献。庄少勤介绍，上海 2040 规划中对交通的规划是，以上海人民广场为圆心，100 公里为半径，包括太仓、昆山、苏州、嘉兴、平湖、嘉善等都将与上海形成紧密协作圈；郊区到中心城区，更方便、更快捷；将建成全球慢行交通标杆城市。“交通慢行系统规划就是由我们同济主持。”庄少勤说。Yoshitsugu Hayashi 表示，我们把 GDP 与土地、能源结合起来讨论交通，这方面上海是座了不起的城市，上海创新地让虹桥交通枢纽连接高铁、机场和城市交通，20 年里织成 600 公里的地铁网络更是一个奇迹。他表示，交通如何帮助世界应对老龄化、改善农村生活、帮助贫困地区儿童，我们期待大会取得更多成果。

Yoshitsugu Hayashi 与本次大会主席、我校建筑与城市规划学院教授潘海啸共同宣布大会开幕后，举行了战鼓表演。

大会邀请了原建设部部长汪光焘、世界银行负责交通与通信业务主管 José Luis Irigoyen 作大会报告。

据了解，“世界交通大会”是由世界交通研究会主办的全球性学术交流会议，自 1977 年开始每 3 年在世界范围内选择那些在交通科学研究、技术进步、人才培养等方面很有特点的国家举办。本次大会包括专家学者企业代表在内的近 2000 名代表，将在 6 天里讨论“综合交通运输”“货运和物流”“交通运行、管理和控制”“行为与交通需求分析”等 8 大议题；会议每天分四大板块，39 个分会场，将举行 231 场技术讨论会，来自世界 80 余个国家的代表提交了 1153 篇论文；大会还将举办 28 个特别论坛，3 个主旨论坛。闭幕式上，将邀请分会主席介绍各自讨论的成果，同时宣布 2019 年世界交通大会的举办地。

7 月 10 日，大会举办了世界青年交通大会及国际交通安全学术研讨会，交通领域的诸多热点问题都成为讨论的话题。

开幕式当天中午，裴钢在旭日楼会见了 Yoshitsugu Hayashi、Manfred Boltze 一行，方守恩陪同会见。Yoshitsugu Hayashi 感谢同济大学的热情接待，对本届世界交通大会的开幕式和整个会议的组织工作给予高度评价，并称其新颖的形式对未来大会的组织起到了示范性作用。借此机会，双方对交通和城市主题的所关心的问题进行了广泛的交流，还共同探讨了后续开展合作的各类可能性。

（程国政，2016 年 7 月 11 日，第 1 版）

同济大学数学科学学院成立

本报讯 经学校决定，成立同济大学数学科学学院，许学军教授任院长。许学军教授是知名的计算数学专家，曾获得国家杰出青年基金。

同济大学数学学科始建于1940年，1945年成立数学系，众多知名学者曾在此任教。1952年院系调整时调往复旦大学。随后，时任数学教研室主任樊映川教授组织编写《高等数学讲义》，该书曾一版再版，累计印刷千万余册，是新中国成立之后我国编写的具有中国特色的优秀教材之一。1985年恢复应用数学系，此后陆续引进了众多国内知名数学家，目前拥有国家千人计划专家、国家杰出青年基金获得者等一批中青年学术带头人，教学和科研方面的综合实力持续增强，在国内外教育界和学术界有很大影响力。

（数学科学学院，2016年7月11日，第1版）

中共中央国务院任命钟志华为同济大学校长

裴钢同志由于年龄原因不再担任同济大学校长职务

本报讯 9月6日，学校在逸夫楼报告厅召开全校教师干部大会，中共中央组织部干部三局副局长刘后盛在会上宣布了中共中央、国务院关于同济大学校长调整的决定，钟志华任同济大学校长（副部长级），免去裴钢同济大学校长职务。

教育部党组成员、副部长杜占元，上海市委常委、组织部部长徐泽洲出席大会并讲话。教育部人事司副司长彭实，上海市委组织部副部长陈皓，上海市教卫工作党委书记陈克宏，以及中组部、教育部、上海市委组织部、上海市教卫工作党委的有关负责同志也出席了会议。校党委书记杨贤金主持大会。

刘后盛在宣读任职决定后讲话。他指出，党中央、国务院从中管高校领导班子建设全局和同济大学实际出发，根据干部任职年龄的有关规定和推进干部交流的精神，经过通盘考虑，慎重研究作出了上述决定。

刘后盛指出，近年来，同济大学紧紧围绕建设以可持续发展为导向的世界一流大学的办学目标，真抓实干，学校综合实力不断增强，国际影响力稳步提升。这些成绩的取得，是在党中央、国务院的正确领导和亲切关怀下，教育部和上海市委的精心指导下，全体教职员工共同努力、奋力拼搏的结果，其中也凝聚着裴钢同志的辛勤劳动和心血。他对裴钢同志为同济大学所作出的贡献表示感谢。

刘后盛指出，钟志华同志政治素质好，有科技报国情怀，熟悉高校和科技管理，创新意识比较强，工作有思路，有韧劲，他科研能力强，是我国知名的车辆工程专家，工作勤奋投入，有奉献精神，为人正派，坚持原则，作风严谨，对自己要求比较严格。中央认为，钟志华同志担任同济大学校长是合适的。希望大家把思想统一到中央决定精神上来，全力支持钟志华同志的工作。

刘后盛强调，当前我国高等教育改革发展进入一个新的历史阶段，中央作出统筹推进“双一流”建设等重大决策部署，习近平总书记对教育工作提出了一系列明确要求，为新时期高等教育事业发展指明了方向。同济大学理应在“双一流”建设的进程中走在前列、作出表率。希望同济大学广大师生员工在学校党政班子带领下，深入学习领会习近平总书记系列重要讲话精神，坚持党的教育方针和社会主义办学方向，紧紧围绕“四个全面”战略布局，深入贯彻“五大发展理念”，始终秉承“同心同德同舟楫、济人济事济天下”的情怀，继续发扬“与祖国同行，以科教济世”的优良传统，朝着建设世界一流大学的目标奋力前行，为实现中华民族伟大复兴的中国梦作出更大贡献。

杜占元在讲话中表示，教育部党组完全拥护中央的决定。党中央、国务院对同济大学的改革发展和领导班子建设高度重视，这次校长人选的调整，是经过认真酝酿、慎重研究作出的决定，充分考虑了同济大学的重要地位和学校领导班子实际，充分体现了中央对同济大学的重视和关怀。

杜占元说，裴钢同志自 2007 年担任同济大学校长以来，与全体班子成员一起勤奋工作，领导了同济大学在关键历史时期的重要发展，开展了许多卓有成效的工作，为同济大学各项事业的改革发展作出了重要贡献。

杜占元指出，钟志华同志政治立场坚定，经历过高校、地方以及中国工程院多个领导岗位，熟悉高等教育规律和高校情况，行政管理经验丰富，组织领导能力强，工作思路清晰，视野开阔，敬业投入，在不同的领导岗位上都作出了突出的业绩。他为人正派，待人谦和，团结同志，严于律己。他长期从事汽车设计与制造技术的研究与应用，学术水平高，是中国工程院院士，并曾获“全国优秀教师”“国家科技进步一等奖”等荣誉和奖项。相信钟志华同志一定会不负重托、不负期望。

杜占元代表教育部党组提出三点希望：一是全面加强党对高校的领导，牢牢把握社会主义办学方向。二是进一步深化综合改革，全面推进“双一流”建设。三是切实加强领导班子建设，不断增强凝聚力、战斗力。他希望调整后的领导班子，按照习近平总书记提出的好干部标准和社会主义政治家、教育家的目标要求，努力成为政治坚定、团结务实、奋发有为、作风优良、清正廉洁的领导集体。

徐泽洲代表上海市委，坚决拥护中央的决定，并对钟志华同志来上海工作表示热烈欢迎，对裴钢同志多年来的辛勤工作表示崇高敬意。

徐泽洲指出，钟志华同志政治立场坚定，党性观念强，为人正派，作风务实，自我要求严格，有高校和地方等多岗位领导工作经历，是我国仅有的两位研究车辆工程的中国工程院院士之一，是一名优秀的专家型领导干部。中央决定钟志华同志担任同济大学校长，体现了中央对同济大学的高度重视和充分关心。

徐泽洲代表上海市委对学校提出三点希望：一是始终坚持正确的社会主义办学方向；二是推进世界一流大学和一流学科建设；三是着力提升服务国家和城市发展战略的能力。

裴钢在讲话中表示，对钟志华同志就任同济大学校长表示热烈欢迎。裴钢说，感谢中组部、教育部、上海市委市政府多年来的信任和支持。任职9年来，自己先后与周家伦、周祖翼和杨贤金三位书记共事，感到非常荣幸。衷心感谢其他领导班子成员以及全体中层干部、全校师生的信任，使自己的许多想法得到了落实。全校师生是学校各项改革重任的重要推动者和主要承担者，近年来学校取得的成绩都是全校师生同舟共济、共同奋斗的结果。他说，“卓越是一种状态，追求卓越是一种精神”，学校设立了“追求卓越奖”，相信追求卓越的精神已经融入到全体同济人的血脉。当前，我国正在统筹推进世界一流大学和一流学科建设，同济大学要秉持脚踏实地的优良传统，发扬同舟共济的宝贵精神，继续孜孜不倦地追求卓越。

裴钢说，9年来，他已深深地融入了同济大家庭。“苟利国家生死以，岂因祸福避趋之。同舟共济微薄力，追求卓越初始心。”作为一名同济人，他将一如既往关心学校发展，随时愿意为学校发展尽最大的力量。他祝愿同济大学明天更美好！

钟志华表示，坚决拥护和服从中央决定，感谢党中央和国务院的信任，感谢中组部、教育部和上海市委市政府的关心和支持。他说：“从现在起，我就是一名同济人了，我感到无比高兴和自豪。”

钟志华说，同济大学是一所底蕴深厚的学校，在将近110年的办学历程中，“同舟共济，自强不息”的同济精神历久弥坚，“与祖国同行，以科教济世”的同济情怀催人奋进。自从组织和他谈话以来，他就开始关注同济的一切，试图去触摸新的形势下同济的梦想。同济梦与中国梦是紧密相连的，它应该是同济全体师生员工的共同向往。同济大学理当围绕国家战略目标的实现，作出新的更大贡献，并以此来强化同济的学科和专业优势。同济不仅应该为地方和行业服务，尤其要在将上海建成具有全球影响力的科创中心中发挥独特作用，也应在建设自由、平等、公正、法治的现代文明社会中有所作为，并以此来拓展同济的学科和专业发展领域。同济人应当秉承“同舟共济”的校训，在践行爱国、敬业、诚信、友善的行为准则的同时，为人类文明和进步作出新的贡献，并以此来完善同济的学科和专业布局。同济梦应该可以归纳为，在担当时代赋予的历史使命中，不断取得新成就、不断作出新贡献、不断迈上新台阶，从而尽早实现成为以可持续发展为导向的世界一流大学的目标。

钟志华说，同济梦只能以脚踏实地的精神、顽强拼搏的斗志方能实现，同济的广大师生员工要继续为同济梦想的大厦添砖加瓦。作为这个班子的一个新的成员，要向其他同志虚心学习，处理好学术与行政工作的关系，全身心投入学校管理事务，尽快融入这个强有力的战斗集体。要与党政领导班子成员精诚团结，自觉学习高等教育法律法规和大学章程，坚持依法治校，依章程办事，坚决贯彻执行党委领导下的校长负责制，推动先进高效的社会主义现代大学运行管理机制不断完善，保障学校各项事业健康快速发展。要俯下身、沉下心，主动倾听师生意见，问计于师生、问需于师生，坚持实事求是，尊重办学规律，在达成共识的基础上来推动各项改革，把深化综合改革、推动内涵发展作为第一要务。要清正廉洁，敢于担当，勇于作为，勤奋工作，攻坚克难，与全校师生一起加快推动以可持续发展为导向的世界一流大学的建设。

杨贤金代表全校师生员工对中央的决定表示坚决拥护，对中组部、教育部、上海市委关心支持同济大学发展表示衷心感谢。杨贤金说，裴钢同志是著名科学家，也是一位优秀的大学校长。他2007年8月正式就任同济大学校长，9年来，他倾情投入学校管理，为推进同济大学发展倾注了大量心血和智慧。由于年龄的原因，裴钢同志不再担任校长职务，作为同济人，我们都有一种依依不舍之情。裴钢同志以他对高教事业的高度使命感，对学校工作的无私奉献，对百年同济的赤诚之心，以及自身的学术影响，赢得了全校师生员工的爱戴，也赢得了兄弟高校和社会各界的尊敬。

杨贤金代表学校党委和全校师生员工，对钟志华同志担任同济大学校长，表示热烈欢迎。杨贤金指出，钟志华同志是一位在汽车设计与制造领域有突出成就的科学家，是我校“智能型新能源汽车协同创新中心”学术委员会主任。他具有欧洲留学和工作经历，具有宽广的国际视野，在学术界享有良好的声誉；钟志华同志长期在高校从事教学科研和管理工作，具有丰富的高等教育管理经验；同时，钟志华同志还有地方政府和中国工程院的工作经历，是不可多得的复合型人才。中央决定选派钟志华同志来同济工作，充分体现了对同济大学的关心和重视。

杨贤金强调，今年是“十三五”规划的开局之年，国家正在大力推进“双一流”建设，同济的发展处于关键历史时期。学校要深入学习、贯彻落实党的十八大和十八届三中、四中、五中全会精神，深入学习习近平总书记系列重要讲话，不断增强政治意识、大局意识、核心意识、看齐意识，贯彻落实中央决策部署，坚持党的教育方针，牢牢把握社会主义办学方向，加快推进学校各项事业发展。要抓紧落实“十三五”规划各项任务，全面深化学校综合改革，以改革促发展，以改革增活力；要把全面从严治党责任扛在肩上，聚精会神抓好党的建设，充分发挥基层党组织的战斗堡垒作用和党员的先锋模范作用；认真贯彻党委领导下的校长负责制，进一步加强校领导班子自身建设，着力提高办学治校水平，建设师生信赖的坚强领导集体。相信有中央、教育部和上海市委市政府的坚强领导，全校师生员工同舟共济，就一定能够加快推进以可持续发展为导向的世界一流大学建设！

校领导班子成员，校党委委员、纪委委员，部分两院院士、学科带头人，学校各类学术组织负责人，各单位、各部门负责人，重点研究机构负责人，民主党派和群众团体负责人，全国及上海市党代表、人大代表、政协委员，老领导、老同志代表，部分教代会代表，青年教师代表、学生代表等出席大会。

钟志华校长简介：

钟志华同志1962年7月生，湖南湘阴人，1999年6月入党，1992年7月参加工作，瑞典林雪平大学机械工程专业博士研究生毕业，曾任湖南大学机械与汽车工程学院院长、校长助理、副校长，2005年7月任湖南大学校长；2010

年12月后担任重庆市委科工委书记、市科委主任、市科协主席；2014年9月，任中国工程院党组成员、秘书长。2016年9月，任同济大学校长。2005年11月，当选中国工程院院士。

（江水，2016年9月15日，第1版）

意大利总理伦齐来访并发表演讲

本报讯 9月3日，意大利共和国总理伦齐来校访问，受到校党委书记杨贤金的热烈欢迎。双方亲切交流、共同回顾了合作历程。

伦齐总理与杨贤金共同为同济大学中意学院成立十周年庆典活动揭幕，并参观同济大学对意合作成果展。伦齐对同济大学在中意两国教育、科技、文化等领域的合作交流成果表示赞赏，欣然写下留言：“十年硕果喜同庆，待创十载愈辉煌。”

杨贤金说，同济大学于20世纪初诞生于中欧之间的文化交流与教育合作之中，“同济”二字的含义是同舟共济，强调国际合作、协同创新发展一直是学校的宗旨。2006年，中意两国在同济大学开启了首个政府教育合作项目，时任意大利总理普罗迪先生见证了中意学院的成立。经过十年的探索，同济对意合作已经从开始的工程类本科双学位项目，扩展至设计、建筑、法律、经济管理等15个学科专业的硕士、博士合作培养。同济大学现已与17所意大利优秀高校建立起合作网络，开展了积极且富有成效的学术交流和人才培养合作。随着同济大学佛罗伦萨海外校区、佛罗伦萨大学孔子学院、中意设计创新中心、中意可持续发展中心、中意战略咨询委员会等机构的设立，同济大学为两国培养和输送了一批具有跨文化背景的高水平人才。目前，同济大学对意合作的领域正不断扩大。

杨贤金表示，同济大学对意大利的合作之所以能够如此蓬勃发展，与意大利政府的支持密切相关，更得益于伦齐总理的大力支持。伦齐在担任佛罗伦萨市长期间便积极促成了同济佛罗伦萨海外校区的设立，在出任总理后一直关心着同济大学对意合作的发展。杨贤金代表同济大学向伦齐总理表示感谢。他说，在中意学院成立十周年之际，我们温故知新，共同庆祝展望，希望中意两国青年相互学习、携手并进，共同谱写丝绸之路的崭新篇章。

演讲一开始,伦齐总理以一句中文“你好”致以问候,博得全场雷鸣般的掌声。他说,“我非常高兴和荣幸来到同济大学这所中国著名学府”。演讲中,伦齐总理引用利玛窦的话“友谊是最重要的财富”说到,意中两国交流合作的价值并不仅体现于结成了经济的纽带,还体现于历经几个世纪而不磨灭的友谊纽带,这正是意中两国共同发展未来的基础。他引用中国成语“十年树木,百年树人”说,意中两国大学要共同致力于长期的教育合作,希望意中两国高校如同济大学的校名那样“同舟共济”,将从马可波罗、利玛窦开启的意中友谊进一步延续、深化,不断创新教育、科研、文化领域的交流合作,共建人类更加美好的未来,共同为人类未来谱写重要篇章。

伦齐在演讲中多次提到中国的“微信”,他说,“微信”就是创新带给我们的产物。“我们的未来一定是创新的。”他鼓励意中两国的年轻人要在思想上战胜自己,改变我们固有的观念,不要对未来心存恐惧。他说,意中两国已经为年轻人建立起了完整的教育体系、文化体系等稳固的根基,希望每位年轻人能在面对未来的挑战中获得成功。演讲最后,伦齐总理以一句“意中友谊万岁,同济大学万岁”作结,全场掌声经久不息。伦齐总理还回答了听众关于年轻人职业生涯发展、赴意大利留学等方面的问题。

我校党委常务副书记方守恩,意大利都灵理工大学、米兰理工大学、博洛尼亚大学、佛罗伦萨大学的校长或校长代表等出席相关活动。我校参加2016新生夏令营的新生、中意学院学生和部分毕业校友以及意大利在沪留学生等近300人聆听了演讲。

(黄艾娇,2016年9月15日,第1版)

永不懈怠的追求

——庆贺孙钧院士执教65周年学术思想研讨会举行

本报讯 9月24日,孙钧院士执教65周年学术思想研讨会在我校中法中心举行。校党委书记杨贤金,党委副书记马锦明、姜富明,副校长顾祥林,中国工程院院士卢耀如,中国科学院院士何满潮,原常务副校长李永盛、陈以一,上海市住建委、上海市土木工程学会等单位代表,土木工程学院及地下建筑与工程系负责人和师生代表近百人与会。

杨贤金发表讲话。他说，孙钧院士长期从事岩土力学、隧道与地下结构工程学科的教育与科学研究，是国内地下结构工程力学的主要奠基人和开拓者。早在上世纪 60 年代初，他领衔的学科组就逐步建立和开拓了土木工程新的学科分支“地下结构工程力学”，他带领团队在岩土介质材料流变学领域开展了深入研究，形成了多项重大研究成果，对发展地下结构工程力学学科作出了重大贡献。上世纪 90 年代，他又开拓了一个新领域——城市环境土工学，并出版了研究专著。他说，孙钧院士长期担任校内外各种教学、学术职务，桃李满天下；始终坚持学科发展与国家重大工程建设紧密结合的同济传统，活到老，学到老，奉献到老，他是同济人的杰出代表，是同济大学的一面旗帜，是全校师生员工学习的榜样。

顾祥林宣读了钟志华校长的贺词：“六十五年来，您潜心治学，取得丰硕成果，您的科研成果应用于国家重大建设与生产实践，取得了巨大的经济、社会效益。您提携后进、为人师表，桃李满天下，您敬业奉献的高尚品德，严谨求实的治学态度和勇攀高峰的科学精神，是我们广大同济师生学习的榜样，更是同济精神的最好诠释。”顾祥林还历数了孙钧院士的故事：90 岁高龄，每年出差几十次；国家每有重大工程，总是踊跃担当；380 余篇论文，十余部学术专著。这样一位著名学者，“每次我去看他，他总是高接远送，每次都从孙老师那里获益良多”。

年轻学子们为孙钧院士和夫人献上祝福的鲜花。中国矿业大学何满潮院士、同济大学卢耀如院士、上海市住房和城乡建设管理委员会总工刘千伟、上海市土木工程学会理事长应名洪、我校土木工程学院院长赵宪忠、孙钧讲座基金会理事长李永盛等分别致辞，回忆了师从先生学习、与先生共事的往事，会场内不时发出欢悦的笑声、热烈的掌声，气氛融融暖如三春。

学术思想研讨会一直延续至下午，谢雄耀、李杰、桥本正、何满潮、朱合华分别作了学术报告。最后，孙钧院士作了题为“岁月悠悠旧忆难忘”的报告，回忆了自己参加三峡工程、南水北调、崇明桥隧、港珠澳大桥等国家重大工程的点点滴滴。

孙钧院士 1949 年 5 月上海解放前夕国立交通大学土木工程学系毕业、工学士，1956 年师从前苏联专家斯尼特柯教授攻读钢桥结构获副博士学位，1980 年美国北卡罗莱纳州立大学从事“博士后”研究。我国首批（1981）博士研究生导师和首批（1986）博士后导师。1991 年当选任中国科学院技术科学部学部委员（院士）。现任同济大学一级资深荣誉教授（2007）、地下建筑与工程系名誉系主任。历任国际岩石力学学会副主席暨中国国家小组主席，中国科协全国委员会委员，中国岩石力学与工程学会理事长（现任名誉理事长），中国土木工程学会副理事长（现任学会顾问、名誉理事），上海市建设交通委员会荣誉委员；还曾历任国务院学位委员会土建学科评议组召集人，国家自然科学基金委员会土木、建筑、水利、环境、测绘等学科综合评议组召集人，全国博士后管委会专家委员会土建学科评议组组长，中国自然科学奖评委。

（程国政，2016 年 9 月 30 日，第 1 版）

缔结中意友谊新纽带　添彩丝绸之路

——同济大学中意学院走过 10 年合作历程

作为中意两国首个政府教育合作项目，无论是开学启幕，还是共庆 10 周年这一节点，意大利两任总理亲临同济园见证，并送上祝福。

牵手 17 所意大利名校，在文艺复兴中心首建海外校区，24 个本硕博双学位项目或交流项目，涵盖同济 15 个学科专业，1000 余名中意校友，100 多份政产学研合作协议……在同济大学中意学院成立 10 周年之际，一个个亮眼的数据、一项项标志性成果，带给同济人又一份实实在在的惊喜。

“意中大学之间的交流，是两国文化和思想交流的重要途径和基石。同济大学中意学院 10 年来的国际合作办学实践，是我们两国自古以来合作交流的延续，既促进了我们双方更为紧密的交流，也加深了我们之间的友谊。”意大利伦齐总理近日在同济大学讲演的一番话语，为中意学院十年办学历程作出了有力的注脚。

回首中意 10 年合作路，众多精彩特色、亮点一路频现，为同济大学多彩的国际交流画卷平添了一抹抹别样亮丽的色彩。

中意对等互派　国际双学位项目升级、扩容

3 年同济校园 +1 年米兰理工大学的海内外学习，电信专业的何振豪今年本科学成毕业，刚刚进入向往已久的苏黎世理工大学攻读硕士学位。有趣的是，

与他在同济同堂上课一年的来自米兰理工大学的 Nicola Zoppini 也进了苏黎世理工。另一名同学 Andrea Ramazzina，这学期则回到同济攻读同济学位。

在中意学院一年一届的毕业学子中，像何振豪这样凭借优秀学业和出色的综合实力，成功申请到国际名校深造的同学占有相当比例，不仅是意大利高校，更有英国剑桥大学、德国慕尼黑工大、美国麻省理工学院等世界顶尖名校。像李欣、席治夏等顺利进入菲亚特、意法电子、法拉利等国际名企甚至成功创业的毕业生也不在少数，他们成为熟谙中意两国文化、拥有国际化专业技能、能助推两国经济与文化合作交流的生力军。

时钟回拨 10 年前，作为同济大学又一对欧合作交流新平台，“中意学院”宣告成立。首期携手意大利名校米兰理工大学、都灵理工大学，启动“机械设计制造及其自动化”“电子信息工程”2 专业本科双学位项目，次年千年名校博洛尼亚大学的“自动化”专业加盟。

“3+1”、中意对等互派、浓厚的国际化氛围，这一中外相互交融学习科技和文化的办学模式受到两国年轻学子的推崇，每年申请者十分踊跃。

中意两国政府积极推动，两国高校努力作为，两国企业界鼎力助推，中意教育合作平稳步入“快车道”，合作队伍不断壮大，合作内容不断扩容。

如今，首期合作的 2 本科双学位项目早已升级为“4+M”本硕连读国际双学位项目，博洛尼亚大学的“自动化”专业已延伸至“控制科学与工程学科”国际硕士双学位项目。十年来，累计已有 8 届本科毕业生、509 名同济学子和 431 名意籍学子参与这一项目联合培养，前来同济授课的米兰理工、都灵理工、博洛尼亚大学等高校的教师达 100 余人。

合作已由最初的工程类本科双学位项目，扩展至设计、建筑、经济管理等 15 个学科专业的硕士、博士合作培养。

作为中国大学落户意大利的首个海外校区，致力于推进在意海外学习项目的同济大学“佛罗伦萨海外校区”，是对意合作的创新手笔。海外校区不仅面向同济师生，也惠及全国艺术学科大学生，主推设计创新类的大学生海外学习、师资进修、高端人才培养及学术等活动。“暑期学院”“海外学期”等逐渐打响品牌。

中意教育合作，精彩仍在继续：同济大学将联手佛罗伦萨大学，筹建“上海国际知识产权学院”；同济大学上海国际设计创新学院将与米兰理工首推国际设计双博士项目……中意合力，以实际行动助力上海建设具有全球影响力的

"科创中心"。

近日，米兰理工大学 Azzone 校长率该校学科代表访问同济，共商在当今新时代背景下，如何进一步拓展合作的学科领域。放眼未来，移动通信、大数据、汽车信息技术……双方在这些新领域的共识，带给未来中意教育合作以更多美好的遐想和期待……

共建高端科研基地　推动"设计创新 + 可持续发展"

同济大学四平路校区内，一栋颇有些年头的学院楼正在从内到外历经一场绿色大变革，这就是同济建筑设计院与意大利建筑师联合进行改造设计的"运筹楼"。再过不久，它将焕然一新，蜕变为一栋全新的绿色节能建筑的样板工程。这也将成为同济大学与意大利环境部共建的"中意可持续发展中心"的所在地。

届时，这里将入驻节能技术展示平台——"中意绿色节能建筑实验室"、面向全校师生开放的"中意协同创新实验室"、绿色创新企业孵化器等一批绿色创新空间。

大学拥有宝贵的学术资源，是科研创新的重要源头和阵地。在中意日益密切的友好合作中，"科研"是双方联手以浓墨重彩、共同书写的精彩篇章。

共同聚焦"可持续发展"全球议题，借鉴意大利的典型经验，更好地应对中国城市化进程中的挑战。在意大利环境部的支持下，中意学院成功完成了一系列有关中意可持续发展、绿色校园、智慧城市等方面的科研合作项目，双方在电动汽车技术创新、清洁能源、城市建设可持续发展、可持续性设计等方面的合作基础逐步加深。今年 4 月，双方共同发布《联合声明》，将在可持续发展领域开启新的"三年合作计划"，预示着更可期的未来。

"设计创新"也是中意科研合作的另一出重头戏。

在设计创意领域，意大利拥有全球最为丰富的人才和技术，而中国，设计创新正方兴未艾。2011 年，由中国科技部、意大利公共管理与创新部共建的"中意设计创新中心"在同济大学落户，它致力于通过有效链接中意两国设计创新资源，在两国的城市建设、创意经济、设计产业升级、高端设计人才培养等方面扮演重要角色。

举办中意创新设计展览、中意创新论坛，启动中意大学生创新创业大赛，成立集结数十位中意优秀设计师的"中意创新设计联合会"，为优秀设计师提供培训与服务……“中意设计创新中心”作为中意两国政府间合作的国家级设计创新研发中心和服务平台的重要作用正在日渐凸显。

中意高校还发挥各自资源优势，携手共建专业实验室：同济大学与博洛尼亚大学共建“机器人和自动化联合实验室”，与米兰理工大学共建 Innovation Hub。

中意学院、米兰理工大学还成功合作完成了首个中意科研合作项目——中国科技部的科研项目“中意跨国数字协同设计关键技术合作研究”，该项目实现了中意设计师跨国数字协同设计、打样的无缝联结。

全面夯实“政产学研平台”建设　力促中意合作向纵深推进

意大利米兰世博会特展、意大利 18 世纪铜版画精品展、意大利经典音乐作品演奏会、意大利百册图书荐读、“了解意大利”讲坛、意大利电影展映、“走近意大利”网上知识竞赛、意大利美食品尝体验……这是 2015 年 4 月至 6 月，同济大学中意学院举办的以“感受意大利文化”为主题的立体阅读系列活动。

“观展览、听演讲、看演出、赏音乐、读名著、享互动、品美食”，正是在这七位一体的特色活动中，不少同济学子爱上了意大利文化，成了“意大利迷”。这也是中意学院在特色校园文化建设方面的又一创新探索与尝试。

如今，意大利文化已在同济园落地生根。每年中意学院开展的文化教育类活动多达 30 余场，“意大利企业日”“留学意大利咨询日”“意大利精华展”等已成常设品牌活动。

近两三年来，中意合作中跨文化的对话交流，正呈日益活跃之势。

远在佛罗伦萨、由同济大学与佛罗伦萨大学共建的“孔子学院”，正引发“中国热”。推出的富有同济特色的人文、艺术、设计、遗产保护等众多活动，大力传播了中华文化，也通过“走出去”进一步支持同济文科的建设与发展。

就在 9 月初，意大利伦齐总理在同济大学发表演讲，寄寓“意中友谊历久弥新”的同时，同济大学代表团正携中意双方合作创作的中意文化遗产保护纪录片《双城问道：上海遇上佛罗伦萨》、“一带一路”世界非物质文化遗产纪录片《龙泉青瓷》等作品，在全球瞩目的威尼斯电影节论坛上作交流，分享人类文明的传承、人文建设与人才培养经验。

就在不久前，中意学院与意大利驻沪总领馆文化处共同成立“中意文化中心”，将以文化展览、演出、媒体产品、论坛、图书出版、大赛等形式，进一步推广中意双方文化，继续加强跨文化领域的研究、资源对接、相关学科建设与教育合作，为推进中意跨文化对话与传播不断进行创新探索。

还有中意业界的有力支援，为中意学院的成长发展更添活力。2012年，中意战略咨询委员会成立，30多家中意企业热情加入，为同济对意合作发展积极建言，并提供奖助学金、实习实践岗位等社会资源的支持。

作为同济大学对意政产学研合作的重要平台，中意学院卓越的办学成就，赢得了意方的赞赏和瞩目。2015年，意大利政府向同济大学党委副书记方守恩颁授“意大利之星荣誉勋章”，以表彰他为推动中意教育、文化领域合作交流所发挥的重要作用和所作出的突出贡献。

“10年来，同济大学中意学院的办学成绩有目共睹，为此我们今后还将不断扩大对意大利的合作领域。值此学院成立十周年之际，我们共同温故知新、庆典展望，期望中意两国青年学生相互学习、携手并进，共同谱写丝绸之路的崭新篇章。”同济大学党委书记杨贤金说。

（黄艾娇，2016年9月30日，第3版）

高绍荣课题组在《自然》上发表表观遗传学研究成果

研究成果有望造福不孕不育等患者

本报讯 近日，我校高绍荣教授课题组在著名学术期刊《自然》（*Nature*）发表论文，论文在国际上首次从全基因组水平揭示了哺乳动物植入前胚胎发育过程中的组蛋白H3K4me3和H3K27me3修饰建立过程。“这一突破性研究成果为优化植入前胚胎的质量提供了可能，将可能有助于提高辅助生殖技术的成功率，造福更多反复流产、胚胎停育、不孕不育患者；并通过优化胚胎发育环境有效提高新生婴儿的健康水平。”业内专家评价说。

研究证明，生命的遗传物质DNA不是以裸露的形式存在，而是缠绕在由组蛋白H2A，H2B，H3和H4组成的八聚体上，构成核小体，然后核小体进一步包装形成致密的高级结构；组蛋白上特定氨基酸的修饰对基因的表达与沉默起关键作用。通常一个基因启动子（Promoters，简称P。是基因的一个组成部分，控制基因表达的起始时间和表达的程度，就像基因活动的‘开关’）区域如果

H3 第 4 位赖氨酸存在三甲基化修饰（H3K4me3）则预示该基因处于活跃表达状态；而如果 H3 第 27 位的赖氨酸被三甲基化修饰（H3K27me3）则预示该基因表达被抑制；而如果两种三甲基化修饰同时存在一个基因的启动子区，这个基因被称为二价基因，其基因表达处于激发状态，易于被激活。

众所周知，哺乳动物的发育起始于精子和卵母细胞结合后的受精卵。早期胚胎在植入前发育过程中则经历了剧烈的表观遗传修饰变化，并第一次出现细胞分化，研究发现如果在这一过程中组蛋白修饰出现异常就会导致胚胎发育异常，甚至胚胎在植入前就已死亡；而表观遗传修饰正常与否与细胞中的相关组蛋白修饰酶关系密切。

“组蛋白转录后的修饰对基因表达的调控异常重要，所以只有弄清组蛋白修饰在早期胚胎全基因组上的变化规律，才有可能正确调控植入母体前的胚胎基因的表达，使其发育正常。”高绍荣介绍，利用特定组蛋白修饰的抗体进行染色体免疫共沉淀并结合测序技术（ChIP−seq）就可以达到这个目的。但是由于植入前胚胎的细胞量很少，并且很难获得培养，因此要得到传统的抗体测序技术所需要的百万级的细胞数量是不可能的。在本研究中，高绍荣教授课题组利用并改进了低起始量细胞抗体技术，研究利用极少量的细胞检测了小鼠植入前胚胎发育各个时期的组蛋白 H3K4me3 和 H3K27me3 修饰变化情况，这是国际上目前已知的第一次系统地对小鼠植入前胚胎组蛋白修饰进行全基因组水平上的检测。

高绍荣说，通过分析数据，我们发现组蛋白 H3K4me3 修饰的建立更迅速，倾向于建立在 CpG（胞嘧啶—磷酸—鸟嘌呤）含量较高且 DNA 甲基化水平较低的启动子区域；而 H3K27me3 修饰的建立比较缓慢，且在 CpG 含量较低的启动子区域。

研究还发现，H3K4me3 信号的宽度还在不断变化，并且在早期胚胎的基因组中存在大量宽的（>5kb。kb，表示核酸长度的单位。1000 碱基的长度为 1kb）H3K4me3 信号，而这种宽的 H3K4me3 信号在细胞系及普通体细胞中含量都很低。

“有了快速的高表达，有了足够的宽度，生命胚胎的发育也就有了活跃度和‘宽度’”，高绍荣说，课题组的研究表明，宽的 H3K4me3 修饰的存在使外界环境干扰明显情况下，胚胎中的关键调节因子仍维持基因表达水平的稳定。他说，课题组最近的研究也证明，宽的 H3K4me3 修饰在早期胚胎发育过程中作为一种可调节的表观遗传修饰精确调控了各个时期基因的表达，并且可能在更多的生理过程中发挥重要作用。

据悉，该项研究成果在世界上第一次建立起了小鼠植入前胚胎发育过程中的组蛋白 H3K4me3 和 H3K27me3 修饰图谱，并发现了植入前胚胎发育特殊的表观遗传调控机制，该研究为进一步研究植入前胚胎发育以及早期细胞分化的表观遗传调控机制打开了一扇大门。

高绍荣告诉记者，随着环境等的变化，试管婴儿的需求与数量越来越多，但成功率的低下及成长过程中疾病的过早出现都将成为人类面临的窘境。他介绍，这项研究将可能促进优化胚胎培养环境，有望较大幅度提高试管婴儿的成功率。据悉，目前高绍荣课题组正在加紧深入研究中。

（程国政，2016 年 10 月 15 日，第 1 版）

“国家利益高于一切”

——世界健美锦标赛中的同济学子风采录

“国家的利益高于一切。”这是记者与代表我国参加世界健美锦标赛的同济学子聊天时反复听到的一句话。今年春季，我校学生徐雪松、蒋帅，体育教学部教师寿旻超代表中国参加在韩国仁川举行的世界健美操锦标赛，与国内其它高校的队员们一起夺得团体冠军，徐雪松参加的五人操夺得金牌，寿旻超参加的有氧踏板和有氧舞蹈各获得一枚银牌，蒋帅获得“国际健将”称号。国家体育总局专门发来贺信感谢他们的贡献。

今年 4 月，他们夺得世界杯冠军

怀着极大的好奇心，记者近日找到几名年轻人，寻访比赛背后的故事。

世界上健美操竞赛项目包括男子单人、女子单人、混合双人、三人（无性别限制）、五人（无性别限制）、有氧舞蹈、有氧踏板 7 个项目。1983 年美国举行了首届健美操比赛，1984 年首届远东区健美操大赛在日本举行。由于两次大赛的成功，1984 年起健美操运动在世界各地全面兴起。每年国际上举办的活动有健美操世界锦标赛、世界杯赛、世界冠军赛、世界巡回赛。世界健美操锦标赛是由国际体操联合会主办的世界最高水平的竞技健美操赛事。目前世界上

竞技健美操比较发达的国家有俄罗斯、罗马尼亚、中国、法国、韩国等。

故事还得从日本讲起。今年 3 月 31 日至 4 月 4 日，国家体育总局体操运动管理中心事业发展部部长王佑平率领的中国健美操队一行 21 人，参加了在日本东京举行的健美操世界杯赛。“此次世界杯赛是今年 6 月韩国健美操世界锦标赛前唯一一次世界大赛的练兵机会，因此我国尽遣精兵强将参赛。”我校教师寿旻超介绍，比赛中，中国队员团结协作，顽强拼搏，最终在 5 个项目中获得了 4 枚金牌，其中获得三人操冠军队员中的徐雪松、五人操冠军中的蒋帅为我校经管学院学生。

需要指出的是，与很多特招运动员不同，徐雪松、蒋帅都是我校通过高考招收的学子，只是他们加上了特长分，也就是说他们入学后，每天和普通的大学生学习生活在一起。因此，进校后他们的大学生活就比一般的学生更加忙碌、学习训练更加刻苦。

状况不断但队员们状态如一

获得世界冠军后，队员们立刻回到体操运管中心开始迎战世锦赛。一天，王佑平宣布：为备战仁川锦标赛，调整战术，重新组建各支队伍。这样一来，徐雪松被调整为五人操、三人操队员，本来是五人操队员的蒋帅被调整到三人操的第二梯队中。也就是说，自从被当成第二梯队的队员那一刻起，蒋帅就不可能有夺牌的希望了。“国家利益高于一切”，蒋帅说，因为这次锦标赛在韩国举行，而三人操是韩国的强项，天时地利人和人家势在必得，我们战术调整都是为了国家。“那天晚上，心里很难过，悄悄地流眼泪；第二天就跟没事儿一样了，照常朝五晚八地高强度训练。”蒋帅告诉我，但从他的眼神里我还是看到了隐隐的遗憾。

“紧张不？”记者问；“紧张，每天早上 5 点起床，练到 7 点；上午 7 点半练到 12 点；下午 1 点半练到 7 点半，每天练 12 个小时”，徐雪松说，回到宿舍，就只想睡觉。而蒋帅，除了每天 12 小时的苦练，还要想另外一个问题，第二梯队，夺牌无望，而自己在日本得的是冠军，落差实在太大！“这是国家需要，必须加紧训练。”每天，他都这样对自己说。

而此时，身为教练的寿旻超不但要指导有氧舞蹈及有氧踏板队员的训练，还要关注自己学校的学生，因为他同时负有同济大学教师的责任：关注同学们的心理变化，指导督促他们文化课的学习。“寿旻超老师最苦了，他还是有氧踏板健美操的队员，每天只有等到大家都完成训练了，他才能开始自己的训练——此时他是一名队员。”体育教学部党委书记姜丽萍告诉记者。

就这样又训练了一个多月，中国代表队来到仁川。“到了仁川后，我们发现踏板与家里训练时用的不一样”，寿旻超说，其实我们在家时已经考虑到踏板可能不同，所以既用4斤的踏板，有时用8斤的，但到了这里发现，比赛用的踏板十多斤！看过有氧踏板健美操的观众就会发现，踏板不但要被队员们踏来踩去，还要被大家搬来举去，斤两不一样，用力感觉立刻天差地别，要知道比赛只有一两分钟的时间，等你的感觉倒腾过来了，比赛结束了！“我们顶住了，最终拿到了第二名。”寿旻超说；“寿老师是一名老队员，得过十多个冠军，场上经验丰富，他在，场面就在，气势就在。”姜丽萍说。记者写稿的当口再看视频，跳跃腾挪、托举造型，十多斤的踏板在8名队员的手里仿佛喳喳鸣叫的鸟儿、咂咂攒堆儿的红锦鱼儿：年轻真好！

我们还在继续努力

还有更让人揪心的事情。徐雪松一人参加三人、五人操，“三人操与五人操区别很大”，徐雪松说。“我觉得都很好看，也都是跳来踢去的，我没觉得其间的区别”，我说。“它们的舞蹈编排、节奏变化、动作过渡及风格特点差别都很大”，寿旻超说，“雪松挺不容易的。”每天，徐雪松在12小时五人操训练的尾声，走一遍三人操，“日本得的就是三人操冠军，因此回来没有专门训练，只能走走程序了”。

预赛结束，中国队获得团体冠军，其中就有三人操的功劳。“预赛中，三人操被裁判无故扣了0.5分，我们的分数也只比韩国队少了0.2分，已露冠军相。”寿旻超介绍，但当天晚上，王佑平宣布：退出三人操决赛。为什么？

原来，预赛中，天津工大的一名队员舞蹈中脚踝扭伤，再加上决赛中还可能出现不可预知的风险，中国队决定：确保五人操的冠军，退出三人操决赛。这天晚上，徐雪松伤心地哭泣，他觉得冤，平时的艰辛付出，现在就这么放弃了，很可能遗憾终身。因为他已大三，以后是否有机会代表国家参赛都是未知数。“国家的需要高于一切”，徐雪松对记者说。

跳跃、腾挪、翻转，编队如飞过胜利日阅兵现场的齐整飞机，跳跃如龙门前欢乐的鱼儿，五个小伙子一会儿单手撑地，转动“一”字双腿；一会儿跃身穿插，钻臂圈、扎造型，地上空中花儿朵朵、涟漪阵阵。随着小伙子们单膝跪地，单手上举，给我们一个阳光灿烂的笑脸，一分多钟的精彩表演戛然而止，现场掌声一片，经久不息。同济徐雪松所在的五人操获得世界锦标赛冠军。

（程国政，2016 年 10 月 15 日，第 3 版）

“提前 400 米接受预警弹窗和语音提示，让司机规避事故风险”，我校承担的“863”重大项目交通课题成果

“主动交通安全服务”让驾驶更美好

本报讯　“‘主动交通安全服务’将使驾驶更美好”，这是日前记者从我校牵头承担的“十二五”国家“863 计划”导航与位置服务二期重大项目课题“面向主动交通安全的城市车辆在线位置服务技术”验收会上听到的专家评价，科技部专家组把该项目验收结论定为“优秀”。而朋友圈中司机们则在传“提前 400 米接受预警弹窗和语音提示，事故风险降到零”，可见大家热捧主动交通安全 APP 的状况。

众所周知，“十三五”期间我国汽车数量将继续保持高速增长的态势，与此相伴随的驾驶人肇事高发、干线公路致死率高、交叉口和出入口事故多等问题将在高位徘徊。“像道路交叉口、快速路出入口，都是交通冲突频发地、城市道路交通事故集中区域”，课题组介绍，这与交通的定位问题、信息发布、数据传输、安全模型等密切关联。

在这一大背景下，课题组选择浦东新区作为课题研究的依托，以“主动交通安全服务”为理念，展开信息综合研究、在线服务系统研发及产品的终端示范。“课题研究目标是集成多模（多种类型）路域的高精度定位技术、一体化道路实时时空数据库和城市车辆主动交通安全模型，为用户提供主动交通安全预警在线服务，为交通管理部门提供管理支撑。”课题组介绍。

道路交通关键是车辆，数百万辆各种车辆行驶在道路上，将其定位到实时所在车道上，并保持即时可联状态，方可让主动交通安全具备坚实的基础。于是，课题组从一体化车载数据采集系统硬件集成入手，根据集成方案，将两台激光扫描仪、一台 GNSS 天线（主要用于同频转发系统作发射天线使用）、全景相机、GPS 时钟、供电系统集成在车顶，并在车的尾部集成一台激光扫描仪、一台 GNSS 天线，在汽车的左右后轮上各装一台里程计等等。“根据

移动测量系统的数据采集及数据后处理解算的需求，将软件功能分为点云数据采集、预处理及后处理等三大模块”，课题组介绍，针对采集到的数据，编写了数据后处理程序。五洲大道采用全封闭、全立交式的城市快速路标准建设，由多个复杂的环形结构构成，它是典型的立交桥代表，课题组选择了这条道路，展开车道级定位技术及终端研发，研究主动交通安全服务预警模型、路域车辆无缝定位技术，最终完成了车道级道路底图的绘制和应用，“具体做法是将地理信息分类后得到道路边缘线、车道线、导流带等内容，并以此为基础制作路口底图”。

如何主动避免事故，信息的提前量至为重要。“比如，前方道路发生事故，我们的模型通过单体车辆上的车载仪器，采集位置、车速、速度，并由北斗等通信设备，运用大数据计算，实时给出单体车辆与事故现场的耦合关系，及时提醒司机采取调整路线、速度等措施避让”，课题组介绍，不仅事故，危险品车辆、下雨等等都会提醒你；而且，这个模型没事时不会自我广告“××导航持续为您服务”，它很安静。“一体化车载数据采集系统被前装至车辆后，如果你开车压黄线、占用公交车道、连续变道、违规调头……违法行为同样立刻传入大数据平台，你就等着接受处罚吧”，课题组介绍，如果道路前方出现违法事件，平台也会即时预警后方车辆。目前浦东交警已经应用该成果，设置视频监控系统，向驶近车辆预警。还有，进了隧道、地库怎么办？位置、通信会成为盲区？回答是不会。车载双目视觉定位系统，经由雷达传至后台，位置服务无缝对接的可靠性很好。

车辆迫近状况下（三四百米以内）怎么办？课题利用专用短程通信（DSRC）的米级定位技术，实现了车辆间的实时通信，具体做法是：采集车辆实时运动数据，在路侧基站中实现车辆实时状态数据分析和危险判断，通过预警终端发送针对性的预警服务。比如，两辆车分别处于无信号灯的“丁”字路口，一直行一左拐，研究将转弯过程分为“入弯—弯中—出弯”三个阶段，实时判断两车是否在转弯时发生冲突，即时预警，“这些主动交通安全服务的实现得益于交通、测绘、汽车、计算机等同济强势学科的交叉优势，说明学校最近十年左右的努力成效显著”，课题组介绍，尤其是测绘、交通和汽车三个学科交叉融合的成果，大家从问题需求、技术方案和服务提供等方面互相磨合，积极配合，并最终取得了满意的成果。

据悉，经过三年的努力，课题组已经建立起面向城市车辆主动交通安全的道路特征数据库和服务平台，研制出北斗综合无缝定位和车路协同终端 115 套，移动道路场景地图采集车一套，完成了上海浦东示范区 16 处路口的路侧设施布设，形成了 9 项发明专利，11 项软件著作权，以及 17 篇高质量的国际学术论文。课题组说，我们开发的“畅行浦东”APP 已在在上海应用，该项服务基于用户的实时位置，实现了影响区域内主动推送事故多发点、突发事件、施工区域预警等多种主动交通安全在线信息，目前用户已达到 26 万，在上海交通大整治活动中发挥了重要作用。“你的手机也可以下一个，很好用的”，课题组对记者说。

不仅如此，“基于 GNSS 的车辆智能后视镜”和“车道级多模定位终端”产品已经量产。据悉，该项研究还在深入中。

（程国政，2016 年 10 月 25 日，第 2 版）

“它把高速路的‘一生’压缩给你看”

——我校交通运输工程学院加速加载试验系统参观记

近日，国家 2016 年科学技术奖获奖项目正在公示中，其中，我校交通学院凌建明教授为第一完成人的“滨海地区粉细砂路基修筑与长期性能保障技术”在科学技术进步二等奖名单中。“它就是我们学院加速加载试验系统结出的果实”，机场与道路工程系系主任赵鸿铎教授告诉记者，这台神器能够把道路机场的“一生”压缩在很短的时间内展现给你看。

加载加速器有何神功

众所周知，道路和人一样也有疲劳感。道路的疲劳感表现为塌陷、开裂、破损等现象，这是我们肉眼能看到的；还有路基损坏、桥隧构造疲劳等等都是难以被发现的状况，而这往往都会引发灾难性的后果。有什么办法能够预见这种情况的发生？

最近，记者到我校嘉定校区交通学院参观，就发现一台这样的机器，它的大名叫“机场与道路加载加速系统”。说是系统，其实就是一台重型卡车一样的橘红色车辆，不过它是一台浑身装备有无数的仪表、线路、机关的车，它还有一个更专业的名字：足尺加速加载设备，专业上又称作 MLS66（Mobile Load Simulator 66）。看到这个名字你就知道了，它不是缩微的实验仪器，而是按照真实的道路环境展开加速加载试验的仪器。“最近，我们为赤道几内亚的一条公路做试验，已经从该国运来了好几个集装箱的材料，包括当地的土壤、修路的建材等等。接下来，我们将按照四五种路的结构足尺修筑，预设仪器、埋设线路，准备下半年开始做试验。”该学院丛林教授告诉记者。

眼前，橘红色的大家伙大约两人高，长度让人看歪了脖子。还是来看数据吧，它是一个长 15（米）× 宽 2.87（米）× 高 3.5（3.8 米）的魁梧“重卡”，自重 45 吨。前后的两组轮子，是支撑自身重量的；通体橘红的外表里，装的都是实验仪器：看解剖图后我们发现，6 组轮架每组都连接一对直径 25 厘米的钢轮（外轮胎大小如卡车轮胎），试验时在预设路面上来回跑；大家伙里面还装有水泵、冷却器和风扇，这是用来制作冷却循环水给机器冷却降温的；还有加热系统，这样冬天做夏天的路面环境也不在话下了；不仅如此，设备上还配有监控测量车辙的断面仪，还有配套的地震波模量检测仪。“有了这些仪器，道路情况就尽在掌握之中了。”丛林告诉记者。

这些年它都做了什么

路面加载加速器小试牛刀的几个工程中，宝钱公路的大修是教授们印象颇深的案例。宝钱公路从宝山区直通嘉定上海省界，全程约 25 公里，是一条修建较早的高等级公路，大修就得先为公路“查体”。“可持续发展的理念要求我们必须牢牢记住可循环的原则。”该学院的刘黎萍教授说，作为沥青路面项目，这条路在使用数十年后，主路状况怎样，路肩情形如何，它们的寿命是否已经到期，哪些材料还能用？“这些都需要加载加速器给出科学的答案。”

“我们把设备拉到了现场，采获路面上的材料。”刘黎萍介绍，我们在大修工程二期三标段的南侧机动车道上选取了四个试验位置，考察不同工况路面在高温下的变形行为，一组旧路，三组铣刨加罩的路面。“当时正值隆冬，但要试验的路面却是高温下的变化。”刘黎萍说，试验温度要天天保持在 60℃，好在我们的设备自带温度控制装置，做起三组铣刨加罩路面状况效果不错。她解释，三组试验分别对应未开振动压实、开振动压实、正常规模施工三种工况，效果不错，根据试验结果，刘黎萍建议：“道路修筑时，一定要压得密实；高温条件下的旧路变形相对较小；新修道路最初一两年扛过去了，后面就皮实了。”

稍早前，设备还做了沪嘉高速常温下的疲劳损伤性能试验。沪嘉高速也是一条在役高速，加载加速试验设计了四种不同的加载工况，共包括 25 万次、50 万次、75 万次和 100 万次加载区域。“MLS66 最大加载速度为 6000 次 / 小时，每天运行约 13 小时。”什么概念？“相当于用 60 天左右的时间走完沪嘉高速的一生。”

实验结果让所有人都很满意，大家都没想到，原来只能预估的公路寿命现在可以用仪器加载加速后准确给出了。从林坦言，博士毕业就受命扑到这台加速加载器的立项、设计、建设中，十余年的时间让同济交通加速加载进入到世界同行的前列，当然值得。

据了解，美国、欧洲、南非等纷纷采用加速加载实验系统开展道路试验，而我国到 2020 年将建成高速公路 16.9 万公里、高速铁路 3.8 万公里、民用机场 500 个以上，从而基本形成国家高速运输系统。巨大的市场需求让这类设备成为急需的利器，正是在这一形势之下，我校在 985 二期建设中将其列入建设清单。经过 7 年的建设，终于建成了道路与交通工程科技创新平台，平台也被列入交通部重点实验室名单，现在国际合作的步伐也在不断加快。“中国的市场广阔，我们的舞台很大。”从林说，现在，美国、德国、法国等纷纷与我们展开合作。

重大工程显神威

要想干得好，必须起得早，加载加速器的早早建成印证了这句老话的正确。

港珠澳大桥是当今世界的超级工程。大桥主体工程包含 15.8 千米深水区桥梁、三座通航斜拉桥桥梁，其钢箱梁跨度从 85 米至 110 米不等，桥面铺装面积约 50 万平方米，如何保证路面沥青使用寿命 15 年？“大家可能知道，港珠澳大桥的钢箱梁、连续梁采用的都是工厂化施工，因为伶仃洋一年中的好天气不多，为了保证施工进度和桥梁质量，桥面铺装的沥青也采用了工厂化施工工艺”，袁捷教授说，我们把设备拉到中山。工程人员按照大桥工况，模拟桥梁荷载最不利的位置情形，选取长度 8 米的一段钢梁，按照真实状况铺装沥青，底层 4 厘米、顶层 3 厘米，然后开始试验。

当地时间 6 月，温度只有 28 度左右，但模拟的是桥面温度 60 度的工况，怎么办？仪器自带的箱体加温设备轻松就将温度升到所需水平。于是，温度 60 度、路面压力 5 吨左右，轮胎碾压五千次、一万次、两万次、三万次、五万次，车辙反复碾过，路面平整度如何，有裂纹没？“大桥所用沥青及施工工艺得当，效果很不错。”袁捷告诉记者，接下来的加速加载疲劳试验，200万次加速加载试验表明，桥面没有裂缝产生。也就是说，港珠澳大桥在4800万次车辆通过后，桥面依然没有裂缝，什么概念？沪宁高速春节高峰时段每天也就10万辆次。

用细沙修路，您听说过没有？“如果没有加速加载器，谁也不敢尝试。”交通学院钱劲松教授告诉记者。沙子细小、松软，遇水容易变形，你试过走在细沙中的感觉不？一脚进去，软软地你就使不上劲。崇启通道是一条生态道路，其中上海段30余公里用的就是细沙铺的。土地越来越珍贵，土是不能用了，但长江疏浚挖出大量的细沙，能不能用？凌建明课题组开始尝试。

“用细沙筑路，关键是要解决车压、充水等变形问题。”钱劲松说，细砂及下层软基会不会过量变形，能否满足长期重载交通需要，常规的路面结构是否适应细沙路基结构特点？我们把MLS66加载加速车运到现场，在修好的两段足尺路上（用真实环境中的实际应用材料），跑了约两千万次，水渗、车辙试验一一模拟到位，实验证明崇启通道的设计使用周期没有问题。“并且，沙和土不一样，水在土里容易往上走，水在沙里上到一定位置就不再往上了，因此，我们建议指挥部将路基降80公分。”钱劲松告诉记者，这样一来全路节约的土地资源、建设成本就非常可观了。单建设资金一公里节约就在一千万以上，30公里就是三四个亿。

崇启通道已经运行5年多了，至今情况良好，钱劲松说，我们的试验全面揭示了滨海粉细砂路基的结构行为及长期性能演变规律，系统建立了滨海粉细砂路基填料的性能方程，为粉细砂填料的科学认识和路基结构的合理设计提供了理论基础；提出了粉细砂路基包边复合结构体系，构建了滨海粉细砂路基的设计原理和方法，并研发了饱和粉细砂浅层地基处理技术，为充分发挥粉细砂路用性能提供了合理的结构保障，较黏土路基模量提升50%以上、动力变形减少70%以上，并经受了多地300毫米/小时强暴雨的严峻考验；提出了满足颗粒挤密和长轴定向需求的动静碾压工艺组合，开发了包边粉细砂路基同步施工方法和压实度检测的薄壁大体积环刀法，保证了粉细砂路基的有效压实与合理控制，并实现了多雨潮湿地区的雨季施工，施工工期较传统方法缩短30%以上。

“这一技术目前已经广泛用于环岛公路、生态岛等建设，在我国沿海及南海岛礁建设中发挥了积极的作用。”业内专家评价，正因为如此，它出现在国家科技进步奖的名单中。而凌建明说：这都得益于 MLS66 加载加速车。

（程国政，2016 年 11 月 5 日，第 2 版）

我校成功研制“无人机机载低空观测多光谱传感器”

为无人机再添一双“千里眼”

本报讯　这是一款重约 2.7 千克的低空遥感传感器，能利用光谱从空中识别人眼看不到的多种生态信息，可搭载于四轴、六轴、固定翼等多种无人机上，能极目千米。其观测面积大，1 小时飞行可完成对 2000 亩地面空间的信息采集，数据精度高，且易于定制，可为我国城市建设、农业、林业、环保等诸多行业获取与处理“大数据”提供便捷、可靠的一体化解决方案。这一由同济大学测绘与地理信息学院刘春教授团队历时三年自主研发的科技创新成果——“极视 1 号”，成为 2016 中国国际工业博览会高校展区的“明星”。

当今现代生活中，各类生态数据与人们的日常生活息息相关，比如城市内植被覆盖的变化、大型垃圾堆埋场的渗流状况、水域内微生物和含氧情况等等，这些生态数据不仅要实现大范围的快速采集，还要实现精细化的定量反演，而通过搭载无人机平台，采用多光谱进行低空遥感观测成为其理想选择。

目前，市场上尚缺乏成熟的无人机机载多光谱成像系统，现有产品存在像幅偏小、光谱单一、曝光时间过长、续航时间不足等弱点，并直接导致搭载无人机在高速飞行时产生一系列问题，如影像出现严重像移、低分辨率的光学影像无法支持达到地面厘米级的观测精度、缺少足够的光谱信息而无法实现生态信息的识别等。

我校推出的“极视 1 号”，滤光镀膜采用我校科研成果，能够更加准确地截止波长，同时滤光率提升至 98%，具备高空间分辨率、高光谱分辨率、大画幅、高速曝光等特点，弥补了现有产品的诸多不足，能有效形成厘米级精度的多类遥感影像产品的获取能力。该系统采用大面阵传感器，具备稳定的量子效率，是快速获取高空间分辨率、高光谱分辨率数据的保障。该系统成像清晰，每个波段影像的光谱分辨率高达 10 纳米，地物分辨率最高可达 10 毫米 / 像素，配备 2000 万像素超大画幅感光元件，极大提升了信息采集效率。

“极视 1 号”阵列式多滤镜结构设计保证了整体系统的小型化、轻量化，使得它能被大多数专业级无人机搭载，不必牺牲工作航时与动力冗余。目前该产品的核心技术已申请多项国家发明专利，部分已经获得授权。

自由定制化的设计思路，使“极视 1 号”更具特色。不同的植被、农作物、湖泊、河流的光谱特性千变万化，传统多光谱相机的波段数与观测波长都是固定的，无法同时观测到这些特性特征，更无法满足用户的多样性需求。而“极视 1 号”则可根据用户的应用目的、任务量等因素的不同，由用户灵活调整其成像单元数量以及相应观测的光谱滤镜，实现一套系统多样观测、满足多种应用需求的目的。

“极视 1 号”还拥有全链条的智能数据处理系统，它能智能规划路径，只需选定采集区域，即可自动规划、优化采集路径。无论身在何处，都能高效完成信息采集。

正是凭借出色的遥感观测性能，以及成熟的配套遥感数据处理技术，“极视 1 号”已在精细农业的农情预判、林业珍稀树种的定位、城市违建目标的识别等诸多领域中发挥巨大作用。

该项目是在“十二五”期间国家“973 计划”和上海市科委的资助下完成的，产品目前已有不少成功案例。“极视 1 号”帮助广东丹霞山进行珍稀植被“丹霞梧桐”株数统计，识别成功率已近八成；在贵州鲍家屯非物质文化遗产调查中，获取的数据辅助实现了古建筑群落与古代山水环境的空间要素提取与空间分布分析。近期，更参与到电网输电线路的环境调查中，在安徽阜宁进行的示范性试验中，对输电线路周边地物种类的识别率高达 92%。

（黄艾娇，2016 年 11 月 15 日，第 2 版）

“《海德格尔著作集》编译”结项会议在京举行

本报讯 11 月 4 日，由我校人文学院孙周兴教授担任共同主编的国家社会科学基金重大项目“《海德格尔著作集》编译”在京结项。

德国哲学家马丁·海德格尔（Martin Heidegger，1889—1976）被公认为 20 世纪西方最重要的两大思想家之一。

德文版《海德格尔全集》目前规划已达到 102 卷。从 1975 年出版第一本海德格尔全集开始，截止到2016年，在41年的时间里面已经出版有91本全集。随着德文版《海德格尔全集》出版工作的顺利推进，世界范围内的海德格尔翻译和研究已呈蓬勃之势。

作为国家社科基金重大项目成果，中文版《海德格尔文集》在102卷的德文版《海德格尔全集》中选定30卷重要著作，它们已能基本呈现海德格尔思想的总体面貌。《文集》由国内海德格尔研究专家、同济大学教授孙周兴和香港中文大学教授王庆节担任主编，由孙周兴、陈嘉映、王庆节、熊林、陈小文、张柯、丁耘、赵卫国、欧东明、何卫平、张振华、杨光等国内优秀的德国哲学研究专家和中青年学者担任译者。《文集》由商务印书馆出版。

会上，孙周兴代表课题组汇报了课题的立项、选目、推进和结项等情况。他介绍，30卷本《海德格尔文集》中15种为新译著作，其余15种为旧译修订本。新译15种著作拓宽了中文学界海德格尔研究的视野，将为汉语学界关于海德格尔哲学的研讨提供一个坚实的平台。其余15种已有比较成熟的中译本，此次收入《文集》时作了程度不等的修订。其中第2卷、第14卷、第40卷原是根据德文单行本做的汉译，现据德文全集版重新补译、校订；其他较成熟的中译本，在收入《文集》时做了重审术语、纠正错译、补充编注和边注、统一规范等后续工作。

在整体构架上，中文版《海德格尔文集》主要分为全部生前出版物、重要讲课稿，外加作者生前未出版的3本重要手稿。

评审专家认为，该项目具有重大而深远的理论意义。《文集》选目精当，既完整呈现海德格尔生前出版的全部著作，又开拓了先前中文学界鲜有涉及的主题领域。《文集》已出版的15卷在社会上引起了良好的反响，也受到同行的高度肯定。课题成果以30卷本、约1100万字的鸿篇巨制，以及在学术水准、出版质量上的严格要求，成为国内迄今已完成的单个外国哲学家著作翻译中规模最大的项目，且品质上乘，建议予以结项。

据悉，《海德格尔文集》将于明年由商务印书馆出齐全部30种。

（文科办，2016年11月15日，第2版）

同济深度参与的——

国家智能网联汽车试点示范区投入运营

本报讯 转弯、调头、红灯停、变道……这是记者近日在国家智能网联汽车（上海）试点示范区看到的一幕幕。只见标着“同济大学”“清华大学”“通用”“国家技术转移东部中心”等各种标识、形状千姿百态、颜色五彩缤纷的电动智能汽车在封闭区里忙着车道保持、自动换道、自动掉头之类各种动作。“这个封闭园区就是同济大学交通学院、电信学院、汽车学院等牵头设计的”，我校2011智能型新能源汽车协同创新中心余卓平教授介绍。

何谓智能网联汽车？未来的汽车将越来越智能化，部分或完全替代操作系统的汽车是大势所趋，智能化、无人驾驶如何保证其便捷安全，汽车的感知系统、控制系统和决策系统都要有革命性的变革。所以，汽车要智能，上路要网联，并且做到协同一致、无缝对接就是一个跨技术门类、跨产业领域的新兴体系。真正意义上的车联网需要车车通信、车路通信、车内系统三网融合编织成车内网、车际网、车云网，需要智能终端、通信网络、通信平台三大技术无缝衔接、琴瑟和鸣，才能织成流畅的网络。简单地说，就是搭载先进传感器、控制器、执行器等装置，实现人、车、路的信息共享，最终实现汽车的自动驾驶。

智能网联汽车会给我们带来什么？简言之它能为交通安全、节能环保、城市拥堵和便捷出行提供终极解决方案。交通安全，事故可降低到目前的1%；交通效率可提高至少10%，协同式交通系统可提高车辆燃油经济性20%—30%；还可拉动交通、机械、电子、通信、测绘、互联网等相关产业的快速发展。

我校专家介绍，世界各国像美国、欧洲、日本、新加坡都纷纷出台政策法规、资金、场地，联动汽车企业抢占技术制高点；我国的动作开始得也很早，2011年国家科技部和上海市就开始共建“电动汽车国际示范城市”；2015年国家工信部批准的我国首个“国家智能网联汽车试点示范区”落户上海；《中国制造2025》更是将智能网联汽车列为重点发展方向之一。这是因为上海有得天独厚的产业、科研优势，加上同济早就开始了智能网联试验，具备了厚实的基础。

采访获悉，依托同济大学汽车、交通、电信等优势学科群规划的上海智能网联汽车试验区，将根据产业技术进步的需求分四阶段建设，从封闭测试区逐步拓展到开放道路、典型城市和城际走廊，最终形成系统性评价体系和综合性示范平台。我校设计的一期测试场地，面积为5平方公里，包括了1个GPS差分基站、2座LTE-V（车联网专有协议，是我国具有主知识产权的技术，采用“广域蜂窝式＋短程直通式通信）通讯基站、16套DSRC（专用短程通信技术）和4套LTE-V路侧单元、6个智能红绿灯和40个各类摄像头。整个园区道路实现了北斗系统的厘米级定位和WIFI的全覆盖，建成隧道、林荫道、丁字路口、圆形环岛等模拟交通场景。现场，我们看到由整车企业、高校以及国家技术转移东部中心、中科院等开发的25辆无人驾驶、自动驾驶、网联汽车率先入园，测试复杂环境下的感知、智能决策、协同控制和执行等功能。

据了解，一期园区还包括我校嘉定校区校园内的170亩封闭测试区，设计将在其中打造汽车自然驾驶中的105种场景，主要包括城市主干道、山区乡村道路、隧道、匝道、十字和T字交叉路口、环岛、智能停车场、交通信号灯和指示牌等各类道路场景，设计模拟雨、雾、冰、涉水、白天、夜晚和人工照明等各类环境，模拟行人、非机动车和干扰车辆等，构建逼真的交通场景。整个测试基地覆盖各种通讯网络、GPS定位系统和视频监控系统，实现测试和监控数据与公共云平台的联网。测评基地除了构建智能网联的测试场地外，还集合了自然数据采集设备、静态和动态驾驶模拟器和模拟平台等先进测试设备，形成从自然数据采集、驾驶行为分析、静态和动态虚拟测试、车辆在环测试和受控场地测试等完整的智能网联测试评价能力。余卓平说：“未来这些场景、测试设备等还能根据需要随时进行调整。”为此，今年6月，我校与上汽集团签署《共建共营智能网联汽车测评基地的合作协议》，与上海国际汽车城签署《上海国际汽车城—同济大学战略合作协议》，决定在智能网联汽车、智慧交通与大数据、智慧城市、通讯与软件工程、商业模式创新、学术活动组织、人才交流与培养、技术人员培训、科普体验、产业孵化等方面建立战略合作关系；“上海智能网联汽车与智慧交通工程技术研究中心”市级平台同时揭牌。

据悉，我校设计的试验区二期将拓至27平方公里，设置道路里程73公里，内容包括“快速＋城市＋乡村＋园区”道路，路侧单元增至182个，区域共享交通增至68个；三期100平方公里，四期为150平方公里，那时试验园区就与上海城区连起来了。

试验区将是集六大功能于一身的公共服务平台，服务内容包括“前瞻、共性技术研发”“产品、技术测试认证”“标准、规范制定”“数据域安全信息评测”“产业孵化、创新集聚”“智慧交通与国际合作”，我校在前后两个平台中唱主角，并积极参与其它平台工作。

（程国政，2016 年 12 月 5 日，第 2 版）

“气动控制是个四两拨千斤的活”

——葛耀君教授细数大跨度桥梁结构和行车抗风安全的气动控制技术

“这是同济 18 年参加工博会历史上第一次拿到大会金奖”，参加第十八届中国国际工业博览会颁奖仪式并捧回奖杯的顾祥林副校长说；据悉，本届工博会最高奖——大会金奖只有 4 个，我校葛耀君教授牵头的“大跨度桥梁结构和行车抗风安全的气动控制技术”为此次参会高校所获的唯一大会金奖，可见其原创性之重大。近日，记者找到葛耀君教授听他讲气动控制的故事。

“让桥梁安全、行车安全，这不应该是个问题”

随着造桥技术的飞速发展，跨度越来越大的桥梁在世界各地不断出现。“桥造出来不是问题，问题是如何让桥健康屹立，如何让汽车行得安全顺畅？”葛耀君开门见山。我国的高速公路里程已达 11 万公里、高速铁路也已超 1.8 万公里，均居世界第一；与此相适应的是公路桥梁 76 万座、铁路桥梁 7.8 万座，也是世界第一。按照我国的十三五规划所确定的目标，这些数字都还将继续增长。

大桥的跨度也在迅速增长，最近十余年来，杨浦大桥、苏通长江大桥创斜拉桥跨度世界纪录，上海卢浦大桥、重庆朝天门大桥创下拱式桥跨度世界纪录，重庆石板坡桥创梁式桥跨度世界纪录，舟山西堠门桥创下钢箱梁悬索桥世界纪录，“像苏通长江大桥主桥孔跨度 1088 米，建成后一度居于世界第一；西堠门大桥主桥为两跨连续钢箱梁悬索桥，主跨 1650 米，位居悬索桥世界第二、中国第一，其中钢箱梁全长在悬索桥中居世界第一。”葛耀君说。

世界桥梁界都知道，大跨度桥梁的建设首先是要确保桥梁无论狂风暴雨都要稳如泰山，然后是风狂雨骤但路桥未封闭时的行车安全。“以前世界桥梁界考虑较多的是桥自身的安全，台风中、地震中是否安如磐石；新世纪以来车辆在桥上走得是否平稳越来越成为考虑的焦点。”葛耀君说，桥的跨度小好办，跨度一大，甚至超过千米，我们的桥梁就面临着三大关键难关：一是可导致桥梁结构毁坏的“颤振失稳”，二是影响行车舒适性的“涡激共振”，三是危及行车安全的“侧向大风”。

什么叫颤振？心电图很多人都做过，那样的上下跳跃弧线就是颤振形成的。专业上的解释是弹性结构在均匀气流中由于受到空气动力、弹性力和惯性力的耦合作用，发生振幅发散的自激振动，抖、颤并呈水波纹状连续前行，持续一段时间，飞机就会解体，桥梁就会断裂，后果不堪设想；涡激共振，顾名思义就是风过来了，经过了一个非直线的物体，风开始打转，形成漩涡，这个漩涡一大，不仅物体会不由自主甚至被掀翻、刮走，而且桥面会发生很大振幅的振动，“你说这时恰巧走上桥面的车危险不危险？至少很不舒适”。

针对难题，葛耀君提出七条措施

葛耀君说，桥梁跨度越大，刚度就越小；桥梁越高，桥面风速就越大。跨度 853 米的塔科马大桥 1940 年 7 月 1 日通车，绰号“舞动的格蒂”，结果四个月后就被大风吹毁了，原因是振动导致桥失稳，就垮了，后来重建的大桥就叫“强壮的格蒂”了；还有，伏尔加河桥因为涡振封桥，等等。针对这些问题，我们结合中国各地桥梁建设，经过二十多年的研究，成功研发出包括控制桥梁“颤振”的“检修轨道结构、分体箱梁结构和稳定板结构”3 项技术，控制桥梁“涡振”的“竖直风障结构、建筑膜结构和导流板结构”3 项技术，加上控制桥面“侧向大风”的竖直和水平姿态可变的活动风障技术，这 7 项气动控制技术成功解决了我国近年来建成的 55 座大跨度桥梁中 5 座最具抗风挑战性桥梁的抗风安全技术难题。

桥梁越高，其风速就越大，而风速超过 25 米 / 秒，就要封路了；桥梁呢，桥面高度 50 米很常见，葛耀君说，现在的行车要求是路能通桥就得通，当初杭州湾大桥建设也是这个要求。

“我们在西堠门大桥上加风障”，葛耀君说，用什么形状的风障，圆的、椭圆，还是矩形？三根、四根，还是六根？风洞试验表明，矩形风障效果最佳，西堠门大桥必须采用五根。于是，现在你走上大桥，就能见到大桥两边各五根的矩形风障了，每片 3.6 米长，全桥共 950 余片。

稍有桥梁常识的人都知道，桥在使用过程中是需要检修的，于是我们就能看到桥肚子上悬挂着检修轨道：一只长长的大钢篮扣在桥腹两侧轨道上，那就是检修作业架。“它影响大桥颤振临界风速，一旦腹部装上了检修轨道，风洞试验就显示不符合标准了”，葛耀君说，我们最后想出了把检修轨道从大桥腹部移到斜坎上的办法，这样钢架的底部与桥腹齐平，颤振临界风速就符合要求了。

加风障现在已经普遍应用在风区的桥梁上了，但台风来临时风障往往又会极大增加桥梁风荷载，有时甚至成为安全隐患，怎么办？“能不能台风来临时把它放平？”葛耀君带领课题组开始做风洞试验，结果表明：可行。2011 年 8 月 6 日强台风“梅花”袭击舟山地区时，活动风障按设计预定方案转换到水平状态，效果很好；2013 年台风“韦帕”和“罗莎”侵袭舟山时，西堠门大桥桥面风力达到 13 级以上，风障放下，大桥安然无恙。“那是世界上第一次以调整风障姿态的方式抵御超强台风，950 多片风障，电动着倒下来，就像士兵卧倒一样，很壮观。大桥到目前为止，风障倒下来过 5 次，效果不错。”葛耀君笑眯眯地说，大桥的颤振及涡振隐患也都消失了。

抵御涡振还有一个法子，即加建筑膜。这项技术最先用在上海卢浦大桥上，上世纪九十年代，上海不断有台风登陆，如此高矗、大跨度，卢浦大桥想在风中岿然如山岳，必须消除颤振和涡振隐患。“颤振问题，我们用加风嘴的方式，即在桥两侧迎风处加一个三角形的尖嘴，把风引走；大风来时，涡振了怎么办？”葛耀君说，还是老办法：大胆设想并通过数值模拟和风洞试验验证。团队想出了在高高的桥拱上加一张与桥顶同大的薄膜型隔流板，“薄膜用连接件固定到拱背上，顺着拱肋走过去能看到这些预留的埋件，”葛耀君说，现在你在桥面仔细看就能看到那些整齐的、圆溜溜黑黝黝的铁疙瘩预埋件，他说，“奇怪，卢浦大桥修好后，台风一次都没正面来过上海，于是建筑膜盖上桥顶的样子，谁都没见过。”

抵御颤振的办法还包括稳定板的采用，具体做法是在桥中间顶面一侧加一条一定高度的平板，其实就是两条防撞栏中间设竖桩固定，就满足了提高颤振临界风速的要求。“润扬大桥采用了这项技术，而且根据风速、桥长的需要，稳定板的高度、长度等均可调。”葛耀君说，安全、经济当然都是气动控制技术必须考虑的。

“西堠门大桥是应用七项技术中最多的桥梁”

“颤振和涡振很恼人，但困难再多，办法总比困难多，而且气动控制技术讲究的是四两拨千斤的巧劲。”葛耀君说，这种“巧劲”在西堠门大桥上得到较为充分的体现。

西堠门大桥，建设方一上来就说“不做桁架梁”。所谓桁架梁桥，上海的外白渡桥、武汉长江大桥是典型的例子。其双层钢结构至少要比钢箱梁桥多用钢材 50% 以上，精明的舟山人要省钱。

西堠门大桥是连接舟山本岛与宁波的五座跨海大桥中技术要求最高的特大型跨海桥梁。按照设计，主桥为两跨连续钢箱梁悬索桥，主跨 1650 米。设计通航等级 3 万吨，使用年限 100 年。关键是，西堠门大桥位于台风影响频繁的海域，桥位所在地水文、地质、气候条件复杂，“形象地说，此桥所在位置是‘风喉’区，风到这里被勒了一下”。葛耀君介绍，一般气象预报的 12 级台风，风速就是 36 米 / 秒，但这里百年一遇极端风速 41.12 米 / 秒，达到 14 级。浙江人还要求路通，桥就得通，谈何容易！

“在风速巨大的西堠门大桥处，桁架梁应是最常用的桥型，但多出近两万吨钢，多花近三亿元的资金，而且抗风性能也不一定满足要求。”葛耀君介绍，不做桁架梁，那就采用钢箱梁。紧接着跟进的问题是：双向四车道（桥宽不到 30 米）、跨度 1650 米的大桥悬在 50 余米高的海峡半空，狂风中会是怎样一幅情景？“如果做不好抗风设计，桥就会像一挽孤零零的秋千，在狂风中飘来荡去。”

钢箱梁，又叫闭口钢箱梁，是大跨径桥梁常用的结构形式，因为外型像一个箱子故称钢箱梁。“一般桥梁抗风能力都按照实际风速的 1.2 倍设计，也就是 10 米高度处 41.12 米的设计风速，换算到西堠门大桥桥面的颤振检验风速必须达到 78.8 米 / 秒以上。但西堠门 1650 米的悬索拉起 30 米宽的整体桥面，狂风到来时，其颤振临界风速只有 50 米 / 秒，无法满足抗风要求。”葛耀君分析说，风洞试验表明，传统的整体式钢箱梁无法保证桥梁的正常使用，更不用说使用 100 年了。

必须另辟蹊径。2005 年后的那些日子里，葛耀君带领的团队天天泡在风洞试验室，加风嘴、导流板，加……能不能把桥分开？一个大胆的想法蹦出来。说做就做，风洞试验开始。经过反复试验、改进、完善，最后，课题组将桥面分开的宽度定格在 6 米。“也就是说，在双向四车道的桥中间，留出的空隙差不多是两条车道的宽度。这样一来，颤振问题解决了，桥也变宽了，比例到点了，桥型也好看了。”葛耀君说。这就是分体式钢箱梁，也被称为第三代钢箱梁，西堠门大桥是全世界第一座采用分体式钢箱梁进行抗风的桥梁。

因为西堠门大桥采用分体式双箱梁断面方案，桥面中间的缝隙宽达 6 米，还会常常诱发涡振。葛耀君说，风洞试验表明，涡振不会对桥梁造成伤害，只是行走在桥面上的人和车感觉不太舒服。让风从拦风板下部的大缝隙中吹向桥面，吹散旋涡，减低涡振发生频率、减小涡振振幅，这样一来大桥的风障就多了一个功能。

采访获悉，这7项技术成果直接应用于舟山西堠门大桥、东海大桥、上海卢浦大桥、润扬长江大桥和肇庆西江特大桥等；西堠门大桥的分体箱梁式结构还流传到海外：韩国主跨1545米的李舜臣大桥采用了分体钢箱梁，丹麦一座跨海大桥也将采用这一技术。此项成果先后获得上海市科技进步奖一等奖、2015年国家技术发明奖二等奖。“成果奠定了大跨度桥梁颤振、涡振和侧风等控制的技术基础，市场需求度高，具有广泛推广应用价值和国际竞争优势。”评审专家说。

（程国政，2016年12月15日，第1版）

世界最大的500米口径射电望远镜投入使用

同济团队设计安装完成望远镜钢结构圈梁

本报讯 今年9月25日，被称为“中国天眼”的500米口径球面射电望远镜（FAST）在贵州平塘大窝凼落成启用。“这是世界领先水平的射电工程，工程建设中的材料、结构、光激电控制和测量等90%以上的材料都是我国自己研制的，主动反射面环形支撑圈梁、镜面安装等是我国自主设计并安装完成的。”国家天文台副台长郑晓年说。

中国科学院国家天文台FAST台位于贵州高原向广西丘陵过渡的斜坡地带，地势北高南低，区域内碳酸盐岩广泛分布，岩溶峰丘、洼地、落水洞极多，地形起伏不平，大窝凼洼地的相对高差达360米。

“高低不平的洼地带来的最大问题就是圈梁架设问题，更加上这里处于深山，道路崎岖，道路最窄处只有3.6米，大型机械根本无法到达施工现场。”我校机械学院卞永明教授介绍，FAST占地约30个足球场大小，支撑望远镜的环形钢结构支撑圈梁总长1500多米，内圈直径500.8米、柱间宽11米，柱子高的超过57米、矮的只有10余米，高差达47米；且望远镜处于四面环山的喀斯特洼坑中，山势陡峭，施工环境恶劣。

怎么办？在现场，记者看到“大锅”安静地躺在圆形大摇篮里，摇篮北高南低，支撑的钢柱高高矮矮50根围而形成了一只巨大的“锅圈”。从锅底看上去，“巨锅”犹如蝉翼，透过铝合金网眼状反射面板望天空，好似隔着绫罗轻纱，天空也仿佛变成了一张大网，阳光下格外好看；走上山，俯瞰，FAST洁白而巨大的“锅面”，在周围浓绿的喀斯特峰丛中十分庄重典雅。“没想到，庞然大物竟然如此轻盈灵动”，记者感叹。

“每个柱子四根工字钢，要把每根都有一人粗细的工字钢竖到50余米高可不是件容易的事情。”卞永明介绍，望远镜的球面由40多万块反射面板组成近4500个反射单元，每个单元都是一个边长约11米的非等边三角形，一共183种。这样一来，每个单元都由100片边长1米左右的铝合金小三角形组成。这样庞大的镜面躺在近万根钢索编成的反射面索网上，网拴在环形圈梁上，它有2400个连接节点，组成一个口径500米的球面反射镜，总面积达到25万平方米。这些由“小镜片”组合的曲面，单片最大面积约120平方米，最大重量超过1吨，形状各异，且容易变形。把它们一个个连成片、组成锅，“每只镜片的吻合误差不能超过两毫米，如果它的‘窝’——圈梁的安装不合要求，第一步错了，后面的工作就没法做了”。卞永明说。

一方面是施工精度要求高，另一方面是大型机械进不了不足一千平方米的施工场地，且圈梁组合起来后面积庞大……针对现状，卞永明团队专门研制出柔性施工工艺，采用移动式高空施工平台将环形钢结构分段安装到位。该工艺充分利用现有施工条件，首先利用塔架柱将移动式高空施工平台同步提升至指定位置，然后移动式高空施工平台把钢结构节段运载至预定位置，完成安装；同时，利用计算机控制同步下放技术和液压同步顶推技术调整钢结构支撑圈梁节段，使安装精度达到 ±1毫米。随后，利用计算机控制液压同步滑移技术，移动式高空施工平台沿安装方向滑移一周，圈梁便完成安装了。注意，这些工作都是在离地50多米的高空进行的。

观看施工纪录片，记者发现圈梁安装是这样的：地上首先立好钢槽，槽中灌满水泥，水泥中生成8根铆钉围合的约半平方米的桩基，然后一根“工”字柱安上去，螺丝帽一一铆紧；如此顺序，立好四根工字柱，组成一根钢柱，中间用钢管编联起来：“竖向用‘米’字，平面是‘口’字，光连缀方法就有数十种”，卞永明说。往远处看，小体积大长手臂的吊机一会儿拎起一截钢柱“喂”过来，延时摄影的影像中它仿佛灵巧的绣娘在圈顶穿针引线、上下翻飞。最神奇的是，一条长长的铁轨一样的箱梁贴紧四根立柱，顺着往上“嗖嗖嗖——”无声无息，转眼已到柱顶，一回头，原来两架吊车一红一黄各站一头一起用力在提箱梁，到柱顶，放下，箱梁顺着滑道“游”到了位。就这样，滑道随着圈梁不停地画圆，伸向远处，直到画出500米的圈来，钢箱梁一节一节顺着滑道往远处游，最后变成了平平整整弧线优美的“锅圈”。

据了解，从2013年6月7日开始，FAST工程的钢结构支撑圈梁分块开始拼装，卞永明团队就是在这样一个逼仄的山间，迎着困难上，边施工边改进设计安装方案和安装装备，一边完善滑移安装工序，一直干到年底的最后一天，比预定工期提前4个月完成安装工程。“作为我国九大科技基础设施之一，口径目前世界第一的FAST将在未来20—30年保持世界一流设备的地位。”FAST系统建设总指挥郑晓年说。

（程国政，2016年12月15日，第2版）

432所高校8872支参赛队角逐第13届全国研究生数学建模竞赛

同济学子获奖总数居全国高校之首

本报讯　12月11日在重庆大学，第十三届全国研究生数学建模竞赛颁奖大会上，主持人宣布：同济大学代表队共获得一等奖3项，二等奖122项，三等奖117项，一、二、三等奖的获奖总数均位列全国高校第一；同济大学被授予“优秀组织奖”称号。话音刚落，全场爆发出热烈的掌声。

同济所获三个一等奖，个个亮煞眼。土木工程学院桥梁专业的徐驰团队，选择的是“具有遗传性疾病和性状的遗传位点分析”；机械与能源工程学院的叶晨辉团队，研究的是“基于无线通信基站的室内三维定位问题”；经济与管理学院何青青团队是要为“粮食最低收购价政策问题”研发数学模型。

交通运输工程学院在读研究生曹建峰已经参加过不下6次数学建模竞赛，本次他所在的代表队解决了“基于无线通信基站的室内三维定位问题”，斩获一等奖的同时还获得了华为企业为这道题目专设的“华为专项奖”。“室内使用滴滴打车软件时经常出现定位不准确，怎么办？”曹建峰介绍，室内障碍物阻挡和时钟误差，手机的室内定位至今不如室外定位精确，精确室内导航是当下各大企业争相解决的科技命题。

"我们一开始做了空间区域散点密度的统计，后来发现这个计算量太大，我们自己的笔记本都跑不动。"队友、机械与能源工程学院的叶晨辉向记者说。后来这个方案被调整为设计一个"时间折减因子"的变量，用这个变量来修正参数，减少定位误差。这个"时间折减因子"在什么环境下自动形成，为此他们做了个数学建模。

这是一次跨专业的合作，曹建峰的队友是分别是叶晨辉和软件学院的杨蕊鸿。在100个小时的答题过程中，叶晨辉负责组织与安排，辅助建模和写作，曹建峰负责建模和编程，杨蕊鸿负责写作出最后论文，三人分工合作，后面40个小时几乎不分昼夜。"打着哈欠检查着打印机里吐出一页页精美的论文，那'嗞嗞'打印的声音真是美妙极了！"三人异口同声。

另外一组一等奖作品也令人印象深刻：如何在1000多个基因样本中发现某种遗传性疾病的500个基因位点？土木工程学院桥梁工程系专业的徐驰、华晓勇、龙嘉三位同学完成了"具有遗传性疾病和性状的遗传位点分析"，用统计学方法，结合生物学背景知识进行数据挖掘，最终设计出数据统计规律寻找到隐藏在其中的"蛛丝马迹"。

代表同济学子领奖的曹建峰"抱回"600多份获奖证书，笑称"有点沉"，但不累，他说："同济奖创历史新高，但一点也不意外，这就是同济的实力。"

本次竞赛培训和组织方——我校数学学院的陈雄达老师介绍，数学建模竞赛和纯粹的奥林匹克数学竞赛不同，它立足于用数学解决实际问题，涉及物理、化学、生物、医学、电子、农业、管理等各个领域、各学科的知识，但又不受任何具体学科的局限，它要求选手有驾驭这些知识并且处理实际问题的能力，把问题解决方案用数学语言来描述，建立一个数学模型。"数模竞赛是考察学生解决实际问题的能力。建模的过程比结果更重要。"陈雄达说。

正是由于数学建模竞赛这些特点，教育部对此项活动相当重视，每年都在大学生和研究生中举办两次不同规模的建模竞赛。本届"华为杯"全国研究生数学建模竞赛今年9月举行，包括香港、澳门高校在内的432所全国高校和各大研究院所8872支研究生参赛。"其规模与影响力之大堪比足球界的甲A联赛，在全校甚至全国高校范围内都是参与度最广的一项赛事。"我校负责此项工作的廖振良老师介绍，今年我校的参赛队伍有498支。

"根本没想到获奖，我们就是去'玩'的。"桥梁专业的徐驰坦言，因为整个教研室的人都参加了："又有奖金拿，又可以留沪加分，所以大家都很热爱这个竞赛活动。提交论文的那一刻，我们很有成就感，这感觉棒极了！”据了解，竞赛一等奖获得者将得到学校1100元的现金奖励，今年用于奖励获奖师生的资金预计达40万元。

数模竞赛在同济有悠久的传统和浓厚的氛围。从第一次全国研究生数模竞赛至今我们已经参加了13届，廖振良说：“数学能力是理工科研究生基本素质体现，学生们有参与的内在热情。关键是，我们要想方设法点燃和激发学生的热情。”

（李涵，2016年12月15日，第3版）

同济校园版歌剧《江姐》赴教育部汇报演出

本报讯 应教育部直属机关党委邀请，12月23日下午，由同济大学学生和辅导员演出的校园版歌剧《江姐》在教育部机关礼堂唱响。教育部党组副书记、副部长沈晓明，同济大学党委书记杨贤金，教育部直属机关党委常务副书记魏士强，来自教育部机关、直属单位和中央国家机关工委的党员干部近700人观看了演出。

演出前，沈晓明在杨贤金的陪同下，看望慰问了部分参加演出的师生。他感谢同济大学党委和师生为教育部送来这台节目，让教育部机关的干部们接受教育。他说，教育部的机关干部们对这场演出都很期待。他指出，同济师生排演歌剧《江姐》很有意义，这部戏既是学校的党建成果，也是学校艺术教育的成果，很好地宣传了同济的办学理念。他希望同济以后多进行这方面的尝试。当他得知剧中江姐的扮演者之一李疏贝是建筑与城市规划学院的辅导员时，他饶有兴趣地说：“同济大学艺术与传媒学院虽然历史不长，但同济有很好的的传统，著名歌唱家朱逢博就是同济建筑系的毕业生。”他指出，非艺术专业的人演出歌剧，因为有其他知识的支持，会有不一样的感悟。他还向艺术与传媒学院院长董华详细询问了专业设置、招生规模等办学情况。

教育部领导曾指出，此次红色歌剧演出是高校师生演英雄、学英雄，继承和弘扬革命文化、坚持文化自信的具体实践，是教育部机关党员“两学一做”学习教育的重要专题活动，是贯彻落实习近平总书记高校思想政治工作会议重要讲话的第一个具体活动。

同济校园版歌剧《江姐》是我校党委在“两学一做”学习教育中，将理想信念教育融入艺术教学的一个重要举措。经典红色歌剧《江姐》是根据小说《红岩》改编，《红岩》的作者之一杨益言是同济大学工学院电机系1944级校友，他和罗广斌合作，撰写了红色经典著作《红岩》，艺术地再现了江姐等共产党员的光辉形象，使红岩精神得以流传。同济大学艺术与传媒学院在今年的声乐教学中，选择了《江姐》这一非常经典的红色剧目作为教学内容。后来在上海市教卫工作党委的支持下，学校党委决定将该剧稍加改编，成为适合学生演出的全本歌剧，向中国共产党成立95周年献礼。由于声乐专业的学生人数有限，又吸收了土木工程学院、建筑与城市规划学院、设计创意学院、机械与能源工程学院、环境科学与工程学院等校内多个学院学生参演。自导演正式定角以来，剧组全体成员以极大的学习热忱和吃苦精神投入到紧张的排练工作中，每周排练四天。考虑到参演的这些学生均为“90后”，甚至“95后”，歌剧《江姐》所展现的年代背景离同学们比较遥远，剧组专门组织同学们阅读《红岩》原著，帮助同学们准确理解、把握剧中人物的精神内涵和气质，以期在不断的排练中塑造出一个个鲜明、感人的人物形象。

江姐的扮演者之一、同济大学艺术与传媒学院大二学生贾童谣说：“我阅读了小说《红岩》，深深感受到江姐的内心有一团火焰在燃烧，那就是对共产主义的信仰。参演歌剧，我不仅得到专业提升，更重要的是内心得到净化和升华。”她表示，在排演这部歌剧的过程中，她对共产党人的理想信念有了更深的认识，积极递交了入党申请书。诸多参演同学表示，这是一段人生中特别难忘的经历，“演英雄学英雄”，在一次次排练中更深刻地感悟到了革命志士对信念信仰的坚定，对党的无限忠诚和舍生取义的精神，对“共产党人”的内涵有了更为真切的感悟，接受了一次次生动的爱党爱国教育；师生们感言，江姐身上坚定的理想信念、崇高的价值追求、无私的奉献精神和勇于牺牲的精神，是我们党和中华民族的宝贵精神财富。

6月16日，该剧在一·二九礼堂首演。后来，该剧在校内和上海高校多次上演。由于部分参与演出的学生毕业离校，今年下半年，又从各专业学生中对演员进行了补充。为了保证演出质量，同学们利用业余时间抓紧排练，有的唱段唱过300多遍。10月以来，该剧走出校园，到江姐的故乡四川成都、宜宾巡演，观看的观众共6000余人。本次进京汇报演出，主角江姐由艺术与传媒学院学生贾童谣和建筑与城市规划学院辅导员李疏贝各演半场，其余角色均由学生扮演。

演出获得了成功。结束时，观众纷纷起立，热烈鼓掌。他们表示，这次演出虽然是由学生和辅导员担纲，但他们对角色的把握非常到位，生动地展示了以江姐为代表的共产党人为了正义和光明、为了人民的利益，不惜抛头颅、洒热血的精神，让大家感受到了理想与信念的强大力量，大家认为这是一次生动的党课。有的观众现场流下了感动的热泪。

党办、宣传部、学（研）工部、校团委、艺术与传媒学院的负责人一起观看了演出。

（辛中，2016年12月27日，第1版）

规划2040，一切为了城市回归“人”

——我校深度参与上海二〇四〇总体规划工作记

前不久，上海市委第十三次全体会议决议一致同意将《上海市城市总体规划（2016—2040）》按程序提交市人大常委会审议后上报国务院审批。“这意味着，大家努力的成果即将成为法定规划引领上海走向未来”，我校常务副校长伍江介绍。据悉，汇聚同济规划、交通、管理、人口等学科专家3年心血的《上海市城市总体规划（2016—2040）》（以下简称《总体规划2040》），得到了各方的高度赞赏。

同济深度参与了2040规划研究三阶段

《总体规划2040》很好地体现了“开门做规划”的初衷，建筑与城市规划学院副院长张尚武教授介绍，同济参与的工作可分为三个层次：一是专家团队，规划编制的4名核心专家，3名来自同济，分别是郑时龄院士、唐子来教授和陈小鸿教授，近50名咨询专家三分之二来自同济，主要由建筑城规学院教授团队构成；二是编制团队，同济规划院作为联合编制团队成员在成果体系、空间方案方面发挥了核心作用；三是交通、土木、测绘、环境、管理等近10个学院在研究工作中发挥了很好的支撑作用，同时，众多学生在竞赛环节及制作公众参与的海报等方面积极参与，体现了同济的整体优势。特别是在向人大及公众宣讲环节，5个专题均由同济专家担任主讲（郑时龄、唐子来、诸大建、陈小鸿、张尚武），充分体现了同济在上海2040总规编制中的重要作用。

《总体规划 2040》这样表述 2040 年上海城市的目标定位：建设“卓越的全球城市，国际经济、金融、贸易、航运、科技创新中心和文化大都市”。但上海也提出了另外一个基本要求，“用地要实现零增长”，张尚武说，这意味着上海未来发展将发生重大的转变，以内涵发展替代规模扩张的方式，必须要有新的理念、新的方法。

上海市上一版总规是 2001 年国务院批复的《上海市城市总体规划（1999—2020）》，该规划提出“逐步建成社会主义现代化国际大都市，国际经济、金融、贸易、航运中心之一”，确立的“四个中心”总体目标，对航空港、深水港等战略性基础设施进行安排，提出了中心疏解、发展郊区新城等构想，对近年来上海国际大都市发展格局的构建发挥了重要指导作用。但这版规划也暴露出一些局限，表现为对外环周边的发展预计不足，内容体系上突出中心城，外围地区的安排只是框架性的，指导性不足。总结先前的规划得失，《总体规划 2040》既要体现全域管控的思路，更要体现发展模式的转变，通过优化存量提升城市功能，这对我们的编制工作提出了极高的挑战。

据悉，同济参与 2040 规划编制工作分成三个阶段。第一阶段从 2013 年下半年开始，主要是针对新一轮总体规划成果体系和技术方法展开研究。“工欲善其事，必先利其器。现在回望当时工作，方法研究对后面的编制工作具有指导意义，目前的成果体系和技术框架基本采用了同济团队当时提出的思路。”张尚武说。这一阶段一直持续到 2014 年 5 月，上海市召开第六次规划土地工作会议，正式启动上海 2040 规划编制工作。

第二阶段从 2014 年 6 月开始，上海市城市总体规划编制工作领导小组办公室正式发布了 18 项战略议题研究，这是一个开放研究阶段，每项议题至少有 2 家单位参加。同济参与了其中的 11 项，包括空间战略、公共交通、安全防灾、城市更新、城镇体系与增长边界、社区与公共服务、历史风貌、人口规模、休闲网络、长三角区域协同等。“建筑城规学院、土木工程学院、环境学院、交通学院、经管学院等众多学科的专家加入到这些专题研究中来”，张尚武告诉记者。当年 11 月规划局公布了这些研究成果的获奖情况，我校成果全部获奖，其中《上海城市历史文化保护与城乡特色风貌体系研究》获得一等奖。

第三阶段从 2014 年底开始，同济参加了纲要阶段的前期研究。张尚武说，2015 年 8 月，纲要正式通过专家论证后，同济规划院受邀与上规院、中规院上海分院共同组成联合编制团队，同济主要负责空间布局方案及成果编制的相关工作。

重新审视上海：未来发展的基石是什么

如何定位2040年上海的国际、国内地位？“卓越的全球城市”，这是规划要体现的愿景；“创新、协调、绿色、开放、共享”，中央提出的五大发展理念上海必须率先做到；不仅如此，2040年规划建设用地还要实现零增长甚至负增长，如此宏大的愿景却又被这么多关键指标约束了，许多人不禁疑惑：上海未来发展究竟靠什么？

我校诸大建教授指出，守住上海的人口规模、土地资源、生态环境和城市安全四条刚性底线的同时，还必须要为提升城市品质留出弹性。建设超大城市的规划，要远近结合，前瞻把握，为未来发展留足稀缺资源和战略空间。他说，对暂时没有想清楚、看明白的地方，要坚决留白。据悉，2040年规划中明确建设用地不突破3200平方公里，其中确定了200平方公里的“留白”空间。

“上海理应担当‘全球城市’的国家使命”，唐子来教授解释说，上海距离卓越全球城市的目标还有差距。他认为，建设卓越的全球城市，具体策略包括四方面：首先要注重全面发展，不能只注重经济资本，要补齐制度资本、环境资本和人力资本，增强科技创新和文化影响力；其次，明确阶段目标，分阶段对标不同城市；第三，强化自身体制改革，结合国家语境；最后，上海需要“连接全球网络，辐射区域腹地”要突出上海和长三角特色。“上海应继续致力于打造金融中心（全球资本服务）和总部经济（全球资本支配），把价值链做高，提高劳动生产率，争取跻身全球城市体系的高端价值区位。”唐子来说。

张尚武则从空间战略调整的角度提出了两个方面的看法，一是面向2040年，上海要把握决定未来发展的基本逻辑，以人力资源为核心的空间生产将是上海发展的关键，追求生态、文化、宜居、创新是支撑上海可持续发展的基石，这些要素需要贯彻在不同层次的空间策略中。二是强化两个扇面是空间战略调整的重要出发点。他认为，上海目前取得的全球地位，很大程度是因为上海是世界第二大经济体的门户，发挥了链接国际、辐射国内的作用。上海的未来发展不仅要增强在全球经济网络中的控制能力，同时要将引领区域协同置于新一轮战略的重要地位，与长三角发展关系的协同是上海空间战略调整的重要依据，要把上海放到国际视野、中国和长三角这样的格局中来审视。

11 个课题都做了什么

我校教授的实力是在战略议题研究阶段大放异彩，张尚武娓娓道来，11 个课题分别是戴慎志、李杰主持的“上海市城市安全与综合防灾专题研究”，何芳牵头的“资源紧约束背景下城市更新和城乡土地使用方式研究”，赵民主持的“上海市域城镇空间体系和城市发展边界研究”，杨贵庆、王颖主持的“以人为本的公共服务体系和社区规划研究”，陈小鸿牵头的“公共交通优先导向下的城市客运交通发展策略研究”，张尚武、孙施文主持的“上海大都市地区空间战略研究”，周俭、张恺主持的“上海城市历史文化保护与城乡特色风貌体系研究”，王德、宋小冬主持的“资源紧约束条件下的城市规模（人口与建设用地）多情景预测与应对策略研究”，金云峰牵头的“上海城市公共开放空间体系和休闲活动网络研究”，彭震伟牵头的“上海与长三角区域城市群协同发展机制与实施策略”，杨东援牵头的“上海与长三角区域交通发展战略研究”等。

课题数量庞大，学校迅速建立以伍江常务副校长为组长的联席会议制度。“每两周集中一次，持续了半年时间”，张尚武说，同济各个学科领域的顶级专家、学科带头人，百忙之中，都能准时参加会议。一到一起，大家便开始头脑风暴：“城市发展的本质是关注人，因此我们要以‘人的角度’来规划城市空间、交通等功能”“城市结构优化要确立紧凑生活圈的理念，一个是基本生活圈，以 15 分钟步行范围提升日常生活需求，并把创新、创意融入社区功能；另一个是日常通勤的圈，上下班通勤能够控制在公共交通 30~40 分钟左右”“过去规划的新城，主要是从疏解中心城区压力的角度考虑的，应该把松江、嘉定、青浦这样的新城放到长三角城市群中考虑，强化其对外辐射功能，成为长三角节点城市”“虹桥枢纽既是目的地、换乘枢纽，还是商务中心，赋予它的功能太多，承载的压力太大，这样下去会不堪重负，要建立多层级的枢纽和换乘体系”“在上海的对外交通体系中，门户在东面，服务对象在西面，城市就被大量物流穿城而过，我们可否考虑物流沿杭州湾、沿长江组织，沪杭、沪宁廊道强化客流？”

每一次交流，学者们都从思想碰撞中受益颇多。上海要建文化大都市，历史文化保护应该跳出先前的单体建筑、个别里弄的保护，有历史价值的地区应该整条街坊地保护，应该有历史城区的概念。周俭课题组提出：“要制定并强化各种法律法规，增强其强制力；建立上海历史文化名城保护体系，由建筑的点，到道路、河道的线，再到风貌区、街坊、文化名镇、名村、自然保护区、风景名胜区的面展开保护。”交流时，课题组认为世界级的全球城市往往拥有独特的文化景观，也是重要的旅游目的地，上海要注重文化遗产对未来发展的价值，其中环淀山湖的水乡古镇地区，中心城的里弄、外滩和沿黄浦江的工业遗产，应该为未来申报世界遗产作准备。从空间肌理来说，上海的中心城将形成“十字结构”，张尚武说，一条是东西向已经形成的沿延安路到花木发展轴，一条是沿黄浦江的未来发展轴，承载着上海的文化、商务、旅游功能，将成为上海的文化地标。

轨道都市：重新认识铁路的价值

研究越深入，观点也越清晰，其中就包括学者们认同的“要重新认识铁路”。张尚武进一步介绍，西方发达国家在工业过程中，在小汽车发展之前都经历过一个铁路时代，特别是在欧洲，铁路网非常发达，很多小城镇都有铁路覆盖。但中国就不同了，过去30多年的快速城市化主要依赖的是高速公路，特别是在长三角地区，10亿平方公里，1亿人口，经济产出占到全国的五分之一，经济密度、人口密度非常高，无论在整个地区还是上海内部，都需要重视发展更加集约化的运输方式，要补“铁路的课”。

因此，研究铁路网络与空间体系的关系，成为空间体系优化的重要课题。就像上海的两大机场，是长三角的门户枢纽，应该通过城际铁路网，与长三角地区快速联通。目前虹桥机场已经与长三角铁路网联通，接下来浦东机场也要采取这种方式，将国际到达的客流直接疏解到长三角、全国各地。并且上海两大机场分工不同，浦东机场以国际为主、虹桥机场以国内为主，两大机场也要通过快速铁路联通起来。另外，上海机场与周边机场将形成机场群，相互之间联系也需要用铁路网来支撑。

对铁路网的安排不仅是区域协同的关键，也是上海内部空间体系优化的重要手段，张尚武告诉记者。于是，我们从杨东援、陈小鸿牵头的交通规划中看到：加密中心城北部地区、东部地区的轨道交通网络，在中环附近预留构建城市轨道环线的空间，增强沿黄浦江等主要客运走廊的骨干公交服务功能。在中心城周边地区构建重要交通枢纽、公共活动中心、重点发展地区之间的轨道快线，完善虹桥枢纽交通疏解通道，通过强化枢纽集聚效应支撑市级副中心功能。在“三环十射一横十字”的快速路系统布局基础上，构建城乡一体的国省干线公路和城区道路系统，完善南北向进出中心城的切向通道布局，优化重点更新地区的路网结构。全面构建地面公交专用道系统，发展多元辅助公交，缩短平均通勤时间，等等。

关于铁路，课题组提出：“加强区域城际铁路通道的构建。沿江沿海方向，加强与南沿江城际铁路的对接，规划预留向北联系南通等沿江城市的北沿江城际铁路通道、向南联系宁波及浙东南地区的沪甬城际铁路通道；规划控制中部铁路通道向西联系苏州、湖州，形成国家高铁与城际铁路复合通道。”“完善铁路枢纽布局，强化上海铁路枢纽作为国家铁路网主枢纽的地位，优化京沪（沪汉蓉）、沪昆等既有通道服务功能，沿海铁路向北连接陇海铁路至欧亚铁路提速，并考虑衔接环渤海、京津冀和东北亚高速铁路的可达性；杭州湾南部通道提高向南联系海西经济区、珠三角城市群的通道扩容，辟建服务苏浙皖、长江南翼及京福、京广走廊的华东二通道（沪苏湖铁路）。”

通勤时间是衡量地区间联系的重要指标。张尚武解释说，以上海为中心，与近沪地区的一小时范围的都市圈，加上上海大都市区内部，通过规划的努力我们都希望能实现工作通勤时间控制在 40 分钟左右。这些目标的实现，都需要轨道交通作为主要支撑。

未来上海的城市架构

未来上海，对于市民而言究竟是什么模样？空气好了、空间大了、眼里更绿了。学者们在研究中提出要建设四大开敞空间，即：西部环淀山湖地区、南部环杭州湾地区、东部沿海滩涂地区及崇明生态岛，专家称之为“湖、湾、滩、岛”，这些地方不仅是重要的生态涵养区，对支撑上海的全球城市功能也具有战略意义，要都用法律手段加大约束开发行为的力度。

不仅如此，城镇体系也需要差异化定位。像闵行、宝山定位为服务中心城区，因为它们已经从物理空间上融入了中心城；嘉定、松江、金山、奉贤等，强化特色、创新功能，更好地辐射带动长三角；崇明的城桥镇进一步强化生态特点，相对独立发展。“要通过交通可达性，改善郊区新城的区位条件，”张尚武说，上海郊区要加强南北联系，通过铁路把东西向廊道以及嘉、松、青地区串联起来。上海要编制一张多模式的交通网，既要支撑上海的多中心结构，保障大都市地区的运行效率，也要支撑形成更加紧凑的生活圈，提升上海的生活品质。

获悉采访，此番规划集结号吹响后，我校学生也积极参与了规划研究。2015 年 3 月，上海 2040 年概念规划设计竞赛结果揭晓，我校学生团队的“掌中城市”获得二等奖，绿绣珠连（同济大学国际联合团队）、Seeding-Country City（同济大学）获得三等奖，获奖数量占到奖项总数的一半。沈俊逸、陈奕凌、姜晗笑等提交的“绿绣珠连”将规划眼光瞄准崇明岛的生态绿地系统，专家评价说：方案主题明确，以生态为核心主题，组织了整个方案的分析和表达，主题突出，内容体系完整，同时也不失丰富、富有想象力的细节措施，比如未来风车、水净化湿地等概念和想法，颇具创意。

（程国政，2016 年 12 月 27 日，第 2 版）

2016 年度教育部重点实验室评估结果公布

同济大学心律失常教育部重点实验室获优秀

本报讯 12 月18 日，教育部重点实验室（生命领域）五年定期评估结果公布，全国 156 个参评实验室中，我校心律失常教育部重点实验室获得优秀。

2011 年心律失常教育部重点实验室（同济大学）通过验收，正式对外开放。经过五年的建设，今天它发展得怎么样了？

心律失常是指心脏生物电活动的起源或传导异常。心律失常是临床上最常见的疾病之一，人的一生之中都曾经或轻或重地发生过心律失常。人类的每一个个体在临床死亡前几乎无一例外地发生心脏骤停（心室扑动、心室颤动、心脏电机械分离或者心室停顿等致命性心律失常）。心律失常属于重大疾病。教育部心律失常重点实验室聚焦探索心律失常及其相关心血管疾病的发生机制、预警预报和干预策略。

据了解，新世纪以来，学校将重点实验室纳入学科建设计划，成立了以校长牵头，学科、人事、财务、设备、研究生等组成的科研基地平台建设与管理委员会，并从 985 经费、基本科研业务费中列出专项，支持实验室的日常运行和自主科研活动。同时，学校成立了科研人才特区—同济大学高等研究院，下设转化医学高等研究院，并在附属东方医院等 8 家医院设立了分院，实验室采取同济大学和附属东方医院资源共投、平台共建的协同建设模式，将基础和临床紧密结合，并按“同济大学高等研究院”政策培养、引进人才，用双聘机制解决职称和待遇问题，即“大学编制＋医院薪酬”或者“医院编制＋大学特聘”，对引进人才的要求则是其研究方向必须贴合实验室建设方向，也就是按照学科交叉的路径以激发出创新增长点。

顶层设计到位，实验室迅速显示出强大的磁场效应。5 年来，高端人才不断加入该实验室，现在已聚集了 60 多名才俊。其中中国科学院院士 1 名、教育部长江学者 2 名、中组部“千人计划”2 名、中组部“青年千人”5 名、中组部青年拔尖人才 1 名、国家杰出青年科学基金获得者 4 名、国家自然科学基金委优青基金获得者 2 人、国家 973 首席科学家 5 名。科技部中青年科技创新领军人才 2 人、卫生部有突出贡献的中青年专家 1 名、教育部新世纪优秀人才支撑计划 9 人和上海市曙光学者 7 名……他们主持国家“973 计划”项目、国家“863 计划”项目、国家创新研究群体项目、教育部创新团队项目、国家杰出青年科学基金项目、国际重大合作项目和国家重点项目等。

随着各个项目的全面铺开，实验室科研团队继发现世界上第一个人类心房颤动致病基因后，又先后在中国本土发现五个心律失常致病基因，其中一个为心房颤动的最常见的致病基因，并筛选出若干具有良好实验效果的干预心律失常的药物先导化合物。

在心律失常非离子通道机制研究方向上，该实验室突破了传统认知，产生了一系列潜在重要的发现，并提出了新的理论假说。其中发现心肌细胞内物流系统可广泛地调控心脏生物电稳态，RNA 结合蛋白或选择性剪切缺陷可导致心律失常的发生。

在心脏起搏和传导系统的起源与调控方向上，实验室发现第一心区的特有标志物，揭示心脏起搏传导系统起源，并识别出窦房结增殖、分化和调控的关键分子。据了解，这些成果有助于深入理解人类心律失常的发生机制，对于心脏的干细胞再生治疗具有重要意义，还为心律失常的治疗提供了新的思路。

在心律失常的干预研究方向上，实验室识别出若干潜在的心律失常干预靶点和干预理念；在心血管发育过程中不同种群心脏干细胞谱系发生、分化和调控方面，实验室有了开拓性发现；在心肌肥厚、心肌细胞分化和再生治疗研究领域，实验室也有重要的原始发现：阐明了若干体液因子参与了心肌肥厚和心功能不全的发病过程；阐明了心肌细胞死亡是心脏发育异常和心脏疾病的重要发病机理；阐明了心脏分化发育调控的新机制。随着研究的深入和成果的不断涌现，该实验室逐渐形成心律失常及其相关心脏疾病的分子生物学、发育生物学、临床医学、心脏病转化医学等四个特色鲜明的研究领域。

今年 11 月 5 日，教育部组织专家组在该实验室现场考察，认为该实验室紧紧围绕心律失常及其相关心脏疾病领域的重大核心科学问题，取得的代表性成果包括发现心脏起搏与传导系统的起源和调控机制、发现心律失常及其相关心脏疾病非通道干预靶点等。评价认为在心律失常及其相关心脏疾病研究领域，该实验室是我国最高水平的代表之一；在心律失常及其相关心脏疾病非通道干预靶点研究领域，取得了国际领先地位；在心脏起搏与传导系统的起源和调控方向点上实现了重要突破。此外，该实验室在医学纳米材料和人工心脏研发等方向上取得了一系列潜在重要价值的国际先进的应用性成果。实验室所取得的成果获得国际同行的广泛关注和高度评价。

出成果的同时出人才，最近五年，实验室新增中国科学院院士 1 人次、新增国家级人才 17 人次、新增省部级人才 12 人次，新增人才数占总人才数 53.7%；尤为可喜的是，实验室新增了一批青年人才（40 岁以下），实现了团队的年轻化。

据悉，这次全国 156 个参评实验室中获得优秀等第的实验室共有 26 个。

（程国政，2016 年 12 月 27 日，第 2 版）

引导教师做“顶天、立地”的科研，科技创新体制机制改革渐显成效

同济 8 项成果获国家科技奖

本报讯 2016 年度国家科学技术奖励大会 1 月 9 日在北京隆重举行，我校 8 项科研成果获颁国家科学技术奖。其中，主持完成的 5 项成果，分别获国家自然科学二等奖 1 项、国家科技进步一等奖 1 项、国家科技进步二等奖 3 项；以我校为第二完成单位的成果，获国家科技进步奖 2 项、技术发明奖 1 项。获奖数（含专用项目）位居全国高校第四。

“这说明同济大学近年来在促进科技创新的体制机制方面的改革与探索，其成效已经逐渐显现。”副校长顾祥林说。近年来，学校对科技实施“分类指导、分类管理、分类评价”，鼓励同济教师做“顶天、立地”的科研，基础研究瞄准国际学术前沿，应用研究对接国家重大发展战略，重在解决国家重大战略需求。

数十年的埋首躬耕，结出这枚原创理论硕果。土木工程学院李杰教授主持完成的“工程结构抗灾可靠性设计的概率密度演化理论”项目，获国家自然科学二等奖（本年度获国家自然科学一等奖的仅1项）。工程结构抗灾的可靠性设计，是保障重大工程安全的基础。历经20余年努力，项目团队研究发现了工程系统中的随机性传播规律，建立了完整的工程随机系统的概率密度演化理论体系，为理解与研究随机系统的物理本质与演化规律提供了科学基础。基于这一理论，建立了结构抗灾可靠度的统一分析方法，并在动力作用与随机源识别、混凝土随机损伤本构模型等方面取得了重要科学成果和系列研究进展，为重大工程结构的动力灾变分析和抗灾可靠性设计提供了关键理论基础。理论成果不仅直接支撑重大土木工程建设，还被国内外研究机构应用于机械工程、航空航天工程、海洋工程和船舶工程等多个领域，充分展现了基础理论研究的魅力和价值。2014年，李杰教授获美国土木工程师协会颁发的Freudenthal奖章，成为该奖设立40年来首位获奖的亚洲学者。

为嫦娥工程、测绘卫星等航天重大工程提供精准的遥感空间信息支撑，测绘与地理信息学院童小华教授主持完成的“航天重大工程的遥感空间信息可信度理论与关键技术”项目，荣获国家科技进步一等奖，也是此次上海所获的唯一一等奖。遥感获取的地理空间信息在国计民生、国家安全等方面扮演着越来越重要的角色，这些数据的质量直接决定其应用的成效。比如，深空科学探测着陆避障等，需要精准的遥感空间信息的支持；卫星在轨运行过程中平台稳定度及监测补偿，直接关系到高分辨率测绘卫星的测图精度。同济大学、中国科学院上海技术物理研究所、中国地质调查局发展研究中心历时近10年密切合作、共同攻关，在航天重大工程的遥感空间信息可信度理论与关键技术领域获突破。成果已经成功用于嫦娥探月、测绘卫星、载人航天等航天工程以及国土资源调查等重大工程。

“双十一”购物是一件愉悦的事，而对阿里巴巴的支付体系来说，则是一场“抗洪”运动。每秒完成数万笔成交，同时还需对每笔交易进行风险判别，而传统以身份认证为核心的防御技术已难以应对，亟需对在线支付交易进行精准判定和瞬时辨识。电子与信息工程学院蒋昌俊教授研发团队数年前就已攻克了大规模、高并发、强实时交易支付风控平台的若干关键难题，并通过与支付宝的合作，进一步研制了大规模分布式的交易支付风险实时防控平台与专用设备。“网络交易支付系统风险防控关键技术及其应用”项目，获国家科技进步二等奖。

地面上高楼林立、车水马龙，地下设施纵横交错，在城市如此高密集地区能成功实现大规模、集群化的地下空间建造，有同济教授研发的关键技术为其保驾护航。土木工程学院朱合华教授主持完成的“城市高密集区大规模地下空间建造关键技术及其集成示范”项目，荣获国家科技进步二等奖，这是第一次以“城市地下空间”为主题的国家级科技成果，也是高校与企业强强联合科技攻关的结晶。该成果已成功应用于北京、上海、广州、印度等130余项重大工程中。

同济“75后”教授开始担大梁。电子与信息工程学院何斌教授主持完成的“大型风电水电机组低频故障诊断关键技术”项目，荣获国家科技进步二等奖，他也是此次上海获奖项目中最年轻的项目第一完成人。项目组自主研发的检测技术和系统在国网新源控股有限公司、酒泉风电等大型水电风电企业应用，保障了大型机组的安全，所产生的直接经济效益和社会效益显著。

我校为第二完成单位的三项成果也获得本年度科学技术奖。一项是交通运输工程学院凌建明教授为第一完成人的“滨海地区粉细砂路基修筑与长期性能保障技术”，获国家科技进步二等奖；另两项专用项目成果，分获国家技术发明二等奖和国家科技进步二等奖，我校教授分别为第二和第三完成人。

此外，曾长期担任我校中德学院教授的德国国家科学与工程院院士维尔纳·胡芬巴赫（Werner Hufenbach）获得中华人民共和国国际科学技术合作奖。

（黄艾娇，2017年1月10日，第1版）

政策：利好消息不断　项目：成绩捷报频传

2016年同济科研出现喜人局面

本报讯　“政策，利好消息不断；项目，成绩捷报频传。”用这句话来描述我校在“十三五”开局之年——2016年的成绩单再恰当不过了。“2016年的科研成绩为学校下一步的工作奠定了扎实的基础，赢得了不错的先机”，副校长顾祥林表示。

“科研管理部的同志们去年一年挺拼的，集中修订科研政策，其中主要涉及科研的直接和间接经费的全过程管理，件件直指大家往日开展科研活动时的‘纠结点’。”科研管理部负责人表示，在中央和部委文件的指导之下，全面修订科研经研的直接和间接经费的全过程管理，件件直指大家往日开展科研活动时的‘纠结点’。”科研管理部负责人表示，在中央和部委文件的指导之下，全面修订科研经费管理政策，其中包括会议费、差旅费、间接经费、劳务费和结余经费的管理政策。其中，会议费、差旅费办法已于 9 月公布实施，间接经费、劳务费、结余经费的管理办法已经过多次讨论、修改和征求意见，最终稿已经获得学校校长办公会的通过，即将正式发布实施。“利好是，其中间接经费大幅提高了承担项目的在岗在编研究人员绩效支出比例，劳务费重点用于支持专职科研队伍建设，扩大了对博士后、国内外访问学者、外聘科研人员和科研财务助理等的支出范围和标准，结余经费则主要用于支持教师开展项目预研和科研条件建设等。”这位负责人说，正在制订的科技成果转让政策，成果转让的收益 70% 给予科研团队，并可以选择直接提取酬金或作为结余经费留用；而以往横向科研经费的管理则与科技成果转移的相关政策衔接，并单独制订科技成果转移（横向）科研经费的管理政策，以实现与科技纵向项目的分类管理；与此同时修订相关评价考核政策，将科技成果转化纳入教师评价体系，激发科研活力，以实现学校科研质和量的总体跃升。

过去一年里，同济科研呈现出强劲的上升势头。获批 2016 年国家自然科学基金项目 443 项，经费超 2.4 亿元，列全国高校第九；同期还获批创新研究群体 1 项、杰出青年基金 4 项、优秀青年基金 7 项、重点项目 8 项，创学校历史最好成绩。另外，我校教师牵头主持“十三五”国家重点研发计划重点专项项目 11 项，作为课题负责人承担课题 35 项，总经费列全国高校前十。

学科基地建设也获喜人进展。土木工程、城乡规划学(含建筑、风景园林)、海洋科学、交通运输工程等 4 个已获批的上海市Ⅰ类、Ⅱ类高峰学科，今年已经展开实质性自主建设。设计学进入上海市Ⅳ类高峰学科，由我校牵头与东华大学、华东理工等四高校协同建设，两年建设经费 5000 万。经国家发改委组织的竞争性答海洋科学、交通运输工程等 4 个已获批的上海市Ⅰ类、Ⅱ类高峰学科，今年已经展开实质性自主建设。设计学进入上海市Ⅳ类高峰学科，由我校牵头与东华大学、华东理工等四高校协同建设，两年建设经费 5000 万。经国家发改委组织的竞争性答辩，同济获准牵头建设国家重大科技基础设施“国家海底科学观测系统”，目前正在进行可行性方案的编制，以期尽快推动建设。去年，我校 8 个科研基地参加了教育部评估，心率失常教育部重点实验室获“优秀”，另 3 个科研基地顺利通过验收，正式运行。生态城市设计国际合作联合实验室、交通安全创新引智基地、地震工程国际合作中心三个基地获得教育部、科技部立项。

科研成果产出成绩喜人。学校主持项目获得国家科技成果奖5项，参与获得国家奖3项，获奖数列全国高校第四位。其中，主持的“工程结构抗灾可靠性设计的概率密度演化理论”获得国家自然科学二等奖，主持的“航天重大工程的遥感空间信息可信度理论与关键技术”获得国家科技进步一等奖，主持的“网络交易支付系统风险防控关键技术及其应用”“大型风电水电机组低频故障诊断关键技术及应用”“城市高密集区大规模地下空间建造关键技术及其集成示范”获得国家科技进步二等奖。“大跨度桥梁结构和行车抗风安全的气动控制技术”获第18届中国国际工业博览会金奖。与此同时，高水平论文量质齐升，SCI一区论文217篇，ESI高被引论文212篇；以同济大学为第一单位，学校教师为通讯作者或第一作者在《自然》（*Nature*）及其子刊、《细胞》（*Cell*）上发表论文21篇。我校获得的专利数持续上升，授权专利量总计867件，其中发明授权742件。

社会服务不断取得新成绩。2016年，我校举办各级各类校地校企合作对接活动35场次，其中重点是四川省的合作对接，深度参与组织2016中国西部国际博览会参展工作的同时，遴选8项产业化前景良好的成果参展，与成都共建“同济—成都车用新能源研究院”；与浙江临安联手成立同济大学浙江（临安）智能制造研究院。企业合作，学校与中国中车联合成立“同济中车创新研究中心”，创新了校企科研合作新模式。

社会服务不断取得新成绩。2016年，我校举办各级各类校地校企合作对接活动35场次，其中重点是四川省的合作对接，深度参与组织2016中国西部国际博览会参展工作的同时，遴选8项产业化前景良好的成果参展，与成都共建“同济—成都车用新能源研究院”；与浙江临安联手成立同济大学浙江（临安）智能制造研究院。企业合作，学校与中国中车联合成立“同济中车创新研究中心”，创新了校企科研合作新模式。

“新的一年里，我们将继续深入科研体制机制改革，还会有一大波利好消息出台，预计会进一步激发广大教师中蕴藏的巨大能量。”科研管理部这位负责人说。

（程国政，2017年1月10日，第1版）

后 记

从每期4万字、一年约24期的《同济报》中选择这些篇目，将之汇聚成册，呈现给大家，这是一件不好干的事情。为何？

这十年，同济的大事、要事很多，同济的大事、要事很多是因为同济人步履坚定地与时代同行，是因为我们的肩上扛着科教济世的使命。每当国家有大事，民族在召唤，同济人捋起袖子就上去了，在急难险重的地方、在人迹罕至的地方，就总能看到同济人的身影，我们的学者、我们的学子，他们都在“加油干”的第一线。现在，港珠澳大桥最难的活——沉管已经全部躺在水底了，它们稳稳地、磐石般地静等着龙行水底。但我却清楚地记得，2014年初，在港珠澳大桥的沉管工地上，同济校友钟辉虹介绍沉放第一根沉管时的情景，管子太大了，8万吨；太长了，180米；加上水流大、乱，拖着拖着管子跑了，船也就跟着管子跑。转弯时，更是刹不住车，船跟着管子乱转，看着那情形却无能为力，人都想哭了！“那次沉管运送搞了5天4夜，90个小时，觉睡不成，澡洗不成，人都臭了，但活不能停。”钟辉虹说，最后我们还是征服了在海面上乱漂乱跑的沉管，感谢母校教会了我们“集成世界所有先进技术的本领”。

钟辉虹校友道出了很多同济人的心声。在同济，善于吸收世界先进经验并转化为科研教学的动力现在已经成为“以可持续发展为导向的世界一流大学建设”的自觉行动，这样的学者、学子很多很多，他们在十年的时间里不断出现在校报的版面上，践行着“以科教济世”的同济承诺。

为了忠实地记录这些故事，我们的同事们深入课堂、实验室、工地、车间，看、听、聊，不懂就问。有时间也问不明白怎么办？我们就把了解到的东西写出来，请专家们把关，请同学们提意见，众人拾柴火焰高，最后新闻就变成了历史，一篇篇新闻稿就成为同济人与国家同呼吸共命运的深深印记。

而今，“印记”海洋中的一些“点滴”变成了呈现在大家面前的书稿，不知您翻阅时能否回忆起自己留在岁月里的那份独特的骄傲，如果滴水见了“太阳”，那便是同济全体媒体人一件很荣幸的事；如果，您发现哪个重要的历史节点没被收纳，请您告诉我，我们一起期待同济的百廿年校庆、百五十年校庆，那时肯定会有更多辉煌的记忆！

感谢同济大学出版社领导、编辑们的辛勤工作，致敬责任编辑卢元姗、责任校对徐春莲。

编者

2017年同济樱花时节